Das Buch
Paris 1911: Als Leonardo da Vincis »Mona Lisa« aus dem Louvre verschwindet, bekommt Commissaire Lenoir den schwierigsten Auftrag, den er sich vorstellen kann: das Bild zu finden, das die Welt betört. Wen hat »La Joconde« so sehr becirct, dass er nicht mehr ohne sie leben konnte? Auf seiner Jagd trifft der Ermittler auf den Maler Pablo Picasso und den Dichter Guillaume Apollinaire; die Ausdruckstänzerin Isadora Duncan und ihren Guru, den Satanisten Aleister Crowley; die Musiker Igor Strawinsky und Claude Debussy; die brutalen Anarchisten der Bonnot-Bande und Frankreichs größten Detektiv, Alphonse Bertillon, den »lebenden Sherlock Holmes«.
Wer von ihnen ist in die Geschichte des verschwundenen Bildes verwickelt? Die Suche nach der Mona Lisa führt durch das Paris der ausgehenden Belle Époque, durch Künstlercafés auf dem Montmartre, in die Opéra Garnier, zu dekadenten Grandes Fêtes im Bois de Boulogne und in absinthgetränkte Spelunken an der Place Pigalle. Dieser historische Roman ist gleichzeitig Detektivroman und Gemälde einer Ära, in der Paris das Zentrum der Welt war.

Der Autor
Tom Hillenbrand, studierte Europapolitik, volontierte an der Holtzbrinck-Journalistenschule und war Redakteur bei SPIEGEL ONLINE. Seine Bücher erscheinen in vielen Sprachen, wurden mehrfach mit Preisen ausgezeichnet und stehen regelmäßig auf der SPIEGEL-Bestsellerliste.

TOM HILLENBRAND

DIE ERFINDUNG DES LÄCHELNS

ROMAN

KIEPENHEUER & WITSCH

»Kunst ist Diebstahl.«
PABLO PICASSO

»Ein Maler, der nicht zweifelt, macht keine Fortschritte.«
LEONARDO DA VINCI

PROLOG

Die Glocken von Saint-Germain rufen die Gläubigen, doch diese beiden gehen bestimmt nicht zur Sonntagsmesse. Es ist weniger ihre Kleidung, die diesen Schluss nahelegt – die wäre nicht einmal unpassend. Der Kleinere, ein südländisch wirkender Mittzwanziger mit akkurat gescheiteltem Haar, trägt einen halbwegs präsentablen schwarzen Samtanzug. Der Größere ist in braunen Cord gekleidet. Dazu trägt er eine Ballonmütze sowie ein Cape mit Fellbesatz. Seinen Kompagnon überragt er um mindestens zwei Köpfe. Mit seiner blonden Mähne wirkt er so hell wie der andere dunkel.

Nein, die Kleidung ist es nicht. Es ist die Gestik, es sind die Blicke. Diese beiden haben etwas Unchristliches vor. Während sie den Boulevard Saint-Germain hinauflaufen, redet und gestikuliert der blonde Siegfried. Sein alberichhafter Begleiter hingegen schweigt. Er raucht, nickt, beeilt sich, mit seinem hünenhaften Begleiter Schritt zu halten.

Sie biegen ab in die Rue du Bac, gehen Richtung Seine. Am Orsay schieben sie sich durch das Gewimmel vor dem Bahnhof, weichen Fuhrwerken und Automobilen aus.

Es ist sonnig und trocken gewesen in den vergangenen Tagen, der Verkehr wirbelt Unmengen von Staub auf, der sich auf den Samtanzug und das Cape legt. Als die beiden den Pont de Solférino erreichen, klopfen sie einander die Straße von den Schultern. Weitere Zigaretten werden entzündet. Dann überqueren die Männer die Seine. Vor ihnen erhebt sich der Louvre. Der Blonde deutet auf den Gebäudeflügel an der Flussseite, erklärt seinem Begleiter etwas. Der nimmt die Ausführungen unbewegt zur Kenntnis.

Am anderen Ufer angekommen, biegen sie nach rechts ab. Am Stand eines Bouquinisten verharrt der Blonde. Eine Radierung scheint sein Interesse geweckt zu haben. Doch bevor er diese genauer in Augenschein nehmen kann, zieht sein dunkler

Begleiter ihn am Arm. Der Blonde folgt, wenn auch unter gespieltem Protest.

Zum Haupteingang des Museums gelangt man über die Place du Carrousel, den immensen Innenhof des ehemaligen Königspalasts. Sonntags ist dort einiges los. Zu den ausländischen Baedeker-Touristen gesellen sich Einheimische, die nach einem günstigen Zeitvertreib suchen. Der Eintritt ist gratis.

Die beiden Männer scheinen all das zu wissen und steuern deshalb die Porte des Lions an, den am Quai des Tuileries gelegenen Seitengang. Er ist an diesem späten Vormittag nahezu verlassen. Sie werfen ihre halb gerauchten Zigaretten fort, laufen zwischen zwei bronzenen Löwenstatuen hindurch. Im Vorbeigehen wirft der Mann im Samtanzug einen nachdenklichen Blick auf die beiden Raubkatzen. Er weiß, dass es ursprünglich nur eine gab. Diese versah ihren Dienst in den Tuilerien, bis Napoleon III. sie in den Louvre abkommandierte. Aus Gründen der Symmetrie ließ der Kaiser einen zweiten Löwen anfertigen, eine exakte Kopie des ersten, jedoch spiegelverkehrt. Der Kopist trieb die Sache bis zum Äußersten: Die Signatur am Fuße des Abgusses lautet »eyraB« – der spiegelverkehrte Name des Bildhauers, der den ersten Löwen fertigte. Diese Signatur ist die einzige Möglichkeit, Original und Kopie auseinanderzuhalten.

Da er den Louvre regelmäßig besucht, weiß der kleine Mann zudem, dass die beiden aufmerksam dreinblickenden Louvre-Löwen ihre Arbeit deutlich gewissenhafter verrichten als die Museumswächter. Dieser Umstand ist einer der Gründe dafür, dass er sich überhaupt auf dieses Abenteuer eingelassen hat.

Über eine kleine Treppe steigen sie hinauf in den ersten Stock und betreten die Grande Galerie. An deren Eingang sitzt einer der Gardiens, zu erkennen an seiner Uniform aus orangefarbener Hose und dunklem Rock. Der Wächter, ein kugelrunder Mittfünfziger, ist in seinem Stuhl zusammengesunken, die wurstigen Finger vor dem Wanst verhakelt, und schläft. Sein Zweispitz ruht auf einem seiner Knie. Links und rechts des Gardien hängen religiöse Szenen, ein Carracci und ein Albani. Eine Schar von Engeln wacht über den Schlaf des Aufsehers. Der Blonde schneidet eine Grimasse, legt die gefalteten Hände an seine Schläfe. Zügigen Schrittes durchqueren die Männer die Galerie. In diesem Flügel hängen Gemälde der spanischen und der italienischen Schule, Velázquez und Zurbarán, Raffael und Il Correggio. Während sie all diese Meisterwerke passieren, scheint eine Veränderung in den beiden Männern vorzugehen. Der Blonde gestikuliert nicht mehr, und es scheint ihm ein wenig die Sprache verschlagen zu haben. Sein Kompagnon hingegen hält sich nun aufrechter, lässt sogar ab und an eine Bemerkung fallen.

Man hat nicht den Eindruck, dass die beiden sich für die Bilder interessieren. Ihr Ziel scheint jenseits der Galerie zu liegen. Dort geht es unter anderem zum Salon Carré, in dem viele der besonders sehenswerten Gemälde hängen. Der Kleine deutet fragend auf den Durchgang.

»Dort entlang, Baron?«

Der Angesprochene schüttelt den Kopf, blickt sich um. Sie sind keineswegs allein. Überall streifen Besucher umher – bürgerliche Familien mit Kindern und Zofe im Schlepptau, amerikanische Touristen mit Kunstkatalogen, russische Adlige mit Gehstock und Säbel. Das Einzige, was weit und breit nicht zu sehen ist, sind Museumswächter, nicht einmal schlafende.

»Und jetzt kommt der Clou«, sagt der Blonde.

Er zeigt auf eine Tür, die dem Kleinen zuvor nicht aufgefallen war. Sie liegt halb hinter einem Vorhang verborgen und trägt die Aufschrift »Kein Durchgang«. Der Blonde öffnet sie und tritt hindurch. Sein Kompagnon folgt ihm, wenn auch ein wenig zögerlich.

»Personaltreppenhaus«, bemerkt der Blonde.

Über steinerne Stufen gelangen sie hinab ins Erdgeschoss. Dort befindet sich eine schwere Eichentür, die jedoch nur angelehnt ist. Mit einem ungläubigen Gesichtsausdruck verharrt der Mann im Samtanzug am Treppenabsatz, während sein Kompagnon seelenruhig durch den Türspalt lugt. Jenseits der Schwelle liegt ein kleiner Innenhof. Er muss von den Fenstern im Obergeschoss aus einsehbar sein.

»Da durch? Das gefällt mir nicht«, sagt der Kleine in stark akzentuiertem Französisch.

»I wo. Ich wollte lediglich nachsehen, ob die Gardiens mal wieder im Hof Karten spielen. Nein, nicht da durch.«

»Sondern?«

»Hinab, hinab zu den dunkeln Gestaden!«, ruft der Blonde und eilt die Treppe weiter hinunter. Der Kleine schüttelt seufzend den Kopf, folgt ihm.

Etwas später müht sich ein Taxi die Butte hinauf. Es scheint auf Sacré-Cœur zuzuhalten, jene immer noch unfertige Kirche, wegen der es so viel Streit gibt. Dann jedoch biegt der Wagen ab. Durch ein Fenster sieht man im Fond den Kleinen mit dem Samtanzug. Die Straßen des Montmartre sind menschenleer. Die Bewohner haben sich am gestrigen Samstagabend im »Lapin Agile« oder der »Moulin de la Galette« die Nacht um die Ohren geschlagen. Sie schlafen vermutlich noch ihren Rausch aus.

Als das Taxi in der Rue Ravignan hält und der Mann im Samtanzug aussteigt, kann er sich folglich sicher sein, dass niemand Notiz von ihm nimmt. Er hievt sich den Sack über die Schulter.

Das Taxi fährt ab. Ohne ihm nachzusehen, geht der Kleine auf ein Gebäude zu. Es sieht aus, als gehöre es besser heute als morgen abgerissen: eine Reihe ohne Plan zusammengezimmerter Schuppen, deren Fenster längst erblindet sind und deren Türen kaum noch schließen. Der Mann betritt einen dieser Verhaue, geht einen schmalen, düsteren Gang entlang. Nach einer Weile gelangt er an eine Tür, an der ein Schild hängt. Darauf steht: »Treffpunkt der Poeten«. Er schließt auf, tritt ein.

Die Behausung gehört augenscheinlich einem Künstler. Überall stehen Töpfe mit Pinseln und Farben, außerdem Leinwände. Der Boden ist voller zusammengeknülltem Papier, Holzresten und anderem Unrat. Der Mann geht zu einem wackelig wirkenden Tisch, setzt sich. Der Stuhl knarzt vernehmlich.

»Was ist los?«, fragt eine verschlafene Frauenstimme.

Der Mann wendet sich in Richtung eines mit Stoffbahnen vom Rest des Raums abgetrennten Separees. Durch das semitransparente Material erkennt man eine unordentliche Bettstatt mit allerlei Decken und Kissen. »Nichts, Fernande. Schlaf weiter.«

Als Antwort kommt nur ein leiser Seufzer. Er kramt eine Packung Zigaretten aus der Hosentasche. Es ist eine neue Marke, die er erst neulich entdeckt hat, mit einem schönen französischen Namen: Gauloises.

Mit einer Zigarette im Mundwinkel geht er zu der großen Staffelei in der Mitte des Raums. Still betrachtet er die Leinwand. Sie misst zwei vierundvierzig mal zwei vierunddreißig. Das Bild ist damit etwas größer als sein Vorbild, El Grecos »Fünftes Siegel«.

Ein Ruck geht durch den kleinen Mann. Er legt sein Jackett ab, greift nach einer Palette, kleckst Farben darauf. Als er damit fertig ist, öffnet er den Sack, den er mitgebracht hat. Dessen Inhalt platziert er auf einem Stuhl. Eine Weile betrachtet er seine neueste Eroberung mit fiebrigem Blick. Dann beginnt er zu malen.

1

Vincenzo nippt an dem Roten. Französischer Landwein ist eigentlich nicht nach seinem Geschmack, Frascati oder Nebbiolo wären ihm lieber. Aber was soll man machen? Was Besseres ist nicht drin.

Er lehnt sich zurück, schaut sich um. Vincenzo hat einen Außenplatz im »Tortoni« ergattert, einem der ersten Cafés auf den Grands Boulevards. An diesem lauen Sommerabend sind alle Tische besetzt. Eine endlose Prozession von Spaziergängern schiebt sich vorbei: Herren in Frack und Zylinder, Damen in eleganter Garderobe und dazwischen ein Haufen deutlich weniger feiner Herrschaften – Hilfsarbeiter, Hausmädchen, Fuhrleute.

Die könnten sich im »Tortoni« nicht einmal ein Glas Tafelwein leisten. Aber immerhin können sie im Schein der elektrischen Laternen den Boulevard des Italiens entlangflanieren, sich als Bürger der Hauptstadt der Welt fühlen.

Vincenzo kann sich das »Tortoni« eigentlich auch nicht leisten. Aber an einem Sommerabend wie diesem gibt es keinen anderen Ort, an dem man sein möchte. Also hat er sich in seinen einzigen Anzug geworfen, einen halbwegs frischen Stehkragen am Hemd befestigt und ist aus dem Italienerviertel im 10. Arrondissement hergeeilt.

Zunächst ist Vincenzo eine Stunde auf und ab gelaufen. Er hat preiswertere Etablissements in den Seitenstraßen ins Auge gefasst. Aber da lässt sich das Spektakel der Boulevards nicht verfolgen – die dortigen Tische sind wie Hörplätze in der Oper. Nicht dass Vincenzo je in der Oper gewesen wäre – aber so in der Art eben.

Als er am »Tortoni« vorbeikam, wurde gerade ein Tisch frei. Er erinnerte sich an die berühmte Eiscreme des Cafés. Sie soll köstlich sein, *como un vero gelato italiano*. Vincenzo sah sich dasitzen, einen riesigen Eisbecher mit Sahne genießend. Die Damen an den Nebentischen schmunzelten über den ungeheuren Appetit dieses hübschen Burschen. Sie warfen ihm schelmische Blicke zu. Das war eine schöne Vorstellung. Also nahm er Platz.

Vincenzos Traum platzte, als er die Preise sah. Statt Eis bestellte er den billigsten Wein. Seit einer Stunde streckt er diesen mit dem kostenlosen Wasser, denn eine zweite Karaffe kann er sich nicht leisten.

Verstohlen schaut er sich um, vergewissert sich, dass keiner der Kellner in der Nähe ist. Vincenzo zieht einen Flachmann hervor, nimmt zwei schnelle Schlucke. Der Fusel setzt seine Kehle in Brand. Er krümmt sich, muss husten.

»Ich bitte um Verzeihung, Monsieur. Monsieur?«

Erschrocken blickt Vincenzo auf, lässt den Flachmann unter dem Tisch verschwinden. Vor seinem Tisch stehen zwei Herren. Der eine trägt einen schwarzen Dreiteiler, ein rosafarbenes Hemd, Melone, Monokel. Der andere ist in beigefarbenen englischen Tweed gehüllt, viel zu warm für das Wetter. Auf seinem birnenförmigen Schädel thront ein zu kleiner Strohhut, den er nun lüpft.

»Einen ganz wunderschönen guten Abend, Monsieur. Ich wollte mich erkundigen, ob diese beiden Plätze frei sind.«

Vincenzo mustert den Mann mit dem Strohhut. Unter dem rechten Arm trägt er einen ganzen Stapel Journale – offensichtlich ein *homme des lettres*. Auch sein dandyhafter Begleiter sieht wie ein Künstler aus. Es wäre ein Leichtes, den Männern zu erklären, dass er auf Freunde wartet oder dass er gerade zahlen wollte. Stattdessen erhebt sich Vincenzo, vollführt eine Geste, die er sich bei den Einweisern drüben im Pathé-Palast abgeschaut hat.

»Aber selbstverständlich, meine Herren. Es wäre mir eine Ehre!«

»Ah, ah, das ist zu freundlich von Ihnen. Max, komm, dieser Lebensretter hat Platz für uns.«

Die Männer setzen sich, bestellen Pouilly-Fumé, eine ganze Flasche. Der Strohhut stopft sich eine Pfeife, beginnt zu schmauchen und zu reden. Während sein aristokratisch wirkender

Begleiter auf einen Bambusstock gestützt zuhört, spricht der andere über eine Ausstellung. Er äußert sich abfällig über einen Künstler und über einen Kunstkritiker. Vincenzo hat weder von dem einen noch von dem anderen je etwas gehört.

Der Strohhut holt ein Buch aus seiner Tasche, dann noch eines – und noch eines. Er kommt Vincenzo ein wenig wie ein Zauberkünstler vor, nur dass er anstelle von Kaninchen aus allen Falten seines Gewands Papiere hervorzaubert. Er schlägt eines der Bücher auf, liest dem Dandy ein Gedicht vor. Danach händigt er seinem Freund das Werk aus, nur um es ihm kurz darauf wieder wegzunehmen und abrupt das Thema zu wechseln. Zunächst geht es um einen römischen Kaiser namens Pertinax, dann um Buffalo Bill, auf den der Mann im Tweedanzug große Stücke zu halten scheint. Vincenzo kommt kaum mit. Dann berichtet der Fremde von seinem Besuch im Louvre, zählt verschiedene Maler auf: Lorenzetti, Uccello, Sassetta, da Vinci. Immerhin einen davon kennt Vincenzo. Dass der Strohhut nur über italienische Maler redet, überrascht ihn nicht. Italiener sind die besten Künstler der Welt.

Die beiden haben sich an seinem Tisch breitgemacht, in jeder Hinsicht. Der Strohhut hat seine Reisebibliothek über den ganzen Tisch verteilt. Darunter befindet sich ein Journal namens »L'Assiette au Beurre« und ein Buch mit einem Holzschnitt auf dem Titel: »Der verwesende Zauberer«. Während er mit einem weiteren Buch wedelt, sagt der Literaturliebhaber: »Hast du ihn denn schon gelesen?«

»Ja«, antwortet der Monokelmann. »Es hat eine gewisse Faszination. Aber gleichzeitig ergibt es keinen Sinn.«

Der Strohhut wedelt mit dem Finger.

»Ah, ah! Aber es geht nicht um Sinnhaftigkeit, es geht um Geschwindigkeit. Die Geschichte als Rausch, und der Rausch ist die Geschichte. Weißt du, wie sie es machen?«

»Na ja, wie alle, vermute ich.«

»Nein, Max, nein. Sie müssen ja pro Monat einen Roman abgeben.«

Während er dies sagt, tippt er immer wieder auf ein schmales Buch in seiner Rechten. Vincenzo versucht, den Titel zu entziffern, aber die Pranke des Vielredners ist im Weg.

»Jeden Monat eins? Unmöglich.«

»Souvestre hat's mir verraten, pass auf. Sie sprechen die Handlung durch, die Kapitelstruktur, er und Allain. Dann gehen sie in getrennte Zimmer. Da stehen Phonographen. Sie diktieren, atemlos, pausenlos, geben die vollen Walzen ihrem Schreibdomestiken, der alles transkribiert und glättet.«

»Und danach redigieren sie.«

»Nein, nein! Sofort zum Drucker damit. Keine Korrekturen, literarischer Ausdruckstanz, pure Improvisation. Ah, es ist großartig! Ich verschlinge alles davon!«

Vincenzo trinkt den letzten Schluck wässrigen Rotweins, holt seinen Tabak hervor. Schon sieht er den Kellner mit gesenktem Blick durch die Reihen eilen. Wie ein Raubvogel hält er von oben Ausschau nach leeren Gläsern und Karaffen. Gleich wird er auf Vincenzo herabstoßen und eine weitere Bestellung einfordern.

Gerade will er zu drehen beginnen, als der Herr mit dem Monokel ihm ein geöffnetes Zigarettenetui hinhält. Vincenzo nimmt eine, bedankt sich.

»Ah, ah!«, ruft der Mann mit dem Strohhut, »was sehe ich dort?«

Er deutet auf Vincenzos Hand. An den Fingern, welche die Zigarette halten, sind Reste weißer Farbe erkennbar.

»Ihr arbeitet mit Farben, ja? Ist Monsieur etwa Maler?«

Nach der Arbeit hatte Vincenzo es derart eilig, sein stickiges Mansardenzimmer zu verlassen, dass er darauf verzichtete, sich gründlich zu säubern. An seinen Händen kleben immer noch Reste von Farbe und Putz. Zwölf Stunden lang hat er die Wände einer neuen Filiale von Félix Potin verputzt – eine stupide Arbeit, die nicht ansatzweise seinen Talenten und Fähigkeiten entspricht.

»So ist es, Monsieur. Ich arbeite als, ja, als Maler.«

Der mutmaßliche Dichter mustert ihn, bemerkt Vincenzos Akzent. Mühelos wechselt er ins Italienische.

»Welche Art von Malerei?«

Vincenzo fühlt sich ertappt. Ganz egal, ob man Ladenlokale weißt oder die Decke der Sixtinischen Kapelle verziert – im Französischen gibt es dafür nur ein Wort. Im Italienischen hingegen ist er ein gemeiner Anstreicher, ein *imbianchino* und nicht etwa ein *pittore*.

»Ich führe Auftragsarbeiten aller Art aus«, antwortet Vincenzo. »Kunstmalerei, Restauration. Ich habe«, er zieht an seiner Zigarette, »sogar schon im Louvre gearbeitet.«

Das hat er wirklich, allerdings nicht mit Palette und Staffelei. Sein Arbeitgeber hat dort vor Jahren einige Bilder gerahmt und hinter Glas gelegt. Weil Vincenzo ein wenig schreinern kann, war er dabei.

Um weiteren Nachfragen zuvorzukommen, erklärt er: »Euer Italienisch ist ausgezeichnet, Signore.«

Der Mann vollführt eine abwiegelnde Handbewegung.

»Ich bin Pole, aber in Rom geboren. Von wo aus Italien stammt Ihr, wenn ich fragen darf?«

»Aus Dumenza.«

»Ah, ah. Ich liebe die Gegend um den Lago Maggiore!«

Vincenzo lächelt stumm. Die Herren tun sehr freundlich, aber er spürt die Herablassung in ihren Blicken. Sie haben ihn durchschaut. Zwar sitzt er hier, in diesem Café, das von *le Tout-Paris* frequentiert wird, Schulter an Schulter mit echten Künstlern. Doch sie wissen, dass er nur ein kleiner Hilfsarbeiter ist, kein Mann von Welt wie sie. Vincenzos Hand kriecht in Richtung des Flachmanns. Er bräuchte dringend einen Schluck.

Der redselige Mann hat von ihm abgelassen und sich dem Boulevard zugewandt, auf dem er anscheinend ein bekanntes Gesicht erblickt hat. Er ruft etwas. Es klingt russisch. Er kommt aus dem Stuhl hoch, greift nach dem Buch mit dem Holzschnitt und hält es hoch, damit sein Bekannter es vom Trottoir aus sehen kann.

Vincenzo raucht derweil die geschenkte Zigarette. Ein guter Tabak ist das, nicht vergleichbar mit dem Kraut, das er normalerweise konsumiert. Sein Blick fällt auf das dünne Buch, das er vorhin nicht genau sehen konnte. Einband und Papier wirken billig, der Preis ist aufgedruckt – fünfunddreißig Centimes. Dennoch fesselt ihn das farbige Titelbild sofort. Es zeigt Paris bei Nacht. Der Blick geht gen Westen, die Seine hinauf. Im Vordergrund erkennt Vincenzo den Louvre und den Pont Royal. Weiter hinten reckt sich der Eiffelturm gen Himmel. Und über der Stadt, auf der Stadt, steht eine riesenhafte Figur. Sie scheint von jenseits des Horizonts emporzusteigen. Allein ihr Schuh ist so groß wie das Panthéon. Es handelt sich um einen Mann in einem schwarzen Frack. Auf seinem Kopf sitzt ein schwarzer Zylinder, eine Karnevalsmaske verbirgt den oberen Teil seines Gesichts. In der Rechten hält er einen blutverschmierten Dolch. Er scheint Vincenzo anzustarren. Über seinem Zylinder steht in fetten gelben Lettern: »Fantômas«.

Die Figur macht ihm Angst, gleichzeitig fasziniert sie ihn. Einmal so über den Dingen zu stehen wie das Phantom von Paris. Einmal die Macht zu besitzen, die dieser Unbekannte zweifelsohne ausübt. Vincenzo spürt, wie sich etwas in seinen Lenden regt. Peinlich berührt schlägt er die Beine übereinander.

»Die Wirkung ist durchaus beeindruckend, nicht wahr?«

Vincenzo schaut auf. Der Mann im Tweedanzug scheint sein Zauberbuch losgeworden zu sein, zumindest hält er es nicht mehr in der Hand.

»Ja«, erwidert Vincenzo. Mehr bringt er nicht hervor. Seine Kehle ist auf einmal ganz trocken.

»Wie einem Nachtmahr entstiegen, dieser Fantômas. Keine große Literatur, wahrlich nicht. Aber es besitzt eine dunkle Energie, die einen mitreißt. Habt Ihr die Zigomar-Romane gelesen? Nein? Wie schaut es mit Arsène Lupin aus?«

»Ich habe von beiden gehört, aber bisher leider keine Zeit dafür gefunden«, sagt Vincenzo.

Er erhebt sich. Ihm ist auf einmal unwohl, er fühlt sich wie bei einem Verhör. Während er hochkommt, wandert sein Blick erneut zu dem Titelbild. Seine Café-Bekanntschaft greift nach dem Buch, hält es ihm hin.

»Danke, Monsieur, aber ... das kann ich nicht annehmen.«

»Ach was, nehmen Sie, nehmen Sie. Ich sehe ja, dass es Sie interessiert. Kein Wunder, wir alle reden nur noch davon. Geniestreich! Und ich habe es schon durch. Ist ein billiges Vergnügen, dieser ›Fantômas‹, aber kein schlechtes. Nur: Falls Sie danach schlecht schlafen, schieben Sie's bitte nicht mir in die Schuhe.«

Mit einem Lächeln, das keine Widerrede duldet, drückt der Mann Vincenzo das Buch in die Hand. Dieser bedankt sich und macht, dass er fortkommt. Als er schon ein Stück den Boulevard hinauf ist, fällt ihm auf, dass er vergessen hat zu zahlen. Er beschleunigt seine Schritte. An der Porte Saint-Denis biegt er ab, für den Fall, dass ihm ein zorniger Kellner nachkommt. Mehrfach dreht er sich um. Zwar kann er keinen »Tortoni«-Ober ausmachen, dennoch verfestigt sich das Gefühl, dass ihm jemand auf den Fersen ist.

Er rennt nun fast. Nachdem er ein Stück gelaufen ist, drückt er sich in einen Hauseingang. Schwer atmend tastet Vincenzo nach dem Flachmann. Während er die letzten Schlucke trinkt, hält er Ausschau nach den Verfolgern.

Die Luft scheint rein zu sein. Eilig überquert er die Straße, wobei ihn beinahe eine Droschke erfasst. Die Schimpfkanonade des Kutschers ignorierend, geht Vincenzo weiter. Er nähert sich dem Gare de l'Est. Die Gegend ist schäbig, kein Vergleich zu den Grands Boulevards. Vor den Eckkneipen sitzen Arbeiter, viele von ihnen bereits sturzbetrunken.

An einer Ecke bleibt Vincenzo stehen. Immer noch ist er in Sorge wegen etwaiger Verfolger. Er bräuchte dringend etwas für seine Nerven, aber der Flachmann ist leer. Zumindest Tabak hat er. Vincenzo dreht sich eine.

»Hey, Süßer. Hast du auch eine für mich?«

Ein Mädchen löst sich aus dem Schatten eines Hauseingangs. Sie trägt ein Sommerkleid und dreht einen aufgespannten Sonnenschirm zwischen den Fingern.

»Ich bin nicht interessiert, verschwinde.«

»Musste ja nicht. Aber eine Zigarette?«

Vincenzo dreht eine zweite, händigt sie dem Mädchen aus. Sie war vermutlich mal ganz hübsch. Aber die Straße hat ihr zugesetzt. Es fällt ihm schwer, ihr Alter zu schätzen.

»Wie heißt du?«, fragt sie.

»François«, sagt er.

»Ich bin Yvette. Bist du Italiener?«

»Wieso?«

»Meine Mutter kommt aus Kalabrien.«

»Und dein Vater?«

»Witzbold.«

Yvette nimmt einen tiefen Zug, bläst Rauch aus. Irgendwo zwischen den Rüschen ihres Kleids holt sie eine kleine silberne Flasche hervor, nimmt einen Schluck. Vincenzo spürt, wie es in seiner Kehle kribbelt.

»Was arbeitest du, Francesco?«

»Ich bin Maler. Künstler.«

Sie lächelt spöttisch, dreht wieder ihr Schirmchen.

»Und wohnen tuste auf dem Montmartre, was?«

Yvette, oder wie auch immer sie in Wahrheit heißen mag, erwartet augenscheinlich eine originelle Antwort. Stattdessen verpasst ihr Vincenzo eine saftige Schelle. Die Kippe fliegt ihr aus dem Mund, sie taumelt.

»Du Schwein!«, stößt sie hervor.

Schon ist Vincenzo bei ihr. Er schnappt sich das silberne Fläschchen. Dann versetzt er der Dirne einen Stoß vor die Brust. Er schlägt nicht fest zu, er ist ja kein Unmensch. Aber die Wucht reicht dennoch aus, um die zierliche Frau von den Füßen zu heben und auf den Allerwertesten plumpsen zu lassen. Yvette heult auf vor Zorn.

»Dreckiger Makkaronifresser!«

Aber Vincenzo ist bereits um die nächste Ecke. Kurz darauf steht er am Ufer des Canal Saint-Martin. Er lehnt sich an die Brüstung und schnüffelt an dem Fläschchen. Sein Inhalt riecht süßlich. Vincenzo nimmt einen Schluck, spuckt ihn aber gleich wieder aus. Billiger Aprikosenlikör, Weibergesöff, nichts für einen echten Mann mit Durst. Er gießt den Rest in den Kanal, streicht mit der Hand über das Fläschchen. Es scheint aus echtem Silber zu sein. Morgen wird er den Pfandleiher im Italienerviertel fragen, was er dafür bekommt.

Aufgrund seines Glücksfunds etwas milder gestimmt, macht Vincenzo sich auf den Heimweg. Als er in der Rue de l'Hôpital Saint-Louis ankommt, ist es bereits dunkel im Haus. Seine Vermieterin und ihr Mann pflegen früh ins Bett zu gehen. Leise schleicht Vincenzo die Treppe empor. Er betritt sein Zimmer, das nur wenige Quadratmeter misst.

Vincenzo versperrt die Tür und klemmt den Stuhl unter die Klinke, für alle Fälle. Er hockt sich aufs Bett und starrt eine Weile die Wand an. Dann fällt ihm wieder das Buch ein, das der Mann im Café ihm gegeben hat.

Vincenzo ist kein großer Leser. Die einzigen Bücher auf seiner Anrichte sind die Bibel und ein italienisch-französisches Wörterbuch. Aber das Titelbild mit dem Maskierten hat ihn neugierig gemacht. Außerdem ist er hellwach. Er wird wieder die halbe Nacht nicht schlafen können. Zwar hat er noch etwas Medizin, aber dafür scheint es ihm noch zu früh. Er beginnt zu lesen.

»Fantômas.«
»Was sagtet Ihr?«
»Ich sagte: Fantômas.«
»Und was bedeutet das?«
»Nichts ... alles!«
»Aber wer ist es?«
»Niemand ... und doch, ja, es ist jemand!«
»Und was tut dieser Jemand?«
»Er verbreitet Angst und Schrecken!«

Vincenzo liest weiter. Der Mann mit dem Strohhut hat nicht zu viel versprochen. Die Geschichte ist hoch spannend. Dieser Fantômas scheint kein Mann aus Fleisch und Blut zu sein, er ist tatsächlich ein Phantom. Er ist eiskalt, mordet ohne Reue. Er ist ein Meisterdieb. Fantômas' unheimliche, beinahe übersinnliche Fähigkeiten verleihen ihm unglaubliche Macht. Ihm ist nicht beizukommen. Den Polypen ist er stets eine Nasenlänge voraus. Besonders Letzteres gefällt Vincenzo.

Nach einer Weile legt er den Roman beiseite, starrt zur Decke. Er hatte gehofft, das Buch werde ihn schläfrig machen, aber er ist noch aufgewühlter als zuvor. Wäre er doch auch so ein verwegener Kerl wie Fantômas. Er stellt es sich vor. Es ist eine schöne Vorstellung.

In der Ferne hört er die Glocken von Saint-Laurent zwei Uhr schlagen. Vincenzo reibt sich die Augen. Er muss wenigstens ein paar Stunden schlafen.

Rasch entkleidet er sich. Unter dem Bett holt er eine Schachtel hervor, entnimmt ihr ein braunes Apothekerfläschchen mit der Aufschrift »Laudanum«. Er gießt ein wenig davon in ein Glas, gibt Wasser und einen Löffel Zucker dazu. Sobald er die Medizin intus hat, schwinden ihm die Sinne. Vincenzo lässt sich aufs Bett fallen, schließt die Augen.

Nachdem er ein, zwei Stunden traumlos geschlafen hat, wird er von einem Geräusch geweckt. Er schlägt die Augen auf. Ein Windhauch weht ihm ins Gesicht. Das Fenster steht offen. Hatte er es geöffnet? Er kann sich nicht erinnern.

Am Bettende steht eine Gestalt.

Vincenzo fährt zusammen, kriecht ans obere Ende des Betts. Im Mondschein ist die Gestalt nur schemenhaft auszumachen. Es handelt sich um einen Mann in Abendgarderobe. Er ist hochgewachsen, und der Chapeau claque auf seinem Kopf lässt ihn noch größer wirken.

»Guten Abend, Vincenzo«, sagt eine tiefe Männerstimme. »Du bist ausersehen, Großes zu vollbringen.«

Der Mann tritt einen Schritt vor. Mondlicht fällt auf sein Gesicht. Vincenzo sieht, dass die obere Hälfte von einer Maske verborgen wird. Dann schwinden ihm die Sinne.

2

Man sollte meinen, es gäbe an solch einem Sommerabend Besseres, als sich in einem stickigen Untergeschoss auf dem Montmartre zusammenzudrängen. Doch vermutlich geht es den meisten wie Jelena: Wenn Victor spricht, vergisst man Konzertcafés und Lustbarkeiten. Man vergisst das Leben, das ist. Stattdessen berauscht man sich an dem Leben, das sein könnte.

»Gerechtigkeit? Gerechtigkeit ist nichts anderes als Terror zum Vorteil der besitzenden Klassen. Von einem reichen Mann zu stehlen, galt schon immer als ein größeres Verbrechen, als einen armen Mann zu töten.«

Jelena steht hinten, neben einem Tisch, auf dem verschiedene Schriften der syndikalistischen Föderation CGT ausliegen: »Das Verbrechen des Gehorsams« oder »Die Unmoral der Ehe«. Die meisten Zuhörer sind Männer, sie versperren der zierlichen Jelena den Blick auf den Redner. Nur ab und an lugt sein Gesicht zwischen den Hinterköpfen hervor. Es ist ein schönes Gesicht, ebenmäßig, mit hohen Wangenknochen, tiefbraunen Augen und einer dichten, beinahe schwarzen Mähne. Victor kann kaum älter als fünfundzwanzig sein. Vermutlich ist er sogar jünger.

»Den reichen Mann zu bestehlen, ist kein Verbrechen. Es ist eine Tugend! Wenn die Gesellschaft dir das Recht am Leben verweigert, musst du es dir nehmen. Die Polizei verhaftet uns im Namen des Gesetzes. Wir schlagen sie im Namen der Freiheit.«

Es gibt zustimmende Zwischenrufe. Als treue Leserin von »l'anarchie« kennt Jelena die Argumentation Victors, der dort unter dem Pseudonym Le Rétif schreibt, in- und auswendig. Doch es ist etwas anderes, seine Ideen zur Propaganda der Tat und zur Individuellen Expropriation vorgetragen zu bekommen.

Victor Kibaltschitschs Augen verschießen Blitze, seine Stimme ist Donner. Dass schon den ganzen Abend eine gewittrige Schwüle über der Butte liegt, erscheint da nur passend. Die

Ideen des Anarchismus werden wie ein Sturm über die Welt kommen.

»Denkt«, sagt Victor, »an die Helden von Tottenham.«

Viele Zuhörer nicken aufgeregt. Die Geschichte ist bereits eine Weile her, doch sie gilt vielen Genossen immer noch als leuchtendes Vorbild – oder als abschreckendes Beispiel, je nachdem, auf welcher Seite man steht. In Nord-London stahlen zwei Männer die Lohngelder einer Maschinenfabrik. Die Polizei verfolgte die beiden. Die Anarchisten versuchten, sich den Weg freizuschießen, feuerten auf jeden, der ihnen im Weg stand. Drei Menschen starben, darunter ein zehnjähriger Bursche. Vor allem Letzteres stößt vielen Genossen sauer auf. Einen Polizisten erschießen, natürlich. Aber irgendwelche zufällig Anwesenden? Kinder gar?

Am Ende erschossen die beiden sich selbst – aber erst nachdem sie die expropriierten Lohngelder einem Genossen übergeben hatten. Diese Selbstaufopferung erscheint vielen heldenhaft. Andere halten Tottenham hingegen für Wahnsinn, für den Beweis, dass der Illegalismus eine Sackgasse ist.

»Ich entdecke einen sentimentalen Einwand auf manchen eurer Gesichter: Aber diese armen zweiundzwanzig Menschen, auf die deine Genossen geschossen haben, waren unschuldig! Empfindest du keine Reue?

Nein! Denn jene, die sie verfolgt haben, konnten nur ehrliche Bürger sein, die an Staat und Autorität glaubten. Unterdrückte vielleicht, aber unterdrückte Menschen, die durch ihre kriminelle Tätigkeit ihre Unterdrückung aufrechterhalten: Feinde! Für uns ist der Feind, wer immer uns am Leben hindert. Wir sind diejenigen, die attackiert werden, und wir wehren uns!«

Victor neigt den Kopf und tritt zurück, um zu signalisieren, dass er fertig ist. Applaus brandet auf.

Die Menge beginnt, sich zu zerstreuen. Man drängt hinaus auf die Rue de la Barre, um der stickigen Hitze des Kellers zu entkommen. Auch Jelena steigt hinauf ins Erdgeschoss, wo die Druckpressen und die Papierrollen stehen. Sie tritt hinaus. Zwei Dutzend Männer und Frauen stehen auf dem Trottoir herum. Jemand schenkt Wasser aus. Jelena zöge einen Weißwein vor, aber den gibt es bei »l'anarchie« nur, wenn Raymond »La Science« Callemin nicht anwesend ist. Wie der Vorsitzende einer protestantischen Temperanzgesellschaft wacht der belgische Genosse darüber, dass es streng antialkoholisch zugeht.

Also nimmt sie sich ein Wasser, schaut sich um. In einiger Entfernung steht Rirette, Victors Freundin. Wo sie ist, kann er nicht weit sein, und Jelena ist vor allem gekommen, um Le Rétif einige Fragen zu stellen. Gerade hat sie Kropotkins »An die jungen Leute« durchgearbeitet, und einiges ist ihr unklar.

Als sie an Raymond Callemin vorbeigeht, hört sie ihn sagen: »Nein, nein, Jules. Es ist ja nicht nur der Alkohol. Die Wissenschaft sagt, dass Salz Gift ... Oh, Genossin Jelena, guten Abend.«

Jelena hatte gehofft, sich an La Science vorbeischleichen zu können. Aber daraus wird wohl nichts.

»Guten Abend, Genossen«, sagt sie und lächelt die beiden an. Im letzten Moment vermeidet sie es, einen Knicks zu machen. Freie Frauen knicksen nicht, ebenso wie freie Männer nicht dienern. Aber der Mensch ist eben ein Gewohnheitstier. Jahrelang hat man sie in Nertschinsk geschlagen, wenn sie vor den Aufsehern nicht knickste. Was einem mit der Birkenrute eingedroschen wurde, lässt sich nicht so leicht ablegen.

»Darf ich bekannt machen«, sagt Raymond, der es liebt, den Zeremonienmeister zu spielen, »Jelena Zhernakowa, eine neue Autorin. Die Genossin hat in der letzten Ausgabe einen bemerkenswerten Text mit dem Titel ›Warum ich Anarchistin bin‹ geschrieben.«

»Sehr erfreut«, sagt Raymonds Gesprächspartner. Er ist älter als sie, wohl Mitte dreißig, und sieht nicht aus wie ein Anarchist. Jelena schaut immer zuerst auf die Kleidung der Leute, denn sie arbeitet als Näherin. Deshalb sieht sie, dass ihr Gegenüber in feinstes Tuch gekleidet ist. Sie erkennt es an der sogenannten Wolke seines Sommerflanells, der Gleichmäßigkeit der Farbübergänge. Jelena tippt auf einen Stoff von Fox Brothers. So etwas kann sich nur jemand leisten, der reich ist – oder die Reichen expropriiert. Welches von beiden trifft wohl auf den Mann mit dem Schnauzer zu?

»Genosse Jules Bonnot«, sagt Raymond. Ein gönnerhaftes Lächeln liegt auf seinem bleichen, jungenhaften Gesicht. Raymond klopft Bonnot auf die Schulter, so als sei der Kerl seine Entdeckung.

Die Blicke Jelenas und Bonnots treffen sich. Ein Schauer läuft ihr den Rücken hinunter. Sie kennt diese Art von Blick. In Paris begegnet er einem nur selten. Doch in Sibirien hat sie viele Männer mit diesem Blick gesehen. Männer, deren Augen sagen, dass sie keine Furcht mehr verspüren. Dass sie alles, was einem Angst machen kann, bereits gesehen, durchlitten oder getan haben.

»Angenehm«, sagt Jelena.

Bonnot nickt ihr freundlich zu.

»Und warum«, sagt er, »seid Ihr Anarchistin?« Seine Stimme klingt wie rostiges Eisen.

Sie will erwidern, dass jene, die über keinerlei Subsistenzmittel verfügen, keine Verpflichtung haben, das Eigentum anderer anzuerkennen, da die Prinzipien des sozialen Pakts zu ihrem Nachteil verletzt werden – und dass sich dieser Gedanke bereits bei Johann Gottlieb Fichte findet.

Stattdessen sagt sie: »Weil ich nicht anders kann.«

»Ihr solltet den Artikel lesen, Jules. Er ist wirklich gut«, sagt Raymond.

»Das werde ich. Wie lautet Euer Pseudonym, Genossin?«

»Voltairine.«

Anders als Raymonds Stimme ist die Bonnots erfrischend frei von Überheblichkeit. Jelena ist fasziniert von ihm, allerdings auf andere Weise als etwa von Victor Kibaltschitsch. Letzterer ist ein Vordenker. Jelena ist sich allerdings nicht sicher, ob er auch handelte, wenn es darauf ankäme. Im Falle von Jules Bonnot hegt sie diesbezüglich keinerlei Zweifel. Die Propaganda der Tat ist für diesen Mann nicht nur bloße Theorie, das spürt sie.

»Und Eurer?«, fragt sie.

»Mein …? Ich habe keines.«

Raymond lacht meckernd.

»Das stimmt nicht ganz. Manche nennen ihn ›Le Bourgeois‹.«

Bonnot verzieht das Gesicht.

»Ich muss mich jetzt verabschieden«, sagt er, »der Genosse Octave Garnier und ich haben noch ein Stück zu fahren.«

»Nach Romainville?«, fragt Raymond.

Jelena weiß, dass eine Gruppe von Genossen östlich der Stadt ein Haus gemietet hat, in dem nach den Prinzipien der Freiheit und des Individualismus gelebt wird. Bonnot nickt stumm, schaut Jelena an.

»Ihr solltet uns einmal in Romainville besuchen, falls ...«

»Ja?«

»Falls ihr an der Tat interessiert seid.«

»Vielleicht werde ich das tun. Gute Fahrt, Genosse.«

Bonnot geht zu einem Automobil, das in einiger Entfernung am Straßenrand steht, und beginnt, es fahrbereit zu machen.

Jelena schaut ungläubig zu.

»Er besitzt ein eigenes Auto?«

»Er besitzt jedes Mal ein anderes«, flüstert Raymond.

Sie schaut ihn fragend an.

»Ein beeindruckender Mann, dieser Jules. Gelernter Mechaniker. Ehemaliger Scharfschütze der Armee.«

In diesem Moment schlagen die Glocken einer nahe gelegenen Kirche. Jelena zuckt zusammen.

»Ist es schon sechs?«

Raymond zuckt mit den Achseln.

»Schätze schon. Die Redner haben lange gesprochen, vor allem Victor. Er kann einen wirklich die Zeit verg-«

»Ich muss los.«

Jelena drückt Raymond ihr Wasserglas in die Hand. Er will noch etwas sagen – La Science will immer noch etwas sagen –, aber sie ist bereits fort. Sie wird zu spät kommen, und Monsieur Poiret wird außer sich sein. Er ist bei Weitem nicht der übelste Chef, den sie je hatte, ganz im Gegenteil. Doch der Modeschöpfer neigt zu Jähzorn. In diesem Fall wäre seine Wut wohl sogar gerechtfertigt. Er hat ihr eingeschärft, spätestens um sieben im Atelier zu sein. Sie soll einer Stammkundin bei der Anprobe helfen.

Am liebsten würde Jelena rennen, doch dafür ist der Weg zu steil. Also nimmt sie die Stufen, so schnell es geht. Sie lässt die Sacré-Cœur hinter sich, die viele ihrer Genossen am liebsten in die Luft sprengen würden, weil sie ein revanchistisches Bauwerk ist, weil sie den Montmartre bestrafen soll für seine revolutionäre Gesinnung während der Pariser Kommune. Jelena kommt etwas von Proudhon in den Sinn, seine Kritik an Rousseau, zur Religion als Instrument der Herrschaft. Sie bleibt an einem losen Pflasterstein hängen, stolpert. Erst im letzten Moment fängt sie sich.

Schlag dir die Revolution aus dem Kopf, Mädchen. Zumindest, bis du heil in Paul Poirets Atelier angekommen bist und die Maße dieser Fabrikantentochter oder Bankierswitwe genommen hast.

Jelena erreicht den Boulevard de Clichy. Es ist noch früh am Abend, dennoch herrscht bereits Hochbetrieb. Überall sind Menschen unterwegs, auf dem Weg ins »Moulin Rouge« oder ins »Grand-Guignol«. Die Außenbereiche der Cafés sind proppenvoll, an der Place Pigalle spielen südländische Musikanten eine Tarantella.

Jelena schaut auf die Uhr über dem Eingang der Métro-Station. Es ist Viertel nach sechs. Eigentlich wollte sie zu Fuß zum Atelier laufen, denn Métro-Tickets sind teuer. Von den fünfundzwanzig Centimes kann sie zwei Tage essen. Nun jedoch bleibt ihr keine Wahl. In ihrem schwarzen Umhängebeutel kramt Jelena nach Münzen.

»'tschuldigung, Mademoiselle. Darf ich dich was fragen?«

Als sie aufblickt, schaut sie in das Gesicht eines jungen Mannes. Sein Versuch, sich einen Kinnbart stehen zu lassen, ist spektakulär gescheitert. Er lächelt breit. Zwei seiner Schneidezähne fehlen.

Nach ihrem Dauerlauf atmet Jelena schwer, Flecken tanzen vor ihren Augen. Und so dauert es etwas, bis sie realisiert, mit wem sie es zu tun hat – genauer gesagt, womit. Die keck auf dem Hinterkopf sitzende Mütze, das gestreifte Hemd, die rote Schärpe, die der Jüngling um seine Hüfte gebunden hat – es gibt keinen Zweifel. Nun sieht Jelena auch seine Kumpanen, drei an der Zahl. Sie lehnen in einiger Entfernung an einer Platane und tun so, als seien sie anderweitig beschäftigt.

Apachen. Die haben ihr an diesem Abend gerade noch gefehlt. Diese Banden terrorisieren inzwischen halb Paris. Die meisten ihrer Mitglieder stammen aus den Elendsvierteln. Sie haben keine Arbeit und schlagen sich mit Gaunereien durch. Der Apachismus ist gesellschaftlich erklärbar, aber aus Jelenas Sicht eine Verschwendung revolutionären Potenzials. Wenn all diese jungen Männer doch stattdessen den Klassenkampf aufnähmen.

Aber sie hat keine Zeit, mit dem Kerl über Marx und Engels zu sprechen.

»Bleib mir bloß vom Leib«, blafft sie.

Der Apache breitet beschwichtigend die Arme aus. Seine Hände sind leer, vermutlich hat er das Messer im Ärmel. Wenn sie Glück hat, ist es nur ein Messer.

»Ich wollte ja nur fragen, ob ...«

»Ich hab's eilig, Kleiner. Gib den Weg frei.«

Jelena hat immer noch die Hand in ihrem Täschchen. Sie tastet nach etwas. Der Apache lächelt inzwischen nicht mehr. Er wähnt sich in seiner Ehre verletzt. Dass seine Freunde zuschauen, wie er eine Abfuhr kassiert, macht die Sache nicht besser.

»Jetzt hör mal zu, du kleine Dirne. So spricht man nicht mit den Loups de la Butte.«

Jelenas Hand umschließt den kleinen Deringer. Sie zieht die Pistole aus der Tasche, hält sie dem Apachen direkt vors Gesicht. Sein Blick ist unbezahlbar. Er weicht ein, zwei Schritte zurück. Das reicht Jelena. Schon ist sie am Eingang zur Métro, eilt die Treppe hinab. Hinter sich hört sie wütende Schreie. Im Laufen lässt sie die kleine Pistole wieder in der Tasche verschwinden.

Als die Apachen auf der Treppe auftauchen, ist sie bereits auf dem Gleis. Dort steht ein Zug. Sie steigt ein, rennt durch den Waggon. Glücklicherweise ist er nicht sehr voll. Sie schlängelt sich zwischen Handwerkern, Frauen in Ausgehkleidern und Touristen mit Reiseführern hindurch. Das Blut rauscht in ihren Ohren. Als sie einen Blick aus dem Fenster wirft, sieht sie die Apachen am Fuße der Treppe, zusammen mit zwei erbosten Schaffnern. Einer der Wölfe der Butte hebt den Arm. Eine Messerklinge blitzt auf. Dann setzt sich der Zug in Bewegung. Schweißgebadet lässt sich Jelena auf einen Sitz sinken.

Als sie Poirets Atelier betritt, ist es bereits halb acht. Die Tische mit den Nähmaschinen im Rückgebäude sind verlassen. Auch der Maître selbst ist nirgendwo zu sehen. Jelena geht als Erstes in den Waschraum. Sie hat geschwitzt wie ein Schwein, der Staub der Straße klebt in ihren Haaren und auf ihrem Gesicht. So kann sie weder Poiret noch seiner hochmögenden Kundschaft gegenübertreten, egal, wie spät sie dran ist. Anschreien wird er sie so oder so.

Jelena wäscht sich den Dreck aus dem Gesicht, geht sich durch die Haare. Als sie wieder halbwegs präsentabel aussieht, geht sie zu einem Samtvorhang. Auf dessen anderer Seite befindet sich das eigentliche Geschäft, in dem Poiret Kunden empfängt und Anproben vornimmt. Jelena stellt sich an den Vorhang, lauscht. Sie vernimmt ein leises Trällern. Es klingt nach Verdi. Jelena atmet tief durch, schiebt den Vorhang beiseite.

Poiret lehnt an einem Stehpult und skizziert etwas. Er ist ein kleiner, runder Mann, eine Kugel auf Beinen. Das Jackett seines lindgrünen Anzugs aus Dugdale-Brothers-Leinen hat er abgelegt, die Krawatte ins himmelblaue Hemd gestopft, damit sie ihm beim Zeichnen nicht im Weg ist. Dunkle Flecken bedecken Poirets Rücken und Achselpartien. Wenigstens, denkt sie, bin ich nicht die Einzige, die so schwitzt.

Sie tritt näher. Poiret bemerkt sie nicht, er scheint völlig in seine Arbeit versunken zu sein. Sie kann nun erkennen, dass ihr

Chef eine Frau zeichnet. Sie trägt Pumphosen und ein Oberteil, das sich nach unten weitet – ein Lampenschirm auf Beinen. Auf dem Kopf der Frau sitzt ein Turban, von einer Pfauenfeder gekrönt.

Jelena räuspert sich. Poiret fährt herum, fasst sich an die Brust.

»Mein Gott, Mädchen! Schleich dich doch nicht so an.«

»Ich bitte um Verzeihung, Monsieur Poiret.«

»Was gibt es denn, hm? Kann man nicht mal zu dieser späten Stunde in Ruhe arbeiten?«

»Entschuldigt bitte die Störung, aber ...«

Er hört ihr nicht zu, hält Jelena stattdessen die Skizze hin.

»Was fällt dir dazu ein? Nur zu!«

Wenn die besitzenden Klassen die Ausbeutung des Proletariats neuerdings dadurch zelebrieren, dass sie sich in die Kostüme osmanischer Sklaventreiber werfen, hat das eine erfrischende Ehrlichkeit.

Das ist es, was Jelena dazu einfällt. Stattdessen sagt sie: »Es sieht wunderbar aus.«

»Wunderbar bequem vor allem, hm? Ach, könnte ich doch auch so etwas tragen. Diese Hitze bringt mich noch um.«

Poiret watschelt zu einem Kabinett, in dem verschiedene Liköre stehen. Er entnimmt ihm eine Flasche Chartreuse Jaune und einen Eiskübel, holt zudem ein kleines Baccarat-Glas hervor. Während er sich eingießt, sagt er: »Aber was gibt es denn jetzt?«

»Ich sollte herkommen wegen einer Anprobe, Monsieur.«

»Ach so?«

An dem Likör nippend, geht Poiret zu einer Schublade, holt ein Kontorbuch hervor. Er blättert darin.

»Ah, Isadora Duncan. Da bist du aber ein bisschen früh dran, hm?«

Jelena ist froh, ihre Tasche hinten im Atelier gelassen zu haben. Ansonsten würde sie nun möglicherweise ihren Deringer zücken und diesem kleinen Wichtigtuer ein Loch in den Wanst schießen.

»Ich, Sie haben ...«

Poirets Stirn legt sich bedrohlich in Falten.

»Ich habe was?«

Jelena ist sich sicher, dass er sie für sieben herbestellt hat. Aber wenn sie ihm das sagt, erinnert Poiret sich möglicherweise auch daran, wie sehr er Unpünktlichkeit – Unpünktlichkeit anderer Menschen, wohlgemerkt – verabscheut.

»Ich wollte schon einmal alles vorbereiten. Aber Monsieur haben mir noch nicht gesagt, in welcher Schublade sich Madame Duncans Stücke befinden.«

»Schublade zehn. Und ja, tu das, tu das. Wann genau sie kommt, weiß ich nicht. Diese Kalifornier haben ja überhaupt kein Zeitgefühl. Aber irgendwann taucht sie schon auf, sei unbesorgt. Sie benötigt die Sachen nämlich für eine Vorstellung.«

»Ist sie Schauspielerin?«

Der Modeschöpfer schaut sie verdutzt an. Dann beginnt er schallend zu lachen. Hundert Kilo beben vor Vergnügen.

»Du weißt nicht, wer Isadora Duncan ist?«

Und du weißt nicht, wer Kropotkin ist, du kleiner Bourgeois.

»Ich befürchte, ich weiß es nicht, Monsieur.«

»Sie ist eine Tänzerin! Na, nicht irgendeine. Die Verkörperung des antiken Traums der tänzerischen Darbietung, von der Terpsichore geküsst. Ich glaube, Polignac hat das über sie gesagt.«

Jelena weiß auch nicht, wer Polignac ist.

»Du wirst schon sehen. Die Stücke sind quasi fertig, es geht nur noch um die letzten Änderungen.«

Poiret greift nach seinem Jackett, legt es an. Vor einem Spiegel inspiziert er dessen Sitz, zupft sein Einstecktuch zurecht. Währenddessen wirft er Jelena einen strengen Blick zu.

»Hol die Stücke vor und warte im Geschäft auf sie. Egal, wie lange es dauert, hörst du? Ich muss leider weg. Meine Frau hat sich in den Kopf gesetzt, heute Abend zum Hippodrome de Longchamp zu gehen. Irgendein Hengst«, er kichert, »muss ihr wohl den Kopf verdreht haben.«

Poiret greift nach Spazierstock und Hut, geht zur Tür.

»Und ich will keine Klagen hören, ja? Mach es so, wie sie es will. Sie kann manchmal ein wenig exzentrisch sein.«

»Ihr könnt Euch auf mich verlassen, Monsieur.«

Poiret trinkt den letzten Schluck Likör. Das leere Glas, in dem noch ein Eiswürfel schwimmt, drückt er Jelena in die Hand. Dann tritt er hinaus auf die Straße, winkt nach einem Taxi.

Sobald Poiret außer Sicht ist, lässt Jelena sich auf eine Ottomane niedersinken. Sie fischt den Eiswürfel aus dem Glas, drückt ihn sich in den Nacken. Während das kühle Wasser ihren Rücken hinabläuft, starrt sie durch die Panoramascheiben hinaus auf die Champs-Élysées.

3

Sie sitzen in der »Closerie des Lilas«, natürlich im Außenbereich. Ihr Lohengrin ist immer noch nicht aufgetaucht. Der Mann ist einfach unglaublich. Isadora Duncan fühlt Wut in sich aufsteigen. Am liebsten möchte sie aufspringen und ihren Zorn hinaustanzen, einen wilden Veitstanz aufführen, mitten auf dem Boulevard de Montparnasse, trotz der Hitze, trotz der Leute. Oder vielleicht gerade wegen der Leute. Wenn sie sich halb nackt auf dem Trottoir verrenkt, gibt das einen schönen Skandal. Alle wären außer sich, nicht zuletzt ihr unpünktlicher Paramour.

»Du schaust aber ungehalten, Liebes«, sagt Madeline. Isadoras Begleiterin kommt aus New York, eine alte Bekannte aus früheren Tagen, die gerade eine Europatour macht. Sie ist Malerin, möchte sich von Paris inspirieren lassen. Isadora hat sich wahnsinnig gefreut, Madeline wiederzusehen, obwohl sie ein wenig, nun, ihr fehlt einfach das tiefere künstlerische Verständnis. Ihre Aquarelle sind schrecklich gewöhnlich. Wenn Madeline stattdessen Postkartenansichten irgendwelcher Pariser Straßenmaler kaufte, ersparte sie sich eine Menge Arbeit. Natürlich würde Isadora ihr das nie sagen. Die Wahrheit ist es trotzdem.

»Ich hatte«, sagt Isadora, »gehofft, dir Paris vorstellen zu können.«

Madeline schaut einen Augenblick lang irritiert drein – etwas schwer von Begriff ist sie nämlich auch. Erst nach einer Weile realisiert sie, dass Isadora nicht die Stadt der Städte meint, sondern ihren Liebhaber, Paris Singer.

»Er sieht sehr gut aus, nicht wahr?«

»Das kann man wohl sagen, Maddy. Man weiß ja nie, was sich die Leute denken, wenn sie ihren Kindern Namen wie Desdemona oder Achill geben. Aber im Fall von Paris – oh, er ist einer der schönsten Männer, die ich je gesehen habe. Und stell dir vor: Er ist zwar zehn Jahre älter als ich, aber manche halten ihn für jünger.«

»Das kann ich mir kaum vorstellen, Isa. Du wirkst immer noch wie Mitte zwanzig.«

»Ich danke dir, du kleine Lügnerin. Aber es stimmt natürlich, meine Kunst hält mich jung und straff.«

»Wo ist er denn?«

»Er wollte mich heute Abend ins ›Paillard‹ schleppen.«

»Was ist das?«

»Ein Restaurant.«

Nicht irgendein Restaurant, sondern eines der besten, das die Stadt zu bieten hat. Man serviert dort russische Küche, die, wie Lohengrin zu sagen pflegt, die beste der Welt ist.

Es hat viele Vorteile, Paris Singer zum Freund zu haben. Neben gutem Aussehen und beachtlicher sexueller Ausdauer besitzt Paris ein enormes Vermögen. Seine Lebensmaxime lautet, dieses mit beiden Händen auszugeben. Aber bei dieser Augusthitze *La Choucroute Impériale Russe* oder *Coulibiac* zu essen, war nicht nach ihrem Geschmack. Morgen hat sie einen Auftritt, wird also quasi den gesamten Abend in einem großen, dunklen Gebäude verbringen – warum versteht er nicht, dass eine Künstlerin vor solch einem Auftritt das Licht und die Luft braucht?

Sie haben deswegen ein wenig gestritten. Am Ende waren sie übereingekommen, sich lieber in der »Closerie« zu treffen. Doch nun ist es bereits nach neun, und Paris ist immer noch nicht aufgetaucht. Der Mann ist es gewohnt, dass alle Welt auf ihn wartet. Alle Welt, aber sie nicht.

»Er wird bestimmt bald da sein«, sagte Madeline und tätschelt Isadora die Hand. Dann nimmt sie einen weiteren Schluck von ihrem grünlichen Getränk. Maddy hat Isadoras Rat ignoriert und Absinth bestellt. Nun, nach dem zweiten Glas, sieht sie bereits sehr träge aus. Vermutlich wird es ein kurzer Abend.

Für einen Moment schweigen sie. Madelines Blick streift über die Tische und mustert die teils eigenwilligen Gestalten. In der »Closerie« verkehren viele Künstler. Manche sehen abgerissen aus, andere sind herausgeputzt wie Pfauen. Dass es in Montparnasse derart viele Maler und Dichter gibt, ist eine neue Entwicklung.

Als Isadora vor einigen Jahren schon einmal in Paris lebte, war der Montmartre die Heimat der hoffnungsvollen jungen Künstler. Inzwischen ist er jedoch ziemlich überlaufen. In jedem Harper oder Baedeker kann man nachlesen, wie pittoresk die Butte sei.

»Oh, schau dir bloß mal den an!«, ruft Madeline etwas zu laut und zeigt zu allem Überfluss auch noch auf den Mann. »Diese, wie sagt man? Montparnos? Die sind ja wirklich was ganz Besonderes.«

Der Herr, der es Madeline angetan hat, trägt einen himmelblauen Knickerbockeranzug nebst passender Kappe. Das *pièce de résistance* ist jedoch sein Spazierstock, der im selben Himmelblau lackiert ist.

»Das ist ein Engländer. Ich kenne ihn. Willst du ihn kennenlernen?«

»Ist er Maler?«

Isadora überlegt, ob sie Madeline die Wahrheit zumuten soll. Dann sagt sie: »Er ist ein berühmter Bergsteiger. Hat als Erster den K2 bestiegen.«

Madeline kichert albern.

»Und was besteigt er noch so?«

»Oh, Liebes, du solltest jetzt vielleicht wirklich mal einen Orangensaft trinken. Warte einen Moment, ich hole ihn.«

Isadora erhebt sich und geht zu dem am anderen Ende des Außenbereichs sitzenden Paradiesvogel. Vor ihm steht ein Glas Whiskey. Er liest in einem Buch.

»Guten Abend, Aleister.«

Die Stirn des Angesprochenen legt sich in Falten. Sobald er Isadora sieht, hellt sich seine Miene jedoch auf. Umgehend erhebt er sich, nimmt die Ballonmütze ab, verbeugt sich.

»Verehrte Isadora, welch eine Freude! Wie schön, Euch zu sehen.«

»Ich freue mich auch.«

Aleister ist Mitte dreißig, sein kahler Schädel und seine tief liegenden Augen lassen ihn jedoch älter wirken. Man kann sehen, dass er das Leben in vollen Zügen genießt.

Er bedeutet ihr, sich zu ihm zu setzen. Sie schüttelt den Kopf. »Ich bin mit einer Freundin hier, die gerade Paris besucht. Sie ist wie ich Amerikanerin. Wollt Ihr Euch vielleicht einen Moment zu uns setzen?«

»Es wäre mir eine Ehre.«

Aleister greift sich seinen Drink und sein Buch. Sie gehen hinüber zu Madeline, die den Mann in Himmelblau mit großen Augen betrachtet. Isadora ist sich immer noch nicht sicher, ob es eine gute Idee ist, die beiden aufeinander loszulassen. Aleister wird möglicherweise von Maddys Gewöhnlichkeit gelangweilt sein. Madeline ist im Gegenzug vielleicht schockiert. Der Mystiker legt es mitunter darauf an, Leute vor den Kopf zu stoßen.

Freilich ist das einer der Gründe, weswegen Isadora eine Seelenverwandtschaft mit Aleister verspürt. Der Mann will Grenzen überschreiten, Mauern niederreißen, genau wie sie. Bei seinen ausgedehnten Reisen durch Indien und den Himalaya hat der Brite tiefe Einblicke in die kosmischen Mysterien gewonnen. Aleister spricht nicht viel darüber, doch Isadora kann spüren, dass er eine tiefe Weisheit besitzt, die weit über das Fassbare hinausgeht.

»Darf ich vorstellen: Madeline Simmonds, Aleister Crowley.«

Aleister stellt sich ihrer Freundin recht artig vor. Er befragt sie zu ihrem Eindruck von London, das Madeline nach ihrer Ankunft in Southampton als Erstes besucht hat. Sie scheint ganz verzaubert von dem himmelblauen Sonderling. Isadora kann es ihr nicht verdenken. Mit seiner Glatze und seinem Bulldoggengesicht ist er nicht unbedingt ein schöner Mann. Aber sein Blick hat etwa Magnetisches. Und dann ist da diese Stimme, die gar nicht zu seiner Statur passen will: ein heller, butterweicher Bariton. Außerdem hat Aleister diesen Midlands-Akzent, er klingt einfach wahnsinnig englisch. Und dafür haben Amerikanerinnen bekanntermaßen eine Schwäche.

Während die beiden plaudern, nippt Isadora an ihrem bereits warmen Weißwein. Sie schaut sich den Rücken des Buchs an, das Aleister noch immer in seiner Armbeuge hält. Es trägt den Titel »Erzketzer & Co.«. Sie deutet darauf.

»Das? Ein sehr bemerkenswertes Buch. Ich habe es gestern bei Galignani gekauft und bereits verschlungen.«

»Ist es ein mystisches Werk?«

»Ja und nein. Kein Buch der Magick im engeren Sinne, aber eine Beschreibung fantastischer, mystischer Reisen. Kurzgeschichten, die an Poe erinnern oder vielleicht an Dunsany.«

»Wer ist der Autor?«

»Ein gewisser Apollinaire. Ich hatte ehrlich gesagt noch nie von ihm gehört. Es war eher …«, Aleister lächelt vieldeutig, »… der Titel, der mich angesprochen hat.«

»Guillaume Apollinaire? Oh, ich kenne ihn. Man sieht ihn öfters mit den Malern. Er ist Kunstkritiker, soweit ich weiß.«

»Ein interessanter Mann, so viel steht fest. Vor allem seine Figur des Ormesan ist großartig, ein verschlagener Abenteurer mit übersinnlichen Fähigkeiten. Sagt, könntet Ihr mir diesen Herrn beizeiten vielleicht einmal zuführen?«

»Vorstellen – ja. Zuführen – nein.«

Aleister lacht dreckig. Madeline schaut, als habe sie den Faden verloren. Ist vielleicht auch besser so.

»Ich wäre Euch zu Dank verbunden. Aber etwas anderes, sagt: Wie kommt Ihr mit den Karten zurecht?«

Nach ihrer Darbietung neulich im »Gaîté Lyrique« hat Aleister sie mit Lob überschüttet. Derlei ist Isadora gewohnt, aber der Mystiker pries nicht nur ihre apollonische Grazie und ihre Ausdrucksstärke. Er sagte, sie besitze ein magisches Bewusstsein. Das zeige sich in ihren Bewegungen. Indem Isadora ihre okkulten Energien auf der Bühne manifestiere, beeinflusse sie das gesamte Publikum, vollziehe einen heiligen Ritus.

Isadora hat viel darüber nachgedacht. Und es stimmt: Ihre Verbindung zum Publikum ist etwas Besonderes, sie selbst kann die Schwingungen spüren. Doch Aleister vermag sie aufgrund seiner langjährigen arkanen Ausbildung sogar zu sehen.

Bei ihrer letzten Zusammenkunft hat der Magier ihr nicht nur ein großes Stück Haschisch geschenkt, sondern auch ein Tarot. Es ist keines dieser alten, italienischen, sondern ein brandneues.

Als sie die von der Malerin Colman Smith und dem Mystiker Arthur Waite konzipierten Motive das erste Mal sah, war sie völlig verzaubert.

»Ich arbeite fast täglich damit.«

»Gut. Wer ist Euer Signifikator?«

»Was ist ein Signifikator?«, fragt Madeline, die inzwischen das zweite Absinthglas geleert hat. Ihr Blick ist glasig.

»Ihr kennt das Tarot?«

»Ihr meint Wahrsagerkarten?«

Aleister schüttelt den Kopf. Seine Miene verrät Nachsicht, so als rede er mit einem ungebildeten Bauern, der es nicht besser wissen kann.

»Die Karten offenbaren die Mysterien.«

Er greift in eine Jacketttasche, holt eine abgewetzte, karmesinfarbene Schachtel hervor. Dieser entnimmt er die Karten des Rider-Waite-Smith-Tarots. Er zeigt Madeline einige der Großen Arkana – den Gehängten, den Turm, den Teufel.

»Der Signifikator symbolisiert den Fragesteller. Die Karten, die um ihn herumgelegt werden, sein Schicksal.«

»Und wer bist du, Isadora?«

»Die Königin der Stäbe«, erwidert sie leise.

Es war die offensichtliche Wahl. Mit der Königin der Stäbe hat sie die roten Haare gemein. Die Königin ist voller Feuer, voller Liebe, sie ist Leben, ist Bewegung.

Aleister nickt wissend. »Eine gute Wahl«, sagt er leise. »Aber wer«, er hebt theatralisch die Brauen, »mag unsere gute Madeline wohl sein?«

»Ihr wollt mir die Karten legen?«

»Wenn Ihr mögt? Der Tanz des Schicksals steht jedem offen.«

Als Aleister »Tanz« sagt, fällt es Isadora auf einmal wieder ein. Wie hat sie vergessen können, dass ihr Kostüm für die Aufführung noch bei Paul Poiret liegt? Es sind möglicherweise noch Änderungen zu machen, ansonsten kann sie es morgen nicht tragen. Isadora ist sehr eigen, was ihre Gewänder angeht. Am liebsten tanzt sie natürlich nackt, aber wenn dies nicht möglich ist, will sie sich zumindest fühlen wie im Evakostüm. Die Stoffe müssen sie umfließen wie Wasser. Der einzige Schneider, der das versteht, ist Paul. Deshalb hat sie ihn beauftragt, etwas zu entwerfen, das dem Chiton nachempfunden ist, dem Unterkleid der griechischen Antike.

»Isadora? Ist alles in Ordnung?«, fragt Aleister.

»Ich muss zum Kostümschneider.«

»Jetzt?«, sagt Madeline.

»Ich habe es ganz vergessen. Ach, daran ist nur dieser ganze Aufruhr mit Lohengrin schuld.«

»Lohengrin?«

»Ich meine Paris. Ich nenne ihn manchmal so. Lieber Aleister, ich bin untröstlich, aber ich werde gleich aufbrechen müssen.«

Madeline will sie natürlich begleiten. Isadora bittet ihre Freundin, doch noch sitzen zu bleiben, schließlich sei der Abend jung. Aber Madeline ist müde. Sie einigen sich darauf, dass Isadora die Toilette aufsucht und den Maître bittet, ihnen einen Wagen zu organisieren. Währenddessen kann Aleister ihrer Freundin noch schnell die Zukunft weissagen und dann ebenfalls aufbrechen; nach eigener Aussage hat er für Mitternacht eine Anrufung des Hermes geplant und muss noch Vorbereitungen treffen.

»Es war mir wie immer eine Freude, Isadora.«

»Mir ebenfalls, Aleister. Sagt, habt Ihr von der Séance bei Madame Filine gehört? Werdet Ihr dort sein?«

»Nur, wenn Ihr es auch seid.«

»Dann sehen wir uns. Adieu. Madeline, ich bin gleich zurück.«

Isadora betritt den Schankraum der »Closerie«, geht an der hell beleuchteten Cocktailbar vorbei. Sie winkt einem Kellner, lässt die Abrechnung für ihren Tisch und für den von Aleister machen. Es gibt keinen Grund, zu knausern. Paris Singer hat ihr am Morgen achtlos mehrere Scheine für die Ausgaben der Woche in die Hand gedrückt. Die Summe würde reichen, die ganze »Closerie« einzuladen. Sie bittet den Ober, ihr ein Taxi zu organisieren. An einem Abend wie diesem ist das kein leichtes Unterfangen, weswegen sie ihm ein üppiges Trinkgeld gibt.

Auf der Toilette wäscht sie sich Gesicht, Nacken und Achseln. Seit zwei Wochen ist es unerträglich in Paris, das Wetter erinnert an Südkalifornien. Heute Mittag hatte es vierunddreißig Grad. Viele macht die Hitze schlapp und träge, ihre Freundin ist das beste Beispiel dafür. Maddys irisches Blut ist zu dick für diese Temperaturen. Isadora hingegen bringt die Hitze in Wallung, ständig spürt sie dieses Kribbeln, das ihren Bauch und ihren Rücken hinunterläuft, in Richtung ihres Schoßes.

Sie vergewissert sich, dass sie allein in der Toilette ist. Dann schiebt sie die Hand unter ihr dünnes Kleid, nimmt eine Brustwarze zwischen Daumen und Zeigefinger. Es ist kaum auszuhalten. Wo ist dieser Paris Singer, wenn man ihn braucht? Wäre er da, würde sie ihn anweisen, ihr hier und jetzt Erleichterung zu verschaffen.

Die Tür geht auf. Rasch zieht Isadora ihre Hand zurück. Eine Frau tritt ein. Sie trägt ein Sommerkleid, das die Schultern frei lässt und erstaunlich viel von ihrer olivfarbenen Haut offenbart. Sie ist hübsch. Ihre Nase ist etwas zu groß, aber das findet Isadora durchaus apart. Das Mädchen könnte die Carmen spielen. Isadora schaut ihr nach, bis sie in einer der Kabinen verschwindet.

Während sie zurück zum Tisch läuft, sieht sie vor ihrem geistigen Auge die schöne Spanierin, die Hände ins weiße Laken gekrallt, Schreie der Lust ausstoßend. Sie muss sich zwingen, das köstliche Bild aus ihrem Kopf zu verbannen. Madeline wird sich sonst wundern, was mit ihr los ist.

Als Isadora den Tisch erreicht, sieht sie, dass etwas nicht stimmt. Madeline sitzt stockstelf auf ihrem Platz. Aleister ist fort. Die Blicke der anderen Gäste verraten Isadora, dass etwas vorgefallen ist.

»Maddy, ist dir nicht gut? Waren die Karten ungünstig?«

»Nein, nein. Er hat gesagt, meine Reise werde zu … zu neuen Offenbarungen führen, neuen Ufern.«

Isadora setzt sich.

»Aber das klingt doch wunderbar, Schätzchen.«

Madeline hat die Hände unter dem Tisch. Es sieht aus, als presse sie diese fest in den Schoß. Isadora ahnt etwas. Es würde zu Aleister passen.

»Er ... er hat ...«

»Seine Hand hingetan, wo sie nicht hingehört?«

»Nein, das nicht.«

»Sondern?«

»Er hat sich sehr höflich verabschiedet und einen Diener gemacht. Dann nahm er meine Hand, und er sagte: ›Madame, darf ich Ihnen den Schlangenkuss geben?‹ Ich konnte ja nicht ahnen, was ...«

»Den Schlangenkuss?«

Madeline ist den Tränen nahe.

»Er hat sich vorgebeugt, so als wolle er meine Hand küssen. Und dann hat er, hat er ...«

Madeline hebt ihren rechten Arm. Ihre Hand ist mit einer weißen Serviette umwickelt, auf der rote Flecken zu sehen sind.

»... hat er mich gebissen.«

4

Der Vorteil am Carrefour Vavin: Man muss sich nicht festlegen. Um den Platz herum gruppieren sich drei Cafés. Da ist zunächst »La Coupole«, eine *bar américain*, die so vermutlich auch in Chicago oder New York existieren könnte. Zwanzig Meter weiter, auf der gleichen Straßenseite, liegt »Le Dôme«. Pablo gefällt es dort. Das dunkle Holz und der Plüsch machen den Laden sehr heimelig. Doch er ist teuer, und heute war es ihm außerdem zu voll.

Als Guillaume und weitere Mitglieder der Bande auftauchten, zogen sie deshalb weiter ins »La Rotonde«. Es befindet sich auf der anderen Straßenseite. Die beiden Cafés haben einander stets im Visier. Wären sie Menschen, verachteten sie einander vermutlich. »Dôme« schaut auf »Rotonde« herab, weil es weniger glamourös ist; »Rotonde« betrachtet »Dôme« als Emporkömmling, denn es existiert schon viel länger.

Wie sich inzwischen herausgestellt hat, war der Caféwechsel ein Fehler. Im »Rotonde« ist zwar nicht viel los, aber die anwesenden Gäste sind umso anstrengender. Eigentlich wollte Pablo ein paar Skizzen anfertigen. Er arbeitet gerne im Café. Aber die ständige Fragerei bringt ihn völlig aus dem Konzept. Und obwohl er bisher jede Antwort verweigert hat, lassen die beiden deutschen Kunstliebhaber, die sich zu ihnen an den Tisch gesellt haben, einfach nicht locker.

Pablo sitzt an der Wand, eingerahmt von Fernande und Guillaume. Letzterer erklärt den Deutschen gerade, warum man den Louvre komplett niederbrennen sollte.

»… ein riesiges Brandopfer, die ganzen Raffaels, Rembrandts und Rigauds – eine Hekatombe für die Götter der Zukunft, meine Herren!«

Einer der beiden, eine Leberwurst mit Melone und Spitzbart, schaut ungläubig.

»Das könnt Ihr doch unmöglich ernst meinen.«

Pablo zieht an seiner Zigarette. Guillaume fuchtelt mit seiner Pfeife. Vor dem Dichter stehen ein Guinness und mehrere leere Teller. Seit sie hier sind, hat sein Freund gegessen. Wenn er nicht gerade geredet hat.

»Ah, ah, ich habe nichts gegen die dortigen Kunstwerke, nicht per se. Aber sie der Gesellschaft in dieser Form zu präsentieren – das dient letztlich nur dazu, den Status quo zu zementieren, den Menschen zu sagen: Das da ist Kunst. Und sonst nichts!«

Guillaume strahlt über das ganze Gesicht. Seine Bäckchen sind voller Farbe. In Momenten wie diesen erinnert er Pablo an einen Pierrot, der zu viel Opium geraucht hat.

»Monsieur Picasso«, sagt der zweite Mann, ein Blonder mit pockennarbiger Haut, »seht Ihr das auch so wie Monsieur Apollinaire?«

Pablo spürt, wie Fernande unter dem Tisch nach seiner Hand greift. Sie weiß, wie ermüdend er diese Diskussionen findet, diese ständige Fragerei, was dieses oder jenes Bild zu bedeuten hat, was sein Stellenwert in der Kunst sei. Wenn man einen Vogel singen hört, will man dann sein Gezwitscher verstehen?

Bevor er sich eine hinreichend sybillinische Replik zurechtgelegt hat, rettet ihn Max Jacob. Er kommt just in diesem Moment zur Tür herein, winkt ihnen mit seinem Spazierstock zu. Man begrüßt einander, ein weiterer Stuhl wird organisiert. Max setzt sich. Er sieht aus wie ein Gespenst, und das nicht zum ersten Mal. Pablo macht sich Sorgen um ihn. Der viele Äther bekommt Max überhaupt nicht.

»Noch mal zu Ihren Invektiven gegen die, ah, gegen die Museen, Monsieur Apollinaire«, hebt einer der Männer an. »Ich verstehe das mit dem, mit der Zukunft, also dass die neue Kunst ...«, er nickt Pablo zu, »... Raum benötigt. Aber Ihrer Logik folgend, müsste man ja nicht nur den Louvre, sondern auch die Uffizien und ...«

»Der Louvre?«, wirft Max ein. »Da komme ich gerade her.«

Guillaume wendet sich Max zu. Er hat sich eine neue Pfeife angezündet, Rauchgirlanden schmücken sein barockes Haupt.

Pablo greift nach dem Kohlestift. Er beginnt, eine Linie über das Blatt vor sich zu ziehen.

»Der hat doch seit Stunden zu«, hört er Guillaume antworten. Die Linie auf dem Blatt vollzieht eine Wendung, die Pablo so nicht vorhergesehen hat. Anstatt gegenzusteuern, lässt er sie laufen.

»Ich meine, ich bin dort vorbeigekommen. Auf dem Weg von der Oper«, sagt Max.

»Du warst in der Oper? Was wurde denn gegeben? Diese entsetzliche Neuaufführung von ›Nabucco‹?«

»Hör mir doch erst mal zu, Apo. Ich habe nur einen Spaziergang gemacht. Und als ich am Louvre vorbeikam, war da ein Menschenauflauf.«

»Eine Demonstration?«, fragt der pockennarbige Deutsche.

»Nein, nein, ich glaube nicht. Die Leute standen auf der Rivoli. Die Polizei hielt sie zurück. Ich wollte zum Carrousel, schauen, ob man da mehr sieht. Aber auch dort ist alles abgesperrt.«

Die Linie entpuppt sich als Schulterpartie. Pablo setzt neu an, zeichnet weiter. Ein massiger Torso entsteht.

»Moment mal, Max. Die Polizei hat den Louvre abgesperrt?«, sagt Guillaume.

»Ja, sah so aus. Seltsam, nicht wahr?«

»Vielleicht«, sagt der wurstige Deutsche lächelnd, »hat jemand ein Feuer gelegt.«

Guillaume prustet. Guinness-Tropfen spritzen über den Tisch.

»Ah, ah, sehr gut, sehr gut! Das wäre wünschenswert, keine Frage. Es ist aber kaum wahrscheinlich. Ich glaube, ich werde der Sache nachgehen. Ich muss ohnehin mal um den Block, sonst kann ich nachher wieder nicht scheißen. Was ist mit euch, Freunde?«

Pablo schüttelt den Kopf. Er zeichnet weiter. Aus dem Augenwinkel sieht er, wie Fernande sich erhebt.

»Ich gehe mich rasch frisch machen, Liebster.«

Pablo nickt kaum merklich. Guillaume ist ebenfalls aufgestanden, greift nach seinem Strohhut.

»Ich werde berichten!«, ruft er in die Runde. Zu den beiden Nervensägen sagt er etwas auf Deutsch, das Pablo nicht versteht. Es scheint jedoch komisch zu sein, denn die beiden lachen dröhnend. Da soll noch einer sagen, die Deutschen besäßen keinen Humor.

»Eine lustige Truppe seid ihr«, sagt die Leberwurst zu Max.

»Eine Künstlerbande, vor der ganz Paris zittert«, entgegnet Max.

Der Deutsche blinzelt.

»Meint Ihr das ironisch, oder ...«

Max nimmt sein Monokel ab, beugt sich vor. Im Verschwörerton raunt er: »Habt Ihr schon mal von La Fontaine, Molière und Racine gehört?«

»Ja, natürlich.«

»Das«, Max zeigt in die Runde, »sind wir.«

»Ah.«

Pablo macht sich derweil an die Kopfpartie. Die Skizze wird ganz gut.

»Ich hätte noch eine Frage, Monsieur Picasso. Ich habe bei Kahnweiler Euer ›Mädchen mit der Mandoline‹ gesehen.«

Bei der Erwähnung seines Galeristen zuckt Pablo zusammen. Seine Linie geht fehl. Er blickt auf. Die beiden Deutschen schauen ihn erwartungsvoll an. Ihm wird auf einmal bewusst, dass er von allen guten Geistern verlassen ist. Guillaume ist fort. Fernande ist fort. Max ist noch da. Aber der taugt nun wirklich nicht als Leibwächter.

»Ich fühlte mich bei Eurem Bild ein wenig an einen Akt Marcel Duchamps erinnert. Ihr kennt ihn?«

»Mmh.«

»Duchamps Dekonstruktion der weiblichen Form und die des Mädchens mit der Mandoline scheinen mir ganz ähnlich. Denkt Ihr, dass der Kubismus ...«

Pablo greift in das Täschchen neben sich. Er holt eine Browning Automatic hervor, legt sie schweigend neben seine Kaffeetasse. Die Augen des Deutschen weiten sich.

»Eine Pistole? Ist das ein Symbol? Die ungeheure Wucht Eurer Bilder, Monsieur – wollt Ihr sagen, dass sie wie ein Projektil ...«

Pablo legt die Hand auf die Pistole, umfasst ihren Griff. Er liegt kühl in seiner Hand.

»Noch ein Wort, und ich schieße«, sagt er.

Der Mann starrt Pablo an, will etwas erwidern. Pablo starrt zurück. Er mag kein Riese sein, aber die Kraft seines Blicks hat schon viele niedergemäht. Auch der Deutsche hält ihm nicht stand. Hastig erheben er und sein Kompagnon sich. Sie murmeln eine Grußformel und machen, dass sie fortkommen.

Pablo lässt die Waffe wieder in seiner Tasche verschwinden. Max sagt nichts, schaut lediglich amüsiert. Fernande kommt von der Toilette zurück und setzt sich wieder neben ihn.

»Wo sind die Deutschen?«

»Mussten weg.«

Sie schaut sich seine missglückte Skizze an.

»Wird das Guillaume?«

Anstatt zu antworten, knüllt Pablo den Zettel zusammen, wirft ihn achtlos zu Boden. Fernandes Miene verfinstert sich. Sie wendet sich von ihm ab.

Ist sie verstimmt, weil sie denkt, er sei es? Oder weil er sein missratenes Bild nicht erklären möchte? Oder weil sie ihre Tage hat? Wer weiß das schon? Pablo legt sich ein frisches Blatt zurecht, winkt dem Kellner. Fernande und Max bestellen Kaffee. Pablo ordert einen Obstsalat.

Eine Weile ist es so, wie er es gern hat. Draußen auf dem Trottoir spielen die Musikanten »Notre président«, und das nicht einmal schlecht. Max und Fernande zerreißen sich das Maul über die dummen Deutschen, über Guillaume Apollinaires pusselige Freundin, über das schlechte Essen bei »Chartier« gestern. Es ist vergnüglich, ihrem Geplapper zu lauschen, jedoch nichts beitragen zu müssen.

Pablo stopft sich eine Pfeife, skizziert einen frischen Guillaume. Er hat seinen besten Freund schon oft gezeichnet, als

Papst mit Tiara, als Bankangestellten und Gott weiß als was sonst noch alles. Heute malt er Guillaume als Detektiv. Er strichelt ihm eine Lupe in die Pranke. Sie ist auf ein Ölgemälde gerichtet. Statt eines Strohhuts setzt er seinem Freund eine Sherlock-Holmes-Mütze auf. Gerade will Pablo sich an die Details machen, als jemand die Tür des Cafés aufreißt. Die Schellen über dem Eingang klingeln so hektisch wie Kirchenglocken bei einer Feuersbrunst. Pablo schaut auf. Im Türrahmen steht Guillaume. Er wirkt erregt. Er kommt zu ihrem Tisch, wirft sich in einen der Korbstühle.

»Man hat im Louvre eingebrochen. Ah, ah, es ist unglaublich!«, ruft er.

Während Guillaume spricht, wendet sich ihm die gesamte »Rotonde« zu. Der Dichter tupft sich mit einem Einstecktuch die Stirn. Hektisch winkt er den Kellner heran und bestellt ein großes Bier sowie einen Becher Fruchteis. Erst als das erledigt ist, spitzt Guillaume die Lippen, so wie er es immer tut, wenn er etwas darlegen möchte.

Pablo kennt die schauspielerischen Kunstpäuschen seines Freundes. Aber langsam wird selbst er ungeduldig.

»Was ist passiert?«, fragt Pablo.

»Ein Riesenaufruhr. Etwas ist aus dem Louvre gestohlen worden, sagt man. Niemand scheint Genaueres zu wissen. Die Polizei hat alles abgesperrt. Ich habe Dubois getroffen, er arbeitet für ›Le Figaro‹. Er hatte gerade einen Kollegen abgelöst, der seit dem frühen Nachmittag dort war.«

»Vor dem Louvre?«, fragt Max.

»Ja. Offenbar wurde das Museum bereits am Vormittag geschlossen. Dubois sagt, er habe Lépine persönlich gesehen. Muss also was Ernstes sein.«

Louis Lépine ist der Präfekt von Paris, einer der mächtigsten Männer der Stadt – ihr heimlicher Herrscher, sagen manche. An den umliegenden Tischen erhebt sich Gemurmel. Reinert, ein Fagottist, der an der Oper arbeitet, beugt sich herüber.

»Aber welches Bild wurde denn entwendet, Guillaume?«

»Ah, ah! Das ist die Frage. Ich weiß ehrlich gesagt nicht einmal, ob Bilder entwendet wurden oder etwas anderes.«

»Ihr meint Statuen oder Statuetten?«

Pablo hat inzwischen wieder zu zeichnen begonnen, doch erneut misslingt sein Strich. Er starrt Guillaume an. Dessen Blick sagt: »Mach dir keine Sorgen.«

Der Kellner bringt das bestellte Bier. Guillaume nimmt mehrere große Schlucke, schaut Pablo weiter an. Der lässt derweil das Blatt mit dem verunglückten Museumsdetektiv unter dem Tisch verschwinden. Max wendet sich unterdessen dem immer noch auf eine Antwort wartenden Fagottisten zu.

»Die ›Nike von Samothrake‹ wird's nicht gewesen ein. Passt schlecht unter den Mantel.«

Einige der Gäste lachen. Guillaume wirft Pablo einen letzten Blick zu, wendet sich dann mit breitem Lächeln der Zuhörerschaft zu.

»Andererseits, Messieurs: Denkt an die bleischwere Statue der Isis, die vor ein paar Jahren aus dem Louvre gestohlen wurde. Sockel inbegriffen, wenn ich mich recht entsinne.«

»Wie haben sie die rausbekommen?«, fragt jemand.

»Durch den Kamin«, erwidert Guillaume. »Von solchen Dieben könnte selbst der Weihnachtsmann noch was lernen!«

Die Leute johlen. Guillaume kommt allmählich in Fahrt. Er erinnert die Gäste an jenen Journalisten, der als Mutprobe in einem ägyptischen Sarkophag übernachtete. Und er erzählt von dem Unbekannten, der vor drei Jahren durch ein Fenster in die Galerie d'Apollon eindrang, mehrere Bilder umhängte, jedoch keines mitnahm. Das Ganze garniert Guillaume mit kleinen Sottisen über die Gardiens, die, wie jeder weiß, aus den Reihen versehrter Soldaten rekrutiert werden. Die meisten von ihnen sind derart alt und verbraucht, dass sie einen Dieb nicht einmal fangen könnten, wenn er direkt an ihnen vorbeiliefe.

Alles amüsiert sich prächtig, bis auf Pablo. Er will nach Hause. Ob sie nicht heim möchte, fragt er Fernande. Sie schüttelt den Kopf.

»Du könntest vorgehen«, sagt sie in einem resignierten Tonfall, der andeutet, dass sie seine Antwort kennt.

Und es stimmt, er hat da eine klare Haltung. Frauen, zumal so bildhübsche wie Fernande, sollten nicht ohne Begleitung durch Paris laufen, geschweige denn allein in Cafés sitzen. Sobald er zur Tür hinaus wäre, würde sich ein ganzer Schwarm aufdringlicher Verehrer um Fernande scharen. Der Gedanke ist ihm schier unerträglich. Pablo stopft sich eine neue Pfeife.

Die Diskussion hat sich inzwischen von dem Thema, wie leicht man im Louvre etwas stehlen kann, zur Frage des Abends verlagert: Was könnte gestohlen worden sein? Für einen zweitklassigen Marmortorso oder einen dahergelaufenen Poussin-Apostel würde Lépine nicht höchstpersönlich anrücken. Die großen Namen werden diskutiert – Caravaggio, Raffael, Tizian, Ingres. Guillaume, der Impresario des Abends, macht ein Spiel daraus. Er bittet das Publikum um Namen von Kunstwerken, liefert dann prompt seine Einschätzung ab.

»›Die Hochzeit von Kanaa‹!«, ruft jemand.

»Sicherlich wert, gestohlen zu werden. Aber gute Güte, sie ist fast zehn Meter hoch. Die Diebe müssten mit einem Ochsenkarren gekommen sein – mit zweien!«

»›Das Floß der Medusa‹!«

»Ah, ah! Gericaults Meisterwerk, auch so ein Trumm. Vielleicht paddeln die Diebe darauf die Seine hinab und sind schon kurz vor Rouen.«

»›Gabrielle d'Estrées‹!«, ruft jemand.

Anzügliches Gelächter. »Gabrielle d'Estrées und eine ihrer Schwestern« ist ein Bildnis zweier barbusiger Frauen. Die Hand der einen berührt den Nippel der anderen.

»Handlich, leicht zu stehlen. Macht sich gut über dem Ehebett«, sagt Guillaume.

Pablo kennt selbstverständlich alle Bilder, über die gesprochen wird. Sein Vater José ist Kunstlehrer. Unzählige Male hat er Pablo mit ins Museum genommen, mit ihm Kunstkataloge gewälzt. Auch den Louvre besucht er seit Jahren regelmäßig. Dass er bei der Nennung der »Spitzenklöpplerin« den fraglichen Vermeer vor Augen hat, ist klar. Aber all diese Leute um ihn herum?

Pablo wird auf einmal klar, was für ein besonderer Ort »La Rotonde« ist. In den meisten anderen Cafés würde Guillaumes Spielchen nicht funktionieren, weil niemand die Bilder kennt. Hier hingegen wissen alle, welche Werke gemeint sind, oder tun zumindest so.

Gerade hat jemand eine namenlose Mumie aus der ägyptologischen Sammlung vorgeschlagen, was vom Publikum jedoch rundheraus abgelehnt wird. Danach schlägt einer den »Rebellischen Sklaven« vor, eine Statue von Michelangelo.

»Sie ist mehr als zwei Meter hoch. Die könnte nicht einmal«, Guillaume formt aus Daumen und Zeigefinger zwei Kreise, hält sie sich vor die Augen, um eine Maske anzudeuten, »nicht einmal Fantômas da rausholen!«

»Ich möchte jetzt wirklich heim«, sagt Pablo zu Fernande.

Sie seufzt, fügt sich aber. Pablo legt einige Münzen auf den Tisch, erhebt sich. Er hilft Fernande in ihr Jäckchen.

»›Die Pilger von Emmaus‹!«

»Handlich zwar, aber ein arg düsterer Schinken, meint ihr nicht?«

Pablo nickt Max zu, klopft Guillaume auf die Schulter.

»Wir sehen uns morgen?«, fragt er.

»Ja, abends, in der ›Closerie‹. Marie kommt auch«, erwidert Guillaume.

Pablo geleitet Fernande zur Tür. Sie sind bereits draußen, da hört er jemanden »Leonardo da Vinci!« rufen. Die Tür fällt zu.

»Welcher Leonardo? Das hätte mich jetzt interessiert«, sagt Fernande.

»Guillaume erklärt's dir morgen liebend gerne noch mal.«

»Was ist denn heute los mit dir, Pablo?«

»Nichts.«

Sie überqueren den Platz, gehen zur Métro-Station.

»Hängt viel von ihm im Louvre? Da Vinci, meine ich.«

»›La Belle Ferronnière‹. ›Johannes der Täufer‹. Eine Madonna«, sagt Pablo.

»Und die Mona Lisa.«

»Hm. Die auch.«

»Die würde ich ja nicht stehlen.«

»Wieso nicht?«

»Ich fand sie enttäuschend«, sagt Fernande. »Irgendwie unscheinbar.«

Pablo hält die Joconde für eines der besten Bilder Leonardos. Aber er hat dieses Urteil schon des Öfteren gehört. Vielleicht liegt es an dem jahrhundertealten Firnis. Er lässt das Bild dunkler wirken, als Leonardo es ursprünglich gemalt hat. Möglicherweise ist auch die Tatsache schuld, dass die Joconde recht unvorteilhaft präsentiert wird. Über ihr hängt Veroneses immenses »Gastmahl im Hause Simons«. Links und rechts machen sich ein Raffael sowie ein Tizian breit. Die Joconde, ein eher kleines und leises Bild, ist eingekeilt zwischen großen und lauten Bildern. Kein Wunder, dass sie nicht glänzen kann.

»Worauf würdest du denn tippen, Pablo?«

»Können wir jetzt bitte von was anderem reden?«

»Mein Gott, heute bist du wirklich ungenießbar.«

Während der Fahrt reden sie kein einziges Wort miteinander.

5

Während der Wagen in die Rue Rivoli einbiegt, packt Juhel den Schokoladenriegel aus, den er bei Potin gekauft hat. Er isst ihn. Jedem Riegel liegt ein Kärtchen der Serie »Berühmtheiten unserer Zeit« bei. Es gibt Leute, die es darauf anlegen, die ganze *collection* der Félix-Potin-Bildchen zusammenzukriegen. Juhel sammelt ebenfalls, wenn auch nicht allzu fleißig. Er trennt die Stanniolfolie vom braunen Papier, zieht die Fotografie dazwischen heraus. Ein Baby glotzt ihn an. Nein, es glotzt gar nicht ihn an, es schaut mit beinahe elegischem Blick in die Ferne.

»Alexis, Zarewitsch von Russland«, steht darunter.

Juhel lässt den zukünftigen Zaren in der Brusttasche verschwinden. Sie sind fast da. Anstatt an der Place du Carrousel zu halten, verlässt der Fahrer die Straße und hält direkt auf den Haupteingang des Louvre zu. Zwei Friedenswächter nähern sich ihrem Lion-Peugeot. Einer der beiden bedeutet ihnen anzuhalten. Juhel kurbelt die Scheibe herunter, winkt den Streifenpolizisten zu sich.

»Guten Tag. Hauptkommissar Juhel Lenoir von der Sûreté Générale. Wir werden erwartet.«

»Fahren Sie einfach durch.«

»Danke. Wo finde ich die Kollegen?«

Der Polizist legt den Kopf schief.

»Inzwischen überall im Haus, würde ich meinen. Aber der Ort des Geschehens ...«

Der Beamte zeigt auf die Stelle, wo der südliche Flügel des Louvre auf das Hauptgebäude trifft. Wenn ihn seine Erinnerung nicht täuscht, befindet sich in etwa dort der Salon Carré, wo es passiert ist.

Die Aussage des Friedenswächters, nach der seine Kollegen bereits überall im Haus sind, stimmt Juhel verdrießlich. Überrascht ist er nicht. Es war klar, dass die Präfektur vor der Sûreté Générale ankäme. Ebenso klar war, dass die Pariser Polizei zunächst »vergäße«, ihre Kollegen von der Sûreté zu informieren.

Juhel steigt aus, geht auf einen Seiteneingang zu. Ein weiterer Friedenswächter hält ihm die Tür auf.

Er läuft einen langen, von Säulenbögen gesäumten Gang entlang, bis er in ein großes Treppenhaus gelangt. Marmorne Stufen führen hinauf in den ersten Stock. Juhel war lange nicht im Louvre, aber an diese Treppe erinnert er sich. Es ist kaum möglich, sich nicht an sie zu erinnern. Das Treppenhaus ist ein spektakuläres Gewölbe mit riesigen Oberlichtern. Am Ende des Aufgangs erhebt sich der Bug eines steinernen Schiffs. Wie eine Galionsfigur steht eine kopflose Statue mit ausgebreiteten Schwingen darauf, die »Nike von Samothrake«.

Juhel steigt die Stufen hinauf.

Ein Mann in einem erdfarbenen Dreiteiler lehnt am Sockel der kopflosen Siegesgöttin. Er raucht eine Zigarette, schaut auf Juhel herab. Es ist sein früherer Kollege Alain Contois, Inspektor bei der Kriminalpolizei der Präfektur.

»Na, schau einer an. Die Sûreté Générale ist auch schon da.«

»Ich komme, um zu helfen.«

»Wie schön.«

Wer ein Gespräch so beginnt, verwirkt in Juhels Augen das Recht darauf, ernst genommen, ja wahrgenommen zu werden. Ohne Contois eines weiteren Blickes zu würdigen, biegt er nach rechts ab. Juhel kann hören, wie der Präfekturmann leise »Verräter« zischt. Er passiert zwei dunkle Marmorsäulen, findet sich in einer prächtigen Galerie wieder, die zum Salon Carré führt. Zumindest hofft Juhel das. Er ist wie gesagt seit längerer Zeit nicht im Louvre gewesen – mit seiner Kunstbeflissenheit ist es nicht weit her.

Ein Mann kommt ihm entgegengewatschelt. Er trägt die Uniform eines Museumswächters. Sein Zweispitz sitzt sehr schief, und auch sonst sieht der Kerl derangiert aus. Juhel kann es ihm nicht verdenken. Als sich der Mann weiter nähert, nimmt er einen strengen Geruch wahr. Der Gardien stinkt nach Schweiß und *vin de table*.

Auch ohne dieses olfaktorische Indiz hätte Juhel gemerkt, dass der Kerl ein Säufer ist. Man sieht es an der Nase, an den wässrigen Augen.

»Monsieur le Gardien«, sagt Juhel und nickt dem Mann zu.

»Monsieur.«

»Zum Salon Carré?«

»Geradeaus.«

Für Louvre-Verhältnisse ist der Salon Carré nicht gerade riesig. Dennoch macht er einiges her. Das Spektakulärste ist die reichhaltig mit Gold und Figuren verzierte Decke. Durch ein großes gläsernes Dach fällt Licht auf die damastroten Wände. Letztere sind voller Gemälde. Sie hängen dicht an dicht, dichter noch als jene Brest-Stiche, mit denen Juhels Frau Aimée ihre Wohnung allmählich zupflastert.

Es ist einiges los. Fast könnte man glauben, der Louvre sei gar nicht geschlossen. Insgesamt dürften zwanzig Personen im Saal sein. Sie gehören wohl größtenteils zur Präfektur. Definitiv bekannt ist ihm ein angegrauter Herr mit Spitzbart und ausladendem Schnauzer. Es handelt sich um Alphonse Bertillon, den Chef der Spurensicherung. Wie immer wuselt ein Schwarm von Assistenten um ihn herum, in den Händen klobige Kameras, Puderquasten, Zollstöcke. Irgendein Journalist hat Bertillon einst als Frankreichs Antwort auf Sherlock Holmes bezeichnet – armes Frankreich, denkt Juhel.

Rechter Hand, wo der Trubel am größten ist, gibt es eine leere Stelle an der Wand. Er tritt näher. Zwischen zwei Renaissanceschinken voller Engel und Säuglinge befinden sich vier Haken. An ihnen muss das Bild gehangen haben. Der Kriminalist in Juhel registriert, dass die Wandhaken kaum anders aussehen als die bei ihm zu Hause.

Die Leerstelle misst in etwa achtzig mal fünfzig Zentimeter. Juhel versucht sich zu erinnern, was genau auf dem Gemälde zu sehen ist – eine Frau, so viel ist klar. Er hat diese Mona Lisa bestimmt angeschaut, als er hier war. Jeder besucht den Salon Carré, da dort bekanntermaßen die Schätzchen hängen. Juhel kann sich dennoch nicht an das Bild erinnern.

Offenbar hat diese Lisa damals keinen großen Eindruck auf ihn gemacht.

Auf der anderen Seite des Raums erblickt er ein weiteres bekanntes Gesicht. Es handelt sich um Octave Hamard, den Chef der Pariser Kripo. Er unterhält sich mit einem gut gekleideten Herrn. Juhel gesellt sich zu den beiden.

»Guten Tag, Messieurs.«

Hamard verschränkt die Arme vor der Brust. Er sieht aus wie ein Lastenträger aus Les Halles, den man in einen Anzug gesteckt hat.

»Tag, Juhel.«

Zu dem Zivilisten gewandt, sagt Hamard: »Das ist Hauptkommissar Juhel Lenoir.«

Der Mann hat einen grauen Dreitagebart und eine Adlernase. Er ist in Juhels Alter – Mitte vierzig. Sie reichen einander die Hand.

»Georges Bénédite, Leiter der ägyptologischen Abteilung. Ich vertrete Direktor Homolle.«

Théophile Homolle ist der Direktor der Nationalen Museen und damit vor allem der des Louvre.

»Er ist nicht hier?«

»Der Direktor weilt im Urlaub.«

»Verstehe. Und ich vertrete den Chef der Sûreté Générale.«

Bénédite blinzelt.

»Ich dachte, Monsieur Hamard ...«

Juhel kann dem Mann seine Verwirrung nicht verdenken. Alles, was in Paris passiert, ist der Beritt des Präfekten und seiner Leute. Die Präfektur hat eigene Streifenpolizisten und eine eigene Kriminalpolizei, die Sûreté de Paris. Für den Rest des Landes hingegen ist die Sûreté Générale zuständig. Die beiden Polizeiapparate residieren in voneinander getrennten Hauptquartieren und haben auch sonst nur wenig miteinander zu tun.

Spötter behaupten, es gebe Apachengangs, die besser zusammenarbeiteten.

»… Monsieur Hamard vertritt die Präfektur, und ich bin hier«, Juhel nickt seinem Kollegen zu, »um ihn bei seiner Arbeit zu unterstützen.«

Hamard lächelt dünn. Erfahrungsgemäß verheißt das nichts Gutes.

»Nun gut«, sagt Bénédite, »sollen wir hinüber ins Büro gehen? Kriminaldirektor Hamard und ich wollten uns dort mit einigen weiteren Personen treffen und den aktuellen Stand durchgehen.«

Juhel signalisiert Zustimmung. Anscheinend ist er gerade noch rechtzeitig gekommen. Ansonsten hätte er das Protokoll dieses Treffens und die zugehörige Ermittlungsakte im Hauptquartier der Präfektur am Quai des Orfèvres 36 anfordern müssen. Angesichts der Brisanz des Falls hätten die notorisch unkooperativen Kollegen ihm diese wahrscheinlich sogar zur Verfügung gestellt, aber wohl mit mehreren Tagen Verzögerung.

Auf ihrem Weg ins Direktorat fällt Juhel auf, wie verlassen der Rest des Louvre wirkt. Sie treffen keinen einzigen Gardien. Nach vielleicht zehn Minuten betreten sie einen großen Raum, vollgestopft mit dunklen Möbeln und staubigen Folianten. Offenbar handelt es sich um das Büro des abwesenden Homolle. Kurz darauf treffen weitere Personen ein. Bénédite stellt sie einander vor. Vonseiten des Museums sind noch der Chefkurator der Gemäldesammlung anwesend, Monsieur Leprieur, ferner der diensthabende oberste Museumswächter. Auf Polizeiseite nehmen außer Hamard und Juhel Alphonse Bertillon sowie ein gewisser Ferrat teil. Letzterer scheint der persönliche Assistent Hamards zu sein. Komplettiert wird die Runde von einem Beamten des Ministeriums für die Schönen Künste.

Juhel holt ein smaragdfarbenes Notizbuch hervor, ein Geschenk seiner Frau. Auf einer neuen Seite notiert er: »22. August 1911«.

»Ferrat, würden Sie bitte den Stand unserer Erkenntnisse referieren?«, sagt Hamard.

Der Angesprochene ist ein bleicher Jüngling mit sinnlichen Lippen und verträumten Augen. Er sieht aus wie jemand, der durchaus in ein Museum passt, aber nicht in den Polizeidienst. Ferrat erhebt sich, holt ein Notizbuch hervor. Sein Blick verrät, dass er keine allzu guten Nachrichten hat.

»Wie Sie wissen, ist das Verschwinden des Bildes zunächst niemandem aufgefallen.«

Juhel weiß es nicht. Er scheint jedoch der Einzige zu sein.

»Am heutigen Dienstagmorgen hat ein Maler namens Louis Beroud sich bei Brigadier Paupardin, dem diensthabenden Wächter im Salon Carré, beschwert, dass die Mona Lisa fort sei. Er wollte eine Kopie des Bildes anfertigen und war früh da, um zu malen, bevor Besucher ihm dies erschweren. Paupardin hat ihm gesagt, das Bild sei wahrscheinlich beim Fotografen. Die Firma Adolphe Braun & Cie. unterhält im Obergeschoss ein Studio, wo ständig Kunstwerke abfotografiert werden.«

»Was heißt wahrscheinlich?«, wirft Juhel ein.

Ferrat sieht ihn fragend an.

»Ich meine«, fügt Juhel an, »wenn der Fotograf ein Bild ablichten möchte, nimmt er es doch wohl nicht einfach vom Haken, oder? Er meldet das sicher irgendwo an?«

Die Polizisten im Raum schauen die Louvre-Mitarbeiter fragend an.

»Es besteht«, sagt Chefkurator Leprieur, »ein besonderes Vertrauensverhältnis zwischen den Fotografen der Firma Braun und dem Museum.«

Ruckartig schiebt Hamard seinen massigen Oberkörper vor, so als wolle er den Kurator packen und über den Tisch ziehen.

»Also können die Fotografen Bilder einfach abhängen und mitnehmen in ihr Mansardenkämmerlein? Ja oder nein?«

»Nun, also – ja«, sagt der Chefkurator. »Der Aufwand, dafür ein, wie ich im Übrigen meine, sehr bürokratisches Reglement einzuführen, wäre …«

»Verstehe«, knurrt Hamard. »Weiter im Text, Ferrat.«

Ferrat nickt. »Die Gardiens haben dann bei den Fotografen nachgefragt. Als das ergebnislos verlief, fragten sie auch bei den Restaurateuren – nichts. Brigadier Paupardin hat dann gegen zehn Uhr seinen Vorgesetzten informiert.

Aber die Frage ist natürlich: Wann wurde das Bild tatsächlich entwendet? Das Zeitfenster ist leider sehr groß. Wie Sie wissen, hat der Louvre montags geschlossen. Außer einigen Handwerkern und Gardiens ist niemand hier. Die Zahl der Wächter ist zudem überschaubar.«

»Wie überschaubar?«, fragt Hamard.

»Insgesamt zehn«, erwidert Ferrat.

Die Blicke Hamards und Juhels treffen sich. Sein Ex-Kollege ist genauso erstaunt wie er selbst.

»Da möchte man gar nicht wissen«, sagt Hamard, »wie viele es sonst sind.«

»Etwa sechzig«, erwidert Ferrat.

Juhel zwirbelt die Enden seines Schnurrbarts. Wie so oft, wenn er nachdenkt, zieht er derart fest an ihnen, dass es schmerzt. Sechzig Gardiens – er hat einmal irgendwo gelesen, dass der Louvre achtzehn Hektar groß sei. Jeder Wächter wäre folglich für mehrere Tausend mit Bildern, Statuen und anderen Artefakten vollgestopfte Quadratmeter zuständig. Er muss sich beherrschen, um nicht aufzulachen.

»Es wäre also denkbar«, fährt Ferrat fort, »dass der oder die Diebe das Bild schon viel früher entwendet haben als am Dienstagmorgen. Am Sonntagabend wurde es von Zeugen definitiv noch gesehen. Aber am Montag nach bisherigem Stand nicht. Die Gefahr, erwischt zu werden, war da relativ gering. Theoretisch könnte es aber auch schon in der Nacht von Sonntag auf Montag passiert sein. Es gibt Präzedenzfälle.«

Bénédite, der stellvertretende Museumsleiter, sagt: »Wie ist das zu verstehen?«

»In dem Sinne, dass sich schon früher Leute im Louvre haben einschließen lassen. Vielleicht ist der Dieb auch so verfahren, am Sonntagabend.«

»Kontrollieren die Wächter abends denn, ob noch wer im Gebäude ist?«, fragt Hamard.

Der anwesende Gardien nickt.

»Selbstverständlich. Aber ...«

»Aber was?«, raunzt Hamard.

Juhel findet, dass sein früherer Kompagnon ein wenig altersmilde geworden ist. Früher schrie er häufiger.

»Herr Kriminaldirektor«, sagt Bénédite, »ich muss die Gardiens hier in Schutz nehmen. Natürlich inspizieren unsere Leute die Galerien, die Treppenhäuser, die Säle. Aber der Louvre besitzt über tausend Zimmer.«

Juhel kritzelt Zahlen in sein Notizbuch. Angenommen, der Dieb hat sich tatsächlich sonntags einschließen lassen, dann hätte er das Bild vermutlich frühestens um acht Uhr abends entwenden können, als alle Gardiens fort waren. Aufgefallen ist der Diebstahl siebenunddreißig Stunden später. Möglicherweise befindet sich das Bild bereits in Belgien, in Deutschland oder sogar schon auf einem Schiff nach Gott weiß wo.

»Auch nicht ausschließen können wir«, sagt Ferrat, »dass an dem Diebstahl Angestellte des Louvre beteiligt waren.«

Der Gardien und der Kurator schauen empört. Vizedirektor Bénédite hingegen bleibt erstaunlich ruhig.

»Dass sich der oder die Diebe eingeschlossen haben, ist schließlich nur eine Hypothese. Am Schließungstag haben nach unseren bisherigen Recherchen mindestens zwanzig Personen den Louvre betreten, Wärter nicht mitgerechnet.«

»Wer sind die?«, fragt Hamard.

»Wir sind dabei, eine vollständige Liste zu erstellen. Es handelt sich um Handwerker, die im Cour Visconti die Türen abschleifen und neu lackieren. Ferner Kuratoren, Fotografen und so weiter. Wir werden alle diese Personen und auch alle Mitarbeiter bertillonieren.«

Sein erster Eindruck von Ferrat, das muss sich Juhel eingestehen, war falsch. Der Kerl ist noch etwas feucht hinter den Ohren, aber durchaus kompetent. Juhel hebt die Hand.

»Eine Frage zu den Ein- und Ausgängen. Wie schwierig wäre es, aus dem geschlossenen Louvre hinauszukommen?«

»Ohne Gewalt anzuwenden«, sagt Bénédite, »wäre es ziemlich schwierig. Montags sind nicht alle Eingänge geöffnet. Natürlich könnte man ein-, also ich meine ausbrechen. Aber das ist meines Wissens nicht geschehen.«

»Korrekt«, sekundiert Ferrat. »Allerdings haben wir bereits eine Vermutung, welchen Fluchtweg die Diebe genommen haben. Wie Sie sehen werden, wirft auch das Fragen auf.«

Ferrat greift in seine Jackentasche. Er holt zwei Handzettel hervor und legt sie zwischen den Anwesenden auf den Tisch. Es sind jene Museumspläne, die man als Besucher am Eingang bekommt. Die Blätter zeigen das Erd- beziehungsweise das Obergeschoss des Louvre.

»Der Salon Carré befindet sich im Obergeschoss. Von dort boten sich dem Dieb zwei mögliche Fluchtwege: durch die Große Galerie, eine gut einsehbare, mehr als vierhundert Meter lange Flucht. Oder aber in nördlicher Richtung durch den Salle Duchâtel, in Richtung der Escalier Daru.«

Über den zweiten Weg ist Juhel an diesem Nachmittag in den Louvre gekommen. Er ist kürzer, das ist offensichtlich. Allerdings findet man sich am Ende im Innenhof des Louvre wieder, also quasi auf dem Präsentierteller. Nähme man hingegen den Fluchtweg durch die Galerie, käme man direkt an der Seine heraus. Falls dort jemand auf einen wartete ...

»Wir sind uns recht sicher, dass sie nicht durch die Galerie sind«, sagt Ferrat. »Wie Sie vielleicht wissen, befand sich die Joconde in einer Art Vitrine.«

»Wieso das?«, fragt Juhel.

»Vor ein paar Jahren hat ein Irrer mit dem Messer auf einen Ingres eingestochen. Danach hat Direktor Homolle verfügt, dass einige wertvolle Kunstwerke hinter Glas gelegt werden, darunter auch die Joconde«, sagt Bénédite.

»Die Vitrine haben wir gefunden«, fährt Ferrat fort. »Sie lag am Fuße einer Treppe – aber nicht an der Escalier Daru.«

Ferrat beugt sich vor, deutet mit dem Bleistift in seiner Rechten auf jenen Plan, der das Erdgeschoss zeigt. Im Südflügel des Louvre, in dem sich der Salon Carré befindet, gibt es zwei große Innenhöfe: Cour Lefuel und Cour Visconti. Der Inspektor zeigt jedoch auf ein kleineres Quadrat, das Juhel für einen Saal gehalten hatte.

»Dieser kleine Innenhof, der Cour du Sphinx, grenzt direkt an den Salon Carré. Es gibt eine schmale Treppe, die aus dem ersten Stock runter in den Hof führt. Dort lag der Rahmen.«

»Wer benutzt diese Treppe?«, fragt Hamard.

»Nur das Personal«, antwortet Bénédite.

»Und wie«, fragt Juhel, »kommt man von dort weiter? Auf dem Plan sieht es so aus, als besitze der Innenhof keinen Zugang zur Straße.«

»Das ist korrekt«, meldet sich der Gardien zu Wort. »Aber man kann von dort in den Cour Visconti gelangen. Und dort gibt es einen Personaleingang.«

»Der Dieb kannte sich aus«, sagt Ferrat. »Das heißt nicht zwingend, dass er ein Mitarbeiter war, aber ein regelmäßiger Besucher bestimmt.«

»Ist dieser Personaleingang normalerweise verschlossen?«, fragt Juhel.

»Kommt drauf an«, sagt der Gardien.

»Worauf?«

»Wenn Handwerker Sachen rein- und rausbringen müssen, ist er möglicherweise offen.«

Selbst die Galeries Lafayette scheinen bessere Sicherheitsvorkehrungen zu haben als Frankreichs größtes Museum. Er fragt sich, was der Herr vom Ministerium über all dies denkt. Weiß er um diese Mängel?

»Mehr«, Ferrat vollführt eine entschuldigende Geste, »haben wir noch nicht. Unsere Leute sind dabei, die Aussagen aller Mitarbeiter aufzunehmen. Monsieur Bénédite«, er nickt dem Archäologen zu, »hat uns ferner eine Liste aller im Louvre tätigen Externen überlassen.«

»Wir werden auch die Namen all jener benötigen, die in den letzten Jahren hier waren, nicht nur in den letzten Wochen«, sagt Hamard. Bertillon nickt zustimmend.

Bénédite sichert es zu.

»Die Präfektur wird zudem die Pariser Bahnhöfe überwachen. Schaffner, Porter und Wattmen werden nach verdächtigen Personen befragt.«

»Die Sûreté Générale«, sagt Hamard, »sollte das Gleiche für die großen Bahnhöfe im Rest des Landes veranlassen. Und natürlich auch für die Häfen.«

»Das werden wir tun«, erwidert Juhel.

Das hätten wir bereits heute Morgen tun können, wenn ihr uns nicht so spät informiert hättet.

»Wie sieht es mit Straßensperren aus, Octave?«

»Auf der ganzen Île de France, an allen Ausfallstraßen«, erwidert Hamard.

»Es wäre hilfreich«, sagt Juhel, »wenn der Louvre uns einige Informationen zum Bild zur Verfügung stellen könnte, für die Fahndung.«

Chefkurator Leprieur nickt, setzt sich auf.

»Die Mona Lisa, kurz für Madonna Lisa, wurde Anfang des sechzehnten Jahrhunderts von Leonardo da Vinci gemalt. Sie war die Ehefrau des Florentiner Seidenhändlers Francesco di Giocondo – deshalb auch La Gioconda oder La Joconde. Leonardo wandte in diesem Bild die von ihm perfektionierte Sfumato-Technik an, die ...«

»Ich bitte um Verzeihung, Monsieur«, sagt Juhel, »aber die Geschichte des Bildes ist nicht vonnöten.«

»Nicht vonnöten?«

»Uns interessieren eher die schnöden Details. Abmessungen, Rahmen und so weiter.«

Leprieur scheint konsterniert, dass seine kunsthistorischen Ausführungen derart wenig Anklang finden. Trotzdem nickt er, fährt fort.

»Ja, also ... Details. Sie misst in etwa fünfundsiebzig mal fünfzig

Zentimeter. Ihr vergoldeter Rahmen stammt tatsächlich aus der Renaissance – ein wunderschönes Stück, das die Gräfin von Béarn dem Museum spendete, ich glaube, es war im Jahr ... ah, Verzeihung, das interessiert Sie nicht. Das Bild wiegt etwa acht Kilo.«

»So schwer?«, fragt Hamard.

»Die Joconde wurde nicht auf Leinwand gemalt, sondern auf Holz.«

»Auf Holz?«

»Das war damals nicht unüblich. Es handelt sich um eine Tafel aus lombardischer Weißpappel.«

Juhel macht sich Notizen.

»Wie sieht es mit weiteren Merkmalen aus?«, fragt er. »Siegel, Aufkleber, Beschädigungen?«

»Auf der Rückseite befindet sich ein Stempel des Louvre. Außerdem die Katalognummer – dreihundertsechzehn. Und es gibt einen Riss.«

»In der Holzplatte?«

»Ja, an der Oberkante. Er wurde aus den meisten Fotos des Bildes herausretuschiert. Nur wenige kennen ihn.«

Juhel fragt sich, ob überhaupt jemand dieses Bild kennt. Vielleicht ist er ja der einzige Kunstbanause, aber er kann es sich eigentlich nicht vorstellen. Weiß der Durchschnittspariser, wer oder was die Joconde ist?

»Schicken Sie uns bitte Fotos von Vorder- und Rückseite in die Präfektur?«, sagt Hamard.

»Natürlich, Monsieur.«

»Und bitte auch eine Kopie der Abzüge in die Rue des Saussaies«, sagt Juhel, »das geht schneller, als wenn die Präfektur uns das auf dem Dienstweg schickt.«

Während er dies sagt, versucht er, seine Stimme frei von sarkastischen Untertönen zu halten.

»Gut. Das wär's dann erst mal«, sagt Hamard. »Wir haben einiges zu tun.«

»Verzeihung, Octave. Einen Moment, bitte.«

Juhel sieht, wie Hamard die Zähne zusammenbeißt.

»Was denn noch?«
»Das Motiv?«
Hamard rollt mit den Augen.
»Es ist wertvoll?«
»Aber wie wertvoll?«, fragt Juhel.
»Schwer zu sagen«, erwidert der Chefkurator. »Die Joconde ist keineswegs unser bekanntestes Werk. Jeder halbwegs Kunstinteressierte«, er wirft Juhel einen Blick zu, »weiß natürlich um sie, aber die allgemeine Öffentlichkeit ... Nun, jeder Galerist kennt sie, sie ist so gut wie unverkäuflich.«

»Außer vielleicht an irgendeinen Amerikaner«, knurrt Hamard.

Die Stadt ist im Sommer voll von Millionären wie Morgan, Carnegie oder Huntington, die bei den Pariser Galeristen kistenweise europäische Kunst einkaufen. Das ist bekannt. Aber würde man sich einen Leonardo in den Safe legen, wo man nicht damit angeben kann? Denn das, so zumindest schätzt Juhel diese Amerikaner ein, ist ja der ganze Sinn der Übung.

»Vielleicht ein weniger pekuniäres Motiv?«, sagt Juhel.

Hamard schnauft verächtlich. Bénédite nickt kaum merklich.

»Monsieur Bénédite?«, sagt Juhel.

»Dieses Bild hat viele Verehrer«, sagt er leise. »Ihr sublimes Lächeln, die meisterhafte Ausführung ...«

»*Più vita che la vivacità*«, sagt der Chefkurator.

Bénédite nickt. »Ein Bild, lebendiger als das Leben. Ich erinnere mich an einen jungen Mann, einen Deutschen. Er kam dreimal die Woche und stand immer mindestens eine Stunde regungslos vor ihr. Einmal hat er ihr sogar Blumen mitgebracht.«

»Ein Verrückter? Hm, das ist natürlich eine Möglichkeit«, sagt Hamard. »Monsieur Bertillons Leute werden zu Ihnen kommen. Wir brauchen eine genaue Beschreibung dieses Schwerenöters.«

Bénédite lächelt Hamard an. Es wirkt ein wenig traurig. »Soweit ich mich daran erinnere.«

Hamard schiebt den Oberkörper vor. Wieder einmal würde er seinen Gesprächspartner wohl am liebsten packen. Noch immer merkt man ihm den Streifendienst in den östlichen Arrondissements an.

»Es ist wichtig, verdammt! Vielleicht eine Spur.«

»Monsieur Hamard, ich fürchte, Sie verstehen nicht. Bitte warten Sie einen Moment. Ich werde Ihnen etwas zeigen.«

Bénédite erhebt sich, geht zu dem großen Direktorenschreibtisch. Dahinter befindet sich eine Kommode. Er öffnet Schubladen, sucht nach etwas. Nach einiger Zeit kehrt er mit einem Stapel Briefe zurück. Einige wurden geöffnet, andere sind noch verschlossen. Juhel steigt der Duft von Eau de Toilette in die Nase. Einige der Kuverts sind rosafarben oder himmelblau. Auf das oberste hat jemand in schwungvoller Handschrift geschrieben:

La Joconde
c/o Musée du Louvre
Rue de Rivoli
Paris

Daneben ist ein Herzchen gemalt. Bénédite breitet die Briefe auf dem Tisch aus. Es ist offensichtlich, dass sie von verschiedenen Absendern stammen. An der Frankierung sieht Juhel, dass sie aus unterschiedlichen Ländern kommen – Frankreich, Italien, Russland. Sie sind adressiert an Mona Lisa, La Gioconda, La Joconde oder auch an »Meine Herzallerliebste«.

Bénédite deutet auf die Liebesbriefe.

»Und das, Messieurs, sind lediglich die von letztem Monat.«

6

Jelena steckt einen weiteren Saum ab. Die Anprobe mit dieser Duncan gestaltet sich nicht gerade einfach. Ein Problem ist, dass die Dame den Sitz ihres Kleids immer wieder durch Tanzeinlagen ausprobiert. Bei ihren Hüpfern und Pirouetten lösen sich jedes Mal Nadeln, und Jelena darf wieder von vorne anfangen.

Dennoch ist Jelena fasziniert von dieser Frau. Die Tänzerin lässt sich von niemandem etwas sagen, schon gar nicht von Männern. Wie Duncan vorhin die beiden Wachleute abgefertigt hat! Nachdem sie mit einem Taxi von Poirets Laden zum »Palais du Trocadéro« gefahren waren, wollten die ihnen den Einlass in das bereits geschlossene Theater verwehren. Duncan aber ließ sich nicht abweisen. Sie sagte den Männern, sie werde an den folgenden Tagen im »Trocadéro« tanzen. Folglich sei es unumgänglich, dass sie eine Kostümprobe auf der Bühne des Großen Festsaals durchführe. Wollten sie etwa, dass Duncan den Direktor anriefe? Er sei ein guter Freund von ihr.

Die Typen wussten gar nicht, wie ihnen geschah.

Jelena steckt die letzte Nadel fest, tritt einige Schritte zurück. Sie befinden sich auf der Bühne. Vor ihnen liegt das kreisrunde Parkett, ringsherum erheben sich sichelförmig angeordnete Ränge. Deren Ausläufer erahnt Jelena mehr, als dass sie sie sieht, denn ein Teil der Lichter ist bereits erloschen. Die Abendvorstellung ist vor einer Stunde zu Ende gegangen.

Nur mit einem Schlüpfer bekleidet steht Isadora Duncan da und wartet, dass die Schneiderin ihr ins Kleid hilft. Jelena versucht, sich auf den Stoff in ihrer Hand zu konzentrieren, nicht auf den nackten Körper. Selbst wenn Duncan einfach nur dasteht, erahnt man ihre Anmut, ihre Grazie. Und dann sind da diese feuerroten Haare. Rotschöpfe haben es Jelena immer schon angetan.

Duncan lächelt. Sie hat den taxierenden Blick bemerkt. Jelena fühlt, wie ihr das Blut in den Kopf schießt. Die Tänzerin hebt die

Arme über den Kopf, kommt auf Jelena zu. Die schlägt den Blick nieder. Duncan bleibt vor ihr stehen, dreht sich um.

»Hilf mir hinein«, sagt sie.

Jelena tut es, schließt die Knöpfe auf der Rückseite.

Die Tänzerin macht einige Schritte zur Mitte der Bühne. Dort vollführt sie einen Sprung, dreht sich. Jelena schaut ihr zu. Noch nie hat sie jemanden auf diese Weise tanzen sehen. In ihrer Heimat ist Tanz gleichbedeutend mit Ballett. Auch in Frankreich gilt das russische Ballett als höchste tänzerische Ausdrucksform. Aber was Duncan da vollführt, ist etwas völlig anderes. Ihre Bewegungen wirken weniger formell, weniger einstudiert als die einer Ballerina. Sie wirken frei. Ja, das ist es. Was Duncan darbietet, ist getanzte Freiheit.

Duncan kommt zurück. Ihr Kopf ist erhoben, sie hält sich aufrecht wie eine Kerze. Die Tänzerin ist älter als Jelena, sie muss Mitte dreißig sein. Aber der Tanz hat sie jung gehalten. Sie strahlt eine ungeheure Vitalität aus.

Das Kostüm, welches Poiret für Duncan entworfen hat, lässt die Tänzerin wie eine griechische Muse wirken. Der Stoff ist fließend, der Schnitt betont Büste und Hüften. Jelena fragt sich, ob Duncan während der Aufführung noch etwas darunter tragen wird – vermutlich nicht.

»Viel besser jetzt. So könnte es gehen.«

»Sehr wohl, Madame.«

»Nenn mich Isadora. Alle nennen mich Isadora.«

»Wenn Ihr es wünscht.«

»Das tue ich. Du machst aber große Augen.«

»Mada- ... Isadora?«

»Sie sind sehr hübsch, deine Augen. Aber ich vermute, du kokettierst gar nicht, hm? Du hast eine Frage.«

»Es ist nur so, dass ich ... Ich habe noch nie jemanden auf diese Weise tanzen sehen.«

»Du bist Russin, oder?«

Bis zur Zivilhinrichtung ihres Vaters lebte Jelena in Odessa. Danach verschickte man die gesamte Familie nach Nertschinsk –

Papa, Mama, Ida und Jelena. Der Ort liegt jenseits des Urals, gehört in ihren Augen nicht mehr zu Russland. Aber diese Geschichte ist zu kompliziert und zu schmerzvoll. Also nickt sie nur.

»Russland ist ein Gefängnis. Und das klassische russische Ballett ist ebenfalls eines. Die Mädchen werden in den Ballettschulen zurechtgebogen, verbogen. Und sie tanzen aus der Hüfte. Mein Tanz ist freier, er entspringt dem Sonnengeflecht, dem wahren Kraftzentrum des Körpers.«

»Aber Ihr tanzt dennoch zu klassischer Musik.«

Jelena hat am Eingang die Plakate gesehen. Isadora Duncan wird den Idomeneo tanzen, zur Musik aus Mozarts gleichnamiger Oper.

»Ich tanze zu Beethoven, Wagner oder eben Mozart. Aber ich tanze nicht die Figur. Ich bin auch nicht der Erzähler. Ich versuche, die Seele der Musik zu sein. Ich bin ein griechischer Chor, der die Natur widerspiegelt, die Menschheit.«

Duncan sieht wohl die Verständnislosigkeit in Jelenas Gesicht. Sie lächelt verständnisvoll.

»Es ist schwer, das in Worte zu fassen. Aber genauso wenig, wie der Maler sein Bild erklären kann, kann ich meine Kunst erklären. Der Tanz *ist* meine Erklärung. Die Seele der Musik zu werden mein Ziel.«

Jelena wird bewusst, dass Duncan sehr nah bei ihr steht, höchstens zwei, drei Handbreit entfernt. Sie kann den Atem der Tänzerin spüren.

Einen Moment schauen sie einander in die Augen. Dann wendet sich die Tänzerin von ihr ab, geht am Rand der Bühne entlang. Dort, halb hinter einem Vorhang verborgen, steht ein Grammofon. Duncan greift nach einer Schallplatte.

»›Rigoletto‹? Na, warum nicht.«

Sie legt die Platte auf, dreht die Kurbel. Mit der freien Hand bedeutet sie Jelena, sich zu setzen. Im hinteren Teil stehen vor der riesigen Orgel Stühle für die Orchestermusiker. Jelena nimmt auf einem davon Platz.

Die Nadel senkt sich, die ersten Töne der Ouvertüre erklingen. Duncan macht einige Schritte zur Mitte der Bühne, verbeugt sich in Richtung ihres sehr überschaubaren Publikums. Dann beginnt sie zu tanzen. Jelena schaut wie gebannt zu. Es ist, als gäbe es für diese Frau keine Schwerkraft. Sie fliegt über die Bühne. Und es stimmt: Isadora Duncan ist die Seele der Musik. Nicht dass Jelena viel über diese Dinge wüsste, aber das muss sie auch nicht. Jeder, der Augen und ein Herz besitzt, könnte es sehen und spüren.

Beim Schlusstusch wirft Duncan sich zu Boden. Einen Moment lang verharrt sie dort, erhebt sich dann in einer einzigen fließenden Bewegung. Jelena ist noch immer wie hypnotisiert. Duncan kommt auf sie zu. Schweißperlen rinnen ihren Körper hinab. Ein Träger ihres Kleids ist herabgerutscht. Die dünne Kordel um ihre Hüfte hat sich gelöst. Auch die eine oder andere provisorische Naht ist wieder aufgegangen. Jelena wird morgen einiges zu tun haben, um das Kleid wiederherzurichten.

All dies schießt ihr durch den Kopf, während die Tänzerin auf sie zukommt. Jelena fragt sich, ob sie klatschen sollte oder ob das unangemessen wäre.

Duncan wirft den Kopf zurück, lacht. Sie streicht sich eine feuerrote Strähne aus dem Gesicht.

»Siehst du jetzt, wie ich tanzen will?«, fragt sie.

»Wie ...?«

»Ich will schamlos tanzen.«

Und auf einmal sitzt Duncan auf ihrem Schoß. Die kräftigen Beine der Tänzerin umschlingen Jelenas Taille, ihre Hände umfassen Jelenas Nacken. Die Träger des griechischen Kleids sind weiter herabgerutscht, oder vielleicht hat Duncan sie auch abgestreift. Jelena vergräbt ihr Gesicht in den Brüsten der Tänzerin. Sie schiebt ihre Hände unter das Kostüm. Duncan seufzt. Sie flüstert: »Vielleicht sollten wir woanders hingehen.«

Jelena will nirgendwo anders hin, sie ist genau dort, wo sie sein möchte. Aber so sehr diese Frau sie auch um den Verstand bringt, so sehr wird ihr auf einmal bewusst, dass sie auf einer der größten Bühnen von Paris sitzen. Wer weiß schon, wer von den in der Dunkelheit liegenden Sitzreihen aus zuschaut? Widerwillig lässt sie von der Tänzerin ab.

Duncan steht auf, schiebt sich die Träger des Kleids über die Schultern.

»Komm«, sagt sie.

Hand in Hand verlassen sie das »Trocadéro« durch den Bühnenausgang. Ein einsamer Wachmann beäugt sie. Jelena bildet sich ein, dass er ihnen einen angewiderten Blick zuwirft. Draußen winkt Duncan ein Taxi herbei. Sie sagt dem Fahrer den Namen eines Hotels. Auf der Fahrt sitzen sie so eng beieinander wie möglich, ohne dass es unziemlich wirkt.

Jelena hat sich kaum unter Kontrolle, sie erkennt sich überhaupt nicht wieder. Isadora Duncan ist keineswegs ihre erste Frau. Dass Männer nichts für sie sind, war ihr bereits früh klar. Sie hat ihre Erfahrungen gemacht, aber noch nie wurde sie derart überwältigt. Noch nie wollte sie derart überwältigt werden. Diese Duncan hat etwas an sich, das Widerstand zwecklos erscheinen lässt. Und es gefällt ihr.

Der Wagen hält. Jelena schaut aus dem Fenster. Draußen erblickt sie ein Lichtermeer. Nun weiß sie auch, warum ihr der Name des Hotels bekannt vorkam. Das »Lutetia« hat erst vor Kurzem eröffnet, es ist eines der angesagtesten Hotels der Stadt. Reiche Amerikaner und Russen pflegen dort abzusteigen. Angeblich wohnt Großherzogin Xenia Alexandrowna, die Schwester des Zaren, manchmal hier.

Jemand hält Jelena die Tür auf. Sie steigt aus. Jelena verspürt einen gewissen Widerwillen angesichts dieses enormen Prunks. Sie fragt sich, wie Isadora sich das leisten kann. Künstler sind meist arme Schlucker. Nicht einmal Sarah Bernhardt wohnt in solch einem Palast.

Dennoch folgt sie Duncan in die Lobby. Es muss weit nach Mitternacht sein, dennoch herrscht reger Betrieb. Herren und Damen in Abendgarderobe stehen herum. Vermutlich sind sie gerade von einem vergnüglichen Abend in den »Folies Bergères«

oder dem »Maxim's« zurückgekehrt, den sie mit dem Blut und Schweiß irgendwelcher armen Teufel finanziert haben. Ihr geht etwas von Proudhon durch den Kopf: »Eigentum ist Diebstahl. Eigentum ist Freiheit.«

Jemand hält ihnen die Fahrstuhltür auf. Duncan sagt dem Liftboy das Stockwerk. Kurz darauf sind sie auf dem Zimmer. Genauer gesagt handelt es sich um eine ganze Zimmerflucht. Vom Fenster aus kann man den Invalidendom sehen. Doch Jelena hat nur Augen für ihre neue Liebhaberin. Duncan hingegen scheint ein wenig abgekühlt zu sein. Sie zeigt auf eine kleine Bar auf der Anrichte.

»Was möchtest du trinken?«

»Nichts, danke.«

Duncan schaut sie belustigt an.

»Schätzchen, die ganze Nacht gehört uns. Es besteht keine Eile.«

»Na gut. Einen Wodka.«

»Puren Wodka?«

Sie nickt. Duncan schenkt zwei Gläser ein, eines mit Wodka, eines mit Scotch. Dann setzt sie sich auf das Sofa, auf dem Jelena bereits Platz genommen hat. Sie prosten einander zu.

Jelena schaut sich um. Überall liegen Bücher herum, Kunstbände und Poesie. Auf dem Beistelltisch vor dem Sofa befinden sich mehrere farbige Kristalle, eingefasst und jeweils mit einer Kette versehen, aber nicht zugeschliffen. Außerdem sieht sie Karten. Sie sehen wie Wahrsagerkarten aus. Glaubt Isadora etwa an Astrologie oder derlei Dinge?

An der Garderobe neben der Tür hängen Schals und Jacken. Darunter ist auch ein Herrenjackett. Duncan bemerkt ihren Blick.

»Eifersüchtig? Jetzt schon?«

»Keineswegs. Fourier sagt, dass ausschließliche Treue in der Liebe die Sitten der Unterdrückung fortdauern lässt.«

»Charles Fourier?«

»Du kennst ihn?«

»Natürlich. Ich habe auch Marx gelesen. Ist allerdings schwere Kost. Aber mich interessiert ja nicht, was Fourier dazu sagt. Sondern, was in deinem hübschen Kopf vor sich geht.«

»Ich möchte ungern von einem eifersüchtigen Ehemann überrascht werden.«

Duncan beugt sich vor, greift nach Jelenas Kinn. Mit ihrem Daumen streicht sie über Jelenas Unterlippe.

»Er schläft anderswo. Und mein Ehemann ist er sowieso nicht. Die Ehe ist großer Unfug. Sagt das nicht auch irgendwer?«

»Emma ... Goldman«, bringt Jelena mühsam hervor.

Duncan schiebt ihre freie Hand in Jelenas Dekolleté. Ihre Finger umfassen eine Brustwarze. Jelena beugt sich vor, ihre Lippen suchen die der Tänzerin. Isadoras Mund schmeckt nach Scotch und Sommerhitze.

Ein Geräusch weckt sie. Es ist nur ein leises Klopfen, aber das reicht. Jelena schläft nie richtig fest. Wer in den sibirischen Unterkünften tief schlief, wachte möglicherweise am Morgen nicht mehr auf.

Für ihre Verhältnisse hat sie dennoch recht gut geschlafen. Die Matratze ist ein Traum, ihre Bettgenossin ebenfalls. Jelena blickt hinüber zu Isadora, die eines der Laken zu einer Art Kordel verdreht hat und fest umklammert hält. Sie scheint tief und fest zu schlafen.

Wieder ertönt das Klopfgeräusch. Jelena setzt sich auf, horcht. Kurz vermutet sie, es sei der Zimmerservice oder der mysteriöse Nichtehemann. Dann jedoch wird ihr klar, dass es sich um das Klopfen einer Leitung handelt. Jemand lässt Wasser in seine Waschschüssel laufen – nein, nicht in die Waschschüssel. Im »Lutetia« gibt es bestimmt Wannen. Und das heiße Wasser kommt direkt aus der Wand.

Die vergoldete Uhr auf der Anrichte zeigt halb sieben. Jelena steht auf, schleicht in den Wohnraum, in dem ihre Kleidung verstreut ist. Sie beginnt, sich anzukleiden. Wehmütig blickt sie durch die halb offene Tür des Badezimmers zu der großen kupfernen Wanne. Noch nie hat sie in so einem Ding gebadet. Die Vorstellung, sich hineinzulegen, vielleicht zusammen mit Isadora, ist verlockend.

Gleichzeitig fühlt sie sich bei dem Gedanken unwohl. Noch absurder scheint ihr die Vorstellung, später zusammen mit Isadora im Frühstückssalon des »Lutetia« zu sitzen und sich von livrierten Kellnern pochierte Eier und Lachstatar servieren zu lassen, während an den umliegenden Tischen Großkapitalisten, Rentiers und andere Sklaventreiber die letzte Aufführung des »Feuervogel« besprechen.

Außerdem muss sie arbeiten. Poiret erwartet, dass seine Näherinnen spätestens um acht Uhr im Atelier sind. Zweifelsohne wird er fragen, wie es mit Madame Duncan gelaufen ist und ob diese zufrieden war. Angesichts der Tatsache, dass Isadora gestern Nacht das halbe Hotel zusammengeschrien hat, hegt Jelena da wenig Zweifel. Aber das kann sie ihrem Chef natürlich nicht erzählen. Wenn er eintrifft, sollte sie möglichst schon an den Änderungen von Isadoras Kleid arbeiten.

Nachdem sie sich angezogen und ihre Haare gerichtet hat, packt Jelena das Kostüm der Tänzerin in den Nähkoffer, den sie seit gestern Abend mit sich herumschleppt. In einem kleinen Nussholzsekretär, der vermutlich mehr kostet als ihre gesamte Wohnungseinrichtung, sucht sie nach Papier und Stift.

»Ich musste bereits weg. Ich bringe das Kleid gegen Mittag ins Hotel.«

Theoretisch könnte das auch einer der Laufburschen tun, die Poiret zu diesem Zweck beschäftigt. Aber Jelena wird behaupten, Isadora habe um eine persönliche Lieferung gebeten.

Sie legt den Zettel im Durchgang zwischen Schlaf- und Wohnzimmer aufs Parkett, damit Isadora ihn nach dem Aufstehen gleich findet. Während sie dafür in die Knie geht, fällt ihr Blick unter den Sessel neben dem Kamin. Dort liegt etwas. Jelena erstarrt. Es ist ein kleines Segelboot.

An Sommertagen kann man solche Schiffchen in den Tuilerien auf dem Grand Bassin Rond sehen. Kleine Männer in maßgeschneiderten Matrosenanzügen dirigieren sie mit langen Stöcken über das Wasser des Beckens, vermutlich als Vorbereitung auf ihr späteres Leben als vermögende Industriekapitäne.

Hat Isadora also Kinder? Oder ist das Boot ein Geschenk für einen Neffen oder Cousin? Aber warum liegt es dann unter dem Sessel?

Jelena wirft einen letzten Blick auf die Schlafende, die sich keinen Zentimeter gerührt hat. Dann verlässt sie das Zimmer.

Selbst der Gang ist prächtig, Blumengestecke in Fayencevasen, floral wirkende Wandlampen im Mucha-Stil. Außer ihr scheint so früh noch niemand unterwegs zu sein.

Solange sie in Isadoras Suite war, hat Jelena keinen Augenblick erwogen, etwas von all diesem sinnlosen Protz für sich selbst abzuzwacken. Doch nun denkt sie an Individuelle Expropriation, die das Recht jedes Menschen ist. In diesem Laden etwas mitgehen zu lassen, wäre nicht schwer. Oder sieht sie zu abgerissen aus? Wird man sie am Ausgang kontrollieren?

Ihr kommt der Gedanke, dass sich hier möglicherweise ein Betätigungsfeld auftut. Die meist männlichen Anarchisten diskutieren Überfälle auf Lohnbüros oder Einbrüche in Bijouterien. Doch was ist mit Grandhotels wie diesem? Die meisten Gäste würden es vermutlich nicht einmal merken, wenn man sie um etwas Bargeld oder Schmuck erleichterte. Dasselbe gilt für die Hotelmanager. Vermutlich zählen sie ihre silbernen Gabeln nicht allabendlich durch.

Sie nimmt die Treppe. In der Lobby befinden sich ein Portier, ein Liftboy sowie zwei Porter. Alle nicken ihr freundlich zu. Jelena lächelt zurück. An den Mienen der Männer erkennt sie, dass diese erstaunt darüber sind, dass ein Gast zu derart früher Stunde überhaupt Notiz von ihnen nimmt.

Sie geht auf den Ausgang zu. Einer der Porter verneigt sich, sagt:

»Benötigen Mademoiselle einen Wagen?«

»Nein, danke. Ich gehe zu Fuß.«

Sie lässt sich die Tür aufhalten, tritt hinaus auf den Boulevard Raspail. Als sie sagte, sie werde laufen, hat der Mann erneut erstaunt geschaut.

Falls sie tatsächlich Expropriationen in diesem oder anderen Hotels vornehmen wollte, müsste sie wohl zunächst an ihrem Auftreten arbeiten. Diese Leute sind es gewohnt, zu buckeln. Sie sind Diener, die Befehle nicht hinterfragen – vorausgesetzt, sie kommen von jemandem, der herrschaftlich aussieht. Die Worte Le Rétifs kommen ihr in den Sinn: »Unterdrückte Menschen, die durch ihre kriminelle Tätigkeit ihre Unterdrückung aufrechterhalten: Feinde!«

Sie hält Ausschau nach einem preiswerten Café. Währenddessen denkt sie weiter über die Sache mit den Hotels nach. Vielleicht sollte sie mit den Genossen darüber sprechen. Sie glaubt allerdings nicht, dass Octave oder Raymond ihre Idee verstehen würden – aber dieser Bonnot vielleicht.

Der Mann, den Raymond als »Le Bourgeois« bezeichnet hat, weiß offensichtlich, dass Kleider Leute machen. Sie realisiert nun, dass dessen feiner Zwirn zwar eitles Stutzertum sein mag. Vor allem aber ist er Tarnung. Niemand würde vermuten, dass in einem Anzug aus Standeven-Merino ein Illegalist steckt.

Bei Poiret liegen haufenweise Stoffreste herum. Es wäre ein leichtes für Jelena, etwas zu nähen, das so aussieht wie von der letzten Modenschau. Trüge sie solch ein Kleid, würden ihr die Hotelporter das Diebesgut sogar hinaustragen helfen.

In einer Seitenstraße findet sie ein kleines Café. Anstatt Platz zu nehmen, stellt Jelena sich an den Tresen, da der Kaffee dort ein paar Centimes billiger ist. Gerne würde sie auch etwas essen, aber das ist zu teuer. Auf dem Weg zur Arbeit wird sie sich bei Potin einen Apfel kaufen.

Jelena ordert Kaffee, greift sich eine Zeitung. Sie verzieht das Gesicht. Es handelt sich um die aktuelle Ausgabe von »L'Intransigéant«, einem konservativen Kampfblatt. Sie sucht nach etwas anderem. »L'Anarchie« gibt es nicht, weswegen sie mit dem »Petit Journal« vorliebnimmt.

Auf der Titelseite ist die Notre-Dame abgebildet, der allerdings einer der beiden Türme fehlt. Darüber steht: »Könnte das auch passieren?«

Jelena überfliegt den Artikel. Anscheinend ist jemand in den Louvre eingebrochen und hat ein Gemälde gestohlen, dessen Name ihr nichts sagt. Es handelt sich um eines von Leonardo da Vinci, den sie natürlich kennt.

Ihr Kaffee kommt. Er ist nicht sehr groß, aber immerhin heiß. Jelena rührt mehrere Löffel Zucker hinein. Während sie trinkt, schaut sie sich die Titelseiten weiterer Zeitungen an. Alle haben den gleichen Aufmacher, den Raub im Louvre. Und alle behaupten, dieser sei quasi überfällig gewesen angesichts der katastrophalen Zustände in dem Museum.

Das Bild ist Jelena gleichgültig, aber zu den Zuständen im Louvre hat sie durchaus eine Meinung. Sie war einige Male dort. Denn der Eintritt ist frei. Das Volk darf die Schätze, die Frankreichs Könige mit dem Blut und den Tränen ihrer Subjekte erworben haben, nunmehr angaffen, ohne dafür erneut zur Kasse gebeten zu werden. Vermutlich findet die herrschende Klasse das großzügig und klopft sich für diese vermeintliche Mildtätigkeit auf die Schulter.

Wie auch immer – bei ihren Besuchen ist Jelena aufgefallen, wie dreckig und heruntergekommen der Louvre ist. Man hat den Eindruck, dass dort seit Jahren niemand mehr gefegt hat, vielleicht seit Jahrzehnten. Nun, da sie darüber nachdenkt, fällt ihr wieder die Sache mit Claudette ein. An einem Sonntagnachmittag nahm sie das Mädchen mit in den Louvre. Sie hoffte, durch Claudettes Blicke auf die Renaissancegemälde herauszufinden, ob deren Interesse am weiblichen Körper so groß war, wie Jelena es sich erhoffte.

In einem Innenhof legten sie eine kleine Pause ein und verzehrten ihr mitgebrachtes Obst, als Claudette plötzlich sagte: »Und jetzt fängt es auch noch an zu regnen.«

Jelena war das seltsam vorgekommen, deshalb hatte sie nach oben geschaut. Und dort, hinter einem Eisengeländer, stand ein

Mann mit Zweispitz und pisste seelenruhig hinunter in den Hof. Er hatte gar nicht bemerkt, dass unten jemand stand. Oder vielleicht war es ihm egal.

Insofern kann sie das Gezeter der Leitartikler nachvollziehen – »Augiasstall« und »Schande Frankreichs«. Ein Kommentator schreibt, jedes drittklassige Museum Spaniens – für Franzosen der Inbegriff von Chaos und Rückständigkeit – sei besser gesichert.

Während sie den letzten Schluck Kaffee trinkt, denkt sie darüber nach, was sie wohl zu dieser Geschichte schreiben könnte. Vor ihrem geistigen Auge erscheinen ganze Absätze. Es sind Bruchstücke eines Artikels in »l'anarchie«, in dem Voltairine die Räuber der Joconde zu ihrem Coup beglückwünscht und darlegt, dass diese ganzen Darstellungen von Despoten, Pfaffen und reichen Frauen nur dazu dienen, das herrschende System zu romantisieren, zu perpetuieren.

Sie legt einige Münzen auf den Tisch. Gedankenverloren verlässt sie das Café und geht Richtung Étoile.

7

Vincenzo starrt fasziniert auf die Filmtheater-Leinwand. Er schaut zu, wie der Gardien an der Stelle vorbeigeht, wo die Gioconda hing. Erst als der Mann die kahle Wand zum zweiten oder dritten Mal passiert, dämmert es ihm. Es gibt einen Riesenaufruhr. Weitere Gardiens werden verständigt, außerdem der Chef des Louvre, Monsieur Cromolle, der wohl eine Karikatur des echten Museumsdirektors, Théophile Homolle, sein soll: ein tattriger alter Mann, sichtlich überfordert von der ganzen Angelegenheit. Cromolle und die anderen Direktoren beratschlagen verzweifelt, was zu tun sei. Dann trifft der Detektiv ein.

Vincenzo lehnt sich zurück, greift in die Tüte mit Apfelbeignets, die er am Eingang erstanden hat. Eigentlich wollte er gar nicht ins Kinema. Er war auf dem Weg zu den Lorenzo-Brüdern. Die beiden stammen ebenfalls aus der Lombardei. Mitunter spielen sie zusammen Karten. Doch als er am Omnia-Pathé vorbeikam, fiel ihm das Filmplakat auf: »Nick Winter und der Diebstahl der Mona Lisa«.

Sofort kaufte er sich ein Billett.

Vincenzo schiebt sich das zuckrige Küchlein in den Mund. Der Bruiteur vor der Bühne ahmt derweil das Geräusch stampfender Schritte nach. Die Musiker spielen einen dramatischen Tusch.

Nick Winter betritt den Salon Carré. Vincenzo muss zugeben, dass der Saal ziemlich echt wirkt. Winter hingegen sieht nicht wie ein richtiger Detektiv aus. Er trägt eine Melone, die viel zu tief sitzt, und hat einen Schnurrbart wie ein Fahrradlenker. Das Publikum lacht.

Breitbeinig stapft Winter durch den Saal. Er beginnt, den Tatort zu untersuchen. Während der Detektiv mit der Lupe in der Hand herumstolpert, holt Vincenzo seinen Flachmann hervor, schaut sich um.

Das Omnia ist riesig, es besitzt mehrere Tausend Plätze. Zwei Drittel davon sind besetzt. Die meisten Zuschauer scheinen sich prächtig zu amüsieren. Normalerweise würde Vincenzo mitlachen, dazu sind kinematografische Darbietungen schließlich da. Aber gerade ist ihm nicht nach Lachen zumute. Das Ausmaß der Geschichte schockiert ihn. Die Zeitungen kennen nur noch ein Thema: la Joconde, la Joconde, la Joconde.

Und dass es kaum eine Woche nach dem Raub bereits einen Film darüber gibt – unglaublich.

»Guckste«, sagt ein Mann zwei Plätze rechts von Vincenzo zu seiner Begleiterin. »Das ist doch dem Direktor seiner!«

Vincenzo wendet sich wieder der Leinwand zu. Nick Winter hat auf dem Boden einen jener Schuhknöpfe entdeckt, die man an Herrenstiefeletten findet. In der vorherigen Szene hatte sich ebendieser Knopf vom Schuh des Louvre-Chefs abgelöst.

Winter verlässt das Museum und versucht, den zum Knopf gehörenden Schuh und damit den Dieb zu finden.

Vincenzo nimmt einen großen Schluck aus seinem Flachmann. Der Schnaps brennt in seiner Kehle, treibt ihm Tränen in die Augen. Rasch tupft er sie mit einem Taschentuch fort.

Der Detektiv ist inzwischen auf der Straße, läuft auf und ab. Man hat nicht den Eindruck, dass er einen konkreten Plan verfolgt.

»Ich find's herrlich«, sagt der Mann rechts von ihm. »Nicht nur Homolle kriegt sein Fett weg, sondern auch der Präfekt.«

Der Sprecher ist gut gekleidet, sein weißer Kragen leuchtet im Dunkeln, an seinen Fingern funkeln Ringe. Seine Begleiterin ist eine Blondine, etwas drall für Vincenzos Geschmack, aber jung und offenbar leicht zu begeistern. Sie kreischt geradezu vor Vergnügen.

Nick Winter hat inzwischen an einer Seine-Brücke einen Schuhputzer dazu gebracht, mit ihm die Garderobe zu tauschen. Er zieht nun durch die Straßen und nötigt alle möglichen Leute, sich von ihm die Stiefeletten wienern zu lassen.

Vincenzo fühlt, wie der *acquavite* zu wirken beginnt. Sein Kopf schwimmt ein wenig. Bei Kartenspielen mit den Lorenzos hätte es etwas Richtiges zu essen gegeben. Der Wirt ihres Stammcafés ist ebenfalls Italiener und macht eine preiswerte, aber gute Ribollita. Stattdessen hat Vincenzo nun diese Beignets gegessen. Sie saugen den Alkohol nicht besonders gut auf. Dabei wird er noch ein paar Schlucke brauchen, um das hier durchzustehen. Und das muss er. Vielleicht gibt ihm der Film ja einen Hinweis darauf, wie es weitergehen könnte.

Eine Stimme in seinem Kopf tadelt ihn für diese Idee. Die Kinema-Klamotte hat nichts mit dem wahren Leben zu tun, auch wenn der Direktor und das Ambiente des Salon Carré ganz gut getroffen sind. Es ist nur ein Film.

Aber ist es das wirklich? Kann man sich sicher sein? Bei dem Mann mit der Maske glaubte Vincenzo anfangs auch, dass es sich lediglich um eine Fantasterei handelte. Und dann hat er ihn gesehen, hat mit ihm gesprochen.

»Jetzt. Jetzt passiert's«, ruft der beringte Mann.

In der Tat kommt es nun, wie es wohl kommen musste: Nick Winter ist nach seiner erfolglosen Schuhputztour zurück im Louvre und schaut sich die Schuhe des Direktors genauer an. Es gibt einen großen Aufruhr. Cromolle wird verhaftet. Während alle abgelenkt sind, schleicht sich ein Mann in den Salon Carré. Er hält die Gioconda hinter seinem Rücken versteckt. Der Mann trägt Frack und Zylinder. Genau wie, wie ...

Vincenzo entfährt ein lautes Stöhnen. Sein Platznachbar wendet sich ihm zu.

»Is' ihnen nich' wohl, mein Bester?«

Vincenzo antwortet nicht. Auf der Leinwand hängt der Dieb die Mona Lisa zurück an ihren Platz. Er greift sich stattdessen ein anderes Bild. Die Kamera fährt näher an die Gioconda heran. An deren Rahmen klebt ein Zettel. Darauf steht: »Pardon, ich bin kurzsichtig. Ich wollte eigentlich das Bild daneben.«

Das Publikum johlt. Vincenzo nimmt einen weiteren Schluck Schnaps.

Auch Nick Winter und die anderen bemerken nun die wundersame Rückkehr der Gioconda. Der Direktor wird freigelassen, der Film endet. Einige Zuschauer stehen auf, aber nicht viele. Das Omnia zeigt einen dieser kurzen Streifen nach dem anderen, und die meisten werden bleiben, bis sie alles gesehen haben.

Die Blondine sagt zu ihrem Freund, sie wolle sich kurz frisch machen. Als sie fort ist, wendet sich der Mann erneut an Vincenzo.

»Geht's wieder?«, fragt er.

»Ja, danke«, stößt Vincenzo hervor und fügt hinzu: »Verschluckt.«

Die Leinwand beginnt zu leuchten, der nächste Film beginnt: »Die Träume des Baron Münchhausen«.

»Nich' schlecht, der Klamauk, hm? Nah dran, meinense nich'?«

Vincenzo schüttelt den Kopf.

»So ist es nicht gewesen.«

»Na ja, kleine künstlerische Freiheiten, sach ich ma. Aber im Großen und Ganzen ...«

»Nein, nein, Sie verstehen nicht. Es war nicht ... Es ist ganz anders ...«

Das Gesicht seines Gesprächspartners nimmt einen Ausdruck an, den Vincenzo nur zu gut kennt. Der Kerl nimmt ihn nicht für voll. Womöglich hält er ihn gar für betrunken.

»Und Sie kenn' sich da also aus, was?«

»Ich bin ein Kenner des Louvre, in der Tat. Und ich kann Ihnen versichern, dass der Raub sich keineswegs so abgespielt hat. Und dass die Polizei vielleicht gar nicht so ahnungslos ist, wie man, wie man allgemein glaubt.«

»Also bitte jetzt. Die Polente hat nix, hab's grad vorhin in der Zeitung gelesen. Das Bild ist doch längst außer Landes.«

Vincenzo schüttelt energisch den Kopf. Außer Landes! Er wird diesem kleinen Stutzer jetzt mal erzählen, was ...

»Ich sach' Ihnen jetzt ma, wer's hat, mein Bester. So 'n Ami. Wahrscheinlich dieser Schäipi Morgän. Auftragsdiebstahl. Klar wie Kloßbrühe, meine Meinung.«

»Nein, nein. Es wird erst später –«, hebt Vincenzo an und erstarrt mitten im Satz. Einige Reihen vor ihnen hat sich ein Herr umgedreht, blickt in ihre Richtung. Er trägt einen Frack. Seine Augenpartie wird von einer Maske verborgen. Der Mann legt den Zeigefinger an seine Lippen.

Erneut stöhnt Vincenzo auf.

»Ich glaub, Sie ham zu viel gehabt, Sportsfreund«, sagt der Mann neben ihm.

Vincenzo antwortet nicht. Auf der Leinwand wälzt sich der Baron von Münchhausen in seinem Bett hin und her, während ihn ein Teufel mit Dreizack und ein Mann in einem Krokodilkostüm piesacken.

Er spürt, wie ihm übel wird. Rasch stemmt Vincenzo sich hoch, macht, dass er fortkommt. Auf dem Weg nach draußen rennt er fast eine Frau in einer Generalsuniform um. Ihre Orden klimpern, als er in sie hineinläuft. Ein Zigarettenmädchen? Oder eine weitere Erscheinung? Er weiß es nicht, er kann seinen Sinnen nicht trauen.

Er drängelt sich durch die Menschenmassen, hinaus auf den Boulevard. Die Sonne ist bereits untergegangen, dennoch ist es ihm zu hell. Nach dem dunklen Kinema-Saal ist die grelle Beleuchtung der Vergnügungslokale zu viel für ihn. Vincenzo klammert sich an einen Laternenpfahl und erbricht Fusel und Beignets.

8

Isadora schenkt sich Tee nach. Vielleicht kann der Earl Grey ihre Müdigkeit vertreiben. Gestern Abend war sie mit Paris essen, im »Pré Catelan«, das er so wunderbar und sie so fürchterlich findet. Sicherlich, das Restaurant im Bois de Boulogne ist herrlich gelegen. Aufgrund seiner hohen Fenster hat man das Gefühl, quasi im Freien zu sitzen. Aber die Leute – zu viel Geld, zu wenig Geschmack. Lieber wäre sie mit Jelena über die Grands Boulevards gezogen wie am Abend davor, aber was will man machen.

Sie rührt Zucker in ihren Tee und denkt an die kleine Russin. Isadora hat einiges für das Mädchen übrig. Jelena ist so jung, so hübsch und so außerordentlich hungrig. Vielleicht sind die Treffen mit ihrer neuen Liebhaberin der Grund für ihre Erschöpfung? Paris ist jedenfalls nicht dafür verantwortlich. Wenn er will, kann er ein feuriger Perseus sein, fordernd und ausdauernd. Doch zurzeit hat sich wieder einmal jene Düsternis auf seine Seele gelegt. Paris' Stimmung ist pechschwarz, Migräne plagt ihn.

Insofern ist Jelena eine willkommene Abwechslung.

Isadora schaut auf die Uhr. Es ist bereits Nachmittag, doch noch immer lümmelt sie im Morgenmantel in ihrer Suite herum. Normalerweise ist sie kein so faules Mädchen, aber nach den drei anstrengenden Vorstellungen im »Trocadéro« hat sie sich etwas Ruhe verdient. Sie muss sich erholen, denn es geht ja so weiter: Anfang Oktober fährt sie nach München, gibt dort vier Vorstellungen hintereinander. Das wird anstrengend, dennoch freut sie sich darauf. München ist so wunderbar hellenisch.

Sie erhebt sich und geht zu ihrem kleinen Sekretär. Einer der Schubladen entnimmt sie das Tarot. Aleister hat ihr geraten, es täglich zu befragen. Dem Magus zufolge schärft die regelmäßige Beschäftigung mit den Karten das Gespür für die Mysterien. Und irgendwann, so sagt er, könne man das Übersinnliche erkennen, ohne darüber nachgrübeln zu müssen.

Isadora glaubt zu verstehen, was Aleister meint. Letztlich ist es wie beim Tanzen. Man kann sich Schritte und Partituren einprägen – Theorie. Man kann täglich drei Stunden üben – Praxis. Aber Meisterschaft erlangt nur der, dem es gelingt, diese beiden Dinge miteinander zu verschmelzen. Irgendwann kommen die Schritte wie von selbst, nicht Kopf oder Fuß geben sie vor, sondern das Herz.

Inzwischen hat sie die Karten derart häufig befragt, dass die Ecken alle angeschlagen sind. Isadora kennt nicht nur die Bedeutungen der Großen Arkana, sondern auch die der Farben so gut, dass sie das Büchlein mit den Erklärungen kaum noch konsultiert. Ohnehin geht es laut Aleister nicht so sehr darum, was Waite im Begleittext schreibt. Der Mann sei zwar Mitglied des Golden Dawn und ein Mystiker von einigem Rang. Letztlich aber komme es darauf an, was man selbst bei einer Karte spüre. Vor allem, wenn man wie Isadora bereits einen intuitiven Zugang zu den Mysterien besitze.

Sie macht den Couchtisch frei. Den Signifikator, die Königin der Stäbe mit ihrem feuerroten Haar, platziert sie in der Mitte. Die anderen Karten ordnet sie mit dem Rücken nach oben in kreuzförmiger Struktur rundherum. Zwei liegen auf der Königin, auf Isadora. Sie dreht die eine davon um, sagt: »Dies umgibt sie.«

Es ist das Glücksrad. Isadoras Leben ist in Bewegung, kein Zweifel. Sie wendet die nächste Karte.

»Dies symbolisiert die Hindernisse.«

Es ist die Drei der Münzen. Auf der Karte sind ein Mönch und ein Bildhauer abgebildet. Daneben steht eine weitere Person, die ein Gemälde in der Hand hält. Ist es ein Künstler mit seiner Arbeit?

Sie schaut nun doch in der Fibel nach.

Waite zufolge interpretieren die meisten Kartomanten die Drei als Symbol für wertvolle Arbeit. Isadoras liegt jedoch verkehrt herum, und das bedeutet mittelmäßige Arbeit. Sie nickt stumm. Es ist eine Gefahr, die jedem Künstler droht. Wenn man zu sehr auf andere hört, wenn man sich zu bequem einrichtet, missrät die Arbeit, ist nur ein Schatten dessen, was sie sein könnte. Isadoras Blick fällt auf die Teetasse aus Sèvres-Porzellan, auf das mit einer edlen Steppdecke drapierte Sofa. Sie fühlt sich ein wenig ertappt.

»Dies krönt sie.«

Es ist die Hohepriesterin. Diese Große Arkana beruhigt Isadora ein wenig. Die Krönungskarte symbolisiert die Assoziationen der Fragenden, das, was sie erreichen kann. Sie strebt in der Tat danach, eine Hohepriesterin zu sein, eine Hohepriesterin Apollos. Isadora mag unter dem Stern der Aphrodite geboren sein. Aber so sehr sie Liebe und Anmut schätzt, würde sie sich im Zweifelsfall immer der Kunst unterwerfen.

»Dies ist unter ihr.«

Was gehört ihr, was kann sie einsetzen? Es ist der Magier, ein berobter Mann mit erhobenem Zauberstab. Vielleicht bezieht sich die Karte ja auf Madame Filine, jene Wahrsagerin, an deren Séance sie am Abend teilnehmen wird. Soll Isadora sich der Künste dieses Mediums bedienen? Sie greift nach der nächsten Karte.

»Dies liegt hinter ihr.«

Es ist die Fünf der Münzen. Auf der Karte sind zwei Bettler abgebildet, die durch den Schnee humpeln. Hinter ihnen ist ein strahlendes Gemälde zu sehen oder vielleicht ein beleuchtetes Kirchenfenster. Isadora nimmt an, dass die Karte Armut signalisiert. Sie denkt daran, wie wenig Geld sie hatte, bevor sie Paris kennenlernte. Wie ihre Schule in Grunewald pleiteging. Wie sie das Projekt aufgeben musste, zusammen mit ihrem Bruder in Griechenland einen neohellenischen Tempel zu errichten. Sie deckt die letzte Karte auf.

»Dies liegt vor ihr.«

Es ist die Neun der Schwerter, keine schöne Karte. Neun Klingen hinter einem auf dem Bett Sitzenden, der die Hände vor das Gesicht geschlagen hat. Ist diese Karte, die Verzweiflung und Ausweglosigkeit symbolisiert, ein Vorbote kommenden Unheils?

Isadora schiebt die Karten zusammen und erhebt sich. Vielleicht wird sie auf der Séance mehr erfahren.

Drei Stunden später befindet sie sich mit den restlichen Teilnehmern in einer sehr geschmackvoll eingerichteten Beletage in der Rue de Monceau. Die Wohnung gehört nicht La Delphienne, wie Madame Filine mitunter genannt wird, sondern einem gewissen Igor Vetotschkin, der einer Nebenlinie des Hauses Romanow-Holstein-Gottorp entstammt und auf Isadora nicht genau bekannte Weise mit Großherzogin Tatjana verbunden sein soll.

Jelena wüsste vermutlich Genaueres. Doch wenn sie ihrer kleinen Revolutionärin erzählt, dass sie mit dem Schwippschwager der Zarentochter Tee trinken und Geister beschwören war, muss sie sich vermutlich auf eine längere Diskussion gefasst machen.

Anwesend sind neben ihrem russischen Gastgeber und seiner Gemahlin: die Seherin, Aleister, Isadora, ein gewisser Aaron Bergman sowie ein Maler namens Fernand Khnopff. Letzterer ist auf Empfehlung Guillaume Apollinaires hier. Eigentlich hatte Isadora geplant, den Kunstkritiker an diesem Abend mit Aleister zusammenzubringen, aber Apollinaire hat abgesagt. Da sie aber zu siebt sein müssen, ist dieser Khnopff eingesprungen, ein belgischer Symbolist. Isadora kennt seine Bilder nicht. Aber der Mann hat beim Aperitif einige bemerkenswert dumme Dinge über Djagilews letzte Aufführung gesagt. Und damit ist es eigentlich aus.

Aaron Bergman ist ein hübscher Endzwanziger. Er hat vorhin unter vielen Entschuldigungen die Horsd'œuvres abgelehnt. Erstens sei er Jude, zweitens Vegetarier. Bergman trägt einen grünen Stern am Revers, das Zeichen der Esperanto-Bewegung. Auf Isadoras Nachfrage hat er zugegeben, dass er dieser Sprache gar nicht mächtig sei. Esperanto fasziniere ihn jedoch als universalistisch-spiritueller Zustand. Sie vermutet, dass Bergman Crowleys Liebhaber ist.

Madame Filine lässt die Vorhänge schließen, bittet sie, an dem großen, runden Esstisch Platz zu nehmen. Das elektrische Licht erlischt, lediglich zwei große Kandelaber erleuchten den Raum.

»Wir haben uns heute hier versammelt«, sagt die Wahrsagerin mit ruhiger, fester Stimme, »um Kontakt aufzunehmen mit Azantiel, seit Äonen weiser Begleiter des Erzengels Gabriel. Er sieht Vergangenes, er sieht Zukünftiges. Seelen und Herzen der Menschen sind ein offenes Buch für ihn.«

Madame Filine greift in eine von mehreren kleineren Schalen. Sie streut etwas in ein Kohlebecken, das auf einem Dreifuß neben ihrem Stuhl steht. Isadora nimmt den charakteristischen, leicht säuerlichen Geruch von Cannabis wahr, außerdem den von Myrrhe.

»Azantiel! Sprich zu uns! *A lava zuraahus, iad: nah ieh maah, prdzar ton doalim!*«

Madame Filines Hände krallen sich in die gepolsterten Lehnen ihres Louis-seize-Stuhls. Ihre Augen rollen nach hinten. Einen Augenblick sieht es aus, als bekomme sie einen epileptischen Anfall. Seltsamer, bläulicher Schaum tritt vor ihren Mund. Dann wird La Delphienne ganz ruhig, schließt die Augen. Eine Träne rinnt ihre Wange herab.

»Ich bin Azantiel. Stellt eure Fragen, Sterbliche!«

Viele Menschen sind bezüglich des Spiritismus immer noch skeptisch. Doch niemand, der die Veränderung sähe, die durch die kleine Frau geht, könnte ihr Scharlatanerie vorwerfen. Filines Habitus ist auf einmal der einer anderen Person. Und ihre Stimme – es ist die Stimme eines anderen Menschen. Nein, keines Menschen, die eines Wesens aus einer anderen Sphäre.

Bevor jemand anders eine Frage stellen kann, sagt Isadora: »Weiser Engel, ich verneige mich vor dir. Wie überwinde ich die Gefahren der Neun Schwerter?«

»Das Schicksal wird etwas in deine Hände legen, das du nicht erwartest. Du willst wissen, wie du damit umgehen sollst. Aber dein Herz kennt die Antwort bereits, Isadora. Nur fehlt dir der

Mut, ihm zu folgen. Du hast einen Freund, der in dein Herz zu sehen vermag, besser als du selbst. Vertraue seinem Spruch, seinem Urteil.«

Das Tarot hat gesagt, sie solle sich des Magiers bedienen. Isadora wirft Aleister einen verstohlenen Blick zu, doch der hat die Augen geschlossen. Ein dünnes Lächeln umspielt seine Lippen.

Isadora murmelt eine Dankesformel. Aaron Bergman wendet sich dem Medium zu. »Heil dir, Azantiel. Sage mir bitte, meine Invokation des Hermes – arbeite ich korrekt?«

»Nein.«

Isadora kann sehen, dass Bergman von der Antwort beunruhigt ist. Crowley, der bestimmt ebenfalls mit dieser Hermes-Sache zu tun hat, lächelt hingegen immer noch.

»Was soll ich tun?«

»Rufe den Boten der Götter drei Stunden vor Sonnenaufgang an.«

»Wie können wir das Ritual verbessern?«

»Mit einem goldenen Pentagramm an auffälliger Stelle. Trink weißen Wein und iss Fisch vor der Zeremonie. Entferne die Uhr.«

Der Engländer stellt eine weitere Frage zu seinen mystischen Anrufungen, was Isadora despektierlich findet. Schließlich hat ihm der Engel bereits drei Fragen beantwortet. Und tatsächlich ignoriert Azantiel den nassforschen Bergman diesmal.

Ihr russischer Gastgeber will wissen, wie lange Nikolaus II. Alexandrowitsch noch regieren wird.

»Nochmals so lange, wie er schon regiert hat, und dann ein weiteres Mal so lang«, erwidert der Engel.

Dreißig weitere Jahre für den Zaren – Vetotschkin ist sichtlich erfreut von der Antwort.

»Und wer folgt ihm?«, fragt seine Frau Anna.

»Alexei Nikolajewitsch wird ein Reich übernehmen, das in voller Blüte steht.«

Einige Sekunden sagt niemand etwas. Die Blicke der Anwesenden wenden sich dem Überraschungsgast zu, aber der Symbolist scheint keinerlei Fragen an den Engel zu haben. Isadora meint, eine gewisse Verachtung aus seinen Gesichtszügen herauszulesen, so als halte er all dies für ein Spektakel.

Aleister hat seine Augen inzwischen geöffnet. Als er sich sicher ist, dass niemand anders eine weitere Frage stellen wird, sagt er mit leiser, aber klarer Stimme: »Wer hat die Joconde gestohlen?«

Ein Raunen geht durch die Teilnehmerschaft. Khnopff schaut Aleister belustigt an.

»Ich sehe zwei Männer. Einer groß, der andere klein. Einer von edlem Blute, der andere ein Gemeiner. Beide sind Ausländer.«

»Wird das Bild wieder auftauchen?«, hakt Aleister nach.

»Die schöne Joconde tritt eine lange Reise an, von der sie vielleicht nie wieder zurückkehrt.«

Isadora beugt sich vor, fragt: »Ist sie noch in Frankreich?«

»Sie ist überall«, antwortet der Engel.

Einen Moment lang ärgert Isadora sich über diese Antwort. Dann jedoch erkennt sie die Weisheit darin. Seit Tagen gibt es in den Pariser Zeitungen kein anderes Thema als das Bild. Auch in der »New York Times« oder dem »Corriere della Sera« ist die Mona Lisa auf den Titelseiten.

Die Joconde ist verschwunden, doch ihr Lächeln schwebt noch immer in der Luft. Isadora fühlt sich ein wenig an die Grinsekatze aus »Alice im Wunderland« erinnert.

Insofern hat der Engel recht. Die Joconde ist überall und nirgends.

Madame Filine stöhnt auf einmal auf, sackt in sich zusammen. Bergman und Vetotschkin springen auf, helfen der sichtlich angeschlagenen Wahrsagerin, sich aufzurichten. Anna Vetotschkina flößt dem Medium Cognac ein. Nach einer Weile kommt sie wieder zu sich.

Offenbar hat Filine keinerlei Erinnerungen an das Geschehene, lässt sich von den Teilnehmern jedoch interessiert berichten, was der Engel verkündet hat. Vor allem die Sache mit der Mona Lisa interessiert sie.

»Vielleicht sollte ich zur Polizei gehen«, sagt sie, »wobei ich mir nicht sicher bin, ob meine Hilfe dort erwünscht ist. In früheren

Fällen haben sich die Behörden bezüglich spiritualistischer Erkenntnisse als sehr engstirnig erwiesen.«

Die sichtlich erschöpfte Madame Filine verabschiedet sich. Einer nach dem anderen gehen auch die weiteren Gäste. Der belgische Symbolist verschwindet als Erster, Bergman kurz darauf. Er scheint seine neu gewonnenen Erkenntnisse bezüglich der Beschwörung des Hermes umsetzen zu wollen und sagt etwas von einem Kunstschmied nahe Les Halles, den er mit der Herstellung eines goldenen Pentagramms beauftragen wolle.

Isadora und Aleister gehen als Letzte. Ihr Bekannter wohnt in einem Hotel nahe der Place de Clichy. Sie bietet Aleister an, ihn nach Hause zu begleiten. Es ist immer noch sehr warm, und Isadora ist froh über die Poiret-Sachen, die sie trägt: eine weite ponceaufarbene Pluderhose und ein Hemd aus Leinen, das sich bei jedem Schritt hin und her bewegt und ihrem Körper Luft zufächelt.

Aleister hingegen trägt einen Knickerbockeranzug, nicht den himmelblauen, sondern einen in Minzgrün. Wie er es schafft, bei dieser Hitze nicht vollends zu zerfließen, ist ihr ein Rätsel. Vielleicht ist es eine Art von Magie.

»Wie lange bleibt Ihr diesmal in Paris, Aleister?«

»Vermutlich noch zwei Wochen. Danach reise ich zurück, ich muss meinen Verpflichtungen im Orden nachkommen.«

Aleister ist Mitglied in der Ordo Equester Sethiani. Dabei handelt es sich, wenn Isadora es richtig verstanden hat, um eine Art Loge, in der viele bekannte Personen Mitglied sind, darunter Arthur Conan Doyle, Bram Stoker und Rudolf Steiner.

»Aber Ihr kommt wieder?«

»Natürlich, meine Liebe. Spätestens Anfang Oktober sind Aaron und ich zurück. Paris ist ein hervorragender Ort für unsere Arbeit.«

Sie laufen den Boulevard de Batignolles entlang. In der nahe gelegenen Oper oder einem der besseren Theater muss gerade eine Vorstellung zu Ende gegangen sein, überall sieht man Männer im Frack und Damen im Korsett. Erneut dankt sie dem lieben Gott für Paul Poirets Mode, die dem weiblichen Körper endlich jene Freiheiten zubilligt, die er verdient.

»Eure Arbeit – Ihr meint Eure Beschwörungen?«

»Ja. Wir haben hier Räumlichkeiten gefunden, die sehr hilfreich sind.«

»Ihr meint aber nicht Euer Hotelzimmer.«

»Nein, nun ja, fast.«

Sie erreichen Aleisters Bleibe, das »Hotel Birmingham«. Zu Zeiten des *second empire* mag es sich um ein sehr respektables Etablissement gehandelt haben – man erkennt es an den verstuckten Fassaden und den kunstvoll verzierten Türen. Doch inzwischen blättert überall die Farbe ab.

Es wäre nun an der Zeit, sich zu verabschieden. Doch Isadora hat noch etwas auf dem Herzen, weiß jedoch nicht, wie sie es formulieren soll.

Aleister schaut sie an, schaut direkt in sie hinein.

»Erlaubt mir«, sagt er, »Euch zu einem Gutenachtgetränk einzuladen.«

Sie gehen in ein Café gegenüber. Crowley bestellt Scotch, Isadora entscheidet sich für einen Julep.

»Seid Ihr mit Eurem Hotel zufrieden?«, fragt sie.

Aleister zuckt mit den Schultern.

»Es ist nicht das ›Ritz‹. Aber wenn man in einer Hängematte am K2 geschlafen hat oder auf dem Steinboden eines Klosters, verliert Komfort jede Bedeutung.«

Isadora nimmt einen Schluck, sucht nach den richtigen Worten.

»Es ist etwas, das Madame Filine gesagt hat, richtig?«

Sie nickt.

»Was der Engel, was sie gesagt hat – es passte zu meiner heutigen Lesung.«

»Wirklich? Darum also habt Ihr die Neun der Schwerter erwähnt?«

»Ja. Das Tarot sagt, dass ich auftretende Schwierigkeiten bewältigen kann mithilfe der Arkana des Magus. Und Filine sprach von einem Freund, der mir helfen wird.«

Aleister verneigt sich leicht.

»Und ich bin beides. Euer Freund und Euer Lehrer in Fragen der Mysterien, falls Ihr es wünscht.«

Isadora ist erleichtert. Aleister ist ein wunderlicher Mann, und eigentlich sollte sie immer noch verstimmt sein, weil er Maddy in die Hand gebissen hat. Aber wichtiger ist, dass er ihr hilft.

»Wisst Ihr schon«, sagt er, »um was für ein Problem es sich handelt?«

»Nein, ehrlich gesagt noch nicht.«

Er nippt an seinem Scotch, schaut sie über den Rand seines Glases hinweg an.

»Aber ein Gefühl habt Ihr. Euer Herz sagt Euch etwas.«

Wieder ist sie erstaunt, dass er einfach so in sie hineinsehen kann.

»Ein Gefühl, ja. Ich habe ... ich habe da jemanden kennengelernt.«

»Ah?«

»Eine Frau.«

Er nickt.

»Ich wusste es nicht, ahnte es aber.«

»Was, Aleister?«

»Dass Ihr der Schönheit gegenüber stets aufgeschlossen seid, ganz gleich, in welcher Form sie daherkommt.«

Er lächelt. »Genau wie ich. Und aufgrund dieser Frau ist Eure Beziehung zu Eurem, wie nennt Ihr ihn doch gleich ...«

»Lohengrin.«

»Natürlich, ist die Beziehung zu Eurem Ritter in Gefahr?«

Sie schüttelt den Kopf.

»Ich denke nicht. Aber dieses Mädchen könnte in meinem weiteren Leben eine Rolle spielen, das fühle ich. Ich meine das nicht unbedingt in romantischer Hinsicht.«

»Sondern?«

»Sie ist sehr temperamentvoll. Wild geradezu. Ein Feuer brennt in ihr.«

»Ihr befürchtet, Euch die Finger zu verbrennen?«

»Ja, vielleicht.«

»Wenn sich die Sache entwickelt, dann schreibt mir. Telegrafiert, wenn nötig.«

Aleister händigt ihr eine Visitenkarte aus. Isadora dankt ihm.

»Wieso habt Ihr eigentlich nach der Mona Lisa gefragt?«

Aleister deutet auf einige Gäste. Es handelt sich um Isadoras Landsleute, sie kann den Brooklyner Akzent bis hierher hören. Auf ihrem Tisch liegen mehrere Ansichtskarten. Sie zeigen nicht den Eiffelturm oder den Arc de Triomphe, sondern das Bildnis einer dunkelhaarigen Frau. Isadora ist zu weit weg, um die Details zu erkennen. Aber sie hat ähnliche Karten bereits an Ständen in der ganzen Stadt gesehen: Mona Lisa, die dem Beobachter eine Nase dreht; Mona Lisa, die ihre Zunge hinausstreckt. Sogar eine Serie mit Globetrotter-Jocondes gibt es: Lisa vor der Freiheitsstatue, Lisa vor dem Tadsch Mahal und so fort.

»Weil es die Frage ist«, erwidert Aleister, »die sich jeder in dieser Stadt stellt, sogar die Touristen. Deshalb dachte ich, es wäre amüsant.«

»Klingt, als ob Ihr La Delphiennes Weissagungen nicht ernst nehmt.«

»Aber nein, Isadora. Da missversteht Ihr mich. Madame Filine ist ein sehr begabtes Medium. Aber je tiefer ich in die Mysterien vordringe, umso skeptischer werde ich.«

»Ihr meint, sie denkt sich diese Sachen aus?«

»Sie sicherlich nicht. Aber die Entität, vielleicht? Diese Wesen existieren nicht, um uns zu Gefallen zu sein, Isadora. Sie haben eigene Wünsche, eigene Pläne. In ihren Antworten auf unsere Fragen spiegelt sich das wider. Manche von ihnen sind manipulativ, andere kennen eine Antwort nicht, wollen dies aber vielleicht nicht zugeben. Zudem mag es sein, dass wir die Fragen falsch stellen. Zeit und Raum, Vergangenheit und Zukunft, diese Dinge haben für sie eine andere Bedeutung als für uns.«

Isadora nippt an ihrem Drink, hört zu. Von dieser Seite hat sie die Sache noch gar nicht betrachtet. Aber sie ist ja auch keine erfahrene Magierin.

Aleister leert seinen Scotch. Er stellt das Glas auf der Theke ab, schaut sie an. »Möchtet Ihr mehr über wahre Magie erfahren?«

Isadora nickt, wenn auch ein wenig zögerlich. Der Meister lächelt versonnen, beginnt dann zu kichern.

»Was ist?«

»Oh, ich weiß doch, was Ihr denkt. Dieser verrückte Engländer will mich auf sein Zimmer locken und mir seine Kundalini-Schlange zeigen. Aber keine Sorge.«

In der Tat hat sich Isadora gefragt, ob er sie wohl auf sein Zimmer bitten wird. Die Séance hat sie aufgeregt und irgendwie auch erregt. Aber Aleister Crowley ist nicht ihr Typ. Sie mag schöne Männer.

»Ich werde Euch zeigen, wo wir arbeiten.«

Sie gehen hinüber ins Hotel, das von innen kaum besser aussieht als von außen. Aleister erklärt ihr, dass es lediglich im ersten und zweiten Stock Zimmer gebe. Der dritte stehe derzeit leer.

Heutzutage sind Zimmer im Obergeschoss am begehrtesten, da man den Straßenlärm dort nicht hört. Aber als das »Birmingham« eröffnet wurde, gab es noch keine Fahrstühle, weswegen die oberen Etagen seinerzeit noch als unvorteilhaft galten.

Einen Lift hat man inzwischen eingebaut, wiewohl er offiziell noch nicht in Betrieb ist. Geld für die Renovierung hat der Eigentümer allerdings bisher nicht aufbringen können, weswegen sich oben noch immer die alten, staubigen Zimmer befinden, die keiner will.

In diesen verlassenen Trakt begeben sie sich. Aleister besitzt einen Schlüssel für die verschlossene Tür am oberen Ende der Treppe.

Der Gang im Obergeschoss ist mit fadenscheinigen Teppichen ausgelegt, dazwischen schauen nackte Holzbohlen hervor. Die Wände wirken kahl und benötigen dringend einen neuen Anstrich. Die Luft ist stickig.

Aleister geht voraus. Nach etwa zwanzig Metern bleibt er vor einer Tür stehen. Er entnimmt seiner Jacke einen großen Schlüssel, sperrt auf. Bevor er eintritt, murmelt er etwas in einer Sprache, die Isadora noch nie gehört hat.

»Welche Sprache war das?«

»Henochisch«, erwidert Aleister. Der Magier tritt ein. Isadora folgt ihm. Jenseits der Tür erstreckt sich ein großer, lang gezogener Raum mit schwarz-weiß gefliestem Boden. Einst mag es sich um eine Art Salon gehandelt haben. Darauf deuten große, erblindete Spiegel sowie verblasste Wandmalereien hin.

Aleister deutet zum anderen Ende. Vor der Wand steht dort eine Art Altar. Darauf liegen mehrere Gegenstände.

Sie treten näher. Während der vordere Teil des Saals so gut wie leer ist, stehen im hinteren einige Stühle und Kisten. Auf dem Boden liegt allerlei Zeug verstreut – Kissen, Ballen roten und blauen Samtstoffs, leere Flaschen. Isadora nimmt den Geruch von Patschuli und Bienenwachs wahr.

Das Einzige, was es im Überfluss gibt, sind Kerzen. Auf beiden Seiten des Raums stehen Messingkandelaber verschiedener Größen und Formen. Aleister muss den halben Flohmarkt von Saint-Ouen geplündert haben.

Einige Meter vor dem Altar bleibt er stehen. Auf einer mit Silberfäden durchwirkten smaragdgrünen Decke liegen ein Dolch und ein Stab. Isadora sieht außerdem einen großen goldenen Kelch, der sich gut als Requisit einer »Parsifal«-Aufführung machen würde.

»Hier arbeite ich.«

»Und was versucht Ihr zu beschwören? Euer Freund erwähnte Hermes.«

»Aaron redet manchmal zu viel. Aber ja, auch die Aspekte der griechischen Götter interessieren uns.«

»Aus Aarons Frage schließe ich, dass Ihr noch keinen Erfolg hattet?«

Aleisters Kiefer arbeitet, sein Bulldoggenkinn schiebt sich vor

»Keinen durchschlagenden, nein. Aber das ist nur eine Frage der Zeit. Aber es ist ohnehin eher eine ... eine Trockenübung.

Wir haben viel Größeres vor, Isadora. Deshalb werde ich bald auch zurückkommen, mit weiteren Hilfsmitteln.«

Isadora lässt den Blick durch den Raum schweifen. Tagsüber muss es hier unerträglich heiß sein. Zwar hat man die Fenster mit dunklen Stoffbahnen verhängt, doch der Dachstuhl ist direkt über ihnen. Selbst zu dieser späten Stunde staut sich dort noch die Wärme des Sommertags.

Rechts des Altars türmt sich ein Berg von Kissen. Auf einem davon sieht sie die unverkennbaren weißlichen Schlieren getrockneten Spermas.

»Wieso gerade hier?«, fragt sie.

»Man ist hier sehr ungestört. Ich bin mit dem Besitzer befreundet, einem Mitglied unserer Loge. Er lässt uns freie Hand. Die Hotelangestellten kommen nur ungern herauf, Gäste ohnehin nicht. Der Portier hat Anweisung, jedem zu sagen, dass der dritte Stock gesperrt und der Lift noch nicht funktionsfähig ist. Außerdem«, Aleisters Hand fährt über eine der Wände, »spürt man die Kraft. Bereits Etteilla soll hier im achtzehnten Jahrhundert gearbeitet haben, der berühmte französische Mystiker und Astrologe. Er war ein Bruder im Geiste. Ich kann seine Präsenz immer noch spüren.«

Isadora hat noch nie von Etteilla gehört, fragt aber nicht nach. Sie möchte nicht völlig ahnungslos erscheinen. Trotz des Staubs, der stickigen Luft und der Unordnung ist der Raum in der Tat aufregend. Die verblichenen Wandgemälde zeigen Faune und Fabelwesen, das Schachmuster des Bodens wirkt geradezu hypnotisch. Man spürt in der Tat ein gewisses Fluidum, eine nicht fassbare, aber vorhandene Kraft.

Vielleicht will Aleister sie ja doch verführen. Einen Moment lang stellt Isadora sich vor, wie der Magier sie im Stehen nimmt, während sie sich an dem Altar festhält, klatschnass vor Schweiß und klebrig vom Staub.

»Geht es Euch gut, Isadora?«, fragt Aleister.

»Ja, danke. Es ist nur recht stickig hier. Was ist das da?«

Isadora zeigt auf mehrere hölzerne Tafeln, die an einer Wand lehnen. Sie messen vielleicht siebzig mal fünfzig Zentimeter und zeigen verschiedene Figuren. Auf einer ist ein muskulöser Mann mit Flammenschwert zu sehen, auf einer anderen eine nackte Frau. Sie besitzt scharlachrote Haut und eine überdimensionierte Scham. Die wallenden Haare hängen ihr bis auf die Hüften.

»Tafeln, die wir bei der Arbeit verwenden.«

Die Darstellungen erinnern Isadora ein wenig an expressionistische Bilder. Allerdings sind sie nicht sehr gut. Es wirkt, als habe ein unbedarfter Hobbymaler versucht, den Stil eines Macke oder Marc nachzuahmen.

»Habt Ihr das gemalt?«

»Nein, Aaron. Mir ist bewusst, dass sie nicht gerade für den Salon d'Automne taugen, aber sie erfüllen ihren Zweck. Es sind letztlich Beschwörungsbilder. Die Darstellungen sollen uns bei den Invokationen helfen.«

Am interessantesten ist zweifelsohne die Frau mit der roten Haut. Ihre Hüften und ihr Bauch würden jedes Rubensmädchen neidisch machen. Ihre Brüste ragen empor, ihre Beine sind weit geöffnet – ein matronenhafter Sukkubus.

»Wer ist sie?«

»Die Frau in Scharlach, die Rote Frau. Ich suche sie. Aber es ist nicht leicht, sie zu finden. Habt Ihr die Offenbarung gelesen?«

»Ich mache mir nicht allzu viel aus der Bibel.«

»Dachte ich mir. Aber dort kommt sie vor, die Große Babalon, Mutter aller Metzen. Sie ist eine wichtige Figur im Pantheon der Thelema. Falls Ihr mehr wissen wollt, gebe ich Euch ein Buch darüber.«

Aleister kniet vor dem Altar nieder. Er hebt das Tuch an. Der Altar entpuppt sich nun als alte Schminkkommode. Einer ihrer Schubladen entnimmt der Engländer ein Buch. Es ist in rotes Leder gebunden und mit ägyptisch aussehenden Symbolen versehen. Sein Titel lautet »Das Buch der Gesetze«. Er blättert, schlägt eine Stelle auf, macht ein Eselsohr.

»Bitte sehr.«

»Ich danke Euch«, sagt Isadora.

Crowley nickt abwesend, starrt das Bildnis der Roten Frau an.

»Dieses hier ist leider missraten. Es ist zu schwach für solch eine mächtige Entität.«

»Aber sagtet Ihr nicht gerade, es komme nicht so darauf an?«

»Auf die Qualität der Ausführung? Nein. Auf die spirituelle Kraft des Ausführenden? Unbedingt. Aaron besitzt möglicherweise nicht genug Mana, um so etwas zu erschaffen. Ich werde es austauschen müssen.«

»Vielleicht solltet Ihr einen richtigen Maler beauftragen.«

»Vermutlich nicht ganz billig.«

Aleister überschätzt, was Maler verdienen. Sie kennt einen Kerl, der allabendlich im »Dôme« sitzt und seine Skizzen mit den Worten »Modigliani. Jude. Fünf Franc!« anpreist. Für fünfzig würde er alles malen, auch ein Ölgemälde der Roten Frau.

»Das sind meist arme Teufel. Geht einfach ein bisschen auf dem Montmartre spazieren. Oder fragt mich. Ich kenne ein paar.«

»Keine schlechte Idee, vielleicht werde ich das tun. Sie«, er starrt das Bild an, »ist wirklich entscheidend für unsere Arbeit. Aber wie gesagt, es kommt sehr auf die Energie des Künstlers an. Auch ein talentierter Straßenmaler legt möglicherweise nicht genug Intention in das Bild – und dann ist es wertlos. Egal, wie schön es aussieht. Man müsste jemand finden, der die wirbelnde Kraft der Surya …«

Aleister verstummt. Er wirkt völlig in Gedanken versunken. Auf einmal geht er in die Knie, setzt sich im Schneidersitz auf die Fliesen. Er beginnt, eine Melodie zu summen. Sie klingt orientalisch.

Vermutlich hat der Magus gerade eine Eingebung gehabt. Sie kennt das. Auch Isadora lässt ihre Mitmenschen mitunter einfach stehen. Im Moment des Heureka wird alles andere bedeutungslos. Dann muss man das musikalische Motiv zu Papier bringen, die Schrittfolge ausprobieren. Sie versteht folglich, was Aleister gerade widerfährt.

Katzengleich schleicht Isadora hinaus, überlässt Aleister seinen Meditationen. Kurz darauf sitzt sie im Fond eines Taxis. Sie schlägt das Buch auf, das der Magus ihr gegeben hat.

»Dies ist die Tochter des Königs. Dies ist die Jungfrau der Ewigkeit. Der Heilige Eine hat sie dem Riesen Zeit entwunden. Heilig, heilig, heilig ist ihr Name und nicht ausgesprochen soll er werden unter den Menschen. Kore hat man sie genannt, Malkah und Betulah und Persephone.«

Der einzige dieser Namen, den sie kennt, ist Persephone. Sie ist die griechische Göttin der Fruchtbarkeit und der Unterwelt, hell und düster zugleich.

Das Taxi ist inzwischen in der Nähe der Place Vendôme, bis zu ihrem Hotel sind es nur noch wenige Minuten. Sie fragt sich, wo Jelena wohl gerade ist. Das Mädchen wohnt im Neunzehnten, keine besonders schöne Gegend, viele Fabriken und Siedereien. Aber ihre Abende verbringt sie oft auf dem Montmartre. Heute wollte ihre Freundin dort eine *causerie populaire* besuchen, eine politische Veranstaltung. Sie hat Isadora nicht gesagt, wo genau.

Sie blättert weiter in Crowleys Buch. Eine Stelle ist mit einem Eselsohr markiert. Isadora schlägt sie auf, überfliegt die Seite. An einem Satz bleibt sie hängen.

»Tu, was du willst, sei das ganze Gesetz«, steht da.

Isadora klappt das Buch zu, beugt sich vor.

»Ich habe es mir anders überlegt. Fahren Sie mich bitte auf die Butte.«

9

Juhel betrachtet die leere Stelle an der Wand. Oft lässt sich aufgrund des Farbunterschieds erkennen, wo zuvor ein Bild hing, aber hier nicht. Die Wand hinter dem verschwundenen Leonardo weist den gleichen Rotton auf wie der Rest. Dass etwas fehlt, erkennt man an den vier Haken – und dem Umstand, dass dies die einzig freie Stelle im Salon Carré ist.

Juhel versteht nichts von Kunst. Aber er fragt sich schon, warum man einen einzelnen Saal derart mit Gemälden vollstopft. Es ist, als ob jemand eine Rumpelkammer voller Tizians, Raffaels und Rembrandts hatte, weil er nicht wusste, wohin mit dem ganzen Krempel.

Andererseits wundert ihn im Louvre eigentlich überhaupt nichts mehr. Seit knapp einer Woche ist er mit dem Fall betraut, hat viele Akten gelesen und wenig geschlafen. Trotz anderslautender öffentlicher Beteuerungen von Untersuchungsrichter Joseph Drioux hat die Polizei noch keinen blassen Schimmer. Zumindest auf die Sûreté Générale trifft das zu. Dass Octave Hamards Leute bei der Präfektur mehr wissen, ist theoretisch möglich, jedoch unwahrscheinlich. Juhel war selbst lange genug dort. Er kennt deren Arbeitsweise, und ein paar Maulwürfe hat er dort auch noch. Nein, die Präfektur tappt ebenfalls im Dunkeln.

Jemand räuspert sich. Es ist der Wächter am anderen Ende des Saals. Juhel schaut auf seine Taschenuhr. Es ist Viertel vor neun. Er hatte den Gardiens versprochen, fertig zu sein, bevor der Louvre seine seit einer Woche geschlossenen Pforten wieder öffnet.

Zuvor wollte er sich noch einmal umsehen. Eigentlich hat er bereits alles in Augenschein genommen, genau wie die Kollegen von der Präfektur. Jedes Bild wurde überprüft, jeder Angestellte befragt. Vermutlich hat man selbst die Mansardenmäuse bertilloniert.

Juhel zwirbelt seinen Schnauzer, wirft einen letzten Blick auf die Leerstelle. Bereits gegen halb acht stand eine riesige Schlange vor dem Haupteingang. Gleich werden die Massen die Escalier Daru hinaufhasten und sich in den Salon Carré ergießen. Wer an diesem Tag in den Louvre kommt, tut das nicht wegen der Halbnackerten mit der Tricolore oder der griechischen Statuen – sondern um sich die berühmtesten leeren Bilderhaken der Welt anzuschauen.

Lenoir geht zum nördlichen Durchgang, nickt dem vor einem Renaissanceporträt sitzenden Brigadier Paupardin, einem ehemaligen Unteroffizier, zu. Früher erhielten Männer wie Paupardin einen blauen Versehrtenrock mit auffälligen roten Knöpfen und Logis im Hôtel des Invalides. Heutzutage steckt man sie in Louvre-Uniformen. Als Juhel vorhin im Salon Carré eintraf, war der Brigadier noch nicht anwesend, obwohl sein Dienst bereits begonnen hatte.

Juhel nimmt die schmale Personaltreppe, über die der Dieb geflüchtet ist. Was anfangs eine Hypothese war, ist inzwischen Gewissheit: Man ist bei den Befragungen auf einen Museumsinstallateur gestoßen, einen gewissen Sauvet. Am Montagmorgen traf er auf der Personaltreppe einen Unbekannten an. Juhel hat das Vernehmungsprotokoll gelesen.

```
Präfektur: Haben Sie sich nicht über seine
    Anwesenheit gewundert, Monsieur Sauvet?
Zeuge: Eigentlich nicht. Es schwirren grad so
    viele im Haus rum, wegen der Renovierungen.
    Außerdem trug er einen Kittel.
```

Weiße Kittel, die ein wenig an Taufkleidchen erinnern, sind das Markenzeichen der im Louvre tätigen Handwerker. Wer mit Gemälden oder anderen Kunstwerken hantiert, trägt sie über seiner normalen Kleidung. Deshalb sind die Hemden sehr weit geschnitten – ideal, um etwas darunter zu verbergen.

> Präfektur: Und dann, Monsieur Sauvet?
> Zeuge: Habe ich ihn gefragt, warum er hier auf der Treppe rumsitzt. »Ich warte drauf, dass endlich wer kommt und aufsperrt«, hat er gesagt. »Ich kann sonst nicht mit der Arbeit beginnen.«
> Präfektur: Was genau meinte er damit?
> Zeuge: Na, die Tür, die rausführt auf den Innenhof.
> Präfektur: Und Sie hatten einen Schlüssel dafür?
> Zeuge: Das nicht. Aber da keiner der Gardiens in der Nähe war, habe ich dem Kollegen - ich hielt ihn ja für einen, wegen des Kittels - trotzdem geholfen.
> Präfektur: Wie?
> Zeuge: Es tut mir leid, wenn ich was falsch gemacht habe, Inspektor. Ich wollte nicht …
> Präfektur: Schon gut, Monsieur. Wie haben Sie dem Mann geholfen?
> Zeuge: Ich habe den Drehknauf von der Tür abgeschraubt und dann mit meiner Zange den Verschluss gedreht. Dann konnte er raus. Das war ganz falsch, oder?

Juhel steht inzwischen auf der Stufe, auf welcher der Dieb gesessen haben muss. Ganz in der Nähe wurde der verglaste Kasten gefunden, in dem sich die Mona Lisa befunden hatte. Es gibt also keine Zweifel mehr, dass dies der Fluchtweg war: Personaltreppe, durch den Cour de Sphinx, quer über den Cour Visconti, von dort hinaus auf den Quai du Louvre. Während der ganzen Zeit muss der Dieb die Joconde unter seinem Arbeitskittel gehabt haben.

Sogar den fehlenden Türknopf hat man inzwischen gefunden. Der Dieb muss ihn, während er die Seine entlangspazierte, in hohem Bogen in einen angrenzenden Garten geworfen haben.

> Zeuge: Es tut mir sehr leid. Sie müssen mir glauben, Inspektor, ich habe nichts mit der Sache zu tun.

Präfektur: Sie haben dem Dieb der Joconde die Tür aufgesperrt.
Zeuge: Ohne böse Absicht. Komme ich jetzt in die Santé? Ich habe Frau und Kinder.
Präfektur: Darüber entscheidet der Untersuchungsrichter. Sagen Sie mir nun bitte, wie der Mann aussah.
Zeuge: Er war nicht sonderlich groß.
Präfektur: Also schmächtig?
Zeuge: Das jetzt auch nicht gerade. Wegen des Kittels habe ich wenig von seiner Figur gesehen. Er trug einen Bart, glaube ich. Und hatte dunkles Haar.
Präfektur: Braun, schwarz?
Zeuge: Ich bin mir nicht sicher. Ziemlich dunkel, würde ich sagen. Er trug ja eine Mütze.
Präfektur: Was für eine?
Zeuge: Eine Schirmmütze.
Präfektur: Farbe?

Und das ist das Problem mit erkaltenden Spuren. Bis die Polizei den Türöffner aufgetrieben und verhört hatte, waren achtundvierzig Stunden ins Land gegangen. Die menschliche Erinnerung ist ein flüchtiges Gut. Viele Männer können ja nicht einmal die Augenfarbe ihrer Frau benennen. Die Merkmale von Fremden verschwimmen oft schon nach Stunden.

Es gibt noch einen Zeugen, der gesehen haben will, wie der Dieb auf der Straße etwas weggeworfen hat, vermutlich besagten Türknopf. Ihm zufolge waren die Haare des Mannes hellbraun; als besonders klein hatte er den Dieb nicht in Erinnerung.

Und so lautet die Personenbeschreibung, die man letztlich allen Polizeidienststellen des Landes telegrafiert hat, auf einen Mann mittlerer Größe, mittleren Alters und normaler Statur, eher dunkel- als hellhaarig und mit Schnauzbart. Regression zur Mitte nennt man das in der Mathematik. Es macht wenig Sinn, nach diesem Phantom zu suchen. Doch was soll man sonst machen? Nichtstun ist keine Option. Die halbe Regierung sitzt ihnen im Nacken.

Nicht nur Gendarmen im ganzen Land halten Ausschau nach dem Durchschnittsdieb. Im Dachgeschoss des Tour Pointue gehen Alphonse Bertillon und seine Leute in diesem Moment ihr Register durch, suchen alle nicht blonden, nicht glatzköpfigen, nicht fetten und nicht hochgewachsenen Männer mittleren Alters heraus, die irgendwann einmal erfasst worden sind. Wie viele mögen es sein? Zweitausend? Fünf? Zehn?

Juhel durchquert den kleinen Cour de Sphinx, dann den größeren Cour Visconti. Alle Türen stehen ihm offen, keine ist verschlossen. Juhel verlässt den Louvre durch den Personalausgang. Wer den Louvre ebenfalls demnächst verlassen wird, wenn man den Gerüchten glauben darf, ist der inzwischen aus dem Urlaub zurückgekehrte Direktor, Théophile Homolle. Juhel hat vorgestern kurz mit ihm gesprochen. Der Mann tut ihm fast ein bisschen leid. Offenbar ist Homolle ein brillanter Altphilologe, hat in Delphi allerlei hübsches Zeug ausgegraben. Aber praktisch veranlagt ist er nicht. Er wirkte von der Situation völlig überfordert.

Am Seine-Kai bleibt Juhel einen Moment stehen. Seiner Jackentasche entnimmt der Kommissar einen Potin-Schokoriegel, reißt die Verpackung auf. Wie immer isst er zunächst die Schokolade, bevor er sich das Bild anschaut.

Ein alter Mann mit Rauschebart starrt ihn an – Bartholomé, der berühmte Bildhauer. Zumindest vermutet er, dass der Mann berühmt ist. Ansonsten wäre er ja kaum Teil der »Persönlichkeiten«. Wenn er allerdings eine Statue benennen sollte, die Bartholomé angefertigt hat, müsste Juhel passen.

Kunst ist nicht sein Steckenpferd, allerdings lernt er gerade so einiges. Er weiß inzwischen, wie die Mona Lisa aussieht und von wann sie datiert – zwischen 1500 und 1506. Außerdem hat er gelesen, dass Louis XIV. sie in seinem Badehaus aufhängte und Napoleon in seinem Schlafzimmer.

Juhel erreicht den Pont Royal, wendet sich nach Norden. Es ist nicht weit bis zur Rue des Saussaies, wo sich das Hauptquartier der Sûreté Générale befindet. Deshalb wird er zu Fuß gehen. Es ist noch angenehm kühl, später soll es wieder heiß werden.

Sein Termin mit Célestin Hennion, seinem Chef, ist erst um zehn. Er hat also noch etwas Zeit. Deshalb geht er in eines seiner Stammcafés, das »Chateaubriand« unweit der Rue de Rivoli. Dort bestellt er Kaffee und eine Kleinigkeit zu essen, greift sich die Zeitungen vom Ständer.

Auf der Welt passiert derzeit einiges. Der Kaiser versucht, die Franzosen in Marokko unter Druck zu setzen, und hat ein Kanonenboot nach Agadir geschickt; in China und Mexiko gibt es Volksaufstände; in den Anden hat man eine riesige Inka-Stadt entdeckt.

Doch der Aufmacher der meisten Blätter ist weiterhin die Mona Lisa. Die Presse weiß noch weniger als die Präfektur und versucht deshalb, kreativ zu sein. Ein Blatt druckt eine Karikatur, die einen Droschkenfahrer mit Kundin zeigt. Bei der Dame handelt es sich natürlich um die Joconde, der Fahrer ist Leonardo da Vinci.

Ein anderes berichtet über den Mann mit dem Koffer, aber der ist Schnee von vorgestern. Ein Schaffner am Gare d'Orsay hatte zu Protokoll gegeben, einen Herrn mit Koffer gesehen zu haben. An einem Bahnhof wahrlich keine Seltenheit, doch das Gepäckstück soll die richtige Größe besessen haben. Sein Besitzer wirkte nervös und hatte es eilig. Rasch wurde seine Beschreibung an alle Bahnhöfe depeschiert, in der Hoffnung, es käme etwas dabei heraus.

Es kam nichts dabei heraus.

Juhel trinkt den letzten Schluck Kaffee, legt einige Münzen auf den Tisch. Er ist gerade dabei, die Zeitungen zurück an den Ständer zu hängen, als ihm ein glatzköpfiger Herr in Knickerbockeranzug vom Tresen aus zulächelt.

»Wären Sie so freundlich, mir ›Le Matin‹ zu geben? Also, falls Sie damit durch sind. Ich könnte im Austausch das ›Paris-Journal‹ anbieten.«

»Selbstverständlich. Bitte sehr.«

Er händigt dem Glatzkopf »Le Matin« aus, nimmt das »Paris-Journal« entgegen. Eigentlich will er das Blatt ungelesen an den Haken hängen, da fällt sein Blick auf die Schlagzeile.

**EIN DIEB BRINGT UNS EINE AUS DEM LOUVRE
GESTOHLENE STATUE**

Juhel geht zurück zu seinem Tisch.

**DIREKTION GIBT ZU, DASS DAS STÜCK
AUS DEM LOUVRE STAMMT**

Eine erbauliche Geschichte – unser Museum ist ein
Selbstbedienungsladen für gewissenlose Individuen!

Juhel überfliegt den Artikel. Ein junger Mann hat sich beim »Paris-Journal« gemeldet. Der Redakteur beschreibt den Unbekannten als »zwischen zwanzig und vierundzwanzig, mit sehr guten Manieren und einem gewissen amerikanischen Chic. Seine Miene und sein Verhalten verrieten ein freundliches Wesen und Skrupellosigkeit.«

Der Mann habe dem Blatt eine kleine Statue verkauft, die angeblich aus dem Louvre stamme. Juhel ist sprachlos. Weniger, weil die Geschichte bestätigt, was er bereits wusste: dass der Louvre nämlich ein Saustall ist. Sondern eher, weil das »Paris-Journal« angeblich bereits von der Direktion bestätigt bekommen hat, dass die entwendete Statuette aus dem Museum stamme.

Warum weiß er davon nichts?

Juhel winkt dem verdutzten Kellner, der ihn bereits abgeschrieben hatte, bestellt einen *café adulte*. Den Schuss Calvados kann er wirklich gebrauchen. Es ist ein Glück, dass ihm der Herr an der Theke das »Paris-Journal« aufgedrängt hat. Andernfalls wäre er ahnungslos in das Büro seines Chefs geschlendert. Hennion hätte ihn in der Luft zerrissen.

Neben dem Artikel druckt »Paris-Journal« ein Geständnis des Statuettendiebs ab:

Es war im März 1907, als ich den Louvre erstmals betrat, als
junger Mann mit viel Zeit und schmalem Portemonnaie.

Damals dachte ich noch nicht daran, im Museum zu
»arbeiten«.
Es war gegen Mittag. Ich durchstreifte eine Galerie mit
Exponaten des Altertums. Reglos saß dort ein einzelner
Gardien. Der Ort beeindruckte mich zutiefst, weil er so still
und menschenleer war. Ich ging durch weitere Räume, blieb hie
und da stehen, um einen schönen Hals oder eine wohlgerundete
Wange zu streicheln. In jenem Augenblick ging mir auf, wie
einfach es wäre, fast jedes Objekt mittlerer Größe mitzunehmen.
Ich trug einen weiten Mantel. Ich bin ein schlankes Kerlchen,
weswegen es mir problemlos möglich war, meine Dimensionen
etwas zu erweitern. Ich wählte einen Frauenkopf aus. Ich
klemmte die Statuette unter meinen Arm, schloss den Mantel
und spazierte seelenruhig nach draußen.
Die Statuette verkaufte ich an einen befreundeten Pariser
Maler. Er gab mir dafür fünfzig Franc, die ich in der folgenden
Nacht in einer Billardhalle verspielte.

So geht es weiter. Offenbar war der Dieb in der Folge mehrmals im Louvre, um dort zu »arbeiten«. Sein Geständnis schließt mit den Worten:

Doch nun hat einer meiner Kollegen, indem er diesen
Aufruhr in der Gemäldeabteilung verursacht hat, meine Pläne
zunichtegemacht. Ich wollte mir doch eine schöne Sammlung
anlegen! Dies betrübt mich außerordentlich. Kunst zu stehlen,
hat einen seltsamen, geradezu üppigen Charme. Nun sieht
es so aus, als müsste ich mehrere Jahre warten, bis ich meine
Aktivitäten wieder aufnehmen kann.

Sein Herrenkaffee kommt. Juhel kippt ihn in einem Zug herunter, legt noch zwei Münzen auf den Tisch. Die Zeitung befreit er aus ihrer Halterung, steckt sie in die Jackentasche.

Er eilt die Rivoli entlang, hält aber nach kurzer Zeit wieder an. Ihm bleibt noch eine Dreiviertelstunde, dann muss er Hennion

Bericht erstatten. Gerne ginge er zuvor zum Quai des Orfèvres. Octave Hamard weiß von der Sache mit der Statuette, und zwar bestimmt schon seit gestern.

Wollte er Juhel ins Messer laufen lassen? Vermutlich. Das ist ihm nicht vollends geglückt, aber doch halbwegs. Während Juhel im Dunkeln tappt, lässt Hamard vermutlich schon die Räume des »Paris-Journal« durchsuchen und nimmt dessen Redakteure in die Mangel.

Er überlegt einen Moment. Kontakte zur Presse besitzt er durchaus, aber leider keine zum »Journal«. Er bleibt neben einer Litfaßsäule stehen. Daran gelehnt, geht er den Artikel nochmals durch.

Während er liest, kommen zwei Musikanten die Straße hinunter. Der eine spielt Schifferklavier, der andere bietet Notenblätter feil, während er sein Lied schmettert: »*L'a tu vu, l'a tu vu, la Joconde?*«

Hast du sie gesehen, die Joconde?

Die Melodie ist sehr eingängig. Juhel verbannt sie dennoch aus seinem Kopf, konzentriert sich auf den Artikel.

Aus der Art und Weise, wie der Statuettendieb seine Räubereien beschreibt, lassen sich drei Dinge schließen. Erstens hält der Mann sich augenscheinlich für eine Art Künstler – einen Verbrechenskünstler, einen Gentleman-Cambrioleur vom Schlage eines Arsène Lupin oder Fantômas. Folglich ist davon auszugehen, dass er die Nähe anderer Künstler sucht. Zweitens ist er eitel und geschwätzig. Es scheint deshalb eher unwahrscheinlich, dass der Dieb in den vier Jahren nach seinem ersten Statuettendiebstahl niemand von seinen Eskapaden erzählt hat. Drittens schreibt der Mann, er sei in Belgien geboren.

Gesucht wird also jemand, der mit Pariser Künstlern verkehrt, ausländischen zumal. Juhel hat nichts gegen Ausländer, nicht per se. Er ist kein Nationalist, ihm ist die ständige Betonung des hochheiligen Franzosentums durch Boulangisten und andere Rechtskonservative stets unangenehm gewesen. Aber falls Ausländer involviert sind, spielt ihm das in die Hände. Bertillon mag eine Kartei unterhalten, in der alle Tunichtgute der Stadt hinterlegt sind. Immigrationsangelegenheiten fallen hingegen in den Zuständigkeitsbereich der Sûreté Générale. Wenn er ein paar Anhaltspunkte hätte, könnte er …

Ein Taxi fährt vorbei. Juhel winkt dem Chauffeur.

»Zur Börse, schnell.«

Der Fahrer tritt aufs Gas. Wenn Juhel Glück hat, kann er vor dem Termin bei seinem Chef kurz mit Léon Bailby sprechen, dem Chefredakteur von »L'Intransigéant«. Ein Vergnügen wird das nicht. Das Blatt ist ein Beleg dafür, dass Linke und Rechte letztlich vom selben Stamme sind. Es war ursprünglich das Organ der anarchistischen Pariser Kommunarden, ist dann aber immer weiter nach rechts gerückt. Juhel hat noch gut in Erinnerung, wie die Zeitung gegen den zu Unrecht des Hochverrats bezichtigten jüdischen Offizier Dreyfus gehetzt hat. Es war unglaublich. Noch unglaublicher ist, dass man mit diesem Mist eine halbe Million Auflage machen kann.

Vor ihnen taucht die von griechischen Säulen geschmückte Fassade der Börse auf. Juhel dirigiert seinen Fahrer zu einem Café an der Ecke. Bailby pflegt dort zu frühstücken und Informanten zu empfangen. Man munkelt, dass ihn danach häufig sein Börsenmakler aufsucht, um Bailbys neueste Nachrichten zu Geld zu machen, bevor sie am kommenden Tag in der Zeitung stehen.

Er weist den Fahrer an, zu warten, steigt aus. Das Glück ist mit ihm. Über ein Notizbuch gebeugt sitzt Bailby im Außenbereich, Zigarette im Mundwinkel. Er ist Mitte vierzig, doch sein Schnauzer und sein kurz getrimmter Bart sind bereits völlig weiß. Er blickt auf, nimmt den Zwicker ab.

»Ach, der Herr Kommissar.«

»Der Herr Chefredakteur.«

Bailby weiß, dass Juhel ihn für einen antisemitischen Hetzer und Revanchisten hält. Juhel ist sich bewusst, dass Bailby in ihm einen espritlosen Aktenschieber und unverbesserlichen Dreyfusard sieht.

»Was verschafft mir«, Bailby lehnt sich zurück und mustert ihn, »die Ehre Eures Besuchs, Monsieur Lenoir?«

Der Journalist macht keine Anstalten, ihm einen Sitzplatz anzubieten. Juhel setzt sich trotzdem. Ein Kellner eilt herbei. Der Kommissar schüttelt den Kopf.

»Ich will Sie nicht lange stören. Ich komme wegen der Statuettengeschichte.«

Bailby lächelt.

»Dann haben Sie sich möglicherweise das falsche Blatt ausgesucht.«

»Keine Sorge, Ihre Kollegen nehmen wir uns ebenfalls vor. Worum es mir geht, ist Folgendes: Ich benötige einen Experten.«

»Für gestohlene Kunst?«

»Eher für die Pariser Kunstszene. Und was *das* anbetrifft, hat Ihr Blatt einen ganz passablen Ruf.«

Bailby verzieht das Gesicht. »Und warum sollte ich *Ihnen* helfen?«

»Weil ich ihn finden werde.«

»Wen?«

»Den Dieb der Mona Lisa.«

Bailby lacht. Es klingt etwas gekünstelt.

»Diese beiden Fälle hängen zusammen.«

»Was veranlasst Sie zu dieser unsinnigen Vermutung, Lenoir?«

»Ich glaube nicht, dass sie kausal zusammenhängen. Es erscheint mir aber denkbar, dass der Dieb der Statuetten andere Leute auf die Idee gebracht hat, etwas wirklich Wertvolles zu stehlen.«

»Sie glauben also, Sie kommen über diesen Möchtegern-Lupin auf die Spur der anderen Jungs?«

»So in etwa.«

»Oh Lenoir, bitte. Ich würde mein Geld da eher auf Hamard setzen als auf Euch. Oder gleich auf den Dieb. Wir haben heute einen Leitartikel dazu. Das Versagen der Polizei ist ähnlich erschreckend wie das der Museumsverwaltung.«

Lenoir deutet auf das Börsengebäude.

»So funktioniert das nicht. Das wissen Sie nur zu gut, Bailby. War Ihr Makler schon da?«

»Wie bitte?«

»Man setzt nicht auf eine Aktie. Man setzt auf mehrere und hofft, dass der enorme Anstieg der einen den Verlust der anderen wettmacht. Ist es nicht so?«

»Vielleicht.«

»Alles, was ich von Ihnen will, ist der Name eines Kenners der Kunstszene. Ob er was von Gemälden versteht, ist mir egal. Aber er muss den Montmartre kennen, die Maler, die Bildhauer und so fort.«

An Bailbys Gesichtsausdruck sieht er, dass der Journalist bereits jemand im Auge hat.

»Und Sie wollen nicht nur den Namen, sondern auch eine persönliche Empfehlung von mir, was?«

Lenoir nickt.

»Und was bekomme ich dafür?«

»Die Geschichte exklusiv, sobald ich etwas habe.«

»Oh, bitte.«

»Betrachten Sie es als langfristige Investition.«

»Ihre Börsenanalogien gehen mir auf die Nerven, Lenoir. Aber bitte schön: Wenn man bei meinem Makler – er ist einer der besten – ein Konto eröffnen will, verlangt er zunächst eine Sicherheitseinlage. Ansonsten legt er gar nicht erst los.«

Juhel nickt erneut, bedeutet dem Journalisten, ihm sein Notizbuch auszuhändigen.

»Das sind vertrauliche Informationen, Lenoir.«

»Dann schlagen Sie halt eine neue Seite auf.«

Der Journalist blättert zweimal um, schiebt ihm das Büchlein hinüber. Dabei schaut er misstrauisch. Glaubt der Kerl wirklich, Juhel werde aufspringen und mit seinem Sudelheftchen davoneilen?

Juhel zieht einen Füllfederhalter hervor und beginnt, eine Skizze zu zeichnen. Als er fertig ist, gibt er dem Chefredakteur sein Heft zurück.

»Das ist der Fluchtweg des Diebs der Mona Lisa aus dem Louvre.«

Bailby runzelt die Stirn. »›The Sphere‹ hat gestern was Ähnliches abgedruckt – etwas eleganter allerdings, eine dreidimensionale Draufsicht. Der Fluchtweg war ein anderer.«

»Der war dann wohl falsch.«

Lenoir erklärt seinem Gesprächspartner, welche Indizien und Zeugenaussagen schlüssig belegen, dass der Dieb diesen Weg genommen hat. Und dann zieht er seinen Trumpf aus dem Ärmel: die Geschichte mit dem Türgriff.

»Man hat dem Kerl die Tür aufgesperrt? Haben die Gardiens ihm vielleicht auch noch ein Taxi gerufen?«, sagt Bailby. Er runzelt die Stirn. »Sind Sie sicher, dass die Geschichte stimmt?«

»So steht es in den Akten der Präfektur.«

»Von denen hätte ich gerne eine Kopie.«

»Den Teil muss schon Ihr Polizeireporter übernehmen. Ich denke aber nicht, dass die Präfektur die Version bestreiten wird. Selbstredend dürfen Sie meinen Namen nicht erwähnen. Und schreiben Sie auch nicht ›Wie aus Kreisen der Sûreté Générale verlautet‹ oder so etwas.«

»Natürlich nicht.«

»Sind wir also im Geschäft?«

»Sind wir.«

Bailby reißt eine Seite aus seinem Notizbuch, schreibt einige Sätze darauf. Dann setzt er seine Unterschrift darunter. Sie wäre ein Fest für jeden Grafologen.

»Ihr Mann heißt Apollinaire. Literat und Kunstkritiker, war sogar schon mal für den Prix Goncourt nominiert. Er kennt wirklich jeden, vor allem diese ganzen Fauvisten, Symbolisten und, wie heißen die gleich, Kubisten.«

Von den Fauvisten meint Juhel schon einmal gehört zu haben. Aber was bitte schön malen Kubisten? Würfel etwa?

»Wo finde ich ihn?«

»Er soll für uns eine Ausstellung besprechen, die zurzeit in der Galérie Kahnweiler stattfindet. Heute Abend wollte er hin.«

Juhel erhebt sich.

»Guten Tag, Monsieur Bailby.«

Der Journalist schaut ihn an, als erwarte er weitere Worte des Dankes, aber da kann er lange warten. Eher sollte Bailby sich bei ihm bedanken. Das ist ein schöner kleiner Scoop, den Juhel der Zeitung da gerade frei Haus geliefert hat.

Er geht zurück zu seinem Taxi.

»Rue de Saussaies, Nummer elf.«

Mit etwas Glück kommt er gerade noch pünktlich.

10

Pablo sitzt an seinem Mahagoni-Esstisch und schaut zu, wie Monika eine Orange isst. Die kleine Äffin macht sich nicht die Mühe, die Frucht zu schälen. Stattdessen beißt sie ein Loch in die Schale, durch das sie ihren kleinen Arm tief ins Innere steckt. Ihre Hand kommt zum Vorschein, einen Fetzen Fruchtfleisch haltend. Saft tropft auf die Tischplatte. Das Ganze ist eine fürchterliche Sauerei. Pablo schaut amüsiert zu, zieht an seiner Zigarette. Louise wird später den Tisch wischen müssen, den Boden sowieso. Vermutlich werden sie noch wochenlang überall Orangenfetzen finden.

Fricka kommt herbeigetrottet, will gekrault werden. Pablo fährt mit der Hand durch das Fell der Hündin, gähnt. Es war sehr spät gestern. Die halbe Nacht war er mit Guillaume und den anderen in der »Closerie«. Danach hat er gemalt, die Nacht ist die Braut des Künstlers.

Er könnte mehr Kaffee gebrauchen. Schon will er aufstehen und in die Küche gehen, als ihm bewusst wird, dass dies nicht notwendig ist.

»Louise?«

Das Dienstmädchen erscheint im Türrahmen.

»Monsieur wünschen?«

»Bring mir noch einen Kaffee.«

»Sehr wohl. Wünschen Monsieur auch etwas zu essen. Oder die Zeitung?«

»Einen Apfel vielleicht. Keine Zeitung.«

Sie nickt, verschwindet. Pablo gibt Fricka einen Klaps. Die Hündin folgt dem Dienstmädchen, in der Hoffnung, in der Küche etwas abstauben zu können.

Pablo lehnt sich zurück. Es ist schon Mittag, die Sonne flutet durch die großen Fenster. Jenseits der Platanen sieht er das geschäftige Treiben auf der Avenue Frochot. Dahinter erhebt sich der Montmartre. Was für einen herrlichen Ausblick man doch von hier hat.

Pablo fühlt sich unwohl, schuldig geradezu. Zwar ist es bereits ein Jahr her, dass Fernande und er in diese Wohnung unweit der Place Pigalle gezogen sind. Doch noch immer kommt ihm all dies unwirklich vor. Wenn man jahrelang in einem Verhau gelebt hat, in dem einem über Nacht der Tee in der Tasse festfriert, ist solch eine Wohnung ein Schock – die hellen Räume, die schönen Möbel, die exquisite Lage. Auch dass er nun allen Ernstes ein Dienstmädchen beschäftigt, das ihm Mahlzeiten bereitet und sein Bett aufschüttelt, ist Pablo immer noch nicht ganz geheuer.

Er zieht eine weitere Zigarette aus der Packung. Fühlt er sich wirklich schuldig? Ist es das richtige Wort? Kahnweiler hat in letzter Zeit viele seiner Bilder verkauft. Es steht außer Frage, dass Pablo sich die Wohnung leisten kann. Und Künstler haben genauso ein Anrecht auf Komfort wie Advokaten oder Ärzte.

Es sind nicht die Annehmlichkeiten per se, deretwegen er sich unwohl fühlt. Eher macht ihm Sorgen, dass all dies verdammt bürgerlich ist. Er ist verdammt bürgerlich. Und manchmal fragt Pablo sich, ob das gut für seine Arbeit ist.

Er schiebt den Louis-quatorze-Stuhl zurück, steht auf. Unruhe hat ihn erfasst. Der Gedanke, dass diese ganze Bequemlichkeit ihn behäbig und stumpf macht, ist unerträglich. Anstatt hier herumzuhocken und sich Kaffee im Silberkännchen servieren zu lassen, sollte er besser etwas malen.

Er geht ins Schlafzimmer, zieht sich um. Louise weist er an, ihm den Kaffee vor die Ateliertür zu stellen, dito den Apfel und außerdem ein Croissant. Wenn er sein Frühstück stehend und im Arbeitskittel einnimmt, kommt er sich vielleicht weniger bourgeois vor. Pablo klemmt sich die Tagespost unter den Arm. Gerade will er zur Haustür hinaus, als Fernande im Gang auftaucht. Er hatte gehofft, sich an diesem Morgen nicht mit ihr auseinandersetzen zu müssen.

Fernande ist im Morgenrock. Ihre Haare sind noch durcheinander, aber Pablo riecht deutlich das frisch aufgetragene Chypre.

»Gehst du rüber, Pablo?«

»Hm.«

»Ich möchte was mit dir besprechen.«

»Später gerne.«

Fernande wirft einen Blick in Richtung Küche, wo Louise mit dem Geschirr klappert. Mit gesenkter Stimme sagt sie: »Es ist wichtig, mein Schatz.«

»Ich verstehe. Ich muss nur schnell etwas zu Papier bringen. Dann komme ich zu dir, Liebste, versprochen.«

Sie will etwas erwidern. Pablo schaut ihr direkt in die Augen.

Guillaume hat ihm geraten, seinen Blick sparsamer einzusetzen. Dieser sei *envahissant*. Das Wort kannte Pablo bis dato nicht, auch nach all den Jahren ist sein Französisch noch sehr bruchstückhaft. Anscheinend meinte sein Freund, dass Pablo Menschen mit den Augen erfassen, durchdringen, überwältigen kann.

Auch Fernande ergeht es so. Sie wendet sich ab und verschwindet in der Küche, um stattdessen Louise zu terrorisieren.

»Nimm meinen Kaffee«, ruft er ihr nach. »Sie kann mir später neuen machen.«

Pablo zieht die Haustür hinter sich zu. Er geht durch den Innenhof zum Hintergebäude, in dem sein Atelier liegt. Er weiß ja, was Fernande mit ihm besprechen möchte. Sie richtet ein Abendessen aus. Guillaume und seine Freundin Marie Laurencin werden kommen. Seit Tagen redet Fernande darüber, was es zu essen geben soll. Ob man nicht weitere Personen einladen müsste – Pablos Freund und Kollaborateur Georges Braque vielleicht oder diesen belgischen Lebenskünstler, den Guillaume gerade wieder einmal durchfüttert.

Pablo sind diese Dinge unfassbar egal. Er hat ihr beschieden, sie möge alles so organisieren, wie es ihr beliebt. Fernande warf ihm daraufhin Gleichgültigkeit vor. Pablo hat angemerkt, dass die Auswahl der Gäste und Speisen ja wohl eindeutig der Dame des Hauses obliegt. Da ist Fernande wieder einmal in die Luft gegangen.

Ihre Undankbarkeit macht ihn fassungslos. Sie muss das ganze Zeug schließlich nicht einmal selbst kochen, sondern lediglich ein paar Anweisungen erteilen. Ist das wirklich zu viel verlangt? Muss er sich denn um alles kümmern?

Pablos Atelier ist ein Ort des Friedens. Niemand darf ihn hier stören. Natürlich kommen immer noch Leute vorbei. Aber es ist nicht wie früher auf dem Montmartre. Da hatte er ein Schild an seine Tür gepinnt, auf dem »Treffpunkt der Poeten« stand. Es war keine Einladung, eher ein sarkastischer Kommentar. Ständig platzte jemand herein – Guillaume, Max, Kees van Dongen, der halbe Montmartre. Nun muss man sich bei Pablo Picasso anmelden. Louise fungiert als sein Zerberus.

Im Atelier ist es erfreulich unaufgeräumt. Überall stapeln sich Materialien, Skizzen, fertige Bilder. Der Boden ist fast vollständig mit zerknülltem Papier und Holzresten bedeckt. Louise hat hier Putzverbot.

Pablo lässt sich zwischen zwei großen Holzmännchen in einem alten Lehnstuhl nieder. Bei den Figuren handelt es sich um Ndops, afrikanische Götzen. Einen davon hat ihm Georges geschenkt. Woher der andere stammt, ist Pablo entfallen. Er schaut sich die Figur genauer an. Hat er sie irgendwo gekauft? In Saint-Ouen vielleicht?

Ist es nicht seltsam, dass er es nicht mehr weiß? Vielleicht, vielleicht auch nicht. Schließlich ist sein Atelier voller Plastiken und Statuen, voller Musikinstrumente und Wandteppiche. Pablo ist ein manischer Sammler, allerdings sammelt er nicht nach System. Er mag es einfach, Objekte um sich zu haben, so wie er es mag, Menschen um sich zu haben.

Er schaut die Post durch. Darunter befindet sich ein Brief aus Barcelona. Er ist von seiner Mutter. Pablo legt ihn beiseite. Er überfliegt das Schreiben eines italienischen Bewunderers, der Gott weiß wie an seine Adresse gekommen ist. Dann ist da noch der »Petit Parisien« von heute. Es geht immer noch um die elende Joconde. Pablo kann es nicht mehr hören. Er legt das Blatt ungelesen weg. Wozu hat er Guillaume? Der wird ihm am Abend ohnehin alles Wichtige erzählen, ob er will oder nicht.

Der letzte Umschlag ist recht groß. Er kommt von Pablos

Galerist und enthält Presseausschnitte der vergangenen Monate. Er nimmt die gesammelten Kritiken und Erwähnungen, reißt sie zweimal durch. Die Fetzen wirft er in seinen Pappmaschee-Eimer.

Kahnweiler hat außerdem eine komplette Zeitschrift beigelegt. Auch sie will Pablo bereits zu Schnipseln verarbeiten, als ihm auffällt, dass es sich um ein amerikanisches Magazin zu handeln scheint – »Architectural Record«. Er hat noch nie davon gehört. Pablo setzt sich wieder. Während er eine raucht, blättert er. Sein Englisch ist noch mieser als sein Französisch, deshalb schaut er sich nur die Bilder an. Die Zeitschrift enthält einige Kohlezeichnungen, hauptsächlich jedoch Fotos amerikanischer Häuser. Kurioserweise erinnern ihn diese an die seiner andalusischen Heimat. Die Gärten mit den orientalisch anmutenden Springbrunnen könnten auch zum Alcázar von Sevilla gehören. Dasselbe gilt für die Fassade einer kalifornischen *seaside villa*, die maurischer wirkt als viele Häuser Grenadas.

Kunst ist eben Diebstahl. Und keiner klaut schamloser als die Amerikaner. Sie besitzen keine eigene Kultur und auch keine Hemmungen. Vermutlich hängt beides miteinander zusammen.

Will Kahnweiler mit der Zeitschrift an Pablos Humor appellieren? Ihm ist die Sache schleierhaft. Auf der nächsten Seite befindet sich die Reproduktion eines Gemäldes. Eine sitzende Frau blickt ihn an. Er kennt das Bild nicht, doch es stammt ohne Zweifel von seinem Rivalen Henri Matisse. Die Überschrift des dazugehörigen Artikels lautet: »Die Wilden Männer von Paris«.

Nun erinnert er sich. Der Name des Autors kommt ihm vage bekannt vor. Es ist schon eine Weile her, da hat er auf Anraten seines Galeristen voller Widerwillen einen amerikanischen Journalisten empfangen, ihm ein paar Sachen gezeigt. Der Kerl, ein gewisser Burgess, interessierte sich am meisten für Pablos von afrikanischen Skulpturen und Masken inspirierte Arbeiten.

Verstanden hat Burgess sie nicht.

Er blättert weiter. Es folgen Bilder und Fotos von Dérain und Braque, die Burgess anscheinend ebenfalls zu den »Wilden Männern« zählt. Dann kommt Pablo selbst. Unter dem abgebildeten Gemälde steht »Studie von Picasso«.

Immerhin hat Burgess nicht den dämlichen Titel verwendet, mit dem Kahnweiler hausieren geht: »Les Demoiselles d'Avignon«.

Die fünf Frauen auf dem Bild sind nämlich wahrlich keine braven Fräuleins. Pablo hatte das Bild eigentlich »Le Bordel d'Avignon« nennen wollen. Aber dann hat sein Bekannter André Salmon sich die »Demoiselles« ausgedacht. Ausgerechnet André, die alte Tante, die noch nie einen Puff von innen gesehen hat. Trotzdem hat sich der Name festgesetzt.

Pablo erinnert sich nun auch wieder, wie er und Burgess vor der – für seine Verhältnisse – immensen Leinwand standen. Der Amerikaner lief unschlüssig hin und her, begutachtete die fünf Grazien wie der Kunde eines Bordells, der sich nicht entscheiden kann, wen er denn nun ficken soll.

»Grundgütiger, das ... was ist denn bloß mit ihren Nasen, Mister Picasso?«

»Was soll damit sein?«

»Die sind, ich meine, ist das intendiert?«

»So sehen Nasen eben aus.«

Kahnweiler, daran erinnert er sich, stand während des Gesprächs an der Wand. Per Handzeichen bedeutete er Pablo immer wieder, er möge dem aus San Francisco angereisten Herrn doch ein wenig genauer erklären, was er sich bei dem Bild gedacht habe. Aber da hatte Kahnweiler sich natürlich geschnitten.

Pablo fährt mit dem Finger über die Zeilen. Germanische Sprachen sind wie Blei, die Sätze zu entziffern, ist eine unglaubliche Plackerei. Er versteht nur Bruchstücke. Aber die reichen ihm.

»Barbarische Albträume ... subafrikanische Karikaturen ... Absinth-Phantasmagorien.«

Dieser Amerikaner hat wirklich nichts verstanden.

»Picasso ist ein Teufel.«

Nun ja, fast nichts. Mit einer Drehung des Handgelenks wirft Pablo das Magazin wie einen Diskus. Es segelt durch den Raum und landet zwischen einigen leeren Flaschen. Er steht auf und holt sich Farben, Pinsel, eine Palette. Als er alles beisammen hat und anfangen könnte, hält er erneut inne. Sein Blick heftet sich auf die Wand, an der seine fertigen Arbeiten lehnen. Die meisten hat er auf Rahmen gezogen, manche jedoch sind eingerollt. Pablo holt eine große Leinwand hervor, entrollt sie, aber nur ein Stück weit. Das Bordell ist eine seiner größten Arbeiten. Er müsste zunächst einen Tisch frei machen, um das Bild ganz auszubreiten.

Aber das ist nicht nötig. Pablo weiß schließlich genau, wie es aussieht. Fünf nackte Frauen, die sich dem Betrachter zuwenden, sich ihm darbieten. Die zwei am rechten Rand regen die Leute immer am meisten auf, mit ihren an afrikanische Stammesmasken erinnernden Gesichtern.

Burgess, dieser hirnverbrannte Idiot, hat sich über die Nasen beschwert. Nun, er war nicht der Einzige. Sein Freund Georges hat damals gesagt, Pablo wolle wohl, dass sie Werg fräßen und Petroleum söffen. Und Henri Matisse meinte, da habe Pablo sich ja wohl einen schönen Scherz erlaubt – einen Scherz! Was für eine Frechheit. Guillaume war komplett sprachlos. Angesichts seiner angeborenen Eloquenz kam dieses Schweigen einem gellenden Schrei des Entsetzens gleich.

Pablo war das egal. Es ist es immer noch. Erst Jahre später haben zumindest einige seiner Freunde verstanden, was Pablo schon damals kapiert hatte, im Jahr 1907, als er die Mädchen malte. Nämlich, dass man zurück ins Mittelalter muss, wenn man in die Zukunft will. Sogar noch weiter zurück: Gesichter und Körper müssen gleichzeitig aus verschiedenen Perspektiven betrachtet, Zeit und Raum müssen zerstört werden. Nur so lässt sich der Kern der Dinge freilegen.

Außerdem hat Pablo damals verstanden, dass auf diese Weise zu malen eigentlich keine Malerei ist, sondern Bildhauerei. Er haut die menschliche Form mit einer Axt aus den Farben, so wie man ein Kanu aus einem Baumstamm hackt.

Von der ein Stück weit aufgerollten Leinwand blicken ihn die beiden Frauen mit den maskenhaften Visagen an. Eine davon, er hat das nie jemandem erzählt, ist Fernande. Die andere ist ein Mädchen, das er oft besucht hat, in jenem Bordell in der Carrer d'Avinyó, welches in Barcelona sein zweites Zuhause war.

Allmählich versteht er, warum Kahnweiler ihm den Erguss dieses amerikanischen Philisters geschickt hat. Dessen Kritik mag negativ sein, aber der Wind hat sich gedreht. Bald werden Leute auftauchen und nach Pablos Puffbild fragen. Und Kahnweiler wird ihnen erklären, es heiße »Demoiselles d'Avignon«, so als handele es sich um eine Picknickszene von Manet.

Sein Galerist sagt ihm hiermit durch die Blume, er möge das Bild endlich zum Verkauf freigeben. Aber da hat sich Kahnweiler schon wieder geschnitten.

Pablo packt das Bild wieder ein. Nun endlich macht er sich an die Arbeit. Er beginnt, sich wie ein Blinder durch die Dunkelheit der weißen Leinwand zu tasten, fügt hier und da etwas hinzu. Nach einer Weile vernimmt er Klopfgeräusche an der Tür. Vermutlich ist es Louise mit dem Kaffee. Er ignoriert sie, malt weiter. Es klopft erneut. Pablo schaut auf die Uhr und sieht, dass er bereits dreieinhalb Stunden gearbeitet hat. Wer auch immer da klopft, das Dienstmädchen ist es nicht.

Pablo legt die Palette fort und geht zur Tür. Die Störung verärgert ihn nicht, es ist ohnehin Zeit für eine Pause. Dennoch fällt es ihm schwer, ins Hier und Jetzt zurückzufinden. Er hat Probleme mit dem Türschlüssel.

»Gleich, Moment«, sagt er.

»Ich bin's«, ruft eine Männerstimme. Sie gehört Guillaume.

Mehrmals dreht Pablo den Schlüssel hin und her, dann endlich springt das Schloss auf. Er öffnet die Tür. Guillaume wartet geduldig vor der Schwelle, er kennt das bereits. Seine feinen, wie gezeichnete Kommas wirkenden Augenbrauen sind hochgezogen, auf eine Art und Weise, die Pablo aufmerken lässt. Sein Freund hat etwas zu berichten, das nicht bis zum Abend warten kann.

Pablo bittet Guillaume herein. In der Rechten hält der Dichter ein Tablett mit Kaffeegeschirr. Einen Kellner imitierend, durchschreitet er den Raum, platziert das Service mit schwungvoller Geste auf dem Tischchen neben dem Sofa.

»Stand vor der Tür«, sagt er.

Guillaume befühlt die Kanne.

»So warmherzig wie ein flämischer Pfaffe.«

»Willst du frischen?«, erwidert Pablo. »Wir sagen Louise Bescheid.«

»Danke, aber nein. Ich komme eh gerade aus dem ›Ermitage‹.«

Guillaume lässt sich in einen Sessel plumpsen, kramt seine Pfeife hervor. Pablo greift sich einen Stuhl, setzt sich ihm gegenüber. Er schaut zu, wie Guillaume die Pfeife in Gang bringt.

»Mit wem warst du im Café?«

»Mit niemand«, erwidert Guillaume, »ah, aber gleichzeitig mit allen! Ich habe Kiki getroffen, außerdem diesen russischen Maler, Chagall. Du kennst ihn?«

Pablo schüttelt den Kopf. Vielleicht hat er den Mann schon einmal getroffen. Aber er hat noch kein Bild von ihm gesehen. Daran könnte er sich nämlich erinnern.

»Er besitzt ein kleines Atelier in der Impasse du Maine.«

»Am Gare de Montparnasse?«

»Hm. Du solltest ihn mal kennenlernen. Er ist seit einem Jahr hier und noch so – wie soll ich sagen – grundlos hoffnungsfroh gestimmt. Niedlich. Bettelarm, natürlich. Hat mich an uns erinnert, vor ein paar Jahren.«

»Und seine Bilder?«

»Farbenfroh. Bukolisch. Kühe und Bauern, aber geträumte. Vignettenhafte Kompositionen, eine Art von ... expressionistischem Symbolismus.«

Pablo hat keine Ahnung, was Guillaume damit sagen will. Vermutlich weiß er es selbst nicht genau. Aber es klingt gut, und Dinge gut klingen zu lassen, ist zweifelsohne eine von Guillaumes Stärken.

Pablo zündet sich eine Zigarette an.

»Stell ihn mir mal vor. Oder, besser, zeig mir was von ihm.«

»Gemacht, Verehrtester. Und weißt du, wen ich noch getroffen habe? Paul Poiret.«

»Dieses Schneiderlein?«

Guillaume schiebt das Kinn vor und beißt auf die Pfeife, wodurch sich diese emporreckt. Er schüttelt den Kopf. Die Pfeife verwandelt sich in einen tadelnden Finger.

»Das darfst du ihm niemals sagen, lieber Pablo. Es klingt so schrecklich gewöhnlich. Paul sieht sich als Künstler, nicht als bloßen Handwerker.«

Pablo schnauft verächtlich. Guillaume schaut fragend.

»Aber ihr verstandet euch doch ganz gut, ihr zwei?«

»Ging so.«

»Auf jeden Fall hat er mich eingeladen, und ich habe ihm gesagt, er solle dich ebenfalls einladen. Vielleicht macht er es ja.«

»Worum geht es?«

»Er hat eine Parfumfirma gegründet. Auch das ist Kunst. Sagt er zumindest. Seine Eaux de Toilette bekommen hübsche Fläschchen, jedes ein anderes. Und um das zu feiern, gibt er eine Party – einen Kostümball.«

Pablo interessiert sich nicht sonderlich für Mode und für Parfums schon gar nicht. Fernande hingegen ist nach beidem verrückt. Von ihr weiß er, dass Paul Poiret bei den Damen en vogue ist. Seine Mode hat etwas Orientalisches, Osmanisches, Maurisches. Pablo muss wieder an die kalifornischen Häuser denken. Poiret macht im Prinzip dasselbe wie diese amerikanischen Architekten, nur eben mit Hosen und Hemden.

»Der Ball soll ›Die Tausendundzweite Nacht‹ heißen. Er verspricht, sehr extravagant zu werden.«

»Wer kommt da so?«

»*Le Tout-Paris*, mein Freund.«

Pablo wusste nicht, dass er selbst auch zu dieser erlesenen Gruppe gehört.

»Hast du schon mit Fernande gesprochen, Apo?«

Der Angesprochene blinzelt. »Sollte ich? Ich habe zunächst an der Wohnungstür geklopft, aber nur euer Mädchen angetroffen.«

Pablo spürt, wie sich seine Nackenmuskulatur verkrampft. Ist sie schon wieder allein hinaus, ohne ihn? Er wird ein ernstes Wort mit Fernande reden müssen. Am Pigalle treibt sich allerlei Gesindel herum. Am liebsten möchte er augenblicklich hinausrennen, möchte den Boulevard de Clichy nach seiner Freundin absuchen.

Guillaume bleibt seine Unruhe nicht verborgen.

»Gibt es ein Problem? Was hätte ich denn mit ihr besprechen sollen?«

»Nächsten Freitag. Sie ist sich unsicher wegen des Essens und der ... der Besetzung.«

Guillaume spitzt den Mund, seine Lippen scheinen beinahe zu verschwinden.

»Ist es wegen Marie?«

Guillaumes Freundin ist ein häufiger Gast im Maison Picasso und aus Pablos Sicht auch ein durchaus gern gesehener. Nicht dass er Marie Laurencin besonders schätzt. Was ihm jedoch Freude bereitet, ist, zu sehen, wie glücklich sie Guillaume macht.

Fernande hingegen kann Marie nicht ausstehen.

»I wo, Guillaume. Sie hat nur überlegt, ob wir eine kleine Runde wollen oder eine größere. Hat nach dem Baron gefragt, unter anderem.«

Als er den Spitznamen ihres belgischen Bekannten erwähnt, starrt Guillaume Pablo ungläubig an. Seine Pfeifenerektion fällt in sich zusammen.

»Was, Apo?«

»Liest du etwa keine Zeitung?«

Pablo zuckt mit den Achseln. Er liest generell nicht besonders gerne. Lieber lässt er sich ab und an von Fernande etwas vorlesen – oder von Guillaume. Letzterer kann sehr schön Gedichte von Verlaine rezitieren.

»Mein Gott. Du weißt es wirklich noch nicht?«

»Was denn, zum Teufel?«

»Der Baron. Er hat ...«, Guillaumes Stimme verstummt.

Der Baron ist alles Mögliche, nur kein echter Baron. Sein richtiger Name lautet Honoré Joseph Géry-Piéret. Er stammt aus Belgien, man kann es hören.

Sie wissen noch mehr über seine Vita, doch vieles davon ist erstunken und erlogen, zumindest vermutet Pablo das. Joseph ist amüsant, originell und komplett wahnsinnig. Guillaume hat ihn eine Weile als Faktotum beschäftigt und ihn durchgefüttert – denn wenn einem solch eine großartige literarische Figur quasi frei Haus geliefert wird, sagt man als Schriftsteller nicht Nein. Guillaume hat die Manierismen und Marotten Gérys genau studiert. Dann hat er sie samt und sonders geklaut und in seinen Geschichten verwendet. Der Belgier war für Guillaume, was ein Modell für einen Maler ist.

Doch nun scheint der Irre irgendetwas angestellt zu haben. Es wäre nicht das erste Mal.

»Was hat er diesmal verbrochen?«

Guillaume schaut sich um, als wolle er sich vergewissern, dass sie wirklich allein sind.

»Das weißt du ganz genau«, sagt der Dichter.

»Ich weiß, dass er klaut wie ein Rabe. Und dass er sich gern prügelt.«

»Die Statuetten.«

»Welche ... oh.«

»Ja, genau, oh! Du erinnerst dich doch wohl, was er alles hat mitgehen lassen im, im ... du weißt schon.«

Natürlich erinnert Pablo sich. Aber Guillaumes Geheimniskrämerei fängt an, ihm mächtig auf den Zeiger zu gehen. Sie sind allein, die Wände sind dick, die Türen ebenfalls. Vertraulicher geht es nicht.

»Im Louvre?«, sagt Pablo. Er spricht absichtlich eine Spur zu laut.

Guillaume schaut, als jage ihm schon der Name des Museums Angst ein.

»Was ist denn bloß los, Guillaume? Das sind doch alte Kamellen.«

Der Dichter kramt in der Tasche, die er neben dem Sessel abgestellt hat. Er fördert eine Ausgabe des »Paris-Journal« zutage, hält sie Pablo hin. Der liest die Schlagzeile und die ersten paar Sätze.

»*Hijo de perra.* Das darf doch nicht wahr sein.«

»Ist es aber.«

Guillaume ist inzwischen auf den Beinen. Er hebt die Arme, lässt sie wieder sinken, läuft auf und ab. Der Müll knirscht unter seinen schweren Schritten. Pablo zündet sich noch eine Zigarette an, hält Guillaume die Schachtel hin. Der steckt seine Pfeife weg, nimmt eine. Schweigend rauchen sie.

Pablo erinnert sich noch gut an jenen Tag vor drei oder vier Jahren, als ihm erstmals dämmerte, dass Géry mehr als ein Aufschneider war. Zuvor hatte er den Mann für einen reinen Mythomanen gehalten. Sein Vater sei ein berühmter Anwalt, so der Belgier; er selbst beherrsche diverse Kampfsportarten, darunter Savate, Jiu-Jitsu und den Drachenstil der Shaolin. Ferner spreche er sechs Sprachen. Er beherrsche die Kunst der Bühnenmagie, da er zwei Jahre beim Circus Krone angestellt gewesen sei. Außerdem habe er in Texas als Cowboy gearbeitet und reite wie der Teufel. Buffalo Bill sei ein guter Kumpel von ihm.

Dieser Art waren Gérys Geschichten. Abgesehen von einigen soliden Kartentricks und einem passablen Uppercut schienen all seine Fähigkeiten einer blühenden Fantasie entsprungen zu sein. Dann aber sagte der Belgier eines Tages:

»Pablo, Chérie. Ich gehe jetzt im Louvre einkaufen. Kann ich dir irgendwas mitbringen?«

Pablo lehnte dankend ab. Er glaubte, Joseph rede von den Magasins du Louvre, einer auf der Nordseite des Gebäudes untergebrachten Galerie mit Geschäften.

Einige Tage später zeigte der Belgier ihm eine kleine Steinfigur, kaum größer als eine Bierflasche. Joseph hatte sie aus der Antikensammlung des Louvre mitgehen lassen, einfach so.

Das war der Moment, in dem Pablo den verrückten Baron mit anderen Augen zu sehen begann. Er war kein reiner Münchhausen; er ließ seinen Worten Taten folgen, zumindest manchmal.

»Wo ist der Baron jetzt?«, fragt er.

»Fort«, erwidert Guillaume.

»Er hat sich nach seiner öffentlichen Beichte aus dem Staub gemacht?«

»Ach was, nein. *Ich* habe ihn fortgeschickt. Er hat ja kürzlich noch bei mir gewohnt. Ich habe versucht, ihm klarzumachen, was er da losgetreten hat.«

»War ihm das denn nicht bewusst?«

»Pablo, der Mann ist ein Wahnsinniger.«

»Soweit nichts Neues.«

»Joseph fand das alles irre komisch. In seiner maßlosen Selbstüberschätzung konnte er sich nicht vorstellen, dass ihm jemand auf die Schliche kommt. Also habe ich ihm etwas Geld gegeben und ihn am Gare du Nord in einen Zug nach Belgien gesetzt. Erst als der aus dem Bahnhof war, bin ich gegangen.«

Pablo drückt die Zigarette aus. Er betrachtet Guillaume. Dieser massige Mann, der sonst buddhagleich wirkt, der nicht sitzt, sondern thront, der nicht isst, sondern schlemmt – diese barocke Erscheinung wirkt auf einmal nervös und verletzlich. Schweiß rinnt ihm die Schläfen hinab.

»Du hast Schiss, dass sie ihn zu dir zurückverfolgen.«

»Natürlich, Pablo.«

»Aber du hast nichts getan. Ihn zu beherbergen, ist nicht verboten. Du bist ein bekannter und respektierter Schriftsteller, und ...«

Guillaume kommt auf ihn zu, legt seine Schaufelhände auf Pablos Schultern.

»Das alles zählt nichts. Wir sind Ausländer, Pablo. Man wird uns aus dem Land schmeißen. Und vorher nehmen sie uns in die Mangel.«

»Wegen irgendwelcher wertlosen Statuen?«

»Wertlos?«

Guillaumes Gesicht ist auf einmal puterrot.

»Sie sind aus dem Scheißlouvre!«, brüllt er.

Im selben Augenblick wird ihm bewusst, dass dies vielleicht tatsächlich jemand gehört haben könnte. Guillaume fasst sich an die Stirn, hebt eine Hand.

»Verzeih, verzeih. Ah, ah, was für ein Haufen dampfender Kacke.«

Pablo legt Guillaume die Hand auf die Schulter, wofür er sich auf die Zehenspitzen stellen muss.

»Wir müssen die Sache vernünftig angehen«, sagt er.

»Aber wie? Wie?«

Pablo geht hinüber in den anderen Raum, wo er einige Flaschen Wein gebunkert hat. Aus dem Sommerurlaub in Céret hat er Jurançon mitgebracht, einen wunderbaren Tropfen. Eigentlich wollte er ihn ein wenig aufbewahren. Aber sei's drum.

Mit zwei randvollen Gläsern kommt er zurück. Guillaume hat sich inzwischen auf dem Diwan niedergelassen, sich seines Jacketts und Strohhuts entledigt. Doch er schwitzt immer noch. Pablo reicht seinem Freund ein Glas. Dieser trinkt es in einem Zug halb aus.

Pablo holt Papier und Stift. Am besten denkt er mit der Hand. Rasch skizziert er ein paar Gestalten. Guillaume, sich selbst, den Baron; außerdem einige andere, die ebenfalls zur Picasso-Bande gehören oder gehört haben: Georges Braque, Max Jacob, Juan Gris und so weiter. Dazu kommen ein paar Statuetten. Er verbindet Personen und Skulpturen mit gestrichelten Linien. Pablo reicht Guillaume den Zettel.

»Was soll das sein?«

»Die, die mit ihm zu tun hatten. Und wissen, dass wir ihn kennen.«

»Wer ist bitte diese speihässliche Frau? Soll das etwa Marie sein?«

Pablo muss lachen.

»Das ist Gertrude Stein.«

Guillaume trinkt den Rest des Weins. Er scheint sich ein wenig gefangen zu haben.

»Ich glaube nicht, dass irgendwer von denen zur Polizei rennt«, sagt Pablo. »Die Frage ist eher, ob der Baron jemandem seine wahre Identität enthüllt hat.«

»Wen meinst du?«

»Dem Redakteur der Zeitung, vielleicht.«

Guillaume nickt.

»Den kenne ich ganz gut.«

»Vielleicht könntest du ihn fragen, was er weiß?«

»Um Gottes willen, nein, Pablo. Dann fragt er sich doch, welche Verbindung es zwischen Joseph und mir gibt. Schlafende Hunde!«

»Also, was dann?«

»Die Polente wird dem ›Journal‹ auf die Pelle rücken. Vielleicht halten sie dicht, Informantenschutz und so weiter. Schließlich ist diese Geschichte für das Blatt ganz fantastisch. Das ›Paris-Journal‹ hat die Statuette in ihr Schaufenster gestellt, Trauben von Gaffern stehen davor. Aber was ich eigentlich meine, ist: Selbst wenn die Polizei eine Beschreibung des Barons aus den Journalisten rausquetscht – ich glaube nicht, dass er je bertilloniert wurde.«

»War er nie in Gewahrsam?«

»Nein, ich denke nicht. Der Baron ist gerissen. Wenn die Scheiße überkochte, hat er immer rechtzeitig Reißaus genommen.«

Guillaume holt wieder seine Pfeife hervor.

»Wenn wir ein bisschen Glück haben, verläuft die Angelegenheit im Sand.«

»Und wenn nicht?«

»Dann taucht irgendwann die Polizei bei mir auf. Und vielleicht auch bei dir.«

»Wieso denn bei mir? Hier hat er ja nicht gewohnt.«

Guillaume greift sich die Zeitung, sucht nach einem Absatz. Pablo, der nur die erste Spalte gelesen hat, hört zu.

»Die Statuette verkaufte ich an einen befreundeten Pariser Maler. Er gab mir dafür fünfzig Franc, die ich in der folgenden Nacht in einer Billardhalle verspielte.«

Guillaume schaut ihn an. Pablo fühlt, wie das leichte Zittern in seinen Händen seine Arme emporkriecht, von seiner Brust Besitz ergreift.

»Das ist nicht wahr! Es ist gelogen!«

»Ich weiß, Pablo.«

»Ich werde es abstreiten. Ich habe Joseph nie eine Statue abgekauft.«

Guillaume wirft ihm einen halb tadelnden, halb verständnisvollen Blick zu.

»Die Wahrheit ist ja leider viel schlimmer, hm?«

»Ich streite alles ab. Alles.«

»Hast du sie noch, Pablo?«

»Wovon redest du?«

»Herrgott, Pablo! Glaubst du etwa, ich habe das alles vergessen?«

Guillaume erhebt sich, stampft wieder durch den Raum. Er schaut sich suchend um. Dann sagt er: »Ich will dir nur helfen.«

Das weiß Pablo natürlich. Aber er müsste genau nachdenken, um Guillaumes Frage beantworten zu können. Sein Atelier ist vollgestopft mit Zeug, seine Wohnung ebenso. Das alte Atelier drüben auf der Butte unterhält er ebenfalls noch, es fungiert als Materiallager. Insofern weiß er schlichtweg nicht, ob er sie noch hat und wenn ja, wo sie sind. Er müsste suchen. Er müsste sich diese leidige alte Geschichte wieder vor Augen rufen.

Nichts will er weniger.

»Ich möchte nichts damit zu tun haben, Apo.«

Der Angesprochene schaut Pablo an. Sein Blick ist beinahe mitleidig.

»Keiner von uns will das. Aber das entscheiden doch nicht wir. Was denkst du, was passiert, wenn die hier alles auseinandernehmen? Wenn sie was finden?«

Pablo antwortet nicht. Stattdessen starrt er aus dem Fenster. Er hört, wie Guillaume anhebt, noch etwas zu sagen. Dann jedoch geht er zum Diwan, sammelt seine Sachen zusammen.

»Denk drüber nach, Pablo. Denk drüber nach.«

Pablo antwortet nicht. Er hört, wie die Tür ins Schloss fällt. Eine Weile steht er regungslos da. Dann dreht er sich um.

Das »Paris-Journal« liegt auf dem Diwan, scheint ihn zu verhöhnen. Pablo greift danach. Auch den Zettel, auf dem er die Bande skizziert hat, nimmt er an sich. Beides wirft er in den gusseisernen Ofen, der seit Wochen nicht gebrannt hat, zündet alles an. Er schaut zu, wie das Papier aufflammt.

Dann beginnt er zu suchen.

11

Vincenzo fällt beinahe in Ohnmacht, als er sieht, wer da vor seiner Tür steht. Es ist ein Bulle. Das weiß er, bevor der Kerl auch nur seinen Ausweis gezeigt hat. Wie haben die ihn so schnell gefunden?

»Monsieur Vincenzo Peruggia?«

»Ja?«

»Ich bin Inspektor Brunet von der Präfektur. Ich muss Ihnen einige Fragen im Zusammenhang mit dem Diebstahl der Mona Lisa stellen.«

Vincenzo müsste erstaunt dreinschauen. Es gelingt ihm nicht. Der Inspektor, ein Mann mittleren Alters, mit Dreiteiler und feuerroter Fliege, mustert ihn misstrauisch. Rasch wendet Vincenzo den Blick ab. Er bedeutet dem Inspektor, einzutreten.

Widerstand ist zwecklos, Flucht ebenfalls. Im Treppenaufgang hat er zwei Friedenswächter gesehen.

»Monsieur?«

Er wendet sich dem Inspektor zu, schenkt dem Mann sein gewinnendstes Lächeln. Vincenzo fühlt, wie seine Nervosität schwindet. Er bekommt das hin.

»Natürlich. Bitte«, er deutet auf den einzigen Stuhl, »setzen Sie sich doch.«

Der Inspektor nimmt Platz. Vincenzo hockt sich aufs Bett.

»Sie scheinen nicht sonderlich überrascht, dass ich hier bin«, bemerkt der Polizist. Brunet ist ein typischer französischer Beamter. Vincenzo hat schon Dutzende solcher Typen erlebt. Sie sind kalt, unnahbar, voller Verachtung für die arbeitende Bevölkerung. Ganz besonders hassen sie Ausländer.

»In der Tat bin ich das auch nicht, Inspektor.«

Brunet zückt ein Notizbuch.

»Und wieso nicht?«

»Als ich in der Zeitung von dem Raub las, da dachte ich mir: Sicher werden nun alle befragt, die je im Louvre gearbeitet haben.«

»Und Sie haben dort gearbeitet?«
»Ja.«
»Nun gut. Fangen wir dennoch vorne an.«
Der Inspektor gleicht Fakten ab, die er offenbar bereits kennt: dass Vincenzo am achten Oktober 1881 in Dumenza geboren wurde; dass er als Schreiner- und Malergehilfe arbeitet; dass er bei der Firma Corbier angestellt ist.
»Wie lange arbeiten Sie bereits als Handwerker?«
»Seit meinem zwölften Lebensjahr.«
»Wo haben Sie gearbeitet?«
»Zunächst in Mailand.«
»Und in Paris sind Sie seit?«
»1908.«
Der Inspektor stellt ihm einige Fragen zu Lebenswandel, Ehestand und so weiter. Vincenzo betont, dass er stets in Lohn und Brot war. Er beschreibt Brunet in seinem makellosen Französisch, wie hervorragend er sich in Paris eingelebt hat.

Den kleinlichen Beamten interessiert jedoch viel mehr, dass Vincenzo schon aktenkundig ist, wegen einer Tätlichkeit. Dabei ist das eine alte Geschichte. Er hatte seitdem nie mehr Ärger mit dem Gesetz. Vincenzo ist inzwischen ein völlig anderer Mensch, und das sagt er dem Inspektor auch.

»Erzählen Sie mir von Ihrer Arbeit im Louvre.«
»Viel gibt es da nicht zu erzählen. Maître Corbier wurde beauftragt, einige Bilder hinter Glas zu legen.«
»Welche?«
»Einen Ingres, einen Caravaggio, glaube ich – vielleicht war es aber auch ein Michelangelo. Und natürlich die Gioconda.«
»Wie genau ging das vonstatten?«
»Drei meiner Kollegen und ich, wir haben das notwendige Material in den Louvre gebracht – Holz, Glasscheiben und so weiter.«
»Sie haben die Kästen also vor Ort angefertigt?«
»Ja, Inspektor. Es ist notwendig, für solch eine Arbeit exakt Maß zu nehmen, verstehen Sie? Man muss das fragliche Bild

einpassen, ich will sagen, man muss es zur Hand haben. Wir konnten«, Vincenzo lacht, »diese Gemälde ja kaum in unsere Schreinerei entführen.«

Brunets Mundwinkel zucken nicht einmal. Er notiert sich etwas.

»Ich verstehe. Wie lange haben diese Arbeiten gedauert?«

»Eine Woche, alles in allem.«

Brunet nennt ihm einen Zeitraum, in dem die Verglasung stattgefunden haben soll. Vincenzo hat keine Ahnung, ob dieser korrekt ist.

»Ich denke, das kommt hin.«

»Sie wissen es nicht mehr genau?«

»Maître Corbier führt Buch über diese Dinge. Ich bin nur ein einfacher Geselle.«

»Geselle? Ich dachte, Sie seien lediglich ein Hilfsarbeiter.«

»Ich mache meinen Job bereits seit achtzehn Jahren – und das stets zur vollsten Zufriedenheit. Meine Fähigkeiten sind denen eines Gesellen ebenbürtig.«

»Wie dem auch sei. Wir benötigen jetzt noch Ihre Fingerabdrücke.«

Vincenzo spürt, wie es in seinem Magen rumort. Es fällt ihm schwer, auf der Bettkante sitzen zu bleiben. Alles drängt ihn, aufzuspringen und zu fliehen. Er atmet tief ein und aus, nickt.

»Ich verstehe, Inspektor. Die Diebe haben also Fingerabdrücke hinterlassen? Im Louvre, meine ich?«

»Das muss Sie nicht interessieren. Es ist eine reine Routinemaßnahme. Alle Personen, die wir im Zusammenhang mit dem Diebstahl befragen, müssen ihre Abdrücke abgeben.«

Der Inspektor holt ein Stempelkissen sowie eine Karteikarte hervor und erklärt Vincenzo, was er zu tun hat. Der will eigentlich nicht, dass seine Fingerabdrücke in irgendeiner Kartei landen. Wobei es sein kann, dass er sie schon einmal abgegeben hat, damals, nach der Messerstecherei. Er kann sich nicht mehr erinnern.

Aber welche Wahl bleibt ihm? Keine. Deshalb drückt er brav alle Fingerkuppen seiner Rechten in die Farbe und auf die Karte.

Als er fertig ist, hofft er, endlich entlassen zu werden. Es ist Samstagmorgen, und Vincenzo ist zwar bereits angekleidet, fühlt sich aber nicht besonders. Zum einen ist da ein übler Kater, zum anderen hat er sich seit drei Tagen nicht mehr erleichtern können. Sein Bauch fühlt sich schrecklich an. Seit einigen Tagen plagt ihn auch wieder dieses schreckliche Kribbeln in Armen und Beinen. Vielleicht müsste er zu einem Arzt gehen. Aber wie soll er den bezahlen?

»Hören Sie, Monsieur?«

»Was? Entschuldigen Sie bitte, Inspektor. Ich bin noch etwas müde, es war spät gestern Abend.«

»Sie waren aus?«

»Nur auf ein Gläschen mit ein paar Landsleuten.«

Es stimmt, dass sein Freitagabend so begonnen hatte: in einer Bar im Italienerviertel, mit einer Flasche Frascati. Doch danach war er noch in anderen Kneipen – schlimmen Spelunken, dem Kater nach zu urteilen. An die Details vermag er sich nicht zu erinnern.

»Ich sagte eben«, erklärt der Inspektor in leicht ungehaltenem Tonfall, »dass ich mich nun gerne ein wenig bei Ihnen umsehen würde.«

Ohne Vincenzos Antwort abzuwarten, beginnt Brunet, Schubladen zu öffnen und Sachen zu durchwühlen. Er braucht nicht lange. Vincenzos kleines Zimmer ist nur spärlich eingerichtet. Vom Bett aus schaut er dem Beamten bei der Arbeit zu. Nach einer Weile deutet Brunet auf seine Schlafstatt.

Vincenzo hat geahnt, dass dieser Moment kommt. Er erhebt sich. Mit einer einladenden Geste zeigt er auf das Bett. Der Inspektor verzieht das Gesicht.

»Wenn Sie bitte einmal Decke und Kissen lüften würden.«

Vincenzo tut es. Auch die Matratze muss er anheben. Dadurch sieht der Inspektor unweigerlich die große Kiste unter dem Bett. Er bedeutet Vincenzo, diese zu öffnen.

Die Kiste besteht aus Kiefernholz. Vincenzo hat sie selbst geschreinert. Ihre Grundfläche beträgt ein mal anderthalb Meter.

Der Deckel besitzt kein Scharnier. Er liegt lediglich obenauf. Vincenzo zieht die Kiste hervor, nimmt den Deckel ab. Er spürt, wie seinem Darm ein Schwall Luft entweicht. Auf einmal ist es sehr dringend.

Brunet wedelt angewidert mit der Hand.

»Grundgütiger, Mann. Was fresst ihr bloß? Nicht nur Spaghetti, so viel ist sicher.«

Der Inspektor stellt sich auf die andere Seite der Kiste, um dem Gestank zu entrinnen. Ein sinnloses Unterfangen, dafür ist das Zimmer zu klein. Während Vincenzo mit zusammengekniffenen Pobacken dasteht, durchwühlt Brunet die Kiste. Darin befindet sich allerlei Krimskrams: Seidentücher, Malkreiden, eine Mandoline, Winterkleidung; ferner eine italienische Bibel, der zweite »Fantômas«-Band sowie eine Flasche Verdauungstropfen, die Vincenzo nach dem Abgang des Inspektors eigentlich hervorzuholen gedachte.

Das zumindest hat sich erübrigt.

Er muss beinahe lachen, so grotesk ist die Situation. Sein Bedürfnis ist inzwischen derart dringlich, dass es alles andere in den Schatten stellt. Vincenzo ist egal, ob Brunet ihn verhaftet. Hauptsache, der Kerl wird endlich fertig, damit er scheißen gehen kann.

Aber Brunet lässt sich Zeit. Er blättert sogar in »Die Tochter des Fantômas«. Als er fertig ist, sieht die Schublade noch unordentlicher aus als zuvor.

»Das war's. Bitte halten Sie sich bis auf Weiteres zu unserer Verfügung.«

»Ja, Monsieur«, ächzt Vincenzo, »ich müsste jetzt dringend mal …«

Brunet erwidert nichts, sondern verlässt mit sichtlich angewiderter Miene das Zimmer. Sobald die Vordertür ins Schloss fällt, rennt Vincenzo runter zur Toilette auf dem Gang und macht die Schleusen auf. Ein wunderbares Gefühl ist das. Während er dasitzt und auf die zweite Flut wartet, kann er durch das angelehnte Toilettenfensterchen hören, wie Brunet vor dem Haus mit einem Kollegen spricht.

»Grundgütiger hat es bei dem Makkaroni gestunken«, sagt der Inspektor
»Kein Wunder. Die fressen schließlich den ganzen Tag Knoblauch«, pflichtet ihm der andere bei. »Und? Was Interessantes?«
»Ach, i wo. Ein erbärmlicher kleiner Mann. Der könnte nicht mal einen Silberlöffel aus dem ›Tortoni‹ stehlen. Wir werden seine Abdrücke mit denen auf der Glasscheibe vergleichen, aber es wird nichts dabei rumkommen. Ich denke, wir suchen jemand mit ein bisschen mehr Grips. Hamard glaubt ja, dass es sich um einen Ring von ausländischen Kunstdieben handelt, die ... «
Die Stimmen entfernen sich. Während er dasitzt, sieht Vincenzo vor seinem geistigen Auge jenen Kasten, den er seinerzeit für die Gioconda geschreinert hat: dunkles Holz, etwas größer als das Bild, zwei Verschlüsse auf der Rückseite, einfach zu öffnen. Die gesamte Vorderseite besteht aus Glas.
»Wir werden seine Abdrücke mit denen auf der Glasscheibe vergleichen.«
Zwar ist Vincenzo sich nicht sicher, ob seine Eingeweide bereits ganz leer sind. Dennoch greift er nach der »Le Matin«, die an einem Haken neben ihm hängt, reißt eine Seite ab. Er muss sich beeilen. Ihm bleibt nicht allzu viel Zeit.
Vincenzos Blick fällt auf die zerknitterte Zeitungsseite, von der ihm die Gioconda entgegenlächelt. Unter dem Foto steht: »Bankentycoon J. P. Morgan bestreitet Verwicklung in Raub«.
Vincenzo spürt kalte Wut in sich aufsteigen.
»Was grinst du so blöd?«, ruft er. »Hör endlich auf, so dämlich zu grinsen!«
Er knüllt die Seite zusammen und wirft sie fort, reißt eine neue ab.
Kurz darauf stürmt er die schmale Treppe zu seinem Zimmer hinauf. Aus dem Flur schaut ihm seine Vermieterin nach. Vincenzo hat jetzt keine Zeit, mit ihr zu sprechen. Er muss handeln, er muss, er muss ...
Als er die Zimmertür hinter sich zuschlägt, wird ihm klar, dass seine Eile unbegründet ist, genauer gesagt: sinnlos.

»Ich bin verloren«, ächzt er. »Verloren.«

Vincenzo lässt sich auf den Stuhl sinken, auf dem eben noch der Inspektor saß. Er klammert sich an der Lehne fest. Schluchzer schütteln seinen Körper, Tränen laufen ihm das Gesicht herab.

Vor seinem geistigen Auge sieht er den Glaskasten. Er war schwer. Ihn zu schleppen, hat Vincenzo einige Mühe bereitet. Er weiß nicht mehr alles. Es war wie ein Rausch. Aber an einiges erinnert er sich nun wieder. An die brennenden Schmerzen in seinen Armen und Schultern; an den Geruch des lasierten Holzes; an seine Finger auf dem kalten Glas.

Warum bloß hat er keine Handschuhe getragen?

Vincenzo erhebt sich, geht zu seiner Kommode. Das Zimmer ist noch unordentlicher als sonst, dieser Brunet hat ganze Arbeit geleistet. Deshalb dauert es ein wenig, bis er die Grappaflasche findet. Einer der Lorenzo-Brüder hat sie ihm von seinem letzten Ausflug in die Heimat mitgebracht. »Selbstgebrannter von meinem Onkel«, hat er gesagt, »da schmeckst du den Piemont.«

Vincenzo schmeckt weder den Piemont noch sonst irgendwas, als er den Grappa hinunterstürzt. Einen Augenblick ringt er nach Luft. Danach ist er bereit für die Dinge, die zu tun sind.

Er geht zu dem Kasten, der immer noch zur Hälfte unter dem Bett hervorragt. Mit beiden Händen leert er ihn. Hemden, Kerzen und Papiere landen auf der Bettdecke. Als er vollständig leer ist, stellt Vincenzo den Kasten hochkant. Mit einem Messer fährt er in den schmalen Spalt zwischen Seitenwand und Boden. Ein leises Klacken, dann schwingt der Boden auf wie eine Tür. In dem Hohlraum dahinter befindet sich ein flacher, in roten Samtstoff eingeschlagener Gegenstand. Vincenzo legt auch ihn aufs Bett, vorsichtig.

Gerade will er seine Reisetasche aus dem Schrank holen, als er Motorengeräusche vernimmt. Er zieht den Vorhang beiseite, schaut aus dem Fenster. Direkt vor dem Haus steht ein Renault. Zwei Männer steigen aus. Einer davon ist Inspektor Brunet.

Sollte er dem Inspektor nicht einfach ohne Umschweife die Wahrheit sagen? Vincenzo stellt sich vor, Brunet gegenüberzustehen. Er sieht den Respekt im Gesicht des Polizisten. Dieser Peruggia, denkt sich der Inspektor, ist kein gewöhnlicher Krimineller. Er ist ein Mann mit Haltung, mit Ehre.

Ach, das sind nur Träumereien. Scheiß auf diesen Quatsch.

Vincenzo räumt seinen Schatz zurück in das Geheimversteck. Den ganzen Krimskrams auf dem Bett legt er obenauf. Als es an der Tür klopft, ist der Kasten schon wieder unter dem Bett. Vincenzo wundert sich über seine eigene Besonnenheit. Eben noch war er ein nervöses Wrack, aber nun ...

Er öffnet die Tür.

»Inspektor? Haben Sie etwas vergessen? Bitte treten Sie doch ein.«

Brunet tritt ein, schaut sich um. Vincenzo beobachtet ihn genau. Sieht er Enttäuschung im Gesicht des Beamten? Hatte der Mann gehofft, ihn auf frischer Tat zu ertappen? Da muss er schon früher aufstehen!

»Ich war gerade bei Ihrem Arbeitgeber, Monsieur. Er bestätigt im Wesentlichen Ihre Version der Ereignisse. Aber da wäre noch eine Kleinigkeit.«

Brunet holt sein Notizbuch hervor, blättert mit ernster Miene, so als suche er etwas. Vincenzo glaubt allerdings, dass der Mann bereits ganz genau weiß, was er will. Das ist nur eine Masche, um ihn nervös zu machen.

»Was denn, Inspektor?«

»Am Montag, dem einundzwanzigsten August, erschienen Sie nach Angaben von Monsieur Corbier zu spät zur Arbeit – viel zu spät. Er sagte, es sei bereits nach zehn gewesen. Wieso?«

»Ich ... ich habe verschlafen.«

»Er sagt, dass Sie normalerweise recht zuverlässig sind. Deshalb hat es ihn gewundert.«

»Ja, das passiert mir in der Tat nicht oft. Ich war am Abend zuvor ... ich war am Pigalle unterwegs. Es wurde spät.«

»Verstehe. Das kann sicher jemand bezeugen?«

»Wie meinen Sie das, Inspektor?«
»Ihre Saufkumpane. Wie heißen die?«
»Ich weiß es nicht, Inspektor.«

Brunet verzieht den Mund, macht sich eine Notiz. Aus Versehen oder vielleicht auch aus Absicht hält er das Büchlein so, dass Vincenzo sehen kann, was er schreibt: »Kein Alibi.«

»Eigentlich wollte ich nur ein wenig mit Freunden Karten spielen, in einer Bar an der Place Malesherbes. Sie heißt ›Roma‹, man kennt mich dort. Ich nehme an, der Besitzer könnte meine Anwesenheit bestätigen.«

Vincenzo redet, aber es ist, als spreche er die Worte nicht selbst. Vielmehr scheint es ihm, als habe jemand Besitz von ihm ergriffen und seine Verteidigung übernommen. Jemand, der eiskalt ist. Staunend hört er sich selbst zu.

»Aber danach … Sie wissen doch, wie es manchmal ist auf dem Montmartre. Man trinkt einen, dann noch einen. Man lernt in der Bar andere Nachtschwärmer kennen, geht mit ihnen auf die Walz. Man besucht ein Kabarett oder vielleicht ein Konzertcafé. In diesen Augenblicken ist man mit jenen Menschen ziemlich beste Freunde. Man hofft, der Abend werde niemals enden. Man verspricht einander ein baldiges Wiedersehen.«

»Und dann sieht man die Leute nie wieder?«
»Ja. Kennen Sie das, Inspektor?«
Brunet nickt. »So ist Paris.«

»Und so war es an diesem Abend. Sicherlich haben mich Dutzende Menschen gesehen. Wir müssen in mindestens drei oder vier Etablissements gewesen sein. Ich denke, das ›Néant‹ war darunter. Aber ob sich dort jemand an mich erinnert? Ich bin …«, Vincenzo zeigt an sich herab, »… ja ein ziemlich gewöhnlicher Kerl, niemand, der einem im Gedächtnis bleibt. Ein Gesicht in der Menge.«

All dies scheint Brunet einzuleuchten. Er macht sich eine weitere Notiz, klappt sein Heftchen zu.

»Gut, Peruggia. Das war's fürs Erste.«

Vincenzos Mund ist ganz trocken von diesem eloquenten Vortrag, deshalb nickt er nur. Der Inspektor murmelt etwas, dann ist er fort. Vincenzo schließt die Tür, setzt sich aufs Bett. Unten wird ein Automobil angeworfen, rattert davon. Als die Motorengeräusche verklungen sind, lässt Vincenzo sich rückwärts aufs Bett fallen. Eine Weile starrt er den rissigen Putz über sich an.

Einen Augenblick hatte er Hoffnung geschöpft. Er war ganz besoffen von seiner eigenen Redegewandtheit. Brunet schien die Geschichte vom nächtlichen Besäufnis am Montmartre zu schlucken. Doch nun wird Vincenzo klar, dass all dies überhaupt nichts bedeutet, ganz im Gegenteil.

Der Inspektor weiß, dass er im Louvre gearbeitet hat. Er hat ferner herausgefunden, dass Vincenzo für die Tatzeit kein Alibi besitzt, dass der einzige Zeuge seine durchgelegene Matratze ist. Dass Vincenzo nicht ins Stottern geriet, hat sicherlich einen ordentlichen Eindruck hinterlassen. Aber sobald sie die Fingerabdrücke abgleichen, ist er geliefert. Keine Ausrede der Welt kann ihn dann noch retten.

Vincenzo steht auf, holt sich ein Glas. Er greift nach dem Grappa, überlegt es sich dann aber anders. Es ist an der Zeit für etwas Stärkeres. Aus einer Schublade seiner Kommode holt er ein Fläschchen Äther hervor.

Es gibt nur einen Ausweg. Und für den muss er sich Mut antrinken.

12

Die Kommune liegt nordöstlich von Paris, in einem Vorort namens Romainville. Jelena ist mit der Tram bis zur Endstation gefahren. Nun läuft sie durch Felder, denn das Haus der Genossen liegt etwas außerhalb. Glücklicherweise ist es nicht mehr so drückend. Die Hitzewelle, die Paris den ganzen August peinigte, ist vorüber. Abends kann es sogar schon etwas frisch werden, weswegen Jelena einen Poncho dabeihat. Isadora hat ihn ihr aufgedrängt. Das gute Stück ist aus Tonedale-Merino und vermutlich mehr wert als alles, was sie ansonsten bei sich trägt.

Sie passiert ein Gehöft. Auf der Wiese zu ihrer Rechten stehen Kühe, es riecht nach Dung. Ein Haus taucht vor ihr auf. Es handelt sich um ein hölzernes Gebäude mit einer großen Wiese voller Obstbäume drum herum. Es passt zur Beschreibung, die La Science ihr gegeben hat.

Jelena spürt einen kühlen Windhauch. Sie überlegt, den Poncho hervorzuholen, entscheidet sich aber dagegen. Zwar denkt sie nicht, dass ihre Genossen in der Lage wären, Haute Couture zu erkennen – und selbst wenn, würden sie es vermutlich nicht einmal missbilligen. Vielmehr nähmen sie an, Jelena habe sich das teure Stück auf dem Wege der Individuellen Expropriation angeeignet.

Und deshalb lässt sie den Poncho im Beutel. Es wäre so verlogen. Sie trifft sich mit ihren revolutionären Brüdern und Schwestern, um darüber zu debattieren, wie man dem verhassten Feind am besten zu Leibe rückt. Und das soll sie in einem Kleidungsstück tun, das irgendein Ausbeuter mit dem Schweiß und dem Blut seiner Sklaven bezahlt hat?

Nicht irgendein Ausbeuter: Jelena weiß genau, wer den Poncho bezahlt hat. Es war Paris Singer, jener Amerikaner, der auch Isadoras Zimmerflucht im »Lutetia« finanziert sowie ihre Reisen nach München und Nizza. Sie hat sich informiert. Paris' Vater Isaac ist *der* Singer. Er ist mit Nähmaschinen zum Millionär geworden. Alle seine achtzehn Kinder sind so reich, dass sie niemals werden arbeiten müssen.

In Poirets Atelier stehen mehrere von Singers Produkten. Es sind die besten Nähmaschinen, die es gibt. Jelena arbeitet täglich mit ihnen. Jedes Mal, wenn sie einen Saum näht, erinnert sie das an den Mann an Isadoras Seite.

Die beiden haben sogar ein Kind zusammen, Patrick. Isadora hat außerdem eine Tochter, Deirdre. Die stammt jedoch von einem anderen Mann. Mit keinem der Väter ist Isadora verheiratet. Es ist eines der Dinge, die Jelena an ihrer Liebhaberin imponieren. Diese Frau lässt sich von keinem sagen, wie sie zu leben hat. Trotzdem lässt sie sich mit Luxus überschütten. Isadora hat unlängst erzählt, Paris Singer wolle ihr ein herrschaftliches Anwesen in der Nähe von Paris kaufen.

Während Jelena die Kinder schon gesehen hat, ist ihr dieser kapitalistische Blutegel bisher noch nicht über den Weg gelaufen – vermutlich besser so.

Das Haus wird größer. Sie kann nun erkennen, dass im Garten ein Tisch steht. Eine weiße Decke ist darauf ausgebreitet. Auf einem der rundherum gruppierten Stühle sitzt jemand. Wenn sie nicht alles täuscht, handelt es sich um Octave Garnier.

In den letzten Wochen hat sie ihn des Öfteren in der Redaktion von »l'anarchie« getroffen. Einige Male hat sie versucht, ihn in ein Gespräch zu verwickeln, mit ihm über das Spannungsfeld zwischen Individualismus und Syndikalismus zu diskutieren.

Aber der schöne Octave schüttelte stets den Kopf.

»Reden! Immer nur reden!«

Sie nimmt ihm das nicht einmal übel. Letztlich muss man die anarchistischen Prinzipien nicht mit Worten, sondern mit Taten verbreiten. Denn die Tat ist die populärste, stärkste und unwiderstehlichste Form der Propaganda, sagt Michail Bakunin.

Vielleicht ist Octave für die Feinheiten anarchistischer Theorie auch zu einfältig. Aber er hat insofern recht, als dass auch Jelena darauf brennt, endlich etwas zu tun. In Lyon haben die Bullen vor einigen Wochen mehrere Genossen verhaftet. Es muss eine Antwort auf diese Provokation geben. Und sie kann nicht wieder nur aus Worten bestehen.

Was sie erneut zu Isadora führt. Sie ist fasziniert von dieser Frau. Außerdem war sie sexuell noch nie so erfüllt. Dennoch muss es aufhören, und zwar bald. Man kann nicht am einen Tag im Grandhotel mit einer Kapitalistenmätresse vögeln und am nächsten eine Philippika gegen den obszönen Reichtum der Oberschicht veröffentlichen. Doch genau das ist es, was Jelena tut. »Luxus der Wenigen, Reichtum der Vielen« heißt der Text, den Voltairine in der letzten Ausgabe von »l'anarchie« veröffentlicht hat. Raymond lobte das Stück als »furchtlos«. Und Victor, oh, Victor sagte, er hoffe auf viele weitere solche Texte »und eines Tages vielleicht ein Buch« aus Jelenas Feder.

Es muss also Schluss sein damit. Emma Goldman schreibt, wenn man die neue Gesellschaft wolle, müsse man aufhören, die falschen Dinge zu tun.

Eine Hupe reißt sie aus ihren Gedanken. Als Jelena sich umdreht, sieht sie ein Auto heranbrausen, einen nagelneuen Rochet-Schneider. Am Steuer sitzt Jules Bonnot, die Augen hinter einer ledernen Brille verborgen. Er bremst, hält neben ihr.

»Guten Abend, Genossin.«

»Abend, Jules.«

Le Bourgeois trägt einen modischen *manteau d'auto* in gebrochenem Weiß, speziell dafür gedacht, den Staub der Straße von teuren Anzügen fernzuhalten.

»Lohnt sich kaum noch«, sagt er, auf ihr Ziel deutend, »aber kann ich dich trotzdem mitnehmen?«

Jelena steigt ein. Kaum hat sie Platz genommen, drückt Jules das Gaspedal durch. Der Wagen schießt davon. Jelena krallt sich am Sitz fest. Noch nie hat sie Geschwindigkeit auf diese Weise erfahren. Manche Dampfloks sind möglicherweise noch schneller. Aber in denen sitzt man nicht im Freien und sieht die Straße vorbeijagen.

Es ist ein großartiges Gefühl. Der Fahrtwind lässt Jelenas Augen tränen, sie frisst eine Menge Staub, aber das ist ihr egal. Nie hätte sie gedacht, dass einem ein Automobil solch ein Freiheitsgefühl vermittelt. Sie könnten so weiterfahren, bis Reims oder Metz oder wohin auch immer sie wollen.

Stattdessen bremst Jules nach ein paar Hundert Metern schon wieder ab. Der Wagen rollt aus, rattert einen ausgetretenen Pfad hinab, auf das Haus zu. Über dem geöffneten Gatter der Einfahrt ist ein Schild angebracht. Darauf steht: »Tu, was du willst.«

Der Rochet-Schneider kommt zum Stehen. Der Garten der Kommune ist riesig. Jenseits des Hauses stehen Zwetschgen- und Birnbäume. Sie sieht Gemüsebeete, groß genug, um mehrere Familien zu versorgen.

Der Tisch auf der Wiese ist für mindestens zehn Personen eingedeckt. Aus einem Liegestuhl auf der Veranda erhebt sich ein Mann und winkt ihnen zu. Es ist Raymond. Ihr Bekannter kommt die Treppe herunter, ein Buch in der Hand. Von jenseits des Hauses kommen weitere Männer und Frauen angelaufen. Die meisten sind jung, definitiv diesseits der dreißig, manche kaum zwanzig. Jelena schaut zu Jules hinüber. Er ist nicht nur der Bestangezogene, sondern auch der Älteste.

»Willkommen in Romainville«, sagt Raymond und macht eine einladende Handbewegung. Jelena sieht, dass es sich bei dem Buch in seiner Hand um Lenins »Was tun?« handelt.

»Kommt, das Essen ist gleich so weit. Und etwas zu trinken haben wir auch.«

Etwas zu trinken wäre in der Tat nicht schlecht. Aber da La Science das Regiment führt, gibt es vermutlich nur Wasser und Kräutertee. Jelena und Jules folgen ihrem Genossen. Die drei setzen sich. Raymond hat am Kopfende des Tisches Platz genommen und macht die Honneurs, stellt ihnen die anderen vor: Pierre, einen gelernten Schlosser, der das Haus in Schuss hält und außerdem an einer Pressanlage für Obstsäfte bastelt; Sophia, die sich nach einer Serie von Diebstählen in Charleroi vor der belgischen Polizei versteckt, und so weiter. Raymond zufolge hat die Kommune in Romainville zurzeit zwölf Bewohner. Ihr Ziel ist es, so autark wie möglich zu werden, deswegen auch das Gemüse und das Obst.

Das Essen wird aufgetragen. Jelena war auf ein kärgliches Mahl vorbereitet und hat deshalb auf dem Weg hierher etwas Brot und Käse gegessen. Aber das Dinner ist reichhaltig. Schüsseln voller Naturreis und Polenta werden aufgetischt, dazu milchige Suppe und Makkaroni mit Käse. Zu trinken gibt es Salbeitee.

Es schmeckt alles entsetzlich. Als jemand, der sein halbes Leben lang gehungert hat, beschwert sich Jelena zwar nie. Doch selbst die ärmsten sibirischen Bauern hatten getrocknete Kräuter und ein wenig Salz. Die Speisen aus der Kommunardenküche sind sämtlich ungewürzt.

»Schmeckt es dir, Genossin?«, fragt Raymond.

»Etwas ungewohnt, aber danke, sehr gut«, lügt sie.

Er nickt verständnisvoll.

»Wir versuchen, natürlich zu leben und unsere Verpflegung auf eine wissenschaftliche Basis zu stellen. Und die Wissenschaft sagt, dass Salz Gift ist.«

»Wie schaut es mit Pfeffer aus?«, fragt Jules Bonnot. Er verzieht keine Miene, doch es scheint Jelena offensichtlich, dass er La Science auf die Schippe nehmen will.

»Gehört ebenfalls zu den unwissenschaftlichen Substanzen, die wir nicht verwenden, ebenso wie Essig. Oder Alkohol.«

An den Blicken der Genossen meint Jelena zu erkennen, dass nicht alle diese Ansicht teilen. Anhänger eines *vie naturelle*, wie Raymond es propagiert, lehnen auch Tabak ab, weil dieser angeblich giftig sei. Aber auf dem Weg hierher hat sie im Gras Zigarettenstummel gesehen. Anscheinend gibt es bezüglich der Diätvorschriften der Kommune noch Gesprächsbedarf.

»Na dann guten Appetit«, murmelt Jules.

Sie löffeln ihre fade Suppe und unterhalten sich über die neuesten Nachrichten. Einer der Kommunarden, ein gewisser Yves, hat gehört, dass in Perpignan Genossen verhaftet worden seien. Offenbar gehörten sie zu einer Gruppe, deren Rädelsführer schon im Mai aufgeflogen sind. Sie wollten große Mengen Dynamit unter dem Rathaus platzieren und es dem Erdboden gleichmachen. Die Kühnheit des Plans ist atemberaubend. Jelena hatte bisher nichts von dieser Geschichte gehört.

»Das hätte Hunderte Menschenleben kosten können«, sagt eine verhärmt wirkende junge Frau namens Elodie.

»Und? Bullen und Büttel, allesamt«, raunzt Octave.

»Aber auch Väter, Mütter, Arbeiter«, erwidert Elodie.

Octave will ihr übers Maul fahren, aber Raymond hält ihn zurück. Mit gönnerhaftem Blick schaut er Jelena an.

»Was meint denn Voltairine dazu?«

Jelena ist sich nicht sicher, ob man derlei Taten rechtfertigen kann. Sie hält den Illegalismus für notwendig. Es ist keine Frage, dass man einen Polizisten niederschießen darf. Ein Polizist ist ein Schwein, kein Mensch. Man muss sich nicht mit ihm auseinandersetzen. Aber ein Blutbad solchen Ausmaßes? Sie hat ihre Zweifel. Weil sie jedoch nicht weich wirken will, zitiert sie Victor Kibaltschitsch.

»Diese Menschen sind vielleicht Unterdrückte, aber Unterdrückte, die durch ihre kriminelle Tätigkeit ihre eigene Unterdrückung aufrechterhalten. Deshalb sind sie Feinde.«

Octave nickt anerkennend, Jules murmelt ebenfalls etwas Zustimmendes.

Sie haben inzwischen die Teller von sich geschoben. Wäre sie nicht in der Obhut von La Science, würde Jelena nun wohl einen Kaffee nehmen. An Le Bourgeois' Miene kann sie sehen, dass er sich dringend eine seiner Pall Malls anstecken möchte. Stattdessen ziehen Jelena, Raymond, Octave und Jules sich mit einer Kanne ungezuckertem Pfefferminztee in eine Ecke des Gartens zurück. Sie haben etwas zu besprechen.

Es ist der Moment, auf den Jelena gewartet hat. Als sie alle in Liegestühlen Platz genommen haben, ergreift Raymond das Wort.

»Kameradinnen, Genossen, wir vier mögen uns in manchem unterscheiden. Aber uns eint, dass wir etwas tun wollen. Wir wollen Taten sehen. Und Jules, der erst vor einigen Wochen nach Paris gekommen ist, hätte diesbezüglich einen Vorschlag zu machen.«

Raymond wendet sich Le Bourgeois zu, macht eine Geste, die wohl andeuten soll, dass er dem Genossen das Wort erteilt. Jelena findet es unerträglich, wie La Science sich schon wieder als Zeremonienmeister aufspielt, sagt aber nichts.

Jules setzt sich in seinem Deck Chair auf, holt nun tatsächlich seine Pall Mall hervor. Sie sieht an Raymonds Gesicht, dass dieser die Raucherei gerne unterbände. Glücklicherweise hält er diesmal aber den Mund und lässt Jules sprechen.

»Ich habe mich inzwischen ein bisschen umgeguckt. Es gibt viele Möglichkeiten für Aktionen, sowohl in Paris als auch im Umland. Das Was ist nicht so die Frage. Sondern das Wie. Wir müssen neue Wege beschreiten.«

»Was schlägst du vor?«, fragt Octave.

»So was wie Tottenham.«

Jules blickt in die konsternierten, ja besorgten Gesichter seiner Zuhörerschaft. Ein spöttisches Lächeln umspielt seine Lippen. Er hat diese Reaktion offenbar erwartet. Gleich wird er ihnen sagen, dass sie Feiglinge sind, Hundsfötter ohne den Mumm, den ein echter Revolutionär benötigt. Stattdessen sagt er:

»Tottenham, aber ohne sich am Ende erschießen zu müssen.«

Raymond runzelt die Stirn.

»Ich verstehe nicht ganz.«

»Diese ganzen Überfälle – egal ob in Tottenham oder neulich in Bordeaux. Sie scheitern am Ende alle an derselben Sache: an der Flucht. Man sollte nur zuschlagen, wenn man danach auch wieder wegkommt. Ein toter Revolutionär nutzt schließlich keinem was.«

»Und wie willst du das anstellen?«

»Ich habe etwas, das die Polente nicht hat.«

Während er dies sagt, zeigt Jules in Richtung des Rochet.

Sie weiß, dass Jules den Wagen gestohlen hat. Nach Raymonds Andeutungen hat sie sich umgehört. Offenbar expropriiert Le Bourgeois mit schöner Regelmäßigkeit solche Luxusschlitten. Man munkelt, er arbeite mit weiteren Leuten zusammen und unterhalte Scheunen und Garagen, in denen er die Automobile abstellen könne. Er lackiere sie mitunter sogar um.

Jelena versteht dennoch nicht, worauf Jules hinauswill. Autos gibt es zuhauf, allein in Paris müssen es mehrere Tausend sein. Was ist das Besondere an Jules' Wagen? Raymond und Octave schauen ebenfalls ratlos drein.

»Wer hat ein Auto, Genossen? Die reichen Pinkel haben welche, außerdem die Taxiunternehmen. Aber ist euch eigentlich schon mal aufgefallen, dass unser Gegner keine besitzt? Die Friedenswächter sind zu Fuß unterwegs oder auf Pferden. Und dann gibt es noch die Hirondelles.«

Hirondelles-Polizisten sind nach der gleichnamigen Fahrradmarke benannt. Jelena hat sie schon des Öfteren durch Paris radeln sehen. Aber kann es wirklich sein, dass die Polizei keine Automobile besitzt?

»Natürlich haben sie ein paar. Es gibt einen Fahrdienst für die hohen Tiere von der Präfektur. Und die Sûreté Générale unterhält eine Spezialeinheit mit Automobilen. Sie nennen sie«, Jules schüttelt belustigt den Kopf, »die Tigerbrigaden. Aber diese Raubkätzchen sind eigentlich nicht für Paris zuständig, sondern für den Rest des Landes. Die Präfektur hingegen ist blank.« Er zieht an seiner Zigarette, bläst Rauch aus. »Wenn man also eine Bank ausraubt oder einen Bruch macht, und die Polente verfolgt einen, dann tut sie das auf dem Drahtesel oder zu Pferd. Was also, wenn wir ein Auto benutzen? Nicht irgendeines – das Schnellste, das wir kriegen können. Ich dachte an einen Delaunay oder so was.«

»Habe ich schon mal gehört«, sagt Octave. »Ist sehr schnell, oder?«

»Der macht locker sechzig Sachen die Stunde. Selbst wenn die Bullen ein normales Auto hätten – einen Peugeot oder so was in der Art –, hätten sie nicht den Hauch einer Chance.«

»Und wie genau soll das ablaufen?«, fragt Jelena.

Jules zuckt mit den Achseln.

»Kommt im Detail natürlich auf das Objekt an. Aber in etwa so: Wir tauchen mit einem schnellen Schlitten auf, holen uns die Moneten, Juwelen oder was auch immer. Einer wartet im Wagen, mit laufendem Motor. Bevor die Bullen überhaupt wissen, was Sache ist, sind wir schon kilometerweit weg.«

»Aber so ein Delaunay ist auffällig, oder? Ich meine, wenn gefahndet wird«, sagt Raymond.

»Deshalb muss er danach schnell runter von der Straße. Aber das überlasst nur mir. Was denkt ihr?«

»Ein Überfall mit einem Automobil? Hat das schon je wer gemacht?«, fragt Octave.

Jules schüttelt den Kopf.

»Genau das ist ja der Punkt«, wirft Jelena ein. »Niemand erwartet so etwas.«

»Dann sind wir uns grundsätzlich einig?«, fragt Jules.

Jelena nickt. Octave und Raymond stimmen ebenfalls zu.

»Will natürlich gut geplant sein«, sagt Raymond.

»Selbstredend«, erwidert Jules. »Erst mal Ziele ausbaldowern, nach Autos gucken, Verstecke vorbereiten.«

»Und Waffen«, sagt Octave. »Wir werden Waffen brauchen. Pistolen, Gewehre, Dynamit.«

»Natürlich«, sagt Jules.

Jelena macht die Sache mit den Waffen etwas nervös. Andererseits war es eigentlich klar, dass es nicht ganz ohne gehen wird. Trotzdem sagt sie:

»Eigentlich wollen wir doch gleich danach abhauen, oder? Wozu dann so viele Waffen?«

»Weil man nie weiß«, erwidert Jules. »Aber, um es klarzustellen«, sagt er und wirft Octave einen strengen Blick zu, »der Plan lautet: rein, raus, weg. Wer gut plant, muss nämlich gar nicht schießen.«

»Ich mag die Idee«, sagt Raymond, »obwohl sie sehr schlicht ist.«

»Schlicht ist gut«, erwidert Octave. Er strahlt über das ganze Gesicht. Jelena ist sich sicher, dass er auf jeden Fall mit von der Partie sein wird. Raymond hingegen traut sie zu, dass er kurz vorher den Schwanz einzieht.

Und was ist mit ihr? Sie stellt sich vor, wie sie in einem Automobil die Landstraße entlangjagt. Jules sitzt am Steuer, der Fahrtwind weht ihnen ins Gesicht. Im Fond liegen Säcke voller Geld. Die Vorstellung gefällt ihr.

»Dann sind wir jetzt eine Bande. Weiht vorerst niemanden ein. Diesen Herbst planen wir. Und im November oder Dezember können wir loslegen.«

Sie erheben sich. Hände werden geschüttelt, Schultern geklopft. Endlich, denkt Jelena. Endlich kann ich etwas tun.

13

Juhel schaut sich den Stapel zu seiner Linken an. Es sind noch mindestens zehn Mappen, dabei sitzt er bereits seit Stunden hier und arbeitet die eingegangenen Akten ab. Sie stammen aus den Außenstellen der Sûreté Générale, enthalten Berichte über Verdächtige im Fall der Mona Lisa.

Rechts liegen die vielleicht fünfzehn Mappen, die Juhel bereits durchhat. Nichts davon war die Mühe wert. Es handelt sich um Spekulationen, Mutmaßungen, Missverständnisse. Von den meisten Fällen wusste er bereits, da man ihn per Telegramm in Kenntnis gesetzt hatte. Dennoch wollte Juhel die finalen Berichte durchgehen, in der Hoffnung, noch etwas zu finden.

»Einen noch«, murmelt er. »Nur einen.«

Er zündet sich eine Zigarette an und greift nach der nächsten Mappe. Sie kommt von den Kollegen aus Calais.

Die Geschichte spielt in Dünkirchen. Dort betritt vor zwei Tagen ein Mann einen Friseursalon. Er wünscht eine Rasur. Der Kunde wirkt nervös. Dem aufmerksamen Barbier fällt auf, dass der Mann ein Paket bei sich trägt. Es ist ein sehr flaches Paket. Er lässt es nicht aus den Augen, besteht darauf, es vor seine Füße zu legen, als er sich im Friseurstuhl niederlässt.

Juhel stellt sich vor, wie die Hand des Friseurs zittert, als er sieht, dass dem Mann beim Hinsetzen etwas aus der Jacketttasche gefallen ist: eine Monatskarte der belgischen Eisenbahn. Auf dem Foto darauf trägt der Mann einen Vollbart. Nun jedoch ist er bartlos. Auch die Haare sind anders.

Komplett verändertes Aussehen, verdächtiges Paket: Für den Dünkirchener Figaro ist der Fall glasklar. Unter einem Vorwand geht er kurz nach hinten, schickt seinen Kollegen zur nahe gelegenen Gendarmerie.

Juhel wusste bereits nach dem ersten Absatz, wie die Geschichte ausgeht. Aber der Reihe nach: Die Gendarmerie des

Ortes läuft in voller Mannstärke im »Salon de Beauté P. Vernaud« auf, alle vier Beamten.

Ein aufgeregter Gendarm telegrafiert der Sûreté Générale in Calais: Mann, Anfang vierzig, Paket von passender Größe, offenbar verkleidet, vermutlich Ausländer.

Die Kollegen in Calais sind gerade alle im Hafen beschäftigt. Sie kontrollieren die Ladungen der Schiffe – schließlich könnte die Joconde ja auch in der Bilge irgendeines Seelenverkäufers liegen. Erst gegen Abend treffen sie in Dünkirchen ein. Sie finden die Gendarmen leicht angetrunken in der örtlichen Brasserie.

Der Mann ist Handlungsreisender. Seine Pappschachtel enthielt Musterware – Bürsten, um genau zu sein.

Juhel blättert durch die Mappe. Eigentlich gibt es zu der Angelegenheit nichts weiter zu sagen. Da Polizeiarbeit jedoch penibel sein muss, folgen weitere Informationen zu dem Kurzzeitverdächtigen. Es gibt Fotos von ihm und sogar welche von seinen Bürsten. Letztere sehen gut aus – robust. Da hat eine Hausfrau jahrelang Freude dran.

Juhel steht auf, streckt sich. Die Sonne ist schon untergegangen. In seiner Gruft hat er nichts davon mitbekommen. In vielen Büros der Rue des Saussaies muss man sogar tagsüber das Licht anschalten, so düster sind sie. Außerdem ist es feucht. Mehrere Schubladen in Juhels uraltem Schreibtisch, an dem möglicherweise schon Robespierre Todesurteile unterzeichnet hat, sind so verzogen, dass man sie nicht mehr aufbekommt.

Er geht zur anderen Seite des Raums. Dort steht ein Aktenwägelchen. Darauf türmen sich weitere Papierstapel. Sie stammen nicht von Außenstellen der Sûreté Générale, sondern von der Präfektur. Die Pariser Kripo hat dem Vernehmen nach über sechzig Leute auf den Fall angesetzt und produziert entsprechend viel Papier.

Juhels Chef, Célestin Hennion, hat persönlich mit Louis Lépine gesprochen und an ihn appelliert, die Politik diesmal aus dem Spiel zu lassen. Der Präfekt hat zugestimmt, hat gesagt, dass bei einer Angelegenheit von solch nationaler Tragweite wirklich keine Zeit für Hahnenkämpfe sei.

Juhel geht davon aus, dass Lépines Zusicherung nichts wert ist. Zwar haben sie Akten bekommen. Aber diese sind heillos durcheinander. Das ist bestimmt Absicht: Weil Hamard ihn nicht am langen Arm verhungern lassen kann, scheißt der Pariser Kripochef Juhel stattdessen mit Informationen zu.

Wobei man fairerweise sagen muss, dass die Präfektur dasselbe Problem hat wie die Sûreté Générale: Zwei Wochen ist der Diebstahl inzwischen her, aber die Berichterstattung lässt kaum nach. Als Juhel glaubte, die Öffentlichkeit verliere allmählich das Interesse, passierte die Sache mit der Statuette. Und heute macht das »Petit-Journal« groß mit einer Wahrsagerin auf. Eine gewisse Madame Filine behauptet, sie habe die beiden Täter in einer Vision gesehen. Die Zeitung hat sogar einen Zeichner beauftragt und Phantombilder der beiden angeblichen Joconde-Entführer veröffentlicht.

Ganz Paris, ja ganz Frankreich scheint weiterhin wie im Fieber. Folglich gibt es da draußen inzwischen mehr Hobbyermittler als echte Inspektoren – und alle glauben, eine ganz heiße Spur zu haben. Früher oder später werden die meisten dieser Spinner bei der Polizei vorstellig. Ihre Aussagen müssen dann aufgenommen und überprüft werden.

Sogar aus den Konsulaten treffen täglich diplomatische Kabel ein, heute bereits zwei aus New York und eines aus Buenos Aires. Auch dort meint man, das Lächeln der Joconde gesehen zu haben.

Juhel kann es den Leuten nicht einmal verdenken. Wer den entscheidenden Hinweis liefert, erntet nicht nur unsterblichen Ruhm, sondern wird zudem reich. »L'Illustration« war als Erstes vorgeprescht und lobte vierzigtausend Franc Finderlohn aus, »Paris-Journal« und der Staat zogen nach. Die Gesamtsumme liegt inzwischen deutlich jenseits der Hunderttausend.

Juhel tritt hinaus auf den Gang, greift nach dem Telefon an der Wand.

»Zentrale der Sûreté Générale?«

»Hauptkommissar Lenoir hier. Einen Wagen, in einer halben Stunde.«

»Ich gebe es weiter.«

Er legt auf, geht zurück in sein Büro. Nachdem Juhel die Tür verriegelt hat, öffnet er seine Reisetasche. Er hat sie am Morgen mitgebracht. Sie enthält einen frischen Hemdkragen sowie ein eierschalenfarbenes Dinnerjacket. Seine Frau hat es ihm vor drei Jahren für den Urlaub gekauft, damit er im Casino von Pléneuf nicht aussieht wie ein Kommissar auf Urlaub.

»Aber ich bin ein Kommissar auf Urlaub«, hat er entgegnet.

»Mit diesem Jackett nicht. Damit gingest du auch als Bankdirektor durch.«

Juhel verstand dies als Hinweis darauf, dass Aimée lieber einen reicheren Gatten hätte. Vermutlich war es gar nicht so gemeint, doch die Erinnerung daran hat ihm das Jackett verleidet. Er zieht es nie an. Für diese Vernissage in der Galérie Kahnweiler hat er es nun aber hervorgeholt. Sein Tagesanzug erscheint ihm zu bieder. Und anders als in Pléneuf will er diesmal tatsächlich lieber für einen Bankdirektor als für einen Kommissar gehalten werden.

Einer der Schubladen, die noch aufgehen, entnimmt er einen kleinen Spiegel und betrachtet sich darin. Mit dem Dinnerjacket und der Fliege wirkt er tatsächlich nicht mehr wie ein Bulle. Bleibt sein bretonischer Breitschädel, aber dagegen lässt sich wenig ausrichten. Juhel wachst seinen etwas ausgefransten Schnurrbart neu, kämmt sich. Er zieht seinen Pardessus über. Dann geht er hinunter zum Empfang.

»Ihr Fahrer ist bereits da, Inspektor«, sagt der Beamte hinter dem Tresen.

Juhel bedankt sich, verlässt das Hauptquartier. Seiner Jackentasche entnimmt er den Zettel, auf dem er die Adresse notiert hat: Galérie Kahnweiler, 28, Rue Vignon. Das ist irgendwo zwischen Madeleine und Oper, beinahe in Laufweite, aber wer weiß. Vielleicht braucht er später noch einen fahrbaren Untersatz. Er nennt dem Chauffeur das Ziel.

Es ist kühler geworden, angenehm geradezu. Vielleicht bewirkt der Wetterumschwung ja auch einen Rückgang des Joconde-Fiebers. So wirklich daran glauben mag Juhel allerdings nicht. Vor fünf Tagen hat die Regierung Homolle gefeuert. Vermutlich hat die Sache mit der Statuette das Fass endgültig zum Überlaufen gebracht.

Er holt sein Notizbuch hervor, schaut nach, was er sich für den heutigen Abend aufgeschrieben hat: Wilhelm Albert Wladimir Alexandre Apollinaire de Kostrowitzky. Geboren am 26. August 1880 in Rom, unehelicher Sohn einer Polin aus niederem Adel, Kunstkritiker. Der Galerist Daniel-Henry Kahnweiler hingegen ist Deutscher und ein paar Jahre jünger. Die Ausländerabteilung hatte über beide Akten, allerdings schmale. Keiner der beiden ist je auffällig geworden.

Er steckt das Büchlein weg. Der Wagen ist zum Stehen gekommen. So wie es aussieht, blockiert ein Pferdeomnibus die Kreuzung. Diese Gefährte sind eine allmählich aussterbende Gattung, nur auf ein paar Linien verkehren sie noch. Diesem hier scheint eines der Tiere verendet zu sein. Sein Fahrer drückt auf die Hupe.

Juhel hat es nicht besonders eilig, er ist früh dran. Also holt er eines seiner Schokoladenriegelchen hervor. Er isst es, schaut sich dann das Bild an. Er hat Henri Cissac gezogen, den berühmten Rennfahrer. Juhel erinnert sich noch, wie Cissac vor einigen Jahren mit seinem Peugeot-Motorrad die Tour de France gewonnen hat. Später stieg er auf vierrädrige Geschosse um und wickelte sich prompt um einen Baum. Er hätte bei seinen Motorrädern bleiben sollen.

Juhels Auto wird sich bestimmt nicht um einen Baum wickeln, nicht bei diesem Schneckentempo. Er muss an Octave Hamard denken. Was ist wohl dessen Theorie? Er könnte seinen Kollegen fragen, aber der wird sich nicht in die Karten schauen lassen.

Juhel selbst hat bisher wenig Handfestes. Dennoch glaubt er, einige der kursierenden Hypothesen ausschließen zu können. Da ist zunächst die in den Journalen oft geäußerte, der Raub der

Mona Lisa sei das Werk eines einzelnen Irren – vermutlich eines Mannes, der unsterblich in die Florentinerin verliebt sei. Das ist eine schöne Geschichte. Wenn man all die Liebesbriefe gesehen hat, die das Bild erhält, mag man sie beinahe glauben. Aber dann wäre es ja quasi eine Beziehungstat. Und Beziehungstaten werden, wie jeder Kriminalist weiß, fast immer im Affekt verübt. Man plant sie nicht monatelang. Man lässt sich von der Leidenschaft mitreißen.

Die schöne Mona aber wurde von jemandem entführt, der den Louvre kannte. Der Fluchtweg legt nahe, dass der Dieb die Route genauestens ausbaldowert hat. Hier ging jemand ruhig und methodisch vor; kein Verrückter also.

Wenn es aber ein mit Bedacht agierender Täter war: Was will er mit dem unverkäuflichen Bild? Hat er das etwa nicht bedacht? Diese inhärente Unlogik ist es ja, die Verfechter des Liebesraubs anführen. Niemand, der ganz bei Trost ist, klaut einen da Vinci. Da steckt kein Geld drin, nur eine Menge Ärger.

Juhel findet diese Argumentation nicht überzeugend. Aber wenn man ihr folgt, müssten die Diebe ein anderes Ziel als das finanzielle verfolgt haben. Die Lieblingshypothese einiger Journalisten und auch erstaunlich vieler Strafverfolger ist, dass eine ausländische Macht die Joconde entwendet hat, um Frankreich bloßzustellen, um von einer anderen Ungeheuerlichkeit abzulenken.

Infrage für eine dermaßen infame Intrige käme eigentlich nur der Erzfeind. Nachdem die Republik im Mai Truppen nach Marokko verlegt hat, schickte Kaiser Wilhelm ein Kanonenboot nach Agadir. Seitdem belauert man sich. Die Deutschen fordern von Frankreich territoriale Konzessionen. Die Außenminister de Selves und Kiderlen-Waechter führen seit Wochen erfolglose Verhandlungen. Krieg liegt in der Luft.

Und während sich die Lage in Nordafrika immer mehr zuspitzte, sollen deutsche Spione die Joconde gestohlen haben. Das enorme Medienecho gehe ebenfalls auf deutsche Einflussnahme zurück.

Juhel hält das für ausgemachten Unsinn. Zweifelsohne sind die Deutschen ein perfides Volk, perfider noch als die Engländer. Aber die Joconde als außenpolitischer Hebel? Das ist nun wirklich von hinten durchs Knie ins Auge geschossen. Niemand käme auf eine solch schwachsinnige Idee, nicht einmal die Abteilung III b. Der deutsche Geheimdienst würde eher versuchen, einen Aufstand in den französischen Kolonien anzuzetteln oder einen Keil zwischen die Republik und ihre Verbündeten England und Russland zu treiben. Aber Kunstraub? Nein und nochmals nein.

Juhels eigene Hypothese nach wie vor: Es geht ums schnöde Geld. Zwar lässt sich das Bild auf dem freien Markt nicht veräußern. Ein Auftragsdiebstahl erscheint ihm aber denkbar.

Zudem glaubt er, dass die Täter zu ihrem Raub geradezu inspiriert worden sind. Dem Chefredakteur von »L'Intransigeant« hat Juhel gesagt, dass die Joconde-Diebe den Statuettendieb möglicherweise kannten. Er besitzt dafür keine Belege. Aber der erbarmungswürdige Zustand des Louvre ist ja keineswegs neu, zumindest nicht für jene, die das Museum regelmäßig besuchen. Es erscheint Juhel naheliegend, dass die Diebe dort Stammgäste waren.

Sie flanierten regelmäßig durch den Louvre und besuchten auch Trakte fernab der Grande Galerie und des Salon Carré. Und vielleicht war der Statuettendieb ihr Pionier. Möglicherweise zeigte er als Erstes, was mit ein bisschen Mut und Frechheit machbar ist. Vielleicht auch nicht, es ist nicht entscheidend. Der springende Punkt ist, dass es sich um Stammgäste handelte – um Kunstliebhaber oder Künstler.

Der Wagen hält in der Mitte einer schmalen Straße. Etwas voraus befindet sich die Galerie. Juhel weist den Fahrer an, in der Nähe zu parken und sich zur Verfügung zu halten. Er steigt aus.

Die Galerie befindet sich im Erdgeschoss eines vierstöckigen Gebäudes mit Sandsteinfassade. Hohe Fenster, frisch gestrichene Läden, alles sehr ordentlich. Die Eingangstür ist aufgeschlagen. Ein Aufsteller steht auf dem Trottoir. Darauf ist ein farbenfroher

Holzschnittdruck zu sehen. Er zeigt einen Vogel. Oder ist es ein Fisch? Darunter steht: »Braque / Gris« und »Heute Vernissage«.

Juhel nimmt seine Melone ab, tritt ein. Der vordere Teil der Galerie besteht aus einem einzigen Raum. An den geweißten Wänden hängen die Exponate. Ein Dutzend Männer und Frauen flaniert umher, Weingläser und Zigaretten in den Händen. Die meisten sind nachlässig gekleidet. Oder vielleicht ist Juhel auch zu sehr herausgeputzt. Er hätte sich eigentlich denken können, dass diese Künstlertypen nicht aus dem Ei gepellt sind. Nun wirkt er tatsächlich wie ein Bankdirektor. Aimée wäre stolz auf ihn. Er schaut an sich herab. Das Jackett steht ihm eigentlich gut, Aimée hat ein Händchen für so etwas. Vermutlich war Juhel wieder einmal unfair zu seiner Frau, er sollte das Jackett doch öfters tragen. Vermutlich würde er Aimée damit eine Freude bereiten.

Bei den Exponaten scheint es sich ausschließlich um Gemälde zu handeln. Bevor Juhel diese genauer in Augenschein nehmen kann, kommt ein Mann im Dreiteiler auf ihn zu. Er ist keine dreißig, hat volles, dunkles Haar. Sein Gesicht erinnert Juhel an einen Film, den sie vor einiger Zeit im Kinema gesehen haben. Darin ging es um eine Reise zum Mond, der Himmelskörper wurde darin als lebendes Wesen dargestellt, mit perfekt rundem Gesicht. Die Visage des jungen Mannes sieht so ähnlich aus, kreisförmig und flach wie eine Galette.

Juhel kennt ihn von dem Foto in der Akte. Es handelt sich um den deutschen Galeristen.

Daniel-Henry Kahnweiler nickt ihm freundlich zu.

»Willkommen, Monsieur, guten Abend.«

»Guten Abend. Bin ich hier richtig für die Vernissage?«

An Kahnweilers Blick erkennt Juhel, dass der Galerist ihn einzuordnen versucht.

»Natürlich, Monsieur ...?«

»Lenoir.«

»Monsieur Lenoir, schauen Sie sich ruhig ein wenig um. Im vorderen Bereich sehen Sie Arbeiten von Georges Braque, im hinteren von Juan Gris. Beide sind äußerst sehenswert. Wenn Sie

Fragen zu den Bildern haben, wenden Sie sich jederzeit gerne an mich. Darf ich Ihnen ein Glas Wein anbieten? Oder lieber etwas anderes, einen Cognac vielleicht?«

Juhel lässt sich ein Glas Sancerre geben.

Kostrowitzky, dessentwegen er gekommen ist, kann Juhel nirgends entdecken. Deshalb schlendert er ein wenig durch die Ausstellung. Was er sieht, macht ihn fassungslos.

Seine Kunstkenntnisse sind bescheiden, keine Frage. Aimée, die aus einer etwas feineren Familie stammt als Juhel, würde wohl in ihrer schnippischen Art hinzufügen, dass dies für sein gesamtes ästhetisches Gespür gilt. Dem stimmt Juhel allerdings nicht zu. Er ist durchaus in der Lage, eine schöne Linie von einer hässlichen zu unterscheiden.

Aber das hier? Grundgütiger.

Alles an diesen Bildern wirkt missraten. Das, vor dem er steht, zeigt eine Flasche und ein Glas. Es sieht so aus, als habe ein Kind das fertige Bild mit der Schere zerschnippelt und dann eher schlecht als recht wieder zusammengepuzzelt. Nicht einmal die Farben vermögen das Auge zu erfreuen – dieser Gris hat ausschließlich Grau- und Brauntöne verwendet. Juhel hat schon schönere Fabrikwände gesehen.

Rasch geht er weiter, zu dem Porträt eines Pfeife rauchenden Mannes. Seinem Gesicht nach zu urteilen, war der Kerl in einen schweren Droschkenunfall verwickelt. Nichts ist mehr da, wo es hingehört.

Lächelnd zündet Juhel sich eine Zigarette an. Was für ein Kokolores!

Derweil hat sich die Galerie weiter gefüllt. Die meisten Besucher scheinen einander zu kennen. Das ist kaum verwunderlich. Jene Menschen, die sich fragmentierte Visagen in brin-braunbrinzlig anschauen möchten, sind vermutlich eine eingeschworene Gemeinschaft. Wahrscheinlich halten Kahnweiler und seine Freunde sich für die Avantgarde. Vielleicht sind sie es. Aber falls dies die Zukunft der Malerei ist, möchte Juhel sich lieber bis zu seinem Lebensende Aimées Kupferstiche anschauen.

Aus dem vorderen Teil der Galerie vernimmt Juhel einen donnernden Bariton.

»Ah, ah! Das hier ist fantastisch, diese Exploration der Formen, wie Fragmente einer hypnagogen Vision.«

Juhel schiebt sich zwischen den Besuchern hindurch. Zwischen Kahnweiler und einem stämmigen jungen Mann mit tief liegenden Augen steht ein Herr in Leinenanzug und Strohhut. Genauer gesagt steht er nicht, sondern führt einen Tanz auf. Mal tut er einen Schritt nach hier, dann einen nach da. Mit dem Stiel seiner Pfeife zeichnet er Linien in die Luft. Währenddessen redet er unentwegt. Anscheinend erklärt er dem Grüppchen, das sich um ihn herum gebildet hat, die Bilder.

»Unser Georges hat ein Auge, wie es wenige besitzen. Sein Blick ist eine Art kosmogonische Röntgenstrahlung, die ...«

Es handelt sich zweifelsohne um Kostrowitzky. Rauchend bleibt Juhel stehen, beobachtet den Mann. Der Pole ist von robuster Statur, beinahe ungeschlacht. Gleichzeitig sind seine Bewegungen grazil. Er redet anscheinend noch immer über eines der Bilder. Juhel fragt sich, wie einem dazu derart viel einfallen kann. Es scheint sich um eines von diesem Braque zu handeln. Dessen Gemälde sind fast noch schlimmer als die von Gris. Auch hier Gepuzzel und triste Farben, allerdings in extremerer Form. Es ist schwer zu sagen, was eigentlich dargestellt wird – eine Gitarre vielleicht?

Juhel wartet, bis Kostrowitzky mit seinen Ausführungen fertig ist und sich von Kahnweiler und den anderen löst.

»Monsieur Kostrowitzky?«

Der Angesprochene bleibt stehen, neigt den riesigen Schädel, zieht die Augenbrauen hoch.

»Ja, bitte?«

»Einen guten Abend. Unser gemeinsamer Freund Léon Bailby hat mir erzählt, dass ich Sie heute Abend hier finden kann. Juhel Lenoir mein Name.«

»Ah, ich verstehe. Verzeihen Sie, Monsieur. Sie haben mich kurz aus dem Konzept gebracht.«

»Wie das?«

»Meinen polnischen Nachnamen höre ich nicht allzu oft. Für gewöhnlich firmiere ich unter Guillaume Apollinaire.«

Juhel verflucht sich für den Schnitzer. Er hat den Mann nicht mit seinem Künstlernamen angesprochen, sondern mit dem aus der Polizeiakte. Vermutlich fragt sich Apollinaire nun, was dieser Unbekannte noch so alles über ihn weiß.

»Natürlich, natürlich, ich bitte um Entschuldigung, Monsieur Apollinaire.«

»Keine Ursache. Und was kann ich für Sie tun? Interessieren Sie sich für Kubismus?«

»Für …?«

Apollinaire breitet die Arme aus. Offenbar will er sagen, dass all diese missratenen Bilder zu der fraglichen Stilrichtung gehören.

»Ehrlich gesagt ist mir das alles völlig neu.«

Apollinaire lächelt wissend.

»Sie sind konsterniert, was? Na ja, Sie sind nicht der Einzige. Ist alles neu, ja, völlig neu.«

»Kubismus wie Würfel? Ist deshalb alles so bruchstückhaft?«

»Bruchstückhaft? Vielleicht. Oder aber auch nicht. Es mag Ihnen kontraintuitiv erscheinen, aber diese Bilder sind in gewisser Weise holistischer, ganzheitlicher, mehr aus einem Guss als ein Caravaggio oder ein Delacroix. Die reale Welt, oder was wir dafür halten, die scheinbare Welt, wird gewissermaßen transzendiert. Stattdessen geht es darum, den Raum eines Gemäldes formal zu gliedern und die entstehenden Kräfteverteilungen miteinander in Einklang zu bringen.«

Juhel versteht nur Bahnhof, nickt aber trotzdem.

»Ich verstehe leider nicht viel von moderner Kunst, überhaupt von Kunst. Deshalb hat mich Bailby ja auch zu Ihnen geschickt.«

»Wollen Sie etwas erwerben? Benötigen Sie einen Berater?«

Apollinaire versucht, seiner Stimme Gleichmut zu verleihen, als er dies sagt. Doch Juhel spürt die Aufregung, die Hoffnung, vielleicht ein Geschäft machen zu können. Wahrscheinlich hält der Mann ihn tatsächlich für einen Bankier, der etwas für seine kahle Beletage sucht.

Lenoir lächelt, legt Apollinaire eine Hand auf den Arm. Er führt ihn durch den Saal, in eine verlassene Ecke. Der Kunstkritiker schaut verwundert, lässt es aber geschehen.

»Das Bild, das ich suche, haben Sie leider nicht.«

Apollinaire scheint zu begreifen.

»Privatschnüffler oder Präfektur?«

»Weder noch. Sûreté Générale.«

Sein Gesprächspartner nickt stumm.

»Ich versuche mir«, fährt Juhel fort, »über einige Dinge klar zu werden, in Bezug auf den Raub. Und Sie könnten mir dabei helfen.«

»Inwiefern? Sie wissen sicherlich mehr über die ... über die Details als ich.«

Juhel nickt, obwohl er sich keineswegs sicher ist, dass es stimmt.

»Ich nehme an, Sie sind häufig im Louvre, Monsieur?«

Apollinaire macht eine abwiegelnde Handbewegung. »Dann und wann.«

»Zumindest haben Sie letztes Jahr eine der Ausstellungen besprochen. Und Sie haben eine Kritik geschrieben, über den Louvre und über die Arbeit unseres Kulturministers, Monsieur Dujardin-Beaumetz.«

»Ah, ja. Das stimmt.«

»Sie haben geschrieben, der Louvre sei ein ›Mühlstein am Hals der Kunst‹ oder etwas in der Art.«

»Sie paraphrasieren recht frei, Inspektor.«

»Aber so in die Richtung, oder? Keine Sorge, ich bin nicht von der Pressezensur. Mir ist völlig gleichgültig, was Sie über den Unterstaatssekretär für die Schönen Künste schreiben oder über die Kulturpolitik der Regierung im Allgemeinen.«

»Ja, nun ...«

Einen Augenblick wendet sich Apollinaire seinen Schuhspitzen zu. Für einen derart massigen Mann besitzt er erstaunlich zierliche Füße.

Der Kunstkritiker entfacht seine erloschene Pfeife, reckt das Kinn vor.

»Der Louvre ist ein Tempel der Kunst, sicherlich. Aber nicht der Kunst von morgen, sondern der von gestern. Er ist darauf aus, zu konservieren, was war. Ehrlich gesagt ist unsere ganze Kunstpolitik auf dieses Ziel ausgerichtet. Waren Sie mal beim Salon de Paris?«

Juhel weiß nur, dass es sich dabei um eine jährlich vom Bildungsministerium veranstaltete Ausstellung handelt, bei der Künstler ihre neusten Werke präsentieren. Er schüttelt den Kopf.

»Ein Haufen oller Knacker mit Vatermördern, die größten Wert darauf legen, dass nach alter Väter Sitte gepinselt wird. Eine patriotische Schlachtszene à la Delacroix, meinetwegen eine Landschaft im Stile Corots. Aber so was wie das hier«, er deutet auf die Gemälde um sie herum, »wird nicht goutiert, nicht einmal rezipiert.«

Juhel kann die ollen Knacker gut verstehen.

»Verstehe ich Sie richtig: Der Louvre sollte Ihrer Meinung nach diese ... diese Bilder ausstellen?«

»Ich glaube nicht, dass er das kann. Die Kuratoren des Louvre sind Verweser der Vergangenheit. Was liegt ihnen an der Zukunft? Dabei stehen wir an der Schwelle zur Zukunft. Spüren Sie es nicht?«

»Sie meinen die neuen Technologien? Oder etwas anderes?«

»Wir stehen auf dem äußersten Vorgebirge der Jahrhunderte. Warum sollten wir zurückblicken, wenn wir die geheimnisvollen Tore des Unmöglichen aufbrechen wollen?«

Apollinaire hat erneut zu tanzen begonnen, dirigiert mit der Pfeife.

»Zeit und Raum – sie sind gestern gestorben. Wir leben bereits im Absoluten, denn wir haben schon die ewige, allgegenwärtige Geschwindigkeit erschaffen. Klingt gut, was? Ist aber leider nicht von mir. Hat ein Italiener geschrieben, Filippo Marinetti. Manches, was er sagt, ist ein wenig krude. Aber hier hat er recht. Es liegt was in der Luft. Leute wie Braque und Gris haben Antennen dafür, Leute wie Picasso oder Debussy. Es entsteht sehr viel und ...«

Apollinaire bricht mitten im Satz ab, lächelt Juhel milde an.

»Aber so genau wollten Sie's vermutlich gar nicht wissen, oder?«

»Zumindest verstehe ich nun besser, woraus sich Ihre Abneigung gegen den Louvre speist. Ist es vielleicht so eine Art Hassliebe?«

Apollinaire führt mit seiner Pfeife einen Fechtstoß in Richtung von Juhels Brust aus.

»Genau! Natürlich lieben wir Correggio, Patenier und Lemoyne. Wir verehren die ›Nike von Samothrake‹ und die ›Venus von Milo‹. Gleichzeitig müssen wir sie hinter uns lassen.«

»Wir.«

»Wir Kunstnarren.«

»Ich verstehe. Bitte noch mal etwas genauer, denn ich muss zugeben, dass ich fast gar keine Künstler kenne. Trotz dieser, ah, Vorbehalte gegen den Louvre ist es also üblich, ihn zu frequentieren? Ich meine unter Pariser Kunstschaffenden?«

»Ja, sicher. Die meisten dieser Leute sind bettelarm. Ein guter Freund von mir zum Beispiel, der hat jahrelang in einem Schuppen auf dem Montmartre gehaust, den die Anwohner *Bateau Lavoir* nennen, weil er wie eines dieser heruntergekommenen Seine-Waschschiffe aussieht. Eine Ruine – im Winter eisig, im Sommer glühend heiß. Er hat nur von Kaffee und Brot gelebt, konnte sich oft nicht einmal Tabak leisten. Für so jemand ist ein Nachmittag im Louvre ein billiges Vergnügen. Selbst wenn man schon dutzendmal dort war – es gibt immer noch etwas zu sehen.«

»Verstehe. Eine andere Frage. Die laxen Sicherheitsvorkehrungen im Louvre, sind die Ihnen früher schon aufgefallen?«

»Ich sehe die Welt nicht mit den Augen eines Polizisten, insofern: nein. Aber der Verfall, der ist mir aufgefallen, uns allen, denke ich. Der Schmutz, der Staub, der Schimmel.«

»Trotzdem gingen Sie weiter hin. Warum?«

»Kennen Sie das ›D'Outre-Tombe‹, Monsieur?«
»Nein.«
»Eine Kaschemme nahe Les Halles. Es handelt sich um kaum mehr als einen Kohlenkeller, in den man ein paar wacklige Tische gezwängt hat. Der Wein ist sauer, und die Kellner sind unverschämt, selbst für Pariser Verhältnisse. Dennoch ist es jeden Abend rappelvoll.«
»Ich verstehe. Waren Sie überrascht, als Sie von den gestohlenen Statuetten erfuhren?«
Anstatt zu antworten, tut Apollinaire einige Schritte in Richtung eines Mannes, dem er bereits zuvor den einen oder anderen Blick zugeworfen hat. Er schüttelt dem anderen die Hand.
»André, was macht die Kunst?«, ruft er.
»Sie säuft zu viel. Was treibt die Picasso-Bande?«
»Säuft ebenfalls!« Apollinaire deutet in Juhels Richtung. »Wir reden später, okay?«
Der andere nickt, verschwindet in der Menge. Apollinaire gesellt sich wieder zu Juhel.
»Ich bitte um Verzeihung. Ein guter Freund, er hat mein letztes Buch illustriert, Kahnweiler verlegt es.«
»Wie heißt es denn?«
»›Der verwesende Zauberer‹. Es handelt sich um eine, nun, sagen wir, Rekonfiguration des artusischen Mythos.«
»Wir waren gerade bei den Statuetten.«
»Ach, natürlich, Verzeihung. Nun, dass vorher schon mal jemand was entwendet hat, ist angesichts der laxen Sicherheitsvorkehrungen nicht verwunderlich, oder? Kennen Sie Roland Dorgelès, den Schriftsteller?«
»Leider nein.«
»Roland hat mal eine Büste, die ein Freund von ihm gemacht hat, in der Antikenabteilung zurückgelassen. Sie stand dort wochenlang, bevor es jemandem auffiel.«
»Denken Sie, dass die Diebe der Joconde den Statuettendieb kannten?«
»Darüber kann ich nicht spekulieren.«

»Aber würden Sie mir zustimmen«, fragt Juhel, »dass die Diebe der Mona Lisa vermutlich des Öfteren im Louvre waren und die, sagen wir, Gelegenheiten bemerkt haben?«

Apollinaire lächelt dünn.

»Als Nächstes werden Sie schlussfolgern, dass der Dieb der Joconde ein Maler, ein Bildhauer oder ein Komponist gewesen sein muss.«

»Ist das so unwahrscheinlich?«

»Es ist auf jeden Fall nicht wahrscheinlicher als andere Erklärungen. Ich will nicht unhöflich erscheinen, Monsieur, aber mein Chefredakteur wird mich vierteilen, wenn ich ihm morgen nicht achtzig Zeilen zu dieser Ausstellung liefere. Ich muss mich an die Arbeit machen.«

»Natürlich. Haben Sie vielleicht noch eine Visitenkarte für mich?«

»Warten Sie kurz, sie sind in meiner Tasche.«

Apollinaire verschwindet, kommt nach wenigen Minuten zurück. Er händigt Juhel eine Visitenkarte aus, ferner zwei Bücher.

»Die Holzschnitte im ›Zauberer‹ sind von André Derain. Und dieses«, Juhel hört den Stolz in Apollinaires Stimme, »war für den Prix Goncourt nominiert.«

Juhel bedankt sich. Währenddessen wendet der Kunstkritiker sich bereits jemand anderem zu.

»Marcel, auf ein Wort!«

Dann ist er fort. Juhel geht zum Ausgang. Draußen auf dem Trottoir schaut er sich die Bücher an. »Der verwesende Zauberer« und »Erzketzer & Co.« – er kann sich kaum entscheiden, welchen der beiden Titel er seltsamer findet. Auf gut Glück schlägt er einen der Bände auf, liest:

Der Sohn vom kleinsten falschen Gott
Stieg für die Liebe aufs Schafott
Kein Stern führt mich ins ferne Land
Sondern die Schatten an der Wand

Juhel verzieht das Gesicht. Der kleinste falsche Gott? Das ist ja geradezu infam. Er hält nach seinem Fahrer Ausschau. Nach einigem Suchen findet er den Mann in einem Straßencafé. Juhel herrscht ihn an, er sei ja wohl im Dienst. Der Chauffeur beeilt sich daraufhin, den Wagen startklar zu machen. Während er mit der Kurbel hantiert, nimmt Juhel im Fond Platz.

Er ist sich nicht sicher, ob ihn das Gespräch mit diesem seltsamen Polen irgendwie weitergebracht hat.

Juhel holt sein Notizbuch hervor, schreibt einige Zeilen. Als Letztes fügt er eine Frage hinzu: »Wer oder was ist die Picasso-Bande?«

Auf der Fahrt nach Hause liest er in dem zweiten Buch, das Apollinaire ihm gegeben hat, dem »Erzketzer«. Darin geht es um einen wunderlichen Trickbetrüger namens Ignace d'Ormesan. Das Buch ist fast noch seltsamer als das andere.

14

Von ihrer Loge blickt Isadora hinab auf eine Horde Geister, die einen Mann bedrängt. Mit Leier und Tenorstimme bemüht dieser sich, die Furien der Unterwelt in Schach zu halten. Isadora achtet allerdings mehr auf den Tanz der Gespenster als auf Orpheus' Gesang – Berufskrankheit.

Diesen Tänzerinnen gebricht es an Eindringlichkeit.

»Wer ist der Kühne?«, rufen sie, doch ihre Empörung über Orpheus' Sakrileg kommt nicht wirklich herüber.

Sie wirft dem neben ihr sitzenden Paris einen Blick zu. Er zumindest scheint die Aufführung von Glucks »Orpheus und Eurydike« zu genießen. Das immerhin ist erfreulich angesichts seiner rabenschwarzen Laune in den vergangenen Tagen.

Gerade erst aus München zurückgekehrt, hatte Isadora nach all dem Trubel auf einige besinnliche Tage gehofft, auf einen aufmerksamen und zuvorkommenden Liebhaber. Stattdessen fand sie Paris in einer dieser düster-depressiven Phasen vor, in denen er alles missbilligt, was sie sagt oder tut oder nicht tut. Nicht mit Worten, eher durch beredtes Schweigen und eine Mimik, die Verachtung signalisiert. Es war kaum auszuhalten.

Paris ist eben ein typischer Fisch; charmant und hilfsbereit, dabei jedoch äußerst labil. Heute Morgen hat sie mithilfe des Tarots eine Antwort auf die Frage zu finden versucht, wann der fröhliche Paris zurückkehrt. Doch es gab keinen Hinweis. Sie wird Aleister einen Brief schreiben und ihn bitten, ihr Tipps zu geben.

Auf der Bühne hat Orpheus die Furien inzwischen davon überzeugt, ihm Eintritt in die Unterwelt zu gewähren. Isadora weiß natürlich, wie es weitergeht. Sie kennt ihre griechischen Mythen. Isadoras Familie war schon immer vernarrt ins antike Griechenland. Als sie klein war, hat ihre Mutter ihnen aus »Ilias« und »Theogonie« vorgelesen.

Sie vermutet, dass Paris das Stück ausgewählt hat, weil er Isadoras Vorlieben kennt. Schließlich hat sie ihm oft davon erzählt, vor allem vom Neuen Hellas, das sie und ihre Familie vor einigen Jahren außerhalb Athens zu errichten versuchten. Sie bauten dort einen neuen Apollotempel, lebten wie Jünger des Göttlichen – bis ihnen das Geld ausging.

Was Paris nicht wissen konnte: Isadora verabscheut diese Oper. Die Sage des Orpheus, dessen Leidenschaft und Kunstfertigkeit stark genug sind, sogar den Tod zu bezwingen, liebt sie über alle Maßen, natürlich. Aber was dieser Komponist daraus gemacht hat!

Kern der Geschichte ist eine tiefe Tragik. Hades gewährt Orpheus die Gnade, Eurydike in die Oberwelt hinaufzuführen. Aber er darf sich auf dem Weg nicht zu ihr umdrehen. Er tut es dennoch und verliert sie zum zweiten Mal.

Dieser Gluck hat daraus eine Schmonzette gemacht. Die Deutschen waren schon immer kitschig, und Gluck glaubte wohl, sein Stück benötige ein Happy End. Also schüttelt dieser Barockkomponist am Ende allen Ernstes Amor aus seinem spitzenbesetzten Ärmel, der Eurydike kurzerhand wiederbelebt. Wie dieser niedere Gott das gegen den Widerstand von Zeus und Hades fertigbringt, weiß nur Christoph Willibald Gluck.

Gerne würde sie Paris diese Dinge erklären. Doch Isadora befürchtet, das könne sich negativ auf seine Stimmung auswirken. Sie muss an Jelena denken. Der könnte sie ihren Widerwillen gegen Glucks Interpretation darlegen. Allerdings weiß sie schon, was sie dafür ernten würde: einen verständnislosen Blick. Jelena findet derlei nicht wichtig. Andererseits hätte ihre Hübsche vermutlich eine Theorie parat, wie man »Orpheus und Eurydike« klassentheoretisch interpretiert. Herrgott, Jelena ist so grüblerisch, so verkopft. Mitunter findet Isadora das ganz niedlich, aber oft irritiert es sie auch.

Auf der Bühne lockt Orpheus' Leier gerade Eurydike an. »Welch liebevolles Sehnen mir die Brust durchglüht«, singt er. Er nimmt ihre Hand. Paris greift nach Isadoras. Applaus brandet auf, die Lichter gehen an.

Die Pariser Oper ist an diesem Septemberabend bis auf den

letzten Platz ausgebucht. Ein Heer von Männern im Frack erhebt sich, setzt Zylinder auf, bietet Begleiterinnen den Arm. Auch Paris und Isadora stehen auf.

»Wir haben einen Tisch in der Rotonde du Glacier«, sagt Paris. »Konveniert es dir?«

»Natürlich, mein Schatz«, erwidert sie.

Sich die Pracht von Garniers Bauwerk anzuschauen, ist häufig der wahre Höhepunkt des Opernbesuchs. Das gilt umso mehr, wenn die Aufführung derart missraten ist. Isadora wird in der Pause zwei Koto trinken, einen französischen Likörwein, nach dem sie momentan ganz verrückt ist. Danach bekommt sie den dritten Akt hoffentlich nicht in all seiner profanen Schrecklichkeit mit.

Sie verlassen ihre Loge im ersten Stock und laufen einen Gang entlang, gehen rechts am Treppenhaus vorbei. Als Isadora hinabblickt, hellt sich ihre Laune auf. Das Opernpalais ist der vielleicht schönste Ort in ganz Paris, schöner als alle anderen Paläste und Theater. Alles ist Licht, goldenes Licht. Von Wänden und Decken blicken Musen und Götter ohne Zahl herab – keine Wand, kein Bodenelement, das nicht irgendeine kunstvolle Verzierung trägt.

Sie schieben sich durch die Menge. Isadora sieht ein bekanntes Gesicht, das des Kostümschneiders und Bühnenbildners Léon Bakst. Er arbeitet für die Ballets Russes. Sie will ihm einen Gruß zurufen, aber das Meer aus Zylindern hat ihn bereits verschluckt.

Sie betreten das Grand Foyer. Der Rest der Oper mag reich dekoriert sein, aber dieser Saal übertrifft alles andere. Die Decke ist mit Gemälden im Renaissancestil bemalt. Ansonsten gibt es nichts, das nicht vergoldet wäre – Kronleuchter, Säulen, Kamine, einfach alles. Der Raum ist derart lang, dass man die gegenüberliegende Seite kaum auszumachen vermag.

Isadora hat sich bei ihrem Paramour untergehakt. Aber sie denkt schon wieder an Jelena. Es sind unanständige Gedanken. In letzter Zeit ertappt sie sich dabei, wie sie sich eine Ménage-à-trois mit der kleinen Russin und ihrem Lohengrin vorstellt. Beiden ist gemein, dass sie in der Öffentlichkeit ruhig und kontrolliert sind. Aber wenn ihr Blut in Wallung gerät – stille Wasser und all das. In Isadoras Fantasie machen sich die beiden gemeinsam über sie her. Jelena küsst sie und hält ihre Arme fest, während Paris sie mit mannhafter Forschheit nimmt.

Isadora weiß, dass es nie passieren wird. Jelena mag überhaupt keine Männer. Entweder ist das ihre Natur oder sie hat diesbezüglich unerfreuliche Erfahrungen gemacht. Einmal sagte die Russin auf Isadoras Frage, wie sie es mit Männern halte: »Meine Schwester hat mich vor ihnen beschützt.«

Isadora hätte gerne mehr über diese ältere Schwester erfahren, biss aber auf Granit. Die Russin wollte nicht darüber sprechen. Sie hat ferner versucht, etwas über Jelenas Zeit in Sibirien herauszufinden, auch das vergeblich.

Wie auch immer – Männer sind nichts für Jelena. Falls Isadora einen Dreier will, muss sie ein anderes Mädchen finden. Paris wäre der Sache gegenüber sicherlich aufgeschlossen.

Sie biegen in den Spiegelsaal ab, der ein wenig dem von Versailles nachempfunden zu sein scheint: vergoldete, kannelierte Säulen, riesige Kronleuchter, gewölbte, mit Fresken verzierte Decken. Als sie beinahe dessen Ende erreicht haben, fallen Isadora zwei Herren auf, die durch eine unmarkierte Tür schlüpfen. Es sind reifere Semester, ihre Bärte schon ganz weiß. Bestimmt handelt es sich um Abonnenten. Isadora weiß, wo sie hingehen. Ganz offensichtlich ist sie nicht die Einzige mit schmutzigen Gedanken. Geile alte Böcke!

Paris ist ebenfalls Abonnent der Oper. Ist er es nur der hehren Kunst wegen oder nutzt auch er die besonderen Vergünstigungen? Abonnenten besitzen Zugang zu den nicht öffentlichen Räumlichkeiten, etwa dem *foyer de la danse*, in dem sich die Ballerinas aufwärmen und ihre Schrittfolgen einstudieren.

Jeder weiß, dass die Oper nicht nur ein Tempel der Kunst ist, sondern auch das glanzvollste Promenoir von Paris. Die beiden alten Knacker werden sich eine schöne Stelle suchen und von dort das Angebot an jungem Tänzerinnenfleisch begutachten.

Die meisten der Mädchen sind bettelarm, niemand weiß das besser als Isadora. Viele von ihnen hätten gegen einen wohlhabenden Gönner nichts einzuwenden.

Unglaublich, dass solch ein glanzvoller Ort gleichzeitig so schmutzig sein kann.

Vielleicht sollte sie Paris einfach fragen? Sie könnten eine der Tänzerinnen mitnehmen, gleich nach der Aufführung – in der Hoffnung, dass diese sich im Schlafzimmer als größere Furie erweist als auf der Bühne.

Sie erreichen die Rotonde. Augenblicklich kommt einer der Kellner herbeigeeilt. Man weiß hier, wer Paris Singer ist. Der Bedienstete eskortiert sie zu ihrem Tisch, auf dem bereits eine Flasche Champagner kalt steht. Paris verlangt nach Austern, woraufhin der Kellner bedauernd erklärt, er sei nicht sicher, ob noch welche übrig seien. Ein blauer Fünf-Franc-Schein wechselt den Besitzer. Isadora bestellt einen doppelten Koto auf Eis.

Die anderen Tischgäste erscheinen. Zylinder werden gelüpft, Handküsse verteilt. Bei den Neuankömmlingen handelt es sich um die Pozzis, ein Isadora unbekanntes Ehepaar. Es besteht aus einer unterkühlt wirkenden Endfünfzigerin und ihrem Gatten, der trotz seines ebenfalls fortgeschrittenen Alters unverschämt gut aussieht. Der Kerl wäre sogar eine Konkurrenz für Paris.

Die Austern kommen. Paris bietet ihren Tischnachbarn Champagner an. Die Männer sprechen über ihre Arbeit. Genauer gesagt spricht Pozzi über seine. Paris' einziger Job ist es schließlich, sein Vermögen auszugeben – eine Sisyphusarbeit.

Pozzi ist Chirurg, spezialisiert auf Frauenheilkunde. Er scheint so etwas wie der Arzt der Damen von *le Tout-Paris* zu sein. Das sagt er nicht, aber heraushören kann man es. Isadora wechselt ein paar Worte mit Thérèse, Pozzis Gattin. Sie ist eine langweilige Gans.

Isadora erblickt in einiger Entfernung den Grafen von Montesquiou, der eine sehr anmutige junge Dame spazieren führt. Sie trägt ein feuerrotes Kleid.

Paris wüsste vermutlich, um wen es sich bei der Frau handelt, aber sie hat keine Lust, ihn danach zu fragen. Vermutlich kann man es ohnehin morgen im Gesellschaftsteil nachlesen. Sie schaut der Dame nach. Ihr Kleid ist aus Musselin, sein Farbton erinnert an den einer Mohnblüte. Auf der Robe sind goldene Blüten aufgestickt.

»… haben wir im Châtelet die ›Petruschka‹ gesehen«, sagt Pozzi, »wirklich ganz außergewöhnlich.«

Paris nickt beifällig. Isadora, die inzwischen beim zweiten Koto ist und außerdem noch einen Champagner dazwischengeschoben hat, würde zur »Petruschka« gerne etwas anmerken – zur Unnatürlichkeit der Bewegungen im Ballett, zu den konzeptionellen Schwächen des Stücks.

Doch sie ist ganz gefangen von der Frau in dem feuerroten Kleid – eine Rote Frau, eine Frau in Scharlach. Sie erinnert Isadora an Aleisters Beschwörungen. An diesem Morgen hat sich ihr im Tarot die Arkane des Hierophanten offenbart. Auch er trägt ein rotes Gewand. Dass sie wenige Stunden später eine weitere Erscheinung in Rot hat, in beinahe demselben Farbton, kann kein Zufall sein.

> Ehre sei der Roten Frau, Babalon, die auf der Bestie reitet, denn sie hat vergossen ihr Blut in jedem Winkel der Erde und schaut! Sie hat es vermischt im Kelche ihres Metzentums.

Der Gong reißt sie aus ihren Gedanken. Die Tischgemeinschaft erhebt sich. Isadora sagt den Pozzis, wie sehr sie sich gefreut habe, ihre Bekanntschaft zu machen. Währenddessen sucht ihr Blick nach der roten Persephone, aber die Menge hat sie verschluckt. Der zweite Gong ertönt. Alle streben zu ihren Plätzen.

Auf dem Weg zu ihrer Loge hält sie erneut Ausschau nach Montesquiou und seiner Begleiterin.

»Die Frau in Scharlach, die Rote Frau. Ich suche sie. Aber es ist nicht leicht, sie zu finden.«

Aleister hat das gesagt. Isadora hat darüber nachgedacht, hat sein Buch gelesen. Die Rote Frau ist eine Naturgewalt, sie ist pure Magie. Sie kann Dinge erschaffen, Dinge gebären. Dabei ist sie stärker als jeder Mann.

Sie ist wie Isadora.

Sie erreichen ihre Loge, nehmen Platz. Sobald die Lichter erlöschen, schließt Isadora die Augen und träumt von Babalon.

15

Zum x-ten Mal fächert Pablo sein Blatt auf. Er hatte auf eine Straße gehofft, aber es ist ein erbärmliches Siebenerpaar geworden. Besitzt einer der anderen ein besseres Blatt? Fernandes Gesichtszüge kann er normalerweise leicht entziffern. Doch das Einzige, was er nun aus ihrer Miene herausliest, ist eine leichte Genervtheit. Ob sie ein Full House oder einen Flush besitzt, bleibt ihm verborgen.

»Poker?«, hat Fernande gespöttelt, als sie Karten spielen vorschlugen, »wie kleine Gangster vor einem Bruch?«

Guillaume, der Pablo gegenübersitzt, starrt auf sein Blatt. Genauer gesagt starrt er hindurch. Sein Freund ist nicht ganz bei der Sache. Die Begegnung mit diesem Polizisten hat Guillaume mehr zugesetzt, als er zugibt. Sein Leinenanzug ist noch knittriger als sonst, und er trinkt ein Glas Madeira nach dem anderen.

Die Einzige, die Freude an der Pokerrunde zu haben scheint, ist Marie Laurencin. Kein Wunder: Schon vier Mal hat sie gewonnen. Vor der Malerin türmt sich ein großer Haufen provisorischer Jetons. Da sie keine Casinochips besitzen, ist Pablo vorhin kurz ins Atelier. Dort liegen Dutzende, ja Hunderte leere Ripolin-Tuben auf dem Boden, ebenso die dazugehörigen Schraubverschlüsse. Eine kleine Schürfaktion, und schon hatte Pablo dem Sediment einige Handvoll davon entnommen.

»Ich erhöhe«, sagt Marie. Sie schiebt zwei Ripolin-Deckel in die Mitte des Tisches und blickt, die Augenbrauen theatralisch nach oben gezogen, in die Runde.

Pablo fragt sich, ob Marie nicht umsatteln sollte. Statt einer mittelmäßigen Malerin gäbe sie vermutlich eine erstklassige Spielerin ab. Sie bekäme mehr Geld und die Welt weniger ihrer Bilder. Damit wäre allen geholfen.

»Ich passe«, erklärt Guillaume.

Pablo schiebt schweigend zwei Deckel in den Pott. Wenn es so weitergeht, ist er bald pleite. Schlimm wäre das nicht. Erstens geht es um nichts. Zweitens hat er im Atelier noch reichlich Nachschub. Pablo ist die Banque de France der Ripolin-Deckel.

»Entschuldigt mich kurz«, sagt Guillaume, »ich brauche noch was zu trinken.«

»Bleib doch sitzen«, erwidert Fernande, »Louise kann das machen.«

Guillaume wehrt lächelnd ab, entschwindet Richtung Küche. Pablo weiß, dass sein Freund in Wahrheit nicht auf der Suche nach etwas zu trinken ist, sondern nach Abgeschiedenheit. Bei Guillaume, der sich unter Menschen stets am wohlsten fühlt, der sogar Gedichte in voll besetzten Bars zu schreiben pflegt, ist das ein außerordentlich schlechtes Zeichen.

»Passe«, sagt Fernande und legt die Karten weg.

Pablo versteht, warum Guillaume nervös ist. Schließlich hat Géry-Piéret längere Zeit als sein Sekretär gearbeitet, hat kürzlich sogar wieder bei ihm gewohnt. Erst als der Baron erklärte, er gehe jetzt die Nachbarn ausrauben, setzte Guillaume ihn vor die Tür. Auch als er den verrückten Belgier am Bahnhof ablieferte, könnte das jemand gesehen haben. Andererseits gibt es bisher keinen Hinweis darauf, dass der Polizei die Identität des selbst ernannten Statuettendiebs bekannt ist. Die Redaktion des »Paris-Journal« scheint dichtgehalten zu haben. Ein befreundeter Kulturredakteur hat Guillaume gesteckt, selbst die Chefredaktion des »Journal« kenne den Namen des diebischen Belgiers nicht und könne ihn der Polizei somit auch nicht verraten.

Mit ein wenig Glück verläuft die Sache im Sand.

Er schaut sich seine zwei Siebener an. Die Uhr über dem Kamin schlägt halb zwei. Eigentlich hatten Guillaume und er halb drei vereinbart. Aber bis dahin hält er es nicht mehr aus. Pablo ist nervlich völlig am Ende, auch wenn er es besser verbirgt als sein Freund.

»Ich will sehen.«

Pablo würgt die Worte hervor, sie auszusprechen kostet Kraft. In Wahrheit ist das Einzige, was er will, dass die Welt wieder aus seinem Leben verschwindet. Er möchte, dass sie ihn allein lässt mit seinen Ripolin-Tuben, seinen Saint-Brieuc-Pinseln, den Linien in seinen Fingern, den Farben in seinem Kopf. Ist das zu viel verlangt?

Warum hat er sich damals bloß auf diesen Irrsinn eingelassen?

Alle in dieser Wohnung fühlen, wie unterirdisch die Stimmung ist, wie schwarz der Abend, wie ungewiss sein Ausgang. Sogar Fricka und Monika sind unruhig, spüren die Nervosität ihres Herrchens. Nur Marie merkt nichts. Vergnügt schaut sie Pablo an.

Der schiebt weitere Schraubdeckel in die Mitte.

Marie legt ihre Karten auf den Tisch. Zwei Asse. Als Pablo die seinen ausbreitet, stößt sie einen gellenden Schrei aus, irgendwo zwischen Alpengejodel und Indianergebrüll.

»Was war das denn bitte?«, sagt Fernande.

Marie strahlt sie an. »Das ist der Ruf des großen Lamas.«

Nicht zum ersten Mal denkt Pablo, dass Marie Laurencin schwer einen an der Waffel hat. Aber in gewisser Weise ist gerade das ja der Grund, warum er ihre Gesellschaft gewählt hat. Normale Menschen sind langweilig. Verrückte hingegen haben immer etwas Sympathisches.

Selbiges galt auch für Joseph, den durchgeknallten Baron. Seine Torheit, sein Narrentum – all das hat Pablo seinerzeit amüsiert. Es hat ihn angesteckt. Einfach einmal in den Louvre und etwas mitgehen lassen? Ja, warum denn nicht? Der Baron ist ein Verrückter. Und Pablo war ihm gefolgt, hatte ihn jedoch gleichzeitig auch angestachelt, angestiftet. Er war der Sancho Panza dieses Don Quijote. Und wie bei Cervantes stellte sich auch hier die Frage, ob der, der dem Narren folgt, nicht der größere Narr ist.

Marie rafft ihren wertlosen Schatz zusammen. Sie beginnt, die Karten neu zu mischen. Fernande, die wohl gehofft hatte, dass endlich Schluss sei, seufzt vernehmlich. Pablo ignoriert die beiden, geht in die Küche. Dort hockt Guillaume am Küchentisch, vor sich ein Glas und eine Wodkaflasche. Wenn sein frankophiler Freund derart ins Russische regrediert, muss es übler sein als gedacht. Guillaume schaut zu ihm herüber.

»Entschuldige, Pablo. Ich brauche hier ein paar Minuten.«

Pablo legt eine Hand auf Guillaumes Schulter. »Du hattest von Anfang an recht.«

»Was meinst du?«

»Du weißt schon. Wir hätten es bereits vor Tagen machen sollen. Ich hätte es machen sollen. Schließlich ist es meine Schuld.«

Guillaume schüttelt den Kopf. »Wenn ich es nicht vorgeschlagen hätte, damals ...«

»Spielt keine Rolle mehr, Apo. Lass uns gehen.«

Guillaumes Hand umklammert das leere Wodkaglas.

»Jetzt gleich? Ich ... ich habe Angst.«

»Ich auch«, erwidert Pablo. »Aber bevor ich noch eine einzige Runde Poker spiele, stürze ich mich lieber ins Verderben.«

Guillaume nickt, erhebt sich. Sie gehen in den Flur, ziehen ihre Mäntel über. Fernande kommt ihnen entgegen.

»Was tut ihr?«

Pablo versucht, entschlossen dreinzublicken.

»Wir tun es jetzt.«

»Jetzt schon? Aber ich dachte ...«

»Warten ist mir zuwider.«

»Wir begleiten euch.«

»Nein, Fernande.«

»Pablo, ich will nicht ...«

»Das ist Männersache.«

Das sagt er nicht nur, um sie loszuwerden. Er meint es ernst. Frauen sollten nicht mitten in der Nacht durch Paris laufen, schon gar nicht mit Diebesgut unterm Arm.

Fernande mustert ihn mit einer Mischung aus Wut und Verständnislosigkeit. Er ist sich nicht sicher, wie lange das noch gut geht mit ihnen beiden – vermutlich nicht mehr allzu lange. Aber solange sie ein Paar sind, muss er sie beschützen. Und sie muss ihm gehorchen.

Sie nickt resigniert, drückt ihm einen Kuss auf die Wange. Nun kommt auch Marie herbei. Als sie die ernsten Gesichter sieht, scheint sie das erste Mal zu begreifen, dass all dies kein Spiel ist, kein lustiger Studentenstreich.

Sie verlassen die Wohnung, gehen ins Atelier. Pablo greift nach einem abgewetzten braunen Koffer neben der Tür.

»Zeig sie mir noch mal«, sagt Guillaume leise.

Pablo wuchtet den Koffer aufs Sofa, öffnet ihn. Einen Augenblick stehen sie da und betrachten die beiden Statuetten. Es handelt sich um einen Männer- sowie einen Frauenkopf, keiner größer als dreißig Zentimeter. Ihre Visagen haben etwas Maskenhaftes. Als Pablo sie vor Jahren das erste Mal sah, wusste er sofort, dass er sie besitzen muss. Sie waren der Schlüssel zu seiner Zukunft, zur Zukunft der Malerei überhaupt. Ohne diese Statuetten wären die Mädchen von Avignon niemals entstanden.

Danach hat er sie nie wieder angeschaut. Es war wie bei einer faszinierenden Frau. Nach der Eroberung, nach dem vollzogenen Akt, ist die Magie dahin. So ähnlich war es mit den Statuetten. Pablo konnte sich nicht einmal erinnern, wo sie waren. Er hat das ganze Atelier auf den Kopf stellen müssen, um die verdammten Köpfe zu finden.

Im »Paris-Journal« schrieb Joseph, die von ihm gestohlenen Kunstwerke seien phönizischen Ursprungs. Das ist Unsinn. Der Baron weiß nicht einmal, was er geklaut hat. Die Köpfe sind iberisch, über zweitausend Jahre alt – ein weiterer Grund, dass sie Pablo damals derart fasziniert haben. Aus ihren Gesichtern, aus ihren Formen sprachen die Ahnen seiner Kultur zu ihm. Sie erzählten ihm, was einst Kunst war und wieder Kunst sein wird.

Pablo zündet sich eine Zigarette an. Einer, der die »Demoiselles« damals nicht verstand, sagte: »Sie haben versucht, die vierte Dimension zu malen? Wie amüsant.«

Seinerzeit hat er sich über diesen Kommentar geärgert. Aber vielleicht lag der Spötter gar nicht so falsch. Es gibt eine Verbindung zwischen der Stammeskunst aus grauer Vorzeit und der Zukunft der Malerei. Und die Köpfe haben sie ihm offenbart. Diese Statuetten waren Meilensteine.

Nun sind sie Mühlsteine.

Pablo klappt den Koffer zu.

»Auf geht's«, sagt er.

Sie laufen zum Pigalle. Die Métro fährt um diese Zeit nicht mehr. Ein Taxi kommt auch nicht infrage. Sie haben das alles eingehend besprochen. Was, wenn der Chauffeur sich an sie erinnert?

Also gehen sie zu Fuß. Guillaume und Pablo wechseln einander mit dem schweren Koffer ab. Sie meiden die Avenuen. Stattdessen nehmen die beiden Sträßchen und Gassen, in der Hoffnung, von nicht allzu vielen Leute gesehen zu werden.

Nach einer halben Stunde nähern sie sich der Seine. Das letzte Stück führt durch die Tuilerien. Linker Hand liegt der Louvre. Der Koffer wird Pablo schwer. Er bittet Guillaume, ihn zu nehmen. Während sie wechseln, sagt Pablo: »Früher hätte ich sie sogar zurückbringen können.«

»Ja, vielleicht. Früher.«

In den vergangenen Tagen hat Pablo sich immer wieder ausgemalt, wie Guillaume und er sich der Statuetten entledigen. In seiner Fantasie schlichen sie, die Mantelkrägen hochgestellt und die Schiebermützen tief im Gesicht, durch ein dunkles und nebliges Paris. Im fahlen Schein der Lichter waren sie schlechter auszumachen als die Randfiguren in Rembrandts »Nachtwache«.

Die Realität sieht anders aus. Es ist ganz und gar nicht neblig. Am Seine-Kai hat man vor einiger Zeit die Gaslaternen durch elektrische Leuchten ersetzt. Es gibt keine Schatten, durch die man huschen könnte. Mehr noch, Pablo vermag mühelos das gegenüberliegende Ufer auszumachen.

Man sieht gut, allzu gut.

Guillaume scheint das nicht zu kümmern. Mit stoischer Miene stapft er auf den Pont du Carrousel zu. Der Plan lautet, den Koffer mit beherztem Schwung über die Brüstung zu schleudern, sobald sie in der Mitte der Brücke sind. Das alte Ding wird ein paar Meter treiben, sich mit Wasser füllen und im Seine-Schlamm versinken. Mit ein wenig Glück wird man es niemals finden.

Pablo muss beinahe rennen, um mit Guillaume Schritt zu

halten. Wie ein zu stark aufgezogenes Blechspielzeug stakst sein Freund über die Brücke. Der Pont du Carrousel besitzt ein Brückendeck aus Stahl. Jeder von Guillaumes Schritten erscheint ihm irrsinnig laut.

Guillaume hält an. Er ist schweißgebadet.

»Oh, Pablo. Das ist doch mörderisch.«

»Was?«

»Wir versenken Kunstschätze. Ein Frevel ist das.«

Pablo kann es kaum fassen. Dies ist wahrlich nicht der Augenblick für Skrupel. Er greift nach dem Koffer, will ihn dem zaudernden Guillaume entwinden. Doch der lässt nicht los.

»Gib ihn mir!«

»Nein. Es ist falsch!«

Pablo versucht, seinen Freund beiseitezustoßen. Aber so einfach ist das nicht, Guillaume wiegt neunzig Pfund mehr als er. Sie rangeln. Pablo rutscht aus, fällt hin. Als er wieder hochkommt, ist sein Mantel voller Staub und Dreck.

Gerade will er erneut nach dem Koffer greifen, als ein Sirren durch das stählerne Deck geht. Ein Auto kommt vom Südufer den Pont hinauf, ein nagelneuer Luxusschlitten. Der Fahrer, ein elegant gekleideter Herr in einem Mantel aus Astrachan, wirft ihnen im Vorbeifahren durch seine Motoristenbrille misstrauische Blicke zu. Vermutlich hält er sie für irgendwelche Gauner, die im Orsay-Bahnhof einen unbeaufsichtigten Koffer haben mitgehen lassen und sich nun um die Beute streiten.

Guillaume packt Pablo an den Schultern. »Was immer wir machen – wir können es nicht hier machen.«

Er hat recht. Das mit der Brücke war eine Schnapsidee. Sie sitzen hier wie auf dem Präsentierteller.

»Und ich habe die Masken vergessen«, sagt Guillaume.

»Die ... Was für Masken?«

Guillaume holt zwei schwarze Masken hervor, wie man sie bei Kostümbällen zu tragen pflegt. Sie bedecken die Augenpartie. Er setzt eine davon auf, hält die andere Pablo hin. Der schüttelt den Kopf.

»Das ist doch noch auffälliger.«

»Du kannst sie ja erst unten aufziehen. Hier, nimm. Können wir jetzt?«

»Okay. Lass uns zum Ufer gehen.«

Sie verlassen die Brücke und laufen ein Stück die Seine entlang, vorbei an den verschlossenen Buden der Bouquinisten. Nach einer Weile gelangen die beiden an eine Treppe, die zum Wasser führt. Pablo steigt die Stufen hinab, den schweren Koffer in der Rechten.

Hier ist es besser. Von der Straße aus ist das tiefer gelegene Ufer kaum einsehbar. Überall stapeln sich Holzbohlen und Säcke, die Deckung bieten. Zudem kommen nachts nur selten Leute her, weil hier mitunter Gelichter herumhängt. Wieso sind sie nicht gleich auf diese Idee gekommen?

»Pablo, nein.«

»Scheiß drauf, Guillaume, sie müssen weg! Solange wir sie haben ...«

»Wie willst du danach je wieder deine ›Demoiselles‹ anschauen und ...«

»Das Bild steht seit drei Jahren zusammengerollt in der Ecke, weil alle es missraten fanden.«

»Ich nicht. Ganz und gar nicht. Das Bild ist der Beginn von allem.«

»Und die sind das Ende von allem, wenn man sie bei uns findet.«

Pablo beginnt, den Koffer hin- und herzuschwingen. Eben noch hat er sich gefragt, warum sie eigentlich die Brücke gewählt hatten. Nun wird ihm wieder klar, warum. Am Ufer ist das Wasser nicht so tief wie in der Mitte der Seine. Es besteht die Gefahr, dass der Koffer nicht im Schlamm versinkt, dass ihn womöglich eine der Frauen findet, die ganz in der Nähe auf den Waschbooten Hemden und Mieder waschen, oder ein Clochard ihn aufliest. Er muss mit Schwung werfen, wie ein olympischer Hammerwerfer.

Bei der zweiten Drehung fällt Guillaume ihm in den Arm. Pablo entfährt ein Schrei des Zorns. Er lässt den Koffer los. Das

Trumm landet mit vernehmbarem Rums. Guillaume schreit laut auf, hüpft auf einem Bein hin und her. Offenbar ist ihm einer der iberischen Dickschädel auf den Fuß gefallen. Geschieht dem miesen Saboteur ganz recht.

Pablo greift in die Jackentasche, zieht seine Browning hervor. Er richtet sie auf Guillaume, greift mit der freien Hand nach dem Koffer. Der Dichter erstarrt. Er macht ein Gesicht, als hätte Pablo bereits abgedrückt und ihn mitten ins Herz getroffen. Guillaume schüttelt den Kopf, weicht einige Schritte zurück.

»Guillaume, nein!«

Doch sein Freund hat bereits einen Schritt zu viel getan. Er rudert mit den Armen. Pablo lässt den Koffer fallen, versucht, Guillaume noch zu fassen zu bekommen. Er erwischt einen Arm seines Mantels, hört ein »Ratsch«, als die Nähte reißen. Mit einem lauten Platschen versinkt Guillaume in den schwarzen Fluten.

»Oh, scheiße!«

Etwas zu seiner Rechten befindet sich eine kleine Steintreppe. Sie führt hinunter zum Wasser. Ohne lange zu überlegen, rennt Pablo darauf zu. Vielleicht kann er Guillaume erwischen, wenn dieser vorbeitreibt. Schon ist er die Stufen hinunter.

Das Wasser ist viel kälter als erwartet. Pablo muss sich zwingen, weiterzugehen. Bis zur Hüfte steht er im Fluss, hält Ausschau nach Guillaume. Im Licht der Straßenlaternen glitzern die Wellen auf der Seine wie Obsidiansplitter. Pablo ruft nach seinem Freund, erhält jedoch keine Antwort.

Er spürt, wie es ihm die Kehle zuschnürt. Was hat er bloß getan? Statt dieser vermaledeiten Statuetten hat er seinen Freund in der Seine versenkt – seinen besten Freund.

Pablo reißt sich den Mantel herunter, das Jackett, die dämliche Maske. Er ist ein guter Schwimmer. In Barcelona ist er jede Woche im Meer geschwommen. Da wird er schon nicht in der Seine ersaufen. Dass Guillaume ein guter Schwimmer ist, wagt Pablo hingegen zu bezweifeln. Außerdem trug er noch seinen Pardessus. Und der wird ihn wie Blei nach unten ziehen.

Gerade will Pablo sich in die Fluten werfen, als er im glitzernden Schwarz die Umrisse eines Körpers ausmacht. Ja, tatsächlich: rudernde Arme, jemand prustet. Der Ertrinkende ist nahe der Kaimauer. Pablo kann erkennen, wie Guillaume nach dem feuchten, kalten Stein greift, der vielleicht anderthalb Meter über ihm aufragt, aber keinen Halt findet. Als er an der Treppe vorbeitreibt, packt Pablo zu.

Er war sich nicht sicher, ob er den Zwei-Zentner-Dichter überhaupt aus dem Fluss bekommt, aber die Angst verleiht ihm Löwenkräfte. Mühelos zieht er Guillaume ans Ufer.

»*Lasciate mi.*«

»Ich hab dich, Apo. Ich hab dich.«

»*Lasciate mi morire.*«

Wenn Guillaume aufgeregt ist, fällt er mitunter ins Italienische zurück, die Sprache seiner Jugend. Aber was zum Teufel sagt er da? Sterben will er? Pablo zieht ihn die Stufen hoch aufs Pflaster.

»*Non voglio andare in prigione.*«

»Du musst nicht ins Gefängnis. Wir werden jetzt den Koffer los, und dann ...«

In diesem Augenblick bemerkt Pablo, dass mit Guillaumes Stimme irgendetwas nicht stimmt. Er starrt die Gestalt an. Es ist zappenduster hier unten, er kann das Gesicht nicht erkennen. Dennoch gibt es keinen Zweifel. Er hat den falschen Mann aus dem Fluss gezogen.

Der Kerl ist kaum größer als er selbst. Er wirkt schmächtig, trägt einen schwarzen Anzug. Der Mann murmelt etwas auf Französisch.

»Man kann den Koffer nicht einfach wegwerfen. Unmöglich. Wie soll man denn so was in den Fluss werfen?«

Pablo will antworten, dass die Statuetten nicht viel wert sind. Er hat dem Baron damals zweihundert dafür gezahlt. Die Iberer besitzen eher archäologischen als künstlerischen Wert – so zumindest die landläufige Meinung.

Aber von alldem kann der Mann ja gar nichts wissen. Ihm fällt auf, dass der Kerl nach Alkohol stinkt. Nicht nach Wein oder

Bier, sondern nach Äther. Pablo kennt den Geruch nur zu gut. Sein Freund Max Jacob ist diesem Teufelszeug verfallen. So wie es aussieht, hat er irgendeinen suizidalen Säufer an Land gezogen. Vermutlich hat der Mann sich weiter flussaufwärts im Ätherwahn vom Pont Neuf gestürzt – und ist ausgerechnet in Pablos Arme getrieben.

Von der Kaimauer blickt Pablo hinaus auf den schwarzen Fluss. In der Ferne hört er die Notre-Dame drei Uhr schlagen.

»Guillaume!«, brüllt er. Pablo ruft mehrmals, bekommt aber keine Antwort. Er wendet sich ab. Ihm fällt auf, dass der Koffer offen daliegt. Der männliche Iberer ist herausgekullert. Er liegt auf dem Pflaster, scheint ihn anzustarren. Tränen schießen Pablo in die Augen. Er fühlt, wie seine Beine nachgeben. Während er auf dem Boden kniet und um Guillaume weint, umfassen seine Hände den Iberer.

»Was sind das für Figuren?«

Pablo wischt sich die Tränen aus den Augen, blickt auf. Der verhinderte Selbstmörder steht einige Meter entfernt. Das Licht einer Straßenlaterne illuminiert nun seine Gestalt. Er ist tatsächlich kleiner als Pablo. Sein Gesicht erinnert ihn an das des Gauners in Georges de La Tours »Der Falschspieler mit dem Karo-Ass« – spitzes Kinn, verschlagener Blick. Die bewusst gleichmütige Miene ist Fassade, man erkennt dahinter den Zinker.

Pablo fragt sich, wo seine Browning wohl ist.

»Wer bist du?«, fragt er.

»Ich heiße Vincenzo.«

»Du wolltest dich umbringen.«

Vincenzo nickt. Er starrt noch immer die Figuren an. Pablo fragt sich, wie lange es wohl dauert, bis der Falschspieler eins und eins zusammenzählt.

Er ist geliefert.

Mehr als das. Er hat seinen besten Freund umgebracht – und hat dann jemanden aus dem Fluss gefischt, der nun bezeugen kann, dass Pablo Diebesgut aus dem Louvre verschwinden lassen wollte.

Wäre er ein kaltblütiger Killer, würde er dem Kerl eine Kugel in den Kopf jagen. Danach könnte er drei Leichen im Fluss versenken – zwei iberische und eine italienische. Aber das wird er nicht tun. Es ist nicht einmal eine theoretische Möglichkeit.

»Ihr lasst sie verschwinden?«, sagt der Mann.

Pablo kommt hoch, schüttelt den Kopf. Er geht einige Schritte auf Vincenzo zu.

»Es ist nicht so, wie es aussieht.«

»Ich werde niemandem etwas verraten, das könnt Ihr mir glauben. Schließlich schulde ich Euch mein Leben.«

»Mach das nicht noch mal, okay?«

Vincenzo nickt.

»Es gibt immer eine andere Lösung«, hört Pablo sich sagen. Was redet er da bloß? Klugscheißerei, morgens um drei. Was wäre denn bitte die andere Lösung für *sein* Problem? Pablo sieht keine, absolut keine.

Am besten springt er auch gleich in die Seine.

»*Farli sparire senza distruggerli ...*«, murmelt Vincenzo.

»Ah, ah! Das sage ich doch die ganze Zeit!«, ruft eine dröhnende Stimme.

Pablo blickt auf. Aus Richtung Westen kommt Guillaume herangestapft. Seine Schuhe verursachen mit jedem Schritt ein schmatzendes Geräusch. Hut und Mantel hat er eingebüßt. Ansonsten wirkt der Dichter unversehrt. Seltsamerweise trägt er noch immer die Maske.

»Apo!«

Pablo rennt auf seinen Freund zu, umarmt ihn. Oh, wie er ihn liebt, diesen dicken polnischen Versdrechsler.

»Pablo, was ...?«

»Ich dachte, du wärst, wärst ...«

Pablo will den großen Kerl am liebsten gar nicht mehr loslassen. Er drückt seinen Kopf an Guillaumes nasse Brust. Der klopft ihm beschwichtigend auf den Rücken.

»Na, na! Ich bin nur ein Stück die Seine hinabgeschwommen und an der nächsten Treppe wieder raus. Allerdings hat mich das eine gute Pfeife gekostet, von meinem Mantel ganz zu schweigen.«

Guillaume löst sich von ihm, macht einige Schritte in Richtung des Koffers. Er deutet auf eine der Statuetten.

»Wie ich sehe, bist du zur Besinnung gekommen.«

»Apo, da ist ein ...«

Trotz seines unfreiwilligen Bads scheint Guillaume bester Laune. Er hebt den rechten Zeigefinger, ruft:

»*Farli sparire senza distruggerli*. Verschwinden lassen, ohne sie zu zerstören. Hast du das nicht gerade gesagt, Pablo?«

Erst jetzt bemerkt Guillaume Vincenzo. Einen Augenblick glotzen die beiden einander an. Der Dichter legt den Kopf schief, so als frage er sich, ob er den kleinen Kerl mit der Zinkervisage von irgendwoher kennen sollte.

Pablo hat unterdessen seinen Mantel gefunden. Er greift danach, tastet nach der Browning.

Vincenzo verbeugt sich vor Guillaume, der offenbar immer noch nicht weiß, was er von der Sache halten soll. Dann sagt er:

»*Per comandare, Fantômas. Nascondo la donna da qualche altra parte.*«

Mit diesen Worten macht er kehrt und beginnt, den Uferkai in Richtung Louvre hinaufzurennen. Nach wenigen Sekunden verschluckt ihn die Dunkelheit.

»Wer zur Hölle war das? Er kam mir vage bekannt vor«, sagt Guillaume.

»Jemand, den ich aus der Seine gefischt habe.«

Guillaume deutet auf die Statuetten.

»Heißt, er hat das alles gesehen?«

»Ich befürchte schon. Er wirkte durcheinander.«

»Das kann man wohl sagen«, erwidert Guillaume.

»Was hat er da gerade gesagt?«

Guillaume kichert.

»Er sagte ›Zu Befehl, Fantômas‹.«

»Fantô ... was?«

»Und dass er die Frau woanders versteckt.«

»Welche Frau?«

»Keine Ahnung.«

Pablo erzählt seinem Freund von dem strengen Äthergeruch.

»Dann können wir nur hoffen, dass er sich noch mehr davon genehmigt und sich morgen an all das hier nicht mehr erinnert.«

Guillaume bückt sich und packt die Statuetten zurück in den Koffer.

»Was machen wir denn jetzt damit?«, fragt Pablo.

»Wir geben sie zurück.«

»Aber wie …?«

»Als ich die Seine entlangtrieb, kam mir die Erleuchtung. Ah, ah! Was so eine Wasserkur bewirken kann. Wir geben sie dem Louvre zurück.«

»Und wie bitte soll das gehen?«

Guillaume greift sich den Koffer und geht zu der Treppe, die hinauf zur Straße führt.

»Das erzähle ich dir auf dem Heimweg.«

16

Jelena knöpft ihre Jacke zu. Es ist frisch. Seit über einer Stunde verstecken sie und ihre Genossen sich in einem Gebüsch gegenüber einem herrschaftlichen Haus. Vor etwa dreißig Minuten sind dessen Bewohner mit dem Automobil aus der Stadt zurückgekommen. Ihrem Aufzug nach zu urteilen, waren sie in der Oper oder im Theater.

Vor Kurzem ist das Licht im Haus ausgegangen. Seitdem fragt Octave alle zwei Minuten, wie lange sie denn noch warten müssen. Jelena hingegen vertraut darauf, dass Jules Bonnot den richtigen Zeitpunkt kennt. Wenn es um Brüche geht, ist er der Erfahrenste von ihnen.

Jelena zieht den Schal fester. Die Nacht in Boulogne-sur-Seine ist nicht nur sehr frisch, sondern auch sehr ruhig. Sie ist selten in den Vororten, hätte aber gedacht, dass zumindest ab und an ein Auto vorbeifährt. Doch es ist totenstill.

»Jetzt«, sagt Jules leise.

Er tritt aus dem Gebüsch und quert die Straße. Jelena, Octave und Raymond folgen. Die Villa des Ehepaars Norman wird von einer zwei Meter hohen Mauer umgeben. In dieser ist ein doppelflügeliges Tor aus Metall eingelassen.

Le Bourgeois zieht eine Brechstange hervor. Octave behält wie vereinbart die Straße im Auge. Jelena kann sehen, dass er seine Pistole gezogen hat. Es ist nicht die Mauser, die er bis vor einigen Wochen stets bei sich trug. Die hat ihm Jules ausgeredet. Wie sie alle, ist Octave nun mit einer Browning 6,35 mm bewaffnet. Diese wiegt nur halb so viel wie die Mauser. Außerdem ist sie deutlich kleiner, weswegen man sie gut versteckt tragen kann.

Jules macht sich am Tor zu schaffen. Nachdem er sich eine Weile abgemüht hat, schüttelt er den Kopf. Octave bietet an, es an seiner Stelle zu versuchen.

»Nein. Ich komme nicht mal sauber in den Spalt. Mach mir lieber eine Leiter.«

Die Mauer ist mit Glasscherben gespickt, aber darauf sind sie vorbereitet. Jelena reicht Jules eine Decke, die sie selbst genäht hat. Sie besteht aus mehreren Lagen Filz und Leder. Jules entrollt sie, wirft sie über die Mauerkrone. Dann steigt er mithilfe von Octaves Räuberleiter hinauf.

Kurz darauf wird der Torriegel beiseitegeschoben. Schon sind sie drin. Sie wenden sich der Garage links des Hauses zu. Auch sie besitzt eine doppelflügelige Tür, allerdings eine aus Holz. Raymond rüttelt daran. In der Totenstille ist das Geräusch erschreckend laut. Jules bedeutet allen, still zu sein. Einen Moment verharren sie in der Dunkelheit, darauf lauschend, ob sich im Haus etwas regt. Die Normans besitzen keinen Hund, das haben sie vorher überprüft. Aber wer weiß, ob das Ehepaar wirklich schon schläft?

Es bleibt ruhig. Jules schaut sich das Garagentor an. Er murmelt etwas von einem komplizierten Schloss. Auf der dem Garten zugewandten Garagenseite entdecken sie jedoch eine weitere Tür. Auch sie ist verschlossen, wirkt aber weniger stabil. Jules und Octave setzen ihre Brecheisen an, eines oberhalb, eines unterhalb des Schlosses.

»Eins, zwei, drei«, flüstert Jules.

Die Tür fliegt auf. Als das Schloss aus dem Rahmen fliegt, ertönt ein lauter Knall. Jelena ist sich sicher, dass man ihn noch zwei Straßen weiter gehört haben muss. Sie sieht, wie sich die Blicke Octaves und Raymonds den Fenstern des Hauses zuwenden. Jeden Moment wird Licht angehen.

Die nächste Gendarmerie ist vier Kilometer entfernt und verfügt lediglich über zwei Fahrräder. Sie werden schon irgendwie entkommen. Aber sie sind ja hier, um etwas mit-, und nicht, um Reißaus zu nehmen.

Während sie wie gebannt auf das Wohnhaus starren, hat Jules als Einziger die Nerven behalten. Er ist bereits in der Garage. Jelena vernimmt ein gluckerndes Geräusch. Sie tritt ein.

Jules ist dabei, den Tank des Automobils zu füllen. Dafür haben sie extra einen Kanister mitgebracht. Das hätten sie sich sparen können: In der Garage stehen mehrere, außerdem Ersatzreifen, Werkzeuge, Bekleidung.

Aber das Beeindruckendste ist der Wagen selbst. Es handelt sich um das allerneueste Modell von Delaunay-Belleville. Auf Jules' Anraten ist Jelena neulich nach der Arbeit in den Ausstellungsraum des Automobilherstellers auf den Champs-Élysées gegangen. Schließlich schadet es nicht, ein Fahrzeug, das man stehlen will, genau zu kennen. Der Delaunay HB 6 hat sechs Zylinder, die zusammen unglaubliche dreißig Pferdestärken produzieren.

Ihre Hand streicht über den zylindrischen, in metallic Rot lackierten Vorbau. Der Wagen besitzt vorne zwei Schalensitze, die aussehen wie die Ledersessel eines Herrenclubs. Die Rückbank ist noch luxuriöser.

Jules deutet auf die Kanister und das andere Zeug. Jelena beginnt, Pelzmäntel, Lederkappen und Handschuhe in den Delaunay zu laden. Nun erscheinen auch die anderen beiden, bestaunen den Wagen. Jules schaut ein wenig genervt. Er weist Raymond an, draußen Schmiere zu stehen. Der runzelt die Stirn. Anarchisten nehmen ungern Befehle entgegen, und für La Science gilt das ganz besonders. Dennoch verlässt er die Garage.

Octave hat inzwischen einen Ring mit Schlüsseln gefunden. Nach kurzer Zeit ist das Tor offen. Sie schieben das Fahrzeug hinaus. Der Plan ist, den Wagen erst draußen auf der Straße anzukurbeln. Diese ist nämlich leicht abschüssig.

Jelena wirft einen Blick auf das Haus. Erstaunlicherweise sind dessen Bewohner bisher nicht aufgewacht. Wahrscheinlich haben sie sich derart mit Champagner und Gänseleber vollgestopft, dass nicht einmal das Jüngste Gericht sie wecken würde.

Jules zeigt Octave, wie man die Kurbel einsteckt. Im Mondschein wirkt der Delaunay-Belleville noch erhabener. Karosserie und Felgen glänzen silbrig. Jelena kommt etwas in den Sinn, das sie vor einiger Zeit gelesen hat, im Manifest eines italienischen Avantgardisten:

»Wir erklären, dass sich die Herrlichkeit der Welt um eine

neue Schönheit bereichert hat: die Schönheit der Geschwindigkeit.«

Sie hat den Namen des Autors vergessen. Aber wenn sie sich den Delaunay so anschaut, findet Jelena, dass der Italiener nicht ganz falsch liegt. Und auch Nietzsche sagt ja, das Dasein sei nur als ästhetisches Phänomen gerechtfertigt. Oder einfacher ausgedrückt: Wenn man schon Revolution macht, sollte diese auch gut aussehen.

Dies scheint auch Jules' Maxime zu sein. Ihr Fahrer hat sich in einen schwarzen Nerzmantel aus dem Garagenfundus geworfen und eine Rennfahrerbrille aufgezogen. Octave kurbelt. Jelena und Raymond steigen in den Fond.

Der Motor springt an. Jelena hat ein lautes Fauchen erwartet, wie es sich für solch ein Ungeheuer aus Stahl gehört. Aber der Wagen ist erstaunlich leise. Er schnurrt geradezu. Octave kommt mit der Kurbel in der Hand angelaufen, steigt ein. Le Bourgeois gibt Gas.

Doch irgendetwas stimmt nicht. Der Wagen ächzt und knirscht, rührt sich jedoch nicht von der Stelle. Jules ruft Octave etwas zu, das Jelena nicht versteht. Offenbar handelt es sich um einen Vorwurf, denn der andere brüllt eine wütende Entgegnung zurück. Jelena sieht, wie es in Jules' Gesicht arbeitet.

»Scheiße. Da!«, ruft Raymond.

Die Fenster im Obergeschoss der Villa sind hell erleuchtet. Auch in einem Gebäude auf der anderen Straßenseite regt sich etwas.

Jules ist bereits ausgestiegen. Er löst eine Flügelmutter, öffnet auf der Fahrerseite die Motorhaube. Wieder fällt Jelena auf, wie ruhig er ist. Octave hat inzwischen wieder seine Pistole gezogen, nein, zwei sogar. Breitbeinig steht er neben dem Wagen, offenbar fest entschlossen, jeden niederzuschießen, der sich zeigt. Jelenas Hand tastet ebenfalls nach ihrer Browning. Raymond hingegen brabbelt vor sich hin.

»Reiß dich zusammen«, herrscht sie ihn an.

Er nickt, bleibt jedoch reglos sitzen.

Die Lichter im Untergeschoss gehen an, aus der Vordertür dringt ein Spalt Licht. Jules steht neben dem Delaunay und schaut, als wäre er mit einem kniffligen Schachproblem befasst. Mit einer Taschenlampe leuchtet er in die Eingeweide des Automobils. Den Daumen seiner freien Hand hat er unters Kinn geschoben.

»Mach schon, Bourgeois!«, brüllt Octave. Raymond hat erneut begonnen, mit sich selbst zu reden. In der Tür der Villa erscheint eine kräftig wirkende Gestalt. Vermutlich handelt es sich um den Chauffeur der Normans.

Jules greift in den Motorraum, legt einen Hebel um. Er schließt die Klappe, steigt ein. Octave hat gerade noch Zeit, aufs Trittbrett zu springen, bevor das Auto losfährt. Die Beschleunigung ist enorm. Jelena fühlt, wie sie in den Sitz gedrückt wird. Links und rechts huschen die Häuser vorbei.

Bald ist Boulogne-sur-Seine nicht mehr zu sehen. Niemand folgt ihnen.

Niemand vermag ihnen zu folgen.

Während sie durch die Nacht rasen, stimmt Jules ein altes Revolutionslied an. Alle singen mit.

Und Jelena muss erneut an die Worte dieses Avantgardisten denken, die sie erst jetzt richtig versteht:

»Ein aufheulendes Auto, das auf Kartätschen zu laufen scheint, ist schöner als die ›Nike von Samothrake‹.«

17

Célestin Hennion schaut Juhel über den Tisch hinweg an, so wie man jemanden am Bartresen anschaut, der einem gerade einen Schwank erzählt.

»Die Picasso-Bande?«

»Ja, Herr Direktor.«

»Weiß Lépine davon?«

Ist es nicht bezeichnend, dass der Chef der Sûreté Générale nicht als Erstes fragt, wer dieser Picasso ist – sondern stattdessen wissen möchte, ob sein Konkurrent ihm voraus ist?

»Meinen Quellen in der Sechsunddreißig zufolge nein. Die Präfektur durchleuchtet die Künstlerszene von Montmartre und Montparnasse. Aber dieser Name ist bisher nicht gefallen.«

»Wer ist der Kerl?«

Lenoir holt die Akte hervor, die er sich in der Abteilung für Ausländerfragen besorgt hat. Hennion liest, streicht sich währenddessen mit Daumen und Zeigefinger über den buschigen Schnurrbart.

»Was für ein Name«, brummt er.

»Ist bei Andalusiern wohl so üblich«, erwidert Lenoir.

Der volle Name des Künstlers lautet Pablo Diego José Francisco de Paula Juan Nepomuceno María de los Remedios Cipriano de la Santísima Trinidad Ruiz y Picasso.

»Und das ist unser Mann?«

»Weiß ich noch nicht. Aber nach allem, was ich gehört habe, ist er in der Künstlerszene recht angesehen. Andere scharen sich um ihn.«

»Ist er berühmt? Ich habe nämlich noch nie von ihm gehört.«

»Nein, berühmt ist er nicht. Die Kunstrichtung, die dieser Picasso vertritt, ist sehr, wie soll ich sagen ...«

»Sie meinen, er ist einer von diesen neumodischen Klecksern?«

»Exakt, Herr Direktor.«

»Da sieht das Zeug, das meine Tochter in ihrer Freizeit malt, ja besser aus. Aber sei's drum. Weitere Spuren?«

»Wir haben inzwischen Nachricht aus allen wichtigen Häfen. Wenn das Bild auf dem Seeweg verschifft wurde, müsste es längst angekommen sein.«

Es ist inzwischen drei Wochen her, dass die Mona Lisa aus dem Louvre hinausspaziert ist. Selbst nach San Francisco bräuchte sie mit dem Dampfer kaum mehr als zwanzig Tage. Das Gemälde könnte sich inzwischen folglich überall auf der Welt befinden.

Der Direktor zuckt mit den Achseln.

»Verstehe.«

Hennion scheint die Sache entspannt zu sehen. Dabei hat sie bereits Homolle den Kopf gekostet. Es werden Wetten abgeschlossen, wen die Regierung als Nächstes köpft. Doch vermutlich ist die Sorglosigkeit des Sûreté-Générale-Chefs nicht völlig unbegründet. Die Hauptlast der Ermittlungen tragen Präfekt Lépine und sein Jagdhund, Octave Hamard. Also wären diese Herrschaften wohl als Erstes an der Reihe.

»Was halten Sie von Lépines Äußerungen?«, fragt Hennion.

Das »Paris-Journal« berichtet, die Polizei besitze inzwischen eine heiße Spur. In einem Artikel wird der Präfekt mit den Worten zitiert, man dürfte bald weiterkommen. Lenoir war doppelt überrascht, als er dies las. Erstens, weil er nichts von einer heißen Spur weiß. Und zweitens, weil es aus seiner Sicht nicht sehr clever wäre, diesen Umstand hinauszuposaunen, wenn es denn eine gäbe.

Hennion wartet auf eine Antwort. Die Wahrheit ist, dass Lenoir den Präfekten für einen despotischen alten Mann hält, dem Morphium verfallen und nicht mehr ganz zurechnungsfähig.

Ähnliches gilt für den angeblich so brillanten Bertillon, den »französischen Sherlock Holmes«. Aus Juhels Sicht sind beide fiktive Charaktere. Man darf nicht vergessen, dass es Bertillon war, der in der Dreyfus-Affäre als Schriftsachverständiger versagt hat. Ohne seine erwiesenermaßen falsche Expertise wäre der Hauptmann niemals verurteilt worden.

»Die Äußerungen des Präfekten erscheinen mir eine Spur zu hoffnungsfroh, Herr Direktor.«
»Oder wir sind schlechter informiert, als wir denken.«
Hennion sagt »wir«, meint aber »Sie«.
»Beides ist möglich, Herr Direktor.«
»Nun gut. Schauen Sie doch mal, ob Sie noch was über diesen Ruiz y Picasso rausfinden. Seit wann ist der Mann in Paris?«
»Seit sieben Jahren.«
»Gut. Melden Sie sich, sobald es etwas Neues gibt.«
Juhel verspricht es, erhebt sich. Nachdem er das Direktorat verlassen hat, holt er aus dem Büro Hut und Mantel. Am Empfang muss er feststellen, dass die Fahrbereitschaft komplett unterwegs ist. Also geht er zu Fuß.
Hennion hatte ihn für acht Uhr früh einbestellt. Deshalb hat Juhel in der Früh nur einen Kaffee getrunken und ist nun hungrig. In seinem Stammcafé in der Rue Argenteuil setzt er sich an einen Ecktisch, bestellt pochierte Eier und Toast.
Während er sich über sein Frühstück hermacht, schaut er sich um. Das »Chateaubriand« ist um diese Zeit nicht sehr voll. Jene, die auf dem Weg zur Arbeit schnell einen Kaffee nehmen, sind bereits fort. Die mit mehr Zeit lesen Zeitung oder schauen hinaus. Lenoir wird bewusst, dass er wirklich oft herkommt. Von den sechs anderen Gästen kennt er vier beim Namen: Perrusson, den Bankier; Lavignette, den Anwalt; Humbert, den Kohlenhändler, und Raimbault, von dem niemand weiß, was er tut, und der wie immer über einem Schachproblem grübelt. Lediglich die beiden Frauen vor der verspiegelten Wand kennt Lenoir nicht. Wobei ihm die mit den roten Haaren bekannt vorkommt. Aber woher? Kann es sein, dass er sie schon einmal auf einem Theaterplakat gesehen hat? Oder in der Zeitung?
Sie sieht sehr gut aus. Ihre Begleiterin ist ebenfalls ansehnlich, aber diese feuerrote Mähne ... Lenoir bemüht sich, nicht zu sehr zu starren.
Er holt sich die Zeitungen. Wie bereits in den vergangenen Tagen erfasst Juhel ein seltsames, ja unangenehmes Gefühl, als er

die Journale durchsieht. Ist es Scham? Möglicherweise. Es ist geradezu peinlich, wie wenig Aufklärung sie bisher geleistet haben.

Der Kommissar fragt sich, ob es den Kollegen bei Präfektur und Staatsanwaltschaft wohl ähnlich geht – vermutlich schon. Insofern überhaupt Hinweise existieren, wurden sie nicht von den Ermittlern, sondern von den Zeitungen ausgegraben.

Man lebt in ständiger Angst, von den Entwicklungen überholt zu werden, sich gegenüber Vorgesetzten und Öffentlichkeit lächerlich zu machen.

Auch heute ist es wieder so weit.

WÄHREND DER LOUVRE AUF DIE MONA LISA WARTET, WERDEN WEITERE SCHÄTZE ZURÜCKGEGEBEN

Wieder steht die Geschichte im »Paris-Journal«, das sich allmählich zu einer Art Fundbüro für aus dem Louvre entwendete Kunstwerke zu entwickeln scheint.

> Zwei neue Rückerstattungen – Besitzer der zwei vom
> »Baron d'Ormesan« erwähnten Statuetten übergibt sie uns.
> Steinmann und Steinfrau von den Behörden identifiziert.

Juhel überfliegt den Artikel. Dabei zerrt er an seinen Bartenden. Der Dieb der phönizischen Statuette erwähnte zwei weitere Kunstwerke, die er an einen Kunstliebhaber verkauft hatte. Laut »Paris-Journal« hat sich dieser nun gemeldet und die fraglichen Gegenstände zurückgegeben.

> Ein recht betuchter Amateurkünstler tauchte in unserer
> Redaktion auf. Er ist Kunstsammler und bekam die fraglichen
> Skulpturen vor einigen Jahren angeboten. Aufgrund ihrer eher
> kruden Beschaffenheit ahnte er nicht, dass sie aus dem Louvre
> stammten, und erstand sie zu einem attraktiven Preis. Nach
> der Lektüre unseres Artikels wurde ihm klar, dass es sich um

Diebesgut handelte.
Man kann sich sein Entsetzen vorstellen. Zunächst wusste er nicht, was er tun sollte. Dann dachte er sich, dass ihm das »Paris-Journal« vielleicht helfen könne.

Die Sache ist unerhört. Statt zur Polizei geht der Mann zur Journaille, die ihm natürlich keine unangenehmen Fragen stellt und seine Identität geheim hält. Vermutlich sind Hamards Leute schon wieder in der Redaktion, vermutlich vergeblich. Schließlich hat das »Paris-Journal« nicht zum Sturz der Regierung aufgerufen. Die Journalisten ins Gefängnis zu stecken, dürfte folglich schwierig werden.

Juhel legt die Zeitung beiseite. Während er in den Resten der pochierten Eier herumstochert, erwägt er seinen nächsten Schritt. Er muss mit Hamard reden. Ein direkter Informationsaustausch zwischen ihnen ist weder im Sinne Hennions noch Lépines. Aber vielleicht wäre es an der Zeit, diese politischen Spielchen zu lassen. Das »Paris-Journal« macht sie schließlich *alle* lächerlich, Präfektur wie Sûreté, Louvre wie Kulturministerium.

Lenoir holt sein Notizbuch hervor, schreibt etwas zu dem Artikel auf. Als er einige Seiten zurückblättert und seine früheren Notizen durchliest, wird er den Eindruck nicht los, dass er etwas übersehen hat. Nur was?

Er schaut sich erneut das »Paris-Journal« an.

> Zwei neue Rückerstattungen – Besitzer der zwei vom »Baron d'Ormesan« erwähnten Statuetten übergibt sie uns.

Juhel blinzelt. Der Statuettendieb ist angeblich Belgier, sein Name jedoch war bisher unbekannt. Wieso nennt die Zeitung ihn nun Baron d'Ormesan? Er winkt dem Kellner.

»Die Rechnung, Monsieur?«
»Haben Sie die alten noch?«
»Monsieur?«

»Die alten Ausgaben des ›Paris-Journal‹.«
Der Ober schaut ihn verwundert an.
»Kann sein. Wir benutzen sie mitunter, um Dinge einzuschlagen, aber ich …«
»Es ist wichtig.«
»Vielleicht sollten Monsieur zur Bibliotheque de France gehen. Sie liegt nur wenige Stationen …«

Juhel springt auf, hält dem Kellner seinen Dienstausweis vor die Nase. Und weil er weiß, dass er beim nächsten Besuch ansonsten keinen so schönen Tisch mehr bekommt, drückt er ihm außerdem eine goldene Zehn-Franc-Münze in die Hand.

Kurz darauf sitzt er in einem schmuddeligen Hinterzimmer. Es sieht aus, als diene es dem Personal als Umkleide- und Aufenthaltsraum. In einer Ecke stapeln sich Kisten voller alter Flaschen, daneben liegt ein Haufen Zeitungen.

Zehn Minuten später hat Juhel gefunden, was er sucht: das »Paris-Journal« vom 30. August. Darin ist ein Brief des Statuettendiebs abgedruckt, eine Art Protestnote »gegen gewisse Anschuldigungen«:

> Ich möchte mich an dieser Stelle ausdrücklich gegen den Vorwurf der Gier verwahren, der in gewissen Publikationen gegen mich erhoben wurde. Einen gemeinen Dieb ficht derlei vielleicht nicht an, ich jedoch bin keineswegs bar solcher Empfindlichkeiten. Die wenigen Raubzüge, die ich unternahm, waren durch temporäre pekuniäre Schwierigkeiten begründet. Die bürgerliche Gesellschaft macht den Mittellosen das Leben sehr schwer und war für dieses Abgleiten vom rechten Pfad verantwortlich.

Unterzeichnet ist das Schreiben mit »Baron Ignace d'Ormesan«.
Juhel geht zurück in den Schankraum.
»Monsieur wurden fündig?«
»Das Telefon?«, raunzt Juhel.
»Wir haben leider keines. Aber die Brasserie nebenan.«

Das fragliche Etablissement befindet sich drei Häuser weiter. Eigentlich würde er Hamard die Nachricht lieber persönlich überbringen. Juhel hasst Telefone. Nicht weil er etwas gegen neuartige Erfindungen hätte, im Gegenteil. Während seines Dienstes bei der Marine stattete man die Schiffe gerade mit Funk aus, und Juhel war einer der ersten Fernmelder. Er ist also technisch recht versiert. Doch seiner Erfahrung nach darf man einem Telefon keine sensiblen Informationen anvertrauen. Jedes Gespräch geht durch mehrere Vermittlungsstellen, es hören einfach zu viele Menschen mit. Und da es um die Mona Lisa geht, ist besondere Diskretion geboten.

Er betritt das Café, legt ein paar Münzen auf den Tresen. Dann geht er zu dem an der Wand hängenden Fernsprecher, nimmt ab.

»Die Präfektur.«

Nachdem er mehrfach weitervermittelt wurde, landet er zwar nicht bei Hamard, aber immerhin bei Ferrat, jenem Assistenten, den Juhel bereits von der Sitzung im Louvre kennt.

»Was kann ich für Sie tun, Inspektor Lenoir?«

»Ich müsste dringend mit Hamard sprechen.«

»Er ist gerade bei Monsieur Drioux.«

Drioux ist der Untersuchungsrichter, auf dessen Schreibtisch der Fall Mona Lisa allmählich einstaubt.

»Können Sie ihn da rausholen?«

»Schwierig. Und direkt danach ist er beim Präfekten.«

»Davor muss ich mit ihm sprechen.«

»Ich nehme an, es geht um die ...«

Auch Ferrat scheint sich daran zu erinnern, dass sie nicht unter sich sind.

»... den verschwundenen Kunstgegenstand.«

»Eher um die wieder aufgetauchten.«

»Ich verstehe. Nun, Sie könnten den Herrn Direktor am Eingang abpassen, wenn er von der Staatsanwaltschaft zurückkommt.«

Über diese Möglichkeit hat Lenoir bereits nachgedacht. Doch

es wäre besser, man sähe Hamard und ihn nicht zusammen. Einige Leute könnten das in den falschen Hals bekommen.

»Ferrat, Sie machen jetzt Folgendes: Rufen Sie in Drioux' Sekretariat an. Die sollen Hamard ausrichten, dass er bei seiner Rückkehr einen Abstecher zum Square du Vert-Galant machen soll.«

Wie auch das Hauptquartier der Präfektur befindet sich der kleine Park auf der Île de la Cité.

»Er wird mich fragen, warum er dorthin kommen soll. Er hasst Geheimniskrämerei, wissen Sie?«

»Oh, das weiß ich. Sagen Sie ihm einfach, der Bretone hat den Baron gefunden.«

18

Vincenzo wirft einen Sack mit Holzresten auf die Ladefläche des Fuhrwerks. Er will schon gehen, als ihn Bertrand, der Vorarbeiter, anblafft.

»Leer laufen ist nicht, Vincenzo!«

Vincenzo liegt etwas auf der Zunge. Er schluckt es herunter, lädt sich einige Holzbohlen auf die Schulter. Gebeugten Schrittes stapft er zurück in das Haus, in dem sie gerade arbeiten.

Das Gebäude befindet sich in Thiais, ein Stück südlich der Stadt. Es gehört einem reichen Knacker. Trotz seines fortgeschrittenen Alters ist der Mann, ein gewisser Morel, auf die Idee verfallen, sein Obergeschoss komplett neu vertäfeln zu lassen. Vincenzo findet das ziemlich optimistisch. Morel muss an die neunzig sein. Er ist stocktaub, und sehen tut er vermutlich auch nicht mehr besonders gut. Aber manche Menschen besitzen eben so viel Geld, dass sie nicht wissen, wohin damit.

Andererseits ist es ein Auftrag, der Vincenzo und seine Kollegen wochenlang beschäftigen wird. Arbeitszimmer, Salon und Ankleideraum müssen von ihrer bisherigen Vertäfelung befreit werden. Danach werden neue Paneele aus poliertem Kirschholz zugeschnitten und eingebaut.

Mehrere Wochen im Inneren zu arbeiten, ist angesichts des nahenden Herbstes keine schlechte Aussicht. Außerdem hat Vincenzo sich bereits mit der Haushälterin, Mademoiselle Bercotte, angefreundet. Sie versorgt die Handwerker regelmäßig mit Broten und Tee.

Vincenzo stapft hinauf ins Obergeschoss, legt die Balken im Arbeitszimmer ab. Hier sind die Abrissarbeiten bereits weit fortgeschritten. Philippe, der neue Lehrling, muss die Drecksarbeit machen. Vincenzo schnappt sich einen Sack mit Holzstückchen und Tapetenfetzen, steigt wieder hinab. Im Treppenhaus vergewissert er sich, dass ihn niemand sieht. Er stellt den Sack ab und holt seinen Flachmann hervor.

Vincenzo hatte gehofft, die Arbeit werde ihn ablenken. Doch die eiserne Faust, die sich nach dem Besuch Inspektor Brunets um sein Herz schloss, hat bis heute nicht lockergelassen. Die Angst ist seine ständige Begleiterin. Weiterhin erwartet er tagtäglich, von der Polizei abgeholt zu werden. Warum es noch nicht geschehen ist, kann er sich nicht recht erklären. Waren die Fingerabdrücke auf der Vitrine möglicherweise verwischt?

Er genehmigt sich einen großen Schluck, dann einen zweiten. Sein Versuch, der Sache ein Ende zu bereiten, ist kläglich gescheitert. An ihm selbst lag es nicht. Niemand kann sagen, Vincenzo Peruggia wäre kein Mann der Tat, er habe keinen Schneid. Oh nein, schließlich ist er tatsächlich gesprungen. Hätte dieser kleine Kerl ihn nicht herausgezogen, dann ...

Dann, Hand aufs Herz, wäre er an der nächsten Treppe an Land geschwommen. Zwar ist er gesprungen, aber sobald das eisige Wasser über ihm zusammenschlug, wusste Vincenzo, dass er in dieser Nacht nicht sterben würde; dass sein Lebenswille stärker war.

Er denkt noch immer über die Begegnung mit den beiden Männern nach. Der Kleine mit dem hypnotischen Blick und der Große mit der Maske.

Er nimmt noch einen Schluck. Die Leute glauben, bei Fantômas handele es sich um eine Fantasiegestalt, eine Romanfigur. Vincenzo weiß es besser. Inzwischen hat er den Mann ja schon mehrfach gesehen – in seinem Zimmer, im Kinema, am Seine-Ufer. Vielleicht ist er Vincenzos Schutzengel.

Andere kann man vielleicht täuschen, aber einen Peruggia nicht. Der Schriftsteller, der die Fantômas-Romane schrieb, hat sich das alles überhaupt nicht ausgedacht. Er hat aufgeschrieben, was kaum jemand ahnt: dass es wirklich einen genialen Kriminellen gibt, der Paris unsicher macht.

Vincenzo hat lange darüber nachgedacht. Es ist brillant. Er selbst ist ja auch sehr intelligent, viel intelligenter, als man ihm bisweilen zugesteht. Aber wäre er jemals auf so etwas gekommen? Nein, das wäre er nicht. Dieser Fantômas ist real, behauptet jedoch, eine Romanfigur zu sein. Er versteckt sich vor der Welt, indem er sich ihr offenbart und dabei behauptet, ein Hirngespinst zu sein.

Vincenzo steckt den Flachmann weg. Keinen Moment zu früh: Kaum hat er den Sack wieder geschultert, erscheint der Vorarbeiter im Hausflur.

»Träumst du wieder, Peruggia? Wir haben nicht den ganzen Tag Zeit.«

»Ich habe nur kurz dem Lehrling was erklärt, Chef.«

»Ach ja? Seit wann bist du hier Schreinermeister?«, erwidert Bertrand.

»Ich wollte ihm nur ...«

Aber Bertrand ist bereits an ihm vorbei, die Treppe hinauf. Vincenzo schleppt den Sack zum Fuhrwerk, setzt ihn auf der Ladefläche ab. Der Vorarbeiter mag ihn nicht, genauer gesagt mag er keine Italiener. Vincenzo hat schon des Öfteren gehört, wie der Mann ihn hinter seinem Rücken einen faulen Südländer nannte. Dabei ist Vincenzo Lombarde. Aber so ist er, der Franzose: arrogant bis zum Gehtnichtmehr.

Vincenzo geht zum zweiten Fuhrwerk, das direkt hinter dem ersten parkt. Auf dessen Ladefläche ist das Material für die neuen Vertäfelungen gestapelt. Bei dem Gedanken, dass sie all dies ins Obergeschoss schleppen müssen, wird ihm ganz anders. Vor allem die Holzplatten sehen schwer aus. Sie messen anderthalb mal zwei Meter. Je zwei davon werden übereinander an der Wand montiert. Damit man die dazwischen verlaufende Fuge nicht sieht, kommt etwa auf Brusthöhe eine Leiste dazwischen, die mit einem Blumenmuster verziert ist. Die dafür bereits gefrästen Teile liegen ebenfalls auf der Ladefläche. Er greift sich einige davon, geht zurück ins Haus. Im Flur trifft er Mademoiselle Bercotte.

»Einen wunderschönen guten Morgen, Mademoiselle«, sagt Vincenzo und zieht die Mütze. Die Haushälterin, eine rundliche Frau Mitte vierzig, schenkt ihm ein Lächeln.

»Sie sind ja schon wieder so tüchtig, Monsieur Peruggia.«

Er macht eine abwehrende Handbewegung.

»Das ist nichts. Außerdem«, fügt er leiser hinzu und deutet in Richtung Obergeschoss, »muss ja irgendwer darauf achten, dass wir pünktlich fertig werden.«

»Natürlich. Oh, Ihr seid ja ganz erhitzt. Wartet kurz, Monsieur.«

Sie betritt den angrenzenden Raum, macht sich dort an der Wandvertäfelung zu schaffen. Offenbar sind Regale darin eingelassen. Bercotte öffnet eine Tür und entnimmt ihr ein Glas. Sie füllt es aus einer Karaffe, die auf dem Tisch steht, hält es Vincenzo hin.

»Ich danke Euch sehr, Mademoiselle.«

Mit großen Schlucken leert Vincenzo das Glas. Er gibt es der Haushälterin zurück, steigt die Treppe hinauf.

Und auf einmal wird ihm klar, was die Lösung seines Problems ist.

Er muss achtgeben, dass ihm die Leisten nicht aus der Hand rutschen, so aufgeregt ist er. Oben angekommen, stellt er das Material im Flur ab.

»Peruggia?«, bellt Bertrand aus dem Büro herüber.

»Bin sofort da, Chef«, erwidert Vincenzo, während er den Ankleideraum betritt. An dessen nackter Backsteinwand hängen die Pläne. Die Grundrisse interessieren ihn nicht. Stattdessen wendet er sich einer Skizze zu, die einen Querschnitt der Wände zeigt. Auf ihr sieht man, wie dick die Vertäfelung ist, welches Dämmmaterial verbaut werden muss. Zwischen Backsteinwand und Paneelen ist etwas Platz, vielleicht zwei Finger breit.

Es müsste reichen.

Er geht zu Monsieur Bertrand, hört sich dessen Anweisungen an. Vincenzo nickt ergeben, aber mit den Gedanken ist er woanders. Als er wieder zu den Fuhrwerken geht, schaut er kurz in der Küche vorbei, wo Mademoiselle Bercotte gerade Geschirr abtrocknet.

»Habt Ihr Hunger, Monsieur Peruggia? Ich habe vorhin auf dem Markt Äpfel gekauft.«

»Später vielleicht, vielen Dank, sehr freundlich. Monsieur Bertrand schickt mich, um zu fragen, wann das Arbeitszimmer im Obergeschoss allerspätestens fertig sein muss. Wann kommt Monsieur Morel noch mal zurück?«

»Er ist noch in Nizza. Ich erwarte ihn frühestens Mitte November.«

»Ich verstehe. Er verlängert dort seinen Sommer, hm?«

»Ja. Oft fährt er im Dezember und Januar auch noch mal hin. Er besitzt dort ein weiteres Anwesen.«

Sie rollt mit den Augen, so als wolle sie sagen: Manchen schiebt's der liebe Gott wirklich vorne und hinten rein.

Vincenzo lächelt verständnisvoll.

»Aber es macht Ihre Arbeit doch sicherlich leichter.«

»Wie man's nimmt. Im Dezember und Januar habe ich frei. Ich arbeite dann in der ›Brasserie des Excentriques Polonais‹.«

Vincenzo kennt den Laden. Er befindet sich im Sechsten.

»Er bezahlt Euch diese Monate also nicht?«

Sie schüttelt stumm den Kopf.

»Wenn Ihr erlaubt, komme ich Euch im Dezember dort einmal besuchen.«

Vincenzo kann die Freude und die Verwunderung aus ihrem Gesicht herauslesen. Vermutlich ist sie der Ansicht, dass sie eigentlich zu alt und zu beleibt für einen derart feschen jungen Mann ist.

Damit liegt sie auch völlig richtig. Aber die dicke Zofe könnte ihm nützlich sein für seine Pläne.

»Das würde mich sehr freuen, Monsieur.«

»Hervorragend. Nun, ich werde mit Monsieur Bertrand sprechen. Ich denke, wir werden auf jeden Fall fertig, bevor Monsieur aus Nizza zurückkehrt.«

Er nickt ihr nochmals zu, macht sich wieder an die Arbeit.

In der Mittagspause setzt Vincenzo sich nicht mit den anderen in den Garten, sondern bleibt im Obergeschoss. Während er eines von Mademoiselle Bercottes Wurstbroten isst, schaut er sich in dem kahlen Raum um, der demnächst wieder Morels

Arbeitszimmer beherbergen soll. Der Meister hat vor einigen Tagen Markierungen an die Wände gezeichnet – die Positionen der einzelnen Paneele, Abstände für Fenster, Türrahmen und so weiter. Vincenzo vergegenwärtigt sich alles, macht sich Notizen.

Mindestens so interessant wie die Abmessungen ist der in einer Wand eingelassene Tresor. Der Safe ist nicht sehr groß, misst höchstens dreißig mal vierzig Zentimeter. Er hat mal einen Film gesehen, da war so ein Ding hinter einem Ölgemälde verborgen, doch dieser befand sich hinter einer abnehmbaren Holzvertäfelung. Dem Plan zufolge soll dies nach der Renovierung wieder der Fall sein.

Ein Paneel anzufertigen, das fest sitzt, aber dennoch abnehmbar ist und dessen Mechanismus nur Eingeweihte kennen – so etwas bekommt nur ein guter Schreiner hin.

Vincenzos handwerkliche Fertigkeiten sind zweifelsohne beachtlich. Dennoch ist ihm bewusst, dass diese Aufgabe knifflig ist. Er vermutet, dass der Meister an dieser Stelle selbst Hand anlegt.

Vincenzo wird ihm bei der Ausführung über die Schulter schauen und die Maße dann einfach kopieren, wenn er das zweite Geheimfach schreinert.

Ein Grinsen macht sich auf seinem Gesicht breit. Selbst Fantômas wäre beeindruckt von seiner verwegenen Idee. Ein Kabinett mit einem bekannten Geheimversteck, daneben ein zweites Geheimversteck, von dem niemand weiß – das ist brillant, Punktum. Niemand wird es je finden, nicht einmal der Hausbesitzer. Wer ein falsches Wandpaneel kennt, kommt nie im Leben darauf, dass sich daneben ein zweites befindet.

Und die Ironie des Ganzen: Statt ein Geheimversteck hinter einem Ölgemälde zu verbergen, verbirgt er ein Ölgemälde in einem Geheimversteck!

Als Vincenzo die Treppe hinabsteigt, ist er allerbester Laune.

19

Pablo sitzt in der »Closerie des Lilas« und zeichnet. An diesem Vormittag ist er guter Laune. Ihre nächtliche Odyssee durch Paris ist ein rasch verblassender Traum. Gestern Morgen wollte Guillaume die Statuetten zum »Paris-Journal« bringen. Pablo hat jedoch darauf bestanden, es selbst zu tun. Und nun ist er sie los. Die Redaktion hat ihm größtmögliche Diskretion zugesichert.

Heute erschien ein Artikel. Fernande hat ihn beim Frühstück eingehend studiert. Pablo hat sich von seiner Freundin bestätigen lassen, dass ihre Namen nicht darin auftauchen. Der Rest interessiert ihn nicht. Wichtig ist nur, dass er die Statuetten los ist und man sie nicht mehr mit ihm in Verbindung bringen kann.

Nun hat Pablo endlich wieder Zeit für die wichtigen Dinge. Den ganzen Tag wird er zeichnen und malen. Am Abend erwägt er, in den Bois de Boulogne hinauszufahren. Im Spätsommer ist das Licht dort besonders schön. Auch wenn er kein Corot oder Monet ist – manchmal braucht Pablo einfach diese Farben, diesen Glanz.

Er zündet sich eine Zigarette an. Völlig entspannt ist er natürlich noch nicht. Es bleibt ja ein Restrisiko. Pablo bemüht sich, den Gedanken daran zu verdrängen, aber ganz gelingt es ihm nicht. Dieser Vincenzo, den er aus der Seine gefischt hat – man kann nur hoffen, dass der Irre keine Zeitung liest. Ansonsten dürfte ihm rasch klar werden, dass es sich bei den Statuetten, von denen heute im »Paris-Journal« die Rede ist, um jene handelt, die er am Ufer gesehen hat. Andererseits kennt er ihre Namen nicht. Falls er jedoch zur Polizei ginge ...

Pablo wischt den Gedanken beiseite, ordert einen weiteren Kaffee. Während er auf sein Getränk wartet, schaut er sich um. Es ist nicht sehr voll. An einem Tisch nahe der Bar sitzen zwei Maler, die er kennt, Moise Kisling und Amedeo Modigliani.

Als er die beiden mustert, wird Pablo wieder einmal bewusst, was für ein unverschämtes Glück er in den vergangenen Jahren gehabt hat. Amedeo, den er noch aus seiner Zeit im *Bateau Lavoir* kennt, hat der Malerei inzwischen abgeschworen, so erfolglos war er damit. Er versucht sich nun als Bildhauer. Bei Kisling ist es etwas besser, aber nicht viel.

Pablo hingegen hat nicht gerade ausgesorgt, aber es läuft gut. Die Sache mit den Statuetten ist die einzige Katastrophe, mit der er zu kämpfen hat, sieht man von Fernande ab. Und Letzteres zählt eigentlich nicht. Frauen sind Naturereignisse, unvorhersehbar und ursprünglich. Und sich über Naturkatastrophen aufzuregen, bringt nichts.

Der Kaffee kommt. Einen Augenblick erwägt Pablo, sich zu seinen beiden Malerbekannten zu setzen, entscheidet sich dann aber für das jungfräuliche Blatt vor ihm. Es verspricht deutlich bessere Unterhaltung.

Pablo beginnt, eine Linie zu zeichnen, dann eine weitere. Zunächst vermutet er, dass ein Stier herauskommen könnte. Aber er liegt falsch. Es wird ein Mann. Als er den Kopf skizziert, sieht Pablo, dass es sich um Guillaume handelt. Dieser Birnenschädel – wer könnte es sonst sein?

Da die Beine noch fehlen, setzt er den Dichter kurzerhand in ein Boot, das den Fluss entlangfährt. Anstelle von Wellen zeichnet Pablo geschwungene Buchstabenketten, anstelle von Gischt gekräuselte Letternberge. Darüber schreibt er: »Kapitän der Seine, Fahrensmann der Poesie«.

Pablo ist außerordentlich zufrieden mit seiner Skizze. Er wird sie Guillaume schenken, als kleine Wiedergutmachung für das unfreiwillige Bad im nicht sehr sauberen Fluss. Vorsichtig legt er das Blatt in sein Notizbuch.

Der Kellner steuert auf seinen Tisch zu.

»Monsieur Picasso? Eine Nachricht für Sie.«

»Von wem?«

»Mademoiselle Olivier hat gerade angerufen.«

»Ist sie noch dran, Maurice?«

»Nein, Monsieur. Sie bat nur darum, Ihnen auszurichten, Sie möchten so schnell wie möglich heimkommen.«

»Hat sie einen Grund genannt?«

»Leider nein, Monsieur.«

Pablo nickt, murmelt ein Dankeswort. Nachdem er etwas Geld auf den Tisch gelegt hat, holt er seinen Mantel. Die gute Laune ist dahin. Ihn herbeizuzitieren wie einen Lakaien! Wenn es etwas wirklich Dringliches wäre, würde Pablo es ihr ja nachsehen. Aber er ahnt schon, dass es sich wieder um Nichtigkeiten handelt. Fernande ist im Herzen eine Hysterikerin, das ist Pablo in den letzten Monaten immer klarer geworden. Dass sie dem Kellner keinen Grund genannt hat, soll ihn verunsichern. Es ist ein ebenso hilfloser wie durchsichtiger Versuch, Macht über ihn auszuüben.

Pablo verlässt das Lokal, geht zur Métro-Station.

Er könnte sie ja ignorieren. Aber nachdem sie sich in den vergangenen Tagen bereits mehrfach gestritten haben, will Pablo es nicht auf die Spitze treiben. Seine Nerven sind bereits angegriffen genug.

Wie er Guillaume doch mitunter um die schlichtere, aber stets fröhliche Marie beneidet. Ein Mädchen, das stets guten Mutes ist, das seine Arbeit respektiert und ihn vielleicht auch ein wenig bewundert – wäre das nicht großartig?

Voller dunkler Gedanken hockt er in der Métro. Ihm gegenüber sitzt ein Geschäftsmann, eine aufgeschlagene Ausgabe des ihm bereits bekannten »Paris-Journal« vor dem Gesicht.

WÄHREND DER LOUVRE AUF DIE MONA LISA WARTET, WERDEN WEITERE SCHÄTZE ZURÜCKGEGEBEN

Pablo kann nicht umhin, zu bemerken, dass einige Reihen weiter noch jemand mit derselben Zeitung sitzt. Ihn fröstelt ein wenig. Auf einmal beschleicht ihn eine Ahnung. Was, wenn es doch keiner von Fernandes Zickenanfällen ist? Was, wenn es diesmal nicht darum geht, dass er sie zu lange allein lässt?

Was, wenn sie dem Kellner keinen Grund genannt hat, weil sie es nicht konnte?

An der Station Pigalle rennt Pablo den Bahnsteig entlang. Kurz darauf steht er vor ihrem Gebäude, völlig außer Atem. Als er die Treppe hinaufsteigt, öffnet sich bereits die Haustür. Fernande erscheint. An ihrem Gesichtsausdruck erkennt er, dass es tatsächlich etwas Ernstes ist.

»Was ist passiert?«

»Sie haben Guillaume verhaftet.«

Pablo wird schwindlig. Haben die Journalisten sie verraten? Doch warum wurde er dann nicht verhaftet? Von Guillaumes Beteiligung hat er dem Redakteur doch gar nichts erzählt.

Fernande führt ihn ins Wohnzimmer. Pablo lässt es geschehen. Sobald sie sitzen, erzählt Fernande ihm, was sie weiß.

Polizisten in Zivil haben seinen Freund abgeholt. Fernande wurde von Max Jacob angerufen, der es wiederum von der heulenden Marie Laurencin erfahren hat. Das Ganze ist höchstens anderthalb Stunden her. Guillaumes Wohnung haben die Beamten völlig auf den Kopf gestellt.

»Wo ist er jetzt?«

»In der Santé, vermutlich. Genau weiß das keiner.«

»Fährt Marie hin?«

»Max sagt, sie sei zu ihrer Mutter und habe sich dort verbarrikadiert.«

Pablo vergräbt das Gesicht in den Händen.

»Du musst ihm helfen, Pablo.«

»Wie denn?«

»Keine Ahnung. Vielleicht solltest du zur Präfektur fahren und …«

»Damit sie mich auch verhaften?«

»Pablo …«

»Willst du das etwa?«

»Ich meine nur, er braucht jemand, der ihm ein paar warme Sachen bringt. Und seine Bücher.«

»Er braucht einen Anwalt.«

»Das auch. Kennst du einen?«

Pablo ist fassungslos. Was glaubt sie eigentlich, was er ist? Ein Berufskrimineller? Woher, zum Teufel, sollte er wissen, wer ein guter Strafverteidiger ist? Er kennt sich mit solchen Dingen nicht aus. Er will mit solchen Dingen nichts zu tun haben.

Pablo steht auf, beginnt, im Zimmer auf- und abzulaufen.

»Wenn er mich anschwärzt, bin ich geliefert.«

»Anschwärzt? Er ist dein Freund.«

»Ja, aber wer weiß, was die mit ihm machen. Und glaubst du etwa, die kontrollieren nicht, wer bei ihm auftaucht, wer ihm schreibt?«

»Aber irgendwas müssen wir tun.«

»Wir müssen verreisen«, entgegnet Pablo, »wir fahren wieder nach Céret.«

Céret ist ein Städtchen südlich von Perpignan, unweit der spanischen Grenze. Fernande und Pablo haben den Sommer dort verbracht. Der Ort ist derart abgelegen, dass man das letzte Stück des Wegs mit dem Maultier zurücklegen muss. Warum ist er nicht einfach dortgeblieben?

Weil Fernande unbedingt zurück nach Paris wollte, darum.

»Wenn du jetzt verreist, sieht es nach Flucht aus.«

Pablo möchte gerne widersprechen, aber Fernande hat recht. Sich ruhig verhalten, das ist jetzt die Devise. In Guillaumes Wohnung hat die Polizei nichts gefunden, da ist er sich ziemlich sicher. Unterlagen zu den Statuetten gibt es keine. Guillaume besitzt nicht einmal eine Pistole, seine Weste ist blütenweiß. Das einzig halbwegs Skandalöse, was die Kripo bei ihm finden könnte, sind jene pornografischen Geschichten, die der Dichter unter Pseudonym schreibt.

Wenn sein Freund einen kühlen Kopf behält, lassen sie ihn nach ein paar Tagen vielleicht einfach laufen – und Pablo ganz in Ruhe.

»Pack ein paar Sachen«, sagt er. »Etwas zu essen, ein paar Bücher. Er liebt Buffalo Bill und Baudelaire.«

»Ich weiß.«

»Ich spreche mit Kahnweiler.«

Pablos Galerist, der auch Guillaumes Verleger ist, kann die Sachen überbringen. Außerdem könnte er sich um einen Anwalt kümmern.

Er beugt sich vor, drückt Fernande einen Kuss auf die Wange.

»Hab keine Angst.«

Fernande nickt, schluchzt. Tränen beginnen, ihre Wangen hinabzurinnen. Pablo nimmt sie in den Arm und hält sie. Das Gesicht wendet er ab, damit sie nicht merkt, dass er ebenfalls den Tränen nahe ist.

»Wie haben sie ihn gefunden?«, fragt Pablo.

»Was?«

»Guillaume. Sein Name stand nicht im ›Journal‹.«

»Viele kannten Joseph.«

Sie hat recht. Dutzende Menschen müssen von der Verbindung zwischen Géry-Piéret und Guillaume gewusst haben. Die beiden waren zusammen in Cafés, in Ausstellungen. Sie hatten eine Weile sogar denselben Arbeitgeber, irgendein Börsenblättchen. Wahrscheinlich durchkämmt die Polizei seit Wochen die Pariser Kunstszene.

Und irgendwer redet immer.

20

Juhel sitzt im Anhörungssaal des Justizpalastes und ist froh, nicht in Octave Hamards Haut zu stecken. Er fühlt sich ein wenig schuldig. Dabei war das Geschäft, das er seinem Ex-Kollegen vor einigen Tagen im Square du Vert-Galant vorschlug, frei von Hintergedanken gewesen: Juhel liefert dem Chef der Pariser Kripo den mysteriösen Baron Ignace d'Ormesan. Hamard tauscht sich im Gegenzug jeden Morgen mit Juhel im »Chateaubriand« aus, anstatt der Sûreté Générale wie bisher unvollständige und inaktuelle Berichte zukommen zu lassen.

Natürlich hatte Juhel bei dieser Abrede auch an seinen eigenen Vorteil gedacht. Er wollte vor seinem Vorgesetzten besser dastehen. Gleichzeitig wollte er helfen. Das wollte er wirklich.

Hamard wird das nicht glauben, jetzt nicht mehr. Stattdessen wird er sich in einen Hinterhalt gelockt fühlen. Juhel ginge es an Hamards Stelle vermutlich ähnlich. Aber wer konnte ahnen, dass es derart schiefgeht?

Dabei hatte sich die Sache so gut angelassen. Bei dem Baron d'Ormesan handelt es sich um eine Figur aus Guillaume Apollinaires »Erzketzer & Co.«. Der Roman gehört zu jener Art ausgefallener Literatur, bei deren Erwähnung die Leute in den Salons wissend nicken, die aber anscheinend keiner gelesen hat – keiner außer Juhel.

Apollinaire hatte ihm den »Erzketzer« ja geradezu aufgedrängt. Juhel hat einige der darin enthaltenen Kurzgeschichten gelesen. Und deshalb wusste er – ausgerechnet er, der sonst nie Romane liest –, wer der Baron d'Ormesan ist. Der mysteriöse Adlige ist eine Art Ganovenfürst, verschlagen und mehr als nur ein bisschen verrückt.

Die Übereinstimmung mit der Signatur in einem der Bekennerbriefe war sonst offenbar niemandem aufgefallen. Es war der erste Fall, den Juhel quasi im Bett lesend löste. Zumindest glaubte er das.

Wenige Stunden, nachdem er Hamard die Sache auseinandergesetzt hatte, verhaftete die Pariser Kripo den Dichter. Weil Apollinaire nicht sehr gesprächig war, warf man ihn ins Gefängnis.

Hamard war elektrisiert, der Präfekt ebenfalls. Juhel warf seinem Kollegen deshalb einen weiteren Brocken hin: die Sache mit der Picasso-Bande. Als man Apollinaire während der Verhöre unter Druck setzte, kam tatsächlich heraus, dass er diesen spanischen Kubisten kennt.

Die Sache schien auf einmal glasklar: Zwei in der Kunstszene gut vernetzte Ausländer identifizieren wertvolle Exponate. Sie beauftragen den belgischen Möchtegernbaron und Meisterdieb Géry-Piéret, diese zu entwenden. Dann verkaufen sie die Kunstgegenstände weiter, möglicherweise mithilfe eines weiteren Ausländers, des deutschen Galeristen Kahnweiler. Es erschien kaum vorstellbar, dass die Joconde nicht ebenfalls auf das Konto dieser Bande ging.

Wie gesagt, die Sache ließ sich vielversprechend an. Warum nur ist sie dann so entsetzlich schiefgegangen?

Erste Zweifel beschlichen Juhel, als die Friedenswächter vor zwei Tagen diesen Picasso anschleppten: ein kleiner Mann, der noch mehr schlotterte als seine zu weite Hose. Picasso trug ein rot gepunktetes Hemd mit einer bunten Schleife. Er sah aus wie ein Clown nach einem Nervenzusammenbruch und verhielt sich auch so. Stammelnd und unter Tränen gab er zu, die beiden Statuetten von Géry-Piéret gekauft zu haben, nicht wissend, woher sie stammten. Erst kürzlich habe er sie an das »Paris-Journal« übergeben. Apollinaire kenne er nur ganz flüchtig.

Und dieses Häuflein Elend sollte der Chef einer internationalen Bande sein? Juhel teilte Hamard seine Bedenken mit. Doch wenn der Kripochef einmal in Fahrt ist, kennt er keine Zweifel, walzt alles nieder. Das ist Hamards größte Stärke und gleichzeitig sein größter Fehler.

Unverdrossen sammelte die Kripo also weitere Indizien gegen Apollinaire. Sein Dossier dürfte inzwischen recht umfänglich sein.

Lenoir schaut sich im Saal um. Die Zuschauertribüne ist gut gefüllt. Viele der Anwesenden dürften Freunde des Angeklagten sein. Er sieht mehrere Journalisten, darunter auch Bailby von »L'Intransigéant«, der offenbar gekommen ist, um seinem Autor moralische Unterstützung angedeihen zu lassen. Auf der anderen Seite des Raums sieht er Hamard und dessen Adlatus Ferrat. Ihre Mienen wirken versteinert.

Der Untersuchungsrichter betritt den Saal. Joseph Marie Drioux ist ein kleiner Mann mit hoher Stirn und gewachstem Schnurrbart. Er setzt sich und weist den Saaldiener an, den Angeklagten hereinzuführen. Während alle Blicke auf den Eingang gerichtet sind, schiebt Juhel sich ein Stück Schokolade in den Mund. Er wirft einen Blick auf das Bildchen. Es ist Wilhelm I., der deutsche Kaiser.

Just in diesem Moment betritt Guillaume Apollinaire de Kostrowitzky den Saal, flankiert von zwei Justizbeamten. Die Menge wird unruhig.

»Freiheit für Apollinaire!«, ruft einer.

»Wieso ist er gefesselt?«, schreit ein anderer.

In der Tat trägt der Dichter Handschellen, was ein wenig übertrieben scheint. Die Waffen des Polen sind seine Worte, nicht seine Fäuste.

Lenoir fällt auf, dass Apollinaire sich sehr aufrecht hält. Zu Beginn seiner Haft sah er aus wie das Leiden Christi. Nun wirkt er aufgeräumter. Seine Unterstützer haben ihn in einen frisch gebügelten Dreiteiler gesteckt, dazu trägt er ein gestärktes Hemd mit weißer Seidenfliege. Zwar lächelt Apollinaire nicht. Aber er würde gerne. Juhel kann es an seinen Augen sehen.

Apollinaires Anwalt betritt nun ebenfalls den Saal. Als Juhel sieht, dass es sich um José Thiery handelt, beginnt er zu ahnen, warum Hamard so übellaunig wirkt. Thiery ist ein exzellenter Strafverteidiger. Und er übernimmt nie hoffnungslose Fälle.

»Die Verhandlung ist hiermit eröffnet«, sagt der Untersuchungsrichter.

Nach einigen Präliminarien setzt Drioux seinen Zwicker auf. Er schaut in die Akte. An den Angeklagten gewandt, sagt er:

»Geben Sie zu, dass Sie eine der fraglichen Statuetten, die dritte, wen ich richtig mitgezählt habe« – Gekicher im Publikum – »vom vierzehnten Juni bis zum einundzwanzigsten August bei sich zu Hause aufbewahrt haben?«

»Sicherlich. Sie war in Piérets Koffer. Ich habe alles aufbewahrt – den Mann, den Koffer, die Statuette darin. Ich war nicht gerade glücklich darüber, hielt es aber nicht für eine schwere Sünde.«

»Ich finde Ihre Nachsicht erstaunlich«, erwidert Drioux.

»Ich will Ihnen meine Gründe darlegen. Piéret ist in gewisser Weise meine Schöpfung. Er ist ein sehr eigenartiger Zeitgenosse, und ich habe ihn zum Helden einiger meiner Kurzgeschichten gemacht. Insofern hielt ich es für eine literarische Undankbarkeit, den Mann verhungern zu lassen.«

Drioux bohrt weiter. Er erkundigt sich nach der Rolle Picassos. Apollinaire erklärt, der Maler sei ebenfalls ein Bekannter Géry-Piérets gewesen und habe zwei Statuetten von ihm gekauft. Das deckt sich in etwa mit der Aussage Picassos, der die Herkunft der Statuetten nicht gekannt haben will. Man muss das nicht glauben. Aber es wird schwierig, das Gegenteil zu beweisen.

Weil er womöglich nur ein ahnungsloser Käufer war, hat man den Spanier zunächst wieder laufen lassen. Der Pole hingegen, das ist zumindest weiterhin die Theorie Lépines und Hamards, ist der Kopf einer internationalen Bande von Kunstdieben.

Für Juhel scheint inzwischen klar, dass Apollinaires Verhalten zwar kritikabel war. Aber er hat wohl eher unbedacht gehandelt als mit Vorsatz. Und selbst wenn der Mann weitere Kunstgegenstände verschachert hat: Wo sind sie? Und wo ist das Geld?

Nicht bei Apollinaire: Juhel hat dazu mithilfe einiger Sûreté-Générale-Finanzermittler Nachforschungen angestellt. Der Dichter ist so arm wie eine Kirchenmaus.

»Man wirft Ihnen vor«, sagt Drioux, während er umblättert, »kürzlich im Departement Drôme ein Schloss erworben zu haben.«

»Ich nehme an, Sie beziehen sich auf ein Schloss in Spanien«, erwidert der Angeklagte. »Die lösen sich des Öfteren in Luft auf.«

Das Publikum johlt. Auch Juhel muss wider Willen grinsen. Auf einmal sitzt dort vorne der Apollinaire, den er in der Galerie Kahnweiler kennengelernt hat – redegewandt, sarkastisch, respektlos. Das Publikum fühlt sich augenscheinlich bestens unterhalten. Dasselbe gilt für die anwesende Journaille, die sich eifrig Notizen macht.

»Laut einem Brief, der mir vorliegt, nehmen Sie es mit dem Eigentum anderer Menschen nicht sonderlich genau, oder, Monsieur?«

»Wie genau meinen Sie das, Herr Vorsitzender?«

»Hier steht, Sie hätten sich ›La Cité Gauloise‹ geliehen und das Buch nie zurückgegeben.«

»Nun, ich nehme an, der Grund, warum diese Person mir das Buch lieh, war, dass ich es lesen sollte. Das habe ich bisher nicht getan. Ich werde es zurückgeben, sobald ich durch bin.«

Der Plan war, diesen Kerl des Diebstahls der Mona Lisa zu überführen – stattdessen geht es nun um überzogene Bücher. Die Sache ist ein Desaster. Das Verhör, wenn man es überhaupt noch als solches bezeichnen kann, dauert noch weitere zehn Minuten. Am Ende grinst sogar der Untersuchungsrichter. Schließlich sagt er: »Keine weiteren Fragen. Herr Rechtsanwalt, Sie haben das Wort.«

Apollinaires Anwalt erhebt sich.

»Danke, Euer Ehren. Mein Mandant hat eine Person zweifelhaften Charakters beherbergt, einen mehrfachen Dieb. Er hat Honoré Joseph Géry-Piéret jedoch bei keiner seiner illegalen Aktivitäten unterstützt. Weder hat er ihn angestiftet noch ihm Hilfe zukommen lassen noch ihm beim Verkauf des Diebesguts geholfen. Strafbare Handlungen liegen aus unserer Sicht folglich nicht vor.

Mit dem Diebstahl der Joconde hat Monsieur Apollinaire de Kostrowitzky rein gar nichts zu tun. Entsprechende Vorwürfe entbehren jeder Grundlage. Zudem ist mein Mandant kooperativ und voll geständig. Er besitzt keinerlei Vorstrafen. Vielmehr ist er ein ehrbares Mitglied der Gesellschaft und ein angesehener Schriftsteller.

Es gibt aus meiner Sicht keinen Grund für eine Verlängerung der Untersuchungshaft. Ich beantrage deshalb, Monsieur Kostrowitzky umgehend auf freien Fuß zu setzen.«

Drioux nimmt seinen Zwicker ab, reibt sich den Nasenrücken. »Stattgegeben. Die Sitzung ist geschlossen.«

Im Saal brandet Beifall auf. Apollinaire strahlt über das ganze Gesicht. Ein Mann mit Monokel und Zylinder stürmt an den Justizbeamten vorbei, umarmt den Dichter. Juhel sieht, wie Drioux sich im Hintergrund beeilt, den Saal zu verlassen, Hamard und Ferrat im Schlepptau.

Als Drioux durch die Tür ist, bleibt Hamard auf einmal stehen. Er schaut zurück in den Saal. Angewidert mustert er den Angeklagten und seine feiernden Unterstützer, dann wendet er sich Juhel zu. Ihre Blicke treffen sich. Obwohl Juhel vorbereitet ist, lässt ihn der kalte Hass in Hamards Augen dennoch erschauern.

21

Pablo und Guillaume sind in den Louvre gekommen, um es mit eigenen Augen zu sehen. Die nackte Stelle an der Wand des Salon Carré ist seit vorgestern nicht mehr nackt. Man hat dort wieder ein Bild aufgehängt – Raffaels »Baldassare Castiglione«, das Porträt eines lombardischen Grafen.

Pablo steht davor und betrachtet es. Ganz in schwarzen und grauen Samt gehüllt, sitzt Castiglione vor einer kahlen Wand, die Hände im Schoß gefaltet. Sein Vollbart ist braun, der Putz hinter ihm ockerfarben. Das Bild besteht ausschließlich aus Schwarz und Brauntönen. Es gibt lediglich einen Farbtupfer: die den Betrachter fixierenden stahlblauen Augen.

Guillaume steht neben ihm, Arme verschränkt, Pfeife im Mundwinkel. Ausnahmsweise sagt er nichts.

Ein Ehepaar mittleren Alters nähert sich. Es handelt sich um Briten. Pablo versteht nicht, was sie sagen. Aber er erhascht das Wort »Gioconda«. Vermutlich erklärt der Mann seiner Frau unnötigerweise, was inzwischen jeder auf der Welt weiß: dass hier einst das berühmteste Gemälde der Welt hing.

Wobei das nicht ganz korrekt ist. Solange es hier hing, war das Gemälde bestenfalls mittel berühmt. Einer wie Pablo kannte es, natürlich. Aber der Großteil der Menschheit hatte noch nie von dem Bild gehört. Erst als die Joconde verschwand, wurde sie zu dem, was sie jetzt ist.

Dass der Louvre die leere Stelle zuhängt, mutet wie eine Kapitulation an. Ist es wohl auch: In der Zeitung stand, Untersuchungsrichter Drioux habe seine Ermittlungen formell abgeschlossen. Fünf Wochen nach dem Raub ist es das Eingeständnis, dass die Mona Lisa unwiederbringlich verloren ist.

Eigentlich sollte Pablo Erleichterung verspüren. Fortan wird niemand mehr versuchen, ihnen diesen oder andere Kunstdiebstähle anzuhängen. Aber irgendwie will die Anspannung immer noch nicht weichen.

Sein Freund tritt näher.

»Ein Mann jetzt also statt einer Frau. Sagt uns das etwas? Und wenn ja, was?«

Pablo antwortet nicht. Stattdessen schaut er sich den Raffael an. Gestern Abend, im »Café de l'Ermitage«, hat Ubaldo Oppi, ein italienischer Futurist, das Thema ebenfalls angeschnitten. Er halte den Ersatz für unpassend. Warum keine andere Frau? Sicherlich verfüge der Louvre doch über weibliche Porträts, die es würdig seien, die Nachfolge der verschwundenen Joconde anzutreten – das Selbstporträt Elisabeth Chérons vielleicht oder, noch besser, ein anderer Leonardo. »La Belle Ferronnière« vielleicht?

Lang und breit ließ Oppi sich darüber aus. Früher fand Pablo den Mann ganz amüsant. Inzwischen argwöhnt er allerdings, dass der Kerl ein Auge auf Fernande geworfen hat. Außerdem zeigen Oppis Ausführungen, dass es mit seinem Kunstverständnis nicht allzu weit her ist.

Pablo hat dennoch nicht widersprochen. Reden zu schwingen, liegt ihm nicht. Dabei hätte er durchaus etwas beizutragen gehabt. Diese Meisterwerke sind wie enge Freunde, er kennt sie in- und auswendig. Pablo muss an seinen Vater denken. Papá erkannte sein Talent und förderte ihn. Don José hat ihn durch sämtliche Museen Spaniens geschleift. Durch ihn und durch den Besuch der Escuela de Bellas Artes in Barcelona hat Pablo alles über die alten Meister gelernt, über ihre Techniken, ihre Ideen. Vermutlich hat er die Hälfte der Gemälde in diesem Saal irgendwann einmal kopiert, um das *sfumato* zu erlernen, das *mezzo fresco* und das *chiaroscuro*.

Deshalb weiß er Dinge, die Oppi nicht wusste, die den Kuratoren des Louvre hingegen klar gewesen sein dürften.

»Die männliche Mona Lisa«, sagt er.

Guillaume schaut sich den Renaissancehöfling genauer an. Mit seinem Pfeifenstiel zeichnet er ein Dreieck in die Luft.

»Die Komposition wirkt in der Tat, ah, verwandt. Pyramidal.«

Aber warum wirkt sie ähnlich? Weil Raffael, bevor er diesen lombardischen Höfling porträtierte, in Rom war. Dort sah er erstmals die Mona Lisa. Vermutlich fiel ihm alles aus dem Gesicht. Raffael muss augenblicklich erkannt haben, was für ein geniales Bild seinem Rivalen Leonardo geglückt war.

Kurzum, er wurde grün und gelb vor Neid. Und er beschloss, etwas Vergleichbares zu erschaffen – um allen zu zeigen, dass ein Raffael einem Leonardo in nichts nachsteht.

Aber ist es ihm gelungen?

Da scheiden sich die Geister. Manche sind der Meinung, die Lichtspiele auf Castigliones Samtgewand seien zwar sublim, der Ausdruck seiner Augen lebensecht. Aber das Geheimnisvolle, das Sirenenhafte, das die Joconde ausmacht, fehle. Pablo würde dem zustimmen. Raffaels Technik und Ausführung sind makellos. Aber ein Mann fortgeschrittenen Alters wird den Betrachter niemals so faszinieren wie eine Frau in der Blüte ihrer Jahre.

Er muss auf einmal an Eva denken. Sie ist so jung, gerade erst erblüht, sie leuchtet von innen heraus – kein Vergleich mit der alternden Fernande. Eva ist seine neue Muse.

»Wusstest du, dass er Schriftsteller war?«, sagt Guillaume.

»Castiglione? Was hat er denn geschrieben?«

»›Das Buch des Höflings‹.«

Guillaume scheint froh, ein Sujet gefunden zu haben, von dem er mehr versteht als von Renaissancemalerei. Er fährt fort.

»Castiglione hat darin die höfische Etikette definiert und dargelegt, wie man sich verhalten sollte. Es galt als das Standardwerk und verkaufte sich besser als die Memoiren einer Kurtisane. Sein wichtiges Konzept ist die *sprezzatura*.«

Pablo hat noch nie davon gehört. Aber er ist sich sicher, dass Guillaume es ihm umgehend erklären wird.

»Schwer zu übersetzen – die Idee ist, dass der perfekte Höfling nicht protzt oder prunkt, sondern eine mühelose Eleganz an den Tag legt. Seine Meisterschaft der Etikette offenbart sich in einer gewissen Nonchalance.«

Pablo fragt sich, ob Raffael das Buch seines Auftraggebers seinerzeit wohl gelesen hatte. Zumindest erkennt er in dem Gemälde nun etwas, das zu Guillaumes Ausführungen passt. Die

Art und Weise, wie es gemalt wurde, die leichte Eleganz der Pinselführung – auch das ist vermutlich eine Art von *sprezzatura*.

Sie wenden sich ab, gehen weiter.

»Henri soll dieses Bild angeblich mal kopiert haben«, sagt Pablo.

»Henri Matisse? Das wusste ich nicht.«

Sie verlassen den Saal, gehen in Richtung der Escalier Daru. In Wahrheit sind sie nicht nur wegen des Raffaels gekommen, sondern auch aus therapeutischen Gründen, wenn man es so nennen möchte. Pablo hat Guillaume dazu überredet. Oder war es andersherum? Vermutlich haben sie einander geschubst und gezogen.

Denn obwohl die Sache mit den Statuetten ausgestanden ist, plagen Pablo noch immer Albträume. Guillaume geht es ähnlich. Beide fühlen sich verfolgt. Pablo fährt nicht mehr mit der Métro, zu Fuß geht er auch nicht mehr gerne. Wann immer möglich, nimmt er stattdessen ein Taxi. Manchmal wechselt er das Fahrzeug auf halber Strecke, um etwaige Verfolger abzuschütteln.

Fernande schilt ihn deswegen einen Paranoiker. Das zeigt in Pablos Augen nur, dass es ihr an Fantasie gebricht. Das Verfahren gegen sie mag eingestellt worden sein. Aber was, wenn das nur ein ermittlungstaktischer Trick ist? Möglicherweise observiert die Polizei sie weiter, so wie man einen Bankräuber observiert, der sich geweigert hat, sein Versteck preiszugeben. Derlei kann sich über Jahre hinziehen.

Sie sind gekommen, um sich ihren Ängsten zu stellen. Keiner von ihnen war seit den fraglichen Vorfällen im Louvre, und es ist gut, dieser irrationalen Scheu zu trotzen. Falls sie tatsächlich jemand observiert, zeigen sie obendrein, dass sie nichts zu verbergen haben.

Sie sind inzwischen am Eingang angekommen. Es ist ziemlich voll. Heute ist Sonntag, viele Pariser nutzen den freien Tag.

»Wo gehen wir denn essen?«, fragt Guillaume. »Ich verhungere.«

Pablo schlägt das »Flore« in Saint-Germain vor. Sein Freund ist einverstanden.

Kurz darauf sind sie am Seine-Ufer und überqueren den Pont de Solférino. Ein Schauer durchfährt Pablo. Er bleibt stehen.

»Was ist los?«

»Von hier sind wir gekommen, damals.«

»Wer, wir?«, fragt Guillaume. An seinem Gesichtsausdruck kann Pablo allerdings erkennen, dass der Dichter genau weiß, von wem die Rede ist.

»Der Baron und ich. Als wir …«

Pablo deutet in Richtung des Louvre, der in der fahlen Novembersonne noch grauer und baufälliger wirkt als sonst.

»Sprich nicht mehr davon. Denk nicht mehr daran. Vergiss es, wenn möglich.«

Pablo zieht an seiner Zigarette.

»Schwierig.«

Guillaume klopft Pablo auf die Schulter.

»An einem grauen Tag wie diesem, vielleicht. Aber wenn der Frühling kommt und die Liebe«, er wirft Pablo einen verschmitzten Blick zu, »die junge Liebe. Dann wird sich alles auflösen wie Nebel über den Auen.«

Pablo muss lächeln. Eva, seine neue Liebe, hilft ihm in der Tat sehr. Sie ist gut für sein Gemüt. Vermutlich hat Guillaume recht: Wenn es heller und wärmer wird, gibt es nichts mehr als Evas wunderbaren Körper, ihre wunderbaren Augen, die Farbe ihrer Haare, die sich mit den Farben des Frühlings vermischt.

Guillaume legt einen Arm um ihn. »Wir können nicht den Rest unseres Lebens in Furcht leben und per Taxi durch Paris fahren. Das geht eh bald nicht mehr.«

»Wieso nicht?«

»Der Streik weitet sich aus, es stand in der Zeitung. Bald bekommst du in ganz Paris kein Taxi mehr.«

Sie verlassen die Brücke, gehen in Richtung Boulevard Saint-Germain. Es ist nett, dass sein Freund ihn aufzumuntern versucht. Doch etwas an Guillaumes Stimme verrät Pablo, dass es den Dichter einige Mühe kostet, fröhlich zu wirken.

»Was bedrückt dich?«

Guillaume schweigt. Pablo bedrängt ihn nicht. Er hat die Frage gestellt und wird eine wohlformulierte Antwort erhalten, früher oder später.

Einige Minuten darauf sitzen sie im »Café de Flore«. Guillaume bestellt überbackene Zwiebelsuppe und *bœuf gros sel*, Pablo nur ein paar Eier. Während sie auf ihr Essen warten, rauchen die Freunde Pfeife und beobachten den Taxistand gegenüber. Es stimmt offenbar, was in der Zeitung stand; einige der Fahrer haben an Besenstielen befestigte Tafeln dabei. Anscheinend protestieren sie gegen die neue Benzinabgabe.

Auf einmal sagt Guillaume unvermittelt: »Sie hat mich kein einziges Mal besucht.«

»Marie?«

»Ja.«

»In der Santé?«

Guillaume nickt. Pablo fühlt, wie seine Wangen sich röten. Noch immer schämt er sich. Erst hat er nicht auf seinen Freund gehört, als dieser ihn wegen der Statuetten warnte. Später hat er ihn beinahe ersäuft. Und als Guillaume hinter Gitter musste, als er für ihn ins Gefängnis ging, da ist Pablo ferngeblieben.

»Ich war auch nicht da. Und es tut mir leid. Ich war feige und ...«

»Nein, nein, nein, Pablo. Das ist etwas anderes. Du hattest einen Grund. Es war klug, nicht zu kommen, weil es der Polizei sofort aufgefallen wäre.

Aber Marie? Marie hätte kommen können. Alles, was man mir Gutes getan hat während dieser schrecklichen Haft: Bücher von Fernande; der frische Anzug von meiner Mutter; die tägliche Lieferung Orangen von Max. Und dazu Briefe von Daniel, André und vielen anderen.«

»Aber von Marie nichts?«

»Nein.«

Pablo versteht, was Guillaume sagen will. Eine Frau muss hinter ihrem Mann stehen. Sie muss ihm beistehen. Anders als Guillaume ist er zudem der Meinung, dass sich eine Frau ihrem Mann unterordnen muss. Aber eigentlich geht es in diesem Fall gar nicht um Gehorsam. Wenn man Fernande ins Gefängnis steckte, würde Pablo sie besuchen, ihr jeden Tag Briefe schreiben. Es geht um Treue.

»Und nun?«, fragt er.

»Ich weiß es nicht.«

Pablo nickt, obwohl er eigentlich den Kopf schütteln sollte. Guillaume weiß sehr wohl, wie die Sache mit Marie enden wird – dass sie enden wird. Es gibt Dinge, die sich, einmal zerbrochen, nicht mehr kitten lassen.

Anscheinend hat Guillaume das noch nicht realisiert. Irgendwann wird Pablo ihm deswegen die Ohren waschen müssen. In diesem Moment jedoch bringt er es nicht übers Herz, seinem Freund die Wahrheit zu sagen. Er will keinen Streit mit Guillaume. Er ist zu froh, dass zwischen ihnen nichts zerbrochen ist.

Während des Essens zeigt Guillaume Pablo seine Neuerwerbungen. Bevor sie sich im Louvre trafen, war er in einem Buchgeschäft nahe der Place Vendôme. Er hat eine populärwissenschaftliche Abhandlung von Poincaré, dem Mathematiker, ein englisches Lexikon mit dem Titel »The Devil's Dictionary« sowie einen Arsène-Lupin-Roman erstanden.

»Ich dachte, die Lupins hättest du komplett gelesen.«

»Ja, aber ›Die hohle Nadel‹ habe ich irgendwo verschlunzt. Und neulich fiel mir die Szene mit den Gemälden wieder ein.«

Pablo schaut seinen Freund fragend an. Der schlägt das Buch auf, blättert einen Moment.

»Lupin lädt jemand ein, seine private Gemäldesammlung anzuschauen – haufenweise Rembrandts, Botticellis und so weiter.«

Pablo lächelt gequält.

»Da Vincis?«

»Nein, aber jetzt pass auf:

›Das sind schöne Kopien‹, sagte Beautrelet anerkennend, während er die Sammlung betrachtete. Lupin warf ihm einen irritierten Blick zu.
›Was? Kopien! Bist du verrückt? Die Kopien sind in Madrid, mein Lieber, in Florenz, in Venedig, in München, in Amsterdam.‹
›Wirklich?‹
›Die Originalgemälde habe ich mit großer Geduld in allen Museen Europas gesammelt und ehrlich ersetzt durch exzellente Kopien.‹

Ist das nicht genial, Pablo?«
Pablo seufzt.
»Weißt du, Kunstdiebstähle sind gerade nicht mein Thema, auch keine ausgedachten.«
Sie reden stattdessen über ihre Pläne für den Sommer. Pablo erwägt, Paris für eine Weile zu verlassen. Nun, da Fernande ausgezogen ist, möchte er ihr so wenig wie möglich über den Weg laufen. Vielleicht fährt er mit Eva nach Céret. Im Frühjahr ist es dort wunderbar. Die Landschaft verwandelt sich in ein Meer aus Mimosen- und Kirschblüten. Pablo wird in den Farben baden, sie aufsaugen. Er erzählt Guillaume davon.
»Eine gute Idee. Wollte Juan nicht auch hin?«
»Juan, Georges und Henri haben alle Interesse angemeldet.«
»Eine südfranzösische Künstlerkolonie, eh?«
»Vielleicht. Du kannst ja auch kommen.«
»Verlockend, aber ich habe hier zu tun. Ich muss meinen Gedichtband fertigstellen.«
»Wie wird er heißen?«
»›Alkohol‹. Außerdem«, Guillaumes Stimme nimmt einen verschwörerischen Ton an, »habe ich da eine neue Idee – auf die du mich gebracht hast, mein Freund.«
Er zieht ein Blatt aus der Innentasche seines Tweedjacketts. Es handelt sich um den die Seine hinaufschippernden Guillaume, den Pablo neulich gezeichnet hat. Sein Freund tippt

mit der Pfeife auf die kleinen, aus Buchstaben bestehenden Wellen.

»Was ist damit?«, fragt Pablo.

Anstatt zu antworten, holt Guillaume ein Stück dünnen Kartons hervor. Auf der eierschalenfarbenen Pappe kleben aus der Zeitung ausgeschnittene Buchstaben. Die Lettern bilden die Form eines Herzens, das von einem Pfeil durchbohrt wird. Als Pablo genauer hinschaut, erkennt er, dass die Buchstaben keineswegs zufällig angeordnet sind. Sie ergeben ein kleines Gedicht. Jene, die Spitze und Schaft des Pfeils bilden, lauten: »BLUTIGER PFEIL, DU HAST MICH DURCHBOHRT.«

»Wie du siehst«, sagt Guillaume lächelnd, »bin ich jetzt auch Maler.«

22

Die Ärzte haben sich einen seltsamen Ort für die Untersuchungen ausgesucht, findet Vincenzo. Ihre Zelte stehen unweit der rauchenden Schlote der immensen Usine de Métropolitaine. Es ist keine sehr schöne Gegend, die meisten Anwohner könnten sich einen Besuch bei solch feinen Doktoren normalerweise nicht leisten. An diesem Sonntag behandeln die Ärzte die Patienten jedoch umsonst. Das Ganze ist so eine Art Wohltätigkeitsaktion.

Drei Personen stehen vor Vincenzo in der Schlange: eine verhärmt wirkende Frau, ein Alter mit Gehstöcken und ein kräftiger Bursche. Letzterer trägt den breitkrempigen Hut eines Les-Halles-Porters. Vincenzo findet, dass der Mann kerngesund aussieht. Aber die Marktträger hieven sich riesige Säcke auf ihre Köpfe, sie schleppen den ganzen Tag Lasten. Vielleicht hat der Mann es im Kreuz.

Vincenzo hat es nicht im Kreuz. Magen und Schädel sind es, die ihm zu schaffen machen. Als er hörte, dass berühmte Ärzte aus dem Broca-Hospital ins Zwölfte kämen und kostenlose Behandlungen anböten, beschloss Vincenzo, sich doch einmal untersuchen zu lassen – obwohl er ja eigentlich kerngesund ist.

Nur der Träger ist noch vor ihm. Als der Mann einige Schritte macht, sieht Vincenzo, dass er ganz schief läuft, so als habe er einen Sack Kartoffeln auf der Schulter.

Die Ärzte sitzen in Zelten, die man auf einem Platz zwischen Elektrizitätswerk und Gare de Lyon aufgebaut hat. Ein Assistent fragt die Patienten nach ihren Beschwerden und weist sie den Ärzten zu.

Vincenzo allerdings will nicht zugewiesen werden. Er weiß schon, von wem er behandelt werden möchte.

Der Träger humpelt in Richtung des linken Zelts. Der Assistenzarzt nickt Vincenzo zu.

»Guten Morgen, Monsieur. Name?«

»Vincenzo Peruggia.«

»Alter?«

»Dreißig.«

»Was fehlt Ihnen?«

»Ich leide unter Magenbeschwerden. Und Migräne.«

Ohne von seiner Schreibtafel aufzublicken, fragt der Assistent: »Koliken?«

»Ich bitte um Verzeihung. Den Begriff kenne ich nicht.«

»Verstopfungen, die Schmerzen verursachen«, der Mann schaut ihn an, spricht nun betont langsam, »wenn sie durch Bauch gehen.«

»Ja. Ja, richtig.«

Der Arzt notiert sich etwas.

»Zelt Nummer vier.«

»Verzeihung, Herr Doktor. Aber ich würde gerne von Professor Pozzi untersucht werden.«

Vincenzo ist aufgefallen, dass der Professor einen italienischen Nachnamen besitzt. Und das ist beinahe noch wichtiger als seine fachlichen Qualitäten.

Der Assistenzarzt runzelt die Stirn.

»Professor Dupont in der Vier ist einer der führenden Gastroenterologen des Landes.«

»Aber Signore Pozzi sein Italiener. Sehen Sie, meine Französisch, es nicht so gut.«

Der Mann mit der Schreibtafel wendet sich um, schaut hinter sich. Dann zuckt er mit den Achseln.

»Frei ist er. Also wenn's sein muss, dann bitte Nummer zwei.«

Vincenzo bedankt sich, geht zum fraglichen Zelt. Das Tuch am Eingang ist aufgeschlagen. Im Inneren sieht er einen Tisch, hinter dem ein gut aussehender Herr sitzt. Er trägt einen Dreiteiler mit Arztkittel darüber. Sein Schnurrbart ist dicht und buschig, sein wallendes Haupthaar ebenfalls. Er könnte glatt in einem Film auftreten.

Doktor Pozzi bedeutet ihm, Platz zu nehmen.

»Guten Tag, Herr Doktor«, sagt Vincenzo auf Italienisch.

»Guten Tag, Signore. Wie kann ich Ihnen helfen?«, antwortet Pozzi.

Pozzis Italienisch klingt rau und kehlig, wie das eines Schweizers. Vincenzo setzt sich.

»Ich leide unter Magenbeschwerden. Ich glaube, das korrekte Wort ist Koliken.«

Pozzi stellt ihm einige recht intime Fragen zu seinen Ess- und Scheißgewohnheiten, die Vincenzo äußerst unangenehm sind. Aber vermutlich muss man als Doktor solche Fragen stellen.

»Außerdem habe ich oft Kopfschmerzen.«

»Welcher Art Arbeit gehen Sie nach?«

»Ich arbeite in einer Schreinerei.«

»Immer schon?«

»Eigentlich bin ich Kunstmaler, also Maler.«

Der Doktor stellt ihm Fragen zu seiner Arbeit als Maler. Er will sogar wissen, was Vincenzo alles angestrichen hat und welche Farben dafür verwendet wurden. Er wundert sich, wieso der Arzt diese Dinge wissen möchte, fragt aber nicht nach. Dieser Pozzi ist schließlich ein studierter Mann. Außerdem hat er etwas an sich. Vincenzo will ihm alles erzählen, denn er ahnt, dass es ihm danach besser gehen wird.

Es ist ein wenig wie bei der Beichte.

Pozzi erhebt sich, kommt um den Tisch herum. Er untersucht Vincenzos Augen, seine Haut. Er bittet ihn, die Zähne zu blecken. Vincenzo kommt sich vor wie ein Pferd.

Als er fertig ist, fragt Pozzi: »Verspüren Sie manchmal ein Kribbeln in Händen und Füßen?«

»Ja, Herr Doktor. Woher …?«

»Und Gedächtnislücken? Haben Sie die manchmal?«

»Nun ja, es kommt vor. Ich habe es auf den Alkohol geschoben, wenn man abends mal über die Stränge schlägt, wissen Sie?«

Pozzi zwinkert ihm zu, so als kenne er das nur zu gut.

»Wie oft schlagen Sie denn so über die Stränge?«

Vincenzo macht eine abwehrende Handbewegung.

»Allzu oft kommt es nicht vor. Vielleicht einmal im Monat.

Öfter könnte ich mir das gar nicht leisten. Ich bin ein einfacher Mann.«

»Zu Hause trinken Sie also nichts?«

»Abends manchmal ein Glas Rotwein. Sonst nichts.«

»Und wie ist es«, Pozzi schaut ihm fest in die Augen, »mit Dingen, die nur Sie sehen können?«

»Ich verstehe nicht ganz.«

»Gibt es manchmal Dinge, die Sie meinen gesehen zu haben, die außer Ihnen keiner gesehen hat? Dinge, bei denen Sie sich nicht ganz sicher sind, ob sie sich wirklich zugetragen haben?«

»Nein, Herr Doktor. Nein, ich denke, dass ich Herr meiner Sinne bin, zumindest nicht weniger als andere Menschen.«

»Hm, gut, gut.«

Pozzi kehrt zu seinem Platz zurück. Er schreibt etwas auf einen Block.

»Was fehlt mir denn nun, Professor?«

»Ich tippe auf Saturnismus, wenn ich es auch nicht mit völliger Sicherheit sagen kann.«

»Was bedeutet das?«

»Die Farben, die Sie als Maler verwendet haben. Manche von denen enthielten giftige Substanzen.«

»Ich habe mich vergiftet?«

»In gewisser Weise. Aber da Sie inzwischen nicht mehr als Maler arbeiten – und man überhaupt inzwischen derartige Farben verboten hat, um die Arbeiterschaft zu schützen –, ist Ihre Prognose günstig.«

Pozzi schiebt ihm einen Zettel hin.

»Gehen Sie zu meinen Kollegen. Wenn Sie das Zelt verlassen, links. Die geben Ihnen Kohletabletten. Nehmen Sie die zweimal am Tag, mit etwas Wasser. Die Kohle bindet das Gift, verstehen Sie? Es wird dann einfach ausgeschieden.«

Vincenzo versteht, dass er Tabletten nehmen soll. Das genügt ihm. Er erhebt sich und dankt dem Doktor wortreich.

»Und, Signore Peruggia?«

»Ja, Dottore?«

»Sie scheinen ja ohnehin nicht viel zu trinken. Aber ich möchte, dass Sie die kommenden drei Monate komplett auf Alkohol verzichten. Nur bis Ende Januar. Das würde die Entgiftung unterstützen.«

»Natürlich, Herr Doktor. Ich werde nur noch Milch und Saft trinken.«

»Ausgezeichnet. Auf Wiedersehen.«

»Auf Wiedersehen, Dottore.«

Vincenzo verlässt das Zelt. Kurz darauf steht er mit einer großen Packung Tabletten, die ihm eine Krankenschwester ausgehändigt hat, vor dem Haupteingang des Gare de Lyon.

Moderne Medizin ist wirklich eine unglaubliche Sache. Seit Jahren plagen ihn diese Beschwerden, und nun wird er sie in kürzester Zeit los, für immer. Dazu muss er lediglich diese zugegebenermaßen seltsam aussehenden schwärzlichen Tabletten schlucken. Am besten, er fängt gleich damit an.

Seine Hand tastet nach dem Flachmann in seiner Tasche. Dann besinnt er sich eines Besseren. Ab heute wird er nur noch Milch trinken. Die macht einen stark wie ein Ochse. Er betritt den Bahnhof und geht zu einem Maggi-Milchautomaten, der dort an der Wand steht.

Vincenzo legt sich eine der Tabletten auf die Zunge und spült sie mit einer halben Flasche Milch herunter. Sofort fühlt er sich besser. Nein, er fühlt sich hervorragend. Er ist bereit für sein nächstes Schelmenstück!

Beschwingten Schrittes geht Vincenzo zur Gepäckaufbewahrung. Dem Bediensteten hält er seinen Verwahrschein hin und sagt: »Ein brauner Holzkoffer.«

Der Mann nickt, verschwindet. Den Koffer hat Vincenzo selbst angefertigt, aus Kirschholz, das er in der Schreinerei hat mitgehen lassen. Es ist die tragbare Variante seiner Bettschublade – kleiner und handlicher, aber ebenso ausgefeilt. Öffnete jemand den Koffer, fände er im Inneren Malutensilien, zwei Leinwände – und sonst nichts.

Der Bahnhofsmitarbeiter kommt, händigt ihm den Koffer

aus. Vincenzo trägt ihn hinüber zu Gleis vier. Dort besteigt er den Zug nach Thiais. Im Dritte-Klasse-Abteil legt er den Koffer auf die Oberschenkel, hält ihn zusätzlich mit den Händen fest. Doch dann dämmert ihm, dass dies verdächtig wirken könnte.

»Ja, Herr Inspektor. Er hat sich förmlich an dem Koffer festgeklammert. Und auch ganz schuldig dreingeschaut.«

Vincenzo verstaut den Koffer in der Ablage. Er setzt sich auf die andere Seite des Gangs. Während der Zug durch den Süden von Paris rattert, ist sein Blick die ganze Zeit auf den Koffer geheftet.

»Nicht aus den Augen gelassen hat er das Gepäckstück in der Ablage, Herr Inspektor. So als ob sein Leben davon abhinge.«

Vincenzo zwingt sich, den Blick abzuwenden. Aus der Jackentasche holt er den »Petit Parisien« von vorgestern hervor, beginnt, darin zu lesen. Genauer gesagt tut er so. Mehr als die Überschriften erfassen seine nervösen Augen nicht. Zwischendurch schaut Vincenzo immer wieder hinauf zu dem schmalen Koffer.

Sein Leben hängt ja auf gewisse Weise wirklich von diesem Gepäckstück ab, von dessen Inhalt. Vincenzo spürt, dass seine Knie zittern, dass sein Darm zu brodeln beginnt. Nach der Visite bei Pozzi war er ausnehmend guter Dinge. Nun packt ihn unversehens wieder die Verzweiflung.

Findet die Polizei das Gemälde bei ihm, ist er erledigt. Sie werden ihn einsperren, in der Santé oder, noch schlimmer: Sie verfrachten ihn in eine Strafkolonie. Ettore, einer der Poliere, mit denen Vincenzo manchmal Karten spielt, hat ihm davon erzählt. Bei besonders schweren Verbrechen verschiffen einen die Franzosen auf die sogenannten Inseln des Heils. Die sind natürlich das genaue Gegenteil, von Heil keine Spur.

Vincenzo weiß nicht genau, wo diese Inseln sich befinden, aber auf jeden Fall weit weg, in einer überseeischen Kolonie. Dort, hat Ettore erzählt, ist es unerträglich heiß. Die Strafgefangenen müssen auf Plantagen oder in Steinbrüchen arbeiten. Und die schlimmsten Finger kommen auf die Teufelsinsel. Dort gibt es nichts außer Steinen und Sonne.

Wieder wandert Vincenzos Blick zu dem Koffer. Sein Verbrechen ist zweifelsohne ein sehr schlimmes. Er hat einen nationalen Schatz entwendet, hat ganz Frankreich lächerlich gemacht.

Letzteres zumindest zaubert ihm ein schwaches Lächeln aufs Gesicht.

Draußen ziehen Felder und Wäldchen vorbei. In einiger Entfernung sieht Vincenzo einen kleinen See, in dessen Mitte eine Insel liegt. Sein Lächeln erstirbt. Er fühlt sich an die Teufelsinsel erinnert.

Mit der Spitzhacke in der Hand sieht er sich Schieferstücke zerschlagen, während die glühende Sonne auf ihn herabscheint. Ein Aufseher brüllt ihn an, schwingt die Peitsche.

Vincenzo wendet den Blick von der Landschaft ab, starrt erneut den Koffer an. Vielleicht hätte er das verdammte Bild in die Seine werfen sollen. Aber so seltsam das klingt: Sich selbst zu ertränken, ist einfacher, als diese Frau zu ersäufen. Eigentlich hängt er nicht sonderlich an ihr, zumindest will er das glauben. Vor allem ihres ständigen Lächelns ist er mehr als überdrüssig. Abendelang hat er vor dem Gemälde gesessen, es angeschaut. Dabei ist ihm klar geworden, dass ihr Lächeln, das viele als mysteriös oder rätselhaft bezeichnen, im Grunde vor allem eines ist: das Grinsen einer arroganten Schnepfe.

Wenn eine schöne Frau einen anlächelt, einen anschaut, kann ihr Blick vornehme Zurückhaltung ausdrücken. Er kann auch einladend sein, anzüglich sogar. Manchmal ist so ein Lächeln aber auch Ausdruck von Spott, von Ablehnung.

Vincenzo weiß das nur zu gut. Viele Leute schauen ihn auf diese Weise an, erkennen seinen wahren Wert nicht.

Der Zug hält. Es ist die letzte Station vor Thiais. Eine ältere Frau steigt ein, ein Mädchen von vielleicht sechzehn, siebzehn Jahren im Schlepptau. Sie setzen sich Vincenzo gegenüber. Beide tragen ihren Sonntagsstaat. Vielleicht sind sie auf dem Weg zu einer Familienfeier oder zur Mittagsmesse.

Der Zug fährt an. Vincenzo überfliegt die Schlagzeilen, blättert weiter. Französische Nachrichten interessieren ihn nicht besonders. Auf der übernächsten Seite stößt er auf eine Meldung über eine neue italienische Wundertechnologie. Das interessiert ihn schon eher.

Ein Erfinder namens Guglielmo Marconi hat es geschafft, einen drahtlosen Telegrafen zu bauen. Damit hat er eine Nachricht von Coltano nach New York gesandt. Die Depesche legte die viertausend Meilen in Sekundenbruchteilen zurück. Der Redakteur bezeichnet die neue Erfindung als Marconigramm.

Er lässt die Zeitung sinken, nimmt wieder seinen Koffer ins Visier. Es geschieht den Franzosen ganz recht, dass er, Vincenzo Pietro Peruggia, sie der Lächerlichkeit preisgegeben hat. Sie sind ein Volk, das sich viel zu viel einbildet auf seine angeblichen Errungenschaften. Der Artikel im »Parisien« bringt es klar zutage: Italien wird allen anderen Nationen bald enteilen. Das Marconigramm ist ja nur eine der vielen Erfindungen, die seine Landsleute machen. Neulich erst hat Vincenzo gehört, dass die italienische Armee den Türken in Nordafrika aus der Luft bombardiert hat – aus der Luft! Zeppeline, die Bomben werfen, das muss man sich einmal vorstellen.

Der Franzose gibt sich gerne modern, elegant, kunstbeflissen. Aber meist schmückt er sich mit fremden Federn. So ist es ja auch bei den Bildern im Louvre. Woher stammen die berühmtesten? Aus Italien, allesamt. Und wieso sind sie hier? Weil die Franzosen sie gestohlen haben. Ganze Heuwagen voller Renaissancekunst hat Napoleon Bonaparte, dieser dreckige kleine Dieb, nach Frankreich schaffen lassen. Jeder Italiener kennt den Witz: »Sind alle Franzosen Diebe? Antwort: Nicht alle Franzosen, aber ein Großteil.«

»*Non sono tutti i Francese, ma bona parte.*«

Der Schaffner ruft die nächste Station aus. Vincenzo erhebt sich, hievt seinen Koffer aus der Ablage. Er kommt ihm auf einmal sehr schwer vor.

Während er wartet, dass der Zug zum Stehen kommt, betet er, dass alles glattgeht und er die richtige Entscheidung getroffen hat. Er kann das Bild nicht bei sich behalten. Und er kann es nicht zerstören.

Vor allen anderen ist Vincenzo auf dem Bahnsteig. Er ignoriert einen herbeieilenden Porter, eilt durch die Bahnhofshalle. Vor dem Bahnhof warten Taxis, doch die sind ihm zu teuer. Außerdem könnte sich jemand sein Gesicht merken. Also geht er zu Fuß. Zwei Seitenstraßen, dann ist Thiais auch schon zu Ende und er befindet sich auf einem verlassenen Feldweg. Über ihn gelangt er direkt zu dem etwas abgelegenen Haus Monsieur Morels.

Es ist inzwischen halb sechs Uhr abends, die Sonne steht bereits tief. In hundertfünfzig Metern Entfernung befindet sich eine Reihe von sechs Häusern. Vincenzo hält auf das dritte von links zu. Er nähert sich von der Rückseite. Hinter dem Haus liegt ein Garten. Es ist nicht schwer, das lediglich schulterhohe Mäuerchen zu überwinden, das diesen von den angrenzenden Feldern trennt.

Vincenzo weiß, dass niemand zu Hause ist. Gestern Abend war er in der Brasserie, wo Mademoiselle Bercotte arbeitet. Er hat sie gesehen, hinter der Theke. Allerdings ist er nicht zu ihr gegangen. Wieso auch? Er wollte sich nur vergewissern, dass sie von ihren Diensten als Haushälterin freigestellt ist. Denn daraus lässt sich folgern, dass Morel in Südfrankreich weilt.

Die Sonne ist hinter den Bäumen verschwunden. Im Haus brennt kein Licht. Dennoch wartet Vincenzo noch ein wenig. Er setzt sich hinter dem Gartenschuppen auf den Boden, dreht sich eine Zigarette. Während er raucht, nimmt er einige mutmachende Schlucke aus dem Flachmann.

Vincenzo denkt über seinen Plan nach. Er ist, das muss er sich in aller Bescheidenheit zugestehen, ein Meisterstück. Falls nötig könnte das Bild monate-, ja jahrelang in Monsieur Morels Büro bleiben. Selbst wenn der alte Knacker den Löffel abgibt, wäre das Bild weiterhin sicher. Die Vertäfelungen sind nagelneu. Wer immer das Anwesen erbt oder kauft, wird sie kaum gleich wieder herausreißen lassen.

Es ist Zeit. Vincenzo durchquert den Garten. Kurz darauf

steht er vor der Terrassentür. Deren Schlüssel hat er während der Arbeiten im Obergeschoss diskret ausgeliehen. Ein befreundeter Schlosser hat ihn nachgemacht.

Ein wenig später steht er im Arbeitszimmer. Vincenzo hat nie genau verstanden, was Morel eigentlich macht beziehungsweise gemacht hat. Soweit er weiß, ist der Alte weder Advokat noch Arzt. Vielleicht ist er einfach nur reich.

Nachdem er die schweren Samtvorhänge zugezogen hat, traut Vincenzo sich, zwei mitgebrachte Kerzen zu entzünden.

Er geht zu dem Wandpaneel mit dem Versteck. Nach ein paar Sekunden hat er die Leisten gelöst und die Holzplatte entfernt. Nun legt er den Musterkoffer auf den Boden und öffnet ihn. Er räumt die Malutensilien aus, öffnet das Geheimfach, schlägt das rote Samttuch beiseite.

Im Schein der Kerze wirkt ihr Lächeln freundlicher, als Vincenzo es in Erinnerung hatte. Aber wie genau beschreibt man dieses Lächeln? Dass sie *una donna gioconda* ist, eine heitere Frau, findet er nicht. Auf den ersten Blick sieht es so aus, als sei sie mit sich im Reinen. Aber das täuscht. Dieses Mädchen ist weitaus weniger glücklich, als es zunächst den Anschein hat.

Und wer unzufrieden mit sich und der Welt ist, sucht die Fehler oft bei anderen. Auch mit ihr verhält es sich so. Sie schaut Vincenzo mit herausforderndem Blick an.

Er macht einen Schritt nach rechts, schaut aus einem anderen Winkel. Ihr Blick folgt ihm. Vincenzo bildet sich ein, dass sich ihre Lippen kaum merklich bewegen.

Ein brennender Schmerz lässt ihn zusammenzucken. Er hat die Kerze nicht gerade gehalten. Wachs ist hinabgetropft auf seine Hand, sein Bein, seine Schuhe. Er taumelt zurück, geht auf die Knie. Hat er das Bild ruiniert? Hat er heißes Kerzenwachs auf Leonardos Meisterwerk geträufelt?

Vincenzo überprüft das Bild. Erleichtert stellt er fest, dass die Gioconda nichts abbekommen hat. Während er sie inspiziert, scheint ihr Blick ihm immer noch zu folgen. Aber zumindest hält sie die Klappe.

Er stellt die Kerze ab, packt das Bild. Vincenzos Handgriffe sind die eines Mannes, der grob zu seiner Frau ist – nicht so grob, dass man es als Misshandlung deuten könnte. Aber grob genug, um ihr zu zeigen, dass er sie nicht mehr liebt.

Nachdem er die Gioconda in Stoff eingeschlagen hat, stellt er sie auf den kleinen Sims, den er eigens zu diesem Zwecke in die Wand eingelassen hat. Vincenzo betrachtet sein Werk.

»Jetzt«, sagt er höhnisch, »darfst du mal eine Weile die Wand anlächeln.«

23

Während Juhel seine Schokolade verspeist, betrachtet er das beiliegende Bildchen. Es zeigt Colonel Cody, besser bekannt als Buffalo Bill. Der Amerikaner sitzt auf einem Pferd, das in der Prärie steht. Als Juhel genauer hinschaut, erkennt er allerdings, dass die Prärieszene gemalt ist. Dennoch richtet Cowboy Cody den Blick gen Horizont, so als halte er nach Indianern oder Büffeln Ausschau.

Juhel öffnet eine Schreibtischschublade. Darin befinden sich Dutzende, ja Hunderte weitere Bilder der Collection Potin. Eines Tages wird er sie ordnen.

Er legt Buffalo Bill zu den anderen Berühmtheiten, wendet sich den weitaus weniger erfreulichen Fotos auf seinem Schreibtisch zu. Es sind insgesamt fünf. Alle zeigen denselben Leichnam. Der Tote heißt Joseph Platano. Seine Akte bei der Lyoner Polizei ist umfangreich: Diebstähle, Überfälle, Münzfälschungen. Zudem besaß Platano Verbindungen zu anarchistischen Kreisen.

Juhel schiebt sich das letzte Stück Schokolade in den Mund. Ein Wildhüter hat Platano gefunden, irgendwo in der Nähe von Melun, einem Städtchen ein ganzes Stück südöstlich von Paris. Er war bereits mehrere Tage tot. Die Leiche lag neben einem verlassenen Automobil, das als gestohlen gemeldet war.

Juhel überfliegt den Bericht. Als er sich gerade eine Zigarette anzünden will, klopft jemand. Es ist Hennions Sekretärin, der Chef möchte ihn unverzüglich sehen. Juhel erhebt sich. Er hatte eigentlich gehofft, dass mit den Joconde-Ermittlungen auch die ständigen Besuche im Direktorat enden – aber Fehlanzeige. Was kann Hennion diesmal wollen?

Kurz darauf betritt er dessen Arbeitszimmer. Der Direktor thront hinter seinem immensen Schreibtisch, bedeutet Juhel, Platz zu nehmen.

»Was macht die Arbeit, Lenoir?«

»In der Mordserie in Dourdan geht es nur langsam voran. Und die Anarchisten machen uns wieder Sorgen.«

»Die üblichen Verdächtigen?«

»Nein, Direktor. Zwei Illegalisten aus Lyon. Sie waren anscheinend auf dem Weg nach Paris. Den einen hat man tot aufgefunden.«

Hennion lächelt dünn.

»Politische Differenzen unter Genossen?«

»Die Lyoner Kollegen tippen eher auf einen Streit um Beute. Darauf deutet eine leere Geldtasche hin, die man bei dem Toten gefunden hat. Der andere wollte vermutlich nicht teilen.«

»Und dieser Mörder ist nun auf dem Weg hierher?«

»Vermutlich ist er bereits eingetroffen. Wir haben einen Namen und ein Foto. Es wäre gut, wenn wir ein paar Leute drauf ansetzen könnten.«

Hennion greift nach einer Kanne Kaffee.

»Sie auch?«

»Gerne, Direktor.«

Es kommt nicht oft vor, dass man im Direktorat etwas angeboten bekommt. Während er sich beachtliche Mengen Zucker und Milch in den Kaffee schüttet, sagt Hennion: »Viele kann ich nicht entbehren. Denken Sie denn, der Mann ist gefährlich?«

»Ich befürchte es. Ehemaliger Korporal. Scharfschütze. Automechaniker. Routiniert. Kaltblütig.«

»Inwiefern?«

»Er hat seinem Genossen von hinten in den Kopf geschossen. Als der bäuchlings blutend am Boden lag, muss er ihn mit dem Fuß umgedreht und ihm noch zwei Kugeln ins Herz gejagt haben.«

Hennion schiebt die Unterlippe vor, nickt stumm.

»Geben Sie es Delfosse und Ogier. Und wir behalten es zunächst für uns. Die Präfektur braucht davon nichts zu wissen, verstanden?«

»Verstanden, Herr Direktor.«

Hennion verschränkt die Arme vor der Brust, fixiert ihn.

»Aber jetzt noch mal zur Joconde.«

»Ich dachte, die Ermittlungen sind offiziell abgeschlossen.«

»Sind sie auch. Drioux' Abschlussbericht kennen Sie ja. Aber aus meiner Sicht ist die Sache genauso zu behandeln wie Mord.«

»Sie verjährt nicht?«

»Ganz recht. Ich möchte, dass sich weiterhin jemand darum kümmert.«

»Wir haben keinerlei Spur, Herr Direktor.«

»Die Präfektur erfreulicherweise auch nicht, soweit ich weiß. Aber falls irgendwann doch noch eine auftaucht, geht uns das möglicherweise durch. Sie kennen das: Ein Sachbearbeiter heftet es fein säuberlich ab, und das war's. Sie haben die Sache von Anfang an verfolgt, Lenoir. Bleiben Sie dran.«

Juhel ist nicht scharf auf den Job. Erstens hat er eine Menge anderer Dinge am Hals. Zweitens werden Hamard und die Präfektur ihm in dieser Sache keine Amtshilfe leisten – im Gegenteil.

Vermutlich hofft der Direktor, die Joconde werde eines Tages außerhalb von Paris wieder auftauchen – in seinem Einflussbereich und nicht in Lépines. Juhel hält das für eine trügerische Hoffnung.

»Sie haben heute wieder diesen resignierten Hundeblick, Lenoir.«

»Es ist nur so ...«

»Ja? Raus damit.«

»Ich halte die Sache für ziemlich aussichtslos. Wenn ich alle Akten in Ruhe noch einmal durchsehe, finde ich vielleicht Anhaltspunkte, die irgendwer übersehen hat. Aber dazu müsste ich ins Archiv des Quai des Orfèvres.«

Seiner Ansicht nach ist die Feindseligkeit der Präfektur das schlagende Argument dagegen, weitere Zeit auf den verschwundenen Leonardo zu verschwenden. Egal, wie Juhel es anstellt, ohne Unterstützung der Präfektur wird es nichts werden. Und nach dem Desaster mit Apollinaire ist Hamard nicht mehr nur sein Konkurrent. Er ist sein Todfeind. Eher leistete der Kripochef der kaiserlichen Polizei Amtshilfe als ihm.

Hennions Blick verrät Juhel, dass er diesen Einwand erwartet hat.

»Ich verrate Ihnen ein Geheimnis, Lenoir.«

»Herr Direktor?«

»Octave Hamards Tage bei der Pariser Kripo sind gezählt.«

»Hamard wird gefeuert?«

»Eher weggelobt. Das Innenministerium hat entschieden, dass er Generaldirektor für Recherchen wird.«

Hamard soll also Geheimdienstchef werden. Völlig abwegig ist das nicht. Sein Ex-Kollege war früher mit der Sicherheit der ausländischen Botschaften in Paris betraut. Er kennt das Metier der Spione deshalb recht gut.

»Wer folgt ihm nach?«

»Das habe ich noch nicht in Erfahrung bringen können. Aber wer auch immer es sein mag – sicher stehen Ihre Chancen dadurch besser.«

Ganz sicher stehen sie besser. Aber das sagt Juhel nicht. Stattdessen erwidert er: »Wir werden sehen.«

»Das werden wir. Also, kümmern Sie sich drum, und natürlich auch um diesen anarchistischen Korporal. Wie hieß er gleich?«

»Bonnot, Herr Direktor. Jules Bonnot.«

24

Jules hat ihr eingeschärft, die Augen offen zu halten. Aber der Geldbote der Société Générale ist wegen seiner auffälligen Uniform eh kaum zu übersehen. Zudem kommt er stets pünktlich. Jelena weiß das, sie hat die Route des Mannes wochenlang ausgekundschaftet. Also lehnt sie sich zurück, nimmt einen Schluck Tee und schaut durch die von Tropfen benetzte Scheibe hinaus auf die Rue Damrémont. Seit Stunden schüttet es. Die Trottoirs sind ein Meer aus Schirmen, auf der Straße schieben sich Automobile und Droschken vorbei.

Jelena schaut auf die Uhr, gibt dem Kellner ein Zeichen. Sie wendet ihren Blick der Tramhaltestelle zu, die sie von ihrem Fensterplatz im Café gut sehen kann.

Der Geldbote, seinen Namen kennt sie nicht, ist mittleren Alters, rundlich und etwas behäbig. Allmorgendlich verlässt er gegen zwanzig nach acht den Stammsitz der Société Générale im 11. Arrondissement. Sein Ziel ist die Außenstelle in der Rue Ordener Nummer 146, nur wenige Schritte von hier.

Bevor sie den Mann observierte, hatte Jelena geglaubt, Frankreichs große Banken kutschierten ihre Geldboten im Automobil von A nach B. Aber Bankiers sind anscheinend knickrig. Der Kurier fährt mit der Straßenbahn. Und das, obwohl er zumindest für Eingeweihte klar als solcher zu erkennen ist. Er trägt eine grüne Uniform mit Goldknöpfen, dazu einen Zweispitz. Bewaffnet scheint er nicht zu sein.

Jelena tastet nach ihrer Browning. Kleine Kaliber sind genauso gut wie große, sagt Jules – vorausgesetzt, man trifft. Um das sicherzustellen, hat Le Bourgeois ihnen Schießunterricht erteilt. Auf einem Feld außerhalb der Stadt haben sie auf Konservendosen und Flaschen gefeuert.

Dennoch hofft sie, dass es ohne Schießerei abgeht. Sie denkt nicht, dass der Geldbote die Tasche mit seinem Leben verteidigen wird. Warum sollte er? Es ist nicht sein Geld. Sein Salär ist mickrig, seine Loyalität gegenüber der Société Générale vermutlich nicht allzu ausgeprägt. Wenn man in der Zeitung von einem Bankraub liest, heißt es meist: »Die Angestellten leisteten keinerlei Widerstand.«

Der Kellner bringt die Rechnung. Jelena zieht ihren Ledermantel über, stellt den Kragen hoch. An diesem Donnerstagmorgen trägt sie kein Kleid, sondern Männersachen: Cordanzug, Rollkragenpullover, flache Schuhe. Das erste Mal in ihrem Leben sieht sie tatsächlich so aus, wie das Volk sich eine Lesbierin vorstellt.

Jelena schaut auf die Uhr, mit der Jules sie ausgestattet hat. Sie ist von Chopard und zweifelsohne gestohlen. Dafür geht sie auf die Sekunde genau, und darauf kommt es an. Es ist exakt Viertel vor neun. Bonnot und die anderen fahren in diesem Moment gegenüber der Bankfiliale vor.

Sie läuft ein Stück die Straße hinauf, stellt sich in einer Einfahrt unter. Eine rasselnde Klingel kündigt die nahende Tram an. Die Straßenbahn biegt um die Ecke, nähert sich der Haltestelle Championat. Die Türen öffnen sich. Nasse Menschen hasten über das noch nassere Pflaster. Zwischen den Regenschirmen macht Jelena einen Zweispitz aus. Sie vergewissert sich, dass es wirklich ihr Mann ist, bevor sie zügig in Richtung Rue Ordener davongeht.

Als sie um die Ecke kommt, hält sie Ausschau nach dem Delaunay. Wie besprochen steht er mit laufendem Motor unweit der Bank. Jules sitzt am Lenkrad, das Gesicht durch Lederbrille und Schal unkenntlich. Durch die weißen Spitzenvorhänge der Fondscheiben kann sie Octave ausmachen.

Die Filiale der Société Générale liegt in einem Eckgebäude und ist so unscheinbar wie die Zentrale in der Rue de Provence prächtig ist. Jelena geht an dem schwarz gestrichenen Gebäude vorbei. Just in diesem Moment tritt ein Mann aus der Bank. Ein Blick genügt ihr, um zu erkennen, dass es sich um einen der Angestellten handelt. Jelena hat ihn schon mehrfach gesehen. Jeden Morgen geht er dem Geldboten entgegen.

Sie erreicht den Delaunay, setzt sich auf den Beifahrersitz. Im Fußraum stehen, von einer Plane halb verdeckt, zwei Karabiner und eine Schrotflinte.

»Er kommt«, sagt sie.

»Wie viele heute?«, fragt Raymond durch die halb geöffnete Fondscheibe.

La Science meint die ledernen Postbeutel, die der Bote bei sich trägt und deren Zahl von Tag zu Tag variiert.

»Drei«, erwidert sie.

»Unser Glückstag«, sagt Raymond.

»Seiner nicht«, brummt Octave. »Los jetzt.«

Jelena hört die Türen des Fonds gehen. Raymond und Octave laufen auf ihrer Wagenseite vorbei, Richtung Filiale. Inzwischen sieht sie auch den Geldboten, der aus der entgegengesetzten Richtung die Rue Ordener hinaufkommt.

Jules schlägt das Lenkrad ein und lässt die Kupplung kommen. Er bugsiert die Schnauze des Delaunay halb aus der Parklücke heraus. Hinter ihnen hupt jemand. Jules ignoriert es.

Ihre beiden Genossen halten zielstrebig auf den Geldboten zu. Ein wenig zu zielstrebig, findet Jelena; der Bankangestellte könnte Verdacht schöpfen.

Aber offenbar wollen die beiden überhaupt nicht diskret vorgehen. Sie ziehen ihre Pistolen. Der Geldbote bleibt stehen.

»Was zum ...«, entfährt es Jelena.

Octave macht einige Schritte auf den Mann zu und schießt. Der Knall hallt die Straße entlang. Der Geldbote geht zu Boden. Das Meer aus Regenschirmen gerät in Bewegung. Der zweite Bankangestellte rennt zurück zur Filiale.

Bevor sie darüber nachdenken kann, ist Jelena ausgestiegen und hat ebenfalls ihre Pistole gezogen. Falls der Geldbote dem anderen seine Taschen bereits übergeben hat, muss sie ihn aufhalten.

Seine Hände sind leer. Jelena lässt die Browning sinken.

»Steig wieder ein, schnell!«, ruft Jules.

Kaum sitzt sie, setzt sich der Delaunay in Bewegung. Sie rollen die Straße hinauf, ganz langsam, so als hätten sie alle Zeit der Welt. Der Geldbote liegt halb auf der Straße, halb auf dem Trottoir. Raymond hat sich über ihn gebeugt und versucht, dem Mann die Posttaschen zu entreißen. Alle drei sind mit Lederriemen quer über der Schulter des Boten befestigt. Raymond zerrt daran, bekommt sie aber nicht ab.

Es mag daran liegen, dass der blessierte Bote sich nicht sonderlich kooperativ verhält. Auf dem Boden liegend, klammert er sich mit den Armen am Stamm eines Baums fest, während er mit den Beinen keilt wie ein wild gewordener Brauereigaul. Octave steht daneben, die Augen weit aufgerissen. Er brüllt etwas, das Jelena nicht versteht.

Lass die Taschen los, denkt sie. Es ist nicht dein Geld. Es gibt keinen Grund, sie zu verteidigen. Warum verteidigst du eine Bank, die dich schlecht bezahlt?

Inzwischen schüttet es wie aus Kübeln, der Regen prasselt aufs Vordach ihres Automobils. Der Delaunay ist nur noch ein paar Meter von dem Geldboten entfernt. Jelena sieht Menschen in panischer Angst davonrennen. Sie sieht die blutende Wunde an der Schläfe des Geldboten.

Raymond holt aus und tritt dem Bankangestellten mit Anlauf in die Nieren, steigt ihm mit dem Absatz auf die Schulter. Doch der Mann lässt nicht los. Noch immer umklammert er den Baum, so als fürchte er, ansonsten vom Regen hinweggeschwemmt zu werden.

Du musst loslassen. Lass dir die Riemen über die Schulter ziehen. Wieso riskierst du dein Leben für irgendwelche Kapitalisten? Lass einfach ...

Ein Knall, ein weiterer, dann sackt der Geldbote leblos zusammen. Octave steht da, die rauchende Browning in der Hand. Er brüllt Raymond etwas zu. Während der Belgier in die Knie geht und ein Messer zückt, zieht Octave seine zweite Pistole. Er beginnt zu feuern. Octave zielt auf nichts Spezielles. Er ballert einfach in die Masse aus Wachsmänteln und Regenschirmen. Eine Schaufensterscheibe birst. Menschen schreien, werfen sich zu Boden.

Auf einmal reckt Raymond triumphierend die ledernen Beutel in die Höhe. Der Delaunay rollt weiter, die beiden Genossen springen in den Fond. Jelena hört Octave lachen.

»Hast du das gesehen? Hast du das gesehen, Raymond?«

»Ja, ich hab's gesehen.«

Jelena wartet darauf, dass Jules das Gaspedal durchdrückt. Sie will weg von hier, so schnell wie möglich. Doch Le Bourgeois nimmt in aller Ruhe die Kurve, ganz ohne quietschende Reifen. Sie biegen in die Rue des Cloys ein.

Erst jetzt beschleunigt Jules. Jelena spürt den Fahrtwind und die Regentropfen im Gesicht. Die Gebäude rechts und links verwandeln sich in graue Schlieren. Nach wenigen Minuten erreichen sie die Porte de Clichy. Und dann liegt Paris hinter ihnen. Mit sechzig oder siebzig Stundenkilometern jagen sie gen Norden.

Wenn alles gut geht, erreichen sie irgendwann am Nachmittag Dieppe. Dort, so ihr Plan, lassen sie den Delaunay stehen und steigen in den Zug zum Gare du Nord. Genauer gesagt ist es Jules' Plan. Wer sonst käme auf die dreiste Idee, wenige Stunden nach solch einem spektakulären Überfall zurück nach Paris zu reisen? Nur ein Genie oder ein Wahnsinniger.

Jelena wendet sich ihrem Chauffeur zu. Aufgrund der Lederhaube und der Brille ist von Jules' Gesicht nicht viel zu erkennen. Doch sie sieht, dass er breit grinst. Le Bourgeois ist offensichtlich zufrieden mit ihrem Coup. Die Geräusche, die aus dem Fond nach vorne dringen, sagen ihr, dass Octave und Raymond ebenfalls bester Dinge sind.

Jelena hingegen hat das blutverschmierte Gesicht des Geldboten vor Augen. Sie sieht, wie er sich an den Baum klammert, als hinge sein Leben davon ab. Sie versucht, die Bilder zu verdrängen, beschwört stattdessen Victor Kibaltschitschs Worte herauf.

»Unterdrückte Menschen, die durch ihre kriminelle Tätigkeit ihre Unterdrückung aufrechterhalten: Feinde!«

25

Guillaume studiert die neueste Ausgabe des »Petit Journal«. Er runzelt die Stirn.

»Mit einem Automobil?«, sagt er.

Pablo betrachtet die Titelseite. Sie wird fast vollständig von einer kolorierten Zeichnung eingenommen. Diese zeigt einen Banditen, der gerade aus einem Wagen steigt und einem Geldboten mit der Schrotflinte mitten ins Gesicht schießt.

»Nicht irgendein Auto«, bemerkt Max Jacob. »Ein verdammt schnelles.«

»Welch ein Wagemut«, murmelt Guillaume.

»Na hör mal. Findest du so was etwa gut?«, sagt Paquette. Mit verschränkten Armen sitzt die Schauspielerin vor einer Buntglasscheibe mit Blumenmotiven. Verärgert zieht sie an der langen Bakelitspitze ihrer Zigarette.

»Nein, nein. Aber es ist, ich meine, es spottet jeder Beschreibung. Bevor die Friedenswächter überhaupt auf ihre Drahtesel steigen konnten, waren diese Banditen bereits in Auteuil oder sonst wo.«

Pablo greift sich ein neues Blatt. Er zeichnet aufs Geratewohl eine Linie. Ausnahmsweise sitzen sie nicht in der »Closerie« oder im »Ermitage«, sondern haben sich im »Nouvelles Athènes« zusammengefunden.

In das Café am Pigalle zu gehen, war Guillaumes Idee. Sein Freund hat es sich nämlich in den Kopf gesetzt, später am Abend eine Vorstellung im nahe gelegenen »Grand Guignol« zu besuchen. Guillaume versucht, ihn zum Mitgehen zu überreden. Aber Pablo hat keine Lust. Das »Guignol« mit seinen Enthauptungen und Erschießungen ist ihm zu blutig. Wie kann Guillaume sich so etwas zur Entspannung anschauen? Zumal man ja nur in die Zeitung schauen muss. Da sind genug Mord und Totschlag.

»Ob die Polizei wohl bereits«, sagt Max lächelnd, »eine gute Spur hat?«

Guillaume lacht schallend. Paquette stimmt ein.

»Sehr gut, Max, sehr gut. Na, das Automobil zumindest hat man gefunden, in Dieppe, nahe den Klippen. Hier steht, sie vermuten, dass die Bande sich nach England abgesetzt hat. Scotland Yard soll der Sûreté Unterstützung zugesichert haben.«

Guillaume referiert ihnen den Rest des Artikels. Der Geldbote wurde schwer verletzt, lebt aber noch. Der designierte neue Chef der Pariser Kriminalpolizei, ein gewisser Xavier Guichard, fordert die Bevölkerung zur Mithilfe auf.

Während seine Freunde angeregt darüber diskutieren, ob es sich bei den Autobanditen um gewöhnliche Kriminelle oder um Illegalisten handelt, raucht Pablo schweigend Pfeife, zeichnet. Gestern war er mit Eva im Bois de Boulogne. Es gab da diesen Moment, als sie das Kinn hob, um eine Statue zu betrachten – da war ihr Profil absolut hinreißend. Er versucht, sich der Linie ihres Profils zeichnerisch zu nähern. Doch die Sache missrät ihm.

»Schaut mal hier«, sagt Guillaume und tippt auf ein Inserat in der Zeitung. »Da stellt doch jetzt allen Ernstes jemand ein Abführmittel namens Joconde her.«

Max mustert die Anzeige durch sein Monokel, sagt: »Das Niveau der Kunstkritik wird erfreulicherweise besser.«

Alle kreischen vor Vergnügen. Nur Pablo bleibt stumm.

Aus dem Augenwinkel sieht er, dass Guillaume um den Tisch herumkommt, nach dem Stuhl gegenüber greift. Pablo blickt auf. Der Dichter hat statt seines Strohhuts heute einen Fedora aus Filz auf. Ein Schal ist um seinen Hals geschlungen. Guillaume ist ein wenig verschnupft, er neigt zu Erkältungen. Pablo hingegen bekommt nie welche, was seltsam ist. Müsste jemand, der aus Polen stammt, nicht resistenter gegen den Pariser Winter sein als ein Spanier?

»Kommst du eigentlich mit?«, näselt Guillaume, während er Platz nimmt.

»Reden wir noch immer vom ›Guignol‹?«, fragt Pablo.

»Nein, nein, von Bernheim-Jeune, der Galerie. Severinis Sachen werden gezeigt und die von ein paar anderen Futuristen. Es soll ...«, Guillaume rollt mit den Augen, »... ein Gegenentwurf zum Kubismus sein.«

»Vielleicht«, erwidert Pablo. Ihn interessiert nicht, was diese Futuristen sagen, geschweige denn, was sie malen. Er hat einmal eine halbe Nacht im »Ermitage« gesessen und sich angehört, was dieser Oberfuturist, Filippo Tommaso Marinetti, zu sagen hat, der mit dem Manifest. Es hat ihm nicht sonderlich gefallen.

»Aber ins ›Guignol‹ nicht? Ich habe das Programm dabei, schau.«

Guillaume schiebt ihm einen Zettel hin. Heute wird ein »Schreckensspiel« namens »Der Thanatograph« gegeben, gefolgt von einer »Sex-Farce« namens »Das Dreieck«. Gekrönt wird der Abend von einem Zweiakter über die Exekution eines russischen Revolutionärs.

»Eimerweise Kunstblut«, sagt Pablo.

»Ah, ah, zweifelsohne. Komm schon, das wird ein Spaß.«

»Ich glaube, ich passe.«

»Schade. Sag, hast du eigentlich gelesen, was Salmon über ›Die Frau mit Teelöffel‹ geschrieben hat?«

»Sollte ich?«

Guillaume meint ein Bild Jean Metzingers. Es wirkt wie ein Plagiat dessen, was Pablo und Georges Braque zurzeit machen. Nein, nicht wirklich ein Plagiat – vielleicht ist es eher eine wohlmeinende Pastiche.

Doch auch das ist nicht ganz richtig. Metzinger tut dasselbe wie sie. Aber er tut es in verwässerter Form, damit es den Augen der Spießer nicht so wehtut. Metzinger versucht, den Kubismus gefällig zu machen.

Aber das funktioniert nicht. Wenn man einem Stier die Eier abschneidet, ist er keiner mehr.

Guillaume weiß natürlich, was Pablo von Metzingers Zeug hält.

»Er hat geschrieben«, sagt Guillaume, »das Bild sei die Mona Lisa des Kubismus.«

»*Madre de dios.*«

»Genau. Willst du den Artikel lesen? Ich habe ihn irgendwo in meiner Tasche.«

Auf der Suche nach André Salmons Erguss beginnt Guillaume, allerlei Papiere aus den Taschen seines Jacketts hervorzuziehen. Wie immer hat er einen halben Bouquinistenstand einstecken. Pablo bedeutet ihm, damit aufzuhören. Er will den Mist weder lesen noch vorgelesen bekommen. Was kümmert ihn, was irgendein Redakteur schreibt?

»Gut, gut. Wenn du heute Abend nicht mitwillst, wie ist es dann morgen? Wo würdest du denn gerne mal wieder hin?«

Pablo seufzt.

»Nach Céret.«

»Weil es dort wärmer ist?«

»Auch. Vor allem aber habe ich das Gefühl, dass meine Malerei dort an Robustheit und Klarheit gewonnen hat.«

»Dann fahr hin.«

»Bald.«

»Und morgen?«

»Ins Kino?«

Guillaume nickt enthusiastisch.

»›Königin Elisabeth von England‹ vielleicht? Ist ganz neu. Es geht um ihre Liebesaffären. Sarah Bernhardt spielt die Königin.«

Pablo ist einverstanden. Nachdem Guillaume sich wieder zu den anderen gesetzt hat, probiert er eine weitere Eva. Aber es wird nichts. Er schaut aus dem Fenster, betrachtet den großen Springbrunnen an der Place Pigalle. Dessen Wasseroberfläche ist völlig still. Der Regen hat aufgehört.

Pablo erhebt sich. Er wünscht den anderen einen schönen Abend und verlässt das »Athènes«. Er könnte nach Hause gehen. Aber Fernande wollte heute ihre restlichen Sachen abholen, und er ist nicht scharf darauf, ihr über den Weg zu laufen.

Gut, dass er außer seinem Atelier auf dem Boulevard de Clichy auch noch sein altes im *Bateau Lavoir* unterhält. Dort ist es zwar klirrend kalt, aber wenigstens hat er seine Ruhe.

Die Hände in den Taschen vergraben, stapft er die Butte hinauf. Über ihm erhebt sich Sacré-Cœur. An diesem grauen Nachmittag hat ihre Fassade die Farbe ausgeblichener Gebeine. In einer Filiale von Félix Potin kauft er Zigaretten sowie eine Flasche Wein.

Als Pablo in die Rue du Chevalier de la Barre einbiegt, vernimmt er wütende Schreie. Ein Haufen Polizisten steht vor einem dreigeschossigen Haus an der Kehre. Aus einem der Fenster schreit jemand den Friedenswächtern wüste Beschimpfungen entgegen.

Soweit er weiß, befindet sich in dem Haus die Redaktion irgendeines revolutionären Blatts. Anscheinend ist dort gerade eine Razzia im Gange. Vielleicht hat sie mit dem Banküberfall zu tun, vielleicht auch nicht. Lépines Leute benötigen keinen Grund, um gegen Kommunisten und Anarchisten vorzugehen.

Pablo hört eine Scheibe bersten. Eine Frau kreischt. Er macht auf dem Absatz kehrt, nimmt einen anderen Weg. Die Schreie werden leiser. Dennoch hat er auf einmal das Gefühl, dass ihn jemand verfolgt. Pablo schaut sich so unauffällig wie möglich um. Er ist nicht allein auf der Straße unterwegs. Das ist man auf dem Montmartre nie, nicht einmal bei diesem Wetter. Ist es der Mann mit der Melone? Oder der im Ledermantel?

Pablo beschleunigt seine Schritte. Nun hält er es für gar keine gute Idee mehr, sich allein in sein verlassenes Atelier zu setzen. Lieber möchte er zurück ins »Athènes« oder nach Haus. Dort würden ihm zumindest seine Tiere Gesellschaft leisten – Fricka, das Äffchen Monika, die Katzen, seine Maus. Und Louise, das Dienstmädchen, wäre natürlich auch da.

Er hält Ausschau nach einem Taxi. Vermutlich ein hoffnungsloses Unterfangen – der Ausstand der Fahrer dauert an. Doch auf einmal biegt tatsächlich eines um die Ecke. Pablo läuft los, rudert mit den Armen.

»Taxi! Taxi!«

Der Fahrer mustert ihn mürrisch, bedeutet ihm, er möge einsteigen.

»Wohin?«

Der Chauffeur hat einen vernehmlichen Akzent. Pablo fällt nun wieder ein, was Guillaume ihm erzählt hat: Weil die Pariser Fahrer im Ausstand sind, haben die Besitzer der Taxiunternehmen Streikbrecher aus Korsika herbeigeschafft. Letzteren ist der Arbeitskampf ihrer Kollegen beinahe so gleichgültig wie die Verkehrsregeln.

»11, Boulevard de Clichy, bitte«, sagt Pablo. Er starrt aus dem Fenster, hält Ausschau nach seinem mutmaßlichen Verfolger.

Das Taxi setzt sich in Bewegung. Schon nach wenigen Augenblicken ist Pablo klar, dass sie in die falsche Richtung fahren.

»Verzeihung. Boulevard de Clichy, nicht Porte de Clichy.«
»Was?«
»Wir müssen den Montmartre auf der anderen Seite ...«
»Ist eine Abkürzung.«
»Nein, nein, bitte wenden Sie.«

Der Fahrer hält. Er murmelt etwas, das Pablo nicht versteht, holt einen Stadtplan hervor. Sich rasch aus dem Staub zu machen – das kann er wohl vergessen.

»Monsieur, schauen Sie. Sie müssen lediglich diese Straße hinabfahren bis zur Place Pigalle. Und dann ...«

»Fahren Sie jetzt hier das Taxi oder ich?«

Bevor Pablo darauf antworten kann, tut es einen vernehmlichen Schlag. Entsetzt zuckt er zusammen. Etwas läuft die Scheibe des Fonds herab. Es sieht aus wie die Reste einer überreifen Tomate.

»Dreckiger Streikbrecher!«, schreit jemand. Auf dem Trottoir stehen zwei Männer mit Schiebermützen, die Hände zu Fäusten geballt.

Sein Fahrer hat den Stadtplan weggelegt, fingert an seiner Jacke herum. Wenn er doch nur endlich losführe.

Die Männer kommen näher, bauen sich vor dem Taxi auf.
»Elender Hurensohn!«

Der korsische Taxifahrer steigt aus. Er hält etwas in der Hand. Es ist ein Klappmesser. Mit einem schnappenden Geräusch springt die Klinge heraus. Er deutet damit auf den Mann, der ihn beleidigt hat.

»Sag das noch mal.«

Pablo steigt aus, rennt los. Er hat keine Ahnung, wohin. Doch glücklicherweise kennen seine Füße den Montmartre besser als sein Kopf. Eine schmale Gasse, eine weitere, dann die Rue Chappe, die eigentlich keine Straße ist, sondern eine lange, steile Treppe.

Auf einmal steht er keuchend vor seiner Haustür, fingert nach den Schlüsseln.

Bevor er eintritt, wirft Pablo einen letzten Blick gen Straße. In einiger Entfernung meint er den Mann mit der Melone zu sehen. Er kommt in Pablos Richtung gelaufen. Die Tür springt auf. Pablo zwingt sich, noch einen Moment auf dem Trottoir stehen zu bleiben.

Der Mann tritt in den Schein der nächsten Laterne. Es handelt sich eindeutig nicht um jenen Melonenträger, den er auf dem Montmartre gesehen hat. Pablo zieht die Haustür hinter sich zu. An die Wand des Flurs gelehnt, steht er da und wartet, bis seine Hände zu zittern aufhören. Erst dann geht er zu seiner Wohnung.

26

Isadora streicht Erika über den Kopf, deutet auf den Raum vor ihnen. Er ist so groß wie ein herrschaftlicher Ballsaal. Es mag daran liegen, dass er einst einer war. Das Mädchen schaut sich schweigend um. Ihre dunklen Augen suchen die Isadoras.

»Werden wir hier wohnen, Maestra?«

»Hier werden wir tanzen. Eure Zimmer werden in einem anderen Flügel sein.«

Als sie die Verständnislosigkeit in Erikas Augen bemerkt, fügt Isadora hinzu: »Ich meine in einem anderen Teil des Hauses. Wie du sehen kannst, ist es sehr groß. Ich zeige euch später alles.«

Maria-Theresa, die an einem der hohen Fenster steht, hat ihnen zugehört. Die älteste ihrer Eleven wendet sich um und sagt in ihrem vom Sächsischen kolorierten Französisch: »Ich kann es Erika zeigen.«

Isadora schüttelt den Kopf.

»Später. Überall sind Handwerker. Ich will erst sichergehen, dass nirgendwo gearbeitet wird. Sonst ist es zu gefährlich. Geht jetzt raus in den Garten. Ich komme gleich nach.«

Maria-Theresa, die sich mit ihren fünfzehn Jahren nur noch ungern Vorschriften machen lässt, rümpft die sommerbesprosste Nase, gehorcht aber. Sie nimmt die kleine Erika an der Hand. Gemeinsam gehen die beiden hinaus.

Isadora betrachtet die verstuckten Decken, die Kronleuchter. Sie werden einiges verändern müssen. Aber dann wird dies ihr neuer Tempel werden, ein Tempel des Tanzes. Das Palais in Saint-Cloud, das Paris ihr gekauft hat, wird einen neuen Namen erhalten: Dionysion. Der Schönheit wird sie diesen Ort weihen, den Musen, vor allem aber dem freien Geist, der dem Körper der Neuen Frau innewohnen soll.

Aus dem Flur hört sie das Gekicher ihrer kleinen Frauen. Gretel und Erika sind am lautesten. Irma gibt ihr Bestes, die Kleinen im Zaum zu halten, ruft ihnen auf Deutsch Ermahnungen zu. Lisa bleibt wie immer stumm.

Diese Mädchen wird sie hier ausbilden. Sie werden freier tanzen, als je eine Frau getanzt hat. Schon jetzt verzaubern ihre Eleven bei Auftritten das Publikum. Die Zeitungen nennen sie »The Isadorables«. Aber wenn sie erst einmal erwachsen sind, wird ihre Schönheit die der Tänzerinnen Ägyptens, Griechenlands und Roms überstrahlen, dessen ist sie sich sicher.

Isadora verlässt den Ballsaal. Im Flur ermahnt sie die Mädchen erneut, in den Garten zu gehen, wenn sie toben wollen. Dann sucht sie nach Monsieur Pouplinière, dem Architekten.

Sie findet ihn im Westflügel. Dort hat man zumindest zwei Zimmer halbwegs eingerichtet und die Kamine befeuert. Pouplinière steht an einem Schreibtisch, spricht mit dem Vorarbeiter. Isadora bedeutet ihm, dass sie warten wird. Sie setzt sich in einen der Sessel neben dem Kamin. Durch die Fenster kann sie den Garten sehen, der zu dieser Jahreszeit noch recht kahl wirkt. Sie muss einen Gärtner engagieren, und das möglichst noch vor dem Frühling.

Isadora kann ihr Glück noch immer nicht fassen. Seit Monaten weiß sie, dass Paris einen Makler engagiert hat, der nach einer geeigneten Bleibe sucht. Die bisherige Lösung mit wechselnden Mietwohnungen und Hotelsuiten war einfach nicht mehr tragbar. Neben den Isadorables sind da ja auch noch ihre leiblichen Kinder, Deirdre und Patrick, und die Nanny. Sie alle benötigen Platz, und Ruhe obendrein. Als Paris ihr mitteilte, dass dieser märchenhafte, wenn auch etwas heruntergekommene Palast zu haben war – sie konnte es kaum glauben.

Jelena konnte es ebenfalls kaum glauben. Eigentlich hatte Isadora gehofft, ihre Hübsche würde sich freuen. Sie wollte ihr sogar anbieten, ebenfalls in den Pavillon Bellevue zu ziehen. Schließlich ist ausreichend Platz.

»Ein Schloss? Er hat dir ein ganzes Schloss gekauft?«

»Ein Palais, Jelena. Es ist wunderbar.«

»Kauft er dir auch eine Heerschar Diener dazu?«

»Sicherlich wird es Personal geben. Das Gebäude ist riesig.«
»Bestimmt gibt es spezielle Gänge, damit die Herrschaft des niederen Volks nicht ansichtig werden muss.«
»Jelena, Süße. Was ist denn dein Problem? Ich werde in Saint-Cloud ein Haus der Liebe, der Schönheit und der Freiheit errichten.«
»Auf den Rücken der Geknechteten.«
»Herrgott, bist du melodramatisch. Du weißt, dass ich alle Menschen mit Respekt behandle. Auch und gerade das Personal.«

Sie gerieten in einen hitzigen Streit. Die meisten von Jelenas Vorwürfen perlten an Isadora ab. Aber dann hatte ihre Liebhaberin eine Grenze überschritten.

»Genug Platz für fünfzig Arbeiterfamilien wäre das. Aber du lässt deine paar Luxuseleven darin ihre Demi Pliés üben.«

Die Pliés waren natürlich eine Spitze. Jelena weiß nur zu gut, wie sehr Isadora klassisches Ballett verabscheut. Es ist steril, es ist degeneriert, es ist lebender Tod. Aber was sie wirklich traf, waren die »Luxuseleven«. In Jelenas Vorstellung sind die Isadorables anscheinend ihre Spielzeuge oder Trophäen – Mädchen aus gutem Hause, die teuren Privatunterricht bei der berühmtesten Tänzerin der Welt nehmen.

Die Wahrheit aber ist, dass keines dieser Mädchen tanzen könnte, wenn Isadora nicht dafür gesorgt, nicht dafür gezahlt hätte. Das hat sie Jelena gesagt – nun, eher gebrüllt. Außerdem hat sie ein Bakkarat-Glas nach ihrer Liebhaberin geworfen. Vermutlich wäre es besser gewesen, der Russin in Ruhe zu erklären, dass die Isadorables alle aus ärmlichen Verhältnissen stammen. Einige sind Halbwaisen. Ihre Eltern konnten sie teilweise nicht einmal durchfüttern, geschweige denn ihnen Tanzstunden ermöglichen. Isadora hat sich ihrer angenommen. Und als sie das Tanzinternat in Grunewald schließen musste, schickte sie die Kinder nicht etwa zurück in die Armut, sondern kümmerte sich weiterhin um sie.

Jelena war fort, bevor Isadora ihr diese Dinge auseinandersetzen konnte. Vermutlich hätte sie ohnehin nicht zugehört. Jelena ist völlig verbohrt in letzter Zeit.

Seit diesem Streit hat sie ihre Freundin nicht mehr gesehen.

Isadora lässt sich tiefer in den Sessel sinken. Natürlich hat sie alles Recht der Welt, wütend und beleidigt zu sein. Gleichzeitig weiß sie, dass die Sache so nicht stehen bleiben kann. Sie hat deshalb ihren Bruder Ray vorgeschickt. Er und Jelena verstehen sich recht gut. Mit einem Brief ist Ray zu Poirets Atelier gegangen, wollte ihn Jelena übergeben – nur um dort zu erfahren, dass sie sich unbezahlten Urlaub genommen hat und seit zwei Wochen nicht bei der Arbeit war. Einer Kollegin zufolge hat Jelena ihre Abwesenheit damit begründet, sie müsse »etwas für ihre Schwester tun«.

Dass die mysteriöse Schwester in Paris ist, überrascht Isadora. Aus den wenigen kryptischen Bemerkungen Jelenas hatte sie geschlussfolgert, diese befinde sich noch immer in Russland.

Irgendetwas stimmt nicht. Irgendwann wird sie zu Jelenas Wohnung im Neunzehnten fahren müssen. Oder sie fragt bei den Anarchisten auf dem Montmartre nach. Vielleicht lässt sich die Sache kitten. Vielleicht kann sie irgendwie helfen.

Sie schaut hinüber zu Pouplinière. Der ist noch immer mit dem Vorarbeiter zugange. Isadora greift in eine Tasche ihres Strickmantels, holt ihr Tarotblatt hervor. Weiterhin legt sie täglich ein Kreuz, manchmal zwei. Mitunter schaut sie sich die Karten einfach nur an, zieht zufällig welche aus dem Stapel. Aleister hat ihr geschrieben, auch das sei eine völlig legitime Methode. Zumal, wenn man ein derart hoch entwickeltes magisches Bewusstsein besitze wie Isadora.

Sie zieht die Fünf der Schwerter – keine schöne Karte. Zwei Personen stehen im Hintergrund. Dem Betrachter haben sie den Rücken zugewandt. Vorne im Bild befindet sich ein junger Mann. Er hat mehrere Schwerter zusammengerafft, schaut den Figuren im Hintergrund hämisch nach.

Die Karte signalisiert Konflikt, Niederlage, aber auch: einen Sieg, koste es, was es wolle.

Ist sie zu unnachgiebig? Hat sie Jelena gar Unrecht getan? Nein – Jelena ist keine der bedrückt wirkenden Figuren im Hintergrund. Eher ist sie der spöttisch dreinblickende Jüngling.

Aufs Geratewohl zieht Isadora eine weitere Karte. Ihre Miene verfinstert sich. Es ist der Turm. Ein Blitz schlägt in seine Spitze ein. Das Mauerwerk zerbirst, Flammen züngeln aus den Fenstern. Zerstörung und drohendes Unheil, das ist es, was diese Karte symbolisiert.

Sie fröstelt. In den vergangenen Wochen haben ihr die Karten des Öfteren solch düstere Botschaften übermittelt. Dabei wendet sich doch gerade alles zum Besseren: ihr Tempel des Tanzes, die ausverkaufte Tournee durch Frankreich und Belgien, ihre wunderbaren Kinder. All dies wären Gründe zur Freude. Aber vorgestern hat sie zweimal – zweimal! – die Große Arkane des Todes gezogen. Und bei einer weiteren Séance mit Madame Filine wurde Isadora enthüllt, sie müsse sich vor Automobilen hüten.

»Sie drohen den Tod in deine Welt zu bringen«, waren die Worte des Mediums.

Seitdem passt Isadora besonders gut auf, wenn sie Straßen quert. Der Streik der Taxifahrer kommt ihr angesichts dieses Menetekels nicht ungelegen; sie fährt lieber Droschke. Das erscheint ihr sicherer.

Isadora rätselt, ob der Turm ebenfalls etwas mit Madame Filines Prophezeiung zu tun haben könnte. Sie sollte Aleister danach fragen. Der Magier wird bald wieder in Paris eintreffen. Zusammen mit einem seiner Adepten will er ein mehrtägiges Ritual durchführen.

Isadora soll ihm dabei zur Hand gehen. In seinem letzten Brief hat der Magus sie außerdem um die Namen einiger Avantgarde-Künstler gebeten. Es geht wohl immer noch um die Bilder, die er für sein Ritual anfertigen lassen will. Sie wird ihrem nächsten Brief einen Artikel über die Kunstszene beilegen, den sie unlängst gelesen hat. Er heißt »Die Wilden Männer von Paris«. Das wird Aleister sicherlich gefallen.

Sie ist derart in Gedanken, dass sie Monsieur Pouplinière erst bemerkt, als er neben ihrem Sessel steht.

»Ich bedaure außerordentlich, dass ich Sie so lange habe warten lassen, Madame.«

»Oh, das macht nichts.«

Sie erhebt sich. Zusammen gehen sie zu dem Tisch mit den Plänen.

»Diese Leute«, sagt Pouplinière, »muss man leider sehr genau anweisen. Ansonsten tun sie, was sie für richtig halten. Und das ist in der Regel das Falsche. Nun, wie auch immer. Worüber möchten Sie sprechen?«

»Ich würde gerne noch einmal die Entwürfe für das Obergeschoss durchgehen.«

»Sehr gut. Auch mir sind da einige Punkte aufgefallen.«

Der Architekt greift nach einer ledernen Rolle. Er zieht einen Plan heraus und breitet ihn auf dem Tisch aus.

»Wie Sie sehen können, haben wir hier am Aufgang einen Alkoven. Darin wird eine Statue der Athene stehen, wie von Ihnen gewünscht. Außerdem ...«

Isadora nickt, ist aber nicht wirklich bei der Sache. In ihrer Hand hält sie immer noch die Karte mit dem in Flammen stehenden Turm.

27

Fünftausend Franc – kaum zu glauben, dass sie dafür den ganzen Zirkus veranstaltet haben. Zwar hatte der Bote der Societé Générale neben dem Bargeld weitere Wertpapiere bei sich, Schuldverschreibungen oder etwas in der Art. Aber die werden sie nicht los. Jules hat sie einem befreundeten belgischen Hehler angeboten, aber der lehnte rundheraus ab. Ein weiterer potenzieller Käufer wollte nur zehn Prozent des Nennwerts zahlen.

Sie brauchen dringend Geld. Es geht nicht um Luxus. Das Leben im Untergrund ist verdammt teuer. Also unternehmen sie einen weiteren Versuch.

Jelena schaut hinüber zu dem zweistöckigen Haus. Vor seinem Eingangstor steht eine Gestalt. In ihrer schwarzen Kleidung ist sie in der Dunkelheit kaum auszumachen. Doch Jelena weiß, dass es sich um Jules handelt, der gerade dabei ist, das Schloss zu knacken.

Als sie beim Sichten der Beute feststellten, dass sich ihr waghalsiger Überfall kaum gelohnt hatte, war die Stimmung schlecht. Vor allem Octave tobte. Auch Jules und Jelena waren übellaunig. Nur La Science blieb an jenem Nachmittag am Meer ruhig. Er lächelte sogar. Während sie zu Fuß entlang der Klippen Richtung Dieppe marschierten, hielt Raymond ihnen einen kleinen Vortrag.

Ihre Enttäuschung sei völlig unbegründet. Die politische und öffentlichkeitswirksame Dimension des Ganzen sei wichtiger als die monetäre. Das revolutionäre Fanal, das sie ausgesendet hätten, werde in ganz Frankreich gehört werden. Wie üblich sprach Raymond im Tonfall des Landpfarrers, der Bauern das Evangelium erklärt. Wäre Jelena nicht dazwischengegangen, hätten der aufgebrachte Octave und der ebenfalls genervte Jules ihm kräftig das Maul poliert.

Der Punkt ist: Raymond hat recht behalten. Die Krise der Caillaux-Regierung, das russische Massaker in Tabriz, die erschütternde Sieben-zu-eins-Niederlage Frankreichs gegen England –

all diese Nachrichten hat ihr Überfall auf die hinteren Seiten relegiert. Tagelang gab es kein anderes Thema als die »Automobilbanditen«. Zwar weiß die Öffentlichkeit nicht mit Bestimmtheit, dass sie Anarchisten sind. Aber sie ahnt es. Wer sonst wäre derart kühn?

Die Schüsse auf den Geldboten haben Jelena erschreckt. Sie hielt sie für unnötig. Inzwischen ist sie anderer Meinung. Von der Bourgeoisie und ihren Büttel wird den Massen das natürliche Recht auf ein freies Leben verweigert. Dagegen muss man sich wehren. Mehr noch, man muss von Anfang an signalisieren, dass man zum Äußersten bereit ist. Zwar hat der Geldbote – wie Jelena aus der Zeitung weiß, heißt er Ernest Caby – die Sache überlebt. Dennoch ist sich Jelena sicher, dass ihnen beim nächsten Überfall keiner Widerstand leisten wird. Octave hat ihnen mit seinem Rumgeballere letztlich Respekt verschafft. Und den werden sie brauchen.

Nun, heute vielleicht nicht. Das Haus in Thiais, das sie in dieser Nacht ausplündern wollen, ist verlassen. Wie sie aus guter Quelle erfahren haben, ist der Besitzer verreist.

Jules hebt die Hand, zum Zeichen, dass die Tür offen ist. Jelena setzt sich in Bewegung. Auch Raymond und Octave lösen sich aus den Schatten. Anders als der Diebstahl des Delaunay vor einigen Wochen läuft dieser Bruch wie am Schnürchen. Weder verursachen sie Lärm, noch leisten irgendwelche Schlösser Widerstand. Als sie im Innenhof angelangt sind, hat Jules bereits die Haustür geöffnet. Er winkt sie herein.

Sie finden sich in einem geschmackvoll eingerichteten Haus wieder – viel dunkles Holz, ein bisschen Kunst. Der Bewohner des Anwesens, das weiß Jelena von Raymond, gehört zur besonders unsympathischen Spezies der Rentiers, jener dekadentesten Ausprägung des Kapitalisten. Dank eines großen Bündels Wertpapiere fließt dem Mann das Geld, das irgendwelche Industriebarone aus ihrer Arbeiterschaft herauspressen, einfach so zu. Der Parasit muss nicht einmal seinen kleinen Finger dafür rühren.

Sie steigen die Treppe empor. Ihre Hoffnung ist, dass der Rentier einen Safe voller Bargeld oder Gold hat. Diesen zu finden, ist ihr wichtigstes Ziel. Wenn es kein Bargeld gibt, werden sie Wertgegenstände mitnehmen. Doch eigentlich wollen sie derlei Klein-Klein vermeiden. Die Revolution finanziert man mit Goldfrancs, nicht mit Silberbesteck.

Im Obergeschoss riecht es nach frischer Farbe. Zu dritt pirschen sie den Gang entlang, Octave vorneweg, gefolgt von Raymond und Jelena. Jules steht unten Schmiere. Sobald sie finden, was sie suchen, werden sie ihm vom Fenster aus mit der Taschenlampe ein Zeichen geben. Jules wird dann den Wagen anlassen, einen Lorraine-Dietrich, den sie vor einigen Tagen entwendet haben.

Octave öffnet eine der Türen. Jelena sieht das Licht seiner Lampe über eine geblümte Tapete huschen. Es scheint sich um eine Art Salon zu handeln. Im Hintergrund kann sie eine Vitrine voller Porzellan ausmachen, ferner ein Ölgemälde, das eine barbusige Frau mit Bogen und Pfeilen zeigt.

Octave probiert die nächste Tür. Ausnahmsweise scheint ihr Heißsporn sich an den Plan zu halten. Dieser sieht vor, zunächst das Arbeitszimmer Monsieur Morels zu durchsuchen. Falls es einen Safe gibt, befindet er sich vermutlich dort.

Octave winkt ihnen. Anscheinend hat er den gesuchten Raum gefunden. Kurz darauf stehen sie in einem mit dunklem Holz getäfelten Büro. Raymond stellt seine Ledertasche auf dem Schreibtisch ab, öffnet sie. Darin befinden sich Dietriche und ein kleiner Schweißbrenner.

Sie machen sich an die Arbeit. Als Erstes durchsuchen sie die Schubladen des Schreibtisches, öffen Kabinette und Schränke. Sie finden eine Menge Papier, aber kein Geld.

Als sie mit dem Mobiliar fertig sind, schlagen sie die Perserteppiche hoch und hängen die Bilder ab. Auch dies bleibt ergebnislos.

Das heißt nicht, dass es keinen Safe gibt – nur, dass er möglicherweise gut versteckt ist. Darauf sind sie vorbereitet. Octave hat ein Brecheisen dabei, mit dem er nun beginnt, die Holzpaneele der Wandverkleidung aufzustemmen.

Jelenas Nackenhaare kräuseln sich. Bisher waren sie relativ leise. Damit ist nun Schluss. Als ihr Genosse die Wände auseinandernimmt, knirscht und kracht es. Da das Haus verlassen ist, sollte das kein Problem darstellen. Andererseits: Wer weiß, wie hellhörig die Nachbarn sind? Jelena geht zum Fenster, zieht den Vorhang ein wenig beiseite. Auf der Straße ist es ruhig. In keinem der benachbarten Gebäude brennt Licht.

Sie entspannt sich ein wenig, wendet sich wieder den anderen zu. Raymond, immer der Optimist, präpariert bereits den Brenner, obwohl noch völlig unklar ist, ob es etwas aufzuschweißen gibt.

Zwei der Paneele liegen bereits auf dem Boden. Dahinter sieht man nackte Wand, aber keinen Safe.

An Octaves Gesicht lässt sich erkennen, dass ihm das nicht schmeckt. Das nächste Paneel muss es büßen. Er setzt das Eisen an, bringt sein ganzes Gewicht zum Einsatz. Der Knall, als das Brett förmlich aus seiner Halterung katapultiert wird, ist so laut wie ein Schuss. Holzsplitter stieben in alle Richtungen.

»Mach nicht so viel Krach, Herrgott«, zischt Raymond.

Octave wirft La Science einen bösen Blick zu, setzt erneut das Eisen an. Diesmal geht er behutsamer vor. In Zeitlupe hebelt er die Holzplatte etwas heraus, linst durch den entstandenen Spalt. Aufgeregt winkt er ihnen.

»Licht. Schnell.«

Jelena kommt mit ihrer Taschenlampe. Durch den handbreiten Spalt sieht man, wieder einmal, Mauerwerk. Aber da ist noch etwas. Es scheint sich um eine weitere Platte zu handeln, notdürftig mit Stoff umwickelt. Sie ist kleiner als die äußere und sieht ziemlich abgegriffen aus.

»Was ist das?«, fragt Jelena.

»Keine Ahnung«, erwidert Octave. »Vielleicht nur Müll, den die Handwerker hier verklappt haben. Warte, da steht was: ›MR‹.«

Tatsächlich sind in einer Ecke des Bretts zwei rote Lettern aufgestempelt. Außerdem sieht Jelena einen Riss in der Oberkante.

Er misst an die fünfzehn Zentimeter und wurde geflickt, indem man mehrere Holzstücke darübergeklebt hat.

»Sieht nach Rott und Gammel aus. Ich glaube nicht, dass ...«

Sie bemerkt, dass Octave nicht mehr neben ihr steht. Stattdessen bearbeitet er das nächste Wandpaneel. Erneut knirscht es vernehmlich.

»Ich hab's!«, ruft er.

»Tresor?«, fragt Raymond. Er kommt näher, Brenner in der Hand.

Octave nickt. Gemeinsam entfernen die beiden die Paneele. Dahinter befindet sich ein Wandsafe, genau wie Jules es vorausgesagt hat.

Die blaue Stichflamme des Schweißgeräts leuchtet auf. Während Raymond sich an dem Tresor zu schaffen macht, schaut Jelena sich erneut die seltsame Platte an. Sie vergrößert den Spalt ein wenig, leuchtet hinein. Unter dem MR, das erkennt sie nun, steht eine Zahl – dreihundertsechzehn. Ihr fällt ferner auf, dass der Stoff, der die der Wand zugewandte Seite der Platte bedeckt, nicht irgendein Fetzen ist, sondern roter Samt.

Das Fauchen des Brenners verstummt. Sie schaut zu Raymond, der gerade die Safetür öffnet. Kurz darauf schaufelt er Papiere und Münzen in einen Sack, den Octave bereithält.

»Wenn ihr da fertig seid, helft mir mal«, sagt sie.

»Vergiss es«, sagt Octave, »das hier ist der Hauptgewinn.«

»Schon, aber ...«

La Science macht den Sack zu. Er grinst zufrieden.

»Raymond?«, sagt sie.

»Hm?«

»Wofür könnte MR früher gestanden haben? Auf einem Siegel?«

»Irgendwas mit Royale, vermutlich.«

»Kommt jetzt, lasst uns los«, sagt Octave. »Ich gebe Jules das Zeichen.«

Auf dem Weg zum Fenster kommt Octave an der angelehnten Tür vorbei, erstarrt. Jelena hört, wie eine leise, brüchig klingende

Stimme etwas sagt. Dann ist Octave durch die Tür, tritt in den Gang. Sie vernimmt einen dumpfen Schlag.

Raymond lässt den Sack fallen, zieht seine Pistole.

Draußen ächzt jemand. Jelena müsste wohl auch ihre Browning ziehen. Stattdessen steht sie wie angewurzelt da, starrt das verwitterte Brett an.

MR. M. Royale. Musées Royales.

Jelena drängt sich an Raymond vorbei, hinaus auf den Flur. Aus einem der anderen Zimmer fällt Licht in den Gang. Dort liegt jemand auf dem Boden, ein Mann im Nachthemd. Er muss mindestens achtzig sein, vielleicht noch älter. Octave steht über ihm, die Brechstange in der Hand.

»Du verdammter alter Bastard!«, sagt er.

»Octave, nein«, ruft Jelena, »wir müssen ...«

Der Alte hebt die Hände.

»Nein, nein, bitte, ich werde niemand ...«

»Ich glaube dir«, erwidert Octave und lässt das Eisen niedersausen. Jelena wendet den Blick ab. Sie spürt, wie ihr übel wird, stolpert zurück ins Büro.

Es ist nicht das erste Mal, dass Jelena sieht, wie jemand zu Tode geprügelt wird. Wie oft war sie zugegen, wenn die Schergen des Zaren mit Knuten und Knüppeln »Gerechtigkeit« ausgeübt haben? Wie oft hat sie Schädel bersten sehen wie rohe Eier? Doch warum ist ihr dann auf einmal so übel? Wieso ist sie immer noch so weich?

Raymond rennt an ihr vorbei.

»Scheiße, Octave. Was ...«

»Er hat uns gehört. Und gesehen. Was hätte ich denn tun sollen?«

»Ich dachte, die sind alle ausgeflogen, verdammt.«

»Offenbar nicht.«

»Gott, was für eine Scheiße, Octave.«

»Was willst du von mir, Science? Spiel dich jetzt bloß nicht wieder so auf.«

Während die beiden streiten, wuchtet Jelena wie in Trance das schwere Paneel aus dem Rahmen. Sie greift nach dem dahinter versteckten Bild. Vorsichtig wendet sie es, entfernt den roten Samt.

»Das kann nicht wahr sein.«

Ihre Knie geben nach. Rasch stellt sie das Bild auf einen Stuhl, setzt sich ihm gegenüber. Das Gemälde sieht exakt so aus wie jenes, das sie hundertfach gesehen hat – in Zeitungen, auf Ansichtskarten, an Litfaßsäulen. Es gibt kaum einen Zweifel.

Sie betrachtet das Bild genauer. Ihr fällt auf, dass die Joconde recht pummelig ist. Sogar ihre Hände sind rundlich. Man sieht, dass Mademoiselle Lisa nie einen Dreschflegel halten, nie Wäsche schrubben musste. Feine Damenhände sind das, gemacht für Stickerei und Lautenspiel.

Und dann ihr Gesicht. Die Joconde scheint sie mitleidig anzulächeln. Doch was Jelena den Atem raubt, sind ihre Augen. Sie wirken ganz anders als auf den Fotos und Reproduktionen. Oder vielleicht hat sie zuvor einfach nie genau hingeschaut. Der Blick der Joconde ist gleichzeitig fest und zart. Ihre Augen sind von hellem, haselnussfarbenem Braun. Sie haben genau dieselbe Farbe wie die Augen von, von …

Ohne Vorwarnung gibt ihr Magen nach. Jelena rutscht vom Stuhl auf die Knie, erbricht sich auf den Perserteppich.

»Jelena? Was …«

Die Stimme gehört Octave. Sie erstirbt mitten im Satz. Er bricht in Gelächter aus.

»Ist nicht wahr, oder? Ist die etwa echt?«

Während sie hochkommt, wischt sie sich mit dem Ärmel den Mund ab.

»Das hätte ich gerne den Alten gefragt.«

»Wir sollten das auf jeden Fall mitnehmen. Vielleicht können wir es verkaufen.«

Wenn es noch irgendeines Beweises bedurft hätte, dass Octave ein ausgemachter Schwachkopf ist, hat er ihn hiermit geliefert. Im Vergleich zur Joconde ist der Verkauf ihrer Bankwechsel ein Kinderspiel. Warum wohl war das Bild hinter der Wandverkleidung versteckt?

Jelena will fort von hier, und zwar schnell. Sie geht zum Fenster, gibt mit der Taschenlampe das vereinbarte Signal. Als das erledigt ist, wickelt sie das Bild wieder in den Samt.

»Lass uns gehen«, sagt sie.

Im Flur vermeidet Jelena es, nach rechts zu schauen, wo der erschlagene Greis liegt. Während sie die Treppe hinabsteigt, ruft sie sich Victors Worte in den Sinn.

»Für uns ist der Feind, wer immer uns am Leben hindert. Wir sind diejenigen, die attackiert werden, und wir wehren uns!«

Nichts anderes haben sie getan. Sie haben versucht, Gewalt zu vermeiden. Aber der Kerl hat ihnen keine Wahl gelassen.

Jelenas Kopf fühlt sich wattig an. Beinahe rutscht ihr das Bild aus den Händen. Sie bekommt es gerade noch zu fassen, allerdings gleitet der Samt zu Boden. Sie hebt ihn auf, geht weiter. Als Jelena den Fuß der Treppe erreicht, fällt der Strahl von Octaves Taschenlampe auf einen Spalt in einer Doppeltür, die vermutlich ins Speisezimmer führt.

Jelena sieht ein Auge durch den Spalt linsen. Sie sieht, wie der Blick der unbekannten Person über ihr Gesicht huscht – und über das Gesicht der Mona Lisa.

Auf einmal ist Raymond da. Er muss bereits im Erdgeschoss gewartet haben, in den Schatten verborgen. Wusste er, dass noch jemand im Haus ist? Oder hat er ihnen aufgelauert? Während Jelena sich diese Frage stellt, reißt La Science die Tür auf. Eine Frau kreischt.

Die beiden verschwinden im Speisezimmer. Sekunden später stürzt die Frau in den Flur. Sie trägt ein Nachthemd und eine Schlafmütze. Vermutlich handelt es sich um Morels Haushälterin.

Sie rennt an Jelena vorbei, das Gesicht von Todesangst gezeichnet. Jelena steht wie angewurzelt auf dem Treppenabsatz, die Joconde wie einen Schutzschild vor sich haltend.

Ein lauter Knall, gefolgt von einem weiteren. Der Kopf der Haushälterin wird herumgerissen, sie geht zu Boden. Jelena fühlt, wie etwas Warmes, Feuchtes ihr Gesicht trifft und ihre Wange herabrinnt.

Raymond taucht wieder auf, Browning im Anschlag. Er reißt die Haustür auf, stürzt hinaus. Octave rennt an Jelena vorbei. Durch die geöffnete Tür kann sie den Wagen sehen, der vor dem Haus wartet.

Jelena schaut sich das Gemälde an. Auf Kleid und Dekolleté der Joconde sind einige Blutspritzer. Ihr Gesicht hat nichts abbekommen, anders als das von Jelena.

Sie hebt den Samt auf und tupft damit behutsam die Blutspritzer weg. Dann macht sie, dass sie fortkommt, bevor die anderen ohne sie abfahren.

28

Der Kellner bringt ihr Essen. Juhel hat *hachis parmentier* bestellt, Jouin von der Präfektur *lièvre à l'Allemande*. Beides sieht ausgezeichnet aus, wie im »Café de la Paix« auch nicht anders zu erwarten. Der Laden ist zu teuer für Juhel. Dennoch hat er den stellvertretenden Chef der Pariser Kriminalpolizei hierher eingeladen, als Zeichen des guten Willens.

Louis Jouin pikst ein Stück Karotte auf, führt es zum Mund. Juhels Kollege ist Anfang vierzig, doch seine Haare werden bereits grau. Augenbrauen und Schnurrbart hingegen sind tiefschwarz und dick wie Eisenbahnbohlen.

»Sehr gut«, sagt Jouin. »Speisen Sie mittags immer so fein, Lenoir?«

»Meist gar nicht. Etwas auf die Hand muss reichen. Aber Direktor Hennion zahlt, und da dachte ich ...«

Die Augenbrauenbohlen heben sich.

»Tut er das? Ein Friedensangebot, hm?«

»Auf jeden Fall ein Kooperationsangebot.«

»Bezüglich was?«

Eigentlich wollte Juhel erst beim Dessert übers Eingemachte reden. Aber Jouin scheint ein eiliger Geselle zu sein.

»Verschiedene Dinge – die Auto-Anarchisten zum Beispiel.«

Während die Zeitungen noch mutmaßen, was die Motive der Verbrecher sein könnten, ist man sich bei Präfektur und Sûreté Générale bereits sicher, dass es sich um Illegalisten handelt. Der Geldbote, ein gewisser Caby, wurde zwar übel zugerichtet. Aber im Bichet-Hospital haben sie ihn so weit zusammengeflickt, dass er sich ein paar Fotos anschauen konnte.

Jouin trinkt einen Schluck Rotwein.

»Was wäre denn im Angebot?«, fragt er.

Juhel kennt sein Gegenüber nicht allzu gut. Als er selbst bei der Präfektur war, hatte er manchmal mit Jouins Vorgänger zu tun, der allerdings vor einigen Jahren bei einer Personenkontrolle erschossen wurde. Seitdem war Jouin Hamards Vize. Nun ist er der von Guichard. Dem Vernehmen nach wäre Jouin gerne selbst Direktor der Kripo geworden, aber er kommt nicht aus dem richtigen Stall. Jouin stammt aus einfachen Verhältnissen, in der Armee war er lediglich Unteroffizier. Außerdem soll er in wilder Ehe leben. Das ist sicher aufregend, aber schlecht, wenn man Karriere machen möchte.

»Es gibt da Leute, die neu in die Stadt gekommen sind. Zumindest vermuten wir das.«

»Und weiter?«

»Der Modus Operandi in der Rue Ordener war ungewöhnlich. Da sind wir uns einig?«

Jouin tupft sich Sahnesoße vom Schnurrbart, nickt.

»Neuartig geradezu.«

»Exakt. Deshalb liegt es nahe, dass die Täter ebenfalls neu sind. Nicht die üblichen Verdächtigen.«

»So was in der Art haben wir uns auch schon gedacht. Wir haben da ein, zwei, über die wir wenig wissen – außer dass sie erst seit Kurzem in Paris sind. Keiner von denen ist bisher auffällig geworden.«

»Was an sich auffällig ist«, erwidert Juhel.

»Ganz genau.«

Jouin schiebt sich ein etwas zu großes Stück Hase in den Mund.

»Schon von der Sache in Thiais gehört?«, fragt Juhel. Er versucht, beiläufig zu klingen.

»Mmmh«, erwidert Jouin kauend, »schlimme Sache. Den Alten haben sie mit einer Eisenstange totgeprügelt, der Haushälterin das halbe Gesicht weggeschossen. Wir denken, es könnten dieselben Leute gewesen sein. Die Nachbarn haben ein Auto davonrasen hören, eine Luxuskarosse.«

Der Kripo-Vize legt sein Besteck beiseite, schaut Juhel an.

»Wir sind grundsätzlich interessiert, Lenoir. Die Sache muss bald enden. Ansonsten fühlen sich andere Leute ermutigt, inspiriert gar. Spätestens seit dem Waffenladen ist man beunruhigt.«

»Das Geschäft von Smith & Wesson auf dem Boulevard Haussmann? Ist viel weggekommen?«

»Siebzehn Revolver, sechs Jagdflinten, neun Repetiergewehre und ...«, Jouin macht eine Kunstpause, »... zwei Parker-Kanonen.«

»Ich verstehe. Nun gut, Sie sagten, Sie hätten ein paar Leute, die Sie gerne durchleuchten würden. Ich kann Ausländerabteilung und Finanzermittler darauf ansetzen.«

»Klingt nicht schlecht. Aber bekommen wir auch was?«

»Na hören Sie, Jouin – alle Ergebnisse, natürlich. Die vollständigen Akten. Und was Sie sonst brauchen.«

Jouins Glas ist fast leer. Juhel schenkt ihm nach.

»Danke. Also, ich wäre einverstanden – und das reicht zurzeit. Der eine Direktor ist schon weg und der andere noch nicht ganz da.«

»Ich verstehe.«

»Aber geben Sie mir«, sagt Jouin, »bitte im Gegenzug auch ein paar Verdächtige. Nur damit es ausgeglichen bleibt. Und falls wir was zu Ihren Anarchisten hören, informieren wir Sie natürlich auch.«

»Ehrlich gesagt habe ich nur einen. Aber der ist ein Volltreffer.«

»Wie können Sie sich da so sicher sein?«, fragt Jouin.

»Ehemaliger Unteroffizier, exzellenter Schütze, technisch versiert. War bereits in Autoschiebereien verwickelt. Zu Mord fähig, hat mindestens schon einen begangen.«

Jouin nippt an seinem Wein und schaut Juhel über den Rand des Glases hinweg an. Seine Augen verraten eine gewisse Belustigung.

»Ist ja ein richtiger Anarcho-Basar hier. Wenn ich den Wink mit dem Zaunpfahl richtig verstehe: Ihr heißer Verdächtiger sticht unsere drei, vier lauwarmen locker aus. Und deshalb wollen Sie noch etwas Sahne obendrauf?«

»So in etwa. Die Sahne kostet Sie aber nichts.«

»Inwiefern?«

»Es geht um einen abgeschlossenen Fall.«
»Welchen?«
»Die Joconde.«

Jouin spuckt beinahe seinen Wein aus. Er tupft sich mit der Serviette den Mund ab.

»Der wird niemals abgeschlossen sein.«
»Aber die formellen Ermittlungen sind es.«
»Und Sie möchten trotzdem weitermachen? Haben Sie etwa eine Idee? Eine Idee, was wir falsch gemacht haben?«
»Ich weiß nicht, ob Sie was falsch gemacht haben. Aber ja, ich würde mich gerne mal dransetzen.«
»Um uns die Show zu stehlen.«
»Es gibt keine Show mehr. Außerdem liegt die Sache ja immer noch im Aufgabenbereich der Präfektur. Falls ich was finde, muss ich eh bei Ihnen angeschlichen kommen«, sagt Juhel.

Jouin wägt ab, man sieht es ihm an. Einerseits besteht das Risiko, dass die Präfektur in dieser Sache erneut vorgeführt wird. Andererseits kostet ihn die Kooperation kaum etwas, und vermutlich kommt ohnehin nichts dabei heraus. Mehr als sechzig Beamte haben im Fall Mona Lisa wochenlang jeden Stein umgedreht. Dass ein einzelner Ermittler nach so langer Zeit noch etwas findet, das alle anderen übersehen haben – unwahrscheinlich.

»Also, einverstanden. Sie kriegen meine kleinen, ich Ihren großen Unbekannten. Die Joconde-Akten dürfen Sie bei uns einsehen. Ich fertige dazu nachher eine Dienstanweisung an und lasse sie Ihnen schicken. Danach wird man Sie im Tour Pointue«, Jouin verzieht spöttisch den Mund, »mit offenen Armen empfangen.«

Während sie ihren Käse essen, zeigt Juhel dem Kollegen das Bonnot-Dossier. Jouin wirkt durchaus beeindruckt. Anarchist, Mörder, Automechaniker – alles passt.

»Nur die Personenbeschreibung nicht. Die von Caby Beschriebenen sahen anders aus. Aber wir zeigen ihm ein paar Fotos von diesem Bonnot. Vielleicht hilft das seinem lädierten Schädel auf die Sprünge«, sagt Jouin.

Beim Kaffee zieht der Kripo-Vizechef etwas aus der Jackentasche. Es handelt sich um ein kleines Kuvert. Juhel ist erstaunt, dass der Kollege ebenfalls mit Papieren im Gepäck zu ihrem Treffen erschienen ist. Vielleicht ist die Kooperationsbereitschaft der Präfektur doch größer als vermutet.

»Ein recht schmales Dossier«, bemerkt Juhel.

»Ich habe noch mehr, aber ... sprechen Sie Russisch, Inspektor?«

»Nicht ein Wort.«

»Dachte ich mir.«

Er öffnet das Kuvert, entnimmt ihm vier Fotografien. Juhel erkennt sofort, dass es sich um Polizeifotos handelt, diese aber nicht von Bertillon stammen.

»Schon seltsam, dass das jetzt ausgerechnet bei Ihnen landet, Lenoir.«

»Inwiefern?«

»Diese Bilder sind ein Vermächtnis Ihres Busenfreundes, Octave Hamard. Wie Sie vielleicht wissen, besaß er gute Verbindungen zu den Russen.«

»Er war mal für die Sicherheit ihrer Botschaft zuständig, das weiß ich.«

»Und er sprach auch ganz passabel Russisch. Egal, auf jeden Fall sind die Russen vor einiger Zeit an ihn herangetreten. Sie haben ihm ein paar Dossiers gegeben. Alles Leute, die der zaristischen Ochrana durch die Lappen gegangen sind.«

»Und wieso ist das unser Problem?«

Jouin schaut ein wenig gequält.

»Sie wissen schon.«

Juhel ahnt es zumindest. Ein russischer Anarchist oder Kommunist, der etwas auf dem Kerbholz hat, setzt sich nach Frankreich ab, taucht in Paris unter. In den meisten Fällen sind die Russen froh, den Mann los zu sein. Mitunter wird ein Individuum von der zaristischen Geheimpolizei jedoch als derart gefährlich eingestuft, dass sein Verbleib nicht egal ist. Was, wenn ein Émigré in Paris Kontakte knüpft, Geld sammelt – und womöglich eines Tages zurückkehrt, um seine Umtriebe fortzusetzen?

Juhel vermutet, dass sich Hamards Amtshilfe in letzteren Fällen nicht darauf beschränkte, die Verdächtigen an die Ochrana zu verpfeifen. Die Auslandsabteilung des russischen Geheimdienstes hat ihr Hauptquartier schließlich in Paris. Vermutlich sah Hamard sogar weg, wenn die Spione des Zaren den einen oder anderen Revoluzzer diskret verschwinden ließen.

»Auf jeden Fall«, sagt Jouin, »hat Hamard mir die vier neulich übergeben. Alles Anarchisten, alle in Paris vermutet, alle gelten als untergetaucht.«

Jouin legt die Bilder auf den Tisch. Es handelt sich um drei Männer sowie eine Frau. Alle sehen ziemlich abgerissen aus, haben blaue Flecken und Schrammen im Gesicht. Wäre Juhel ein Verbrecher, wäre ihm ein Verhör durch die französische Polizei auch lieber als eines durch die russische, keine Frage.

Er schaut sich die Visagen eingehend an. Es kostet ihn einiges an Beherrschung, nicht nach dem Bild der Frau zu greifen. Er setzt eine gleichgültige Miene auf, sagt: »Gut. Ich schaue mal. Die Namen?«

»Stehen hinten drauf. Vermutlich tragen sie inzwischen andere. Am meisten interessieren uns«, er zeigt auf einen Mann mit einem buschigen Schnauzer sowie auf die Frau, »diese beiden. Ihre Gesichter passen zu einigen Zeugenaussagen im Zusammenhang mit der Rue Ordener.«

»Da war eine Frau mit von der Partie?«

»Vielleicht, vielleicht auch nicht. Die Aussagen der Augenzeugen sind widersprüchlich.«

Juhel steckt die Fotos ein, winkt dem Kellner. Draußen schütteln die beiden Beamten einander die Hand, dann geht jeder in Richtung seines Büros – Jouin zum Quai des Orfèvres, Juhel zur Rue des Saussaies.

29

Vincenzo lässt sich den Eisbecher munden. Kaum zu glauben, dass er bei seinem letzten Besuch im »Tortoni« mit billigem Landwein vorliebnehmen musste. Das Eis schmeckt ausgezeichnet, in Mailand oder Bologna ist es kaum besser. Vincenzo nippt an seinem Espresso, steckt sich noch eine an.

Auch bei den Zigaretten gönnt er sich nun Besseres: John Player Special statt kratzigen Fluppen aus Drehtabak. Während Vincenzo zufrieden pafft, schaut er den Damen auf dem Boulevard nach. Er ist zufrieden mit der Welt und vor allem mit dem schlauen Schlingel mittendrin: sich selbst.

Der Schmuck, den er im Haus von Monsieur Morel hat mitgehen lassen, entpuppte sich als wertvoller als zunächst angenommen. Ein Juwelier an der Rue Rivoli hat ihm insgesamt fünftausend dafür gegeben. Der Mann sagte, er werde sich weitere derartige Stücke gerne ansehen. Dabei tat er betont uninteressiert. Doch Vincenzo besitzt die Gabe, Menschen zu lesen wie andere die Zeitung. Dem Kerl war die Gier ins Gesicht geschrieben.

Er schiebt sich einen weiteren Löffel Vanilleeis in den Mund. Möglicherweise sollte er demnächst noch mal bei Morel vorbeischauen. Wenn er sich genauer umsieht, findet er bestimmt weitere Dinge, die sich versilbern lassen.

Andererseits darf er nicht zu frech sein. Wenn seine Diebereien auffallen, ruft das vielleicht die Polizei auf den Plan. Probleme bekäme dann natürlich zunächst Mademoiselle Bercotte, die einfältige Gans. Aber möglicherweise würde man auch die Handwerker befragen. Und auf eine weitere Vernehmung kann Vincenzo gerne verzichten.

Aber die Versuchung, sie ist da. Dieser Morel ist ein Tattergreis. Vermutlich hat er seit Ewigkeiten nicht mehr in seine Schubladen geschaut.

Vincenzo kratzt die letzte Schokoladensoße aus dem Becher, winkt den Kellner herbei.

»Wünschen der Herr noch einen Kaffee?«
»Nein, danke. Die Rechnung bitte. Das Eis – ausgezeichnet! *Come in Italia*.«

Der Kellner lächelt, schaut dabei aber, als sei derlei im »Tortoni« ja wohl selbstverständlich. Ganz schön arrogant, aber die Hochnäsigkeit ist nicht unberechtigt. Wer Großes vollbringt, darf auch etwas auf sich halten. Niemand versteht das besser als Maestro Vincenzo Peruggia, *il rapinatore straordinario di Parigi*.

Er legt ein fürstliches Trinkgeld auf den Tisch, verlässt das Lokal. Seinen neuen Spazierstock mit dem silbernen Löwenkopf schwingend, spaziert Vincenzo den Boulevard des Italiens entlang. Damen werfen ihm schmachtende Blicke zu, Herren machen ihm Platz. Als er am Pathé-Palast vorbeikommt, erwägt er, hineinzugehen. Aber es ist noch etwas früh fürs Kinema. Lieber möchte er noch ein wenig flanieren, ein Mann von Welt sein, sich fühlen wie der Graf von Montesquiou.

Vor dem Crédit Lyonnais hält er, um sich eine weitere JPS anzuzünden. Ihm fällt auf, dass er schon wieder Hunger verspürt. Das Eis hat nicht lange vorgehalten. Und so steuert Vincenzo das nächste Café an. Das »Riche« ist mindestens so schick wie das »Tortoni«, aber eher für seine Hauptspeisen bekannt als für seine Desserts. Vincenzo war noch nie hier. Es wird höchste Zeit, dass sich das ändert.

Er setzt sich ans Fenster, bestellt Weißwein und *homard américaine*. Letzterer kostet beachtliche vier Franc, aber heute gönnt er es sich. Ab morgen wird er sparsam sein. Schließlich muss das Geld eine Weile reichen, bis, ja bis sich die nächste Gelegenheit ergibt.

Einen Plan hat Vincenzo nicht, aber Pläne sind auch etwas für Idioten. Genies haben Eingebungen. Sie erkennen sich bietende Chancen, schlagen blitzschnell zu. Da ist er wie sein Vorbild, der große Fantômas. Der ist der Polizei ja gerade deshalb immer einen Schritt voraus, weil er *keinen* Plan hat, weil er improvisiert. Theoretisch ist auch denkbar, dass sich eines Tages ein Käufer für seine Gioconda findet. Vincenzo ist bewusst, dass sie zurzeit unverkäuflich ist. Doch unmöglich ist nichts, nicht für einen Peruggia. Vielleicht wird er eines Tages nach London oder Berlin reisen und bei den dortigen Kunsthändlern Erkundigungen einholen.

Zudem werden sich ihm andere Gelegenheiten bieten. Sobald er reich ist – bei seinen Talenten nur eine Frage der Zeit –, wird Vincenzo Paris den Rücken kehren. Das ist ausgemacht. Die Stadt besitzt fraglos ihre Annehmlichkeiten, aber zu Hause ist es eben doch am schönsten. Als gemachter Mann wird er nach Dumenza zurückkehren.

Vincenzo hat sich die Szene oft ausgemalt. In einem nagelneuen Automobil fährt er die Via Roma hinauf, winkt den staunenden Einheimischen zu. Vor der kleinen Bar im Zentrum hält er und sagt Enrico, dem Wirt: »*Salute!* Einen doppelten Espresso.«

Seinen Bekannten, die wie jeden Nachmittag vor der Bar in der Abendsonne sitzen, ruft er zu: »Na, habt ihr mich vermisst?«

Sie nicken und lachen. Einige klatschen. Vincenzo gibt allen eine Runde aus. Und ganz Dumenza sagt: »Ich wusste, dass er irgendwann zurückkommt, unser Vincenzo. Er war schon immer ein Teufelskerl, ein Abenteurer – aber eben auch ein Patriot, ein Italiener und vor allem ein Lombarde. Sein Herz war die ganze Zeit über hier.«

Vincenzo kommen fast die Tränen, als er sich all das vorstellt.

Er winkt dem Kellner.

»Bitte rasch ein Glas Champagner«, ruft er.

Der Kellner nickt, bringt es ihm. Vincenzo nippt daran. Ausgezeichnet – das hat er sich wirklich verdient.

Was die Welt ja leider nie erfahren wird, ist, wie sehr Vincenzo sich um die Italianitá verdient gemacht hat. Die Gioconda war einst nur Experten geläufig. Nun kennt man dieses wunderbare Gemälde, diesen Inbegriff italienischer Kunst, auf der ganzen Welt. Und das ist allein sein Verdienst. Vincenzo ist der größte

Botschafter der italienischen Kunst seit da Vinci, seit Botticelli. Wenn er es doch nur jemandem erzählen könnte!

Der halbe Hummer kommt. Viel ist nicht dran, aber Vincenzo genießt ihn trotzdem. Er ordert Brot nach, um die köstliche Soße auftunken zu können.

Als er das »Riche« verlässt, ist ihm angenehm duselig. Er widersteht der Versuchung, seinen Flachmann hervorzuholen. Wenn er später einen Digestif möchte, stehen ihm schließlich alle Bars der Grands Boulevards offen.

Seine Zigaretten sind alle. Vincenzo geht zum Kiosk an der nächsten Kreuzung, kauft ein neues Päckchen. Während er sich eine anzündet, fällt sein Blick auf einen Ständer mit Zeitungen. Wie so oft ist es das »Petit Journal«, das seine Aufmerksamkeit erregt. Die Zeitung macht ihre Titelseite stets mit farbigen Illustrationen auf. Sie wirkt dadurch fast wie ein Groschenroman. Heute zeigt die Zeichnung zwei Gestalten in schwarzen Mänteln. Sie stehen im Flur eines Hauses, schießen um sich. Ein Verwundeter liegt auf dem Boden.

Vincenzo fragt sich, ob es wohl um die Apachen geht, die Geißel der Vorstädte. Aber so sehen die Männer auf dem Bild eigentlich nicht aus. Als er die Überschrift liest, erstarrt er.

DIE TRAGÖDIE IN DER RUE EGLISE
Neue Erkenntnisse der Polizei / Eine Rekonstruktion der Vorkommnisse in Thiais / Kommissar Jouin zuversichtlich

Morels Haus liegt in der Rue Eglise.

Es kann nicht sein. Es ist unmöglich. Vincenzo greift nach dem Blatt, schlägt es auf. Er wendet sich zum Gehen.

»He! Willst du das vielleicht auch bezahlen, Sportsfreund?«, ruft der Verkäufer.

Vincenzo kramt einen Schein hervor, schiebt ihn geistesabwesend über die Theke.

»Sie bekommen noch was raus. Hallo?«

Aber Vincenzo ist schon fort. Er beginnt zu lesen. Es ist wahr.

Morel ist tot, von Einbrechern ermordet, ebenso Mademoiselle Bercotte. Der Alte muss früher als erwartet aus der Provence zurückgekehrt sein.

»… gingen die Unholde äußerst brutal vor. Das Verbrechen, über das unser Journal bereits vor einer Woche ausführlich berichtete …«

Die Geschichte ist bereits eine Woche her? Vincenzo hat nichts davon mitbekommen. Der Zeitung zufolge gab es zunächst keine Hinweise auf die Täter. Inzwischen vermutet man jedoch, dass eine Bande von Anarchisten verantwortlich ist. Es soll sich um dieselben Kerle handeln, die in Paris einen Waffenladen und eine Bank ausgeraubt haben.

Im Gaumont lief neulich ein Kurzfilm namens »Die Autobanditen«. Darin ging es um verwegene Räuber, die in Luxusschlitten durch Paris rasen und wild um sich schießen.

Vincenzo hatte das für eine ausgedachte Geschichte gehalten. Aber offensichtlich ist sie genau so passiert. Verrückte, die aus einem Sportwagen mit Winchester-Gewehren auf Polizisten und Passanten feuern – unglaublich.

Vincenzo fragt sich, was er tun soll. Dass Morel und seine Haushälterin Opfer eines Verbrechens geworden sind, geht ihm nicht sonderlich nahe. Schlimm ist eher, dass man nicht weiß, was nun mit dem Haus in der Rue Eglise geschieht. Der neue Hausherr ist möglicherweise weniger reisefreudig als der alte. Wie soll er an das Bild kommen, wenn er es braucht?

Gedankenverloren geht Vincenzo den Boulevard entlang. Auf einmal fällt ihm auf, wie spät es bereits ist. Die letzten Strahlen der Abendsonne sind verschwunden, die elektrischen Laternen verbreiten ihr grelles Licht. Es ist ganz anders als das der Gaslaternen. Die einen drängen die Schatten zurück, die anderen löschen sie vollends aus.

Das ist die neue Zeit. Wenn man sich nicht vorsieht, kommt alles ans Licht.

Er erreicht die Porte Saint-Denis. Vincenzo holt seinen Flachmann hervor. Er nimmt einen beherzten Schluck. Augenblicklich kehrt seine Zuversicht zurück. Er darf nicht zaudern. Stattdessen muss er die Dinge selbst in die Hand nehmen, so wie er es immer getan hat. Er muss sich Gewissheit verschaffen.

Vincenzo biegt ab auf den Boulevard de Strasbourg, läuft zum Gare de l'Est.

Kurz darauf sitzt er im Zug nach Thiais.

30

Jelena schaut aus dem Fenster. Es ist früher Morgen. Auf der Avenue Gambetta eilen Menschen durch den Regen. Sie greift nach der Ausgabe von »l'anarchie« auf dem Tisch. Genosse Pierre hat sie mitgebracht. Ihm gehört diese Wohnung unweit des Père Lachaise, einmal am Tag kommt er mit Einkäufen vorbei. Ansonsten hält er sich fern.

Ob Untertauchen wirklich notwendig ist, darüber gehen die Meinungen auseinander. In den Zeitungen war bisher keine ihrer Visagen. Nach Jules' Ansicht ist das aber nur eine Frage der Zeit. Die Bullen nehmen derzeit die anarchistische Szene von Paris und anderen Städten auseinander. Rirette Maîtrejean, die Gefährtin von Victor Kibaltschitsch, hat Raymond von Verhören berichtet. Einen nach dem anderen lässt die Kripo antanzen. Angeblich sagt keiner etwas. Aber das bleibt nicht so.

Jelena weiß das nur zu gut. Auch ihren Vater hat es damals erwischt, weil jemand zu viel redete. Einmal pro Woche traf er sich mit einem Dutzend Gleichgesinnten in einem Kohlenkeller am Rande Odessas, um über Politik zu sprechen. Papa kannte jeden der Männer seit Jahren, teilweise seit Jahrzehnten. Dennoch wurde er verpfiffen. Auf der langen Reise in die Verbannung hat Papa sich immer wieder den Kopf darüber zerbrochen, wer es war. Doch er kam nie dahinter.

Einen Verräter gibt es immer.

Deshalb harren sie zu dritt hier aus. Jules befindet sich derweil außerhalb der Stadt, um ein neues Fahrzeug zu organisieren. Die meiste Zeit sitzen sie in der Wohnung. Erst nach Einbruch der Dunkelheit trauen sie sich hinaus.

Einer nimmt die Sache allerdings nicht sonderlich ernst. Als Jules ihnen einschärfte, während seiner Abwesenheit die Köpfe unten zu halten, grinste Octave spöttisch. Gestern war er fast die ganze Nacht weg, vermutlich auf einer Kneipentour. Raymond hat ihm deswegen eine Predigt gehalten.

Sie blättert in der Zeitung. Ihr Blick fällt auf ein Editorial mit der Überschrift »Die Banditen«. Es stammt von Le Rétif alias Victor und beschäftigt sich mit dem Überfall in der Rue Ordener.

> Einen nichtswürdigen Bankbeamten auf offener Straße zu erschießen, beweist, dass wenigstens einige Männer die Tugenden der Kühnheit verstanden haben.
> Ich habe keine Angst, es einzugestehen: Ich stehe zu den Banditen. Ich finde ihre Rolle nobel. Ich sehe die Männer in ihnen. Wohin auch immer es führt: Ich mag diejenigen, die kämpfen. Vielleicht stirbst du dadurch früher, endest unter dem verfaulten Kuss der Guillotine. Das mag sein! Ich mag diejenigen, die das Risiko eines großen Kampfes akzeptieren. Es ist männlich.
> Der Bandit, er spielt. Er hat ein paar Chancen, zu gewinnen.
> Und das ist genug.

Jelena fragt sich, ob Victors Begeisterung ebenso groß wäre, wenn er wüsste, dass sie einen alten Mann und eine wehrlose Magd niedergemacht haben. Als sie den Waffenladen ausraubten, als sie die Bank überfielen, da dachte sie noch wie er. Zu spielen, als Sieger oder Besiegter zu enden – das ist allemal besser als die düstere Resignation, als die endlose Agonie des Proletariers, der stirbt, ohne je gelebt zu haben.

So weit die hehre Theorie. Aber die Praxis, sie ist monströs. Die Sache mit Morel geht ihr bis ins Mark.

Im Nebenzimmer hört sie Octave und Raymond. Jelena erhebt sich. Sie weiß, dass es La Science ähnlich geht. Auch er ist keineswegs so hart und abgefeimt, wie er vorgibt. Jules hingegen lassen die Toten kalt. Seine Haltung kann Jelena vielleicht nicht gutheißen, aber zumindest nachvollziehen. Sie kennt Typen wie ihn, für die der Tod bedeutungslos geworden ist, die keinen Unterschied mehr darin sehen, ob er Männern, Frauen oder Kindern widerfährt – oder ihnen selbst.

Octave Garnier ist derjenige, mit dem Jelena nicht klarkommt.

Als sie den Waffenladen auf dem Haussmann hochnahmen, hat er sich aufgeführt wie ein Achtjähriger in der Spielwarenabteilung des Bon Marché. Nicht nur Gewehre und Pistolen wollte er mitnehmen, sondern auch zwei kleine Haubitzen. Damit könnte man ganze Straßenzüge in Schutt und Asche legen.

Jules strahlt Gleichgültigkeit aus. An Octaves Augen hingegen sieht sie, dass er Freude am Töten hat. Einige Aufseher der Nertschinsker Minen schauten genauso.

Die Stimmen im Nebenzimmer werden lauter. Neuerdings gibt es andauernd Streit. Die Nerven aller Beteiligten liegen blank. Auch wenn Thiais finanziell erfolgreicher war als der Überfall auf den Geldboten, geht ihre Barschaft bereits wieder zur Neige. Der nächste Coup muss bald stattfinden.

Jelena geht ins angrenzende Arbeitszimmer. Dort, auf einem gepolsterten Stuhl, steht das Bild. Sie zieht den darübergeworfenen Stoff beiseite.

Als die Mona Lisa gestohlen wurde, war in den Zeitungen viel vom rätselhaften Lächeln der Dame die Rede. In der Tat ist der Gesichtsausdruck der Joconde unwägbar. Vielleicht ist ihr langweilig, vielleicht ein wenig übel, man vermag es nicht zu sagen. Beeindruckender als das Lächeln erscheinen Jelena allerdings die Augen. Wenn man sich vor dem Gemälde hin und her bewegt, scheint einem ihr Blick zu folgen.

Egal, wo Jelena steht, stets schaut die Joconde sie an. Und sie kann nicht wegschauen. Das ist das Schlimmste. Immer wieder muss sie in diese Augen schauen, die sie so sehr an Ida erinnern. Der Rest ist völlig anders. Ihre kleine Schwester besaß ein schmaleres Gesicht als Lisa. Sie hatte eine Stupsnase und semmelblondes Haar.

Aber sie hatte genau solche Augen.

Jelena zittert.

Die Stimmen ihrer Genossen werden lauter. Jelena wendet sich zur offenen Tür. Beide betreten den Raum.

»Ich weiß wirklich nicht, ob das die richtige Nachricht sendet, Octave.«

»Nein, nein, glaub mir. Die Idee ist großartig.«
»Sie ist ungewöhnlich. Das auf jeden Fall. Aber ...«
Die beiden schauen Jelena erwartungsvoll an.
»Was?«, sagt sie.
Octave tritt näher, zeigt auf das Gemälde.
»Wir haben über sie diskutiert, ich meine, über es. Das Bild.«
»Es ist unverkäuflich«, sagt Raymond.
»Weiß ich«, erwidert sie. »Und?«
»Und deshalb«, Raymond macht eine hilflose Geste, »will Octave es zerstören.«
Jelenas Mund steht offen. Dass die Joconde sich nicht verkaufen lässt, ist offensichtlich. Doch wie kann man daraus schlussfolgern, dass sie zerstört werden muss? Es ist eine unglaublich hirnrissige Idee.
Octave wirft ihnen beiden einen ärgerlichen Blick zu.
»Hört mich doch erst mal an.«
Jelena verschränkt die Arme vor der Brust, schaut erwartungsvoll.
»Unsere Aktionen, unsere Taten – sie erregen viel Aufmerksamkeit. Und das ist ja auch so gewollt, nicht wahr? Wir nehmen die Sache der Revolution selbst in die Hand, wir sind Männer der Tat.«
Als er Jelenas Blick sieht, fügt er hinzu: »Und Frauen natürlich. Aber was könnte uns mehr Aufmerksamkeit sichern als die Joconde? Wenn man erfährt, dass wir sie aus dem Louvre gestohlen haben ...«
»Haben wir gar nicht«, sagt Jelena.
Raymond nickt.
Octave macht eine abwehrende Handbewegung.
»Das weiß doch niemand. Keine Ahnung, wo der Alte sie herhatte. Wichtig ist, dass sie sich in unserer Gewalt befindet. Das sollten wir öffentlich machen. Die Bullen werden durchdrehen.«
»Niemand wird es glauben«, sagt Jelena.
Octave schaut triumphierend.
»Zunächst nicht. Aber wenn sie die Leiche der Joconde finden, werden sie es glauben müssen.«

»Die Leiche der … Du willst allen Ernstes Frankreichs berühmtestes Bild zerstören?«

»Es ist ein Symbol der Plutokratie. Das Porträt irgendeiner reichen Schnepfe, bezahlt mit Geld, das irgendwelchen spanischen Bauern abgepresst wurde.«

Jelena erwägt, Octave darauf hinzuweisen, dass Leonardo da Vinci Italiener war, lässt es aber bleiben. Stattdessen sagt sie: »Willst du es aufschlitzen? Verbrennen?«

»Nein. Wir schießen ihr ein paar Kugeln durch den bourgeoisen Kopf. Und dann schicken wir das Ergebnis an Lépine.«

Erneut ist Jelena sprachlos. Glücklicherweise kommt Raymond ihr zur Hilfe.

»Man wird uns für Barbaren halten, Octave. Wir sind aber Revolutionäre. Wir vertreten das Gute, das Wahre, das Schöne.«

»Ich bin auf jeden Fall dagegen«, sagt Jelena.

Octave ignoriert sie. Er zieht eine Pistole aus der Jackentasche. Jelena vernimmt ein schnappendes Geräusch, als er den Schlitten zurückzieht und die Waffe auf das Bild richtet.

»Octave, so hör doch«, sagt Raymond, »du kannst doch nicht eigenmächtig …«

Jelena macht einen Schritt auf Octave zu, versucht, ihm in den Arm zu fallen. Ein Knall ertönt. Die kleine Browning ist nicht sehr laut, dennoch klingeln Jelenas Ohren. Voller Entsetzen wendet sie sich um.

Die Kugel hat das Bild verfehlt, ist in ein dahinter stehendes Bücherregal eingeschlagen. Im dritten Band von Diderots »Enzyklopädie« befindet sich nun ein rauchendes Loch.

Die Mona Lisa wirkt amüsiert. Schöne Freunde hast du da, scheint sie zu sagen.

»Bist du komplett irre, in unserem Unterschlupf rumzuballern?«, schreit Jelena.

Octave hat noch immer die Waffe im Anschlag. Jelena stellt sich zwischen ihn und das Bild, breitet die Arme aus. Octave stößt einen wütenden Schrei aus. Raymond packt ihn an der Schulter.

»Lasst mich! Ich bring das jetzt zu Ende.«

»Verdammt, Octave!«, brüllt Raymond. »Wenn du rumballern willst, geh irgendwo aufs Feld. Und das mit dem Bild ist eine Gruppenentscheidung. Wir entscheiden nicht ohne Jules.«

Octave lässt die Waffe sinken.

»Jules wäre meiner Meinung«, erwidert er.

»Vielleicht. Aber wir sollten erst bereden, wie ...«

»Reden! Immer nur reden!«

Octave macht auf dem Absatz kehrt, rennt hinaus. Wenige Sekunden später hören sie die Haustür knallen.

»Ich gehe ihm besser nach«, sagt Raymond.

Jelena nickt matt, lässt sich in einen Sessel fallen. Sie schaut das Bild an. Sie schaut in diese haselnussfarbenen Augen.

»Es tut mir leid«, flüstert sie.

Auf einmal ist sie wieder auf dem Treck nach Sibirien. Sie setzt einen Fuß vor den anderen, tagein, tagaus, etwas anderes gibt es nicht. Jelena sieht die endlose Straße vor sich, die gebeugten Gestalten. Ida hingegen sieht sie nicht. Jelena trägt ihre Schwester nämlich auf dem Rücken, und das schon seit Omsk.

Die Kleine konnte irgendwann keinen Fuß mehr vor den anderen setzen. Also trägt Jelena sie. Jelena muss Ida beschützen. Und im Gegenzug beschützt Ida sie. Ja, das tut sie wirklich. Auf diesem Treck ist kein Mädchen ihres Alters, das nicht bereits geschändet worden wäre, mit Ausnahme von Jelena. Das ist allein Idas Verdienst. Keiner der Strafgefangenen nähert sich Jelena, wegen des Bündels auf ihrem Rücken. Niemand würde Ida und Jelena voneinander trennen, nicht einmal die schlimmsten Tiere unter den Männern. Selbst ihnen nötigt es Respekt ab, wie diese beiden Schwestern zusammenhalten.

Ida war ihr Schild.

Als sie begann, Ida zu tragen, wusste Jelena da bereits, dass die Kleine Nertschinsk niemals erreichen würde? Im Innersten ihres Herzens wusste sie es. Aber was hätte sie sonst tun sollen? Ida war das Schönste, was sie hatten. Ihre braunen Augen waren pures Glück, waren Fröhlichkeit und Lachen. Ida war die Sonne ihrer Familie.

Jelena schluchzt.

»Es tut mir so leid.«

Durch ihre Tränen blickt sie in das Antlitz der Joconde. Mir tut es auch leid, scheint diese zu sagen. Es tut mir leid, dass die Welt grausam zu dir war.

Jelena wischt ihre Tränen fort. Muss sie ebenfalls grausam zur Welt sein? Sie glaubt im Prinzip weiterhin an das, was Le Rétif über die Feinde der Revolution geschrieben hat.

Aber Feinde der Revolution können nur lebende Menschen sein, keine gemalten. Brennt man die Notre-Dame nieder, weil Leibeigene sie bauten? Reißt man das Kolosseum ab, weil es von Sklaven errichtet wurde? Im Gegenteil: Man erhält diese Monumente. Das Volk hat sein Blut dafür vergossen, und deshalb gehören sie dem Volk. Dasselbe gilt für Kunstschätze im Louvre, die irgendwelche Könige zusammengeplündert haben.

Jelena schaut die Frau auf dem Bild an. Mein Gott, diese Augen.

Sie wird diese Barbarei verhindern. Sie könnte damit warten, bis Jules zurückkehrt. Doch Jelena befürchtet, dass dies keine Lösung herbeiführen wird. Vielleicht hat Octave recht und Jules ist seiner Meinung. Alles, was einen Riesenaufruhr hervorruft, dürfte Le Bourgeois gefallen. Das Wort ihres De-facto-Anführers hat großes Gewicht. Folglich ist nicht auszuschließen, dass La Science seine Meinung ändert. Er ist ein Fähnlein im Wind.

Vermutlich wird Octave ohnehin schon vorher versuchen, vollendete Tatsachen zu schaffen. So wie Jelena den kleinen Hitzkopf einschätzt, wird er sein Werk vollenden, während die anderen schlafen oder unterwegs sind.

Das kann sie nicht riskieren.

Rasch sucht Jelena einige Sachen zusammen. Währenddessen liegt die Browning griffbereit auf der Kommode. Immer noch rechnet sie damit, dass jeden Moment die Polizei auftaucht.

Sollte den Schuss wirklich keiner gehört haben? Es ist denkbar. Das Haus liegt an einer großen und viel befahrenen Straße. Wahrscheinlich haben die Nachbarn den Knall für die Fehlzündung eines Automobils gehalten.

Nachdem sie eine kleine Tasche gepackt hat, geht sie ins Arbeitszimmer. Sie muss die Joconde ebenfalls einpacken, nur wie? Einen Koffer, in den die Dame passen würde, hat sie nicht. In der Abstellkammer sucht sie nach einer großen Kiste oder etwas in der Art, findet jedoch lediglich Geschenkpapier.

Und so schlägt Jelena Leonardos Meisterwerk in eine dreifache Lage blaues Papier ein, das mit Mistelzweigen und Zuckerstangen verziert ist. Das Ganze fixiert sie mit Bindfaden.

Etwas später sitzt sie in der Tram. Keiner nimmt Notiz von ihr, mit Ausnahme eines vielleicht zehnjährigen Jungen, der Jelenas Paket anstarrt. Sein Blick verrät Neugier, aber auch Verwunderung. Weihnachten ist schließlich schon ein paar Wochen vorbei.

Bis eben war sie vollends damit beschäftigt, fortzukommen. Nun wäre es an der Zeit, sich zu überlegen, wo sie hinwill. Sie hat keine Ahnung, wie es weitergehen könnte.

Sie braucht einen Rat. Kurz denkt sie darüber nach, sich Isadora zu offenbaren. Seit ihrem Streit hat Jelena die Tänzerin nicht mehr gesehen. Aber sie hat den Brief gelesen, den Isadora oder einer ihrer Freunde vor einigen Wochen unter ihrer Wohnungstür hindurchgeschoben hat. Er klang versöhnlich, war eine ausgestreckte Hand.

Isadora würde sie sicherlich empfangen, würde ihr zu helfen versuchen. Aber sie will die Amerikanerin da eigentlich nicht mit hineinziehen. Außerdem ist die erfahrene und weltgewandte Isadora in gewisser Hinsicht völlig ahnungslos. Sie weiß nichts vom Leben der Illegalisten. Wie also soll sie Jelena Ratschläge erteilen?

Nein, sie muss jemand anderen aufsuchen.

Am Gare du Nord steigt sie um, fährt Richtung Montmartre. Es wird Zeit, Victor Kibaltschitsch einen Besuch abzustatten.

31

Eigentlich wollte Juhel nach seinem Mittagessen im »Café de la Paix« sehr gemächlich zum Büro spazieren. Die Sonne scheint, das Ende des Winters ist nicht länger ein unbestätigtes Gerücht. Zudem hat Aimée ihm aufgetragen, ihr Strümpfe mitzubringen. Natürlich nicht irgendwelche: Es gibt sie angeblich nur bei Printemps. Deshalb wollte er einen kleinen Umweg machen, vielleicht sogar noch irgendwo einen weiteren Kaffee trinken.

Stattdessen rennt er nun beinahe. Es ist wegen der jungen Russin auf dem Foto. Laut Beschriftung heißt sie Jelena Davidowna Rabinowitsch. Juhel glaubt, sie schon einmal gesehen zu haben, in einem Café. Er ist sich ziemlich sicher. Es muss vor ein paar Monaten gewesen sein, im »Chateaubriand«, vermutlich.

Normalerweise brächte ihn diese Erkenntnis kaum weiter. Eine Unbekannte zu finden, an die man sich vage erinnert – in einer Drei-Millionen-Stadt so gut wie aussichtslos.

Aber die Russin saß zusammen mit einer anderen Frau am Tisch. Diese hatte feuerrote Haare. Ihr Gesicht war Juhel damals bekannt vorgekommen. Es war das Gesicht von jemand, den man in den Gazetten sieht oder in den Wochenschauen des Pathé-Journals.

Die unbekannte Begleiterin der Russin, sie ist eine der »Berühmtheiten unserer Zeit«.

Juhel erreicht das Hauptquartier. Schnurstracks geht er nach oben. Einen Kollegen, der ihm Gesprächsbedarf signalisiert, weist Juhel brüsk ab. Er geht zum Fernsprecher, nimmt den Hörer ab.

»Geben Sie mir die Ausländerabteilung.«

Er wird durchgestellt.

»Guten Tag. Ich suche vier Ausländer, im Zusammenhang mit mehreren Überfällen.«

Er gibt die Namen durch.

»Die Männer sind nicht so dringend, die Frau schon. Wenn Sie was finden, können Sie die Akte dann gleich raufbringen lassen? Oder nein, ich hole sie mir selbst.«

Juhel legt auf, betritt sein Büro. Er geht zum Schreibtisch und öffnet die Schublade mit den Potin-Bildchen. Juhel beginnt, die »Berühmtheiten unserer Zeit« zu durchstöbern: Alice, Prinzessin von Monaco; Gabriele D'Annunzio, Schriftsteller; Amand, Rugbykapitän. Nein, nein und nochmals nein.

Er senkt den Kopf und wühlt nun mit beiden Händen, wie eine Sau im Trog. Berühmtheiten fliegen umher, landen auf dem Boden. Großherzogin Anastasia Nikolajewna? Nein. Samuel Pozzi? Wer zum Teufel ist das? Ein Gynäkologe, anscheinend. Nein, nein, nein.

Auf einmal hält er ein Kärtchen mit dem Antlitz Alphonse Bertillons in der Hand. Juhel wirft den Sherlock-Verschnitt über die Schulter hinter sich, steht auf. Er geht zu einem Regal. Zwischen dem Strafgesetzbuch und einem Pariser Stadtplan zieht Juhel ein weinrotes, in Reptilienleder gebundenes Buch hervor. Es ist das Sammelalbum für die erste Félix-Potin-Kollektion. Damals hat er sich noch die Mühe gemacht, die Kärtchen einzukleben. Bei der aktuellen, zweiten Kollektion war es mit seiner Begeisterung nicht mehr ganz so weit her – alles ist erst einmal in der Schublade gelandet.

Juhel schlägt das Album auf. Die Berühmtheiten sind nach Themengebieten sortiert, Kunst, Militär, Ausland und so weiter. Auf jeder Doppelseite des querformatigen Buchs befinden sich linker Hand vierzehn Kästchen mit Texten zu den Porträts, die man rechter Hand aufkleben kann. Insgesamt umfasst die erste Kollektion rund fünfhundert Berühmtheiten.

Juhel blättert sie durch. Rabinowitschs Begleiterin sah gut aus. Ihre Schönheit war bereits im Verblassen begriffen, fast wirkte die Dame ein wenig verlebt. Doch man erkannte noch, wie überirdisch schön sie einst gewesen sein muss. Ist sie irgendwo hier drin?

Nach einigen Minuten weiß er, dass die Rothaarige nicht zu Kollektion Nummer eins gehört. Das zweite Album besitzt er ebenfalls. Es durchzublättern, wäre jedoch sinnlos, denn dort hat er keine Bilder eingeklebt. Juhel braucht aber ihr Gesicht, den Namen kennt er schließlich nicht.

Schon ist er wieder durch die Tür.

Etwas später steht er in einer Filiale von Félix Potin, vor dem Süßigkeitenregal. Es gibt noch dreißig, vierzig Täfelchen, mehr nicht. Juhel winkt einen Angestellten herbei.

»Haben Sie noch mehr?«

»Mehr?«

»Ja, mehr. Viel mehr.«

»Ich schaue hinten. Vielleicht möchten Monsieur gleich eine ganze Kiste?«

Am Ende nimmt Juhel zwei Holzkisten, jede à zweihundert Täfelchen. Sobald er wieder im Büro ist, macht er sich an die Arbeit.

Die ersten paar Täfelchen isst er noch. Danach lässt er die Schokolade unberührt, öffnet nur das äußere Papier, um an die Kärtchen zu kommen. Juhel zieht Politiker, Schriftsteller und Bourbonenprinzen, außerdem Fahrradrennfahrer ohne Zahl. Ihm ist zuvor nie aufgefallen, wie viele von denen in der Kollektion enthalten sind. Er blickt in das blasierte Konterfei Robert de Montesquious, jenes Dandys, den seine Frau so hinreißend findet. Und er erfreut sich an der Silhouette der Schauspielerin Amélie Diéterle – was für ein Weib.

Tenno Yoshihito folgt auf Literaturnobelpreisträger Maeterlinck, Komponist Puccini auf Higashi, Großmeister des Ju-Jutsu.

Und dann liegt sie auf einmal vor ihm. Juhel war so im Schwung, dass er sie beinahe in die Schublade sortiert hätte. Vermutlich liegt es daran, dass sie auf dem Bild deutlich jünger ist. Sie steht neben einer kannelierten Marmorsäule, das Haupt leicht geneigt. In ihrem mit Mäanderlinien verzierten Seidengewand sieht sie aus wie eine griechische Göttin. Ihr Blick hat etwas Träumerisches, Entrücktes.

Isadora Duncan, Tänzerin.

Juhel hat den Namen noch nie gehört. Er holt sich das zweite Album, liest ihren Eintrag:

> Angela Isadora Duncan, geboren am 27. Mai 1877 in San Francisco. Duncan gilt als Erfinderin des modernen Tanzes. Schon als Kind lehnte sie klassisches Ballett ab. Entwickelte eigenen Tanzstil. Tanzt korsettlos, barfuß und in griechisch-römischen Gewändern. Gründete 1904 in Berlin-Grunewald eine Internatstanzschule, in der Kinder kostenlos von frühester Jugend in ihrem Sinne ausgebildet wurden.
> Bei Auftritten in aller Welt zieht die Amerikanerin das Publikum in ihren Bann.

Offenbar ist Duncan nicht das, was man als exotische Tänzerin bezeichnet – oder wenn doch, dann auf eine weniger anzügliche Weise. Was verbindet sie mit dieser russischen Revolutionärin? Ist sie vielleicht selbst Anarchistin? Das mit der Gratistanzschule klingt schon ein wenig nach kommunardischer Spinnerei.

Vielleicht ist die Verbindung der beiden auch anderer Natur. Juhel wird es herausfinden. Er ruft erneut in der Ausländerabteilung an. Der Archivar erklärt, dass es weder zu Rabinowitsch noch zu den drei anderen Russen etwas gebe. Juhel fragt nach Duncan. Zu ihr gibt es ein dürftiges Dossier, das er sich umgehend holt.

Im Büro blättert Juhel es durch. Falls Duncan irgendwelche radikalen Sentiments hegt, hat sie diese bisher dort behalten, wo sie hingehören: in ihrem Kopf. Sie ist nie auffällig geworden, weder durch politische Umtriebe noch anderweitig. Ihre Papiere sind in allerbester Ordnung.

Die mysteriöse Russin ist da wahrscheinlich ein anderes Kaliber. Er kennt nur ihren Namen und ihr Gesicht. Doch vermutlich ist es einer jener Lebensläufe, die man in seinem Metier des Öfteren zu sehen bekommt: revolutionäre Umtriebe in Russland, was nach dortiger Definition nicht unbedingt einen Anschlag oder einen Streik bedeutet. Die Teilnahme an einer Kundgebung oder der Besitz staatszersetzender Schriften reichen völlig. Der Verhaftung folgen lange Verhöre durch die Geheimpolizei. Danach Zuchthaus oder Todesstrafe; Letztere wird meist in eine sogenannte Zivilhinrichtung umgewandelt. Der Verurteilte wird nach Sibirien geschickt, wo er für die Gesellschaft so gut wie tot ist.

Wenn solche an Leib und Seele Versehrten nach Paris kommen, weiß man nie genau, was aus ihnen wird. Manchen macht der Glanz dieser einzigartigen Stadt begreiflich, was möglich ist, wenn man sich anstrengt, wenn man sich endlich einmal bemüht, dazuzugehören. Ja, auf manche wirkt die Metropole tatsächlich wie eine Besserungsanstalt.

Vielleicht hat dieses Paris der Lichter eine positive Wirkung auf Jelena Rabinowitsch ausgeübt. Vielleicht hat sie ihre anarchistischen Ideale über Bord geworfen, als Jugendsünde abgetan. Möglicherweise sitzt sie nun tagein, tagaus brav an der Werkbank oder hinter dem Tresen, flicht Körbe oder serviert belgisches Bier. Ihre unruhigen russischen Jahre sind nur noch eine ferne Erinnerung.

Oder aber sie ist eingetaucht in das Paris der Schatten. Die Versuchungen dieser einzigartigen Stadt stürzen viele Menschen ins Verderben, in die Verruchtheit. Rabinowitsch könnte mit den niederen Elementen in Verbindung gekommen sein, Dieben und Zuhältern, Revoluzzern und Opium-Essern.

Ja, Paris kann einen auffressen, selbst wenn man voller guter Absichten ist.

Aber all das sind Mutmaßungen. Immerhin weiß Juhel nun, dass er die Russin über Duncan aufspüren kann. Die Tänzerin dürfte nicht schwer zu finden sein. Vermutlich muss er lediglich bei einer Theateragentur vorbeischauen und fragen, wo sie als Nächstes auftritt. Bei Printemps gibt es eine. Wenn er seiner Frau nachher erzählt, dass sie demnächst gemeinsam eine Tanzvorführung besuchen, wird Aimée begeistert sein. Schließlich führt er sie nicht allzu oft aus. Und wer weiß? Möglicherweise wird Juhel ihr zuliebe sogar das vermaledeite Dinnerjacket tragen.

32

Pablo hätte Crowley eigentlich für jemand gehalten, der die Hölle dem Himmel vorzieht. Aber da hat er sich wohl getäuscht: Als Treffpunkt hat der Engländer das »Le Ciel« gewählt. Ein stinknormales Café wäre Pablo lieber gewesen, aber das Kabarett liegt nur ein paar Schritte von seiner Wohnung entfernt, weswegen er zugestimmt hat.

Nun steht er vor den beiden Gebäuden, die zu den auffälligsten auf dem Boulevard de Clichy gehören.

Das »L'Enfer« ist schwarz angestrichen, das weit aufgerissene Maul eines Dämons bildet den Eingang. Die Fassade ist mit Figuren geschmückt, die Sünder in der Hölle darstellen, ihre Gesichter verzerrt von Schmerz und Pein. Links der Hölle erhebt sich ein in Weiß- und Blautönen gehaltener Bau mit gotischen Fensterbögen – das »Le Ciel«. Pablo kann sich nicht erinnern, je hier gewesen zu sein. Mit einem Bekannten war er allerdings schon im »L'Enfer«. Es sieht von innen so aus, wie man es von außen vermutet.

Er betritt das himmlische Haus. Im Eingangsbereich steht eine Statue, die wie eine Kreuzung aus Bacchus und einem Eber aussieht. Pablo tritt näher, liest die Plakette am Fuß: »Porcus, das heilige Schwein«, steht da.

Pablo betritt den Hauptraum. Er ist einer Kathedrale nachempfunden – hohe Decken, gotische Bögen, Gewölberippen. Das meiste ist aus Gips und Pappmaschee. Ein Kellner im Engelskostüm schwebt herbei.

»Monsieur wünschen einen Tisch?«

»Es ist einer reserviert.«

»Der Name?«

»Crowley.«

Der Engel schaut in einem Reservierungsbuch nach, geleitet Pablo zu einem Tisch in der Ecke. Aleister Crowley ist noch nicht da. Er setzt sich, bestellt Kaffee. Für den frühen Nachmittag ist das »Le Ciel« erstaunlich gut besucht. Später am Abend gibt es Vorstellungen, Illusionszauberei, kleine Theaterstücke, etwas in der Art.

Nicht zum ersten Mal fragt Pablo sich, ob er endgültig mit dieser Gegend brechen soll, brechen muss. So sehr er die Verrücktheiten rund um den Pigalle liebt, so anstrengend sind sie bisweilen. Außer »Le Ciel« und »L'Enfer« gibt es inzwischen auch noch das »Néant«, ein Kabarett des Nichts, sowie weitere Themenlokale wie die »Taverne des Truands«. Irgendwann wird die Gegend ein einziger Touristenrummel sein. Pablo ist sich nicht sicher, ob er das erleben möchte.

Er stopft seine Pfeife, entfacht sie. Eigentlich ist er gar nicht besonders scharf auf diesen englischen Mystiker. Aber seine Freundin Gertrude Stein, die wiederum mit dieser Isadora Duncan bekannt ist, hat ihn im Namen der amerikanischen Tänzerin ausdrücklich darum gebeten, mit dem Mann zu sprechen. Crowley interessiere sich für den Zusammenhang zwischen moderner und primitiver Kunst.

Gertrude hat erst kürzlich wieder eines von Pablos Bildern erstanden, für eine sehr erkleckliche Summe. Also hat er Ja gesagt.

Ein Kahlkopf in lindgrünem Knickerbockeranzug steuert auf seinen Tisch zu.

»Herr Picasso?«

Pablo nickt, erhebt sich.

»Aleister Crowley«, sagt der Kahlkopf auf Spanisch. »Ich fühle mich geehrt, Ihre Bekanntschaft zu machen, Sir.«

»Ebenso. Setzt Euch doch.«

Crowley sieht aus wie eine Bulldogge, die durchgefeiert hat. Er bestellt Kaffee und einen Corpse Reviver No. 2.

Sie tauschen freundliche Belanglosigkeiten aus. Nach dem, was Pablo über den Mann gehört hat, ist er doch ein wenig überrascht. Guillaume hatte ihm von einer Begebenheit berichtet, bei der dieser Crowley jemand während einer Cocktailparty zum Abschied auf den Läufer schiss. Der Herr, der Pablo gegenübersitzt, ist jedoch ein englischer Gentleman, wie er im Buche steht.

Zudem spricht er erstaunlich gut Spanisch, wenn auch mit eigenartigem Akzent.

»Sie waren oft in Spanien?«

»Einige Male, aber länger war ich in Mexiko. Dort habe ich eine Weile gelebt.«

»Und was macht Ihr in Paris?«

Crowley lächelt, fährt mit dem Zeigefinger über seine Augenringe.

»Ich genieße die Stadt. Und ich arbeite.«

»An Euren Büchern?«

Pablo weiß von Guillaume, dass Crowley Baudelaire übersetzt und okkultistische Ratgeber verfasst.

»Mein Assistent und ich bereiten eine Serie von Beschwörungen vor.«

Pablo zieht an seiner bereits erkalteten Pfeife, nickt stumm. Crowley lächelt.

»Ihr haltet das für Unsinn.«

»Ich weiß ehrlich gesagt gar nicht, worum es geht. Ist das so etwas wie … wie eine Schwarze Messe?«

Crowley lacht kehlig.

»Oh, Himmel, nein. Es handelt sich um weiße Magie. Aber einer Messe ist es nicht ganz unähnlich, das stimmt. Es gibt Zeremonien, Riten und liturgische Gegenstände – Tabernakel, Ikonen und so weiter.«

Crowley blickt ihn durchdringend an.

»Ich suche dafür nach Inspirationen, nach Ideen für unsere hermetischen Bildtafeln.«

Crowley winkt dem Kellner.

»Jetzt bin ich bereit für einen richtigen Drink. Ihr?«

»Noch einen Kaffee.«

»Einen Kaffee«, sagt Crowley, an den Kellner gewandt, »und einen Gin Tonic. Tanqueray. Viel Eis, keine Zitrone.«

»Außerdem«, fährt er fort, »bin ich auf der Suche nach einem Illustrator. Kennt Ihr Euch mit dem Tarot aus?«

»Nicht wirklich, nein.«

Crowley greift in eine seiner Pattentaschen, holt ein Kartenblatt hervor. Er fächert es auf, legt zwei Karten auf den Tisch. Auf der einen ist ein Turm zu sehen, in den gerade der Blitz einschlägt. Die andere zeigt einen jungen Hanns Guck-in-die-Luft, der jeden Moment über den Rand eines Abgrunds spazieren wird. Darunter steht: »Der Narr.«
»Kein übles Blatt«, sagt Crowley.
»Ehrlich gesagt wirkt es etwas ... unheilvoll?«
»Was? Ah, nein, ich meinte nicht die konkreten Bedeutungen, sondern allgemein die Illustrationen. Sie stammen von Pamela Colman Smith, einer Londoner Künstlerin. Aber meine Mystik ist nun einmal eine andere. Die Lehren Thelemas erfordern eine gänzlich andere Ikonografie, wenn Ihr versteht, was ich meine. Und dafür suche ich einen Maler.«
»Ihr sucht keinen Maler. Ihr sucht einen Illustrator. Ein Unterschied.«
Auftragsarbeiten sind Pablos Sache nicht. Crowley braucht eher jemanden wie Alfons Mucha oder Léon Bakst. Letzterer arbeitet, soweit er weiß, gerade an den Kulissen für Strawinskys neues Ballett.
Er teilt dem Engländer seine Einschätzung mit. Die Namen der beiden Kollegen lässt er allerdings nicht fallen. Beide sind derart gefragt, dass Crowley sie sich bestimmt nicht leisten kann. Pablo nennt stattdessen einige andere Illustratoren. Crowley notiert sich die Namen in einem Notizbuch.
»Ich dachte mir schon, dass das für Euch nichts ist. Aber ich habe einige Eurer Arbeiten gesehen. Deshalb dachte ich mir, dass Ihr versteht, worauf ich hinauswill.«
Crowley erzählt vom anbrechenden neuen Zeitalter, dem Aeon des Horus. Schweigend hört Pablo zu. Seiner Ansicht nach muss man kein Mystiker sein, um zu spüren, dass ein neues Zeitalter beginnt. Man sieht es in Malerei, in der Musik, in der Technik, einfach überall.
Crowley fragt, ob Pablo ihm ein paar Sachen zeigen würde. Er ist einverstanden. Zwar glaubt er nicht, dass dieser zugegebe-

nermaßen ganz sympathische Spinner ihm etwas abkaufen wird. Aber zwischen all dem esoterischen Geschwurbel hat Crowley etwas gesagt, das Pablo aufhorchen ließ.

»Ich finde Eure Werke totemisch.«

Dieser Satz zumindest interessiert ihn. Vielleicht besitzt Crowley ja einen Zugang zu Pablos Bildern, der anderen abgeht.

Sie zahlen und laufen zu Pablos Atelier. Dort zeigt er dem Engländer ein Bild, an dem er gerade arbeitet, sowie weitere, die im vergangenen Jahr fertig geworden sind.

»Es gibt noch mehr«, sagt er. »Aber die hat mein Galerist, Kahnweiler.«

Crowley schaut sich alle Bilder eingehend an. Besonders interessiert scheint er an jenen, auf denen Frauen abgebildet sind. Er wiederholt seine Äußerung mit den Totems.

»Wie genau meint Ihr das?«, fragt Pablo.

»Nun, ein Totem zeigt keine bestimmte Person. Es zeigt eine ... eine Struktur des Menschseins, zeigt eine Person als Chiffre. Ein Totem ist eine geronnene Idee. Ein Archetyp, vielleicht.«

Pablo zieht an seiner Pfeife. Er überlegt einen Moment. Dann holt er aus dem Lager eine zusammengerollte Leinwand – die Huren aus der Calle d'Avinho, die »Demoiselles d'Avignon«.

Crowley tritt einige Schritte zurück, um das große Bild besser betrachten zu können. Er schaut sich die kantigen Frauenkörper an, ihre maskenhaften Visagen. Zunächst glaubt Pablo in seinem Gesicht die Reaktion zu erkennen, die er im Zusammenhang mit dem Gemälde schon hundertfach gesehen hat – jene Mischung aus Unverständnis und Unglauben. Aber dann verändert sich die Miene des Engländers. Er strahlt nun über das ganze Gesicht.

»Das ist fantastisch! Dieser Gegensatz zwischen Torso und maskenhafter Visage. Genial geradezu!«

»Ich danke Euch.«

»Sie sind ... sie sind wie Fürsprecher gegen böse Geister. Totemisch, magnetisch, nicht von dieser Welt.«

Pablo lächelt.

»Es war mein erstes Beschwörungsbild.«

»Beschwörungsbild! Ganz genau!«
»Ich habe es bereits vor einigen Jahren gemalt.«
»Aber noch nicht verkauft?«
Pablo schüttelt den Kopf.
»Es ist noch nicht fertig.«
»*In statu nascendi. In statu nascendi aeternitus?*«
Pablo ist sich nicht ganz sicher, was Crowley meint. Der Kerl ist rätselhafter als Guillaume an seinen schlimmsten Tagen.

Crowley schaut sich weitere Bilder an, aber die Demoiselles haben ihn eindeutig am meisten beeindruckt. Die katalanischen Dirnen scheinen bei dem Engländer irgendetwas in Gang gesetzt zu haben. Crowley wirkt grüblerisch, scheint leise mit sich selbst zu sprechen.

»Sagen Sie, Pablo: Ihre Inspiration für dieses ... Beschwörungsbild. Mögen Sie mir die verraten?«

»Stammeskunst, unter anderem. Masken zum Beispiel.«

»Auch Statuen? Götzen und dergleichen?«

Pablo spürt, wie ihn auf einmal fröstelt. Ob Crowley von der Statuettenaffäre weiß? Vermutlich. Es stand ja in allen Zeitungen. Allerdings war der grelle Scheinwerfer der Öffentlichkeit vor allem auf Guillaume gerichtet, weniger auf ihn.

Pablo mustert den Engländer, sucht in seinem Gesicht nach einem Hinweis darauf, dass Crowley im Bilde ist. Aber da ist nichts.

»Auch, ja«, erwidert er.

Crowley legt einen Finger an die Lippe, überlegt kurz.

»Ein Gemälde, dessen Antlitz eine Maske ist. Bei Aiwaz, da habt Ihr mir wirklich weitergeholfen. Ich danke Euch, Meister Picasso.«

Pablo hat keine Ahnung, was genau der Mann meint.

Als Nächstes erkundigt sich Crowley, wo es in Paris die besten Sammlungen primitiver Kunst gebe – vor allem Masken aller Art scheinen ihn auf einmal zu interessieren. Pablo nennt ihm das Musée de Trocadéro und natürlich den Louvre.

»Und dort gibt es afrikanische Masken?«

»Vor allem, aber zum Beispiel auch japanische, aus dem Kabuki-Theater, glaube ich.«

»Kann man so etwas auch kaufen?«

»Man kann fast alles kaufen.«

»Ich sehe, dass bei Euch …«, Crowley deutet auf eine Wand des Ateliers, »… auch welche hängen.«

»Die sind aber eigentlich nicht zu verkaufen.«

»Nein, nein, natürlich nicht. Ich glaube, was ich brauche, ist eher eine Dämonenmaske. Sie müsste rot sein. Kabuki, Noh, so etwas, ja, so etwas. Falls Euch derlei jemals über den Weg laufen sollte, schreibt mir. Geld spielt keine Rolle. Ich wohne im ›Birmingham‹.«

Während er dies sagt, wirft Crowley ihm einen wissenden Blick zu. Pablo fragt sich, ob der Mann nicht doch über die Statuettenaffäre Bescheid weiß. Sagt der Engländer ihm gerade durch die Blume, dass er gestohlene Masken aus dem Museum kaufen würde? Oder bildet sich Pablo das lediglich ein, weil seine Nerven in Fetzen hängen?

Pablo murmelt etwas Unverständliches, weist Crowley auf die Pariser Flohmärkte hin. Der bedankt sich, schüttelt ihm energisch die Hand. Glücklicherweise bietet Crowley ihm nicht diesen Schlangenkuss an, von dem Pablo gehört hat.

Er bringt den Engländer zur Tür. Als Crowley fort ist, raucht Pablo eine Gauloises, betrachtet die Demoiselles. Sind sie wirklich noch nicht fertig? Oder vielleicht einfach schon überholt?

Nach einer Weile rollt er die Leinwand zusammen und stellt sie zurück in die Ecke.

33

Jelena geht davon aus, dass die Redaktion von »l'anarchie« überwacht wird. Deshalb begibt sie sich zu einem wenige Minuten entfernt gelegenen Café-Cabaret namens »Le Lapin Agile«, in dem Genossen verkehren. Auch Victor und Rirette hat Jelena dort bereits gesehen.

Am Eingang kommt ihr ein kleiner Mann mit pomadiertem Haar entgegen. Er hält der schwer bepackten Jelena die Tür auf und lächelt dabei anzüglich. Sein taxierender Blick ist unangenehm, aber nicht so unangenehm wie seine Schnapsfahne. Jelena murmelt ein Dankeswort, würdigt ihn ansonsten aber keines Blickes.

Das »Lapin« sieht aus wie ein Geräteschuppen, den man zum Café umfunktioniert hat. In einer Ecke steht ein Podest für die Kleinkünstler. In einer anderen hockt ein birnenköpfiger Bourgeois in Tweed und brütet über Schriftstücken. Ansonsten ist der Laden verlassen.

Jelena bestellt Kaffee. Als der Kellner ihn bringt, fragt sie: »Haben Sie ein Telefon?«

»Bis letzten Sommer hatten wir nicht mal Strom.«

»Wo ist denn das nächste?«

»Zwei Straßen weiter, in einer Bäckerei. Ist es jemand in der Nähe?«

»Wieso?«

»Weil einen Laufburschen, den hätte ich.«

Jelena bittet ihn, den Jungen zu rufen. Sie holt einen Bleistift aus einer ihrer Taschen. Papier hat sie keines. Ihr Blick fällt auf den Tisch, an dem der Mann im Tweedanzug sitzt. Er hat eine Menge Papier über seinen Tisch verteilt – Notizhefte, Bücher, lose Zettel. Sie wendet sich ihm zu.

»Verzeihen Sie, Monsieur.«

Der Mann schaut auf.

»Mademoiselle?«

Sie hält ihren Bleistift hoch.
»Könnten Sie mir mit einem Zettel aushelfen?«
»Ah, ah, natürlich. Wenn ich eins bin, dann ein Mann der Zettel.«
Er kommt an ihren Tisch und hält ihr zwei Bögen hin. Es handelt sich um schweres Büttenpapier, wie es mittelmäßige Literaten verwenden, um ihrem Geschreibsel mehr Gravitas zu verleihen.
Jelena nimmt die Bögen, bedankt sich artig. Der Herr lächelt, verneigt sich. Dann sagt er auf Russisch: »Falls Sie noch mehr brauchen, sagen Sie es einfach.«
Jelena ist ein wenig verwundert, ignoriert den Köder jedoch. Sie nickt nur. Der Tweedanzug geht zurück zu seinem Platz. Jelena schreibt einige Zeilen an Victor. Kurz darauf übergibt sie ihre gefaltete Notiz dem Laufburschen und bittet ihn, diese in der Rue de la Barre 22 abzuliefern. Nun kann sie nur noch warten und hoffen.
Nachdem sie eine gute Stunde Zeitung gelesen hat, kommt er tatsächlich zur Tür herein. Victor Kibaltschitsch trägt Arbeitskleidung, seine Hände sind voller dunkler Flecken. Vermutlich hat sie ihn beim Drucken gestört. Er kommt auf ihren Tisch zu. Auf Russisch sagt er: »Jelena Davidowna. Das ist eine Überraschung.«
Sein Tonfall legt allerdings nahe, dass es keine ist. Jelena schüttelt kaum merklich den Kopf, lässt ihre Augen nach rechts wandern, in Richtung des Zettelmanns.
»Er spricht unsere Sprache«, flüstert sie. »Wo können wir hingehen?«
»In zehn Minuten auf dem Friedhof.«
Victor verschwindet. Jelena wartet einige Minuten, verlässt dann ebenfalls das Café. Als sie die Cimetière de Montmartre erreicht, wartet er bereits am Haupteingang. Sie gehen hinein.
»Was ist denn los?«, fragt Victor.
»Ich möchte dich um einen Rat bitten. Es geht um … um einen Aufsatz.«

Sie gehen zwischen den Gräberreihen hindurch. Jelena findet, dass der Friedhof zu seinem Stadtteil passt. Alles ist dicht aneinandergedrängt und zudem ein wenig schmuddelig.

»Du willst etwas für uns schreiben und kommst nicht weiter?«
»Nein, nein.«

Sie bleibt stehen, mustert ihn aufmerksam. Eigentlich müsste er verwundert sein angesichts ihres Gestammels. Aber er ist es nicht.

»Der Bandit spielt«, sagt sie.

Victor lächelt. »Er hat dabei ein paar Chancen, zu gewinnen. Und das ist genug. Das habe ich geschrieben, ja.«

Er holt eine Packung Zigaretten hervor, hält sie ihr hin. Jelena schüttelt den Kopf. Während Victor sich eine ansteckt, sagt sie: »Unterdrückte Menschen, die durch ihre kriminelle Tätigkeit ihre Unterdrückung aufrechterhalten.«

Er bläst Rauch aus.

»Ich verstehe. Octave und Raymond, hm?«
»Woher weißt du …?«

»Ich weiß überhaupt nichts, Genossin. Rein gar nichts. Aber die beiden waren bei mir, eines Nachts. Nein, nicht in irgendeiner Nacht. Es war Heiligabend. Sie haben mir nicht gesagt, was los ist. Aber ich wusste sofort, dass sie an irgendeiner Aktion beteiligt sind. Vor allem Raymond könnte mich in derlei Dingen nie täuschen. Er ist einer meiner ältesten Freunde. Wir kannten einander schon als Kinder in Brüssel.«

Er wartet darauf, dass sie etwas sagt. Als Jelena stumm bleibt, fährt er fort: »Und du gehörst also auch dazu?«

»Möglich.«

»Und nun stellst du dir – oder mir – die Gretchenfrage. Ist das überhaupt alles zu rechtfertigen? Darf man einen Geldboten niederschießen? Einen Polizisten? Einen Bürger, der einem in den Arm fallen will?«

Sie nickt stumm.

»Syndikalismus oder Individualismus? Eine interessante theoretische Frage.«

»Für mich eher eine praktische, Victor Lwowitsch. Und ich würde gerne deine Meinung dazu hören.«

»Du kennst sie, zumindest, was die Theorie angeht. Ich muss leider zugeben, dass ich, was die anarchistische Praxis angeht, ein Feigling bin.«

Wer Genossen derart mitreißen kann, wer derart furchtlos agitiert wie Victor, kann kein Feigling sein. Sie sagt ihm das. Doch der Chefredakteur von »l'anarchie« schüttelt belustigt den Kopf.

»Gerade so ein Salonanarchist wie ich ist letztlich immer feige.«

Jelena wird ungeduldig. Sie hatte sich von Victor Rat erhofft, väterlichen Rat, in gewisser Weise. Aber nun wird ihr bewusst, dass diese Vorstellung möglicherweise naiv war. Er kann nicht viel älter sein als sie, wenn überhaupt. Und er ist offenbar genauso verängstigt wie sie.

»Ich will dir sagen, was passiert ist. Und hören, was du darüber denkst.«

»Wir sollten lieber auf einer theoretischen Ebene bleiben, Genossin.«

»Es geht aber um ganz praktische ... um ein Dilemma der Tat.«

»Das verstehe ich. Und ich will gerne helfen. Aber unsere *causeries populaires* werden überwacht, die Redaktion und die Kommune in Romainville ebenso. Überall sind Polizeispitzel unterwegs. Vor einigen Tagen«, Victor zieht nervös an seiner Zigarette, »war ein gewisser Jouin bei mir.«

»Wer?«

»Ein Kommissar der Präfektur. Wollte mir erklären, dass es in meinem eigenen Interesse läge, auszupacken. Auch er kannte unser Dilemma. Versuchte, es als Hebel zu benutzen.«

Jelena versteht, was Victor meint.

»Er hat dir gesagt, die Illegalisten brächten den ganzen Anarchismus in Verruf?«

»So in etwa, ja. Also bitte: hypothetisch. Was ich nicht weiß, kann man auch nicht aus mir herausprügeln.«

Jelena will einwenden, dass dies nicht Russland ist, sondern Frankreich. Aber kann man sich so sicher sein? Wie viele erfolgreiche Aktionen gegen Kapital und Bourgeoisie braucht es, bis der französische Sicherheitsapparat zu Ochrana-Methoden greift?

»Also gut. Nehmen wir an, hypothetisch: Eine Gruppe von Genossen führt eine Expropriation durch, bei einer Gesellschaft. Dabei kommen Menschen zu Schaden.«

»Angestellte der Firma?«

»Ja.«

Victor zuckt mit den Achseln.

»Wenn dir derlei Unbehagen bereitet, solltest du besser ...«

»Tut es nicht. Nun ein anderer Fall. Eine Expropriation bei einem reichen Bürger.«

»Ein Fabrikbesitzer?«

»Eher ein ... wohlhabender Pensionär. Ein Greis.«

»Es wäre dennoch vertretbar, ihm sein Geld abzunehmen. Er hat es schließlich aus den Proleten herausgepresst.«

»Aber was«, Jelena spürt, wie ihre Stimme zittert, »wenn man ihn tötet?«

Victor ist ein wenig bleich geworden.

»Nicht aus Notwehr. Einfach so. Und seine Angestellte gleich mit. Wehrlose Menschen, niedergemacht wie Vieh.«

Victor liest die Journale. An seinem Gesichtsausdruck sieht sie, dass er inzwischen genau weiß, um welchen Fall es geht.

»Der Bandit, er spielt«, sagt sie leise, »und eine Menge Leute spielen mit, ohne dass sie jemand gefragt hätte.«

»Hast du ... hat Raymond«, er macht eine abwehrende Handbewegung, »nein, ich will es nicht wissen, ich darf es nicht wissen.«

Victor fährt sich durch die Haare. Er zittert. Offenbar hatte er recht. Victor mag Elogen auf die Männlichkeit des Banditentums verfassen. Aber er selbst ist ein Feigling.

»Was passiert jetzt?«, fragt er.

»Das wollte ich eigentlich von dir wissen. In dieser, dieser hypothetischen Situation – wenn jemand sähe, dass seine Genossen weitaus ... weiter zu gehen bereit sind, als er selbst – was dann?«

Victor denkt einen Moment nach. Während er eine weitere Zigarette aus der Schachtel fischt, sagt er: »Zwei moralische Verpflichtungen hast du. Eine gegen dich selbst, eine gegen deine Mitstreiter. Lass mich deshalb zunächst sagen, dass du niemanden verpfeifen solltest, egal, was er getan hat.«

»Ich würde niemals ...«

»Ich weiß. Was ich sagen will, ist, dass du der Revolution dies schuldig bist: Schweigen. Für solche wie uns gibt es keine Beichte. Das ist der Preis, den wir alle zahlen.« Unschlüssig macht er ein paar Schritte hin und her, bleibt wieder stehen. »Aber der Rest ist deine Entscheidung, Jelena Davidowna. Du bist keineswegs verpflichtet, dieses ... das weiter mitzutragen. Freiheit ist der Wille, für sich selbst verantwortlich zu sein.«

»Sagt Max Stirner.«

»Und er hat recht.«

»Aber was man angefangen hat ...«

»... muss man nicht zu Ende bringen. Du hast eine revolutionäre Tat vollbracht. Die Zeitungen waren voll davon. Die andere Tat ... Vergiss sie. Vergiss diese Genossen. Tauche eine Weile unter.«

»Und die anderen?«

»Werden weitermachen oder auch nicht. Du sagst nichts. Du bist unauffindbar. Hast du Arbeit?«

»Ja, bei einem Damenschneider. Ich habe mir eine Weile freigenommen. Aber ...«

»Dann arbeite dort wieder. Spiele die brave Proletin. Und besorge dir neue Papiere. Zumindest dabei ...«, er deutet auf seine von Druckerschwärze befleckten Hände, »... kann ich helfen.«

Sie nickt.

»Eine neue Adresse wäre ebenfalls gut. Möglichst eine, die nicht in den üblichen Vierteln liegt. Eine im Achten oder Neunten wirkt bei Kontrollen oft Wunder.«

Er wirft seine Zigarette fort, nimmt ihre Hand in seine beiden.

»Es wird alles gut. Lass etwas Gras über die Sache wachsen. Halt dich eine Weile von den Versammlungen fern.«

»Aber falls die Polizei mich findet ...«

»Ist dein Name schon irgendwo aufgetaucht?«

»Bisher nicht, nein.«

»Vermutlich finden sie dich gar nicht. Ich bin selbst immer wieder überrascht, wer in Paris so alles herumläuft, obwohl er eigentlich gesucht wird.«

Jelena versteht, was er meint. Seit ihrem Überfall auf die Societé Générale sind über drei Wochen vergangen. Obwohl sie sich die meiste Zeit davon in Paris aufgehalten haben, hat man sie bisher nicht erkannt.

Victor lässt ihre Hand los.

»Ich wünsche dir viel Glück. Lass mir die Adresse zukommen, auf die deine Papiere ausgestellt werden sollen. Ich kümmere mich dann um alles.«

34

Observieren heißt vor allem warten. Was Juhels Arbeit diesmal jedoch erleichtert, ist der Kulturteil des »Paris-Journal«. Dort sind die Vorstellungen aller wichtigen Theater, Konzertsäle und Café-Cabarets aufgelistet. Folglich muss er nicht vor irgendwelchen Hauseingängen herumlungern und darauf warten, dass sein Observationsobjekt auftaucht. Er weiß genau, wo Isadora Duncan an diesem Abend ist und wo sie morgen sein wird.

Von seinem Platz in einem Café nahe dem »Gaîté Lyrique« hat er den Bühneneingang im Blick. Er weiß zudem, wann die Vorstellung endet. Am gestrigen Abend haben Aimée und er Duncans Darbietung nämlich angeschaut. Es war seltsam.

Bei derartigen Veranstaltungen gibt es normalerweise farbenprächtige Kulissen und ein ganzes Ensemble von Tänzerinnen und Tänzern. Duncans Bühnenbild hingegen war spartanisch. Ein paar efeuumrankte griechische Säulen, ein ägäisches Meerespanorama, sonst nichts. Zudem tanzte Duncan allein.

Aimée sagte, sie habe noch nie jemanden so mit der Musik verschmelzen sehen. Juhel stimmte ihr zu. Er stimmt Aimée immer zu. Aber so wenig er die Bilder in der Galerie dieses Kahnweiler verstanden hat, so wenig leuchtete ihm der Sinn der Duncan'schen Darbietung ein. Muss er aber auch nicht. Ihn interessiert nur, ob die Russin wieder auftaucht.

Das wäre nicht schlecht. Die Automobilbande hat erneut zugeschlagen, diesmal in Chantilly. Wieder hatten die Gangster sich eine Filiale der Société Générale ausgesucht, wieder flohen sie mit dem Auto. Diesmal war es ein Dion-Bouton. Zwei Gendarmen nahmen die Verfolgung auf – einer auf dem Fahrrad, der andere auf dem Pferd.

Ganz Paris lacht darüber. Die Zeitungen kennen kaum ein anderes Thema. Wie kann es sein, dass Anarchisten der Staatsmacht technisch derart voraus sind? Wie kann es sein, dass sie mit der gleichen Masche zweimal durchkommen?

Die deprimierende Antwort lautet, dass die Polizei miserabel ausgestattet ist und nur über wenige automobile Brigaden verfügt. Insgesamt sind es kaum ein Dutzend, für ganz Frankreich, wohlgemerkt. Dazu kommt die unglaubliche Brutalität dieser Kerle. In Chantilly haben sie die Kassierer allesamt erschossen – einfach so, ohne Not.

Juhel ist froh, dass er nicht in Jouins Haut steckt. Guichard steht ihm auf den Füßen. Dem wiederum macht Präfekt Lépine die Hölle heiß. In der Folge musste Jouin tun, was man als Ermittler zu vermeiden sucht: Leute verhaften, die man gerne noch eine Weile beobachtet hätte. Um einen schnellen Erfolg vorzuweisen, ließ Jouin einen gewissen Dieudonné festnehmen. Dieser gehört wohl zum Umfeld der Automobilbande. Aber gehört er zum inneren Zirkel? Jouin hat ihm sein Leid geklagt, ihm erzählt, wie viele andere Verdächtige ihm durch diesen Zugriff möglicherweise durch die Lappen gegangen sind.

Während Juhel mit einem Auge den Bühnenausgang observiert, blättert er die Journale durch. In allen Zeitungen wird über Franz Reichelt berichtet, den Erfinder des sogenannten Fledermausanzugs. Vorgestern wollte der Österreicher mit einem Sprung vom Eiffelturm dessen Flugfähigkeit demonstrieren. Reichelt flog tatsächlich wie eine Fledermaus – allerdings wie eine, der man Wackersteine an die Flügel gebunden hat. Er war sofort tot.

Den Rest der vorderen Seiten nehmen die Autobanditen in Beschlag. Die Hysterie ist fast so groß wie die nach dem Joconde-Raub. Belohnungen werden ausgesetzt. Sie sind beinahe doppelt so hoch wie jene für die Mona Lisa. Juhel fragt sich, was das bedeutet. Vielleicht, dass die verletzte Ehre einer schönen Frau etwas wert ist, aber niemals so viel wie die verletzte Ehre eines Bankiers.

Noch etwas erinnert ihn an die Joconde-Geschichte: Es gibt einen Bekennerbrief. Einer der Autobanditen hat der Redaktion von »Le Matin« geschrieben.

*Ich schwöre, Ihre Unfähigkeit für die edlen Ämter, die
Sie bekleiden, ist so offensichtlich, dass ich vor ein paar
Tagen die Idee hatte, mich in Ihrem Büro zu zeigen, um
Ihnen bessere Informationen zu geben und ein paar Ihrer
Fehler zu korrigieren.*

Großkotzig, aber nicht völlig grundlos großkotzig. Diese Typen fahren am helllichten Tag kreuz und quer durch die gesamte Île-de-France. Sie schießen Leute über den Haufen, rauben Banken aus, leeren Waffenläden und sind Wochen danach immer noch auf freiem Fuß. Beim nächsten Absatz muss Juhel an den armen Louis Jouin denken:

*Ich erkläre Dieudonné für unschuldig an dem
Verbrechen, von dem Sie genau wissen, dass ich es
begangen habe. Ich allein bin schuldig. Und glauben
Sie nicht, dass ich vor Ihren Polizisten davonlaufe. Bei
meinem Wort, ich glaube, Sie sind diejenigen, die Angst
haben.
Ich weiß, dass ich besiegt werde; ich bin der Schwächere.
Aber ich hoffe aufrichtig, Sie teuer für Ihren Sieg
bezahlen zu lassen.
Ich freue mich auf das Vergnügen, Sie kennenzulernen –
Octave Garnier.*

Wie so oft kommt das Beste auch in diesem Fall zum Schluss. Dieser Garnier hat seinem Bekennerschreiben einen weiteren Zettel beigelegt. Auf diesem sind die Fingerabdrücke seiner rechten Hand zu sehen. Darüber steht: »Bertillon, du Irrer, setz deine Brille auf und schau dich um!«

Ein Lachen entweicht Juhels Kehle. Während er für Jouin ein gewisses Mitleid hegt, bekommt Bertillon genau das, was er verdient. Der Mann wurde schon immer überschätzt. Kopfschüttelnd legt er die Zeitung weg, winkt dem Kellner. In diesem Moment dürfte der Vorhang des »Gaîté« fallen. Juhel zahlt, verlässt das Café.

Bereits zehn Minuten später erscheint Isadora Duncan. Juhel ist nicht der Einzige, der ihr auflauert. Zwei Verehrerinnen mit Blumen und Fotos warten direkt vor dem Bühneneingang. Duncan nimmt die Sträuße entgegen, gibt Autogramme. Als sie fertig ist, schaut sie sich suchend um. Sie geht zu den Taxen, die am Trottoir warten. Juhel setzt sich in Bewegung. Als er die Straße quert, macht er eine Gestalt im Fond des vordersten Automobils aus. Duncan steigt ein.

Juhel geht zum zweiten Wagen, einem Taxi. Er steigt ein.

»Folgen Sie dem Wagen.«

Der Fahrer antwortet nicht. Vermutlich handelt es sich um einen dieser wortkargen Korsen, mit denen man in letzter Zeit vorliebnehmen muss.

Nachdem sie einige Minuten gefahren sind, biegt Duncans Taxi auf die Avenue du Bois-de-Boulogne ein. Zunächst glaubt er, die beiden wollten vielleicht in den Park. Doch kurz darauf hält das Taxi am Rande des Kreisverkehrs, der sich in der Mitte der Champs-Élysées befindet, zwischen Étoile und Concorde.

Dies ist eine der erlesensten Lagen von Paris. Was könnte das Ziel der beiden sein? »Maxim's« oder »La Fermette Marbeuf«? Duncan könnte es sich leisten. Wie er recherchiert hat, ist sie mit einem stinkreichen Amerikaner verbandelt.

Zwei Personen steigen aus. Er kann nun sehen, dass Duncans Begleiterin eine junge Frau ist. Handelt es sich um Rabinowitsch? Es ist zu dunkel, um dies mit Sicherheit zu sagen.

Die Frauen gehen auf einen Laden zu. Es scheint sich um ein Bekleidungsgeschäft zu handeln. Juhel instruiert den Fahrer, in einiger Entfernung zu halten.

Als er das Geschäft kurz darauf erreicht, sind die beiden bereits im Inneren verschwunden. Juhel verharrt vor dem Eingang. Dessen Doppeltüren sind aus schwarzem Glas oder Quarz. Davor befindet sich ein bronzenes Gitter, dessen Stäbe Blumenranken nachempfunden sind. Der Türrahmen ist mit einem aufwendigen Relief verziert. Es zeigt eine stilisierte Riesenschlange, die sich durch das Laubwerk eines Dschungels zu schlängeln scheint.

Das Ganze wirkt eher wie der Eingang eines Tempels denn wie der eines Miederwarenhändlers. Über der Tür steht: »Paul Poiret«.

In den Auslagen liegt Damenmode. Sie ist in jenem modernen Stil gehalten, den er seit einiger Zeit des Öfteren sieht, meist an jüngeren Frauen: Kleider ohne Korsage und Krinoline, die an ihren Trägerinnen herunterhängen wie Sackleinen. Nun, diese hier nicht; zwar sind sie locker geschnitten, aber gleichzeitig wohlgeformt. Sie erinnern an die Gewänder osmanischer Haremsdamen.

Hinter den Schaufensterpuppen stehen Paravents, man kann nicht in den Verkaufsraum sehen. Also geht er hinein. Der Laden ist riesig. Er besitzt hohe Decken, die mit stilisierten Palmzweigen bemalt sind. Hier und da stehen Ebenholztischchen, drapiert mit edlen Stoffen und Tüchern.

Duncan und ihre Begleiterin sind nirgends zu sehen. Auch Verkaufspersonal erblickt er keines. Also tut er, als inspiziere er die seidenen Halstücher auf einem der Tische. Seine Frau würde für eines davon vermutlich töten. Als er den Preis sieht, wird ihm ganz anders.

Juhel war noch nie in einem Geschäft wie diesem, muss aber zugeben, dass er ein bisschen beeindruckt ist. Alles wirkt sehr elegant, gleichzeitig aber sehr schlicht. Er lässt ein schokoladenbraunes Seidentuch durch seine Finger gleiten. Dessen einzige Verzierung ist ein abstraktes Muster in der Mitte, ein karamellfarbener Balken mit ein paar Kreisen.

Juhel interessiert sich nicht für Mode, und für Seidentücher schon gar nicht. Dennoch spürt er ein Ziehen in seiner Brust. Wie kann es sein, dass er diesen Schal begehrt? Wieso will er ihn kaufen? Wie haben die Modeschöpfer das gemacht?

Er vernimmt ein lautes Lachen, eigentlich eher ein Quietschen. Es kommt aus dem hinteren Teil des Ladens. Eine Männerstimme sagt: »Oh, ganz wunderbar. Wie Scheherazade höchstpersönlich!«

Juhel biegt um eine Ecke. Er erblickt einen rundlichen, kleinen Mann. Dieser trägt einen dunklen Anzug mit cremefarbener

Weste und steht, Daumen unter dem Kinn, vor Isadora Duncan. Die Tänzerin hat eine Pluderhose an, die über und über mit Glasperlen bestickt ist. Dazu trägt sie ein Oberteil, das man nur skandalös nennen kann. Es hat weniger Stoff als der Seidenschal, den Juhel noch immer in der Hand hält.

Etwas abseits steht eine junge Frau. Juhel erkennt sie augenblicklich. Rabinowitsch hat sich die Haare dunkelbraun gefärbt und diese sehr kurz geschnitten – sie reichen ihr kaum noch über die Ohren. Doch es gibt keinen Zweifel. Die Anarchistin hält ein Nadelkissen in der Hand, mustert Duncan mit prüfendem Blick.

Alle drei wenden sich Juhel zu. Offenbar glauben sie, er habe sich verirrt. Vermutlich wirkt er in seinem Dufayel-Kaufhausanzug auf Ratenkredit tatsächlich furchtbar deplatziert.

Juhel setzt ein Lächeln auf. Er hebt die Hand mit dem schokoladenfarbenen Tuch. Aimée wird ihn lieben. Seine Bank wird ihn hassen. Der kleine Dicke nickt ihm freundlich zu.

»Monsieur sind fündig geworden? Dieses Stück hat …«, er lächelt, »… zu Ihnen gesprochen?«

»Es ist perfekt für meine Frau«, erwidert Juhel. Er versucht, es mit Überzeugung zu sagen. Aber mag Aimée Braun überhaupt? Hat sie ein Kleid in dieser Farbe? Er kann es beim besten Willen nicht sagen.

»Hervorragend«, sagt der kleine Mann. Er winkt der Russin zu, so wie man einem Bahnhofsporter zuwinkt.

»Mademoiselle Zhernakowa, kümmern Sie sich bitte um den Herrn?«

Rabinowitsch alias Zhernakowa nickt, kommt auf ihn zu.

»Darf ich?«

Juhel gibt ihr das Tuch, folgt der Russin zur Kasse. Er kann hören, wie sich Duncan und der Mann unterhalten, bekommt aber nur Wortfetzen mit.

»… wie im Morgenland … Harem … Tanzen wie … Sünde.«

Wenn Juhel observiert, hat er immer einiges an Bargeld bei sich. Man weiß schließlich nie, ob man unerwartet ein Zugticket lösen muss. All dies Geld geht nun für den kastanienbraunen Lappen drauf.

Er schaut zu, wie die Russin den Schal in Geschenkpapier wickelt, in eine Tüte steckt.

»Bitte sehr, Monsieur.«

Juhel murmelt eine Dankesformel, nimmt die Tüte und tritt hinaus auf die Champs-Élysées.

Einige Minuten später telefoniert er aus der Lobby eines nahen Hotels mit der Ausländerabteilung der Sûreté Générale.

»Guten Abend. Es geht um eine Russin. Richtiger Name Rabinowitsch, aber unter dem haben wir nichts. Nein, das haben wir bereits … Hören Sie einfach zu, die Sache pressiert. Sie arbeitet bei einem gewissen Paul Poiret, vermutlich als Verkäuferin. Sie verwendet den Decknamen Zhernakowa, Vorname unbekannt. Anfang zwanzig, circa eins siebzig, hübsch, blaue Augen. Kleine Narbe über der linken Schläfe.«

»Poiret sagt Ihnen was? Umso besser. Ich brauche alles, was es über sie gibt. Aber diskret. Scheuchen Sie diesen Poiret bloß nicht auf.«

Juhel setzt seinem nicht sehr erfreuten Gesprächspartner auseinander, dass es nicht schlecht wäre, wenn sich jemand wegen Mademoiselle Zhernakowa die Nacht um die Ohren schlüge. Er verzichtet darauf, dem Kollegen mit dem Direktor zu drohen. Stattdessen sagt er: »Sie ist in den Mord an Gabeau verwickelt.«

François Gabeau ist ein Gendarm, den die Autobanditen bei einer Kontrolle niedergeschossen haben. Juhel weiß nicht, ob Rabinowitsch etwas damit zu tun hat. Doch völlig ausgeschlossen ist es nicht.

Der Kollege verspricht ihm, alle Hebel in Bewegung zu setzen. Es gibt eben nichts, was einen lebenden Polizisten so sehr auf Trab bringt wie ein toter Polizist.

35

Schlotternd steht Vincenzo vor dem Eingang der Sacré-Cœur. Wie genau er hergekommen ist, ist ihm schleierhaft. Die Nacht war voller Schnaps und Absinth, das weiß er noch. Und er meint, sich an die letzte Kneipe seiner Tour zu erinnern: Sie hieß »L'Enfer«. Normalerweise wäre er da nie hineingegangen. Aber einer seiner Saufkumpane überredete ihn. Anfangs war es ganz lustig. Doch als ein Schausteller in feuerrotem Teufelskostüm Vincenzo mit seinem Dreizack piesackte, bekam er es mit der Angst zu tun.

Eigentlich hat Vincenzo für Religion wenig übrig. Gottesdienste besucht er nicht einmal an Ostern oder Weihnachten. Aber manchmal, da erwischt es einen eben doch. Katholizismus ist wie Rheuma. Er sitzt tief in den Knochen. Bei bestimmten Großwetterlagen kriecht er hervor und quält einen.

So ist es auch jetzt. Seit er in Thiais war und sich vergewissert hat, dass die Gioconda tatsächlich verschwunden ist, schläft Vincenzo schlecht. Er leidet unter entsetzlichen Kopfschmerzen. Mit Laudanum und Äther versucht er, sich Erleichterung zu verschaffen. Aber das klappt nicht sehr gut.

Als Vincenzo den Mann im Teufelskostüm erblickte, hörte er die donnernde Stimme Don Cortesis, des Dorfpfarrers von Dumenza.

»Du bist ein Sünder, Vincenzo Peruggia. Und du bleibst auch einer, da kannst du beichten, so viel du willst. Beichten hilft nämlich nur, wenn man bereut.«

Nun steht er vor der Basilika, Hände in den Taschen vergraben. Es ist noch nicht einmal acht. Vermutlich wäre es besser gewesen, vom Pigalle direkt nach Hause zu gehen und den heiligen Sonntag zu verschlafen. Aber der Teufel mit dem Dreizack hat Vincenzo daran erinnert, was er angestellt hat. Er ist ein Dieb und ein Betrüger. So wie die Dinge stehen, ist es bald aus mit ihm. Und dann landet Vincenzo in der Hölle.

Dem Tod wird er nicht entrinnen können, aber vielleicht der Verdammnis. Das in etwa waren seine Gedanken, als er stockbetrunken zu der im Licht des noch sehr jungen Morgens verheißungsvoll leuchtenden Sacré-Cœur hinaufblickte. Sie schien ihm der Ausweg, die Chance zur Rettung seiner verdammten Seele.

Nun, da der Absinthnebel sich allmählich lichtet, kommen ihm Zweifel. Die Vorderfront der Basilika ist komplett eingerüstet. Vom Pigalle aus wirkte die Sacré-Cœur weitgehend fertiggestellt. Aus der Nähe sieht es anders aus. Der Handwerker in Vincenzo schätzt, dass es mindestens ein weiteres Jahr dauert, bis alles gemacht ist.

Ein Mann im Arbeitskittel läuft vorbei, zwei Baguettes unter dem Arm.

»Entschuldigen Sie«, sagt Vincenzo.

»Hm?«

»Ist die Kirche schon fertig?«

Der Mann schaut auf das Gerüst, blickt ihn an.

»Sieht's denn so aus?«

»Nein, Verzeihung – ich meine, ob sie schon … ob sie in Betrieb ist. Finden schon Gottesdienste statt?«

Der Mann schüttelt den Kopf.

»Ist noch nicht mal geweiht. Seit über dreißig Jahren bauen sie dran. Und ob sie je fertig wird, weiß nur der liebe Gott.«

Der Mann geht weiter. Vincenzo sucht nach seinen Zigaretten, stellt fest, dass er keine mehr hat. Wo er gerade dabei ist, überprüft er zudem seine Barschaft. Von den fünfzig Franc, mit denen er seine Kneipentour begann, sind nur noch drei übrig.

Er lässt sich auf den Stufen vor dem Hauptportal nieder, überlegt. Was er braucht, was er in der Basilika zu finden gehofft hatte, ist ein Beichtvater. Aber wenn die Kirche noch gar nicht geweiht ist, ist er völlig umsonst auf diesen beschissenen Hügel gestiegen. Nun muss er wieder hinunter und dann noch ein paar Kilometer laufen. Er könnte die Métro nehmen. Aber wovon soll er dann frühstücken? Der Fünfziger war der letzte jener Scheine, die er für Morels Geschmeide bekommen hat.

Es schlägt acht Uhr. Die Glockenklänge scheinen nicht aus dem Kampanile der Sacré-Cœur zu stammen. Er schaut sich um, geht in die Richtung, aus der das Gebimmel kommt. Schon nach ein paar Schritten kann er die Kirche sehen. Sie liegt in direkter Nachbarschaft der Basilika. Vermutlich handelt es sich um die bisherige Hauptkirche des Montmartre.

Das Hauptschiff ist verlassen. Die Kirche wirkt sehr alt, Säulen und Bögen sind stark verwittert. Rechter Hand sieht Vincenzo den Beichtstuhl. Er setzt sich hinein. Schritte hallen durch das Schiff. Ein Priester kommt.

»Im Namen des Vaters und des Sohnes und des Heiligen Geistes. Amen«, murmelt Vincenzo.

»Gott, der unser Herz erleuchtet, schenke dir wahre Erkenntnis deiner Sünden und seiner Barmherzigkeit«, antwortet der Priester.

»Amen. Vater, ich habe gesündigt.«

»Was hast du getan, mein Sohn?«

»Ich habe gestohlen.«

»Was hast du gestohlen?«

»Essen, Wertgegenstände. Außerdem habe ich ... Ich habe Kunstwerke gestohlen.«

»Kunstwerke? Gemälde, Statuen, solche Dinge?«

»Ja, Vater. Aber ...«

»Ja?«

»Manchmal habe ich aus Habgier gehandelt, also bei den Wertsachen. Aber nicht bei ... bei den Bildern.«

Der Priester schweigt einen Moment.

»Du meinst, du hast diese Kunstgegenstände ... Du hast sie nicht zu Geld gemacht?«

»Nein. Ich wollte sie retten, Vater.«

»Aber sie gehörten dir nicht. Und nun hast du den Besitz eines anderen bei dir.«

»Nein, ich ...«

Vincenzo ist bewusst, dass er nicht so viel reden sollte. Er hatte sich eigentlich alles zurechtgelegt: Ich habe gestohlen, ich bitte um Vergebung. *Ego te absolvo, finito.* Aber wie so oft ist sein Mundwerk schneller als er.

»Ich habe das Kunstwerk, die Kunstwerke, also im Wesentlichen ein Gemälde, mitgehen lassen. Aber ich wollte es nicht verkaufen, ich wollte es nur … bewahren, verstehen Sie? Der Besitzer hatte nichts für das Bild übrig. Er war kein … er war kein Künstler, so wie ich einer bin. Aber nun ist sie mir gestohlen worden. Sie ist fort.«

»Sie? Wer ist dir gestohlen worden?«

»Die … ah … die Malerei, Vater.«

»Ich verstehe. Nun zuerst das Essen. Du hast also die Zeche geprellt. Hattest du Hunger?«

»Ja, Vater. Ich bin ein armer Mann. Das meiste, was ich verdiene, schicke ich meiner Familie, die ebenfalls Hunger leidet.«

»Auch Mundraub und Zechprellerei sind falsch. Verstehst du das?«

»Ja, Vater. Aber die … die Malerei.«

»Dazu kommen wir noch. Schlimmer als das Essen wiegt der Diebstahl von Wertgegenständen. Das hast du getan, um an Geld zu kommen, oder?«

»Das ist wahr.«

»Bereust du diese Diebstähle?«

»Ich bereue sie sehr. Es war sündhaft, so zu handeln. Ich darf anderen nichts nehmen, selbst wenn ich wenig habe.«

»Ganz richtig. Ich erlege dir dafür zwanzig Ave-Maria auf. Außerdem wirst du versuchen, die Bestohlenen finanziell zu entschädigen, falls möglich.«

»Ich verspreche es.«

»Nun zu den Kunstgegenständen. Es waren mehrere, ja?«

»Eigentlich nur einer. Aber der war durchaus … also … künstlerisch wertvoll.«

»Du hast ihn gestohlen. In guter Absicht vielleicht, aber es stand dir nicht zu, über etwas zu verfügen, das nicht dein war.«

»Ja, Vater.«

»Und nun wurde dir das Bild also gestohlen. Ein bestohlener Dieb – ausgleichende Gerechtigkeit, könnte man sagen.«

»Aber nun kann ich es«, Vincenzo ist den Tränen nahe, »ja nicht mehr, ich meine, ich kann's nicht mehr gutmachen.«

»Nicht im physischen Sinne, das stimmt. Aber vielleicht im Spirituellen und im Moralischen. Auch für diese Sünde gebe ich dir etwas auf – Rosenkränze. Zwanzig Gesätze. Außerdem ... Du sagtest, du wärst Künstler?«

»Ja, Vater. Ich ... ich bin Maler.«

»Dann widmest du dein nächstes Werk dem verschwundenen Bild. Du wirst versuchen, das beste Bild zu malen, das du je gemalt hast. Tue Buße durch deine Arbeit. Dann soll dir vergeben sein. So spreche ich dich los von deinen Sünden. Im Namen des Vaters und des Sohnes und des Heiligen Geistes.«

Vincenzo bedankt sich. Er verlässt den Beichtstuhl, geht Richtung Ausgang. Als er ihn beinahe erreicht hat, erregt ein Alkoven zur Rechten seine Aufmerksamkeit. Dort befindet sich ein Schrein mit einer hölzernen Maria. Vincenzo tritt näher. Sein Blick fällt auf ein Ölgemälde an der Wand. Das Bild kommt ihm irgendwie ...

Es ist die Gioconda. Wie immer lächelt sie ihn herausfordernd an. Ihr Blick scheint zu sagen: »Hast du mich vermisst, Vincenzo?«

»Nein«, keucht er, »das kann nicht ...«

Als er erneut hinschaut, wird ihm klar, dass Mona Maria der Mona Lisa zwar ähnlich sieht, so ähnlich dann aber auch wieder nicht. Gott, seine Nerven!

Er sieht zu, dass er fortkommt. Als Vincenzo nach einer Weile stehen bleibt, befindet er sich irgendwo im Gewirr der Gassen des Montmartre. Wo genau, weiß er nicht. Was er hingegen weiß: Er braucht dringend etwas zu trinken. Ziellos irrt er weiter, bis vor ihm etwas auftaucht, das wie ein Restaurant oder Café aussieht. Die Fensterläden des zweistöckigen Gebäudes sind aufgeschlagen. Ein bemaltes Schild hängt über der Tür. Es zeigt einen Hasen in Rockschößen, der eine Weinflasche auf der Pfote balanciert. Über dem Eingang steht »Weine und Speisen«. Daneben gibt es einen Anbau mit der Überschrift »Buvette«. Vincenzo geht darauf zu, tritt ein.

Drinnen stehen ein paar Holztische. Die Wände hängen voller Skizzen und Aquarelle. In Regalen stehen Figuren aus Pappmaschee und Gips – eine Künstlerkneipe.

Auf einem Tisch liegen ein Haufen Papiere und Bücher. Ihr Besitzer ist nirgends zu sehen. Alle anderen Tische sind leer. Vincenzo sucht sich einen Platz. Bei einem mürrisch dreinblickenden Kellner bestellt er Kaffee.

Sobald dieser vor ihm steht und der Kellner verschwunden ist, gießt er etwas Schnaps aus seinem Flachmann in die Tasse. Nach dem ersten Schluck seines verstärkten Heißgetränks fühlt er sich besser.

Zwar flattern seine Nerven noch immer gehörig. Aber zumindest weiß er nun, was zu tun ist. Vincenzo ist recht zufrieden mit sich. Jammern und Nichtstun ist eben nie die Lösung. Nur wer versucht, seine Probleme selbst in den Griff zu bekommen, hat Erfolg. Das war ja schon immer seine Maxime. Hat ihn sein beherztes Vorsprechen bei Dottore Pozzi damals nicht binnen kürzester Zeit von seinen Gebrechen geheilt? Eben. Und nun wird ihn der Spruch des Seelendoktors von seinen spirituellen Qualen befreien.

Er trinkt den Kaffee aus, bestellt einen weiteren. Alles, was er tun muss, ist ein hervorragendes Bild zu malen, als Ersatz für die Gioconda. Dann ist er aus dem Schneider. So oder ähnlich hat der Priester es gesagt.

Das Problem dabei: Vincenzo kann zwar malen, recht gut sogar. Darum sieht er sich ja auch mehr als *pittore* denn als *imbianchino*. Aber ein Leonardo ist er natürlich nicht. Da muss man schon ehrlich zu sich selbst sein.

Wie also soll er etwas zustande bringen, das einem da Vinci das Wasser reichen kann?

Während er über dieses Problem nachgrübelt, kehrt der Besitzer der Papiere und Bücher zurück zu seinem Tisch. Er ist ein

Berg von einem Mann – massig, mit einem Riesenschädel. Der adrett gekleidete Herr lässt sich nieder und beginnt, eine Pfeife zu stopfen. Vincenzo erstarrt.

Von irgendwoher kennt er den Mann. Von wo nur? Vincenzo dreht sich weg, schnappt sich eine Zeitung. Er hält sie aufgefaltet vor sein Gesicht. Möglicherweise ist die Vorsichtsmaßnahme unnötig. Aber wer weiß das schon? Vielleicht hat Vincenzo mit dem Kerl in irgendeiner Kaschemme gesoffen und sie waren beste Freunde. Vielleicht hat er ihm aber auch das Zigarettenetui gestohlen. Bevor sein bisweilen löchriges Gedächtnis die notwendigen Informationen preisgibt, bleibt er besser in Deckung.

Ab und an lugt er über den Rand des Journals. Ihm ist schleierhaft, was der Mann tut. Eben hat er einige Zettel vor sich geordnet. Er hält einen Füllfederhalter in der Pranke, benutzt ihn jedoch nicht. Die Feder schwebt einige Zentimeter über dem Papier. Währenddessen schaut er in die Ferne. Sein kleiner, spitzer Mund formt Worte. Er wirkt völlig weggetreten.

Auf einmal beginnt der Fremde zu lächeln, ja zu strahlen. Sein Kopf senkt sich. Die Feder fliegt über das Papier. Er füllt ein Blatt, dann noch eines. Dabei schaut er erstaunt drein, so als könne er selbst kaum glauben, was er da niederschreibt.

Nach drei oder vier Blättern geht ihm die Puste aus. Er lässt sich zurücksinken, schließt die Augen. Als er sie wieder öffnet, sagt er:

»Ah, ah! Das war gut.«

Das Gesicht sagt Vincenzo immer noch nichts. Aber diese Stimme!

Vielleicht ist es nicht verwunderlich, dass er den Mann nicht gleich erkannt hat. Als er ihn das letzte Mal sah, war Vincenzo nass wie ein Pudel. Und der Fremde trug eine Maske.

Doch dieser dröhnende Bariton – es gibt keinen Zweifel. Dies ist der Kerl, der ihm am Ufer der Seine begegnet ist. Der ihm geraten hat, die Gioconda nicht zu zerstören, sondern sie zu verstecken.

Dies ist der Kerl, der Schuld an der ganzen Misere ist.

Vincenzo zahlt die beiden Kaffees. Als er die Gaststätte verlässt, gibt er acht, dass der Schreiberling sein Gesicht nicht sieht.

Am Eingang kommt ihm eine junge Frau entgegen, etwas verhärmt, aber mit wunderschönen Augen. In der einen Hand hält sie eine Reisetasche, in der anderen ein großes, in Geschenkpapier eingeschlagenes Paket. Vincenzo hält ihr die Tür auf. Sie schenkt ihm ein umwerfendes Lächeln, zwinkert ihm sogar zu. Sein Schlag bei den Weibern! Unter anderen Umständen hätte er die Schöne auf ein Gläschen eingeladen. Aber die Arbeit geht vor.

Draußen ist inzwischen deutlich mehr los. Der Montmartre ist aufgestanden und geht leicht verkatert seinen morgendlichen Verrichtungen nach. Vincenzo sucht sich eine Straßenecke, von der aus er den Eingang der Buvette im Blick hat.

Nach etwa einer Stunde tritt der große Mann hinaus auf den Platz. Er trägt nun einen Fedora, hat sich einen bunten Schal um den Hals geworfen. Mit ausladenden Schritten schreitet er die Straße hinab. Vincenzo folgt ihm. Er ist froh, dass der Mann nicht den Funiculaire nimmt. Denn das hätte ihn seine allerletzten Münzen gekostet.

Zwischendurch bleibt der Mann immer wieder stehen, begutachtet Auslagen und Schaufenster. Einmal betritt er einen Buchladen. Eilig hat er es offenbar nicht, aber er scheint voller Energie.

Am Fuße der Butte kauft der Fremde bei Félix Potin drei Bananen. Binnen kürzester Zeit sind diese verschwunden – der Fremde isst, wie er läuft. Es geht den Boulevard de Rochechouart entlang, Richtung Westen. Vincenzo bleibt dran. Er hat noch nie jemanden beschattet, muss jedoch feststellen, dass er offenbar ein Naturtalent ist. Der Mann hat nicht den blassesten Schimmer, dass er verfolgt wird.

Kurz vor der Place Pigalle wendet der Mann sich einem Hauseingang zu. Hinter einem Baum stehend, beobachtet Vincenzo, wie er klingelt, eingelassen wird.

Er schaut sich die Namensschilder an: Dupont, Gerard,

Vogel, außerdem Picasso & Olivier. Olivier ist allerdings durchgestrichen.

Nun heißt es warten. Vincenzo vertreibt sich die Zeit damit, seinen Flachmann leer zu machen und flanierenden Damen hinterherzuschauen.

Nach einer halben Stunde ist der Mann noch nicht wieder aufgetaucht. Etwas ratlos steht Vincenzo am Straßenrand. Er denkt erneut über das nach, was der Monsignore gesagt hat: dass er den Diebstahl der Gioconda wiedergutmachen muss. Aber das ist leichter gesagt als getan. Das Bild ist verloren, wahrscheinlich für immer. Natürlich könnte es sein, dass die Räuber von Thiais es zu verkaufen versuchen. Aber das glaubt er nicht. Vincenzo hat die herausgerissenen Wandverkleidungen gesehen, die blutgetränkten Teppiche. Das waren Wilde, Barbaren. Vermutlich ist das berühmte Lächeln der Gioconda längst Asche.

Nein, Wiedergutmachung kann nur bedeuten, ein Kunstwerk zu erschaffen, das den Verlust der Gioconda halbwegs ausgleicht. Soll er es wirklich selbst malen? Oder soll er es nur beschaffen? Er ist sich inzwischen nicht mehr ganz sicher, was genau der Monsignore angeordnet hat. Vermutlich hat er schon wieder zu viel intus. Vincenzo versucht, sich die genauen Worte des Priesters ins Gedächtnis zu rufen. Doch wie so oft in letzter Zeit spielt sein Gehirn nicht mit.

Vincenzo muss gähnen. Auf einmal ist er sehr müde. Gerade erwägt er, die Observation abzubrechen, als sich die Vordertür öffnet. Heraus tritt der große Engländer, gefolgt von einem wesentlich kleineren Begleiter.

Während er den Großen zunächst nicht erkannt hat, ist es bei dem Kleinen anders. Das ist der, der Vincenzo aus dem Fluss gezogen hat, der mit den seltsamen Steinköpfen im Gepäck. Bei Tageslicht wirkt er kleiner, als Vincenzo ihn in Erinnerung hatte. Er trägt Trenchcoat und Baskenmütze, eine Pfeife steckt in seinem Mund. Unter dem Arm hat der Kleine eine große Mappe sowie eine Pappschachtel.

Die beiden schlendern den Boulevard de Clichy hinauf. Vincenzo folgt ihnen. Er hält nicht besonders viel Abstand, dennoch bemerken die beiden ihn nicht. Der Große redet die ganze Zeit. Der Kleine hört zu. Was gesprochen wird, versteht Vincenzo nicht. Dafür ist es auf dem Boulevard zu laut. Automobile knattern die Straße entlang, Zeitungsjungen schreien den Passanten die Schlagzeilen des Tages ins Gesicht. Anscheinend gab es einen weiteren spektakulären Überfall dieser Anarchistenbande.

An der Place de Clichy gehen die beiden in die Brasserie »Wepler«. Vincenzo beobachtet durch die hohen Glasscheiben, wie sie an einem Tisch Platz nehmen. Ihn interessiert nun eigentlich nur noch, ob er mit seiner Vermutung richtigliegt. Danach wird er sich einige Stunden Schlaf gönnen. Nun, da er den Wohnsitz des Kleinen kennt, kann er ihn und seinen Begleiter später problemlos wiederfinden.

Der Große bekommt ein Bier, der Kleine einen Orangensaft. Letzterer öffnet seine Mappe, holt einen Zeichenblock hervor, außerdem Malkreiden.

Es ist so, wie Vincenzo vermutet hat. Der Mann ist Maler. Ein Lächeln schleicht sich auf sein Gesicht.

Genau so jemanden braucht er.

36

Isadora sitzt nackt auf dem Sofa und blättert in einem Katalog mit Entwürfen für Paul Poirets Feier. Eigentlich interessiert sie sich nicht übermäßig für Mode. Aber er hat sie gebeten, ihm ihre Meinung zu sagen. Deshalb tut Isadora dem Modeschöpfer den Gefallen, macht sich ein paar Notizen.

Sinnvoller wäre es, wenn Poiret Jelena um Rat fragte. Dies aber lässt sein Stolz nicht zu, man könnte auch sagen: sein Dünkel. Der kleine Mann sieht sich als großen Künstler. Folglich dürfen nur andere große Künstler seine Arbeit beurteilen und keine kleinen Schneiderlein.

Alle Entwürfe sind im orientalischen Stil gehalten – Pluderhosen, Schnabelschuhe, Turbane. Isadora kann nicht beurteilen, ob sie historisch korrekt sind. Aber darauf kommt es wohl auch nicht an. Poiret möchte Tausendundeine Nacht schließlich nur nachspielen.

Bereits im vergangenen Jahr veranstaltete er eine ähnliche Feier: »Die Feste des Bacchus«. Dreihundert geladene Gäste verkleidete Poiret an jenem Sommerabend als Nymphen und Götter, verfrachtete sie in den Wald von Versailles. Der Champagner floss in Strömen, die Bäume hingen voller Süßigkeiten. Die »Feste« waren in der Tat ein Bacchanal, eine Anrufung des Dionysus. Noch Wochen danach sprach *le Tout-Paris* von nichts anderem.

Diesmal lautet das Motto »Die Tausendundzweite Nacht«. Poiret hat versprochen, diese Feier werde noch dekadenter, noch ausgefallener als die letzte. Isadora kennt ihre Rolle bereits: Als Haremsdame wird sie in einem goldenen Käfig in den Garten von Poirets Anwesen an den Champs-Élysées herabschweben und einen exotischen Tanz aufführen.

Ihr Kostüm ist aufsehenerregend. Die Pluderhosen bestehen aus einem Gazestoff, der praktisch durchsichtig ist. Ihr Bustier bedeckt nur das Allernötigste. Sie freut sich schon auf die offenen Münder der Gäste.

Isadora legt die Skizzen beiseite, erhebt sich. In einer halben Stunde ist sie mit Jelena zum Essen verabredet. Besser, sie zieht sich allmählich etwas an, sonst landen sie gleich wieder im Bett. Dagegen hätte Isadora nichts, aber nach dem Essen wäre es ihr lieber.

Seit ihre Kleine zurückgekehrt ist, sehen sie sich viel häufiger. Jelena hat gegenüber im »Aylesbury« Quartier bezogen. Isadora hatte vorgeschlagen, im »Lutetia« angrenzende Suiten mit Verbindungstür zu mieten. Doch Jelena bestand darauf, in einem anderen Hotel zu wohnen. Sie seien ja schließlich nicht verheiratet.

Isadora widersprach nicht. Sie ist zu froh, dass Jelena in ihr Leben zurückgekehrt ist, um Forderungen zu stellen. Ebenfalls erfreulich: Ihre Kleine ist zumindest außerhalb des Betts ein wenig zahmer als früher. Noch vor wenigen Monaten hätte sie sich von Isadora keine Hotelrechnungen bezahlen lassen.

Auch mäkelt sie nicht mehr so viel herum – an Restaurants, die zu bürgerlich, Accessoires, die zu teuer, Vergnügungen, die zu ausgefallen sind. Allerdings ist sie schweigsamer als früher.

Isadora schlüpft in ein Kleid, macht sich die Haare. Wie auch immer, Jelenas Rückkehr ist eine gute Nachricht. Davon gibt es leider viel zu wenige. In Russland verhungern die Leute, in Nordafrika richten die Italiener ein Blutbad nach dem anderen an. Wie selig sie hier doch sind.

Sie geht zur Bar, gießt sich einen Scotch ein. Während sie trinkt, blättert Isadora in einer Broschüre der White Star Line, die Paris ihr dagelassen hat. In ihr sind alle Annehmlichkeiten des neuesten Luxusdampfers der Reederei abgebildet: Speisesäle, Sonnendecks, Bibliotheken.

Ihr Lohengrin hat sich in den Kopf gesetzt, mit Isadora nach New York zu reisen. Und weil Paris eben Paris ist, kommt dafür nur das größte und teuerste Schiff der Welt infrage. In der Broschüre hat er die Parlour-Suite markiert. Davon gibt es auf dem gesamten Schiff lediglich vier. Jede besitzt ein privates Promenadendeck, zwei Schlafzimmer, begehbare Kleiderschränke und sogar angrenzende Räumlichkeiten für die Dienerschaft.

Er hat ihr auch einen Artikel aus dem »Figaro« von vorgestern beigelegt. Da ist die »Titanic« von Southampton aus erstmals in See gestochen. Sie legt die Broschüre weg. Isadora ist sich nicht sicher, ob sie in naher Zukunft nach New York möchte. Es ist einfach zu viel zu tun – die Renovierungen im Palais, die geplanten Vorstellungen in Deutschland und Österreich, das Manifest des Tanzes, an dem sie schreibt. Zudem ist ihr das amerikanische Publikum nicht so gewogen wie das europäische. Ihren Landsleuten fehlt es leider an künstlerischer Sensibilität.

Andererseits wäre Paris natürlich tödlich beleidigt, wenn sie Nein sagte. Und es wäre schön, New York wiederzusehen. Glücklicherweise hat die Entscheidung noch ein wenig Zeit, denn Paris weilt derzeit auf Oldway, seinem Landsitz in Devon.

Sie wird die Karten befragen. Isadora ist Aleister unendlich dankbar, dass er sie mit dem Tarot bekannt gemacht hat. Es hat ihr Leben verändert. Sie holt das Blatt hervor, mischt es. Aleister war kürzlich in der Stadt. Die Vorbereitungen für seine große Beschwörung, die er als »Pariser Arbeiten« bezeichnet, laufen auf Hochtouren. Der Magus sucht weiterhin nach Materialien und Bildern für das Ritual. Es scheint diesbezüglich Probleme zu geben. Aber sobald diese gelöst sind, wird Aleister im »Hotel Birmingham« mit den Beschwörungen beginnen. Isadora soll ihm assistieren.

Sie ist deswegen bereits sehr aufgeregt – aufgeregter als wegen ihres Haremstanzes vor dreihundert Pariser Persönlichkeiten. Auch für Aleister soll sie tanzen, allerdings ohne Publikum.

»Dein Tanz evoziert magische Kräfte, er ist eine henochische Eruption. Er zieht die Entitäten der anderen Seite geradezu an«, hat er gesagt. »Zusammen mit den richtigen Invokationen und den richtigen Bildern wird es uns gelingen, das Mondenkind zu zeugen!«

Isadora fühlt sich geschmeichelt von der wichtigen Rolle, die der Meister ihr bei seinem Ritual zubilligen will. Das mit dem Mondenkind hat sie allerdings nicht ganz verstanden. Die Rote Frau, die Hure Babalon, soll das Mondenkind gebären. Allerdings ist sie sich nicht sicher, wie metaphorisch dies gemeint ist. Isadora weiß, dass die Riten des Meisters eine sexuelle Komponente beinhalten. Deswegen vermutete sie zunächst, die Sache sei genauso gemeint, wie sie klingt.

Aber Aleister schüttelte den Kopf.

»Ficken werden wir, aber nicht dich. Bei Sexualmagie sind der homoerotische und der autoerotische Ritus zu bevorzugen.«

Weiter ins Detail ging er nicht. Aber allein die Vorstellung, was bei dieser Beschwörung so alles passieren könnte, erregt sie. Isadora spürt, wie ihre Brustwarzen hart werden.

Jede Faser ihres Körpers fragt sich auf einmal, wo verdammt noch mal Jelena bleibt. Isadora schaut auf die Uhr. Ihre Freundin ist nun wirklich überfällig. Dabei ist Unpünktlichkeit doch eigentlich eher Isadoras Metier. Die kleine Russin mag nach außen hin die Revoluzzerin geben. In ihrem Herzen ist sie jedoch skrupulöser als ein preußischer Rittmeister. Das würde sie Jelena niemals sagen. Wahr ist es trotzdem.

Um sieben waren sie verabredet; nun ist es nach halb acht. Hat Isadora ihr Klopfen vielleicht nicht gehört? War sie derart versunken in ihre Fantasien eines erotischen Hexensabbats?

Isadora fährt hinab in die Lobby. Dort herrscht reger Betrieb. Damen in Nerz und Herren in Kamelhaar warten auf ihre Chauffeure. Jelena aber ist nirgends zu entdecken. Monsieur Colvert, der Concierge, wirft Isadora einen fragenden Blick zu.

»Erwarten Sie jemand, Madame?«

»Meine Bekannte. Sie wohnt seit einigen Wochen in der Nähe und kommt öfters her. Eine junge Frau mit kurzen braunen Haaren?«

Der Concierge nickt.

»Haben Sie sie gesehen?«

»Ich denke schon. Mademoiselle war vor etwa einer halben Stunde kurz hier und hat das Haus dann wieder verlassen«, erwidert Colvert.

»Vor einer ...«

»Sie schien es eilig zu haben.«

»Hat sie irgendwas gesagt?«

»Ich bedaure, nein, Madame.«

Isadora bedankt sich, steckt Colvert einen Fünf-Franc-Schein zu. Sie will schon wieder auf ihr Zimmer, als jemand nach ihr ruft. Es ist einer der Rezeptionisten. Er hält einen Umschlag in der Hand.

»Ja, bitte?«

»Dies ist für Sie hinterlegt worden, Madame.«

Er legt das Kuvert auf den Tresen. Es handelt sich um einen Hotelbriefumschlag, auf den jemand hastig ihren Namen geschrieben hat. Es ist Jelenas Handschrift. Als Isadora das Kuvert nimmt, kann sie fühlen, dass sich etwas Schweres darin befindet – ein Schlüssel.

In einer ruhigen Ecke der Empfangshalle reißt sie den Umschlag auf. Darin befindet sich tatsächlich ein Schlüssel. Er sieht aus wie die des »Aylesbury«, allerdings fehlt der Messinganhänger mit der Zimmernummer. Ferner steckt ein gefalteter Zettel im Kuvert. Darauf steht:

> *Es tut mir leid, aber ich musste dringend fort. Falls ich morgen Abend nicht zurück bin, nimm bitte meine Sachen an dich, vor allem die Kiste. Bitte verzeih mir, dass ich Dir nicht mehr offenbaren kann.*
>
> *Nie sollst Du mich befragen,*
> *Noch Wissens Sorge tragen,*
> *Woher ich kam der Fahrt,*
> *Noch wie mein Nam' und Art.*
>
> *In Liebe*
> *J.*

Isadora liest den Zettel ein zweites Mal. Seit wann neigt Jelena zu Poesie? Sie hält es doch sonst eher mit revolutionären Parolen. Und was könnte Jelena dazwischengekommen sein? Ein

Feuerwehreinsatz bei einer von Poirets hochmögenden Kundinnen? Aber dann hätte sie ihr das doch persönlich sagen können. Wieso soll sie Jelenas Zimmer ausräumen? Sie wollten doch noch eine Weile hierbleiben, bis die Renovierungen im Bellevue abgeschlossen sind. Das wird noch gut zwei Monate dauern. Entsprechend hat sie Jelenas Zimmer vier Wochen im Voraus gebucht. Selbst wenn sie mehrere Tage weg sein sollte …

Ein ungutes Gefühl beschleicht Isadora. Zwar steht in dem Brief, Jelena plane, zurückzukehren. Dennoch hat der Ton des Schreibens etwas Endgültiges.

Isadora verlässt das »Lutetia«, geht die wenigen Schritte zu Jelenas Hotel. Das »Aylesbury« ist nicht ganz so schick wie ihre Bleibe, aber immer noch eines der besseren Hotels auf der linken Seine-Seite – sie hat darauf bestanden, dass Jelena eine anständige Unterkunft nimmt.

Sie betritt das Hotel, steigt die Treppe hinauf, zwei Stufen auf einmal. Kurz darauf steht sie vor Jelenas Tür, steckt den Schlüssel ins Schloss. Er passt.

Anders als in Isadoras Suite ist es in Jelenas Zimmer geradezu entsetzlich aufgeräumt. Hier liegen keine Kleidungsstücke über Stuhllehnen, keine zerlesenen Zeitungen auf dem Bett. Alles hat seinen Platz.

Isadora schließt die Tür. Ihr Blick schweift über das Bett, den kleinen Schreibtisch. Darauf steht eine hölzerne Schatulle mit gebogenem Griff. Und es reihen sich zwei Dutzend Bücher, teils auf Russisch, teils auf Französisch. Größtenteils ist es das, was sie in Jelenas Bücherschrank erwartet: Bakunin, Stirner, Goldman und Thoreau. Daneben stehen allerdings auch Heine und Zola, ein Opernführer und, die größte Überraschung, »Grashalme« des von Isadora heiß geliebten Walt Whitman. Ihr war nicht bewusst, dass Jelena viel für Gedichte übrighat, schon gar nicht für solche. In Whitman steckt zu viel Natur, zu viel Prärie, zu viel Spiritualismus.

Sie schlägt das Buch auf, liest aufs Geratewohl einen Vers:

Denn wir dürfen nicht verweilen,
Wir marschieren, ihr Geliebten, wo am nächsten die Gefahr.
Wir, die jungen sehn'gen Rassen, auf die alle sich verlassen,
Pioniere! Pioniere!

Vielleicht irrt Isadora sich. Das hier könnte durchaus zu Jelena passen, zu ihrer Idee einer anarchistischen Avantgarde, die den Rest der Menschheit retten muss. Selbst wenn der gar nicht gerettet werden will.

Isadora lässt sich auf der Chaiselongue neben dem Fenster nieder, den Whitman in der Hand. Ihr Blick fällt auf einen akkuraten Zeitungsstapel. Die Schlagzeile der obersten Ausgabe lautet:

FEIGER MORD AN KOMMISSAR JOUIN –
BLUTIGE SPUR DER BONNOT-BANDE

Sie lässt sich tiefer in den Sessel sinken. Wieso ist sie hier? Sie hat in Jelenas Zimmer nichts zu suchen, auch jetzt nicht. Der Schlüssel, den ihre Freundin ihr hinterlassen hat, war ganz augenscheinlich für den Notfall gedacht. Sie soll herkommen, falls Jelena bis morgen Abend nicht zurückkehrt. Und bis dahin ist noch eine Menge Zeit.

Aber Jelenas Notiz hat etwas in ihr ausgelöst. Aleister hat Isadora erklärt, wie wichtig es in derlei Fällen ist, in sich hineinzuhorchen. Sie besitzt eine spirituelle Verbindung zu Jelena, so wie Jelena eine zu Isadora besitzt.

Sie weiß, dass die Russin es nicht einfach hatte in ihrem jungen Leben. Zwar spricht Jelena kaum darüber. Aber ihr Körper, den Isadora inzwischen in- und auswendig kennt, erzählt einiges. In ihrem Nacken sind Narben, die Isadora für das Resultat einer Züchtigung mit Peitsche oder Gerte hält. Unterhalb ihrer linken Brustwarze gibt es Stellen, die auf Brandwunden hindeuten. Sie tippt auf Zigaretten.

Das sind die alten Wunden. Isadora ist sich jedoch sicher, dass es auch neue gibt. Sie scheinen aus den vergangenen Monaten zu stammen. Es sind keine physischen Verletzungen, sondern seelische. Irgendwer hat ihrer Kleinen etwas angetan.

Oder vielleicht hat Jelena es sich selbst angetan. Das Mädchen wäre dazu fähig. Isadoras Blick fällt erneut auf die Bücher. Jelena ist so verkopft, so verbittert. In ihren Tarotkreuzen taucht in letzter Zeit immer wieder der Page der Schwerter auf. Die Karte steht für Rastlosigkeit und Neugier. Isadora vermutet, dass der Page Jelena symbolisiert.

Wobei in diesem Moment eher Isadora die Neugierige ist. Ansonsten wäre sie kaum hier. Vielleicht hat sie die Karten falsch interpretiert und der Page steht für sie selbst? Für ihren Wunsch, endlich zu erfahren, was Jelena Zhernakowa vor ihr verbirgt?

Isadora erhebt sich, geht zu einer Kleiderkommode. Ihr ist aufgefallen, dass eine der Schubladen eine Handbreit offen steht. Durch den Spalt kann sie ein Kleidungsstück erkennen, dass sie bei Jelena nicht vermutet hätte.

Es handelt sich um einen Abendhandschuh aus mauvefarbenem Stoff. Er geht bis zum Ellenbogen. Isadora nimmt ihn in die Hand. Er ist aus Seide. Feine Damen tragen so etwas, wenn sie die Oper besuchen. Aber Jelena?

Sie zieht die Schublade weiter auf. Darin stößt sie auf ein ganzes Ensemble eleganter Accessoires – Handschuhe, Stolen, Schals. Im Schrank findet sie mehrere elegante Roben. Nichts davon passt zu ihrer kleinen Proletarierin. Jelena verachtet derlei Prunk. Und sie könnte ihn sich auch nicht leisten.

Hat sie die Sachen vielleicht selbst genäht? Aber warum? Eigentlich gibt es dafür nur eine logische Erklärung. Isadora spürt, wie sich ein Grinsen auf ihrem Gesicht ausbreitet. Tja, wer hätte das gedacht? Ihre kratzbürstige kleine Jelena, eine heimliche Kurtisane? Und keine gewöhnliche, der Garderobe nach zu urteilen – in solchen Kleidern könnte sie in den feinsten Salons und Grandhotels verkehren, ohne dass man auch nur einen Augenblick lang glaubte, sie sei fehl am Platz.

In einer weiteren Schublade entdeckt Isadora Schminke. Ist das denn zu fassen? Sie hat Jelena noch nie mit Lippenstift oder Lidschatten gesehen. Vermutlich ist Isadora doch so einiges entgangen. Ihre burschikose kleine Anarchistin verwandelt sich nachts in die neue Belle Otéro und verdreht den Herren von Paris die Köpfe.

Sie vergewissert sich, dass alle Schubladen wieder verschlossen sind. Ihr Blick fällt auf die Schatulle.

Nimm bitte meine Sachen an dich, vor allem die Kiste.

Isadora beschleicht eine Ahnung. Will man die *grande courtesane* geben, benötigt man neben einem hübschen Gesicht und eleganter Garderobe haufenweise Schmuck. Eine Dame der besseren Gesellschaft ohne Colliers, Diademe und Ringe ist kaum vorstellbar.

Die Schatulle sieht aus, als verfüge sie über Fächer, die sich beim Aufklappen öffnen. Isadora versucht es. Und tatsächlich verwandelt sich die Schatulle in insgesamt acht terrassenförmig angeordnete Kistchen, vier auf jeder Seite. Darin befinden sich Nadeln, Scheren, Garne – die Utensilien einer Schneiderin. Smaragde und Rubine sieht sie keine.

Isadora hebt Stoffproben an, schiebt Fingerhüte und Nadeln beiseite. Allmählich kommt sie sich ein wenig albern vor. Sie wühlt zwischen dem Wollgarn herum, auf der Suche nach Perlenschnüren!

Vielleicht ist in dem Behälter wirklich nur Nähzeug. Vielleicht hat Jelena sie gebeten, die Nähkiste mitzunehmen, weil sie nun einmal Schneiderin ist und ihre Utensilien braucht.

Ihre Intuition sagt Isadora etwas anderes.

Manchmal hat sie in der Vergangenheit nicht genug auf ihre innere Stimme gehört. Aleister hat sie gescholten deswegen. Sie sei eine Prophetin, eine Hohepriesterin des Tanzes und des kommenden Zeitalters. Aufgrund ihres magischen Verstands verfüge sie über mehr Sinne als gewöhnliche Menschen. Diese Gabe zu verleugnen, sei eine Sünde. Es sei Arroganz gegenüber dem Kosmos und dem Weltgeist, so zu tun, als sei sie keine Antenne, als empfange sie keine Signale.

Und so ist es auch in diesem Fall. Isadora muss nur zuhören, dann wird ihr alles klar. Jelena will nicht nur ihre Seidenroben und Nadelkissen retten. Genauer gesagt sind ihr die einen wie die anderen gleichgültig. Sie besitzt etwas ungleich Wertvolleres. Etwas, das nicht verloren gehen darf. Aber was?

Inzwischen ist Isadora mit den oberen und mittleren Fächern fertig, durchsucht die unteren. Hier herrscht ein wildes Durcheinander aus Stoffresten und Knöpfen. Darunter ertastet sie etwas. Es handelt sich um einen Schlüssel.

Er ist kleiner als der Zimmerschlüssel und wirkt moderner. Wahrscheinlich handelt es sich um einen dieser neuartigen Sicherheitsschlüssel. Beide Seiten haben Bärte. Auf dem Hals ist etwas eingraviert.

Isadora sieht nicht mehr so gut wie früher. Sie muss den Schlüssel weit von sich halten, um die kleinen Buchstaben zu entziffern: CL.

»Ein Schließfach«, murmelt sie. Jelena unterhält ein Schließfach beim Crédit Lyonnais, Frankreichs größter Bank.

Isadora sucht nach der Schließfachnummer. Dann erinnert sie sich daran, dass sie in Berlin ein Fach bei Bleichröder hatte. Dort war auch keine Zahl auf dem Schlüssel. Der Bankbeamte hatte es ihr damals erklärt: »Wenn jemand den Schlüssel fände, hätte er sonst leichtes Spiel.«

Erneut geht Isadora durch den Raum, auf der Suche nach einer Zahl. Hat Jelena sie auf einem Block notiert oder mit Khôl-Stift an den Badezimmerspiegel gekritzelt? Sie findet nichts.

Nach einer Weile gibt sie auf. Isadora steckt den Schlüssel ein und verlässt Jelenas Zimmer.

37

Während er seine Schokolade isst, schaut Juhel sich den Menschenauflauf an. Unweit des Hauses, in dem Jules Bonnot sich verschanzt hat, herrscht eine Atmosphäre wie auf dem Jahrmarkt. Tausende sind gekommen, um sich das Spektakel anzuschauen. Sie sind mit dem Zug oder dem Fahrrad nach Choisy-le-Roi gefahren. Viele tragen feine Kleidung, denn es ist Sonntag. Juhel vermutet, dass so mancher Gaffer morgens noch beim Gottesdienst war, bevor er hereilte, um sich ein alttestamentarisches Motto in der Praxis anzuschauen: Auge um Auge, Zahn um Zahn.

Dass Bonnot aus der Sache nicht unbeschadet herauskommen wird, gilt als ausgemacht. Vor vier Tagen hat der Kopf der Bonnot-Bande in Ivry einen Polizisten ermordet – nicht irgendeinen, sondern Louis Jouin, den Vizechef der Pariser Kripo. Der wollte eigentlich einen Unterstützer der Illegalisten verhaften, traf aber auf den Bandenchef. Bonnot schoss ihm zwei Kugeln in den Kopf.

Nein, heil kommt er aus dem verbarrikadierten Haus nicht mehr heraus. Bonnot weiß das und verkauft sein Leben, so teuer es geht. Er hat sich verschanzt, offenbar mit reichlich Munition. Entsprechend dauert die Belagerung bereits seit den frühen Morgenstunden an. Die Zeitungen hatten zuvor bereits Wind von der Sache bekommen, deshalb der Menschenauflauf.

Juhel schiebt sich das letzte Stück Schokolade in den Mund. Mehr aus Gewohnheit denn aus Interesse betrachtet er das Kärtchen. Es zeigt eine Frau in einem Automobil – Madame Bob-Walter. Früher führte sie exotische Tänze in den »Folies Bergères« auf, nun ist sie Rennfahrerin. Eine erstaunliche Karriere, aber nicht so erstaunlich wie die Jules Joseph Bonnots. Vom kleinen Infanteristen zum meistgehassten Mann der Republik, das muss man erst mal hinbekommen.

Juhel steckt die Automobilistin ein und wendet sich wieder dem belagerten Haus zu. Genauer gesagt handelt es sich um eine Garage. Sie besteht aus Holz, nicht aus Stein. Unten werden Automobile repariert, im Stockwerk darüber befindet sich eine Wohnstatt. Diese lässt sich nur über eine Außentreppe erreichen. Man muss außerdem ein Feld queren, um an die frei stehende Baracke überhaupt heranzukommen.

Aufgrund seiner erhöhten Position und seiner Scharfschützenfähigkeiten konnte er sich die Polizei bisher vom Hals halten. Alle Versuche, das Gebäude zu stürmen, sind gescheitert.

Die Sache hat etwas von einer Buffalo-Bill-Geschichte. Es geht gegen Mittag, es ist heiß und staubig – High Noon in Choisy-le-Roi. Lépines Leute kauern hinter Sandsäcken, Gewehre im Anschlag. Außer Kriminalbeamten und Gendarmen ist inzwischen ein Regiment Zuaven eingetroffen, zu erkennen an den Pumphosen und bunten Mützen. Bei Buffalo Bill hieße es wohl: Die Kavallerie ist da.

Juhel ist als Beobachter hier. Choisy liegt südlich der Stadt, gehört noch zum Großraum Paris. Folglich befindet es sich im Herrschaftsgebiet von König Louis, dem Präfekten.

Die Sûreté Générale hingegen kümmert sich um die Ausfallstraßen, für den unwahrscheinlichen Fall eines Fluchtversuchs.

Bonnot und seine Spießgesellen hatten viele Unterstützer, aber die wurden inzwischen fast alle verhaftet. Auch Raymond Callemin wurde gefasst, Octave Garnier dürfte in den kommenden Tagen gestellt werden.

Diese Männer sind nun die bekanntesten Gesichter Frankreichs, berühmter als Potins Persönlichkeiten. Sie können sich nirgendwo mehr verstecken. Das Volk, das dem Treiben der Autobanditen anfangs gleichgültig gegenüberstand, schreit inzwischen nach Blut. Spätestens seit Jouins Tod überbieten sich die Zeitungen mit Aufrufen zu gnadenloser Härte. Viele fordern die Guillotine. Andere erklären, das sei noch eine viel zu milde Strafe. Wäre Callemin nach seiner Festnahme nicht von der Polizei beschützt worden, hätte der wütende Mob ihn an der nächsten Laterne aufgeknüpft.

Von wem hingegen jede Spur fehlt, ist Jelena Rabinowitsch. Juhel verflucht sich für sein Zaudern. Er hatte nicht den gleichen Fehler wie Jouin machen wollen, der vor einigen Wochen zu früh zuschlug. Stattdessen observierte er die Russin, tat jedoch zunächst nichts. Er wollte Rabinowitsch in flagranti erwischen, wenn sie sich mit anderen Illegalisten traf.

Doch anscheinend hat sie den Braten gerochen.

Dass sie wirklich eine Verbindung zur Bonnot-Bande besitzt, kann er nicht hundertprozentig belegen. Aber die Indizien sprechen dafür. Beim ersten Überfall in der Rue Ordener wurden nur drei Täter identifiziert. Über den vierten haben verschiedene Augenzeugen zwar ausgesagt, dass es sich um einen jungen Mann gehandelt habe. Aber die Beschreibungen könnten auch auf eine junge Frau mit kurzen Haaren passen.

Auch sonst weiß er inzwischen einiges über sie. Sie stammt aus einer Odessaer Kaufmannsfamilie. Ihr Vater sympathisierte mit antizaristischen Kreisen. Die russische Justiz, in derlei Fällen wenig zimperlich, ordnete die Katorga an. Nicht nur für ihn, sondern für die gesamte Familie: David Rabinowitsch, dessen Gattin und die Kinder Jelena und Ida wurden ins sibirische Straflager geschickt.

Juhel hat über den französischen Konsul in Odessa versucht, etwas über die dort verbliebenen Mitglieder der Familie Rabinowitsch herauszufinden. Doch die scheinen alle verschwunden zu sein. Das Konsulat schrieb ihm, es habe vor einigen Jahren ein blutiges Pogrom gegen die Juden Odessas gegeben, insbesondere in jenem Viertel, wo die Rabinowitschs lebten.

Welch Ironie: Jelena Rabinowitsch ist dem Schicksal ihrer Verwandten letztlich wohl nur entgangen, weil sie verbannt wurde. Vermutlich hat sie sich in Sibirien radikalisiert. In Paris führte sie ein Doppelleben. Sie arbeitete als Schneiderin bei einem angesehenen Modeschöpfer und war gleichzeitig eine anarchistische Agitatorin. Wie die Polizei von einem Redakteur der Zeitschrift »l'anarchie« erfahren hat, veröffentlichte Rabinowitsch dort unter dem Pseudonym Voltairine flammende Aufrufe.

Juhel hört das Klappern von Pferdehufen. Ein Raunen geht durch die Menge. Einige der Zuaven kommen die Straße herunter. Das Pferd, das die Infanteristen am Zaumzeug führen, zieht ein Geschütz. Es handelt sich um eine der neuen Hotchkiss-Kanonen. Diese Dinger können Dutzende Kugeln pro Minute abfeuern.

Anscheinend geht Lépine die Geduld aus.

Hinter einer Mauer geht Juhel in Deckung, steckt sich eine Zigarette an. Um die Hotchkiss hat sich bereits eine Menschentraube gebildet. Vergeblich bittet ein Gendarm die Leute, zurückzutreten.

Neben Zuaven und Polizisten sieht Juhel nun auch mehrere Männer, die er für Sappeure der Armee hält. Außerdem läuft inzwischen eine beunruhigend große Zahl von Privatleuten mit Jagdgewehren oder Pistolen herum.

Fehlen eigentlich nur noch die Indianer.

In einiger Entfernung steht ein voll beladener Heuwagen nebst Zugpferd. Das wäre in dieser Gegend prinzipiell nicht ungewöhnlich. Ein Detail erregt jedoch seine Aufmerksamkeit. Zwei Gendarmen sind gerade dabei, Kisten auf den Karren zu laden. Juhel tritt näher. Eine weitere Kiste wird auf die Ladefläche gewuchtet. Ein dritter Uniformierter kommt hinzu, ein breitschultriger Mittdreißiger mit Walrossschnauzer. Seine Uniform weist ihn als Leutnant der Republikanischen Garde aus. In der Rechten hält er eine Rolle mit Schnur. Nein, keine Schnur: Es ist eine Lunte.

»Was wird das denn?«, fragt Juhel.

»Wir räuchern den Kerl jetzt aus«, antwortet der Leutnant. »Anordnung des Präfekten.«

Der Mann wendet sich den Kisten zu, bringt die Lunte an. Als er fertig ist, gibt er ein Zeichen.

Inzwischen haben auch andere den Karren bemerkt. Schon ist er von Schaulustigen umstellt.

»Es lebe die Garde!«, ruft jemand. »Es lebe die Armee!«, ein anderer. Beifall brandet auf.

Der Karren wird in Stellung gebracht. Seine Rückseite ist nun Bonnots Zuflucht zugewandt. Das Heu auf der Ladefläche türmt sich bestimmt mindestens drei Meter hoch. Anscheinend soll es als Deckung dienen. Die Polizisten reden dem Pferd gut zu. Es beginnt, langsam rückwärts zu laufen. Meter um Meter schiebt sich der Heuwagen in Richtung der Garage.

Ein Schuss zerreißt die Luft. Der Anarchist oben in der Hütte hat offenbar bemerkt, was vor sich geht. Doch seine erhöhte Position, bisher so vorteilhaft, bereitet ihm nun Probleme. Zwar kann er nach Herzenslust auf den Heuhaufen feuern. Die Männer auf der anderen Seite des Karrens sind jedoch gut geschützt.

Als der Wagen die Garage beinahe erreicht hat, stoppt er. Das Pferd wird unruhig – kein Wunder bei dem Krach. Allerdings dürfte es gleich noch lauter werden. Neben Juhel hantiert jemand mit einer Kamera. Man kann nur hoffen, dass diese Dynamit-Aktion nicht in einem Fiasko endet. Falls doch, steht es morgen in allen Journalen.

Die beiden Friedenswächter haben den bemitleidenswerten Gaul derweil abgeschirrt. Über den Acker trabt er davon. Immerhin schießt Bonnot nicht auf das Tier. Nach all den Scheußlichkeiten, die der Kerl begangen hat, wäre ihm sogar das zuzutrauen gewesen.

Was die Männer hinter dem Karren angeht, wird er weniger gnädig sein. Juhel fragt sich, wie sie dort wegzukommen gedenken. Er schaut hinüber zu der Hotchkiss. Mit ihr könnte man den Polizisten und dem Gardisten alle Deckung der Welt verschaffen. Warum tut Lépine es nicht?

In einigen Metern Entfernung erblickt Juhel einen Mittvierziger in Anzug und schwarzem Pardessus. Eine Tricolore-Schärpe mit silberner Quaste ist um seine Hüfte gebunden, weist ihn als Kommissar der Kriminalpolizei aus. Es handelt sich um Xavier Guichard, Hamards Nachfolger. Juhel hat vorgestern kurz mit ihm gesprochen, ihm nach der Ermordung Jouins im Namen Hennions alle Unterstützung zugesichert. Er geht auf Guichard zu.

»Herr Direktor«, sagt Juhel und nickt Guichard zu.
»Guten Tag. Auch wegen des Schauspiels hier?«
»Wegen Bonnot, ja. Ich hatte gehofft ...«
»Ja?«
»... ihm einige Fragen stellen zu können.«
Guichard zuckt mit den Achseln.
»Wenn etwas übrig bleibt«, erwidert er.
»Dann komme ich nachher mit hoch, wenn es recht ist.«
Guichard sagt nichts. Seine Augen sind auf den Heuwagen gerichtet.

Auf ein Zeichen des hinter dem Karren hockenden Leutnants hin beginnen die Zuaven, die Garage unter Feuer zu nehmen. Das ermöglicht es den beiden Friedenswächtern, sich aus dem Staub zu machen. Geduckt rennen sie in Richtung der Barrikaden am Rande des Felds. Der Leutnant der Garde bleibt zurück. Er kriecht unter den Wagen, macht sich an der Lunte zu schaffen.

Juhel wirft einen Blick auf die Menschenmenge. Wenn er sich nicht täuscht, ist sie weiter angewachsen. Die Leute stehen in Grüppchen zusammen. Weinflaschen werden herumgereicht. Juhel möchte nicht wissen, wie viele Wetten hier laufen. Zehn Franc, dass sie ihn lebend fangen, zehn dagegen. Fünf, dass mindestens drei Polypen draufgehen – etwas in der Art.

Vielleicht dreißig Meter entfernt steht eine Gruppe junger Frauen in Frühlingsgarderobe. Sie sehen aus, als ob sie eigentlich einen Ausflug in den Bois de Boulogne geplant hatten. Ob sie eine Picknickdecke dabeihaben?

Da sind Bauern, Handwerker, elegant gekleidete Herren. Eine junge Frau fädelt sich zwischen zwei Frackträgern hindurch, einen aufgespannten Sonnenschirm in der Hand. Juhel kann ihr Gesicht nicht erkennen. Aber irgendetwas an ihr kommt ihm bekannt vor.

Erneut geht ein Raunen durch die Menge. Juhel schaut zur Garage. Eine dünne Rauchlohe steigt auf. Die Zuaven beginnen zu feuern. Der lange Leutnant rennt, so schnell er kann.

Juhel schaut wieder in Richtung der Frau mit dem Schirm. Zunächst schien es ihm, als gehöre sie zu den schnatternden Ausflüglerinnen. Doch sie ist bereits an ihnen vorbei. Er sieht sie nur von hinten. Aber sie könnte es sein.

Juhel schiebt einen angetrunkenen Jäger beiseite, quetscht sich zwischen zwei Journalisten hindurch. Die Frau mit dem Schirm spaziert die Straße hinab, Richtung Bahnhof. Schon biegt sie um die Ecke und ist außer Sicht.

Juhel rennt inzwischen. Als er ebenfalls um die Ecke biegt, sieht er sie nicht mehr. Auch hier ist alles voller Menschen, aber eine Frau mit Schirm ist nicht darunter. Zwei Friedenswächter mustern ihn interessiert.

»Eine Frau mit Schirm!«

»Monsieur?«, sagt einer der Beamten.

Juhel zeigt auf seine Tricolore-Schärpe.

»Sie gehört zur Bande. Wir müssen sie festsetzen! Los jetzt. Alarmieren Sie die anderen.«

Das in etwa ist es, was Juhel den Kollegen zuruft. Doch nichts davon kommt an. Just als er den Mund öffnet, knallt es. Nicht nur einmal, eine ganze Serie von donnernden Explosionen erschüttert Choisy-le-Roi und macht für einen Moment jede Unterhaltung unmöglich.

Als das Grollen abebbt, will er es erneut versuchen, doch seine Gesprächspartner sind fort. Sie rennen in Richtung der Explosion, wie auch alle anderen. Juhel ist der Einzige, der in die entgegengesetzte Richtung will.

Mutterseelenallein steht er auf der Straße. Das Kopfsteinpflaster glänzt in der Sonne. In gut dreihundert Metern Entfernung kann er den Bahnhof ausmachen. Links und rechts gehen ein halbes Dutzend schmale Sträßchen ab. Rabinowitsch könnte jedes von ihnen genommen haben. Wenn sie es denn war. Juhel entfährt ein bretonischer Fluch. Er dreht sich um und rennt nun ebenfalls in Richtung Garage.

Der Leutnant hat ganze Arbeit geleistet. Selbst aus der Entfernung ist das Loch in der Garagenwand gut auszumachen. Die

Druckwelle dürfte alles im Inneren in Kleinholz verwandelt haben. Zudem ist ein Feuer ausgebrochen. Einige der weggesprengten Holzbohlen brennen lichterloh, auch der Dachstuhl raucht.

Juhel sieht den Kopf des Leutnants über einem Pulk von Presseleuten aufragen. Er strahlt über das ganze Gesicht. Die Blitze der Fotografen lassen sein Gesicht noch mehr leuchten.

Als er näher kommt, sieht er eine Gruppe von Friedenswächtern, die versuchen, die Schaulustigen zurückzuhalten. Viele von ihnen halten Knüppel oder Schürhaken in der Hand.

»Zum Tod! Zum Tod! Zum Tod!«, skandieren sie.

Juhel läuft weiter, hält Ausschau nach Guichard. Er findet den Direktor am Rande des Felds, hinter einer kleinen Mauer. Einige seiner Leute sind bei ihm, überprüfen ihre Gewehre und Pistolen.

Juhel gesellt sich zu ihnen, schaut Guichard fragend an.

»Wir warten zehn Minuten, ob sich noch etwas rührt«, sagt der Direktor.

»Aber der kann unmöglich ...«, hebt einer der Beamten an. Die Ungeduld ist ihm ins Gesicht geschrieben.

Guichard schüttelt den Kopf.

»Wir haben alle Zeit der Welt.«

Juhel zieht seine Waffe, prüft das Magazin. Nach einigen Minuten gesellt sich Yves Delfosse zu ihm, ein kleiner, hagerer Mann mit Vollbart. Er gehört ebenfalls zur Sûreté Générale. Juhel wusste gar nicht, dass er hier ist. Delfosse nickt ihm zu, grüßt die Kollegen der Präfektur. Die Männer vom Quai des Orfèvres lächeln freundlich. Es scheint, als ob die Rivalitäten zwischen ihren Behörden tatsächlich außer Kraft gesetzt sind, zumindest für diesen Nachmittag.

Nach weiteren fünf Minuten taucht Louis Lépine auf, flankiert von zwei Beamten in Zivil. Der Präfekt hält eine Zigarre in der einen, seinen unvermeidlichen Spazierstock in der anderen Hand.

Die Männer gehen in Habachtstellung. Guichard wechselt einige Worte mit Lépine. Kurz darauf setzt sich ihr kleiner Tross in Bewegung. Als sie über das Feld in Richtung Garage laufen, johlt die Menge. Alle haben ihre Waffen gezogen, sogar der Präfekt.

Schwarzer Qualm weht ihnen entgegen. Zwei von Guichards Leuten gehen voran. Sie steigen die hölzerne Treppe hinauf, Pistolen im Anschlag. Ihre Vorsicht ist verständlich, wiewohl Juhel sich nicht vorstellen kann, dass Bonnot noch am Leben ist. Aus der Nähe wirkt die Verwüstung, die das Dynamit angerichtet hat, noch größer. Die Druckwelle hat das Dach abgedeckt. Rechts des Eingangs fehlen Teile der Wand, nur die verkohlten Eckbalken halten das Gebäude noch zusammen.

Der erste Polizist erreicht die Tür. Er tritt dagegen, sie fliegt nach innen auf. Der Beamte feuert eine Salve in den Raum hinein. Erst als sein Revolver vernehmlich klickt, stürzt er durch die offene Tür, gefolgt von seinem Kollegen. Der Rest der Gruppe hastet nun ebenfalls die Treppe hinauf. Der Einzige, der es nicht eilig zu haben scheint, ist Lépine.

Juhel tritt über die Schwelle. Der dahinterliegende Raum war wohl eine Art Wohnzimmer. Tisch und Stühle sind umgestürzt, an einer Wand hängt ein zerlöcherter Druck von Schloss Versailles. Auf dem Boden liegen mindestens vier Gewehre, zwei Pistolen sowie Unmengen von Munition. Durch Dutzende Löcher in der Wand fällt Licht in den Raum.

»Ihr dreckige Meute von Bastarden!«, brüllt jemand.

Ein Schuss pfeift durch die Luft. Instinktiv geht Juhel in Deckung, auch die anderen werfen sich zu Boden. Guichard hingegen, der an der Schwelle zum nächsten Raum steht, bleibt ruhig stehen, feuert. Jemand schreit auf. Dann ist es still.

Im zweiten, kleineren Raum liegt ein Mann auf dem Boden. Er hatte anscheinend eine Matratze über sich gelegt, vermutlich um sich vor der Explosion zu schützen. Dennoch sieht Jules Bonnot, genannt Le Bourgeois, entsetzlich aus. Sein Gesicht ist blutverschmiert, verbranntes Schwarzpulver bedeckt seine rechte Gesichtshälfte. Ein Auge ist zugeschwollen, vielleicht auch ausgelaufen. Er blutet aus Wunden an Armen und Beinen. Sein Kopf ist zur Seite gekippt.

Guichard schaut auf Bonnot herab, kickt mit dem Fuß eine Pistole weg. Sie klackert über den Boden, verschwindet unter dem Bettgestell in der Ecke.

»Verdammte Hurensöhne.«

Mehrere der Anwesenden zucken zusammen. Wie auch Juhel hatten sie wohl geglaubt, Bonnot sei hinüber. Doch der Kerl ist nicht tot. Viel Leben kann allerdings nicht mehr in ihm sein. Vermutlich hält ihn nur noch der Hass bei Bewusstsein.

Juhel kniet sich nieder, mustert Bonnot. Dieser erwidert seinen Blick, zumindest scheint es ihm so. Vielleicht schaut der Mann aber auch durch ihn hindurch.

»Wo ist Jelena?«, fragt er.

Bonnots verunstaltetes Gesicht verzieht sich zu einem schrägen Grinsen. Blutiger Speichel läuft aus seinem Mundwinkel, tropft auf den Boden.

»Über alle Berge«, haucht Bonnot. »Ihr seht die Geisel nie wieder.«

Juhel fragt sich, was Bonnot damit meint. Vermutlich redet er wirr. Es wäre kein Wunder, angesichts der Schmerzen, die er leiden muss. Er hört, wie jemand den Raum betritt. Aus dem Augenwinkel sieht er die Gestalt des Präfekten näher kommen.

»Welche Geisel?«, fragt Juhel.

Der Präfekt stellt sich auf die andere Seite des sterbenden Anarchisten. Er holt eine Zigarre aus der Tasche, lässt sich von jemand Feuer geben.

»Fick dich, Bulle. Ihr kriegt sie nicht. Sie gehört jetzt dem Volk.«

Bonnots Grinsen ist breiter geworden. In seinem Blick liegt etwas Triumphierendes. Vermutlich sieht er sich als moralischen Sieger. Was für eine Verblendung, denkt sich Juhel. Er will bereits aufstehen, als er bemerkt, dass der Anarchist noch etwas sagen will.

»Mo-Mona ...«

Ein Schuss bringt ihn zum Schweigen. Juhel blickt auf das rauchende Loch in Bonnots Brust, auf den Revolver in Lépines Hand.

»Für Jouin, du Schwein.«

Der Präfekt wendet sich ab und verlässt den Raum.

38

Der Fahrtwind weht Jelena ins Gesicht, die Pappeln links und rechts der Landstraße fliegen an ihr vorbei. So ein wunderschöner Tag. Und doch ist er voller Blut.

Le Bourgeois ist tot. Mit Sicherheit weiß sie das nicht, aber eigentlich kann es kaum anders sein. Jelena hat die Explosion gehört. Noch vom Bahnhof hat man die Rauchlohe über der Garage gesehen. Und falls das Dynamit Jules nicht umgebracht hat, haben es vermutlich die Bullen getan.

An einer Gabelung biegt sie ab. Laut Wegweiser sind es noch hundert Kilometer bis zur belgischen Grenze. In nicht einmal drei Stunden wird sie in Sicherheit sein, vorläufig zumindest.

Trauert sie um Jules? Ein wenig vielleicht. Er hatte Schneid. Er lebte ohne Furcht. Zwar hat Jelena sich von den anderen getrennt, weil ihr das alles zu blutrünstig wurde, weil sie diese extreme Brutalität nicht mittragen konnte.

»Unterdrückte Menschen, die durch ihre kriminelle Tätigkeit ihre Unterdrückung aufrechterhalten: Feinde!«

Inzwischen weiß sie, dass es einen Unterschied zwischen Theorie und Praxis gibt. Es ist das eine, die Struktur der Unterdrückung nüchtern zu analysieren. Es ist etwas vollkommen anderes, die Struktur zu verändern. Ob das im Großen überhaupt möglich ist, daran hegt Jelena inzwischen Zweifel. So oder so muss man im Kleinen anfangen – einen Diebstahl nach dem anderen, einen Betrug nach dem anderen oder eben auch einen Mord nach dem anderen.

Sie hat begriffen, dass sie Letzteres nicht durchhält. Jules hätte es durchgehalten. Aber natürlich hat man ihn nicht gelassen, und das hat er von Anfang an gewusst. In gewisser Weise ist der Weg des Illegalisten ein Suizid, nur eben einer, der mitunter recht lange dauert.

Sie steckt den Kopf aus dem Fenster, wirft einen Blick auf die Messgeräte, die an der Seite des Wagens befestigt sind. Ihr

Benzin geht zur Neige. In Montreuil-aux-Lions, dem nächsten größeren Ort, gibt es eine Tankstelle. Das hat sie dem Guide Michelin entnommen, der auf dem Beifahrersitz neben ihr liegt.

Bevor sie Belgien erreicht, wird sie noch zweimal tanken müssen. Anders als die Delaunays und Lorraines, die sie bei ihren Überfällen verwendet haben, fährt Jelena einen bescheidenen Peugeot Bébé. Und der verfügt über keinen so großen Tank wie die Luxusschlitten.

Jules' Leben – oder vielleicht eher: seine vorsätzliche Fahrt in den Tod – hätte länger dauern können, wäre er vorsichtiger gewesen. Die teuren Anzüge, die teuren Autos – all das war aufsehenerregend, vielleicht zu aufsehenerregend. Hätte die Bande kleine, graue Renaults verwendet und sich in verwaschene Blaumänner gehüllt, wäre sie möglicherweise länger unerkannt geblieben.

Jelena hat beschlossen, in Zukunft anders vorzugehen. Seit den Ereignissen der vergangenen Monate kann man kaum noch in einer Nobelkarosse durch Frankreich fahren, ohne ständig von der Gendarmerie angehalten zu werden.

Ihr ist bewusst, dass Jules Heimlichkeit nie auch nur in Erwägung gezogen hat. Er wollte den großen Auftritt, den großen Abgang. Man hat ihn nicht so leben lassen, wie er wollte. Aber vermutlich ist er zumindest so gestorben, wie er es sich vorgestellt hat.

Vor ihr taucht ein Kirchturm auf. Es muss der von Montreuil-aux-Lions sein. Das Benzin ist eines der wenigen Dinge, bei denen sie sich verschätzt hat. Ansonsten lief ihr Plan wie am Schnürchen. Das hat sie nicht zuletzt Jules zu verdanken. Er war es, der ihr beibrachte, wie man Auto fährt, wie man Ziele auskundschaftet.

Sie muss an Isadora denken und an deren Kinder. Jelena versteht sich gut mit Deirdre und Patrick. Dass sie die Kleinen nie wieder sehen wird, ist fast noch schlimmer als der abrupte Abschied von Isadora.

Eigentlich hatte sie von Choisy-le-Roi zurück nach Paris fahren wollen. Sie wusste, dass sie irgendwann Auf Wiedersehen würde sagen müssen. Aber sie hatte gehofft, ihr würden bis dahin noch einige Wochen bleiben. Noch einige Wochen mit Isadora; noch einige Wochen, um ihrer Liebhaberin zu erklären, dass in einem Schließfach am Boulevard des Italiens die Mona Lisa liegt – und Jelena nicht den blassesten Schimmer hat, was sie mit dem Bild anstellen soll.

Es vor dem verrückten Octave in Sicherheit zu bringen, war der einfache Teil. Es zu verstecken, war auch nicht sonderlich schwierig. Aber weiter ist sie nicht gekommen. Eine Weile trug Jelena sich mit dem Gedanken, die Florentinerin auszusetzen wie ein Findelkind, das Bild beispielsweise nachts vor einem Seiteneingang des Louvre zu deponieren.

Aber dank der Taten von Jules, Raymond, Octave und auch ihr selbst steht inzwischen an jeder Ecke ein Bulle, tags wie nachts. Im Louvre gibt es einen neuen Direktor, einen scharfen Hund namens Eugène Pujalet. Er hat den Wachdienst neu organisiert. Man kommt nicht mehr unbemerkt an das Gebäude heran.

Das Bild der Journaille zu überantworten, erschien ihr deshalb gangbarer. Aber je mehr sie sich umhörte, umso mehr kam sie auch von dieser Idee ab. Vor einigen Monaten versuchten zwei Künstler, auf diesem Weg diskret zwei aus dem Louvre entwendete Statuetten zurückzugeben. Sie landeten binnen weniger Tage im Kittchen.

Natürlich hätte sie einfach warten können, bis ihr Schließfach beim Crédit Lyonnais irgendwann geleert wird, weil sie es nicht mehr bezahlt. Das wäre allerdings erst Mitte kommenden Jahres der Fall gewesen. Und wer kann wissen, was die verfluchten Banker mit der Joconde anstellen?

Seit sie in die Augen der Mona Lisa geblickt hat, besteht eine Verbindung zwischen ihnen. Sie kann das Gemälde nur in gute Hände geben, alles andere scheidet aus. Folglich musste sie Isadora diese Bürde auferlegen. Ihr blieb keine andere Wahl.

Isadora wird mit dem Bild sicher nichts Verwerfliches anstellen. Kunst ist der Tänzerin heilig. Sicher, Isadora hat viele Fehler: Sie prostituiert sich gegenüber diesem Nähmaschinenerben.

Sie raucht zu viel Haschisch. Sie glaubt an Astrologie und geht Scharlatanen wie diesem Crowley auf den Leim. Dennoch gibt es niemand sonst, dem sie das Bild anvertrauen könnte. Spricht das für ihre Menschenkenntnis? Oder nur für den Umstand, dass sie verdammt wenig Freunde besitzt?

Wäre sie nicht nach Choisy-le-Roi gefahren, hätten sich die Dinge vielleicht anders entwickelt. Aber als sie den Mann mit der Melone erblickte, wusste Jelena, dass sie aufgeflogen war. Sie kennt seinen Namen nicht. Aber vor einigen Wochen war er in Poirets Laden. Dass sie ihn in Choisy wiedertraf, hätte Zufall sein können. Doch er trug eine Tricolore-Schärpe um die Hüfte – ein Kriminalbeamter. Zufall schied damit aus.

Jelena passiert das Ortsschild. Kurz darauf hält sie vor einem zweistöckigen Gebäude am Rande des Dorfs. Einen Kanister in jeder Hand, geht sie zum Eingang und klingelt.

Während sie wartet, schaut Jelena sich um. Viel ist nicht los in Montreuil. Es ist inzwischen später Nachmittag, die meisten Dörfler sind vermutlich zu Hause oder in der Wirtschaft.

Niemand öffnet. Sie schellt ein zweites Mal. Allmählich wird Jelena unruhig. Sie hatte bereits wieder fort sein wollen. In der Stadt gleiten die Blicke der Menschen an einem ab. Auf dem Dorf bleiben sie kleben. Auch das hat ihr Jules beigebracht.

Ein Mann in Hemdsärmeln kommt die Straße hinauf. Er sieht das Automobil, sieht Jelena. Er hält auf sie zu.

Inzwischen hört Jelena eine Treppe knarzen. Der Garagist scheint sich endlich hinabzubequemen. Bevor er jedoch da ist, erreicht sie der Mann in den Hemdsärmeln. Er ist Anfang zwanzig, hat blondes Haar und ein dünnes Bärtchen.

Jelena weiß, was der Kerl will, auch wenn er es zu verbergen sucht. Brünstige Burschen riecht sie zehn Meilen gegen den Wind.

»Guten Abend, Mademoiselle«, haucht er.

Jelena antwortet nicht. Sie fasst einen der Kanister fester. Falls er ihr dumm kommt, wird sie ihm eine eiserne Ohrfeige verpassen.

»Ich bitte um Verzeihung. Sie sind nicht vielleicht Bob-Walter?«

Jelena runzelt die Stirn.

»Wer?«

»Die berühmte Rennfahrerin, die …«, er wirft ihr einen Blick zu, der galant wirken soll, aber unverschämt ist, »… früher exotische Tänzerin war.«

Nun wäre es definitiv Zeit für die Kanisterschelle, doch Jelena zögert. Nicht dass sie Angst vor diesem Bengel hätte. Aber wenn sie ihm eine knallt, rennt er vielleicht zum Dorfgendarmen. Also sagt sie: »Poussieren Sie doch bitte woanders, Monsieur.«

Die Tür schwingt auf. Der Garagist, ein vierschrötiger Mittfünfziger, der augenscheinlich wenig von Körperhygiene hält, schaut sie verdutzt an.

»Ja?«

»Ich bräuchte Benzin.«

Er nickt, will schon wieder verschwinden. Da bemerkt er den hemdsärmeligen Romeo.

»Kommen Sie ruhig rein«, brummt er.

Sobald sie eingetreten ist, zieht er die Tür hinter ihnen zu.

»Hat er Sie belästigt, Mademoiselle?«

Als sie nichts erwidert, brummt er: »Ein schwieriger Junge. Und es ist Frühling, na ja, halten Sie es nicht gegen uns.«

»Ich möchte nur weiter. Können Sie meine Kanister füllen?«

»Natürlich.«

Der Garagist macht sich an die Arbeit. Jelena wartet. Die Werkstatt ist mindestens so dreckig wie ihr Eigentümer. Überall liegen ölige Lappen, an den Wänden hängen emaillierte Werbetafeln, die den Bibendum-Reifenmann zeigen.

Der Garagist kehrt mit den vollen Kanistern zurück.

»Sind schwer. Darf ich sie Ihnen zum Wagen tragen?«

»Gerne, sehr freundlich von Ihnen.«

Sie gehen zu Jelenas Automobil.

»Wohin geht's?«, fragt er.

»Nach Reims, meine Schwester besuchen«, lügt sie.

Der Mechaniker mustert das Gefährt.
»Nagelneu, hm?«
»Letzte Woche gekauft.«

Das zumindest ist die Wahrheit. Jelena hat den Peugeot mit Geld aus ihren Hotelraubzügen bezahlt. Das hat den Vorteil, dass ihn niemand vermisst.

Wenige Minuten später ist sie wieder auf der Landstraße. Jelena hat die Sonne im Rücken und die Freiheit vor sich. Außerhalb der Ortschaft sieht sie in einiger Entfernung jemand am Rand der Straße entlanglaufen. Als er das Automobil hört, dreht er sich um. Es ist der verhinderte Charmeur von vorhin.

Jelena tritt das Gaspedal durch. Die Nadel des Tachometers klettert in Richtung vierzig Stundenkilometer. Der Mann ist inzwischen stehen geblieben, glotzt sie an. Jelena zieht ein wenig nach rechts, sodass zwischen Peugeot und Straßengraben nur noch wenige Handbreit Platz sind.

Der Bursche rennt los. Jelena betätigt die Hupe. Der Flüchtende macht einen Satz. Einen Moment ist er in der Luft, dann landet er im Graben. Schlammiges Wasser spritzt auf. Als der Peugeot an dem nun sehr nassen Romeo vorbeirast, bekommt Jelena einige Tropfen davon ab.

Sie zieht wieder in die Mitte der Fahrbahn. Während sie die Landstraße entlangsaust, kommt ihr ein Gedanke. Sie muss wieder an den italienischen Avantgardisten denken, der die Schönheit der Geschwindigkeit besungen hat.

Was der Mann vielleicht sagen wollte, was viele von ihnen spüren, ist Folgendes: Dies ist nicht das Zeitalter der Autokratie, der Plutokratie oder der Demokratie. Es ist das Zeitalter der Dromokratie, der Herrschaft der Geschwindigkeit. Alles wird immer schneller.

Man muss daraus eigentlich folgern, dass all diese beschleunigten Dinge irgendwann mit ungeheurer Wucht aufeinanderprallen werden. Und daraus wiederum könnte man schließen, dass es allmählich an der Zeit wäre, auf die Bremse zu treten.

Aber das ist falsch. Jelena hat einmal einen Unfall gesehen, bei dem ein schnelles und ein langsames Automobil kollidierten. Das langsame wurde regelrecht zerfetzt, das schnelle überstand die Kollision. Und das ist die Schlussfolgerung. Werde schnell. Werde so schnell wie irgend möglich. Nur die Schnellsten haben eine Chance.

Jelena fasst das Lenkrad fester und tritt das Gaspedal noch weiter durch.

39

Sie rasen die Küstenstraße entlang. Isadora bindet das Paisleytuch unter ihrem Kinn fester, damit es der Fahrtwind nicht wegreißt. Es ist angenehm warm. Die Landschaft wirkt mediterran, die Farbe des Meeres erinnert sie an die der Ägäis nahe Athen. Dort wollte sie einen Tempel des Tanzes errichten. Ist sie auf dem Weg dorthin?

Ihr Delaunay-Belleville passiert ein Dorf. Griechische Bauernhäuser sehen anders aus. Diese Fassaden sind rötlich, nicht weiß; an den Wänden wächst kein wilder Wein. Das Ganze erinnert sie eher an die französische Riviera.

Isadora sitzt nicht im Fond, sondern auf dem Beifahrersitz. Sie wendet sich dem Fahrer zu. Eigentlich hat sie erwartet, in das Gesicht Emmanuels zu schauen, des Chauffeurs von Paris Singer. Doch es ist Jelena, die den Wagen steuert. Die Russin trägt Tweed und Krawatte. Ihre Augenpartie wird von einer ledernen Rennfahrerbrille verborgen.

Trotz des röhrenden Motors hört sie Gesang. Er scheint aus dem Fond zu kommen.

Sur le pont d'Avignon,
L'on y danse, l'on y danse ...

Sie muss sich nicht umdrehen, um zu wissen, wer da singt. Es sind Deirdre und Patrick. Trotzdem würde sie sich gerne ihren Kindern zuwenden.

Aber sie kann nicht.

Ihr Blick ist auf die Küstenstraße geheftet. Jelena beschleunigt immer weiter. In jeder Kurve quietschen die Reifen. Isadora krallt sich an ihrem Sitz fest.

»Nicht so schnell, Jelena!«

Ihre Freundin wendet sich ihr zu und nimmt zu allem Überfluss auch noch eine Hand vom Lenkrad. Isadora möchte schreien.

»*Революция без скорости невозможна*«, sagt sie. Seelenruhig wendet sie sich wieder der Straße zu.

»Revolution? Fahr langsamer, Herrgott! Die Kinder.«

»*Дети всегда являются первыми жертвами.*«

Isadora kann kein Russisch, aber den Tonfall versteht sie sehr wohl. Wo gehobelt wird, da fallen Späne. Revolutionen erfordern Opfer, etwas in dieser Art.

Jelena hat endgültig den Verstand verloren.

Sur le pont d'Avignon,
L'on y danse tout en rond.

So tönt es aus dem Fond. Die Worte sind kaum noch zu verstehen, so laut röhrt der Motor. Der ganze Wagen vibriert. Isadora meint, das Ächzen des überlasteten Fahrgestells zu hören. Dies mag ein Delaunay sein, aber für solche Geschwindigkeiten ist kein Automobil gemacht – und auch kein Mensch.

»Halt endlich an!«

»*Нет, моя дорогая.*«

Isadora greift nach dem Lenkrad. Sie muss irgendetwas tun, muss der wahnsinnigen Jelena Einhalt gebieten.

Doch die lässt sich nicht so einfach die Kontrolle über ihr Spielzeug entreißen. Jelena schlägt nach Isadora. Wie zum Trotz drückt sie außerdem das Gaspedal weiter durch. Isadoras Blick fällt auf das Tachometer. Dessen Nadel dreht sich im Kreis, wie der Zeiger einer verrückt gewordenen Uhr.

Jelena lässt auf einmal das Lenkrad los. Isadora versucht noch, den Wagen unter Kontrolle zu bringen, doch es ist zu spät. Schon ist der Delaunay über die Uferböschung. Unter ihnen glitzert das türkisfarbene Meer.

Les belles dames font comme ça
Et puis encore comme ça.

Dies wäre der Moment, in dem man normalerweise aufwacht. Aber Isadora wacht nicht auf. Als sie die Augen öffnet, sitzt sie noch immer in einem Automobil. Jelena ist verschwunden. Stattdessen sitzt ein Mann neben ihr. Er trägt eine silbern schimmernde Ritterrüstung und einen prächtigen Helm, auf dessen Scheitel ein goldener Schwan prangt. Er wendet sich ihr zu, hebt das Visier.

»Hold Magedin, Lohengrin, zu Euren Diensten.«

Bei dem Ritter handelt es sich um einen aufwendig kostümierten Paris Singer. Isadora fühlt sich ungemein erleichtert.

»Irgendwie ist ja doch noch alles gut gegangen«, entfährt es ihr.

Lohengrin wirft Isadora einen Blick zu, der zu sagen scheint: Kommt drauf an, wie man's nimmt.

»Wo ist Jelena?«

Lohengrin deutet mit dem Daumen schweigend hinaus. Isadora steigt aus. Der Wagen steht am Rande der Küstenstraße, kurz hinter einer Haarnadelkurve. Oberhalb des Hangs befindet sich ein Monopteros. Seine kalkweißen Säulen strahlen in der Sonne. In der Mitte des Rundbaus scheint zwischen den Säulen eine Gestalt auf dem Boden zu liegen. Isadora eilt die Stufen hinauf.

Es ist Jelena. Ihre Haare sind wie ein Heiligenschein um sie herum ausgebreitet. Ihr Gesicht ist voller Blut. Isadora ist sich nicht sicher, ob es Jelenas Blut ist. Sie sieht keine Wunden. Aber wessen Blut soll es sonst sein?

Lohengrin tritt zwischen zwei Säulen hervor, den Schwanenhelm unter den Arm geklemmt.

»Mehr war nicht drin«, sagt er.

Isadora überlegt, was seine Worte bedeuten könnten. Dann fällt ihr auf, dass die Kinder nicht mehr singen.

»Wo sind sie?«

Er tut so, als verstehe er nicht. Dabei weiß er ganz genau, was Sache ist.

»Meine Kinder. Wo …«

Paris schaut sie an, wendet den Blick dann hinaus aufs Meer.

Schreiend fährt Isadora aus dem Bett hoch. Sie blickt sich um.

Sie ist allein. Wo ist Jelena? Nun fällt ihr wieder ein, dass die Russin am gestrigen Abend nicht zurückgekehrt ist. Bis ein Uhr hat Isadora gewartet, hat die Karten befragt und sich am Ende mit einer Pfeife Haschisch betäubt, um schlafen zu können.

Sie steht auf, greift nach ihrer Robe. Der Albtraum ist noch nicht verblasst. Sie hat weiterhin den Monopteros vor Augen, die blutige Jelena, den wenig ritterlichen Lohengrin und …

… die Kinder. Sie muss sofort die Kinder sehen. Isadora verlässt ihre Suite, den Schlüssel zum Zimmer der Kinder in der Hand. Deirdre und Patrick bewohnen gemeinsam eine weitere Suite, die durch eine Zwischentür mit dem Zimmer ihres Kindermädchens verbunden ist. Das hat den Vorteil, dass die Kleinen sich zunächst an die Nanny wenden, falls sie etwas wollen. Dieses Arrangement hat Isadoras Schlaf deutlich verbessert. Doch nun wäre es ihr lieber, sie käme mit wenigen Schritten ins Schlafzimmer der beiden, statt erst den Gang entlanglaufen zu müssen.

Zitternd dreht sie den Schlüssel im Schloss, tritt ein. Es muss noch früh sein, es dämmert noch nicht einmal. In der Dunkelheit erkennt sie die Schemen der beiden. Isadora kniet sich zwischen den Betten nieder. Ihren Engeln fehlt nichts. Sie schlafen tief und fest. Der kleine Patrick hat ein süßes Lächeln auf dem Gesicht. Anscheinend träumt der Zweijährige etwas Schöneres als seine Mama. Nachdem sie beiden einen Kuss auf die Stirn gehaucht hat, schleicht Isadora sich wieder hinaus.

Zurück in ihrem Zimmer macht sie sich einen Drink. Mit dem Scotch in der Hand läuft sie im Wohnzimmer auf und ab. Nach einer Weile lässt sie sich auf dem Sofa nieder.

Ihr Blick fällt auf die Tarotkarten. Während sie gestern vergeblich auf Jelena wartete, rauchte sie etwas von dem nepalesischen *temple ball*, den Aleister ihr geschenkt hat. Danach legte sie das Keltenkreuz. Aber die Karten verrieten ihr nichts über Jelenas Verbleib.

Nun, nach ihrem unsanften Erwachen, sieht sie klarer. Man muss eigentlich kein Hellseher sein, um zu ahnen, was mit Jelena ist. Vermutlich hat Isadora sich vor der unangenehmen Wahrheit verstecken wollen, mithilfe der Karten und dem Kief.

Es muss etwas mit diesem Anarchisten zu tun haben, den die Polizei in die Luft gejagt hat. Er war der Anführer einer ganzen Bande. Unterstützer und Helfershelfer mitgerechnet, bestand diese laut den Journalen aus zwei Dutzend Personen. Isadora hat die Berichte gelesen, sich aber bisher geweigert, eine simple Frage zu stellen: Hat Jelena etwas mit der Sache zu tun?

Sie will nicht glauben, dass ihre Kleine eine solche Mordbrennerin sein könnte. Deshalb hat sie sich eingeredet, dass Jelena eine Salonanarchistin sei. Dass sie flammende Appelle veröffentlicht, mehr nicht. Hat Isadora sich da womöglich selbst belogen?

Isadora gießt sich mehr Scotch ein. Wäre Jelena doch nur zu ihr gekommen! Meint sie, Isadora hätte sie verurteilt? Sie ist doch selbst überzeugte Sozialistin. Isadora hätte Jelena geholfen, mit Geld oder Kontakten. An der Staatsoper in München beispielsweise kennt sie den Kostümmeister. Eine mit Jelenas Talenten hätte der mit Handkuss genommen.

Erneut fällt ihr Blick auf das Tarot. Sie suchte nach Antworten, hat aber nicht einmal alle Fragen gestellt. Eine Lesung besteht aus dem Signifikator plus zehn Karten. Die vier auf der rechten Seite sind noch zugedeckt.

Isadora erinnert sich, dass ihr das Kief stark zugesetzt hatte. Der *temple ball* entführt einen in das, was Charles Baudelaire als »Die künstlichen Paradiese« bezeichnet.

»Wenn du wirklich verstehen willst, was Baudelaire gemeint hat, dann vergiss das andere Zeug und probiere das hier.«

Das waren Aleisters Worte. Und es stimmt. Unter dem Einfluss des Nepalesen verformen sich Gegenstände in einer nie enden wollenden Kaskade von Transfigurationen. Töne kleiden sich in Farben, Farben in Töne.

Ein wenig spürt sie es immer noch. Die Bilder des Tarots wirken eindrücklicher als sonst. Die Königin der Stäbe, ihr Signifikator, strahlt geradezu. Die Fünf der Kelche – ein gebrochen wirkender Mann, der auf mehrere umgestürzte und ausgelaufene Becher herabblickt – wirkt furchterregend.

Die Fünf der Kelche, gefolgt von der Zehn der Schwerter, einer noch beunruhigenderen Karte: Alle Klingen stecken im Rücken eines Toten. Immerhin hat sie den Magus gezogen, der Aleister symbolisiert. Seine Position oberhalb der Königin bedeutet, dass er ihre Hoffnung ist, ihr helfen wird.

Isadora beginnt, die vier noch zugedeckten Karten umzudrehen.

Das Glücksrad.

Der Turm.

Der Tod.

Dieser Ansturm der Großen Arkanen nimmt ihr den Atem. Zerstörung und Ruin, Tod und ein bitteres Ende – ist es das, was ihr droht? Oder bezieht es sich vielleicht auf Jelena, nach deren Schicksal sie ja gefragt hatte? Isadora dreht die letzte Karte um.

Es ist die Sechs der Kelche. Sie zeigt zwei spielende Kinder. Das Scotchglas entgleitet ihr.

»Nein«, schreit sie, »nein!«

Sie durchblättert A. E. Waites »Der Bilderschlüssel zum Tarot«. Es muss eine andere Deutung geben, es muss einfach. Die Kinder auf der Zehn – das bedeutet schlichtweg, dass Patrick und Deirdre ihre Zukunft sind. Wie könnte es anders sein?

Und schon wieder belügt sie sich selbst.

Ein Tarot mithilfe von Tabellen und Anleitungen zu deuten, ist etwas für Uninitiierte. Wer wie Isadora mit einem magischen Gespür gesegnet ist, erfasst die Bedeutung auch ohne solche Krücken.

Sie weiß, dass die Todesgefahr sich auf ihre wunderschönen Kinder bezieht. Erst der Traum, dann diese Lesung, offensichtlicher könnte es kaum sein.

Isadora schenkt sich einen neuen Whiskey ein. Es heißt jetzt, sich zusammenzureißen. Jede Lesung zeigt Gefahren der Vergangenheit, der Gegenwart und der Zukunft auf. Gleichzeitig offenbart sie stets auch Auswege, so verzweifelt die Situation auf den ersten Blick scheinen mag.

In diesem Fall ist das Glücksrad der entscheidende Hinweis. Es zeigt, dass die Dinge im Fluss sind. Nichts steht fest. Man kann die Katastrophe aufhalten. Vorausgesetzt, man vertraut auf seine Freunde.

Ihr Blick fällt auf den Magus.

In wenigen Tagen werden Aleister und sein Gehilfe in Paris eintreffen und mit ihrer Ritualserie beginnen – exakt dreißig Tage nach der Sonnenfinsternis vom 17. April. Bis dahin muss Isadora durchhalten. Der Meister wird ihr helfen.

Inzwischen dämmert es. Isadora geht ins Bad, kippt den Whiskey in den Ausguss. Sie wird der Nanny neue Anweisungen geben. Vorsicht ist nun oberstes Gebot. Ausflüge nach Bellevue, wo immer noch renoviert wird, haben zu unterbleiben. Auch das Baden im Piscine Château-Landon, das vor allem Deirdre sehr schätzt, wird Isadora bis auf Weiteres untersagen. Zudem erwägt sie, einen Chauffeur anzuheuern. Oft schon hat sie mitangesehen, wie Droschken oder Automobile Fußgänger nur um Haaresbreite verfehlt haben. Selbst auf dem Trottoir ist man nicht sicher, so ohne Sinn und Verstand fahren die Pariser. Es wäre folglich besser, wenn die Kinder fortan weniger liefen und stattdessen mehr chauffiert würden.

Während Isadora sich ankleidet, denkt sie über ihren Traum nach. Dass sich die Erinnerungen daran bereits verflüchtigen wie Morgentau, macht die Deutung kaum einfacher. Was sie aber noch nicht vergessen hat, ist ihre mentale Rekonstruktion Paris Singers, vor allem sein Kostüm. Isadora nennt ihn ja eher zum Scherz Lohengrin. Im ritterlichen Gewand hat sie sich ihren Paramour noch nie vorgestellt.

Nun, da sie wach ist, wird Isadora klar, woher ihr Gehirn Paris' Kostümierung genommen hat. Es stammt aus einer Aufführung des »Lohengrin«, die sie vor einigen Jahren in Bayreuth gesehen hat. In ihrem Kopf erklingen Fanfaren, sie hört eine Tenorstimme:

O Elsa! Was hast du mir angethan?
Als meine Augen dich zuerst ersah'n,
Zu dir fühlt' ich ...

Sie rennt aus dem Schlaf- ins Wohnzimmer, reißt eine Schublade des Sekretärs auf. Darin liegen der Schlüssel zu Jelenas Zimmer sowie die handgeschriebene Nachricht. Darin gab es eine Passage, die wie ein Gedicht klang:

Nie sollst Du mich befragen,
Noch Wissen´s Sorge tragen,
Woher ich kam der Fahrt,
Noch wie mein Nam' und Art.

Nun weiß sie, woher die Worte stammen. Das ist aus dem ersten Aufzug, zweite oder dritte Szene. Aber was bedeutet es?

Kurz darauf verlässt Isadora ihr Zimmer. Die Sache duldet keinen Aufschub. Wenn ihre Ahnungen bezüglich Jelenas anarchistischer Umtriebe zutreffen, wird früher oder später die Sûreté auftauchen und das Zimmer ihrer Liebsten auf den Kopf stellen. Isadora befürchtet, dass die Herren von der Kriminalpolizei auch zu ihr kommen werden. Doch darüber kann sie sich später Gedanken machen.

Rasch geht sie hinüber ins »Aylesbury«. Jelenas Zimmer wirkt unverändert. Isadora beginnt, ein weiteres Mal die Habseligkeiten ihrer Geliebten zu untersuchen. Irgendetwas ist ihr entgangen. Dass Jelena diese Wagner-Zeilen einfach so aufgeschrieben hat, als Abschiedsgruß, hält sie für unwahrscheinlich.

Isadora steht vor dem offenen Schrank, fährt mit der Hand über eine der Roben. Sie besteht aus waldgrünem Devoré-Samt, mit dünnen, silberdurchwirkten Trägern. Sie holt das Kleid hervor. Es lässt einen erstaunlich großen Teil des Rückens frei. Isadora stellt sich Jelena darin vor. Es ist wirklich ein Jammer, dass sie die Kleine nie in solcher Aufmachung gesehen hat.

Sie hängt das Kleid zurück, holt Jelenas Botschaft hervor, liest sie erneut. Im Prinzip könnte jeder herausfinden, woher die Textpassage stammt. Einen populäreren Komponisten als Richard Wagner gibt es schließlich kaum. Auch dreißig Jahre nach seinem Tod wird er noch überall aufgeführt. Allein in Paris laufen in dieser Saison drei seiner Opern.

Falls Jelena vorhatte, einen Hinweis zu hinterlassen, den nur Isadora versteht, wäre sie nicht sehr geschickt vorgegangen. Aber dass die Russin derart tölpelhaft agiert, kann Isadora sich eigentlich nicht vorstellen.

Sie lässt sich auf der Chaiselongue nieder, holt den Schlüssel hervor. Sie weiß inzwischen, wo sich das dazugehörige Schließfach befindet. Die Zentrale des Crédit Lyonnais liegt am Boulevard des Italiens. Schon oft ist sie an dem Gebäude, das einen ganzen Block einnimmt, vorbeigegangen.

Aber welche Nummer hat Jelenas dortiges Schließfach? Diese Information muss irgendwo verborgen sein – nein, nicht irgendwo, sondern in diesem Zimmer. Ansonsten hätte Jelena ihr den Zimmerschlüssel nicht gegeben. Er ist gewissermaßen der Schlüssel zum Schlüssel.

Das Ganze scheint ein wenig kompliziert. Aber Jelena ist ja auch eine komplizierte Person. Isadora kriecht unters Bett, lupft Teppiche. An den Wänden hängen Kupferstiche, die alte Ansichten des Louvre und der Tuilerien zeigen. Sie nimmt sie ab, schaut sich die Rückseiten an. Danach beginnt sie, die Zeitungen durchzublättern, die auf einem der Stühle liegen. Vielleicht wird auf einer der Titelseiten eine Wagner-Oper erwähnt? Oder zwischen den Seiten liegt ein Zettel?

Nach einer halben Stunde bedeckt Staub ihre Hände und ihr Kleid. Er ist der einzige Lohn ihrer Arbeit. Außer dem bisschen Schmutz hat sie nichts vorzuweisen.

Im Bad wäscht sie sich die Hände. Als sie wieder ins Zimmer tritt, fällt Isadoras Blick auf Jelenas Sammlung aufrührerischer Schriften. Zwischen Marx und Bakunin erkennt sie den roten Einband des Opernführers.

Was ist sie doch für eine dumme Gans.

Isadora greift nach dem Buch, blättert das alphabetische Verzeichnis auf. Die »Lohengrin«-Zusammenfassung befindet sich auf Seite 357. Sie überfliegt den Text, schaut sich die Seite genau an. Jemand hat die Seitenzahl mit Bleistift umkringelt, allerdings nur ganz leicht. Isadora öffnet eine der Schubladen des Sekretärs. Mit einem der Bleistifte darin notiert sie die Seitenzahl auf Jelenas Botschaft. Dann verwendet sie die Radierspitze, um die Markierung in dem Opernführer zu entfernen. Sie stellt das Buch zurück zu den anderen und macht sich auf den Weg zum Boulevard des Italiens.

40

Pablo hört zu, wie Édouard de Max eine orientalische Fabel erzählt. Der Schauspieler sitzt auf einem Berg samtener Kissen und trägt einen mit glitzernden Pailletten verzierten blauen Kaftan. Um ihn herum hocken Haremsdamen, Wesire und Stadtgardisten. Pablo selbst ist als Räuber verkleidet. Er trägt Pluderhosen, eine kurze Weste und einen falschen Schnauzer. Letzteren muss er immer wieder andrücken, weil sich der Kleber löst.

Normalerweise steht de Max zusammen mit Sarah Bernhardt auf der Bühne. Nun gibt er für Poiret den Märchenonkel. Es ist unglaublich, wen der Modezar so alles verpflichtet hat. Vorhin hat die beinahe nackte Isadora Duncan für die Gäste getanzt. Pablo hat zudem bereits eine Menge bekannter Leute gesehen, die »Tausendundzweite Nacht« ist in dieser Hinsicht ein wahres Schaulaufen: Der Kulturminister Louis Barthou ist da, ebenso der Dirigent Igor Strawinsky und der Komponist Claude Debussy. Pablo fragt sich allerdings, warum Poiret ihn eingeladen hat.

Applaus brandet auf, als de Max seine Erzählung beendet. Pablo hat den Schluss gar nicht mitbekommen. Er beschließt, sich etwas zu trinken zu holen. Die Feier findet im Innenhof von Poirets Haus nahe den Champs-Élysées statt. Der Maestro hat seinen Garten dafür umgestalten lassen: Überall liegen Perserteppiche, auf denen sich Berge von Kissen türmen. Es gibt mehrere Gazebos, diverse Springbrunnen und überall Tulpen. Guillaume hat ihm erklärt, der Orientale sei ganz versessen auf Tulpen. Die osmanischen Sultane hielten sie für die edelste aller Blumen.

Er geht an kunstvoll zugeschnittenen Bäumen vorbei. Im Astwerk tollen Makaken herum. Sie tragen Pluderhöschen und Westen, genau wie er selbst. Pablo muss an Monika denken und bekommt auf einmal Heimweh. Natürlich ist es eine großartige Feier, vermutlich die Feier des Jahres. Aber so faszinierend dies auch alles sein mag, so schön wäre es, in diesem Moment mit einer Tasse Kaffee auf dem Sofa zu sitzen und der Stille zu lauschen.

Pablo macht die große Gestalt seines Freundes aus. Poirets Kostümschneider haben Guillaume einen Turban auf den Birnenschädel gesetzt. Er ist derart riesig, dass einer der Baummakaken darin wohnen könnte. Der Dichter unterhält sich mit einem gut aussehenden Mittfünfziger, der als arabischer Seeräuberkapitän verkleidet ist, inklusive Haken und riesigem Krummsäbel.

»... ist gerade dies das Merkmal dessen, was ich als Orphismus bezeichne.«

Guillaume sieht ihn, winkt ihm zu. »Darf ich vorstellen: Dies ist mein guter Freund Pablo Picasso, der wichtigste Maler unserer Zeit. Und dies ist Professor Pozzi, einer der führenden Ärzte Frankreichs.«

»Sie übertreiben, mein Lieber«, erwidert der habilitierte Seeräuber.

»Tut er immer«, sagt Pablo.

»Ah, ah! Ich meine es völlig ernst. Außerdem ist dies schließlich die Tausendundzweite Nacht, hochtrabende Hyperbeln und blumige Bonmots sind da quasi de rigueur.«

Pablo fällt auf, dass Guillaume und Pozzi ungewöhnliche Drinks in den Händen halten. Der seines Freundes ist von außerordentlich grellem, beinahe phosphoreszierendem Orange. Pozzis schimmert wie grünblaues Gletscherwasser.

»Ich brauche auch was zu trinken«, sagt Pablo. »Was habt ihr da?«

»Oh«, erwidert Guillaume, »das hast du noch nicht gesehen? Musst du dir anschauen.«

Eigentlich möchte Pablo nur ein Glas Wein. Seit sein Freund Carlos Casagemas seinerzeit den Drogen erlegen ist, trinkt er keine scharfen Sachen mehr und raucht nur noch gewöhnlichen Tabak. Damit scheint er an diesem Abend in der Minderheit zu sein. Überall riecht es nach Haschisch und Opium.

Guillaume hakt sich bei Pablo unter. Pozzi verabschiedet sich. Er wolle einige Worte mit dem Sultan wechseln, sagt er. Damit meint der Professor vermutlich Poiret, der als Padishah verkleidet ist und in einem kleinen Thronsaal an der westlichen Seite des Gartens Hof hält.

Sie gehen an einem Brunnen vorbei, der aussieht wie der im Patio de los Leones der Alhambra, schieben sich durch einen Pulk von Gästen, die einem Feuerschlucker zuschauen. Guillaume geleitet ihn in die Beletage. Dort, in einem der Säle, ist eine Bar aufgebaut. Auf ihrer Theke stehen Dutzende Karaffen, Cooler voller Eis und Gläser. Einen Barkeeper scheint es nicht zu geben. Anscheinend mischt man selbst.

Die Karaffen werden angestrahlt. Die farbigen Flüssigkeiten darin funkeln, Licht bricht sich im Bakkarat. Pablo bleibt stehen.

Guillaumes Pranke legt sich auf seine Schulter.

»Beeindruckend, oder?«

Pablo nickt stumm. Guillaume greift nach einer Karaffe, schnuppert.

»Orangeade, würde ich sagen.«

Er schnüffelt an weiteren, kostet, annonciert: Mandelmilch, Lakritz, Gin, Wermut, Prunella, Kirschlikör.

Möglicherweise wird Pablo, was die Getränke angeht, heute eine Ausnahme machen müssen. Er greift sich ein Glas, gießt etwas hinein, das er für Bananensaft hält. Als Nächstes fügt er einen Schuss Kirschlikör hinzu. Rote Schlieren durchziehen die gelbliche Flüssigkeit.

Pablo probiert. Es schmeckt nicht übel.

Die Drinks sind seine Farben, der Mixer ist seine Palette. Pablo versucht dies und das. Einige der anderen Gäste scheinen ihn für den Barkeeper zu halten, lassen sich von ihm Getränke mixen. Pablo klärt den Irrtum nicht auf. Dafür hat er zu viel Spaß an der Sache.

»Picasso hat gerade«, sagt Guillaume zu einer jungen Frau, während er ihr ein Glas aushändigt, »den kubistischen Cocktail erfunden.«

Pablo mischt und mischt. Sein Kopf schwirrt inzwischen ein wenig. Zwar hat er keinen ganzen Cocktail getrunken, aber bestimmt ein Dutzend probiert. Wobei es ihm dabei weniger um den Alkohol ging als vielmehr um die Synästhesie. Wie korrespondieren die Farben mit Beschaffenheit und Geschmack? Hat er etwas geschaffen, das nicht nur schön aussieht, sondern auch schön schmeckt?

So oder so hat er die älteste Säuferregel verletzt. Er hat durcheinandergetrunken. Nun beginnt sich der Raum zu drehen. Pablo gießt sich ein Glas Eiswasser ein. Er wendet sich seinem Freund zu, um ihn etwas zu fragen. Doch Guillaume ist nirgends zu sehen.

Also streift er ein wenig durchs Haus. In einem der angrenzenden Räume liegen Gäste auf Teppichen und rauchen Shisha. Als er am anderen Ende des Raumes angelangt ist, fühlt Pablo sich ganz benebelt. Hat er etwas von dem Opium eingeatmet? Oder liegt es eher an dem giftgrünen Zeug, das er mit dem Kokoslikör gemischt hat? Möglicherweise handelte es sich um Absinth. Und den verträgt er seit jeher schlecht.

Er geht zurück in den Garten, sucht sich eine ruhige Ecke – angesichts von dreihundert vergnügungslustigen Bacchanten in Schnabelschuhen kein leichtes Unterfangen. Nach einer Weile sieht Pablo ein Plätzchen hinter einigen Bosketten. Auf dem dort ausgelegten Teppich befinden sich nur wenige Menschen. Die meisten von ihnen liegen, schlafen vermutlich ihren Opiumrausch aus. Pablo legt sich dazu. Er beobachtet einen pinkfarbenen Ibis. Der Vogel stolziert auf und ab, sucht im Gras nach Resten weggeworfener Kanapees. Von der anderen Seite des Gartens weht Musik herüber, vermischt mit Stimmen und dem Klang des Verkehrs von jenseits der Gartenmauern.

Pablo geht es inzwischen ein wenig besser, doch er hat immer noch Schlagseite. Der Garten dreht sich. Der Teppich, auf dem er liegt, scheint sich zu bewegen. Normalerweise würde er in solch einem Fall einen Fuß aus dem Bett stellen, das hilft meist. Aber in seiner derzeitigen Lage ist das nicht möglich.

Also lässt Pablo den Teppich abheben. Zunächst schwebt der Perser lediglich einige Zentimeter über dem Rasen. Dann steigt er höher. Weit über sich kann Pablo die Sterne und den Mond erkennen, unter sich das leuchtende Quadrat von Poirets Garten. Er sieht einen goldenen Streifen, der sich durch die Dunkelheit zieht – die hell erleuchteten Champs-Élysées. Auch die Tuilerien kann er ausmachen und den Arc de Triomphe. Gerade will Pablo ausprobieren, ob sich sein fliegender Teppich lenken lässt, als ein lauter Knall ihn aus seinen Reverien reißt.

Er kommt auf die Ellenbogen hoch. Ein weiteres Donnern zerreißt die Luft. In einiger Entfernung schießen Flammen aus dem Boden, rote, blaue, grüne. Er fährt sich durch die Haare. Pablo blickt hinab auf die schlafenden Opium-Esser. Selbst der infernalische Krach vermag sie nicht zu wecken. Er schaut zur Mitte des Gartens. Dort steht Paul Poiret, die Hand seiner Gemahlin Denise haltend, verneigt sich. Applaus brandet auf. Weitere Feuerwerkskörper explodieren.

Kreischend rennt der Ibis an Pablo vorbei. Auch die anderen Tiere sind in heller Aufregung. Pablo fühlt Zorn in sich aufsteigen – was für eine Tierquälerei. Die Kakadus in den Käfigen schreien, die Äffchen auf den Bäumen haben die Augen weit aufgerissen, sind wahnsinnig vor Angst. Einige von ihnen fliehen über die Bäume in Richtung Gartenmauer. Schon sind sie darüber hinweg, klettern ein benachbartes Dach hoch. Im flackernden Licht der Bengalos verschwinden die Makaken in Richtung Champs-Élysées.

Pablo hat genug von diesem Wahnsinn. Er geht zum Ausgang. In den Bäumen und an den Paravents, an denen er vorbeikommt, hängen Konfetti und Insekten aus Papier. Vermutlich entstammen sie den Knalltüten, die noch immer um ihn herum explodieren. In einiger Entfernung meint er den Turban Guillaumes aufragen zu sehen. Einen Moment ist Pablo versucht, hinzugehen. Aber warum? Vermutlich amüsiert sein Freund sich prächtig. Pablo würde Guillaume bloß die Laune verderben. Also steuert er weiter auf den Ausgang zu. In einem Vestibül entledigt er sich des Kostüms. Wenige Minuten später steht Pablo, wieder ganz Mann des Okzidents, auf den Champs-Élysées. Er steigt in ein Taxi.

Während sie die Avenue entlangfahren, schaut Pablo aus dem Fenster. Er fragt sich, was wohl aus den armen Äffchen wird. Hoffentlich fängt sie jemand ein. Wie fremd muss diese Ansammlung aus grellen Lichtern, röhrenden Motoren und dampfenden Schloten für solch einen kleinen Kerl sein.

Pablo erinnert sich daran, wie er vor gut zehn Jahren erstmals Paris besuchte. Wie er aus dem Zug stieg und hinaus auf den Bahnhofsvorplatz ging, die Augen zusammengekniffen wie ein Tier, das gerade seinen Winterschlaf beendet hat. Wie er durch diesen Moloch taumelte, gleichzeitig fasziniert und entsetzt, mit keinem Sous in der Tasche und keinem Wort Französisch auf der Zunge. Es dauerte, bis er sich zurechtfand. Manchmal bereitet es ihm immer noch Mühe.

Für Menschen ist es schwer, sich in Paris durchzuschlagen. Für Makaken ist es vermutlich unmöglich.

Als er am Boulevard de Clichy aus dem Taxi steigt, geht Pablo wieder festen Schrittes. Der Einfluss des Absinths, Gins oder Opiums äußert sich nicht mehr in motorischen Unzulänglichkeiten. Statt in den Gliedern spürt er ihn nur noch ein wenig hinter den Augen. Die Farben wirken etwas kräftiger.

Es wäre interessant, in diesem Zustand ein wenig zu malen. Zwar sehnt er sich nach Evas süßem Körper, der in seinem großen Bett auf ihn wartet. Aber er fühlt sich nach dem Abend vollgestopft, nicht nur mit Essen und Alkohol, sondern vor allem mit Eindrücken. Die prächtigen Kostüme, die bemerkenswerten Drinks, die Feuerblumen am Himmel. Es wäre gut, sich ein wenig von alldem aus dem Kopf zu malen.

Er kramt seinen Schlüssel hervor. Bevor Pablo aufschließt, blickt er sich verstohlen um. In letzter Zeit fühlt er sich wieder des Öfteren verfolgt. Nach der Geschichte mit den Statuetten war er geradezu paranoid, monatelang fuhr er nur Taxi. Er mied die Métro und den Bus. Mit der Zeit ließ Pablos Angst nach. Doch in den vergangenen Wochen ist sie wieder stärker geworden.

Guillaume, der nicht nur Dichter, Kunstkritiker und Romancier ist, sondern zudem gerne anderer Leute Innenleben analysiert, besitzt eine Theorie zu Pablos Rückfall. Die Statuettenaffäre habe sie beide nachhaltig traumatisiert. Bei hoher Anspannung rezidiviere Pablo folglich, falle zurück in seine Schreckpsychose.

Zwar ist Guillaume kein Irrenarzt, dennoch klingt seine Hypothese nicht ganz unplausibel – sieht man davon ab, dass Pablo keinerlei Grund hat, angespannt zu sein. Fernande, seine verrückte Ex, scheint ihn endlich in Ruhe zu lassen; seine Bilder verkaufen sich besser denn je; seine Liebe zu Eva wird von Tag zu Tag stärker. Wie könnte er da angespannt sein?

Pablo geht durch den Innenhof, in Richtung seines im Rückgebäude liegenden Ateliers. Und auf einmal steht ein Geist vor ihm.

Er wähnte den Mann weit weg, in Amerika vielleicht. Doch er ist hier. Einen Augenblick hofft Pablo, dass es der Absinth ist. Doch dem ist nicht so. Er ist es wirklich.

Honoré Joseph Géry-Piéret, genannt der Baron, lehnt an der Hauswand und nickt Pablo zu, so als seien sie einander erst vor wenigen Stunden auf dem Boulevard begegnet. Der Belgier hat sein Erscheinungsbild verändert. Er hat die blonden Haare länger als früher, sie hängen ihm fast bis auf die Schultern. Der Schnurrbart ist ausladender, geradezu walrosshaft. Der Baron trägt eine Baskenmütze und ein dunkles Cape mit Faltenwurf.

Er sieht aus wie ein schwedischer Tourist, der sich als Montmartre-Maler verkleidet hat.

»Pablo, mein Freund! Da bist du ja.«

Starr vor Entsetzen steht Pablo da. Alles kehrt in ihm in diesem Augenblick wieder. Auf einmal steht er nicht mehr im Innenhof seines Hauses, sondern im Lager eines gewissen Museums.

Hunderte Skulpturen lagern hier – iberische, phönizische, afrikanische, der steinerne Ausschuss des Louvre. Weiter hinten stapeln sich Leinwände und Vasen.

Die Leute sagen, der Louvre sei eine Schande, Schmutz und Kehricht in allen Ausstellungsräumen. Sie sollten erst einmal das Lager sehen. Dessen Regale sind staubiger als ein Pharaonengrab. Überall liegt Mäusekot. Selbst die Kuratoren kommen selten her. Und wenn doch, dann bestimmt nicht zum Saubermachen. Stattdessen bringen sie weiteren Krempel, für den es keine Wand, keine Vitrine gibt.

Das größte Museum der Welt unterscheidet sich diesbezüglich nicht groß von einem Trödelmarkt. In Saint-Ouen breitet der Händler vorne auf dem Tapeziertisch seine Schätzchen aus – die silbernen Türgriffe aus dem Fürstenpalais, das Sèvres-Service. Zu Hause in seiner Scheune verstaubt währenddessen der Rest. Falls dort jemand etwas klaut, bemerkt es der Trödler vermutlich erst Jahre später, wenn überhaupt.

Sein Blick schweift über die Statuetten und Steinköpfe in den Regalen. Jemand, der nicht weiß, was er sucht, könnte hier stundenlang umherirren. Pablo hingegen braucht nur ein paar Sekunden, um sie zu finden. Kein Wunder, schließlich träumt er seit Monaten von ihnen. Seit er die beiden Statuetten in einer archäologischen Ausstellung über primitive Kunst gesehen hat, haben sie ihn nicht mehr losgelassen.

Pablo fühlt, dass sie der Schlüssel sind, der Beginn einer großen Idee. Er hat versucht, die Idee zu malen, mit überschaubarem Erfolg. Es soll eine Gruppe von Frauen werden. Immer wieder hat er sie skizziert, Studien angefertigt. Aber ihre Formen sind falsch. Ihre Gesichter sind falsch. Gesichter sehen nicht so aus. Sondern so.

Pablo zeigt auf die beiden iberischen Häupter.

»Diese da, Baron. Das sind sie.«

Sein Begleiter nickt und geht auf das Regal zu. Pablo blickt sich nervös um. Géry-Piéret hat ihm versichert, dass niemand hierherkomme. Er selbst sei bereits ein halbes Dutzend Mal in diesem Lager gewesen, habe Verschiedenes mitgehen lassen –

Statuetten, Vasen, sogar einen ägyptischen Katzensarkophag. »Ein Besuch im Louvre«, hat er gesagt, »unterscheidet sich kaum von einem in den Grands Magasins du Louvre.«

Der Baron greift nach den beiden Köpfen, steckt sie sich unter den weiten Mantel. Er bedeutet Pablo, ihm das Kleidungsstück zuzuknöpfen. Als das erledigt ist, marschiert der Belgier mit großen Schritten in die Richtung, aus der sie gekommen sind.

Während Pablo auf dem Weg nach draußen Blut und Wasser schwitzt, scheint der Baron eiskalt. Der Mann hat jenes unerschütterliche Selbstvertrauen, das nur Egomanen und Wahnsinnige besitzen. Aber letztlich ist diese Kaltschnäuzigkeit ja der eine Grund dafür, dass Pablo den Mann engagiert hat. Gérys Wissen um die Sicherheitsvorkehrungen des Louvre ist der andere.

Pablo hätte sich all das nicht getraut. Die Statuetten hinauszuschleppen, wäre ihm ebenfalls schwergefallen. Sie wiegen einiges, und er ist nicht gerade ein Kraftprotz. Der Baron hingegen besitzt die Statur eines Zirkusringers. Er trägt die Statuetten, als handele es sich um Kohlköpfe.

Doch auch wenn der Belgier die meiste Arbeit erledigt, musste Pablo mit. Ohne ihn hätte der Baron niemals die richtigen Exponate gefunden.

Nicht einmal am Ausgang, an dem an diesem Morgen zwei Gardiens postiert sind, verzieht Géry eine Miene. Pablo huscht zwischen den Wächtern hindurch. Es ist geschafft. Niemand hat sie ...

»Aber natürlich, Monsieur!«, ruft der Baron. »Pablo? Kommst du kurz?«

Er dreht sich um und sieht den Belgier direkt neben einem der Museumswächter stehen. Der hagere Mann hat eine unangezündete Zigarette zwischen den Lippen stecken. Er schaut erwartungsvoll.

»Der Herr braucht Feuer«, sagt der Baron. »Aber ich«, er lacht albern, »na ja, du weißt schon.«

Pablo eilt herbei und zieht eine Packung Streichhölzer hervor. Er will eines davon entfachen, doch es fällt ihm aus der Hand.

»Ganz sachte, junger Freund«, sagt der Gardien.

»Er ist noch so ergriffen von der Kunst«, erklärt Géry.

Pablo fällt keine Erwiderung ein. Ohnehin ist seine Kehle auf einmal völlig ausgedörrt. Beim zweiten Versuch gelingt es ihm, das Streichholz zu entfachen und die Gardien-Zigarette in Brand zu setzen.

»Fix bedankt.«

»Gerne«, röchelt Pablo.

Und dann sind sie endlich auf dem Vorplatz. Pablo eilt davon. Der Baron folgt ihm.

»Nicht so schnell. Dieser Packesel ist voll beladen.«

»Was sollte das denn bitte?«, herrscht Pablo ihn an.

»Der Mann hat nach Feuer gefragt. Was hätte ich denn tun sollen?«

»Weitergehen?«

Der Baron hebt einen Zeigefinger. Es sieht etwas wunderlich aus, weil er dabei den Arm nicht abwinkeln kann. Ansonsten rutschte ihm nämlich einer der Iberer aus der Achselhöhle.

»Merk dir eins, Pablo.«

»Na?«

»Wenn du freundlich bist, vergessen sie dich. Wenn du rüde bist, brennt sich das hingegen ein.«

Vermutlich ist das irgendeine Diebesweisheit. Pablo hat keine Lust, genauer darüber nachzudenken, er will nur fort von hier, will zurück ins *Bateau Lavoir*, wo die iberischen Neuzugänge ihm Modell stehen werden.

Ein Automobil kommt um die Ecke, hält direkt vor ihnen. Der grinsende Guillaume schaut ihnen durch ein Fenster des Fonds entgegen. Rasch steigen sie ein.

»Wie ist es gelaufen?«, fragt Guillaume.

»Wie geschmiert«, antwortet der Baron.

Pablo verkneift sich jeden Kommentar.

»Gut«, sagt Guillaume, »dann verabschiede ich mich jetzt.«

Er steigt aus. Pablo schaut seinem Freund nach, während dieser Richtung Seine-Ufer entschwindet.

Der Wagen setzt sich in Bewegung. Während sie fahren, entledigt sich der Baron seiner schweren Last. Dies zumindest tut er auf diskrete Weise: Er schiebt die Köpfe in seinem immer noch zugeknöpften Mantel nach unten und lässt sie in den Fußraum plumpsen, in dem Guillaume wie vereinbart einen leeren Kaffeesack bereitgestellt hat.

»Lassen Sie mich da vorn raus, ja?«, ruft der Baron dem Fahrer zu.

Der Belgier schaut ihn erwartungsvoll an. Pablo holt sein Portemonnaie hervor, zieht zwei Hundert-Franc-Scheine heraus. Er faltet sie einmal, reicht sie Géry.

»*Dank u wel, meneer.*«

Das Taxi hält, der Baron steigt aus. Auf dem Trottoir stehend, lüpft er die Mütze, schwingt sie hin und her.

»Bis zum nächsten Mal, du Räuberhauptmann!«

Er macht auf dem Absatz kehrt und verschwindet in einer Seitenstraße. Pablo sackt tiefer in den Sitz, atmet hörbar aus.

»Grundgütiger«, murmelt er, »wenn ich diesen Wahnsinnigen nie wiedersähe, wäre ich nicht unglücklich.«

Dieser Wunsch, das weiß Pablo nun, ist nicht in Erfüllung gegangen. Er schüttelt die Erinnerung ab, konzentriert sich wieder aufs Hier und Jetzt. Der Baron lehnt noch immer an der Wand. Er wirkt ein wenig enttäuscht. Anscheinend hatte er sich von seinem Überraschungsbesuch mehr Begeisterung erhofft.

»Was zum Teufel tust du hier?«, zischt Pablo.

»Alte Freunde besuchen. Meine einstigen Jagdgründe in Augenschein nehmen. Ich war auf der Butte, oh! Wie ich das vermisst habe. Früher dachte ich, Antwerpen wäre eine schöne Stadt, aber wer einmal in der Hauptstadt der Welt gelebt hat …«

Géry ist anscheinend in Plauderstimmung. Das allein wäre schlimm genug, doch der Belgier redet außerdem viel zu laut. Es muss halb zwei sein, vielleicht noch später. Der Irre wird das halbe Haus aufwecken. Mit Entsetzen registriert Pablo zudem, dass der Baron eine große Tasche aus Krokodilleder bei sich hat. Sucht er etwa eine Bleibe?

Géry-Piéret sieht seinen Blick.

»Keine Sorge, mein Freund. Ich will nicht bei dir campieren. Darin sind nur einige«, er lächelt verschwörerisch, »Einkäufe.«

Pablo fühlt seine Knie weich werden. Dennoch reißt er sich zusammen, geht auf den Baron zu. Er packt ihn am Arm, zieht ihn mit sich. Der Impuls, den Kerl schnellstmöglich loszuwerden, ist zwar übermächtig. Aber wenn er ihn rausschmeißt, macht der Baron ihm möglicherweise eine Szene. Möglicherweise? Ganz sicher sogar. Besser, sie gehen erst einmal ins Atelier.

Kurz darauf sitzt Pablo auf seinem Sofa und raucht. Missmutig beäugt er den Baron, der in seinem Allerheiligsten umherstreift, sich Bilder und Collagen anschaut. Der Kerl hat wirklich die Ruhe weg.

»Ist dir klar, dass die Polizei dich sucht?«

Géry nickt. Er hat sich seines Capes und der Kopfbedeckung entledigt, steht in Hemdsärmeln da.

»Letztes Jahr war ich der meistgesuchte Mann Frankreichs. Aber jetzt nicht mehr.«

»Wieso nicht?«

»Diese Bonnot-Bande. Und dann die Sache mit der ›Titanic‹. Wir«, er wirft Pablo einen verschmitzten Blick zu, »sind Schnee von gestern.«

Pablo versucht, sich auf den Baron zu konzentrieren. Aber sein Blick wandert immer wieder zu der Tasche, die wie eine unverhohlene Drohung auf dem Boden steht.

»Was willst du?«, sagt Pablo.

»Mein Gott, bist du aber kurz angebunden. Aber meinetwegen. Meine finanziellen Verhältnisse befinden sich derzeit in einer gewissen Unordnung. Aufgrund von Ereignissen, die außerhalb meines Einflussbereichs liegen.«

Der Baron geht zu seiner Tasche, hievt sie auf den Tisch. Pablo spürt, wie sich seine Nackenmuskulatur verkrampft. Er hatte all das hinter sich gelassen. Wieso holt ihn sein Fehler ein zweites Mal ein? Guillaume hätte darauf vermutlich eine poetische Antwort, könnte auf eine Figur Hugos oder Maupassants verweisen, der es ähnlich erging.

»Da ich weiß, wie sehr du exotische Kunst schätzt, habe ich dir was mitgebracht.«

Mit einem Schnappen springt das Schloss der Tasche auf. Géry greift hinein und zieht etwas hervor. Es ist eine hölzerne Maske. Pablos erster Gedanke ist, dass man solche Dinger für ein paar Francs im Quartier Latin bekommt. Doch als der Belgier sich die Maske vors Gesicht hält, ändert Pablo seine Meinung. Es handelt sich um ein ausgesucht schönes Stück. Die Maske ist in Rot- und Schwarztönen lackiert und besitzt einen Kopfputz. Verfilzte Strähnen hängen an den Seiten herab. Das Gesicht ist zweifelsohne das einer Frau. Die Augenpartie wurde ausgespart, sodass der Träger etwas sehen kann. Das Aufsehenerregendste jedoch ist der Mund. Er ist leicht geöffnet. Dahinter sind spitze weiße Zähne erkennbar, vermutlich aus Elfen- oder Walbein. Auf den Lippen der Maskenfrau liegt ein Lächeln. Es wirkt ein wenig maliziös, so als freue sich das Artefakt über einen geheimen Streich, den es der Welt spielt und dessen Sinn nur böse Geister und Magier verstehen. Aus Afrika stammt diese Maske sicher nicht, eher aus Asien. Pablo tippt auf Japan oder Korea.

»Und?«, sagt Géry.

»Hör zu, Joseph. Ich kaufe keine Hehlerware aus dem Louvre.«

»Es kommt nicht aus dem Louvre. Da sind mir die Sicherheitsvorkehrungen neuerdings zu strikt.«

Er legt einen Finger an den Mund, so als denke er nach.

»Tja, was bloß in die gefahren ist? Nein, sie stammt aus dem Ethnographischen Museum, wo ...«

»Ist mir scheißegal, wo du sie herhast! Ich will nichts damit zu tun haben.«

Der Baron schaut traurig, sagt:

»Ach, was sind bloß alle spießig geworden. Früher sind wir gemeinsam in den Louvre, weißt du noch, Pablo? Wir haben mitgenommen, was nicht niet- und nagelfest ...«

»Das ist vorbei!«

Pablo ist inzwischen aufgesprungen. Ihm fällt auf, dass er eine Boxerstellung eingenommen hat, einen Fuß vorne, einen hinten. Er zwingt sich, die Arme unten zu halten. Der Irre ist drei Köpfe größer als er. Er könnte Pablo in der Mitte durchbrechen.

Der Baron legt den Kopf schief. Pablo hebt beschwichtigend die Hände. Er holt seine Gauloises hervor, bietet dem Baron eine an. Während sie rauchen, sagt er: »Joseph, du musst das verstehen. Das war damals eine Geschichte, die man noch seinen Enkeln erzählen kann, keine Frage. Aber der Aufruhr nach dem Diebstahl der Joconde ... Das hat uns gereicht, verstehst du? Außerdem möchte ich nicht, dass du im Knast landest. Oder sonst wer.«

Der Baron packt die Maske wieder in die Tasche, zuckt mit den Achseln.

»Na ja, einen Versuch war's wert. Dann gehe ich mal wieder.«

Dass er den Kerl nun so einfach loswird, verblüfft Pablo. Er schaut zu, wie der Baron sein Cape überwirft. Während er vor dem Spiegel an der Wand sein Beret zurechtzupft, sagt Géry: »Dann probiere ich es halt mal bei Apo.«

Pablo spürt etwas in seiner Brust. Zunächst hält er es für Zorn – Zorn darüber, dass dieser Spinner aus dem Zeitnebel der Vergangenheit ihn und seinen besten Freund nicht in Ruhe lässt. Doch nach einigen Augenblicken wird ihm klar, dass es etwas anderes ist.

Es sind Schuldgefühle.

Der Gedanke, dass der Baron als Nächstes Guillaume heimsucht, ist Pablo unerträglich. Er fühlt sich wegen der Sache mit den Statuetten ohnehin schon entsetzlich schuldig. Guillaume hat den Kopf für ihn hingehalten. Sein Freund mag rustikal und polterig wirken. Doch in Wahrheit ist der Dichter ein äußerst feinfühliger Mann, nicht geschaffen für die Fährnisse einer unbarmherzigen Welt. Das Gefängnis muss eine fürchterliche Erfahrung für Guillaume gewesen sein. Er redet nicht darüber, doch Pablo sieht es ihm an. Kurzum, sein Freund hat entsetzlich leiden müssen, und das nicht zuletzt für ihn.

Bei der Polizei hat Pablo ausgesagt, dass er die beiden Statuetten von Géry-Piéret gekauft habe, ohne deren wahre Herkunft zu kennen. Erst später sei ihm klar geworden, dass beide aus dem Louvre stammten. Guillaume hat diese Version, gemäß der sie beide irgendwie in die Gaunereien des Barons hineingeraten waren, gestützt. Und das, obwohl man ihn eingesperrt hat, fast eine Woche lang.

Dabei war es überhaupt nicht so.

Guillaume hatte damals den Vorschlag gemacht, seinen durchgeknallten Domestiken Géry mit dem Stibitzen der Statuetten zu beauftragen, in die Pablo so vernarrt war. Tatsächlich war der Baron dann mit von der Partie. Aber er handelte in Pablos Auftrag; Géry wurde für diese Gaunerei von ihm bezahlt. Das Gehirn der Operation war niemand anders als Pablo selbst.

Gestatten? Pablo Diego Ruiz y Picasso, Kunstdieb.

Während der Vernehmungen hat er gelogen. Und er hat damals behauptet, Guillaume lediglich flüchtig zu kennen. Pablo war wahnsinnig vor Angst. Sein Selbsterhaltungstrieb hat ihn dazu gebracht. Aber das ändert nichts an der Scham und der Schuld. Er hat Guillaume damals verleugnet. Es fühlte sich wie ein geradezu biblischer Verrat an – so als sei er Petrus am Hofe des Hannas.

Dieses Schuldgefühl ist nun wieder da, stärker als je zuvor.

Damals, während der Statuettenaffäre, hat Guillaume ihn beschützt. Nun muss er Guillaume beschützen. Pablos Hand umfasst die kleine Browning in seiner Jacketttasche.

»Du gehst zu Guillaume?«

»Ja, genau«, antwortet der Baron.

»Das«, sagt Pablo, »wirst du nicht tun.«

41

Von innen wirkt die Zentrale des Crédit Lyonnais noch beeindruckender als von außen. Es handelt sich um einen Tempel des Geldes, wie ihn die alten Römer kaum schöner hätten bauen können. Karyatiden wachen über Ein- und Durchgängen. Kannelierte Säulen stützen die Decke. Letztere ist verglast und erinnert an das Dach des Grand Palais. Hinter den umlaufenden Balkonen der beiden Obergeschosse sieht Isadora Menschen. Man könnte meinen, sie genössen die Aussicht, schauten hinab auf dieses architektonische Meisterwerk.

Aber die Zentrale des Crédit ist ein Tempel des Hermes. Für apollonische Zeitverschwendung ist kein Platz. Auf den oberen Ebenen wird hinter Hunderten von Schreibtischen und Pulten der Mammon angebetet. Zahlen werden in dicke Bücher eingetragen, Rentenpapiere sortiert, Scheine gezählt.

Isadora geht zu einem hufeisenförmigen Pult, hinter dem einige Sekretärinnen sitzen. Eine der Damen erklärt ihr, welchen Schalter sie aufsuchen muss. Als Isadora den richtigen erreicht, ist sie fast auf der anderen Seite der Halle angelangt.

»Guten Tag. Ich möchte gerne an mein Schließfach.«

Der Schalterbeamte auf der anderen Seite nickt. Er greift zu einem Telefonapparat, spricht etwas hinein. Kurz darauf taucht ein junger Mann auf. Er trägt eine Uniform, der eines Hotelpagen nicht unähnlich. Isadora folgt ihm. Kurz darauf stehen sie vor einer riesigen Tresortür.

»Ihre Schlüsselnummer, Madame?«

»Dreihundertsiebenundfünfzig.«

Isadoras Stimme zittert. Der Schließfachpage scheint es nicht zu bemerken.

»Hier entlang bitte.«

Sie kommen an kleineren Schließfächern vorbei, darauf folgen größere. Der Angestellte bleibt stehen.

»Ich lasse Madame nun allein«, erklärt er. Der Bedienstete deutet auf einen Rollwagen nahe der Wand. Darauf steht eine kleine Glocke.

»Wenn Sie fertig sind. Aber bitte lassen Sie sich Zeit.«

Der Bankangestellte verschwindet. Isadora holt den Schlüssel hervor und steckt ihn in das Schloss von Nummer 357. Er passt. Mit einem kaum wahrnehmbaren Klicken springt das Schließfach auf. Das dahinterliegende Fach dürfte etwa einen Meter tief sein. In ihm befindet sich eine metallene Kassette.

Isadora hatte Schmuck erwartet. Aber in der Kassette sind weder Schatullen noch Samtbeutelchen. Stattdessen enthält die Kassette einen schmalen Koffer.

Isadora fühlt sich an jene Gepäckstücke erinnert, die Musiker mit sich herumschleppen. Ihre Hand fährt über das marineblaue Leder. In einer Ecke ist tatsächlich ein Notenschlüssel eingeprägt. Mit beiden Händen wuchtet sie den Koffer heraus, stellt ihn auf dem Boden ab. Sie öffnet die Schnappverschlüsse.

In dem Koffer befindet sich kein Instrument, sondern eine Holzplatte, die in buntes Geschenkpapier eingewickelt ist. Sie entfaltet das Papier, um einen Blick auf die Platte werfen zu können. Sie ist nicht sehr ansehnlich. Das Holz wirkt alt und fleckig. Sie sieht einen Stempel und ein Siegel.

Und dann dämmert es ihr. Dies ist die Rückseite eines Gemäldes.

Noch bevor sie die Vorderseite angeschaut hat, weiß sie es. Und sie weiß auch, dass die Karten es angekündigt haben. Seit Wochen taucht in ihren Lesungen immer wieder die Drei der Münzen auf. Darauf ist jemand abgebildet, der ein Bild in der Hand hält.

Isadora wendet die Platte und blickt in die haselnussfarbenen Augen der Mona Lisa. Die Leute behaupten, ein mysteriöses Lächeln umspiele ihre Lippen. Auch Isadora schien es stets so. Doch nun, da sie ein Tête-à-Tête mit da Vincis Meisterwerk hat, bekommt sie einen gänzlich anderen Eindruck.

Die Mona Lisa lächelt überhaupt nicht.

Stattdessen liegt grimmige Genugtuung in ihren Zügen. Sie scheint zu sagen: Nun haben wir einander endlich gefunden. So, wie es vom Kosmos vorherbestimmt war. Nun kann ich die Rolle spielen, welche die Nornen mir zugedacht haben.

»Du bist es«, flüstert Isadora. »Du bist die Rote Frau.«

42

Der blonde Hüne wendet sich dem kleinen Maler zu.
»Ach ja? Darf ich etwa nicht treffen, wen ich will?«
Anstatt zu antworten, drückt Picasso dem anderen auf einmal eine Pistole gegen die Brust. Vincenzo ist völlig baff. Das hat er nun wirklich nicht erwartet. Der kleine Spanier hat ja richtig Mumm!
Der Blonde versucht, ruhig zu bleiben. Aber Vincenzo kann sehen, dass der Kerl sich beinahe in die Hosen macht.
Ihm selbst geht es leider ähnlich. Er müsste dringend pinkeln, sehr dringend sogar. Aber seit die beiden überraschend aufgetaucht sind, steckt er in einem alten Wandschrank fest, in dem Picasso allen möglichen Krempel aufbewahrt. Zwar hat er durch die schiefen Lamellen der Tür einen hervorragenden Blick aufs Geschehen. Aber allmählich wird der Druck unerträglich.
»Ganz ruhig, Pablo«, sagt der Mann, den Picasso als »Baron« bezeichnet hat.
»Ich bin ruhig«, sagt der Maler. Er deutet mit seiner Pistole auf das Sofa. »Hinsetzen und zuhören.«
Der Baron nickt stumm, lässt sich nieder. Er nimmt sein Beret ab, fährt sich durch die Haare. Picasso setzt sich ihm gegenüber.
Wochenlang hat Vincenzo den Spanier beschattet, er kennt ihn inzwischen. Beinahe betrachtet er Picasso inzwischen als eine Art Freund. Sie sind einander so ähnlich: Beide sind sie Ausländer, stammen aus dem Süden. Beide sind sie Künstler, wiewohl dieser Picasso zweifelsohne ein besserer Maler ist als er.
Es hat etwas gedauert, bis Vincenzo dies verstand. Vieles, was der Spanier malt, sieht entsetzlich aus. Er pinselt fratzenhafte Gestalten, alle ganz schief und schepp. Aber inzwischen hat Vincenzo begriffen, dass Picasso anscheinend so malt, weil er so malen will. Und nicht, weil er es nicht besser könnte.
Vincenzo hat sich natürlich gefragt, warum der Mann das tut. Er kannte mal einen Zirkusclown, der eigentlich Tänzer war. Der

konnte sich bewegen wie der Wind, seine Füße berührten kaum den Boden. Aber wenn er den dummen August spielte, gab er sich unbeholfen, stolperte ständig über die eigenen Füße.

Vielleicht ist es bei Picasso ähnlich. Seltsam ist der Kerl auf jeden Fall. Seit einiger Zeit arbeitet er an Bildern, die nicht einmal richtig gemalt sind. Stattdessen klebt er irgendwelchen Abfall auf die Leinwand – alte Schnürsenkel, Zeitungspapier, Stofffetzen.

Aber wie gesagt: Dieser Picasso kann auch anders. Ansonsten wäre er für Vincenzo nicht von Nutzen. Schließlich braucht er jemand, der malen kann wie die alten Meister. Jemand, der die Linien Raffaels kennt, Botticellis und natürlich da Vincis. Jemand, der ihm eine neue Gioconda malen kann.

Eines Tages, als Picasso aus dem Haus ging, ergriff er die Chance. Auf der Rückseite des Gebäudes stieg Vincenzo mithilfe einer Leiter durchs Toilettenfenster. Zwei Stunden lang hat er sich damals Picassos Bilder angeschaut. Vieles ist wie gesagt scheußlich, braune Würfel auf braunem Grund, zum Einschlafen. Zurzeit arbeitet der Maler an einem Gemälde, auf dem »Ich liebe Eva« steht. Dieses zeigt aber keine Eva, sondern seltsame Stricheleien.

Im Lager hat Vincenzo jedoch hübsche Harlekine gefunden, außerdem einige Stierkampfszenen. Am meisten beeindruckt haben ihn jedoch jene Bilder, die er zusammengerollt in der hintersten Ecke fand. Zunächst glaubte Vincenzo, sie stammten vielleicht von einem anderen Maler. Da war eine hervorragend gemalte Kommunionsszene, ferner ein Gemälde, das eine Frau auf dem Totenbett zeigte. Aber am beeindruckendsten war die Bleistiftskizze eines männlichen Torsos. Dieser hatte perfekte Proportionen. Das Schattenspiel überzeugte. Es wirkte beinahe wie eine Fotografie.

»Du lässt ihn in Ruhe«, sagt Picasso.

»Er ist mein ...«

»Was auch immer er mal war, jetzt ist er es nicht mehr.«

»Ich mag ihn aber.«

»Dann lass ihn erst recht in Ruh. Fahr zurück nach Antwerpen.«

Die Miene des Barons verfinstert sich.

»Erst, wenn ich diese Maske los bin. Wenn ihr sie nicht nehmt, werde ich ...«

»Warte«, sagt Picasso. »Was willst du dafür?«

Der Blonde blinzelt.

»Ich dachte, du willst sie nicht.«

»Sag schon.«

»Fünftausend.«

»Wie bitte? Das ist viel zu viel.«

»Ist halt ein sehr schönes Stück. Ming-Dynastie oder Chung-Wung-Dynastie oder so.«

»Aber so viel habe ich nicht.«

»Pech. Dann suche ich mir wohl besser jemand anders.«

Der Blonde schickt sich an, zu gehen.

»Warte, Baron. Ich ... ich kenne jemand, der gut dafür bezahlt. Und der die Klappe halten kann.«

»Wer denn?«

Picasso schüttelt den Kopf.

»Hier ist mein Vorschlag.«

Wenn er die beiden so reden hört, wird Vincenzo einiges klar. Mit Spitzbuben kennt er sich aus. Picasso und Baron Von-und-zu sind definitiv welche. Die beiden haben schon einmal etwas zusammen gedreht. Er erkennt es an jener Mischung aus Kumpanei und Misstrauen, die so typisch ist für Ganoven. Wenn er es vorhin richtig mitbekommen hat, haben die beiden Kunstgegenstände geklaut – im Louvre!

Vincenzos Gesicht verzieht sich zu einem Grinsen. Wahrlich, dieser Picasso und er sind sich verdammt ähnlich. Wobei er den kleinen Spanier in Sachen Diebeskunst zweifelsohne übertrifft. Was auch immer Picasso seinerzeit geklaut haben mag – die Gioconda sticht es nicht.

»Ich bringe dich mit dem Käufer zusammen. Und ich garantiere dir, dass er das Geld lockermacht.«

Vincenzo muss sich zusammenreißen, um nicht laut loszuprusten. Derart viel Geld für so einen Buschmannfetisch? Das ist ja verrückt.

»Und ich gebe dir außerdem fünfhundert obendrauf.«

»Wann geht das vonstatten?«

»Vielleicht schon morgen. Ich muss es erst organisieren. Dann treffen wir uns und gehen gemeinsam hin.«

»Du gehst mit, Pablo? Warum das?«

»Weil wir danach direkt zum Gare du Nord fahren und dir ein Billett nach Antwerpen kaufen. Einfache Fahrt.«

»Verstehe.«

»Und du lässt Guillaume in Ruhe. Und du kommst nie wieder mit geklauten Exponaten hierher. Ansonsten vergesse ich mich.«

»Was soll das denn bitte heißen?«

»Das soll heißen, dass sie dich dann durchlöchert aus der Seine fischen, Joseph.«

Wieder muss Vincenzo sich ein Lachen verkneifen. Der Kerl hat ihn *aus* der Seine gefischt und droht jetzt einem anderen, ihn *in* die Seine zu werfen. Ist das zu glauben? Wobei er nicht den Eindruck hat, dass Picasso scherzt. Er wirkt auf einmal größer. Seine Augen sprühen Funken. Klein mag er sein, dieser Spanier. Aber er besitzt einen stählernen Willen, genau wie Vincenzo.

Der blonde Baron bläht die Backen, bläst Luft aus. »Fünftausend?«

»Ja doch. Plus meine fünfhundert.«

»Also meinetwegen.«

»Gut.«

Picasso holt ein Notizbuch hervor, schreibt etwas hinein. Er reißt die Seite heraus, händigt sie dem Blonden aus.

»›Hotel Birmingham‹. Sei um fünfzehn Uhr dort.«

Schweigend steckt der Baron den Zettel ein. Dabei macht er ein Gesicht wie eine Kurtisane, die zwar bezahlt wurde, der aber die gebührende Hochachtung versagt geblieben ist. Er greift sich seine Tasche. Picasso wartet. Seine Rechte umfasst noch immer die Browning.

Der Baron geht zur Tür, verschwindet aus Vincenzos Blickfeld. Man kann hören, wie er »Adieu« sagt. Die Tür fällt ins Schloss.

»*Y con todos los demonios del infierno*«, murmelt Picasso. Der Maler setzt sich aufs Sofa, entfacht eine Pfeife. Er raucht eine Weile, starrt in die Luft. Nach vielleicht zehn Minuten erhebt er sich und verlässt das Atelier.

Keine Sekunde zu früh, denn in just diesem Moment versagt Vincenzos Blase ihm den Gehorsam. So schnell er kann, öffnet er seinen Hosenstall. Den Schrank zu verlassen, gelingt ihm jedoch nicht mehr. Es gibt ein prasselndes Geräusch, als seine Pisse auf das zusammengeknüllte Papier trifft, in dem er knöchelhoch steht.

Als es vorbei ist, wäscht er sich im Spülstein der kleinen Küche die Hände. Vincenzo blickt in den Spiegel. Dunkle Ringe verunzieren sein gut aussehendes Gesicht. Er trägt sie mit Fassung, ja mit Stolz. Nicht nur weiß er nun, dass Picasso imstande ist, den Auftrag Vincenzos – und damit den des Monsignore – zu erfüllen und eine neue Gioconda zu erschaffen. Sondern er besitzt nun auch die Mittel, den Mann zu überzeugen.

Vincenzo geht zurück ins Atelier. Picassos Räume sind unglaublich vollgestopft. Überall stehen Kisten, Truhen, Eimer. In den Ecken stapeln sich Leinwände, Musikinstrumente, Flaschen. Der Mann scheint ein manischer Sammler zu sein. Oder vielleicht gehört er auch einfach zu jenen Menschen, die nichts wegwerfen können.

Vincenzos Blick fällt auf das Sofa. Dort liegt ein schwarzes Beret. Es ist das des Barons. Er setzt es auf, betrachtet sich im Spiegel. So könnte er glatt als berühmter Maler durchgehen. Es fehlen eigentlich nur noch Kittel und Palette. Kurz schaut er sich nach den fraglichen Utensilien um, lässt es dann aber. Er hat keine Zeit für solche Spielereien.

Wichtiger ist, sich die nächsten Schritte zu überlegen. Picasso und der Baron haben im Louvre Kunstwerke gestohlen. Dieser dicke Dichter, mit dem der Spanier fast täglich zusammenkommt, war ebenfalls irgendwie beteiligt.

Vincenzo glaubt sogar zu wissen, was das Trio hat mitgehen lassen: zwei hässliche Steinskulpturen. Er hat schließlich gesehen, wie Picasso und Apollinaire diese in der Seine versenken wollten.

Warum? Er weiß es nicht genau, vermutet aber einen Zusammenhang mit dem Diebstahl der Gioconda. Vielleicht war Ware aus dem Louvre nach seinem Meisterstück derart heiß, dass man sie loswerden musste.

Und nun verhökern die Kerle schon wieder etwas.

All dies würde die Polizei brennend interessieren. Sollte sich dieser Picasso in Sachen Gioconda querstellen, wird Vincenzo dem Präfekten einen Brief schreiben, in dem er alles offenlegt. Nein, anders: Er wird den Brief bereits morgen aufsetzen und irgendwo deponieren. Dann kann ihm keiner mehr was, nicht einmal Picasso mit seiner Browning.

Vincenzo geht ins Bad. Durchs Fenster steigt er hinab in den Hof und verschwindet in der Dunkelheit.

43

Juhel betrachtet die Kleider im Schrank. Aimée würden sie gefallen, dessen ist er sich sicher. Allerdings dürften diese Roben seiner Frau kaum passen. Sie ist weitaus weniger schlank als Jelena Zhernakowa. Wobei er lieber mit einer herzensguten Molligen als mit einer gertenschlanken Fanatikerin verheiratet ist.

Während er den Kleiderschrank durchgeht, inspiziert sein junger Kollege Pepin Zhernakowas revolutionäre Bibliothek.

Die Russin scheint auch dieses Quartier aufgegeben zu haben, aber vermutlich ist sie noch in Paris. Diese Illegalisten finden immer irgendwo Unterschlupf. Sie besitzen beunruhigend viele Sympathisanten. Hoffentlich finden sie hier einen Hinweis, wo die Anarchistin sein könnte.

Juhel glaubt inzwischen, dass Zhernakowa – oder wie auch immer sie sich gerade nennt – über erhebliche Barmittel verfügt. Der Portier des »Aylesbury« hat erklärt, sie habe ihn nach Anbietern von Schließfächern gefragt. Er habe daraufhin erwidert, das Hotel verfüge über mehrere Tresore von McCaskey, sicher genug für Diamantencolliers und Wertpapiere. Doch Zhernakowa lehnte ab. Sie wollte lieber ein Schließfach bei der Bank. Gedachte sie, dort Beute zu bunkern?

Seine Hände streichen über den schwarzblauen Samtstoff eines Ballkleides. Die Vorderseite ist mit geschliffenen Glassteinchen bestickt. Erst beim zweiten Hinsehen bemerkt er, dass die Anordnung der Steine den Konstellationen entspricht: hier der Große Wagen, dort Orion. Solch ein Kleid kostet Hunderte Francs, vielleicht noch mehr.

Zhernakowa trug es nicht zum Vergnügen. Es handelte sich um Arbeitskleidung. Sie hat sich oft so herausgeputzt, meist spät am Abend. Oft kehrte sie erst in den frühen Morgenstunden zurück. Der Portier glaubt, sie sei ins »Maxim's« gegangen. Aber Juhel weiß es inzwischen besser.

Zhernakowa hat die Grandhotels von Paris aufgesucht. Manchmal hat sie dort gespeist. Manchmal hat sie an der Bar einen Drink genommen. Manchmal hat sie den Herren beim Billard zugeschaut. Eines aber tat sie bei jedem ihrer Besuche: Sie klaute wie ein Rabe.

In den Hotels, die Zhernakowa frequentierte, sind Sachen abhandengekommen. Das Gros dieser Diebstähle wurde nie der Polizei gemeldet. Die meisten Hoteldirektoren regeln derlei lieber diskret. Wozu ist man versichert? Im »Hôtel de Crillon« etwa hat man inzwischen zwei zusätzliche Sicherheitsleute engagiert. Diese halten Ausschau nach Leuten, die in einem Grandhotel nichts zu suchen haben.

Aussichtslos, wenn die Diebin eine hinreißende Dreiundzwanzigjährige in sündhaft teurer Abendgarderobe ist.

»Ich denke«, sagt Juhel, »wir sind hier fertig. Packt das ganze Zeug ein, nur für alle Fälle.«

»Ist recht, Chef.«

Draußen auf der Straße zündet er sich eine Zigarette an und quert die Straße. Das Hotel von Isadora Duncan liegt schräg gegenüber. Die Damen waren einander nahe genug, um sich jederzeit sehen zu können – jedoch nicht so nah, dass man einander auf die Füße trat. Sie hätten jederzeit alles – was auch immer »alles« gewesen sein mag – abstreiten können. Sie wohnten schließlich nicht einmal im selben Hotel.

Juhel geht zum »Lutetia«. Vor dem Eingang bleibt er stehen, schaut zurück zum »Aylesbury«. Er wirft seine Zigarette in den Rinnstein, wendet sich dem Eingang zu. Ein Page hält ihm die Tür auf. Juhel zögert. Er hätte gute Lust, Duncan hier und jetzt zu konfrontieren. Trotz ihrer Berühmtheit gäbe es Möglichkeiten, die Dame unter Druck zu setzen. Selbst eine lediglich indirekte Verbindung zur Bonnot-Bande kann jede noch so beachtliche Karriere ruinieren.

Aber eigentlich interessiert ihn Duncan nicht. Das Einzige, was er wissen möchte, ist Zhernakowas derzeitiger Aufenthaltsort.

Deshalb ist es besser, die Tänzerin weiter zu observieren, damit sie Juhel irgendwann zu Zhernakowa führt.

Aber als Erstes braucht er Schokolade. Juhel beginnt, den Boulevard Raspail hinunterzulaufen. An der nächsten oder übernächsten Kreuzung befindet sich eine Filiale von Félix Potin.

44

Aleister breitet die Arme aus.

»Offenbare dich Unserer Dame. Auf dass sie dich in sich aufnehme, auf dass du die lebende Flamme werdest, bevor sie erscheint. Oh Sternenkreis, dessen junger Bruder unser Vater ist!«, ruft er. »Wunder ohnegleichen, Seele des Unendlichen Raums!«

Aleister trägt eine schwarze Seidenrobe, auf deren Schulterpartie ein Leopardenfell genäht ist. Auf seinem Kopf sitzt ein konischer Hut.

Während er deklamiert, ertönt im Hintergrund Orchestermusik. Streicher peitschen, Hörner schmettern. Es handelt sich um Rachmaninows »Toteninsel«. Die Musik kommt aus einem Grammofon hinter dem Altar.

Der Magus verneigt sich in Richtung Isadoras, die auf der anderen Seite des lang gezogenen Raums steht, flankiert von zwei Kohleschalen. Aleister dreht seine Handflächen zu ihr. Es ist das Zeichen für ihren Einsatz. Sie beginnt, die Arme zu bewegen, betont langsam, wie eine siamesische Tempeltänzerin. Währenddessen ruft sie: »Doch mich zu lieben, ist besser als alles andere. Spreize die Flügel und erwecke die güldene Schlange in dir. Komm zu mir. Erfreue mich mit deinem verzückten Gesang. Verbrenne das Parfum für mich!«

Aaron Bergman, der sich bisher im Hintergrund gehalten hat, tritt neben sie. Er lässt etwas in eines der Kohlebecken rieseln. Der Geruch von Myrrhe und Haschisch breitet sich aus. Dichter Qualm steigt empor.

»Trinke auf mich, denn ich liebe dich. Ich bin die blauäugige Tochter des Sonnenaufgangs. Ich bin das nackte Gleißen des üppigen Abendhimmels.«

Aleister hält einen Kelch in der Hand. Er prostet Isadora zu. Nein, eigentlich nicht ihr, sondern der Mutter aller Mütter, der Ur-Frau. Nachdem er einen Schluck genommen hat, ruft er:

»Ehre der Roten Frau, Babalon, der Mutter der Scheußlichkeiten, die da reitet auf der Bestie. Denn sie hat ihr Blut in allen vier Ecken des Erdkreises vergossen, und siehe! Sie hat es vermischt im Kelche ihrer Metzenschaft.«

Der säuerliche, beißende Rauch hat sich im gesamten Raum verteilt. Isadora muss sich zusammenreißen, um nicht zu husten. Jede Abweichung kann das Ritual ruinieren, das hat der Meister ihr eingeschärft. Mehrmals ist die Sache bereits danebengegangen, weil irgendetwas nicht stimmte. Dies ist der dritte Versuch, an dem sie teilnimmt.

Vorher gab es schon weitere Fehlschläge. Die Schlappen scheinen Aleister jedoch nicht zu beunruhigen. Gestern beim Tee hat er ihr erklärt, eine magische Beschwörung ähnele einer Choreografie. Erst auf der Bühne fallen einem gewisse Unzulänglichkeiten auf. Man muss nachbessern, nachschärfen. Es ist ein iterativer Prozess, eine Reise.

Dies gilt umso mehr, als Aleister diesmal keinen Geist oder Engel herbeirufen möchte, sondern die Hure Babalon höchstselbst. Sie soll ihm helfen, das Mondenkind zu erschaffen, den Heilsbringer der Welt, den neuen Christus. Dem Magus zufolge wäre das die Antwort auf all ihre Fragen, auch auf die Isadoras.

»Heil Asi! Heil, Hoor-Aoeo! Auf dass die stille Rede beginne!«, ruft Aleister.

Bergman ist inzwischen vor den Altar getreten. Seine Robe hat der Adept abgelegt. Er ist nun splitterfasernackt. Bergman legt die Hände auf den Altar, neigt den Kopf.

Aleister hält inzwischen eine Rute in der Rechten. Er schaut nicht zum Altar, sondern zur anderen Seite des Raums. Sein Blick geht über Isadora hinweg. Sie weiß, wonach er Ausschau hält. Auf dem Kaminsims hinter ihr steht das Bild der Roten Frau. Wobei sie sich fragt, ob Aleister es überhaupt sehen kann. Der Qualm ist inzwischen sehr dicht.

Als Isadora ihm das Bild brachte, war er außer sich vor Freude. Genau wie sie spürte Aleister, welche ungeheure Kraft von dem Gemälde ausgeht. Beschwörungen benötigen mächtige Symbole, das hat Isadora inzwischen verstanden. Und was wäre ein mächtigeres Symbol für die kollektive Weiblichkeit als die Joconde, die berühmteste Frau der Welt, die berühmteste Idee einer Frau?

Isadora hat sich anerboten, Aleister das Bild zur Verfügung zu stellen, wenn auch nur für kurze Zeit und gegen das hochheilige Versprechen, es pfleglich zu behandeln. Danach wird sie Jelenas Schatz wieder wegsperren und sich überlegen, wie sie weiter vorgeht.

Behalten will sie die Mona Lisa nicht. Aber wie sie das Bild zurückgeben soll, ist ihr unklar. Sie hofft, dass Aleister und sein Ritual ihr auch dazu Antworten liefern.

Der Magus betrachtet die Joconde mit einem Blick, der gleichzeitig lüstern und fiebrig wirkt. Ihre Magie zieht ihn an. Diese ist keineswegs metaphorisch, sondern real. Das hat Aleister ihr erklärt.

»Die meisten kennen lediglich Leonardo, den Maler und Naturphilosophen. Aber da Vinci war zweifellos ein Initiierter. In ihm floss das Blut des Mithras. Er versuchte, den Heiligen Gral zu finden. Außerdem hat er ›De Viribus Quantitatis‹ geschrieben, das wichtigste okkulte Traktat der Renaissance. John Dee hielt ihn für den wichtigsten Magus dieser Epoche. Wer weiß schon, wen Leonardo auf diesem Bild wirklich porträtiert hat? Die Frau irgendeines florentinischen Krämers war's sicher nicht.«

Aleister wendet sich dem nackten Bergman zu. Sie kann sehen, dass der Adept zittert. Seine Gesäßmuskulatur arbeitet wie die einer blitzenden Stute.

Aleister ruft:

»Oh du Gipfel der Ebene,
Mit des Ibis' Haupt und des Phoenix' Stab,
Du im Schatten und im Licht,
Zeige nun dein Angesicht.«

Die Rute fährt nieder. Isadora hört, wie sie auf Bergmans Pobacken klatscht. Dem Adepten entfährt ein halb unterdrückter Schrei.

In seiner anderen Hand hält Aleister eine silberne Kette. Zunächst glaubt Isadora, er werde dem armen Bergman auch diese übers Gesäß ziehen. Stattdessen legt Aleister sie um den Hals seines Adepten.

»Oh Wasser des Styx!

Reinige Körper, Seele, Geist!«

Aleister tritt einen Schritt vor und dringt in Bergman ein. Sehen kann Isadora das zwar nicht, die weite Robe des Magus verbirgt das meiste. Aber das Grunzen und Stöhnen ist ebenso unverkennbar wie die rhythmischen Stöße.

»Öffne uns«, keucht der Magus, »die Mysterien deiner Schöpfung.

Sei uns gewogen! Denn wir verehren denselben, den Hohen!«

Isadora schließt die Augen. Nicht aus Scham, sondern weil ihr vom Rauch die Augen tränen. Nach einer Weile hört sie Aleister fluchen.

Sie schaut auf, kann aber nur Schemen erkennen. Jemand kommt in ihre Richtung. Es ist Aleister, auf dem Weg zu einem der Fenster. Rasch öffnet er es, um den Rauch abziehen zu lassen. Seine Robe steht offen, darunter ist er nackt. Sperma läuft sein halb erigiertes Glied hinab, tropft zu Boden.

Bergman sitzt in einiger Entfernung auf dem Boden. Er ist kreidebleich und reibt sich den Hals, so als bekomme er keine Luft.

Vielleicht liegt es am Rauch, an den Schlägen oder auch an den Drogen. Die beiden sind bereits seit vier Tagen mit dem beschäftigt, was der Magus als seine »Pariser Arbeiten« bezeichnet. Schlaf ist Mangelware. Dafür gibt es eine Menge Kokain und Ma-Huang.

Aleister schließt seinen Umhang, wendet sich Isadora zu. Auch er sieht müde aus. Lächelnd sagt er: »Das war schon besser. Wir machen Fortschritte.«

»Aber erschienen ist sie nicht.«

»Nein. Etwas fehlt. Wenn ich nur wüsste, was. Vielleicht zu wenig Räucherwerk? Oder das falsche? Aaron, welche Mischung hast du diesmal genommen?«

Der Angesprochene antwortet nicht, sondern stiert weiter vor sich hin. Aleister geht zu ihm, tritt ihm mit dem Fuß in die Seite.

»Aaron! Aufwachen!«

»M-Meister?«

»Welche Mischung du in die Schale gegeben hast.«

»Nummer ... Nummer vier.«

Aleister kratzt sich am Kinn.

»Vier, hmm. Eigentlich ...«, er schüttelt den Kopf, »nein, das ist es sicher nicht. Wir machen für heute Schluss. Und du ...«, sagt er an Aaron gewandt, »... darfst dich nicht so verspannen. Vielleicht nimmst du ein paar Tropfen von dem Elixier. Und jetzt geh ins Zimmer. Ich komme später nach.«

Bergman, der inzwischen mühsam hochgekommen ist, nickt stumm. Auch Isadora erhebt sich.

»Soll ich morgen wiederkommen?«

»Das wäre sehr hilfreich, ja.«

Er legt ihr freundschaftlich einen Arm um die Schultern.

»Ich habe auch noch einmal über deinen Traum nachgedacht und einige Nachforschungen angestellt.«

»Was für Nachforschungen?«

»Nun, Meditationen. Gespräche.«

Ihr ist klar, dass er nicht von Gesprächen mit Menschen redet. Aleister hat für sie die Geister befragt.

»Deinen Kindern droht keine Gefahr. Du musst dir keine Sorgen machen. Ein Chauffeur ist gut, aber sperr sie nicht weg. Du hingegen«, er wirft ihr einen strengen Blick zu, »musst dich von schnellen Autos fernhalten.«

»Von Sportwagen?«

»Ja. Das haben sie mir mit Nachdruck gesagt.«

»Ich habe keinen und auch nicht vor, mir einen zuzulegen.«

»Das ist gut. Ich habe gesehen, dass es eine Zukunft gibt, in der dir solch ein Gefährt zum Verhängnis werden könnte. Diese ist noch fern. Aber das ist es vielleicht, was du gespürt hast in deinem Traum.«

Er wirft ihr einen bewundernden Blick zu.

»Dein Empfinden für diese Dinge ist wirklich beeindruckend. Du hast das Zweite Gesicht. Du bist etwas ganz Besonderes, Isadora.«

»Ich danke dir.«

Er macht eine abwehrende Geste.

»Es ist nichts. Aber nun«, er klatscht in die Hände, »habe ich wirklich Mordshunger auf Tee und Kekse.«

45

Während Juhel seine Schokolade verzehrt, betrachtet er das Foto eines uniformierten, mit Orden behängten Asiaten. Pepin, der neben ihm im Fond sitzt, schaut interessiert.

»Wer ist das?«

»Admiral Tōgō«, erwidert Juhel kauend.

»Ein Japaner also?«

Einen Augenblick ist Juhel verblüfft, dass sein Kollege den berühmten Marinestrategen nicht kennt. Dann wird ihm bewusst, wie jung Pepin ist. Zur Zeit von Tōgōs größtem Erfolg trug sein Kollege noch einen Kindermatrosenanzug.

Juhel hingegen diente bereits bei der Kriegsmarine in Brest. Auch das mag ein Grund dafür sein, dass er sich mit Admirälen auskennt.

Damals, es muss 1904 oder 1905 gewesen sein, lag der russische Zar mit den Japanern im Clinch. Der Ausgang des Kriegs schien von Anfang an klar: Die drittgrößte Seestreitmacht der Welt gegen einen schlecht ausgestatteten, rückständigen Inselstaat. Aber niemand hatte mit dem Kampfeswillen der Japaner gerechnet – oder mit Admiral Heihachirō Tōgō.

»Sie nennen ihn den Nelson des Ostens«, sagt Juhel. Er reicht Pepin das Kärtchen.

Juhel zwirbelt sich den Schnauzer, schaut aus dem Fenster. Es regnet. Auf der gegenüberliegenden Straßenseite befindet sich das »Hotel Birmingham«. Es ist seit Jahren auf dem absteigenden Ast. Noch immer verfügen nicht alle Zimmer über elektrisches Licht, geschweige denn über ein Bad. Dafür ist das Hotel preiswert und verschwiegen. Man sagt, es sei beliebt bei Leuten, die nicht auffallen wollen – Betrügern, Ausländern ohne Papiere, Schuldnern.

Und vielleicht frequentieren es auch gewisse Illegalistinnen.

Obwohl sie den Laden seit Tagen observieren, haben sie Zhernakowa bisher nicht zu Gesicht bekommen. Dennoch ist Juhel zuversichtlich. Isadora Duncan nämlich kommt regelmäßig her. Meist hat sie eine große Tasche bei sich. Vermutlich versorgt sie ihre Geliebte mit Essen und anderen Lebensnotwendigkeiten, damit diese das Zimmer nicht verlassen muss.

Juhel fällt ein Mann auf. Seit einigen Minuten steht er vor dem Hotel. Zunächst hatte er angenommen, der große Blonde warte auf ein Taxi. Doch inzwischen gab es reichlich Gelegenheit, in eines einzusteigen. Der Unbekannte blickt sich um, so als halte er nach jemandem Ausschau.

»Ihr Kriegsheld«, sagt Pepin.

»Hm?«

Der junge Inspektor hält ihm das Sammelkärtchen hin. Juhel nickt abwesend, steckt es weg. Währenddessen lässt er den Mann vor dem Hotel nicht aus den Augen. Kennt er ihn? Schwer zu sagen. Die Rue de Vaugirard hat noch Gaslaternen, und es ist schon spät. Dazu der Regen – viel sieht man nicht.

Handelt es sich vielleicht um einen Prominenten? Falls ja, dann um keinen vom Kaliber für die Potin'sche Sammlung. Eher schon könnte der Blondschopf Teil der weitaus größeren Sammelkartenserie Alphonse Bertillons sein. Kennt er ihn vielleicht aus einer Akte?

»Ich bin gleich zurück«, sagt Juhel.

Bevor Pepin antworten kann, ist er bereits ausgestiegen. Regen prasselt auf seine Melone. Juhel quert die Straße, postiert sich in vielleicht dreißig Meter Entfernung hinter einem Kiosk. Kaum ist er dort, wendet sich der Blonde auf einmal in seine Richtung. Juhel verschwindet hinter einem Zeitungsständer.

Der Blick des Hünen galt offenbar nicht ihm, sondern einem kleinen Mann im Trenchcoat. Er geht direkt auf den Blonden zu. Der Kleine muss zuvor an Juhel vorbeigegangen sein, aber er hat ihn nicht beachtet, warum auch? Nun sieht er ihn nur von hinten.

Der Kleine verlangsamt seine Schritte, sagt im Vorbeigehen etwas zu dem Blonden. Der folgt ihm. Juhel setzt sich ebenfalls in Bewegung. Die beiden gehen bis zur nächsten Kreuzung, biegen ab. Er beschleunigt seinen Schritt. Just als er die Ecke erreicht, taucht der Blonde wieder auf. Juhel stößt fast mit ihm zusammen. Der Mann murmelt eine Entschuldigung, läuft dann weiter in die Richtung, aus der er gekommen war.

Juhel wirft einen Blick um die Ecke. Der Kleine ist nirgends zu sehen. Rasch geht er dem Blonden hinterher, der just in diesem Moment im »Birmingham« verschwindet. Da Juhel weiß, dass Pepin ihn aus dem Wagen heraus beobachtet, gibt er dem Kollegen ein Zeichen.

Juhel schaut durch eines der großen Fenster in die Lobby. Sie ist im Mucha-Stil gehalten: florale Motive, Lampenschirme aus buntem Glas. Ein alter, aber wirksamer Trick: Wenn man es sich schon nicht leisten kann, seine Zimmer zu modernisieren, muss wenigstens die Empfangshalle tadellos wirken.

Der Blonde ist nirgends zu sehen. Juhel tritt ein. Der Rezeptionist, ein schmächtiger junger Mann mit rötlichen Haaren, nickt ihm zu. Einen Moment ist er versucht, mit der Tür ins Haus zu fallen: Guten Abend, Polizei. Auf wessen Zimmer ist der Blonde?

Wenn dies jedoch tatsächlich ein Anarchistenversteck ist, steckt der Portier vielleicht mit drin. Er könnte oben anrufen, bevor Juhel dort ist.

»Guten Abend.«

»Guten Abend, der Herr wünschen?«

In diesem Moment kommt Pepin herein, gesellt sich zu ihm.

»Ein Zimmer, bitte«, sagt Juhel.

Der Rezeptionist wirft ihm einen Blick zu, schaut den fünfzehn Jahre jüngeren Pepin an.

Bevor der Kerl ihm mit »So ein Hotel ist das nicht« kommen kann, hat Juhel bereits einen Zwanzig-Franc-Schein auf den Tresen gelegt. Der Rezeptionist wischt ihn mit einer routinierten Bewegung fort. Er händigt Juhel einen Schlüssel aus.

»Zweite Etage. Aufzug ist leider defekt.«

Juhel nimmt den Schlüssel.

»Gehen wir«, sagt er zu Pepin.

Sie nehmen die Treppe. Juhel weist seinen Kollegen an, die

erste Etage zu inspizieren. Er nimmt sich die zweite vor. Viel zu sehen gibt es nicht. Der Gang ist verlassen. Juhel löscht das Deckenlicht. So sieht er, in welchen Zimmern Licht brennt. Nur unter zwei Türen dringt welches hervor. Er horcht an beiden, hört aber nichts.

Er knipst das Licht wieder an, will hinauf in den dritten. Doch an der Wand des Aufgangs, der ins oberste Geschoss führt, hängt ein Schild.

»Obergeschoss wegen Bauarbeiten gesperrt.«

Juhel geht trotzdem hinauf. Am oberen Ende der Treppe befindet sich eine Tür, an der ein weiteres Baustellenschild hängt.

Hinter sich vernimmt er Schritte. Es ist Pepin.

»Und?«, flüstert Juhel.

»Nichts, Chef. Wenn sich da welche unterhalten, hätte ich es bestimmt gehört. Die Türen und Wände in dieser Bruchbude sind dünn wie Papier.«

Juhel vernimmt einen Ton. Er klingt blechern und ein wenig dumpf, so als befinde sich die Quelle ein ganzes Stück entfernt. Wenn Juhel raten müsste, würde er auf einen asiatischen Gong tippen. Pepin und er schauen einander an.

Juhel probiert die Klinke. Die Tür ist verschlossen. Er legt ein Ohr daran, lauscht. Jemand spricht.

»*Ring through eternity. Arise and follow me!*«

Juhel wendet sich Pepin zu, flüstert: »Klingt, als ob die da eine Versammlung abhalten – auf Englisch.«

»Ausländische Anarchisten? Aber was machen wir jetzt?«

Das ist eine gute Frage. Juhel hat darauf keine gute Antwort.

46

Den halben Tag hat Pablo sich den Kopf darüber zerbrochen, was er tut, falls der Baron doch nicht mitspielt. Aber seine Sorge war unbegründet. Als er aus dem Bus steigt, sieht er ihn bereits. Sein blonder Schopf ragt über die Köpfe der anderen Passanten hinaus.

Pablo geht auf ihn zu. Als der Baron ihn bemerkt und ihm entgegenkommen will, schüttelt er den Kopf. Während er an Géry vorbeiläuft, raunt er: »Besser, wenn man uns nicht zusammen sieht. Folge mir unauffällig.«

Pablo geht bis zur nächsten Seitenstraße. Sie ist erfreulich dunkel. Kurz darauf biegt der Baron um die Ecke.

»Was soll die Geheimniskrämerei, Pablo?«

»Ich möchte ungern mit dir gesehen werden, das ist alles.«

»Und jetzt?«

»Gehst du in das Hotel, an dem wir eben vorbei sind. Frag an der Rezeption nach Aleister Crowley.«

»Ein Engländer?«

»Ja. Er interessiert sich für Masken. Nicht für Karnevalsmasken, sondern für … na, genau für das, was du hast.«

»Und wenn ich fertig bin?«

»Das Hotel hat einen Ausgang auf der Rückseite. Da treffen wir uns, in einer halben Stunde.«

Der Baron rollt mit seinen blauen Augen, so als sei ihm das alles zu kompliziert. Pablo ist auch nicht gerade begeistert, aber was soll er machen? Er muss den Kerl so schnell wie möglich loswerden. Wenn der Idiot der Polizei in die Arme läuft, sind sie beide geliefert.

Der Belgier meint es ja nicht einmal böse. Doch er ist ein Selbstdarsteller und ein Schwätzer. Während der Geschichte mit den verdammten Statuetten ist das nochmals sehr deutlich geworden. Ohne Not schrieb der Idiot mehrere Briefe an das »Paris-Journal«, stürzte sie alle beinahe ins Verderben. Säße er morgen in der Sechsunddreißig beim Verhör, müssten ihm die Kommissare vermutlich nicht einmal einheizen. Der Baron würde sich selbst zum Kronzeugen machen, einfach nur, weil er gerne im Mittelpunkt steht.

Pablo wendet sich zum Gehen, aber Géry packt seinen Arm. Er hat einen Griff wie ein Schraubstock.

»Lass mich los, Joseph! Was …«

»Gib sie mir.«

»Das Geld? Erst wenn du die Maske …«

»Nein, Herrgott. Meine Mütze. Das Beret. Ich hab es auf deinem Sofa liegen lassen.«

»Ich habe deine Mütze nicht.«

Der Baron streicht sich ratlos durch die nassen Haare, macht aber keine Anstalten, zu gehen. Immerhin hat Géry seinen Arm losgelassen. Schon ist Pablo die Straße hinunter, biegt an der nächsten Kreuzung ab. Géry ruft ihm etwas nach, aber Pablo läuft weiter. Nachdem er eine kleine Runde gedreht hat, erreicht er wieder die Rue de Vaugirard.

Pablo geht in ein Café schräg gegenüber dem Hotel. Er setzt sich an einen Tisch, von dem aus er die Straße und das Hotel im Auge hat. Pablo wünschte, Guillaume wäre bei ihm. Aber er hat sich geschworen, seinen Freund aus der Sache herauszuhalten. Wenn alles glattgeht, kauft dieser verrückte Engländer dem noch verrückteren Baron sein Diebesgut ab. Danach eskortiert Pablo den Belgier zum Bahnhof und er verschwindet aus Paris.

Guillaume wird nichts von alldem erfahren. Das muss so sein. Seit seiner Zeit in der Santé ist Guillaume nicht mehr ganz derselbe, mitunter zittern seine Hände. Er wirkt oft angespannt. Wenn der sensible Pole von Gérys neuerlichem Auftauchen erführe, brächte ihn das vermutlich an den Rand eines Nervenzusammenbruchs.

Und Pablo selbst? Stopft sich eine Pfeife, damit seine Hände etwas zu tun haben. Sein Herz hämmert, seine Knie zittern. Aber dies ist sein Kreuz. Er muss das jetzt durchziehen.

Pablo schaut auf die Uhr. Ihm bleiben noch zehn Minuten. Er legt einige Münzen neben die Kaffeetasse, schaut hinaus. Die Doppeltüren des »Birmingham« öffnen sich, ein Mann erscheint. Es handelt sich um einen Herrn Mitte vierzig, mit prominentem Kinn und noch prominenterer Nase. Eine Melone sitzt auf seinem Kopf, ein buschiger Schnauzer auf seiner Oberlippe.

Es dauert ein wenig, bis Pablo den Mann erkennt. Genauer gesagt erkennt er dessen Nase. Als er diese zum ersten Mal sah, erinnerte sie ihn an die Statue des Tiberius im Louvre. Der hat genau so eine Adlernase.

Den Namen des Mannes kennt Pablo nicht. Doch er saß während Guillaumes Anhörung im Gerichtssaal. Auch bei einem der Verhöre war er zugegen. Pablo ist sich ziemlich sicher, dass er zur Polizei gehört oder vielleicht zur Staatsanwaltschaft. Was macht er hier?

Pablo schlüpft in seinen Mantel, geht zur Tür. Neben dem schnauzbärtigen Tiberius steht inzwischen eine weitere Person. Die beiden reden miteinander. Adlernase instruiert seinen mutmaßlichen Kollegen. Die Geste ist unmissverständlich: Er schickt den anderen zur rückwärtigen Seite des Gebäudes. Tiberius selbst schaut sich um, nimmt das Café ins Visier. Er macht Anstalten, die Straße zu überqueren.

Eilig verlässt Pablo das Café, Kragen hochgeschlagen, Mütze tief im Gesicht. Er kann nur hoffen, dass der Bulle nicht auf ihn achtet. Denn mit ziemlicher Sicherheit weiß er, wer Pablo ist.

Hinter einer Litfaßsäule stehend, beobachtet Pablo, wie der Mann mit dem Cäsarenzinken im Café verschwindet. Will er telefonieren? Pablo klappt seinen Regenschirm auf, wechselt die Straßenseite. Den Schirm verwendet er als Deckung, um sich gegen Blicke abzuschirmen. Er erreicht das Hotel, betritt die Lobby. Ein gelangweilt aussehender Rezeptionist schaut von seiner Zeitung auf.

»Guten Abend, Monsieur.«

»Guten Abend. Ich würde gerne Mister Crowley sprechen. Könnten Sie eben auf seinem Zimmer anrufen?«

Der Rezeptionist nickt, faltet seine Zeitung zusammen, greift nach dem Telefon. All dies geschieht mit erschreckender Langsamkeit, zumindest kommt es Pablo so vor. Während er den Rezeptionisten im Auge behält, schaut er immer wieder zum Eingang. Gleichzeitig versucht er, sich eine Geschichte zurechtzulegen.

Ich kam ins »Birmingham«, um meinen Freund Mister Crowley zu besuchen. Nein, ich war von der Anwesenheit Géry-Piérets komplett überrascht. Ich weiß nicht, was er bei Crowley wollte. Wann ich Géry zuletzt gesehen habe? Das muss Jahre her sein.

Bäche von Schweiß ergießen sich aus seinen Achselhöhlen. Pablo spürt, wie die Soße seinen ganzen Oberkörper hinabrinnt.

Dem Rezeptionisten ist es endlich gelungen, Crowleys Nummer zu wählen. Er lauscht dem Klingelton. Pablo schaut aus dem Fenster. Ist Tiberius noch im Café? Schwer zu sagen. Es ist dunkel, es regnet, die Scheiben reflektieren das Licht einer voluminösen Jugendstillampe auf dem Fenstersims.

»Monsieur Crowley? Besuch für Sie. Ein Herr ...?«

Der Rezeptionist mustert ihn fragend. Pablo ist einen Augenblick lang sprachlos. Er kann dem Mann ja schlecht seinen richtigen Namen sagen.

»Ich bin der Chauffeur seines ... seines momentanen Besuchers.«

»Es ist der Chauffeur. Der Chauffeur, ja. Er soll jemanden abholen. Er kommt gleich runter? Gut. Vielen Dank, Monsieur Crowley.«

»Er kommt«, sagt der Rezeptionist.

In diesem Augenblick sieht Pablo, wie der Polizist mit dem kaiserlichen Kinn die Straße überquert.

»Ich hole ihn auf dem Zimmer ab. Nummer?«

»Zweihundertvierundvierzig. Aber er kommt ...«

»Gepäck!«, ruft Pablo. Bevor der Hotelangestellte etwas erwidern kann, nimmt er bereits die ersten Stufen. Als er gerade um die Ecke ist, hört er die Vordertür gehen.

Pablo hastet hinauf in den zweiten Stock. Er rennt einen Gang entlang. Zweihunderteins, zweihundertzwei – der Gang biegt ab. Ihm wird klar, dass er wohl in die falsche Richtung gelaufen ist. Nun muss er einmal ganz herum. Es ist zu spät, umzukehren, in vielerlei Hinsicht.

Als er um die nächste Ecke biegt, stößt er mit jemandem zusammen. Es ist, als liefe er direkt gegen eine Wand. Pablo taumelt zurück, landet auf dem Hosenboden. Als er aufschaut, blickt er in das Gesicht des Barons. Dieser sieht nicht gerade erfreut aus. Bevor Pablo etwas sagen kann, hat der Baron ihn auf die Füße gezogen, schleift ihn den Gang entlang.

»Baron, was zum ...«

Sie laufen in die Richtung, aus der Pablo gekommen ist.

»Was waren denn das bitte für Typen?«, sagt der Baron.

»Was meinst du?«

»Satanisten, meinetwegen«, erwidert der Belgier. »Aber ...«, er verzieht angewidert den Mund, »... satanistische Sodomiten? Echt jetzt?«

»Baron, hör mir zu ...«

Géry bleibt abrupt stehen. Er packt Pablo mit beiden Händen am Revers, drückt ihn gegen die Wand.

»Und dann wollte die Schwuchtel nur zweitausend rausrücken. Du willst mich wohl verarschen?«

In Pablos Jackentasche befindet sich die Browning. Nie war sie nutzloser. Der Griff des Barons ist eisern. Pablos Füße berühren kaum noch den Boden.

»Die Bullen sind hier«, sagt Pablo.

»Scheiße. Wo?«

»Rezeption«, keucht Pablo, »und Hinterausgang.«

Das Gesicht des Barons verliert alle Farbe. Pablo spürt, wie sich sein Griff lockert. Erleichtert atmet er aus. Endlich kommt Géry zur Besinnung. Wenn sie hier heil rauskommen wollen, müssen sie sich gemeinsam etwas einfallen lassen. Am besten wäre, sie versteckten sich in einem der Zimmer. Er will dem Baron gerade einen dahingehenden Vorschlag machen, als ihn dessen Faust mit voller Wucht in die Magengrube trifft. Der nächste Hieb erwischt ihn an der Schläfe. Pablos Beine knicken ein. Er fällt.

Er sieht den erstaunlich bunten Teppich, mit dem der Flur ausgelegt ist. Ansonsten nimmt er kaum etwas wahr. Jemand scheint neben ihm zu knien, durchwühlt Pablos Taschen. Dann ist er allein. Das Einzige, was bleibt, ist das Tupfenmuster des Teppichs. Eben noch hätte es als später van Gogh durchgehen können. Doch nun verblasst es immer mehr, so als habe man den Teppich zu häufig gewaschen. Irgendwann werden die Tupfer monochrom. Und dann ist da nur noch Schwarz.

47

Juhel sitzt in der Lobby, malträtiert seinen Schnauzer. Immer wieder schaut er auf die Uhr. Fast eine halbe Stunde ist es her, dass er vom Café gegenüber bei der Präfektur angerufen hat: Verdacht auf anarchistische Umtriebe, Versammlung von Illegalisten in einem Hotel im 15. Arrondissement.

Vom Quai des Orfèvres hierher sind es kaum mehr als dreißig Minuten. Vorausgesetzt, man fährt mit dem Auto. Vorausgesetzt, man bekommt um diese Zeit genügend Leute zusammen.

Der Rezeptionist sitzt ihm gegenüber auf einem Sofa, blättert missmutig in einer Zeitung. Juhel hat ihn angewiesen, hinter seinem Tresen hervorzukommen. Ansonsten käme der Kerl vielleicht auf die Idee, die Vögel im Dachgeschoss zu warnen.

Er zündet sich eine weitere Zigarette an. Das Hotel besitzt lediglich zwei Ausgänge. Die haben Pepin und er im Blick. Dennoch ist er nervös. Juhel muss an den toten Jouin denken. Diese Kerle haben keinerlei Skrupel. Sie gleichen den Outlaws des Wilden Westens – erst schießen, dann reden.

Wenn nur endlich die Kollegen kämen. Natürlich hat er seinen eigenen Direktor ebenfalls angerufen, noch vor der Präfektur. Hennion hatte keine Einwände. Falls sich die Sache als Reinfall erweist, wäre das ohne Frage peinlich für die Sûreté Générale. Noch unangenehmer wäre es allerdings, wenn sie der zuständigen Präfektur dieses Anarchistennest verschwiegen und das später herauskäme. Die Ereignisse der vergangenen Monate haben die Politik in helle Aufregung versetzt. Es ist davon die Rede, den gesamten Polizeiapparat zu reformieren, ohne Rücksicht auf bestehende Erbhöfe.

»Problemorientiert, Lenoir«, hat ihm Hennion beschieden, »so müssen wir stets vorgehen.«

Juhel fände es problemorientiert, wenn die verdammte Pariser Kripo allmählich auftauchte. Während er wartet, blättert er im Gästebuch, das er dem Rezeptionisten abgepresst hat. Von den insgesamt fünfzig Zimmern sind nur vier belegt. Später werden sie kontrollieren, ob das wirklich stimmt. Juhel erwartet, den einen oder anderen zu finden, der nicht im Gästebuch steht.

Aus dem Augenwinkel bemerkt er eine Bewegung. Ein halbes Dutzend Männer in ziviler Kleidung betritt das Hotel. Juhel erkennt Fabrice Carriveau, einen auf die Anarchisten spezialisierten Kollegen. Er erhebt sich, nickt ihm zu.

»Abend, Lenoir.«

»Abend, Carriveau, die Herren.«

»Was haben wir denn?«

Juhel erläutert Carriveau die Situation. Dieser hört schweigend zu.

»Na gut. Nolin, Légard, ihr geht zum Hinterausgang.«

Zu dem Rezeptionisten gewandt, sagt er: »Weitere Ausgänge?«

»Keine, Herr Inspektor«, antwortet dieser.

»Macht er Ärger?«, fragt Carriveau, an Juhel gewandt.

»Er sagt, hier wohnten keine Anarchisten. Nur ein paar englische Künstler, die im dritten Stock ein Atelier eingerichtet hätten. Freunde des Besitzers, behauptet er. Man habe ihn strikt angewiesen, sie nicht zu stören.«

Carriveau lächelt dünn. »Künstler also. Dann schauen wir doch mal …«, die Hand des Inspektors verschwindet in seinem Mantel, eine Pistole kommt zum Vorschein, »… was die da oben machen.«

Auch die anderen ziehen ihre Waffen. Anders als Lenoir, der lediglich eine Browning bei sich hat, sind die Präfekturleute bis an die Zähne bewaffnet. Sie haben Schrotflinten mitgebracht, ein Winchester-Repetiergewehr, Brechstangen.

Sie nehmen die Treppe. Juhel geht voran. Als sie an der verschlossenen Tür zum dritten Stock ankommen, legt er wieder sein Ohr dagegen. Diesmal ist klassische Musik zu hören. Sie klingt schwer und düster. Nach einigen Sekunden ertönt eine Männerstimme. Es ist derselbe helle Bariton, den er bereits vorhin gehört hat. Diesmal spricht der Unbekannte kein Englisch, sondern eine andere Sprache. Er tritt einen Schritt zurück, bedeutet Carriveau, ebenfalls zu lauschen. Der horcht einen Moment, runzelt die Stirn. Im Flüsterton sagt er:

»Was zum Teufel ist das für eine Sprache?«

»Ich weiß nicht. Russisch vielleicht?«

»Egal. Borel – Tür öffnen.«

Einer der Polizisten tritt vor, Stemmeisen in der Hand. Er setzt es an, drückt. Eigentlich hatte Juhel geglaubt, die Tür werde sofort nachgeben. Doch sie ist stabiler als erwartet. Borel ruft einen zweiten Kollegen zur Hilfe. Leise sind sie nicht gerade. Es knirscht und ächzt. Dann fliegt die Tür mit lautem Knall auf.

Polizisten drängen in den dahinter liegenden Flur, der nur spärlich von einigen nackten Glühbirnen erleuchtet wird. Die Stimme ist verstummt, die Musik ebenfalls.

Juhel versucht, sich zu orientieren. In welche Richtung müssen sie? Ihm fällt auf, dass es seltsam riecht – ein bisschen wie Weihrauch, aber süßlicher. Opium vielleicht?

Ein dumpfer Knall ist zu hören, gefolgt von einem gellenden Schrei. Mit erhobenen Waffen stürmen die Männer der Präfektur in Richtung des Lärms. Juhel folgt ihnen.

48

Die Anordnung ist diesmal anders. Nach der Probe vorhin hat Aleister noch einmal umgebaut. Isadora sitzt nun nahe dem Kamin, kehrt dem Altar und dem Hohepriester den Rücken zu. Zwei Meter vor ihr, an den metallenen Rost des Kamins gelehnt, steht die Mona Lisa und schaut Isadora an.

»*Klänge der Ewigkeit:*
Erhebt Euch und folgt mir.
Aran Un-Nefer! Ich rufe
Den Vierfachen Schrecken des Rauchs.«

Genauer gesagt ist es die Maske, die Isadora anschaut. Mit einer Schnur hat Aleister sie am Kaminsims befestigt, sie hängt direkt vor dem Gesicht der Joconde. Es sieht aus, als sitze der Florentinerin ein Dämonenkopf auf den Schultern.

Aleister hat Isadora angewiesen, sich auf dieses Bild zu konzentrieren. Ihr Geist wird dann die Strömungen aufnehmen, die aus dem Äther zu ihnen fließen, und die Rote Hure Babalon wird erscheinen.

»*Rednuw nehcielgenho, elees sed nehcildnenu smuar!*«

Aleister hat ihr erklärt, dass die Umkehrung von Worten eine der Grundfertigkeiten jedes Magus sei. Er selbst scheint diese Fähigkeit zur Meisterschaft gebracht zu haben.

Isadora konzentriert sich auf das Mädchen mit der Maske. Wenn sie genau schaut, kann sie hinter den Schlitzen die hellbraunen Augen der Joconde ausmachen.

Aleister ist wegen der Maske sehr aufgeregt. Sie ist ihm erst vorhin geliefert worden. Dem Magus zufolge sind Joconde und Maske die »heilige Zweifaltigkeit«, die seinem Ritual diesmal definitiv zum Erfolg verhelfen wird.

Obwohl sie direkt vor Bild und Maske sitzt, hat Isadora Schwierigkeiten, sich auf das Abbild der Roten Frau zu konzentrieren. Vor Beginn des Rituals haben sie allerlei genommen: Scotch für die Nerven, Peyote für die Verbindung zum Astralraum und ein wenig Opium, um die Grenze zwischen Traum und Wachheit niederzureißen. Entsprechend verschwommen wirkt alles. Die Maske scheint zu wabern.

»Jungiter in vati vates: regina incline rhabdou
Babalon tu venias verba nefanda ferens.«

Hinter sich vernimmt Isadora ein zischendes Geräusch. Vermutlich wirft Bergman wieder Pulver in die Kohlebecken. Dichter Qualm beginnt über den Boden zu wabern.

Aleisters Stimme wird schriller. Isadora blickt starr nach vorn. Hat die Joconde gerade ihre Hände bewegt? Ja, tatsächlich. Sie liegen nicht mehr in ihrem Schoß. Stattdessen greifen sie nach der Maske. Die Mona Lisa versucht, sich den Dämon vom Gesicht zu reißen. Doch sie schafft es nicht. Die Maske sitzt bombenfest. Die Joconde ist zu schwach und die Babalon zu stark.

Isadora hört ein leises Schluchzen. Es scheint von jenseits der Maske zu kommen. Das Schluchzen verwandelt sich in ein Wimmern, ein Klagen. Isadora ist erschüttert. Noch nie hat sie an solch entsetzlichem Leid teilgehabt. Noch nie hat sie so tief empfunden, was eine andere empfindet.

»Oh Lisa. Oh arme, arme Lisa«, murmelt sie.

Hinter sich hört sie die Stimme Aleisters.

»Dass Seth Typhon uns höre! *Sazaz Sazaz Ananatasan Sazaz!*«

Isadora fällt ein Unterton in Aleisters heller, weicher Stimme auf, der ihr bisher verborgen geblieben ist. Nun jedoch hört sie ihn heraus, so wie ein Dirigent eine misstönende Geige aus einem Orchester heraushört.

Es ist Grausamkeit, die sie in seiner Stimme hört. Um an sein Ziel zu kommen, ist Aleister bereit, so ziemlich jedes Opfer zu bringen. Das versteht sie auf einmal. Sie alle sind nur Werkzeuge des großen Magus: Bergman, Isadora, die Joconde.

Wie konnte sie das bisher übersehen? Wie konnte sie sich derart täuschen? Wie konnte sie sich derart täuschen lassen?

Sie hört Aleisters Keuchen, als er sich an Bergman vergeht. Der Adept wimmert. Doch Isadora ahnt nun, dass dies nur die Prälude zu einer weitaus größeren Grausamkeit ist.

Aleister will die Rote Frau beschwören, die große Hure Babalon. Ein derart mächtiger Dämon gibt sich nicht mit Körperflüssigkeiten und Rauchschwaden zufrieden. Er verlangt nach einem Opfer.

Je mächtiger der Zauber, desto größer muss das Opfer sein.

Darum glaubten die alten Azteken an Menschenopfer. Allerdings denkt Isadora nicht, dass Aleister einen Menschen opfern will. Skrupel hätte er diesbezüglich wohl keine, aber Angst, deswegen in den Knast zu wandern.

Außerdem: Ein Menschenleben mag zwar einzigartig sein, auf gewisse Weise ist es jedoch auch gewöhnlich. Die Frau ihr gegenüber hingegen ist wirklich einzigartig.

Aleister hat die Joconde vor den Kamin gestellt. Er hat gesagt, diese Anordnung sei der Geomantie geschuldet, dem Feng-Shui des Rituals. Nun begreift sie, dass dies eine Lüge war.

Ihr fällt ein kleiner Topf mit Gießtülle in der Ecke auf. Er sieht aus wie eines jener Kännchen, mit denen man Petroleumlampen nachfüllt.

Ihre Glieder sind schwer vom Opium, weswegen sie Probleme mit dem Gleichgewicht hat. Langsam, ganz langsam kommt Isadora aus dem Schneidersitz hoch.

49

Pablos Schädel brummt. Sein rechtes Ohr fühlt sich an, als habe jemand Pappmaschee hineingestopft. Außerdem schmerzt seine Seite. Bedenkt man, was für ein Zuchtbulle der Baron ist, ist er damit gut davongekommen.

Er kommt langsam hoch, schaut sich um. Der Gang liegt verlassen vor ihm. Von Honoré Joseph Géry-Piéret fehlt jede Spur, dasselbe gilt für Pablos Portemonnaie und Pistole. Vorsichtig setzt er sich in Bewegung. Als er das Treppenhaus erreicht, schleicht er die Stufen hinab. Glücklicherweise sind sie mit einem zwar abgetretenen, aber dicken Teppich verkleidet. Er besitzt dasselbe Muster wie der, auf dem Pablo ein Nickerchen gemacht hat. Das Muster bereitet ihm immer noch Kopfschmerzen. Oder vielleicht ist es auch die granatenmäßige Schelle.

Auf der Zwischenetage linst er vorsichtig um die Ecke, schreckt zurück. Er wird sich einen anderen Ausgang suchen müssen – Imperator Tiberius sitzt in der Lobby. Vorhin hat der Mann seinen Kollegen zum Hinterausgang geschickt. Die Frage ist, ob es noch einen dritten Ausgang gibt.

Pablo schleicht wieder hinauf. Er könnte bei Crowley klopfen und den Engländer bitten, ihm Unterschlupf zu gewähren. Wie wird der Mann reagieren? Besser wäre es, durch einen Dienstbotenausgang oder ein Fenster zu verschwinden.

Als er wieder im zweiten Stock ist, fällt ihm ein Schild am Aufgang zum dritten auf. Das Obergeschoss ist anscheinend gesperrt. Pablo überlegt einen Moment. Der Baron scheint ja auch irgendwie hinausgekommen zu sein. Oder ist er dort oben und versteckt sich? Er probiert die Tür. Sie ist verschlossen.

Pablo steigt wieder hinab, den Tränen nahe. Er ist nicht gemacht für solche Sachen. Eine Weile läuft er den langen Gang in der zweiten Etage auf und ab. Als er gerade bei Crowley klopfen will, fällt ihm eine Tür mit der Aufschrift »Privat« auf. Sie steht einen Spalt weit offen.

Dahinter verbirgt sich ein Lagerraum voller frischer Laken, Handtücher und Seifenstücke. Pablo tritt ein, schaut sich um. In einem Schrank hängen karminrote Uniformen. Pablo streift eine davon über. In einem gesprungenen Spiegel über der Spüle betrachtet er sich. Er sieht aus wie ein Page, der vor zehn Jahren den Absprung verpasst hat.

Seine eigenen Sachen faltet Pablo zusammen. Jene Habseligkeiten, die ihm der Baron gelassen hat – Zigaretten, Streichhölzer, Notizbuch –, transferiert er in das Pagenjackett. Dabei ertasten seine Hände in der Innentasche einen Schlüssel. Er probiert, damit die Tür zu verschließen. Der Schlüssel passt.

Kurz darauf steht Pablo erneut vor der Tür zum dritten Stock, schließt auf. Aus dem Treppenhaus dringen Stimmen herauf. Bekommt Tiberius Verstärkung? Scheint so. Es wird wirklich Zeit, dass er fortkommt.

Pablo betritt den Flur, schließt die Tür hinter sich wieder ab. Der dritte sieht aus, wie der zweite vor zwanzig Jahren ausgesehen haben mag. Die Wände sind in dunkleren Tönen gehalten, statt elektrischer Lichter hängen Gas- oder Petroleumlampen an den Wänden. Lediglich von der Decke baumeln einige Glühbirnen. Hier und da liegt Baumaterial herum. Vermutlich soll das Geschoss renoviert werden.

Er schaut durch ein Fenster hinaus auf die im Licht der Laternen ölig glänzende Rue de Vaugirard und versucht, sich zu orientieren.

Das »Birmingham« grenzt auf der einen Seite an ein dreistöckiges Wohngebäude. Irgendwo muss es einen Aufgang geben, der es dem Schornsteinfeger ermöglicht, hinaufzukommen. Fände Pablo diesen, könnte er übers Dach kraxeln und dann über den Aufgang des Nachbarhauses zur Straße hinabsteigen. So käme er an den Polizisten vorbei.

»*O Light in Light! O flashing wings of fire!*
The swiftest moments of the sea unto thee!«

Pablo zuckt zusammen. Die Stimme gehört eindeutig Crowley. Anscheinend führt der Esoteriker hier oben eine seiner Engels- oder Teufelsanbetungen durch.

> »*Majesty of Godhead, Wisdom-crowned Babalon, Mistress of the Gates of the Universe: Thee we invoke!*«

Pablo schaut den Gang hinab. Es hilft nichts. Er muss in die Richtung, aus der die Anrufungen kommen. Eigentlich hatte er entschieden, dass er Crowley nicht begegnen will. Aber vielleicht muss er das auch gar nicht. Die Anrufungen scheinen aus einem Raum links des Flurs zu kommen. Mit etwas Glück befindet sich der Aufgang zum Dach woanders.

Mit seinem Generalschlüssel öffnet Pablo die Türen, an denen er vorbeikommt. Dahinter liegen Zimmer mit skelettaler Einrichtung, dunkel und verstaubt. Hinter keiner findet er eine Treppe oder Stiege. Er nähert sich dem Ende des Gangs. Der Singsang wird lauter.

> »*Thou who bearest in thy left hand the Rose and Cross of Light and Life – Thee, Thee we invoke!*«

Pablo mustert die beiden Türen am Ende des Gangs. Hinter der linken ist der englische Teufel los. Die rechte ist mit einem Emailleschild versehen, auf dem »Zutritt verboten« steht. Ein Lächeln schleicht sich auf Pablos Lippen. Er will den Schlüssel ins Schloss stecken.

Der Schlüssel passt nicht.

Pablo sieht es, bevor er ihn hineingesteckt hat. Dies ist kein normales Schloss. Man braucht stattdessen einen vierkantigen Berner Schlüssel, wie man ihn für Heizungsventile verwendet. In seinem Atelier liegen in einer Schublade mindestens drei davon.

Pablo entfährt ein andalusischer Fluch. Er wendet sich um, macht unschlüssig ein, zwei Schritte Richtung Treppenhaus. Er versucht, sich zu erinnern, ob in dem Haushaltsraum im zweiten Stock eine Werkzeugkiste stand. Falls ja, könnte er ...

Er vernimmt ein knirschendes Geräusch. Es kommt aus Richtung Treppe. Als er hinüberblickt, sieht er, dass sich die Tür zum Treppenhaus biegt und wölbt. Die Spitze eines Stemmeisens erscheint in einem Spalt.

Ohne nachzudenken, reißt Pablo die linke Tür auf und stürzt hindurch.

50

Vincenzo muss gestehen, dass die Nationalbibliothek ihn ein wenig einschüchtert. Normalerweise ist er furchtlos, nichts bringt ihn aus der Ruhe. Doch in dem riesigen Lesesaal fühlt er sich klein, unbedeutend und vor allem: unwissend. Vermutlich ist das beabsichtigt. Zwischen den in Reihen angeordneten Tischen recken sich wie Urwaldriesen geformte Säulen in die Höhe. Anstelle eines Blätterdachs stützen sie immense Oberlichter, durch die Sonnenlicht in den ovalen Saal fällt. Und die Regale! Sie sind bestimmt zwanzig Meter hoch. Wie viele Bücher sie wohl enthalten? Hunderttausend? Eine Million?

Vincenzo fragt sich, wie man hier etwas finden soll.

Er geht zu den Schaltern, über denen »Information« steht. Dahinter sitzen mausgrau gekleidete Damen und Herren. Er entscheidet sich für einen Schalter mit einer jungen Frau. Belesen mag Vincenzo nicht sein, aber er verfügt über jenen italienischen Charme, dem kaum eine widerstehen kann. Breit lächelnd stellt er sich vor.

»Guten Tag, Mademoiselle. Mein Name ist Vincenzo Peruggia und ich ...«

Einige Besucher schauen verärgert hinter ihren Lesepulten hervor. Und auch die Bibliothekarin, eine Mittdreißigerin mit hochgesteckten braunen Haaren, runzelt die Stirn. Sie legt ihren Zeigefinger an den Mund.

Die scheinen hier empfindlich zu sein. Dabei hat Vincenzo in normaler Lautstärke gesprochen. Im Flüsterton fährt er fort. »Ich bin auf der Suche nach gewissen Informationen.«

Sie schaut ihn einen Moment lang an, sagt dann: »Informationen haben wir hier, ja.«

»Erlauben Sie mir, mein Anliegen etwas auszuführen, Mademoiselle. Es geht um die Nachrichten des letzten Jahres«, Vincenzo senkt seine Stimme noch mehr, »um den Diebstahl der Joconde und damit, ah, zusammenhängende Delikte.«

»Sie suchen eine bestimmte Monografie?«
»Eine ...?«
»Ein Buch darüber.«
»Ja, Mademoiselle, ganz richtig. Ein Buch, das diese Geschichte, wie soll ich sagen, in ihren wichtigen Punkten erzählt, also wiedergibt.«

Sie nickt langsam. Vincenzo tut, was er in solchen Situationen immer tut. Er öffnet seine tiefbraunen Augen noch ein klein wenig mehr. Keineswegs reißt er sie auf, das wäre zu plump. Stattdessen weitet er sie ganz langsam, sodass sein Gegenüber es kaum mitbekommt. Das ist ein Trick, den er oft vor dem Spiegel geübt hat. Seine Augen wirken dadurch wie die Knopfaugen eines Teddybären.

Die Wirkung lässt nicht lange auf sich warten. Sie versucht, sich nichts anmerken zu lassen, aber Vincenzo erkennt die Signale: das Beben ihrer Brust, die Art und Weise, wie sich ihre Lippen kaum merklich öffnen.

»Ich bin mir nicht sicher, ob dazu schon etwas publiziert wurde«, sagt sie. »Vielleicht sollten Sie besser die Journale durchschauen?«

»Sie bewahren alte Zeitungen auf? Welche denn?«

Sie blinzelt, rückt ihre Brille zurecht.

»So ziemlich alle. Wissen Sie, wie man mit dem Index umgeht?«

»Natürlich, natürlich. Ich habe eine Weile an der Universität Turin gearbeitet. Allerdings«, er dreht den Knopfaugenverschluss eine Spur weiter auf, »ist das eine ganze Weile her. Ich bin mit dem hiesigen System nicht vertraut. Würden Sie es mir kurz zeigen, Signorina?«

Sie kommt hinter dem Tresen hervor.

»Folgen Sie mir, bitte.«

Ohne ein weiteres Wort geht sie voran. Vincenzo folgt, wirft einen Blick auf ihre rückwärtige Fassade – nicht übel. Er schließt zu ihr auf. Vincenzo findet, dass die Kleine ein bisschen verspannt wirkt. Hat er irgendetwas falsch gemacht?

»Ich bitte um Entschuldigung, dass ich Euch derart die Zeit stehle, Mademoiselle ...«

»Madame Guillet.«

Nun versteht er. Die Dame ist verheiratet. Ihr gefällt zwar, dass Vincenzo ihr schöne Augen macht, und unter anderen Umständen würde sie sich ihm geradezu an den Hals werfen. Die Signale sind offensichtlich.

Aber unter den wachsamen Augen ihrer Kollegen muss sie die Unnahbare spielen. Nun, dann spielt er seinetwegen mit. Während sie den Hauptgang entlangspazieren, hält Vincenzo ziemlichen Abstand und schaut sich statt Guillets Fesseln die bemalten Decken an.

»Diese Bibliothek ist wirklich beeindruckend.«

»Beeindruckender als die Biblioteca Reale di Torino?«

Vincenzo nickt. Zwar hat er noch nie von der fraglichen Turiner Bibliothek gehört. Aber dass sie mit diesem Büchertempel mithalten kann, scheint kaum vorstellbar.

»Viel beeindruckender.«

Sie verlassen den Saal, betreten einen weiteren. Er ist ähnlich monumental, wirkt aber älter. Alles ist in dunklem Holz gehalten. Der Raum ist zudem nicht rechteckig, sondern oval. Illuminiert wird er von einem riesigen, ebenfalls ovalen Oberlicht, um das ein Dutzend kleinerer, runder Fenster gruppiert ist, jedes immer noch so groß wie ein Fuhrwerk.

Unwillkürlich bleibt Vincenzo stehen und gafft die Decke an. Madame Guillet schaut über ihre Schulter zurück. Sofort setzt er einen Kennerblick auf, so als versuche er, die Architektur des Saals einer bestimmten Epoche zuzuordnen.

Er schließt zu ihr auf. Sie gehen zu einem der mindestens zehn Meter hohen Regale, die alle Wände bedecken.

»Und was«, fragt Guillet, »haben Sie in Turin studiert?«

Kurz meint Vincenzo, einen Anflug von Spott in ihrer Stimme zu hören. Aber vermutlich will sie ihn lediglich necken – was sich liebt und so weiter.

»Ah, ich habe Kunstgeschichte gehört, unter anderem.«

Vincenzo bereitet sich auf eine knifflige kunsthistorische Frage vor. Doch die Bibliothekarin steigt stattdessen schweigend eine Leiter empor und greift nach einem dicken, in rotes Leder gebundenen Buch. Sie reicht es ihm.

Kurz darauf sitzen sie an einem Lesetisch, vor sich insgesamt vier der dicken Bücher.

»Dies sind die Indizes von ›Figaro‹, ›Petit Journal‹, ›Intransigéant‹ und ›Paris-Journal‹ für das Jahr 1911. Es gibt«, sie schlägt eines der Bücher auf, »jeweils ein Sach- sowie ein Personenregister. Dort drüben …«, sie zeigt auf einen Schalter am anderen Ende des Raums, »… ist die Zeitungsausgabe. Am besten, Sie notieren sich zunächst alle Ausgaben, die Sie einsehen wollen. Dann muss der Kollege nur einmal gehen.«

Vincenzo bedankt sich wortreich. Dennoch bleiben viele Fragen offen. Die Bücher, die Guillet ihm vor den Latz geknallt hat, sind beinahe so furchterregend wie die Bibliothek selbst. Seite folgt auf Seite, alle gefüllt mit Begriffen, von denen ihm die meisten nichts sagen.

Noch schlimmer sind die vielen Zahlen: 1088, 24091911, 7/2. Was zur Hölle bedeutet das? Er deutet auf einen der Einträge.

»Diese Zahlen hier. Was hat es damit auf sich?«

»Wenn Sie einen Begriff nachschlagen, finden Sie dort alle Nennungen des Jahres. Die erste Zahl ist die laufende Nummer – des ›Petit-Journal‹ in diesem Fall –, gefolgt von Datum, Seitenzahl und Spalte.«

»Verstehe, verstehe. Bitte verzeihen Sie, Mademoiselle, ah, Madame. In den kunsthistorischen Studien spielt die Zeitungsrecherche keine große Rolle. Deshalb bin ich etwas eingerostet.«

Während er dies sagt, zeigt er seine blendend weißen Zähne, aktiviert wieder den Teddybärmodus.

»Nichts zu danken. Wenn Sie mich jedoch nun entschuldigen würden …«

»Natürlich, ah, eine Sache noch vielleicht.«

»Ja?«

»Nur zur Sicherheit, damit ich es richtig verstanden habe.

Ich kann auch nach Leuten suchen, über die was geschrieben wurde?«

Guillet, die inzwischen steht, fährt mit dem Zeigefinger über den Buchschnitt. Dort gibt es farbige Markierungen. Sie schlägt eine Stelle auf.

»Hier«, sagt sie.

»Ich verstehe. Und wenn ...«, sein Finger fährt die Namen entlang. Alma-Tadema. Amundsen. Apollinaire. Der Eintrag ist lang, mindestens dreißig Erwähnungen.

»Der hier zum Beispiel. Wie finde ich denn raus, welche von denen die wichtigen sind?«

»Indem Sie sie lesen. Einen guten Tag, Monsieur.«

Bevor Vincenzo etwas erwidern kann, hat sie sich umgedreht und geht auf den Ausgang zu. Er sieht ihr einen Moment lang nach, wendet sich dann wieder den endlosen Zahlen- und Buchstabenkolonnen zu. Seufzend holt er Notizbuch und Bleistift hervor. Er blättert zum Buchstaben »P« und sucht nach Picasso. Der Maler hat ebenfalls mehrere Einträge, aber deutlich weniger als Apollinaire.

Vincenzo holt seinen Flachmann hervor, genehmigt sich zwei große Schlucke. Seufzend macht er sich an die Arbeit.

51

Die Mona Lisa ist noch immer in ihren Kampf mit der Dämonin verwickelt. Mit aller Kraft zerrt sie an der Maske. Doch diese bewegt sich keinen Millimeter. Ein kehliges Lachen dringt aus dem fratzenhaften Mund der Dämonin. Die feingliedrigen Finger der Joconde greifen nach dem lackierten roten Holz, doch wie die Hände einer Ertrinkenden rutschen sie immer wieder ab. Isadora spürt, dass der Widerstand der Mona Lisa nachlässt, dass die Rote Frau triumphiert.

Sie kann das nicht zulassen.

Sie geht auf das Gemälde zu. Ihre Hände umfassen die Maske. Dem Mund der Dämonin entfährt ein schriller Schrei. Mit aller Kraft schleudert Isadora die Maske durch den Raum. Dann wird ihr schwarz vor Augen.

Sie lehnt sich gegen den Kamin, atmet tief durch. Dies ist kein guter Moment für einen Schwächeanfall. Isadora blickt sich um. Im wabernden Rauch kann sie schemenhafte Gestalten ausmachen, insgesamt drei. Bei einer davon muss es sich um Aleister handeln – sie erkennt ihn an seinem konischen Hut. Die zweite dürfte Aaron sein, aber die dritte? Isadora spürt, wie es ihr kalt den Rücken herunterläuft. Die Beschwörung hat funktioniert. Etwas ist den Schwaden der Kohlebecken entstiegen, etwas, das nicht von dieser Welt ist.

Sie weicht zurück, stolpert beinahe über das Bild. Isadora schaut in das Antlitz der Joconde. Die Florentinerin ist wieder ganz die Alte, der dämonische Fluch ist von ihr genommen. Sie lächelt wieder, wenn auch noch recht verhalten. Isadora meint, eine Träne im Auge der Mona Lisa zu sehen.

»*Tu Venus orta mari venias tu filia Patris*
Exaudi penis carmina blanda, precor,
Ne sit calpa nates nobisfutaisse viriles,
Sed Caleat cunnus semper amore meo.«

Aleister steht vor ihr. Seine Augen glänzen fiebrig. In der Linken hält er eine Kerze, in der Rechten die Petroleumkanne.

»Nein«, sagt sie. »Das darfst du nicht tun.«

»Holokaustos! Holokaustos!«, ruft er und kommt auf sie zu. Der Raum ist erfüllt vom Geruch des Weihrauchs und des Haschischs aus den Kohlebecken. Doch stärker als all das nimmt ihre Nase den Geruch des Petroleums wahr.

»Geh beiseite«, sagt der Magus, »es ist so weit. Holokaustos! Holokaustos! Omnia debet ardere!«

Aleister versucht, Isadora beiseitezuschieben. Sie schubst ihn. Petroleum spritzt durch die Gegend, landet auf ihrem Arm, ihrer Wange. Aleister scheint etwas in die Augen bekommen zu haben. Wütend heult er auf.

Isadora schaut sich panisch um. Es gibt einen zweiten Ausgang aus dem Raum, rechts des Kamins. Was sich hinter der Tür befindet, weiß sie nicht. Sie greift nach dem Gemälde, klemmt es sich unter den Arm. Sie hat Sorge, das kostbare Bild zu beschädigen. Doch selbst wenn sie der Joconde ein paar Kratzer zufügte, wäre das nichts im Vergleich zu dem, was Aleister ihr antun wird.

Holokaustos. Das ist altgriechisch für Brandopfer.

Isadora steht vor der Tür. Aleister versucht derweil, sich das Petroleum aus den Augen zu reiben. Gerade will sie die Klinke betätigen, als aus den Rauschwaden eine Gestalt vor sie tritt. Es ist Bergman. In der Hand hält er etwas, das wie ein indonesischer Khukuri-Dolch aussieht. Die gekrümmte Klinge ist länger als ihr Unterarm.

»Das Bild«, sagt er.

»Niemals.«

Bergman ist ein weicher Verstandesmensch. Nie im Leben würde er Gewalt anwenden. Nicht nur aus philosophischen Gründen, sondern auch, weil ihm schlichtweg der Mumm fehlt.

Aber die Gestalt, die da mit gefletschten Zähnen vor ihr steht, ist nicht mehr der Aaron Bergman, den sie kennt. Kokain, Opium und Aleisters Thelema-Religion haben ihm anscheinend den Kopf verdreht.

Bergman hebt den Dolch.

Eigentlich hatte Isadora sich vorgenommen, die Mona Lisa notfalls mit ihrem Leben zu verteidigen. Aber als sie die Klinge hinabsausen sieht, ist der Instinkt stärker. Mit beiden Händen hält sie das Gemälde wie einen Schild vor sich.

Isadora schließt die Augen, wartet auf das Splittern des vierhundert Jahre alten Holzes, wartet darauf, dass Bergmans Khukuri der Mona Lisa den Schädel spaltet. Stattdessen hört sie einen dumpfen Schlag, gefolgt von einem gellenden Schrei. Als sie die Augen öffnet, hat Bergman den Dolch fallen lassen. Er steht mit dem Rücken zu ihr, scheint vor etwas zurückzuweichen. An seinem Hinterkopf klafft eine blutende Platzwunde. Auch Aleister, der einige Meter entfernt steht, ist wie erstarrt.

Und dann sieht auch Isadora die Dämonin.

Sie wird halb vom Rauch verhüllt und ist nicht sehr groß, wirkt beinahe koboldhaft. Dort, wo das Gesicht sein sollte, ist eine Fratze mit spitzen Zähnen. Das Antlitz erinnert sie an die Maske, ist jedoch lebhafter, diabolischer. Die Dämonin ist in karmesinrote Gewänder gehüllt.

Aleister fällt auf die Knie.

»*Kabash, kabash, shemhamforash!*«, ruft er.

»Babalon, du göttliche Metze, ich bin dein untertänigster Diener!«

Die Rote Frau schenkt dem Magus keine Beachtung. Stattdessen kommt sie auf Isadora zu. Sie schreit auf vor Angst, greift nach der Klinke, drückt sie hinunter. Die Tür ist verschlossen. Isadoras Beine geben nach. Sie sinkt zu Boden.

Isadora schaut in das Gesicht der Mona Lisa.

»Es tut mir leid. Mein Gott, es tut mir leid, dass sie dich holen kommt, diese Teufelin.«

Die Tür schwingt auf einmal auf. Ein Arm zieht sie hoch, schiebt sie unsanft über die Schwelle.

Ein Knall zerfetzt die Stille. Jemand schreit. Isadora hört ein fauchendes Geräusch, spürt Hitze in ihrem Gesicht. Die Tür wird hinter ihr zugezogen. Dumpfe Schreie sind zu hören, gefolgt von weiteren Schüssen. Jemand zieht sie mit sich. Sie rennen durch leere Fluchten. Sie weiß kaum, wo oben und unten ist. Das Opium scheint sie auf einmal wieder mit voller Wucht zu treffen.

Sie will schlafen. Doch möchte sie das wirklich? Ihre Träume werden von blutroten Teufeln bevölkert sein, von mordlüsternen Hohepriesterinnen, schreienden Jocondes.

Wo ist das Bild?

Isadora hat es nicht mehr bei sich. Sie muss es verloren haben. Tränen schießen ihr in die Augen.

»Schon gut«, sagt eine Stimme.

Isadora blickt auf. Sie blickt in das Gesicht der Kreatur, schreit auf. Eine Hand legt sich auf ihren Mund.

»Schhh. Ganz ruhig.«

Isadora realisiert, dass sie sich offenbar in einem Hotelzimmer befindet. Wie ist sie hierhergekommen? Sie sitzt auf dem Bett. Sie spürt, wie eine Hand sie in die Kissen drückt.

52

Schreiend wälzt sich der halb nackte Glatzkopf über den Boden. Flammen züngeln seine Robe entlang. Zwei Polizisten werfen eine Decke über den Mann, ersticken das Feuer und für einen Moment auch die Schreie.

Juhel schaut sich staunend um. Der Raum ist unmöbliert, abgesehen von zwei Klappstühlen und einem großen Tisch – nein, kein Tisch, ein Altar. Dahinter hängt eine Stoffbahn, auf die ägyptisch anmutende Symbole gemalt sind. Auf dem Altar stehen ein goldener Kelch und schwarze Kerzen.

Ein paar Meter weiter knien zwei seiner Kollegen neben einem schmalen Jüngling, der regungslos auf dem Boden liegt. Der Mann röchelt leise, Blut sprudelt aus einer Wunde an seinem Hals. Der Verletzte trägt nichts außer einer Seidenrobe, neben ihm liegt ein riesiger Dolch auf dem Boden.

»Wo sind die anderen?«, brüllt einer der Polizisten den Jüngling an. Doch der ist kaum bei Bewusstsein. Juhel ist sich auch nicht sicher, ob er je wieder zu sich kommen wird. Die Halswunde sieht garstig aus, glatter Durchschuss.

Er geht zu Carriveau, der bei dem immer noch ein wenig schwelenden Glatzkopf steht. Arme und Beine des Manns weisen Brandverletzungen auf. Dem Geruch nach zu urteilen, hat ihn irgendwer mit Petroleum übergossen.

»Wo sind sie?«, herrscht Carriveau den Mann an. »Wo ist Jelena Zhernakowa?«

Der Glatzkopf lacht. Seine Augen flackern fiebrig. »Wer?«, bringt er hervor.

»Die Russin mit den kurzen Haaren. Wo ist sie?«, setzt Carriveau nach.

Der Mann antwortet nicht. Sein Blick heftet sich an den Kamin. Doch dort gibt es nichts zu sehen. Der Glatzkopf scheint allerdings etwas anderes erwartet zu haben. Gehetzt blickt er sich im Raum um, so als suche er etwas. Er stöhnt laut auf.

»Reden Sie schon, Mann. Wo ist sie hin? Durchs Fenster etwa?«

»*Nolabab tah eis nemmonegtim!*«

Juhel und Carriveau blicken einander an.

»*Vi govorite po-russki?*«, fragt Carriveau.

»Ich glaube nicht«, sagt Juhel, »dass das Russisch ist.«

Der Glatzkopf kichert.

»Yal-Alanuth hat sie mitgenommen«, flüstert er.

»Sie meinen Jelena?«, sagt Juhel.

»Nein. Leonardos Beschwörungsfetisch! La Mona Rossa, la Mona Occulta, die Hure Babalon. *Seth Typhon Ananatasan Sazaz!*«

Juhel schüttelt fassungslos den Kopf.

»Der Kerl ist komplett verrückt.«

»In der Tat«, erwidert Carriveau. Zu einem seiner Männer gewandt, sagt er: »Verhaften. Vielleicht kriegen wir später noch was aus ihm raus. Und dann nehmt ihr das Hotel auseinander. Schaut in jedes Zimmer. Vielleicht«, er wirft Juhel einen schiefen Blick zu, »versteckt sich ja irgendwo zumindest ein Anarchist unterm Bett.«

53

Pablo rennt den Gang entlang. Noch immer trägt er die rote Pagenuniform. Die Maske hat er bei Duncan zurückgelassen. Eine Menge Fragen gehen ihm durch den Kopf, aber keine davon ist derzeit wichtig, außer einer: Wie kommt er hier raus?

Er könnte hinunter ins Erdgeschoss und auf seine Pagenuniform vertrauen. Vermutlich ist das keine gute Idee. Auf den ersten Blick mag sein Aufzug jemanden foppen, auf den zweiten eher nicht. Besser wäre, er fände einen Ausgang.

Müsste es nicht irgendwo Feuerleitern geben? Er meint, eine gesehen zu haben, auf der Rückseite des Gebäudes. Er eilt den Gang entlang. Aus dem Treppenhaus dringen die Rufe mehrerer Männer herauf. Das Hotel wimmelt inzwischen anscheinend von Polizisten. Sie werden alles auf den Kopf stellen, auch jene ehemaligen Suiten, durch die Duncan und er geflohen sind.

Sie werden das Bild finden, früher oder später. Pablo blieb kaum Zeit, es zu verstecken. Er hat es einfach im Vorbeilaufen in einen leeren Schrank gesteckt. Warum er das getan hat? Pablo ist sich nicht ganz sicher. Vielleicht wollte er Duncan ersparen, der Polizei zu erklären, warum sie eine exzellente Kopie des berühmtesten Bildes der Welt bei sich trägt. Derlei ist zwar nicht strafbar, aber wenn es um die Mona Lisa geht, pflegen Polizei und Presse durchzudrehen. Niemand weiß das besser als er.

Pablo läuft am Treppenhaus vorbei, den Generalschlüssel in der Hand. Er wird in eines der rückwärtig gelegenen Zimmer gehen. Vielleicht kann er dort durch ein Fenster steigen und kommt so zu der Feuerleiter.

Dass es sich bei dem Bild um eine wirklich hervorragende Kopie handelt, hat Pablo sofort gesehen. Er weiß genau, wie Ölgemälde der Renaissance gemalt wurden – nicht nur theoretisch, sondern praktisch und im Detail. Mehrfach hat Pablo den »Traktat über die Malerei« gelesen, einen Leitfaden, den Leonardo für die Angestellten seiner Malwerkstatt erstellt hat. Und natürlich hat er oft vor dem Original gestanden, als es noch im Louvre hing.

Die Farben, die Linienführung, das Sfumato – sehr stimmig. Auch die Größe kam hin. Aber das war es nicht, was ihn erstaunte.

Wie jeder Maler hat auch Pablo sich schon mit der Frage beschäftigt, was eigentlich eine gute Fälschung ausmacht. Die Antwort: Jedes Gemälde besitzt in Wahrheit nicht einen, sondern zwei Erschaffer – den Künstler und die Zeit. Letztere malt stets mit. Genauer gesagt hört sie niemals auf, an dem eigentlich fertigen Bild herumzupfuschen. Sie lässt die Farben verblassen. Sie sorgt dafür, dass die Textur der aufgetragenen Öltöne sich ändert. Sie verbiegt das Holz oder lässt die Leinwand spröde werden.

Ein Fälscher muss folglich nicht nur einen Maler nachahmen – was ja schwer genug wäre –, sondern zwei. Beachtlich findet Pablo, wie exakt in diesem Fall der Zeitfaktor einbezogen wurde. Das Holz wirkte alt. Die Haut der Florentinerin wies jene fahle Blässe auf, die einen annehmen lassen könnte, da Vinci habe Lisa del Giocondo bei Mondenschein porträtiert, die aber tatsächlich der Alterung der Farben zuzuschreiben ist. Und der Firnis war von unzähligen feinen Rissen durchzogen.

Dies war keine jener tausendfach hingeschluderten Kopien, die man neuerdings in sämtlichen Souvenirläden findet. Hier hat sich jemand Mühe gemacht. Was die Frage aufwirft, warum eine derart aufwendige Kopie bei solch einem albernen Mummenschanz verwendet wird.

»Hey, du da! Bleib stehen!«

Pablo zuckt zusammen, dreht sich um. Einige Meter hinter ihm steht ein Mann in einem Ledermantel. Er hält eine Schrotflinte in den Händen. Pablo hebt langsam die Hände. Der Polizist schüttelt den Kopf, kommt auf ihn zu.

»Du hast einen Schlüssel? Einen Generalschlüssel, meine ich.«

Pablo nickt stumm.

»Sehr gut. Mitkommen.«

Der Polizist bedeutet ihm, die Treppe zum dritten Stock hinaufzusteigen. Da kommt Pablo gerade her, aber was soll er machen? Oben späht er ängstlich um die Ecke. Wenn Kommissar Tiberius hier ist, dann ...

»Rechts lang«, raunzt der Polizist. Er deutet auf eine Tür in einigen Metern Entfernung.

»Aufsperren.«

Pablo weiß, wohin die Tür führt. Dahinter liegt jene Zimmerflucht, durch die sie vorhin gerannt sind. Er schließt auf. Aus dem Gang hört er Männerstimmen. Rasch tritt er ein. Der Polizist folgt ihm, schaut sich um.

»Was ist das hier?«, fragt er.

»Eine Suite, Inspektor.«

»Hm. Nicht mehr in Gebrauch, hm?«

Pablo schüttelt stumm den Kopf.

»Du musst keine Angst vor mir haben. Ich will nur, dass du einmal durch alle Zimmer gehst und die ganzen Türen aufschließt.«

»Wird gemacht. Was ...«, Pablo zeigt in Richtung Flur, »... ist eigentlich los?«

»Eine Bande von Opium-Essern, so wie's aussieht. Wenn du alles aufgeschlossen hast, gehst du runter zur Rezeption und meldest dich bei Inspektor Falgout. Wir brauchen deine Personalien und Aussage, klar?«

»Verstanden, Inspektor.«

Der Polizist tritt hinaus auf den Flur. Pablo geht zu der Zwischentür, die zur nächsten Suite führt. Er eilt durch das nächste Zimmer, dann durch das übernächste, das wohl einmal eine Art Bibliothek war. Eine der Wände schmückt ein prächtiger Kamin. Pablo schaut in den Feuerraum. Der Abzug hat einen Durchmesser von bestimmt sechzig Zentimetern. Ein schmaler Kerl wie er sollte hindurchpassen. Im Kamin erkennt er gemauerte Fußtritte.

Pablo will bereits hineinklettern, als sein Blick auf den Schrank neben der nächsten Tür fällt. In ihm hat er das Bild deponiert. Pablo geht auf den Schrank zu.

Er hört Schritte auf dem Flur. Ihm bleibt nicht viel Zeit, aber er muss wenigstens noch einen Blick auf das Bild werfen, einen einzigen konzentrierten Blick. Ansonsten wird er nie wieder ruhig schlafen können.

Er öffnet die Schranktür und schaut in das Gesicht der Joconde.

»Du bist es nicht. Unmöglich.«

Die Mona Lisa wirft ihm einen beleidigten Blick zu – wie eine Schauspielerin, der man sagt, dass sie einer berühmten Diva wirklich sehr ähnlich sähe. Als Pablo einen Schritt zur Seite macht, folgen ihm die Augen der Joconde. Das ist das Ergebnis eines alten Kniffs: Man zeichnet den Canthus lateralis, den äußeren Rand der Augen, bewusst verschwommen. Dadurch scheint es, als folge einem der Blick.

Von wegen exzellente Kopie. Pablo wird klar, dass er sich in die Tasche gelogen hat.

Die Schritte nähern sich. Pablo schließt die Schranktür, geht zum Kamin.

»Hier ist ja gar nichts«, sagt jemand.

»Nein, hier waren die wohl auch gar nicht zugange«, erwidert jemand anders.

Er steigt in den Kamin, setzt einen Fuß auf den ersten Tritt.

»Ich hab trotzdem einen der Angestellten alles aufschließen lassen. Aber du hast recht. Hier war seit Wochen kein Schwein, wahrscheinlich noch länger.«

»Wir sollten uns lieber die Zimmer im ersten und zweiten vornehmen. Wenn irgendwo was ist, dann dort.«

»Vermutlich.«

Pablo ist den Kamin inzwischen weit genug hinaufgeklettert, dass man seine Füße von unten nicht mehr sehen kann. Er hört, wie sich einer der Männer an der nächsten Tür zu schaffen macht.

»Verdammt. Ich hab dem Kerl doch gesagt, er soll alle aufsperren.«

»Vielleicht kommt man vom Flur rein. Oder ist der Typ vom Hotel noch irgendwo?«

»Ich hab ihn runtergeschickt. Aber vielleicht ist es eh besser, wir lassen uns von der Rezeption einen eigenen Generalschlüssel geben.«

Pablo wartet, bis die Stimmen sich entfernt haben. Erst dann klettert er weiter hinauf. Nach einiger Zeit kann er den Himmel über sich sehen. Er ist schwarz, aber nicht so schwarz wie das Innere des Kamins und vermutlich auch nicht so schwarz wie der inzwischen rußverschmierte Pablo.

Auf den letzten Metern verengt sich der Schacht. Zweimal bleibt Pablo stecken. Doch seine schlanke Statur und der Regen kommen ihm zu Hilfe. Letzterer macht den rußigen Kamin schlüpfriger.

Und dann liegt er auf dem Dach. Pablo keucht, ist der Ohnmacht nahe. Er hebt seinen Arm, betrachtet ihn. Das karminrote Pagenjackett besteht nur noch aus schwarzbraunen Fetzen. Seine Arme und Beine sind verschrammt. Er setzt sich auf und sucht nach seinen Zigaretten. Die meisten sind hinüber, aber er findet eine, die lediglich ein wenig verbogen ist.

Während Pablo raucht, blickt er hinauf in den Himmel. Man sieht Sterne. Viele sind es allerdings nicht. Pablo muss an den Himmel über Céret denken, wo er mit Eva Urlaub gemacht hat. Auch seine Malerkollegen Georges Braque und Frank Haviland waren da. Bis spät in die Nacht saßen sie draußen. Manchmal zeigten sie einander den Großen Wagen, Orion oder Kassiopeia.

Die Stadt der Lichter hingegen produziert zu viel Dreck, als dass man den Schein ferner Sonnen ausmachen könnte. Pablo zieht an seiner Zigarette und schließt die Augen.

54

Der Inspektor, der sich als Carriveau vorgestellt hat, zündet sich eine weitere Zigarette an. Über den Schreibtisch hinweg mustert er Isadora mit säuerlicher Miene. Carriveaus Gesichtsausdruck soll signalisieren, dass er genug von den Spielchen hat. Isadora muss ein Grinsen unterdrücken. Das darstellerische Talent des Inspektors rangiert unter dem eines zweitklassigen Provinzschauspielers.

Der Beamte meint, er könne ihr mit seiner grimmigen Miene Angst einjagen. Das haben schon viele Männer versucht. Nur wenigen ist es gelungen. Carriveau wird es sicher nicht in diesen exklusiven Zirkel schaffen. Nein, von diesem aufgeblasenen kleinen Mietling hat sie nichts zu befürchten. Schließlich ist Isadora freiwillig hier. Außerdem sitzt Monsieur Yferrat neben ihr, Paris Singers Leibadvokat.

Auch Carriveau hat Verstärkung dabei. Es handelt sich um einen weiteren Beamten, der ihnen als Inspektor Lenoir von der Sûreté Générale vorgestellt worden ist. Isadora fragt sich, ob sie dem Mann schon einmal begegnet ist. Sie verkehrt in anderen Kreisen, dennoch scheint es denkbar. In Paris läuft man einander ja andauernd über den Weg.

Vielleicht liegt es auch daran, dass Lenoirs Gesicht so klassisch geschnitten ist. Der Inspektor könnte für die Statue eines achäischen Generals Modell stehen – für eine Büste zumindest. Der Rest ist nicht mehr ganz so heldenhaft.

»Würden Sie uns«, sagt Carriveau, »bitte noch einmal schildern, wie Sie am einundzwanzigsten August in Zimmer zweihundertfünfunddreißig gelangten?«

»Meine Mandantin hat das schon zu Protokoll gegeben«, sagt Yferrat, ein kleiner Mittfünfziger, dessen Bauch und Nase man die vielen Geschäftsessen ansieht.

»Ich weiß. Aber bitte, nur für uns, Madame. Der Kollege Lenoir war ja das letzte Mal nicht zugegen.«

»Ich habe am fraglichen Tag an Mister Crowleys Séance teilgenommen.«

»Taten Sie das regelmäßig?«

»Regelmäßig nein, aber ab und an. Nach einer Weile fühlte ich mich jedoch unwohl.«

»Welcher Art war Ihr Unwohlsein?«

»Der Qualm aus den Kohlebecken setzte mir zu. Außerdem litt ich zur fraglichen Zeit unter … gewissen weiblichen Beschwerden.«

»Ich verstehe. Standen Sie unter dem Einfluss von Drogen?«

»Ich hatte etwas getrunken, ja. Und ein wenig Opium genommen.«

Der Inspektor verzieht das Gesicht. Duncan hätte das mit dem Rauschgift lieber für sich behalten, aber Yferrat riet ihr, es einzuräumen. Man hat in Crowleys Zimmer eine ganze Apotheke gefunden – Opium, Kokain, Heroin und allerlei andere Mittelchen. Zwar ist Frankreich Unterzeichner der neuen internationalen Opiumkonvention, aber diese wurde noch nicht in nationales Recht umgesetzt. Isadora hat sich folglich nicht strafbar gemacht.

»Man könnte also sagen, dass das alles etwas zu viel war für Ihr feinfühliges Wesen?«

»Inspektor«, schaltet Yferrat sich ein, »Ihr Sarkasmus ist unangemessen.«

»Es ist gar keiner, Monsieur. Ich nehme schlichtweg an, dass eine Künstlerin von Madame Duncans Niveau«, er lächelt, »außerordentlich sensibel ist.«

Isadora weiß, was er eigentlich meint. In der Welt von Männern wie Carriveau sind Frauen hilflose, nervöse Wesen, die eigentlich nur aus Tränen und Hysterie bestehen.

Der Kommissar fährt fort: »Worauf ich hinauswill: Sie verließen also diese Beschwörung oder Séance. Sie zogen sich in Zimmer zweihundertfünfunddreißig zurück. Aber das war doch gar nicht Ihres. Wie kamen Sie dort überhaupt hinein?«

»Ich war, wie ich bereits sagte, zu dem Zeitpunkt nicht ganz bei Sinnen. Soweit ich weiß, hat mich jemand hingebracht – vermutlich Herr Bergman. Ich bin mir aber nicht ganz sicher.«

»Und der hat Ihnen auch aufgesperrt?«, fragt Lenoir.

Isadora zögert. Sie würde einige Details der Geschichte lieber für sich behalten, damit man sie nicht für komplett verrückt hält. Wobei die beiden Polizisten, falls sie ihre Mienen korrekt interpretiert, davon wohl ohnehin schon überzeugt sind.

»Ist die Frage denn wichtig?«, fragt der Advokat.

»Sie ist relevant, ja. Wir versuchen zu rekonstruieren, wer wann wo war. Aber lassen wir das vorerst. Man hat Sie also in dieses Zimmer verbracht. Dort sind Sie eingeschlafen und erst zwei Stunden später wieder aufgewacht. Korrekt?«, fragt Lenoir.

»Das stimmt.«

Isadora vermutet, dass sie noch weitaus länger geschlafen hätte. Aber irgendwann stand ein Polizist neben dem Bett, rüttelte an ihrer Schulter.

»Miss Duncan, ich würde Sie gerne mit etwas konfrontieren, das Aleister Crowley gesagt hat.«

Als Lenoir den Namen des Magus erwähnt, verspürt Isadora eine Mischung aus Abscheu und Mitleid. Eigentlich hatte sie sich vorgenommen, nur noch Ersteres für Aleister zu empfinden. Einst hielt sie ihn für eine verwandte Seele. Sie glaubte, der Engländer verfolge mit seinen Exzessen und Exzentrizitäten letztlich dasselbe Ziel wie sie: der Schönheit des Kosmos in all ihren Manifestationen zum Durchbruch, zum Sieg zu verhelfen. Aber Aleister ist kein Apolloniker. Er ist ein Bote Shivas – ein Zerstörer, ein Nihilist, ein Monster. Er hat Isadoras Ängste und Hoffnungen ausgenutzt. Und sie ist ihm auf den Leim gegangen.

Das ist der schmerzhafteste Teil der Angelegenheit. Die nicht unerheblichen Summen, mit denen Isadora Aleisters Arbeit unterstützt hat, lassen sich verschmerzen. Aber dass sie sich wie eine einfältige Gans benommen hat, dass sie sich zu einer großen Dummheit hat verführen lassen – von einem Mann obendrein –, das tut sehr weh.

Bei dieser Sache hat ihr Jelena gefehlt. Die Kleine hätte diesen englischen Pseudoguru vermutlich weitaus eher durchschaut. Ein wenig Mitleid verspürt sie dennoch. Trotz all seiner Fehler war Aleister ein feinsinniger und gebildeter Mann. Er konnte die »Ilias« im Original zitieren. Und er besaß jenen eisernen Willen, den man benötigt, um der Welt seinen Stempel aufzudrücken, egal was diese davon hält.

Nun ist er nur noch ein sabberndes Wrack. Nachdem die Polizei Aleister mehrere Tage lang vergeblich verhört hatte, brachte man ihn in eine Nervenheilanstalt. Ob er sich je erholen wird, ist unklar. Offiziell geht man offenbar davon aus, dass ihm die Drogen zugesetzt haben und vielleicht auch der Tod seines Liebhabers.

Isadora hingegen weiß, was Aleister wirklich in den Wahnsinn getrieben hat. Es war das Lächeln der Roten Frau.

»Was hat er denn gesagt, Inspektor?«, fragt sie.

Lenoir blättert in einer Unterlage, liest: »Leonardos Beschwörungsfetisch. La Mona Rossa, la Mona Occulta, die Hure Babalon ... Außerdem, ah ... *Seth Typhon Ananatasan Sazaz.*«

Er schaut auf, blickt Isadora erwartungsvoll an. Sie blinzelt, setzt ihr Verwirrtes-Mädchen-Gesicht auf.

»Das ... hat er gesagt?«, erwidert sie.

Lenoir nickt.

Yferrat atmet vernehmlich aus, schüttelt den Kopf. Er will gerade anheben, etwas zu sagen – vermutlich will er die Inspektoren rügen, weil sie seine Klientin mit den zusammenhangslosen Äußerungen eines offensichtlich Wahnsinnigen konfrontieren –, aber Isadora kommt ihm zuvor.

»Das mit der Roten Frau ist eschatologisch, glaube ich.«

Carriveau runzelt die Stirn. »Es ist was?«

»Ein religiöses Konzept des Endzeitlichen, eine fixe Idee, wenn Sie es so nennen wollen. Aleister, Mister Crowley, glaubt fest daran«, sagt Isadora.

»Erläutern Sie uns bitte, was gemeint ist«, schaltet sich Lenoir ein.

»Die Rote Frau, auch die Hure Babalon genannt, ist eine mythische Figur aus der Bibel, aus der Offenbarung.«

»Und die verehrte Ihr Freund?«

»Er war nicht mein Freund. Aber ja, er wollte sie herbeirufen.«

»Wie bei einer Séance? Sie meinen, Mister Crowley wollte mit dem Geist dieser ... dieser biblischen Figur sprechen? Verzeihen Sie, Madame, aber das klingt alles sehr weit hergeholt.«

Isadora schüttelt den Kopf.

»Nicht wie bei einer Séance. Ich glaube, er wollte sie tatsächlich herbeirufen, in Fleisch und Blut.«

Carriveau bläht die Backen, bläst Luft aus. Lenoir schaut ebenfalls irritiert drein. Er fragt:

»Und wieso erwähnte er eine Mona? Meinte er die Mona Lisa? Was hat es mit ›Leonardos Beschwörungsfetisch‹ auf sich?«

»Das weiß ich nicht, Monsieur. Ich kann Ihnen nur sagen, dass er einmal erwähnt hat, dass Leonardo da Vinci ebenfalls ein Magier gewesen sei«, sie legt einen Hauch von Spott in ihre Stimme, »so wie Mister Crowley glaubt, einer zu sein.«

»Und was glauben Sie?«, fragt Lenoir.

»Dass es mehr Dinge zwischen Himmel und Erde gibt und so weiter. Aber auch, dass Aleister Crowley ein Scharlatan ist.«

»Auf den Sie hereingefallen sind?«

»Ja. Leider.«

»Würden Sie sagen, dass Mister Crowley ein Anarchist ist?«, fragt Carriveau.

Isadora ist verblüfft. Mit dieser Frage hat sie nicht gerechnet.

»Ein ... Wie kommen Sie denn darauf?«, sagt sie

»Wenn ich richtig informiert bin, lautet Crowleys Leitspruch ›Tu, was du willst‹ – und das ist ja auch der Leitspruch des Anarchismus.«

»Ich denke, da liegen Sie falsch. Das war sein Leitspruch, ja. Aber er hat ihn aus okkulten Schriften abgeleitet, nicht aus Bakunin.«

»Also besaß er keine Verbindungen in die anarchistische Szene?«, fragt Carriveau.

»Nicht dass ich wüsste.«

Der Inspektor lächelt triumphierend.

»Anders als Sie, nicht wahr, Madame?«

Isadora wusste, dass dieser Moment kommt. Sie hat versucht, sich auf ihn vorzubereiten. Yferrat hat ihr dazu diverse Ratschläge erteilt, die allesamt vernünftig klangen. Dennoch fühlt Isadora sich auf einmal sehr orientierungslos.

»Jelena?«, sagt sie.

»Sie geben es also zu?«, fragt Carriveau.

»Dass ich Jelena kannte? Ja, natürlich.«

»In welchem Verhältnis standen Sie zueinander?«, fragt Lenoir.

In diesem Moment wird Isadora klar, woher sie Lenoirs griechische Visage kennt. Sie erinnert sich an eine Begebenheit in Poirets Geschäft an den Champs-Élysées, an einen Herrn, der einen Schal kaufte. War das Zufall? Auch ein Kommissar kann einen schönen Schal für seine Mätresse kaufen.

»Sie war eine Weile meine Liebhaberin.«

»In welchem Zeitraum etwa?«, fragt Lenoir.

»Seit dem Spätsommer letzten Jahres bis diesen April.«

»Sie wussten von Jelena Zhernakowas anarchistischen Umtrieben?«

»Umtrieben? Ich wusste, dass sie mit diesen Leuten politisch sympathisierte.«

»Sympathisierte? Sonst nichts?«

Isadora zuckt mit den Schultern.

»Ich weiß, dass Jelena für ›l'anarchie‹ geschrieben hat, unter einem Pseudonym. Dass sie folglich Kontakt zu diesen Leuten hatte. Sie besuchte manchmal diese, wie heißen die? Diese Versammlungen.«

»Sie meinen die *causeries populaires*?«

»Ja, richtig. Aber das meinen Sie nicht, oder?«

»Nein, Madame. Wir reden vom Illegalismus. Von Zhernakowas Mitgliedschaft in der Bonnot-Bande.«

»Sie war daran beteiligt?«

»Sie wirken weniger überrascht, als Sie es sein sollten, Madame.«

»Das sind Unterstellungen«, schaltet sich Yferrat ein, »meine Mandantin wusste nichts von Zhernakowas illegalen Aktivitäten.«

»Wenn dem so wäre«, sagt Lenoir, »sollten Sie dann nicht etwas überraschter sein? Schockierter?«

»Ich bin schockiert, Inspektor. Aber gewusst habe ich es nicht. Ich habe lediglich geahnt, dass meine Freundin Geheimnisse vor mir hatte. Sie entzog sich mir immer mehr. Das ist auch der Grund dafür, dass wir uns trennten.«

»Und Sie hatten keine Vorstellung, was für Geheimnisse das sein könnten? Ich meine, Sie sind eine gebildete Frau. Sie lesen Zeitung.«

»Natürlich. Aber diese entsetzliche Brutalität – die passte überhaupt nicht zu ihr. Ich hatte eher angenommen, dass sie … Eine meiner Vermutungen war, dass Jelena als Kurtisane arbeitet.«

Lenoir lächelt.

»Sie hat die Grandhotels von Paris frequentiert, das stimmt«, sagt er. »Aber nicht, um irgendwen zu verführen, sondern um Schmuck zu stehlen. Und auch davon wussten Sie nichts, Madame?«

Nun ist Isadora tatsächlich erstaunt. Auch wenn sie es anders dargestellt hat, hätte sie Jelena einen anarchistischen Anschlag noch eher zugetraut als gemeinen Diebstahl.

»Nein. Nein, das wusste ich nicht.«

»Und wann haben Sie sie zuletzt gesehen?«

»Das war Ende April. Seitdem habe ich nichts von ihr gehört.«

Lenoir verzieht das Gesicht. Etwas an ihrer Aussage scheint ihm ganz und gar nicht zu munden.

»Wo, glauben Sie, ist Ihre Freundin jetzt?«, fragt Carriveau.

»Ich weiß es nicht, Monsieur.«

»Aber Ihre wohlüberlegte Meinung?«

»Monsieur?«

»Sie versuchen, Madame Duncan zu Mutmaßungen zu verleiten«, sagt Yferrat.

Carriveau seufzt leise.

»Madame, Monsieur. Die verschwundene Jelena Zhernakowa – ihr richtiger Name lautet übrigens Rabinowitsch, aber das nur nebenbei – ist dringend tatverdächtig, an mehreren Überfällen der Bonnot-Bande beteiligt gewesen zu sein. Und so wie es aussieht, hatte niemand so ausgiebig Kontakt zu ihr wie Sie, Madame Duncan. Deswegen ist es ja wohl nicht zu viel verlangt, Sie um Ihre Einschätzung zu bitten – wie würde man im Englischen sagen? Um eine *educated guess*. Wir nehmen hiermit zu Protokoll, dass Sie nicht wissen, wo Zhernakowa sich aufhält«, Carriveau macht sich eine Notiz und klappt ostentativ sein Notizbuch zu, »aber was meinen Sie denn, wo sie sein könnte?«

»Nicht mehr in Paris, würde ich denken. Zurück nach Russland ist sie ganz sicher nicht. Sie sprach oft von ihrer Bewunderung für Amerika.«

Carriveau schaut Isadora zweifelnd an.

»Jelenas Interesse an Amerika war nicht … es war nicht vorrangig politisch. Aber sie schien beeindruckt von der Weite des Landes, vom Konzept des amerikanischen Individualismus – Thoreau, Whitman, Emerson.«

Sie vermutet, dass die Namen Carriveau wenig sagen, aber er nickt. Isadora hofft inständig, dass die Fragerei bald ein Ende hat. Bisher ist es ihr gelungen, sich mit kleineren Un- oder Halbwahrheiten durch das Gespräch zu lavieren. Doch nun lügt sie wie gedruckt.

Jelena hat nie erwähnt, dass sie nach Amerika wolle. Vielmehr hielt sie Isadoras Heimat für eine unheilbar kranke Nation, in ihrem kapitalistischen Zelotentum schlimmer noch als England oder Frankreich. Wenn sie mit Bewunderung von einem anderen Land sprach, war es Deutschland. Da Isadora eine Weile in Grunewald gelebt hat, stellte Jelena ihr andauernd Fragen zu Berlin: Wo trifft man sich? Welches sind die besten Cafés? Welche Bibliothek ist die beste?

»Nun gut. Das war es fürs Erste. Ich danke Ihnen, Madame«, sagt Carriveau.

Yferrat erhebt sich, Isadora ebenfalls. Der Anwalt hilft ihr in den Mantel.

Als sie zur Tür gehen, sagt Lenoir: »Ach, eines noch: Haben Sie das hier schon mal gesehen?«

Lenoir zieht etwas unter dem Tisch hervor. Es ist die rote Dämonenmaske mit den struppigen Haaren. Isadora weicht zurück.

»Die ... die gehörte Aleister.«

»Sind Sie ganz sicher?«

»Er hat sie bei der Séance verwendet, ja.«

»Sie meinen, er trug sie? Vor dem Gesicht?«

»Er oder jemand anders.«

»Jemand anders? Wen meinen Sie?«

»Nun, Aaron Bergman.«

Carriveau legt Lenoir eine Hand auf den Arm. Der nickt, lässt die Maske sinken.

»Gut. Dann einen schönen Tag noch, Madame«, sagt Lenoir.

Isadora setzt ein falsches Lächeln auf und macht, dass sie fortkommt.

55

Pablo hat ein wenig geschlafen. Als er die Augen aufschlägt, ist er sich einen Moment lang unsicher, ob er nicht doch noch träumt. Im Sessel neben seinem Bett sitzt Henri Matisse. Durch die runden Gläser seiner Brille lächelt er Pablo freundlich an.

»Du bist wach. Wie geht es dir?«

Es geht ihm immer noch ziemlich miserabel. Tagelang hatte Pablo Temperatur, konnte kaum etwas essen. Inzwischen ist das Fieber verschwunden, doch fühlt er sich unglaublich ausgelaugt. Seine erste Vermutung war, er habe sich auf dem Dach des »Birmingham« eine Lungenentzündung zugezogen. Aber auch wenn es dort oben nass und frisch war – es ist Spätsommer, nicht Januar.

Als Nächstes glaubte er an eine Magengeschichte. Pablo besitzt eine heikle Verdauung. Die Liste der Speisen, die er aus gesundheitlichen Gründen meidet, war schon immer lang. Vielleicht hat er etwas Verdorbenes gegessen.

»Es geht mir schon besser, danke.«

Pablo setzt sich auf, greift nach dem Wasserglas auf dem Nachttisch.

Er hat nichts Falsches gegessen. Eine Infektion hat er sich ebenfalls nicht zugezogen. Das sind alles Ausreden. In Wahrheit weiß Pablo ganz genau, was ihn niedergeworfen hat.

»Was sagt der Arzt?«

»Noch ein paar Tage Ruhe. Danach viel frische Luft.«

»Wenn es dir besser geht, dann komm doch nach Issy. Wir könnten zusammen reiten gehen.«

Henri besitzt ein Haus in Issy-les-Moulineaux, etwas außerhalb der Stadt. Pablo freut sich über die Einladung, gleichzeitig ist er überrascht. Ihre letzte Begegnung endete im Streit, wieder einmal. Pablo hatte seinen Kollegen wegen dessen Bild »Kapuzinerkresse mit Tänzern« verspottet. Ob Henri denn je ein Bild ohne Blumentopf zustande bringen werde? Der Kritisierte konterte mit der Frage, wie viele verschiedene Braun- und Grautöne man eigentlich mischen könne. Am Ende schrien sie einander an wie die Seine-Waschweiber.

So geht es leider meistens. Es liegt daran, dass sie so verschieden sind. Es liegt daran, dass sie einander so ähnlich sind. Daran, dass sie beide Cézanne verehren, aber völlig unterschiedliche Schlüsse aus dessen Werk ziehen. Pablo wird Henris künstlerischen Anarchismus niemals verstehen. Der Mann ist ein Bonnot unter den Malern, er setzt Farben ein wie Dynamitstangen. Ihm fehlt die klare Linie.

Dennoch freut er sich, Henri zu sehen. Trotz all der Streitereien und Rivalitäten – oder vielleicht gerade deswegen – sind sie Brüder.

»Ich danke dir, dass du gekommen bist.«

»Oh, das ist doch selbstverständlich. Aber sag, umsorgt Eva dich auch ordentlich?«

»Das tut sie. Und Guillaume kommt jeden Tag, liest mir die Leviten.«

»Inwiefern?«

»Er hat ein Buch über den Kubismus verfasst. Da ich ans Bett gefesselt war, gab es kein Entrinnen. Aber jetzt ...«

Pablo schwingt die Beine aus dem Bett, greift nach seinem Bademantel.

»Darfst du schon aufstehen?«

Pablo macht eine abwehrende Handbewegung. Er schlüpft in den Mantel und bedeutet Henri, ihm zu folgen.

Kurz darauf sitzen sie im Wohnzimmer und trinken Ceylontee. Dazu essen sie Ingwerkekse und unterhalten sich über den letzten Salon des Indépendants, über das Wetter, über ihre Ferienpläne.

Nach einer Weile sagt Pablo:

»Ist es wahr, dass du mal den ›Baldassare Castiglione‹ kopiert hast?«

Henri nickt, schmunzelt.

»Ich habe vieles kopiert. Bevor ich beschloss, mit der Juristerei aufzuhören, saß ich ganze Sonntage im Louvre und malte die

Meister ab – Tizian, Tintoretto, Delacroix. Und ja, auch Raffaels ›Castiglione‹. Du nicht?«

»Doch, natürlich. Vor allem Velázquez, Ribera, Maíno. Papá hat mich jahrelang damit getriezt.«

»Und wieso interessiert er dich, der ›Castiglione‹?«

»Ich habe ihn neulich gesehen, im Salon Carré. Er hängt jetzt am Platz der Joconde.«

Henri nimmt einen Schluck Tee, schaut Pablo über den Rand der Tasse hinweg fragend an.

»Ich habe mich gefragt, was eine Kopie eigentlich von einem Original unterscheidet.«

Henri runzelt die Stirn.

»Na, alles. Zunächst einmal – Können, Technik.«

»Und wenn der Kopist sehr gut ist? Du könntest malen wie Ingres oder Raffael. Und ich auch.«

»Das Fieber scheint dein Selbstbewusstsein nicht angefressen zu haben«, erwidert Henri.

Sein Kollege mag den Kopf schütteln, doch er weiß, dass Pablo die Wahrheit spricht. Sie könnten malen wie die Meister, besser vielleicht. Sie tun es nur nicht. Und es gibt in Paris sicherlich einige Dutzend Maler, die es vielleicht nicht genauso gut können wie sie, die aber dennoch einen passablen »Castiglione« hinbekämen.

»Nun, dann ... Intention? Intention unterscheidet den Erschaffer vom Kopisten«, schlägt Henri vor.

»Setzt einen einzelnen Maler voraus. Eine Werkstatt kann keine Intention haben. Werkstattmalerei folglich auch nicht.«

»Das ist nicht richtig, Pablo. Auch einem gemeinschaftlichen Werk liegt eine Intention zugrunde. Denk an Ballett, an Theater. Und auch in der Werkstattmalerei gibt es doch immer einen anleitenden Geist, einen Rembrandt oder Dürer. Letztlich fragst du aber nach dem Schiff des Theseus, nicht wahr?«

Pablo hat schon einmal davon gehört. Es geht um das Schiff eines griechischen Helden. Um es vor dem Verfall zu bewahren, tauschte man über die Jahre alle Planken, Taue und Segel aus, bis vom Original nichts mehr übrig war. Er ist sich allerdings nicht sicher, was das mit Kunstfälscherei zu tun haben soll.

»Was genau meinst du, Henri?«

»Übertrage es auf die Malerei. Stell dir vor, die Decke der Sixtinischen Kapelle wird so oft ausgebessert, dass am Ende kein einziges von Michelangelo aufgetragenes Pigment mehr übrig ist. Ist es trotzdem noch sein Bild?«

»Sag es mir.«

»Natürlich. Seine Intention, seine Idee, seine Komposition. Alles ist ja noch vorhanden.«

»Dann wäre das eigentliche Bild also unwichtig?«

»Inwiefern?«, fragt Henri.

»Wenn es nicht auf die Farben, die Materialien ankommt, dann wäre nur die Legende wichtig, die durch das Bild geschaffen wird; nicht, ob das Bild selbst weiter existiert.«

»So könnte man vielleicht sagen. Aber warum interessiert dich das? Willst du unter die Kunstfälscher gehen? Kopien deiner ›Violinenspielerin‹ verkaufen?«

Pablo schüttelt den Kopf. Er kann Henri nicht die Wahrheit sagen. Er kann sie ja nicht einmal Guillaume oder Eva offenbaren.

»Als ich den ›Castiglione‹ sah, musste ich an die Joconde denken.«

»Tja, die ist inzwischen tatsächlich eine Legende, wo auch immer sie ist. Ich habe dazu übrigens eine interessante Theorie gehört.«

»Und zwar?«

»Sie besagt, dass die Diebe das Bild zwar stahlen, aber es eigentlich gar nicht wollten. Ich weiß, das klingt widersinnig. Aber diese Hypothese, ich habe sie von einem Kunsthändler, die geht folgendermaßen: Man hat hervorragende Kopien anfertigen lassen, sagen wir drei Stück. Und diese amerikanischen Millionären angeboten. Die glaubten zunächst natürlich nicht, dass die echte Mona Lisa zum Verkauf steht – bis, ja, bis das Bild aus dem Louvre verschwand.«

»Und dann haben sie die Kopien gekauft.«

»Genau. Die Diebe haben das Bild dreimal veräußert. Das Original darf folglich nie wieder auftauchen. Und jeder dieser drei Amerikaner glaubt jetzt, dass er die echte Joconde im Keller hängen hat. Er glaubt es sogar sehr fest. Denn wenn sie nicht echt ist, wäre er ja ein Idiot.«

»Die Geschichte geht in Richtung dessen, worüber ich nachgedacht habe.«

»Inwiefern, Pablo?«

»Ich habe mich gefragt, ob es jemand aufgefallen wäre, wenn der Louvre den Diebstahl nicht gemeldet und einfach eine gute Kopie aufgehängt hätte.«

»Die Besucher vermutlich nicht. Aber Kuratoren und Kunsthistoriker kannst du auf diese Weise nicht täuschen, Pablo. Selbst wenn man alle Mitarbeiter zum Schweigen verpflichtet hätte – früher oder später kommt irgendein Professor daher und bestreitet die Echtheit.«

»Richtig. Wenn der Sache nicht alle Glauben schenken, wenn es Zweifler gibt, funktioniert es nicht. Aber es ist ja noch vertrackter.«

»Findest du, Pablo? Im Fall der Joconde scheint mir die Sache relativ einfach. Das Bild wurde hundertfach fotografiert. Man kann den Firnis jeder Kopie mit diesen Fotografien vergleichen. Es ist, als habe man die Mona Lisa bertilloniert.«

»Und wenn ich dir sagen würde, dass es noch eine weitere Joconde gibt?«

Henri runzelt die Stirn.

»Ich verstehe nicht ganz. Wo soll die auf einmal herkommen?«

»Hast du schon mal von der Mona Lisa del Prado gehört?«

»Ehrlich gesagt, nein.«

»Sie hängt im Prado, ich habe sie mir bei einem meiner Besuche genau angeschaut. Die meisten halten sie für eine Kopie, wenn auch für eine sehr alte.«

»Es gibt haufenweise Kopien aus dem sechzehnten oder siebzehnten Jahrhundert. Schon damals wurde das Bild bewundert.«

»Das stimmt, Henri. Aber diese Kopie stammt aus dem fünfzehnten. Die Ausführung ist makellos, als hätte Leonardo sie gemacht. Einer der Prado-Kuratoren behauptete, sie stamme aus seiner eigenen Werkstatt.«

»Und glaubst du das?«

»Ich weiß es.«

»Ein bisschen viel Selbstsicherheit, sogar für dich, Pablo.«

»Nein. Ich weiß es.«

Henri verzieht das Gesicht. Aber er widerspricht nicht. Pablo kann nicht nur malen wie Raffael oder Leonardo. Er kann auch sehen, ob jemand anders es kann. Henri weiß das.

»Man kann nicht sagen, wer sie gemalt hat«, fährt Pablo fort, »einer seiner Schüler, möglicherweise. Vielleicht Salaj, Melzi oder gar Fernando Yáñez de la Almedina.«

»Eine spanische Mona Lisa? Das würde dir so passen.«

»Besonders interessant sind die *pentimenti*. Man sieht, dass viele Änderungen gemacht wurden. Einige Stellen wurden komplett überarbeitet. Vielleicht sogar von Leonardo selbst?«

»Worauf willst du hinaus?«

»Es ist dieses griechische Schiff, aber umgekehrt. Wie viele Änderungen an einem Bild eines seiner Schüler muss Leonardo da Vinci machen, damit es sein eigenes Bild wird? Das Gemälde im Prado kennen nicht viele. Es gilt als irgendeine Kopie. Aber ist es eine? Und was ist mit anderen guten Kopien aus dieser Zeit? Können wir wissen, welche Joconde die definitive war?«

»Natürlich.«

»Wieso?«

»Es muss logischerweise die sein, die da Vinci seinerzeit mit nach Frankreich genommen hat, an den Hof von François I. Oder glaubst du etwa, er hätte eine zweitklassige eingepackt?«

»Wieso denn nicht? Vielleicht brauchte er Geld für die Reise. Er hat die gute Lisa in Florenz meistbietend verkauft. Und die mit dem schiefen Lächeln hat er mitgenommen, weil ihr Franzosen den Unterschied eh nicht bemerkt.«

Die Standuhr im Flur schlägt fünf. Matisse klopft sich auf die Schenkel, erhebt sich.

»Dass du deinen beißenden Sarkasmus nicht verloren hast, macht Hoffnung, Pablo. Ich denke, du wirst bald wieder auf den Beinen sein. Und nun muss ich los.«

Pablo erhebt sich ebenfalls, begleitet seinen Kollegen zur Tür. Der Weg dorthin kostet ihn Kraft, aber nicht ganz so viel wie am Tag zuvor. Eva gesellt sich aus der Küche zu ihnen, bedankt sich bei Henri für den Besuch. Auf der Schwelle stehend, nickt der Maler Pablo zu.

»Gute Besserung. Und grüble nicht so viel über gute oder schlechte Kopien. Weitere Originale von Picasso, das ist es, was die Welt braucht.«

»Ich gebe mir Mühe«, sagt Pablo.

Als die Tür ins Schloss fällt, legt Eva einen Arm um Pablo, will ihn zurück ins Schlafzimmer geleiten. Er protestiert. Er weiß nicht, warum, aber er fühlt sich auf einmal viel besser. Zwar hat das Gespräch mit Henri keine Lösung gebracht, keine bahnbrechenden neuen Erkenntnisse. Dennoch hat es gutgetan.

Er setzt sich wieder ins Wohnzimmer.

»Brauchst du noch etwas? Einen weiteren Tee?«, fragt Eva.

»Nein, Liebste, vielen Dank. Obwohl, die Post vielleicht. Die habe ich noch nicht gelesen.«

Eva kommt mit der Post. Sie küsst Pablo auf die Stirn und überlässt ihn dann seiner Korrespondenz. Er hat zwei Postkarten. Eine ist von Georges Braque. Er wünscht gute Besserung. Die zweite stammt von Guillaume. Auf ihrer Rückseite ist ein mit Schreibmaschine geschriebener Text aufgeklebt:

```
Wenn du mit einem Gedicht lebst, wirst du
allein sterben.
Wenn du mit zwei Gedichten lebst, wirst du
gezwungen sein, eines zu betrügen.
```

Darunter steht in Guillaumes sehr senkrechter, aber gleichzeitig sehr ausufernder Handschrift: »Komme morgen früh um zehn!«

Lächelnd legt Pablo die Karte beiseite und wendet sich dem einzigen Brief zu. Auf das Kuvert wurde in kindlich wirkender Hand »An Herrn Picasso« gekritzelt. Der schmucklose Umschlag besitzt weder Aufdruck noch Absender.

Pablo reißt ihn auf, entnimmt ihm ein einzelnes Blatt. Wie auf Guillaumes Postkarte ist auch hier Text aufgeklebt. Allerdings wurde dieser nicht mit der Schreibmaschine verfasst. Stattdessen hat der Autor Buchstaben aus der Zeitung ausgeschnitten.

Ich muss Sie in einer wichtigen Angelegenheit sprechen. Kommenden Freitagabend, Pont d'Iéna, neun Uhr.
– Leonardo

Pablo entfährt ein Stöhnen. Hört es denn nie auf? Wie viel soll er noch erdulden? Eine Weile sitzt er da, starrt vor sich hin. Dann erhebt er sich, geht ins Schlafzimmer. Er legt sich ins Bett und zieht die Decke über den Kopf.

56

Der nur mit einer Badehose bekleidete Jüngling klettert auf die Brüstung. Einen Moment balanciert er auf den Fußballen, die Arme ausgebreitet. Dann bringt er die Hände über den Kopf, stößt sich ab. Vincenzo verfolgt, wie der Bursche kopfüber in die Fluten eintaucht. Einige Passanten klatschen.

Er fühlt sich an seinen eigenen Sprung erinnert. Bei Vincenzo handelte es sich um den Pont des Arts, nicht den Pont d'Iéna. Sein Sprung war auch nicht so akrobatisch.

Ein schicksalhafter Abend – damals traf er die Statuettendiebe zum ersten Mal.

Der nächste Springer geht in Position. Die Brücke zwischen Eiffelturm und Trocadéro-Palast ist wegen der Weltausstellung vor einigen Jahren verbreitert worden. Vor allem an Sommertagen kommen die Menschen her, um spazieren zu gehen – oder um sich vor der Kulisse des Eiffelturms in den Fluss zu stürzen.

Auch an diesem Abend ist einiges los. Vincenzo hält Ausschau nach Picasso und Apollinaire, versucht, die beiden in der Menschenmenge auszumachen.

Drei Tage hat er in dieser Bibliothek zugebracht und alte Zeitungen gelesen. Die schöne Bibliothekarin ist ihm zwar nicht in die Falle gegangen, wohl aber der Maler und sein fetter Freund. Vincenzo weiß nun alles. Sein Scharfsinn und seine Ausdauer haben die Wahrheit zutage gefördert.

Als die Gioconda aus dem Louvre verschwand, schrieb dieser große Blonde prahlerische Briefe an die Presse. Da Vincenzo den Kerl in Picassos Atelier gesehen hat, ahnt er, warum. Der Baron ist keiner, der ein Geheimnis bewahren kann, das konnte man sehen. Wie vielen Nordeuropäern fehlen ihm Maß und Anstand. Der Belgier ist ein Aufschneider, ein *impostore*. Kaum zu glauben, dass solche Leute existieren. Aber so ist es nun einmal.

Mit seiner Angeberei brachte Géry-Piéret Picasso und Apollinaire gewaltig in die Bredouille. Sie wussten, dass die Polypen auf der Suche nach Komplizen jeden Stein umdrehen würden. Deshalb versuchten sie, die geklauten Statuetten im Fluss zu versenken. Sie hofften, diese würden, anders als die Seine-Springer, nie wieder auftauchen.

Aber den beiden fehlte der Mumm. Nicht jeder ist so mutig, so tatkräftig wie Vincenzo. Die meisten Menschen sind feige. Dieser Apollinaire etwa wirkt auf den ersten Blick groß und kräftig. Er ist jedoch ein butterweicher Intellektueller, der noch nie in seinem Leben irgendwo Hand angelegt hat. Picasso scheint entschlossener, doch auch er traute sich offenbar nicht, die Steinköpfe zu versenken.

Also brachten Picasso und Apollinaire die Statuetten zur Zeitung, die sie jedoch prompt an die Bullen verpfiff. Im Verhör schworen beide hochheilig, sie hätten die Statuetten gekauft, ohne zu wissen, woher sie stammten.

Als Vincenzo Letzteres las, war er verblüfft. Offenbar hatten die beiden sich gut abgesprochen und erzählten dieselbe Geschichte. Das ist ungewöhnlich. Unter Dieben gibt es normalerweise keine Freundschaft. Jeder versucht, den anderen in die Pfanne zu hauen. Doch diese beiden haben einander die Treue gehalten wie kalabrische 'Ndranghetisti.

Gelogen haben sie trotzdem. Picasso war mit Géry, dem sogenannten Baron, ja selbst im Louvre und stahl die Statuetten. Außerdem half er dem Belgier bei seiner Hehlerei, nicht nur damals, sondern auch vor Kurzem wieder. Vincenzo hat versucht, etwas über den mutmaßlichen Käufer der Maske herauszufinden, vergeblich. Aber er hat gesehen, wie der Baron das Hotel betrat, in dem der Verkauf über die Bühne ging. Und er ist dem Belgier gefolgt, als dieser später aus einem Fenster im ersten Stock kletterte und hinab auf die Straße sprang. Er weiß, in welcher Absteige der Kerl wohnte, mit welchem Zug er Richtung Brüssel gefahren ist.

Wenn Vincenzo mit diesen Informationen zur Polizei geht, fliegt alles auf. Picasso wandert ins Gefängnis und Apollinaire gleich mit.

Er schaut sich erneut um. Wo bleiben die beiden? Lassen sie ihn schon wieder hängen? In den vergangenen zwei Wochen war Vincenzo mehrfach versucht, die beiden zu verpfeifen, La Gioconda hin, Mona Lisa her. Sie haben seine Briefe nämlich frech ignoriert. Und so springt man nicht um mit einem Vincenzo Peruggia.

Nach dem ersten Brief an Picasso stand er einen halben Abend umsonst auf der Brücke. In seinem zweiten, an Guillaume Apollinaire gerichteten Schreiben wurde Vincenzo deshalb deutlicher: »Ich weiß, was Ihr zusammen mit dem Baron d'Ormesan getrieben habt«, stand darin.

Als auch das zweite Treffen platzte, frankierte Vincenzo seinen Brief an die Präfektur. Dieser befindet sich nun in der Innentasche seines Jacketts. Wird es auch diesmal nichts, macht er Ernst. Aber zunächst verfasste er einen dritten Brief an Picasso und Apollinaire:

»Ich kenne Euer Geheimnis. Ich weiß, wer die Statuetten stahl. Ich weiß, wer dem Baron bei seiner Hehlerei half. Ich weiß vom Birmingham. Ich weiß alles!«

Statt das Schreiben mit der Post zu schicken, überbrachte er es persönlich. Vincenzo stieg erneut in Picassos Atelier ein und pinnte den Brief mit einer Reißzwecke an eine Leinwand. Das sollte Eindruck gemacht haben.

Er schaut auf die Uhr. Es ist Viertel nach acht. Links des »Trocadéro« verschwindet die Sonne hinter dem Horizont. Die meisten Flaneure streben inzwischen dem Ufer zu, auf der Suche nach Abendessen oder einem Glas Wein.

Und dann sieht er sie. Vom »Trocadéro« aus kommen die beiden die Brücke hinauf. Picassos Gesicht wirkt wie versteinert. Apollinaire redet sanft auf ihn ein, wie auf ein Pferd, das man zu beruhigen versucht.

Vincenzo setzt sich in Bewegung. Sie treffen sich in der Mitte der Brücke.

Vincenzo lüftet den Hut, verneigt sich. »Meine Herren, ich danke Ihnen für Ihr Kommen.«

Picasso erwidert nichts, starrt ihn nur an. Apollinaire tippt sich an den Strohhut, lächelt schief.

»Ihr habt einen Hang zu dramatischen Begegnungen am Fluss, Monsieur«, sagt der Dichter.

Vincenzo ist sich nicht sicher, ob es als Scherz gemeint ist. Sicherheitshalber lacht er höflich. »Haha, sehr gut, Signore. Ich würde gerne etwas mit Euch besprechen.«

»Es geht um die ... Exponate?«, fragt Apollinaire.

Vincenzo hört die Besorgnis in seiner Stimme. Picasso hingegen schweigt noch immer. Vincenzo fällt auf, dass der Maler eine Hand in der Jackentasche hat. Umfasst sie seine Pistole? Es ist möglich. Und es ist einer der Gründe, warum er diesen sehr öffentlichen Ort für ihre Zusammenkunft ausgewählt hat. Es gibt hier zu viele Zeugen, als dass man Handgreiflichkeiten oder gar eine Schießerei riskieren würde.

»Die Exponate, ja. Aber nur am Rande. Es geht um große Kunst.«

Seine Antwort scheint Apollinaire zu verwirren. »Ich verstehe nicht ganz?«

»Ich würde vorschlagen, wir gehen in ein Café und besprechen die Sache dort«, sagt Vincenzo.

Apollinaire ist einverstanden, Picasso legt zumindest kein Veto ein. Einige Minuten später sitzen sie in einem kleinen Café in einer Seitenstraße der Avenue de New York. Bei dem schönen Wetter sind sie die Einzigen, die im Innenbereich sitzen.

Nachdem sie bestellt haben, lehnt sich Apollinaire zurück. Er saugt an seiner Pfeife und macht eine einladende Handbewegung.

Vincenzo überlegt, wo er am besten anfängt. Die frostige Atmosphäre verunsichert ihn ein wenig. Warum sind die beiden so übellaunig? Nur wegen seiner Briefe? Vincenzo setzt sein gewinnendstes Lächeln auf.

»*Cari signori*, danke für Ihr Kommen. Und bitte entschuldigen Sie den etwas rüden Stil meiner Briefe. Es steckt keine böse Absicht dahinter. Vielmehr ist es Verzweiflung, die mich treibt. Dass ich mich an Euch gewandt habe, ist, nun, vielleicht ein

Wink des Schicksals. Als wir uns das erste Mal trafen, als Herr Picasso mich aus dem Fluss zog«, er vollführt eine ehrerbietige Verneigung, »konnte ich nicht anders, als die beiden Statuetten zu bemerken. Wenn ich richtig informiert bin, haben die Euch viele Scherereien verursacht.«

Er vergewissert sich, dass die beiden ihm zuhören. Nicht nur das: Sie hängen geradezu an seinen Lippen. Vincenzo spürt, wie seine Selbstsicherheit zurückkehrt. Er ist dieser Aufgabe gewachsen, mehr als das. Dies wird das Meisterstück des Meisterdiebs Vincenzo Peruggia.

»Insofern teilen wir, *cari signori*, Sie und ich, ein gemeinsames Schicksal. Denn auch ich habe Probleme mit einem Kunstwerk, das auf einem nicht ganz geraden Weg zu mir gefunden hat und mir nun erhebliche Kopfschmerzen bereitet. Und deshalb erbitte ich Eure Hilfe. Verzeiht, dass ich sie auf diesem Weg einforderte. Aber ich musste mir irgendwie Gehör verschaffen.«

»Ihr habt ein Kunstwerk gestohlen?«, fragt Apollinaire. Picasso sagt noch immer nichts, zündet sich aber bereits die dritte Zigarette an.

Vincenzo lächelt wissend. »Sagen wir, ich war an einer Sache beteiligt. So wie Ihr an dem Raub der Statuetten.«

»Keiner von uns hat …«, hebt Apollinaire an.

»Der Baron, ich weiß. Und glaubt mir, wenn es nach mir geht, kann diese Geschichte, Eure Geschichte, so wie sie auch in den Zeitungen stand, diejenige bleiben, die die Welt kennt. Was meine eigene Geschichte angeht: Ich half, ein Bild zu entführen. Ich wollte darauf aufpassen, wollte es verwahren. Doch es ist mir abhandengekommen.«

»Man hat es Euch gestohlen?«

»Es ist komplizierter, aber, letztlich, ja. Es ist nicht mehr dort, wo ich es versteckt hatte.«

»Und nun?«

»Brauche ich ein neues Bild.«

Apollinaire zieht ein Einstecktuch aus der Brusttasche, tupft sich die Stirn ab. Obwohl das Café angenehm temperiert ist, schwitzt er wie ein Schwein. Picasso schnaubt verächtlich, ergreift nun erstmals das Wort.

»Ihr wollt, dass wir für Euch in den Louvre gehen und Euch einen Ersatz klauen? Weil wir's ja schon mal gemacht haben?«

»Signore Picasso ...«, hebt Vincenzo an, doch der Maler fährt unverdrossen fort.

»Das ist ja unfassbar. Und was hättet Ihr gerne? Einen Botticelli? Oder lieber einen Rembrandt? Falls Ihr es nicht mitbekommen habt: Der Louvre ist neuerdings besser bewacht als die Santé. Und Eure Erpressung könnt Ihr Euch sonst wo hinstecken. Erzählt den Leuten meinetwegen von dieser ... dieser alten Kamelle! Lieber schaue ich, was dabei rauskommt, bevor ich ...«

Vincenzo schüttelt bereits seit einer Weile heftig den Kopf. Doch erst als Apollinaire seine Pranke auf Picassos Arm legt, verstummt dieser.

»Ihr missversteht mich, Maestro. Ich verlange nichts Derartiges von Euch – überhaupt nichts, was verboten wäre. Ich möchte nur Euer malerisches Talent nutzen.«

»Hm«, brummt Picasso. Grimmig zieht er an seiner Zigarette.

»Wie Ihr selbst bin auch ich *pittore*, Maler. Während ich aber nur ein bescheidener Kunstmaler und Dekorateur bin, seid Ihr ein Genie, Maestro.«

An Picasso gewandt, sagt Apollinaire: »Zumindest weiß er, mit wem er es zu tun hat.«

»Natürlich. Ich habe mir Eure Werke angeschaut, Signore Picasso. Deshalb weiß ich, dass Ihr malen könnt wie die alten Meister.«

Apollinaire zieht die Brauen zusammen.

»Pablo ist einer der herausragendsten Vertreter des Kubismus, einer revolutionären neuen ...«

Picasso hebt die Hand. Apollinaire verstummt.

»Woher wollt Ihr wissen, was *ich* kann?«

»Ich war in Eurem Atelier, Maestro. Auch dafür muss ich mich aufrichtig entschuldigen. Als Künstler weiß ich, dass man das Heiligtum eines anderen Künstlers niemals betritt, wenn einem dies nicht ausdrücklich gewährt wird. Aber ich musste sichergehen, dass Ihr derjenige seid, den ich suche.«

»Und wen sucht Ihr, wenn ich fragen darf?«

»Jemand, der malen kann wie Leonardo da Vinci.«

Picassos Mund steht offen. Auch Apollinaire hat es die Sprache verschlagen. Nach einer Weile sagt der Spanier:

»Darum die Signatur unter Euren Briefen? Leonardo?«

»Ihr habt es erfasst, Maestro.«

»Ihr«, flüstert Picasso, »habt die Mona Lisa gestohlen?«

Alles in Vincenzos Seele schreit danach, es zuzugeben. Endlich sitzt er jemandem gegenüber, der die Bedeutung seiner Tat verstehen und würdigen kann. Der ein wahrer Künstler ist, so wie er selbst. Doch er beherrscht sich.

»Sagen wir, *questa donna*, sie ist zu mir gekommen. Ich betrachtete mich als ihr Beschützer, ihr Befreier.«

Apollinaire beugt sich vor. Ein Schweißtropfen löst sich von seiner Nase, fällt auf den Tisch. Obwohl er erhitzt ist, wirkt er bleich.

»Wieso, bitte schön«, stößt Apollinaire hervor, »musste sie denn befreit werden?«

Vincenzo ist ein wenig fassungslos über diese Ignoranz. Jeder weiß doch, was die Franzosen seinerzeit in Italien angerichtet haben. Gerade ein Kunstkritiker wie Apollinaire müsste doch erkennen, wer hier die wahren Diebe sind.

»Weil Napoleon sie geraubt und hier eingesperrt hat natürlich.«

Picasso erhebt sich. »Mir ist nicht gut«, stößt er hervor, verschwindet in Richtung der Toiletten.

Apollinaire und Vincenzo bleiben sitzen. Der Dichter spielt mit seinem Strohhut, schiebt das Pfeifenbesteck hin und her. Nach einer Weile breitet sich ein Lächeln auf seinem Gesicht aus. Dann beginnt er zu lachen.

Vincenzo ist völlig verdattert. Auf Italienisch sagt er: »Darf ich fragen, was Euch so erheitert? Mir ist die Sache nämlich sehr ernst.«

Apollinaire nickt, antwortet aber nicht. Er versucht, seinen Lachanfall unter Kontrolle zu bekommen – vergeblich. Sein fleischiger Körper bebt wie ein riesiger Pannacotta-Pudding. Nach einer Weile wischt er sich die Tränen aus den Augen.

»Verzeihen Sie, ich ... Es ist nur so absurd.«

»Was genau, Signore?«

»Dass wir im Louvre ... die Statuetten ... und Sie ... das Gemälde. Und dann treffen wir uns zufällig abends am Fluss. Und nun wollen Sie ... ah, ah, es ist unglaublich! Darf ich fragen, was genau der arme Pablo für Sie tun soll?«

Als sei dies sein Einsatz, taucht Picasso wieder auf. Seine Augen sind gerötet. In den Händen hält er ein Taschentuch, schnäuzt hinein. Misstrauisch blickt er sich im Schankraum um. Noch immer sind sie ganz allein.

»Maestro Picasso soll eine neue Gioconda erschaffen.«

Picasso kommt auf ihren Tisch zu, setzt sich. Er greift nach seinem Zigarettenpäckchen, überlegt es sich dann jedoch anders.

»Wo waren wir?«, sagt er.

»Signore Leonardo«, sagt Apollinaire, »will, dass du ihm eine neue Joconde malst. Weil er seine verloren hat.« An Vincenzo gewandt, fügt er hinzu: »Guter Mann, ist Ihnen eigentlich klar, dass das vollkommener Unsinn ist?«

Vincenzo hatte Apollinaire bisher für einen intelligenten Menschen gehalten. Doch allmählich kommt er von dieser Meinung ab. Nicht nur weiß Apollinaire nicht, dass Napoleon die Gioconda aus Italien geraubt hat. Sondern er kapiert auch nicht, was für ein enormes malerisches Talent dieser Picasso besitzt.

Vincenzo richtet sich auf. An Apollinaire gewandt, erwidert er kühl: »Mein Herr, Ihr Freund verdient größere Hochachtung. Er könnte dieses Bild exakt so wiederauferstehen lassen, wie der große Leonardo es schuf.«

Apollinaire schüttelt den Kopf, sagt: »Aber darum geht es doch gar nicht.«

»Ich könnte es wohl«, sagt Picasso.

Apollinaire mustert seinen Kompagnon, als habe dieser den Verstand verloren. Vincenzo wundert es nicht. Dieser Apollinaire ist augenscheinlich einer jener unangenehmen Zeitgenossen, die sich stets für den Klügsten im Raum halten.

»Aber selbst wenn«, sagt Apollinaire, »selbst wenn. Was wollt Ihr dann damit machen, hm? Es zurück an seinen Haken hängen?«

Vincenzo fühlt sich an den Film erinnert, den er damals im Kinema auf den Grands Boulevards gesehen hat und in dem exakt das passierte. Aber tatsächlich ist dies nicht sein Plan. Tatsächlich hat er noch keinen. Das Wichtigste ist zunächst, das verschwundene Bild zu ersetzen – nicht um dem Louvre einen Gefallen zu tun oder der französischen Republik, sondern der Welt. Die Gioconda muss wieder lächeln. Wo sie das dann tut, ist aus Vincenzos Sicht erst einmal zweitrangig.

»Das lasst nur meine Sorge sein. Eure Aufgabe ist es lediglich, eine neue Gioconda anzufertigen, die der alten bis aufs Haar gleicht.«

»Und wenn nicht?«, fragt Apollinaire.

»So leid es mir tut, dies auszusprechen, *cari signori* – wenn nicht, erhält die Präfektur eine genaue Schilderung der wahren Ereignisse.«

»Also gut. Ich male Euch das Bild«, sagt Picasso.

»Hervorragend, Maestro. Ich bin Euch schon jetzt zu großem Dank verpflichtet. Es muss natürlich echt aussehen. Wie das Original, versteht Ihr?«

»Selbstverständlich«, sagt Picasso.

»Es ist nicht …«, hebt Apollinaire an. Abrupt verstummt er, schaut hinüber zu seinem Freund. »Pablo, was …? Ah, das ist doch …«

»Sei still, Guillaume.«

»Wie bitte? Pablo, du musst doch einsehen, dass …«

»Du verpasst gerade«, sagt Picasso, »eine hervorragende Gelegenheit, deine überaus große Klappe zu halten.«

Der sichtlich konsternierte Apollinaire verstummt.

»Bis wann?«, fragt Picasso.
»Sind zwei Wochen ausreichend?«, fragt Vincenzo.
»Sechs.«
»Vier.«
»Einverstanden.«
Vincenzo spürt, wie ihm die Brust schwillt. Er hat es geschafft. In nicht einmal vier Wochen wird er eine neue Gioconda in den Händen halten, so gut wie die alte. Dann sind ihm alle seine Sünden vergeben.

Er erhebt sich.

»Signori, ich melde mich bei Ihnen«, sagt Vincenzo. Er dreht sich um und verlässt beschwingten Schrittes das Café.

57

Guillaume geht in Pablos Atelier auf und ab. Betont langsam setzt er einen Fuß vor den anderen, wankt ein wenig. So ähnlich stellt sich Pablo die Bewegungen eines irischen Dorfsäufers zu fortgeschrittener Stunde vor.

Er selbst steht vor der Leinwand und skizziert das Porträt einer Frau. Während er der Linie ihres Kinns bis zum linken Ohr hinauf folgt, entfährt Guillaume ein lauter Seufzer. Er bleibt stehen. Pablo schaut an der Leinwand vorbei. Sein Freund hat die Hände vors Gesicht geschlagen.

»Ah, oh, Gott. Allmächtiger, jetzt weiß ich wieder, woher ich ihn kenne. Nein, das kann doch alles nicht wahr sein.«

»Redest du von unserem Pagliaccio?«

»Pagliaccio« ist der Name, auf den Guillaume diesen verrückten Italiener getauft hat, nach einer Figur aus der Commedia dell'Arte. Dort ist der Pagliaccio ein Wichtigtuer und Gernegroß und ein Tollpatsch obendrein.

Eigentlich besitzt Pagliaccio ja einen richtigen Namen. Bei ihrem konspirativen Treffen hat er den zwar nicht preisgegeben. Aber anscheinend war dem Kerl entfallen, dass er Pablo damals am Seine-Ufer seinen Vornamen sagte: Vincenzo.

Trotzdem nennen sie ihn Pagliaccio.

»Natürlich von ihm. Weißt du, am Seine-Ufer kam er mir schon bekannt vor. Aber er war nass wie ein ersoffener Kater, deshalb ...«

»Und woher kennst du ihn, Guillaume?«

»Kennen ist zu viel gesagt. Aber ich glaube, ich saß mal mit ihm im ›Riche‹ am selben Tisch. Oder war es im ›Tortoni‹?«

Guillaume legt die Finger an die Schläfen.

»Auf jeden Fall war Max dabei. Und jetzt, wo ich darüber nachdenke, glaube ich, dass wir über den Louvre geredet haben, damals. Über italienische Malerei.«

»Woran du dich so erinnerst.«

»Ich erinnere mich, weil ich ihm damals ein Buch überlassen habe, einen zerlesenen ›Fantômas‹. Womöglich habe ich diesen Irren überhaupt erst auf die Idee gebracht, das Bild zu stehlen.«

»Wenn er es denn überhaupt gestohlen hat«, wendet Pablo ein. »Der erzählt viel, wenn der Tag lang ist.«

»Er hat seine Rolle kleingeredet, ja. Aber am Glanz seiner Augen konnte man sehen, wie ungemein stolz er auf dieses Husarenstück ist.«

»Vielleicht hat er sich das alles nur ausgedacht, Apo.«

»Aber wieso sollte er?«

Pablo zeichnet eine Linie, bewundert ihren formvollendeten Schwung. Er lässt den Kohlestift sinken, wendet sich wieder Guillaume zu.

»Weil er verrückt ist. Verrückte brauchen keinen Grund, um verrückte Dinge zu tun. Oder vielleicht hatte er einen eingebildeten Grund. Vermutlich leidet er unter Wahnvorstellungen. Weißt du noch, als Max dem Äther verfallen war? Seine ständigen Krisen, seine Paranoia?«

»Ja, ich erinnere mich – eine entsetzliche Droge. Max sprach auf Äther immer mit irgendwelchen Seraphim. Danach wollte er auf einmal Katholik werden.«

»Genau. Also wer weiß, welche fixe Idee der Kerl verfolgt. Ich glaube übrigens nicht, dass du ihm damals im Café irgendetwas in den Kopf gesetzt hast. Viel passt da nämlich gar nicht rein.«

Pablo geht zum Tisch, greift nach den Zigaretten. »Außerdem«, fährt er fort, »hat die Sache damals doch alle Irren von Paris unter ihren Steinen hervorgelockt.«

Guillaume nickt matt. »Bekennerschreiben, Joconde-Sichtungen, ich weiß, was du meinst. Und du denkst, der hier ist übrig geblieben?«

»Vielleicht hat er sich all das ausgedacht, vielleicht auch nicht. Wer weiß das schon?«, erwidert Pablo.

»Außerdem glaubt er, Napoleon habe die Joconde geklaut. Hat man so was schon gehört?«

Pablo steckt sich eine an, nickt. »Da Vinci hat sie selbst mit nach Paris genommen.«

»Genau. Was ja nicht heißt, dass die Franzosen nicht haufenweise anderes Zeug mitgenommen hätten. Aber wenn das seine Motivation war, hätte er besser einen Veronese stehlen sollen.«

Guillaume lässt sich aufs Sofa fallen. Seine Miene wird ernst. »Ich bin übrigens sehr verstimmt.«

Mit einem Blick bedeutet Pablo ihm, es auszuspucken.

»Als ich den Brief dieses Irren bekam, bin ich aus allen Wolken gefallen. Der Baron! Hier, in Paris! Wieso hast du mir nichts davon gesagt?«

Pablo setzt sich neben Guillaume aufs Sofa. »Ich wollte das von dir fernhalten. Als der Baron nach Poirets Feier hier aufgetaucht ist ... Ich wollte ihn rausschmeißen. Aber als er sagte, dann würde er bei dir vorbeischauen, da ...«

»Was?«

»Ich weiß, wie sehr du wegen der Statuetten gelitten hast.«

Guillaume lächelt schief. »Du meinst im Gefängnis. Das war schlimm, ja, also als es passierte. Inzwischen ist es ein Abenteuer, eine Geschichte, mit der ich bei Dinnerpartys glänzen kann.«

»Ich meine nicht nur das Gefängnis. Ich meine das Ganze ...«

Pablo breitet die Arme aus, lässt sie wieder sinken. »Es ist schwer zu beschreiben, Guillaume.«

»Versuch es mal.«

»Wir sind Ausländer. Aber Paris ist unsere Heimat. Du würdest nirgendwo anders leben wollen. Und das wäre dir beinahe genommen worden.«

»Nachrichten über meine Deportation haben sich als stark übertrieben erwiesen. Und außerdem: Wenn die Polizei meine Wohnung nicht auf den Kopf gestellt hätte, wäre meine ganze Korrespondenz bis heute unsortiert geblieben.«

»Schön, dass du inzwischen darüber lachen kannst. Aber du hast mich beschützt. Ich dich hingegen nicht. Und diesmal ... Ich

dachte, ich könnte es wiedergutmachen. Also habe ich Joseph einen Käufer für seine verdammte Maske organisiert. Zunächst sah es so aus, als bräuchtest du gar nichts davon zu erfahren.«
»Aber dann kam Pagliaccio.«
»Dann kam Pagliaccio.«
Pablo erhebt sich. Er geht zurück zur Leinwand. Seine Proto-Mona-Lisa besteht bisher aus nur ein paar Strichen. Die Skizze ist der Versuch, ein Gefühl für das Bild zu bekommen.

Die Komposition ist geradezu banal: Dreiviertelprofil, gefaltete Hände, im Hintergrund irgendeine Fantasielandschaft. Wäre man ein Spötter – und das ist Pablo zweifelsohne –, ließe sich anmerken, dass dem alten Leonardo wohl nichts Besseres eingefallen ist. So sublim das Lächeln der Joconde, so elegant ihre Sfumato-Übergänge, so gewöhnlich ist die Art und Weise, wie sie dasitzt. Es gibt Dutzende Porträts aus dem fünfzehnten Jahrhundert, die genauso aufgebaut sind. Pablo fühlt sich an Credis »Caterina Sforza« erinnert oder an Mazzieres Mädchenporträts.

Die Komposition ist Kinderkram. Die Herausforderung liegt woanders.

»Wo glaubst du«, sagt er, »ließe sich eine alte Tischplatte aus Pappelholz auftreiben?«

»Und da pinselst du dann eine Joconde drauf? So gut wie neu, aber gleichzeitig alt? Das ist doch Kokolores, Pablo. Und du weißt es. Als der Kerl das gesagt hat, wurde mir endgültig klar, dass er bekloppt ist.«

»Ich stimme dir zu.«

Guillaume ist inzwischen ebenfalls aufgestanden, durchwühlt seine Taschen. Vermutlich sucht er seine Pfeife.

»In deiner rechten Manteltasche.«

»Ah, danke. Aber was soll das dann alles, Pablo? Man kann sie nicht perfekt kopieren. Dieser Wahnsinnige liefert deine bemalte Rokokotischplatte im Louvre ab. Leprieur – oder wer auch immer inzwischen Chefkurator ist – erkennt nach einer Sekunde, dass es sich um eine Fälschung handelt. Ich sage dir, Pagliaccio ist noch verrückter als Géry. Der Baron war wenigstens nicht solch ein Dämlack – na ja, meistens. Aber dieser Möchtegernmaler ist ein Mythomane, ein Megalomane, ein Narziss und …«

»Ja doch, Guillaume.«

»Ja, was?«

»Du hast in allem recht. Pagliaccios Plan ergibt keinen Sinn.«

Guillaume schaut ihn verständnislos an.

»Ja, aber dann … was, was, was …?«

Pablo legt einen Finger auf die Lippen. Er geht zu einem der Schränke, öffnet ihn, rümpft die Nase. Es riecht, als ob darin irgendein Lösungsmittel ausgelaufen wäre. Er muss Louise wohl beizeiten bitten, den Schrank sauber zu machen.

Er holt eine Flasche Haselnussschnaps sowie zwei Gläser hervor, platziert sie auf dem Tisch.

»Kannst du mir jetzt …«

Wieder bedeutet er Guillaume, sich zu gedulden. Pablo geht auf die Toilette, schaut aus dem Fenster. Dieser Vincenzo hat ihm einen Brief ins Atelier praktiziert. Und um all die Dinge über Géry und die Maske zu wissen, muss er Mäuschen gespielt haben. Zumindest vermutet Pablo das.

Er kommt zurück und beginnt, hinter Kisten und Leinwände zu schauen.

»Wen oder was suchst du?«

»Spitzel. Aber die Luft scheint rein zu sein.« Er deutet auf den Tisch. »Setz dich, Guillaume.«

Als sie Platz genommen haben, schenkt Pablo ihnen großzügig ein.

»Du trinkst keinen Schnaps. Du trinkst nie welchen.«

»Das stimmt, Apo. Aber heute ist alles anders.«

»Ich bin auch nicht grad versessen drauf. Das weißt du.«

Pablo hebt sein Glas, dreht es zwischen den Fingern. Er schaut Guillaume in die Augen.

»Ich weiß«, sagt er leise, »wo die echte ist.«

Er beginnt, zu erzählen. Guillaume, der einen normalerweise ständig unterbricht, sagt nichts. Zunächst rührt er den Schnaps nicht an. Irgendwann nippt er. Als Pablo fertig ist, hat sich sein Freund bereits dreimal nachgeschenkt.

»Diese Geschichte«, sagt Guillaume, »ist abenteuerlicher als alle Abenteuer des Baron d'Ormesan.«

Pablo lächelt. Er nimmt noch einen Schluck Haselnussschnaps.

»Wieso«, sagt Guillaume mit belegter Zunge, »hast du das bisher niemand erzählt?«

»Wem denn bitte?«

»Der Polizei, der Presse, dem Louvre – was weiß ich? Ein anonymer Hinweis, dass ...«

Pablo schüttelt den Kopf.

»Hast du schon vergessen, wie wenig anonym anonyme Hinweise sind? Und selbst wenn es mir gelungen wäre, unerkannt zu bleiben – in dem Hotel hat man mich gesehen.«

»Aber nicht erkannt.«

»Nein. Aber ich konnte nicht wissen, ob das so bleibt. Was ich hingegen wusste: Sobald die Mona Lisa ins Spiel käme, wäre das Interesse größer als das an einer missglückten Schwarzen Messe. Dann hätte die Polizei genauer nachgeforscht, die Presse ebenfalls. Deshalb«, Pablo stellt das Schnapsglas ab, »habe ich das Bild gelassen, wo es war.«

»Es ist doch aber möglich, dass es sich um eine Kopie handelt.«

»Nein.«

»Woher willst du das so genau wissen?«

»Ich weiß es einfach. Aber selbst wenn es eine sein sollte, ist sie besser als alles, was wir je zustande bringen werden. Das Bild im ›Birmingham‹ stammt aus dem fünfzehnten oder sechzehnten Jahrhundert, da bin ich mir sicher. Der nachgedunkelte Firnis, die Farben ...«

»Nun gut. Aber es löst unser Problem nicht.«

Guillaume trinkt seinen Schnaps aus. Er greift nach der Flasche, schüttelt dann aber den Kopf.

»Nein, nein. Ich muss nachdenken. Hast du Kaffee?«

»In der Küche.«

»Warte einen Augenblick.«

Guillaume kommt hoch, stützt sich dabei am Tisch ab.

»Während ich Kaffee mache«, lallt er, »überlegst du dir bitte eine Antwort auf meine Frage.«

»Welche?«

»Mal angenommen, wir würden Pagliaccio das Bild geben. Nur mal angenommen.«

Er steckt sich seine Pfeife in den Mund, zählt etwas an den Fingern ab.

»Er bekommt die echte. Er bekommt eine falsche, die sehr echt wirkt. Er bekommt eine falsche aus der Picasso-Werkstatt, die nicht sehr echt wirkt.

Also, in allen drei Fällen stellt sich die Frage: Was nützt es uns? Klar, er verpfeift uns nicht, nicht sofort. Aber irgendwann schnappen sie ihn.«

»Warum?«, fragt Pablo, obwohl er die Antwort eigentlich kennt.

»Weil er nicht nur ein Irrer ist, sondern auch ein Trottel. Also noch mal: Was bringt's? Darüber ...«, er deutet in Richtung Küche und läuft dann auf nicht sonderlich geradem Wege dorthin, »... solltest du nachdenken.«

Pablo hört seinen Freund lautstark mit Kanne und Kocher hantieren. Er geht zur Leinwand. Mit einer Zigarette im Mundwinkel beginnt er, weitere Details zu skizzieren. Bisher existierten lediglich Umrisse von Kopf, Schultern, Händen. Nun fügt er hinzu: eine ebenmäßige, aber etwas zu große Nase; kleine, dunkle Augen, die ein klein wenig zu weit auseinanderstehen; ein kümmerliches Kinn, pomadierte schwarze Haare und einen fein gezwirbelten Schnauzer. Letzterer ist vermutlich der ganze Stolz seines Besitzers, wirkt in Wahrheit jedoch geradezu weibisch.

Pablo tritt einige Schritte zurück und betrachtet das Porträt Vincenzos. Eigentlich wollte er dessen Lächeln mysteriös wirken lassen, jocondehaft. Doch wie so oft ist ihm die Sache missraten.

Der hier lächelt wie ein Kretin. Aber vermutlich kommt das der Wahrheit ohnehin näher.

Ein Irrer und ein Trottel, hat Guillaume gesagt. Aber das kann nicht die ganze Wahrheit sein. Wenn es dieser kleine Anstreicher geschafft hat, die Joconde aus dem Louvre zu stehlen, ohne dabei erwischt zu werden, kann er so dämlich ja nicht sein.

Schließlich kam man Guillaume und ihm auf die Schliche, Pagliaccio aber nicht. Der Kerl ist nicht sonderlich helle, aber gerissen.

Pablo greift sich einen weicheren Kohlestift, arbeitet einige Konturen nach. Was lässt sich aus diesem Gesicht noch herauslesen? Er spendiert Vincenzo einen Vatermörder mit aufwendig gebundener Seidenkrawatte und ein Jackett im Pied-de-Poule-Muster.

Seine Kleidung zum Beispiel sagt einiges. Hier ist ein kleiner Mann, der sich als groß betrachtet. Diese Lücke zwischen Selbstbild und Realität macht Pagliaccio vermutlich tagtäglich zu schaffen. Er kann einem fast leidtun. Aber nur fast.

Pablo arbeitet die Ohren nach, wendet sich den Händen zu. Dass Pagliaccio sie züchtig gefaltet hält, erscheint ihm unpassend. Also radiert er eine weg, lässt sie stattdessen im Jackett des Mannes verschwinden. Das hat etwas von Napoleon, aber die Spur von Größenwahn steht dem Kerl.

Er tritt zurück, betrachtet sein Werk. Ein kleiner Kerl, der sich zu Großem berufen fühlt – oft richten gerade solche Menschen den größten Schaden an. Nichts ist schlimmer als ein ambitionierter Idiot.

Pablo vernimmt das Klappern von Geschirr. Mit einem Tablett in den Händen betritt Guillaume den Raum. Kurz darauf stehen sie, jeder eine Tasse dampfenden Kaffees in der Hand, vor Pablos Mona Vincenza. Guillaume betrachtet sie eine Weile, bevor er sagt:

»Das ist das Beschissenste, was du seit Langem gemalt hast, Pablo.«

»Sagen wir: nicht mein üblicher Stil.«

»Ich sage zu deiner Ehrenrettung, dass du sein öliges Grinsen recht gut getroffen hast, ebenso den füchsischen Blick. Hast du über meine Frage nachgedacht?«

Pablo nickt. »Vincenzo hat einen Traum, glaube ich.«

»Ein großer Mann zu sein?«

»Etwas in der Art. Ich denke, wenn er das Bild bekäme, würde er es für diesen Traum, für diese Idee einsetzen.«

»Ich glaube nicht, dass er allzu viele eigene Ideen im Schädel hat. Er wird es machen wie der Baron. Er bringt die Joconde zum ›Paris-Journal‹, gibt ein Exklusivinterview, in dem er seine gewichtigen Gründe darlegt – Rache an Kaiser Napoleon und so weiter.«

Pablo seufzt.

»Es wäre besser, wenn er es in einen Koffer packt und damit abzischt nach Südamerika. Oder nach Italien, meinetwegen«, sagt er.

»Ah, ah, Pablo! Ich denke, das könnte es sein.«

»Was, Guillaume?«

Guillaume tippt mit seiner Pfeife gegen die Leinwand.

»Dieser kleine Schelm wird von krankhafter Eitelkeit getrieben, ja zerfressen. Das steht außer Frage. Aber darüber hinaus … Wir haben über die Sache mit Napoleon Bonaparte gelacht. Doch unserem Vincenzo ist sie bitterernst. Vielleicht sollten wir ihm das Bild tatsächlich aushändigen.«

»Welches jetzt? Das echte? Oder ein anderes?«

»Hängt ein bisschen davon ab. Auf jeden Fall musst du in den kommenden Wochen eine Mona Lisa malen.«

Pablo atmet hörbar aus.

»Es muss sein, Pablo. Schon für den Fall, dass unser Pagliaccio noch mal hier herumschnüffelt. Dann wäre es gut, wenn eine halb fertige Joconde auf der Staffelei steht. Welche wir ihm letztlich geben, entscheiden wir, nachdem ich noch mal mit ihm gesprochen habe.«

»Ich möchte dich da so weit es geht raushalten, Guillaume. Darüber hatten wir doch gesprochen.«

»Nett gemeint, mein Freund. Aber das wird nicht gehen. Glaub mir, ich bin es, der mit Vincenzo reden muss«, er legt die Hand aufs Herz, »von Italiener zu Italiener.«

»Sicher?«

Guillaume nickt. Er zieht etwas aus seiner Jackentasche. Es ist »Die hohle Nadel«, jenes Arsène-Lupin-Buch, das er neulich gekauft hat.

»Ganz sicher, Pablo. Ich und mein Freund Arsène, wir haben da nämlich eine Idee.«

58

Vincenzo sitzt im »Le Dôme«, raucht ägyptische Zigaretten und trinkt toskanischen Wein. Gott sei Dank kann er sich das nun wieder leisten. Vor einigen Tagen hat er ein einträgliches Geschäft abgewickelt. Im »D'Outre-Tombe« hatte er einen Landsmann kennengelernt, der darauf spezialisiert ist, Dinge verschwinden zu lassen. Vincenzo verriet ihm, wo der Betrieb von Maître Corbier sein Material lagert. In einem unbewachten Schuppen in Bagnolet bewahrt die Schreinerei Teakholz, Messingbeschläge und andere hochwertige Materialien auf.

Jetzt nicht mehr.

Vincenzos Landsmann und dessen Leute haben den Schuppen leer gemacht und ihm dafür ein hübsches Informationshonorar gezahlt. Corbier geschieht das ganz recht. Jahrelang hat er Vincenzo ausgepresst. Der Schreinermeister hat außerdem zugelassen, dass die Kollegen ihn schikanierten. Salz haben sie ihm in den Kaffee geschüttet, ihn hinter vorgehaltener Hand Makkaronifresser genannt.

Vincenzo schaut einer eleganten Dame nach, die den Boulevard de Rochechouart entlangschlendert. Es ist ein sonniger Septembernachmittag, und er wird noch eine ganze Weile hier sitzen. Es gibt nichts Wichtiges zu tun. Seine einzige Aufgabe ist momentan, auf Picassos Gioconda zu warten.

Vorgestern hat er sich erneut in dessen Atelier geschlichen. Der Fortschritt ist erstaunlich. Anfangs gab es nur braune Grundierung und einige schwarze Linien. Inzwischen sieht Picassos Gioconda beinahe so aus wie das Original, findet Vincenzo. Zwar hat er das Gemälde lange nicht mehr gesehen, aber seine Erinnerung trügt ihn nicht. Schließlich waren sie lange ein Paar, Lisa und er.

Vincenzo ist derart in Gedanken, dass er Guillaume Apollinaire erst bemerkt, als dieser nach dem Stuhl gegenüber greift und Platz nimmt. Der Dichter nickt ihm zu.

»Guten Tag, Leonardo«, sagt er auf Italienisch.

Einen Augenblick ist Vincenzo starr vor Erstaunen. Wie zum Teufel hat der Kerl ihn gefunden? Rasch sammelt er sich. Es ist wichtig, ruhig zu bleiben.

»Guten Tag, Signore. Ich dachte, wir treffen uns erst in zwei Wochen?«

»Ja, richtig. Mein Freund ist noch nicht ganz fertig.«

Vincenzo weiß genau, wie weit Picasso ist. Aber er setzt ein ahnungsloses Gesicht auf.

»Wie weit ist der Maestro denn?«

»Er arbeitet an den Feinheiten. Eine knifflige Angelegenheit.«

Vincenzo nickt.

»Wie habt Ihr mich gefunden?«

»Ah, das war gar nicht so schwer. Es gibt in Paris viele Italiener, aber doch nicht so viele. Und ein Mann mit Euren Talenten«, Apollinaire deutet eine leichte Verbeugung an, »bleibt den Menschen nun einmal in Erinnerung.«

Das leuchtet Vincenzo ein. Vermutlich hätte er ahnen müssen, dass man sich an einen so gut aussehenden und redegewandten Burschen wie ihn erinnert. Vor allem die Frauen vergessen ihn nicht. Selbst allergrößte Diskretion hilft da kaum.

»Und was wollt Ihr? Aber verzeiht, wie unhöflich ich bin. Kellner! Ein Glas Wein? Rot?«

»Sehr freundlich. Weiß, bitte.«

»Ein Glas Sancerre für den Herrn«, ruft er dem Kellner zu.

Apollinaire setzt sich.

»Danke. Zu Eurer Frage: Die Sache ist etwas heikel. Ich komme, wie Ihr seht, allein. Ohne meinen Bekannten.«

»Warum das, Signore?«

»Weil wir beide«, Apollinaire beugt sich vor und schaut Vincenzo ernst an, »unter vier Augen sprechen müssen. Unter Italienern. Meine Familie stammt ursprünglich aus Litauen und Polen. Aber geboren wurde ich in Rom. Ich habe dort meine Kindheit verbracht. Meine Mutter ist die Tochter eines hochrangigen Vatikanbeamten. Ich fühle mich«, er legt sich eine Hand an die Brust, »keinem anderen Land so verbunden.«

Vincenzo versteht, was Apollinaire meint. Es gibt kein schöneres Land auf der Welt, keines mit einer reicheren Geschichte.

»Und deshalb«, fährt Apollinaire fort, »quält mich seit Wochen die Frage: Was gedenkt Ihr mit dem Bild zu tun?«

Es ist eine Frage, die Vincenzo sich auch schon gestellt hat. Bisher war sein Augenmerk darauf gerichtet, einen ebenbürtigen Ersatz für das verschwundene Gemälde zu beschaffen. Dadurch, das hat ihm der Priester damals erklärt, wäscht er sich von seiner Sünde rein. Aber danach? Vincenzo könnte versuchen, das Bild zu verkaufen, vielleicht an einen reichen Russen oder Amerikaner. Das wäre nicht unschicklich. Schließlich hat er wegen der Gioconda erhebliche Kosten und Mühen auf sich genommen.

In Wahrheit weiß er noch nicht, wie es weitergeht. Nur eines ist sicher: Die Diebe vom Louvre bekommen das Bild auf keinen Fall.

»Ich habe noch nicht darüber nachgedacht«, erwidert Vincenzo, »eins nach dem anderen.«

»Ich hingegen schon, Don Leonardo. Lasst mich Euch etwas erzählen, das Ihr vielleicht nicht wisst. Ihr seid selbst auch Maler?«

»Nun ... Kunstmaler eher. Aber ich fühle mich allen Künstlern sehr verbunden.«

»Dann wird Euch aufgefallen sein, dass mein Freund Pablo ein großer Künstler ist. Er besitzt enormes Talent. Das Bild, das er für Euch malt, ist mehr als nur irgendeine Kopie.«

Vincenzo nickt eifrig. »Darum habe ich ihn ja ausgewählt für diese Arbeit. Damit er etwas der Gioc- ...«, verstohlen schaut er sich um, »damit er etwas Ebenbürtiges schafft.«

»Da habt Ihr klug gewählt«, erwidert Apollinaire. »Ich habe gleich gemerkt, dass Ihr ein Mann von künstlerischem Feinsinn seid.«

Vincenzo freut sich über das Kompliment. Endlich einmal jemand, der ihn versteht. Vielleicht hat er diesen Apollinaire doch falsch eingeschätzt.

»Aber zu dem, was ich Euch erzählen wollte. Wie Ihr wisst, ist Pablo Spanier. Sein Vater war ebenfalls Maler, hatte aber keinen rechten Erfolg. Er arbeitete deshalb als Kunstlehrer, gab Kindern anderer Leute Malstunden, anstatt selbst zu malen. Er brachte dieses Opfer jedoch gerne. Denn er wusste, dass sein kleiner Sohn eines Tages einer der Besten sein würde. Wisst Ihr, was Pablos erstes Wort war?«

»Was, Signore?«

»*Piz*, das spanische Wort für Bleistift.«

»Nein, wirklich?«

»Ja. Aber zurück zu Pablos Vater. Trotz Don Josés Lehrtätigkeit war das Geld im Hause Ruiz y Picasso stets knapp. Eine weitere Einnahmequelle musste her.« Apollinaire nimmt einen großen Schluck Sancerre. Dann beugt er sich vor und senkt die Stimme. »Bereits mit zwölf oder dreizehn malte Pablo besser als sein Vater. Mehrmals in der Woche gingen die beiden in den Prado, den Louvre Madrids. Dort malten sie die Bilder der großen Meister nach – Velázquez, El Greco, Morales.

Pablos Kopien wurden immer besser. Irgendwann musste sein Vater feststellen, dass sie sich nicht mehr von den Originalen unterscheiden ließen, die nur wenige Meter weiter an den Wänden hingen. Und das«, Apollinaire fuchtelt mit seiner Pfeife, »brachte den alten Ruiz auf eine Idee.«

Vincenzo ahnt allmählich, worauf die Sache hinausläuft. Er schüttelt ungläubig den Kopf.

»Nein.«

»Doch! Wie Ihr wisst, sind in den großen Museen stets Kopisten zugange. Niemand beachtet sie, sie gehören beinahe zum Inventar. Ihr kennt das bestimmt aus dem Louvre.«

»Natürlich.«

»Und damals war es sogar noch üblicher. Die Fotografie steckte ja noch in den Kinderschuhen. Man kopierte von Hand. Niemand beaufsichtigte die Kopisten. Warum auch? Wer könnte einem Meisterwerk größere Achtung entgegenbringen als ein Maler?

Pablos Vater begann, die Sache ernsthaft zu durchdenken. Seinem Sohn sagte er zunächst nichts von seinen Plänen. Stattdessen recherchierte er gewisse Techniken des Kunstfälschens.«

»Was für Techniken?«

»Wie man Farben auf eine Weise mischt, dass sie denen des Originals entsprechen; welche Grundierungen und Hintergründe man früher verwendete. Und natürlich das größte Problem: die Craquelure.«

»Was ist das?«

»Jedes Gemälde bekommt mit der Zeit winzige Risse. Wie ein feines Netz überziehen sie das Bild.«

Vincenzo nickt.

»Mit dem richtigen Lack und einem kontrollierten Wechselspiel von Wärme und Kälte lässt sich dafür sorgen, dass diese Craquelure bereits nach Stunden entsteht und nicht erst nach Jahrhunderten. Als José Ruiz auch dieses Problem gelöst hatte, ging er zum Angriff über.«

»Er hat ... er hat ein Bild ausgetauscht?«

Apollinaire schüttelt den Kopf. Ein breites Lächeln ziert sein Gesicht. »Eines? Mein lieber Leonardo, natürlich hat es mit einem angefangen. Das war 1885. Danach folgten weitere. Nun wurde Pablo eingeweiht. Zusammen mit seinem Vater bereiste er ganz Spanien. In Barcelona, Sevilla und Valencia besuchten die beiden Museen, stets unter dem Vorwand, die dortigen Werke kopieren zu wollen. Doch in Wahrheit dienten ihre mehrtägigen Besuche dazu, den Austausch vorzubereiten.

Irgendwann, im richtigen Moment, hängten sie den Maíno oder Ribeiro ab und tauschten ihn durch ihre Kopie aus. Den echten rollten sie zusammen und verschwanden.«

»Und wie oft«, fragt Vincenzo, »haben die beiden das gemacht?«

»Niemand weiß es. Aber sie haben Dutzende Gemälde verkauft, das ist sicher«, Apollinaires Stimme senkt sich zu einem Flüsterton, »im Prado sind mindestens die Hälfte der Velázquez-Bilder Fälschungen.«

»Falls er glaubt, dass ich ihn verpfeife – Signore, ich habe ihm und Euch mein Ehrenwort gegeben.«

»Und ich weiß um dessen Wert. Pablo ist leider ein Angsthase, ich kann es nicht anders sagen. Wenn er wüsste, dass ich Euch diesen Floh ins Ohr setze ...«

»Von mir erfährt er nichts. Das bleibt zwischen uns.«

»Ich danke Euch.«

Apollinaire trinkt aus, erhebt sich.

»Danke, dass Ihr mir Euer Ohr geliehen habt. Ich gebe zu, dass mir diese Gedanken schwer auf dem Herzen lagen. So viel ist den Italienern gestohlen worden. Es wäre an der Zeit, dass man ihnen etwas zurückgibt.

Die Entscheidung ist natürlich ganz allein Eure, Leonardo. Aber bedenkt, dass Ihr Euch unglaublich verdient machen könntet um unser wunderbares Vaterland.«

Apollinaire streckt ihm seine Pranke hin. Vincenzo erhebt sich, schüttelt sie. Dann sieht er zu, wie Apollinaire in der Menge verschwindet. Er setzt sich wieder, lässt seine Gedanken schweifen.

Vor seinem geistigen Auge steigt Vincenzo die Treppe eines Auditoriums hinab. Wenn ihn nicht alles täuscht, befindet er sich im Palazzo Montecitorio, der italienischen Abgeordnetenkammer. Seine Schulter ziert eine grün-weiß-rote Schärpe. Die Herren im Saal erheben sich, als Vincenzo vor das Rednerpult tritt.

Er schließt die Augen und genießt den Moment.

59

Giovanni Poggi, Direktor der Uffizien, trinkt seinen Espresso und wirft einen frischen Blick auf jenes Schachproblem, das ihn seit Tagen quält. Insofern kommt die Störung durch die Sekretärin ungelegen, wenn auch nicht unerwartet. Poggi schiebt den Gedanken an das mögliche Damenopfer beiseite, wendet sich der echten Dame im Türrahmen zu.

»Geri?«, fragt er.

Poggi hat verfügt, dass er bis sechzehn Uhr nicht gestört werden möchte. Ausnahme: Alfredo Geri ruft an, der Besitzer eines Antiquariats nahe dem Ponte Vecchio. Sie kennen einander seit Jahren. Geri verkauft nicht irgendwelchen Trödel, sondern die besten Stücke. So erlesen wie seine Antiquitäten ist auch seine Kundschaft. Angeblich kauft die Schauspielerin Eleonora Duse bei ihm ein, ebenso der Dichter Gabriele D'Annunzio.

»Ja, Herr Direktor.«

»Was sagt er?«

»Signore Geri sagt, dass er da ist.«

»Jetzt?«

»Ja. Und dass Sie sofort kommen sollen.«

Poggi verzieht den Mund. Der Direktor der Uffizien ist niemand, der sich von irgendjemandem etwas sagen lässt, sagen lassen muss.

Aber heute macht er eine Ausnahme.

Er erhebt sich. Während die Sekretärin seinen Mantel holt, streicht Poggi sich nachdenklich übers Kinn. Vermutlich wird die Mühe vergeblich sein. So oder so kann ihm der Spaziergang in die Via Borgo Ognissanti nicht schaden. Er sitzt zu viel.

Poggi schlüpft in seinen Mantel, verlässt das Büro. Es ist kalt. Wie so häufig im Dezember pfeift ein schneidender Wind durch Florenz. Er kommt direkt aus den Apenninen. Poggi stellt den Kragen seines Gabardinemantels hoch.

Er wundert sich, dass Geris mysteriöser Kunde tatsächlich noch mal aufgetaucht ist. Wirklich damit gerechnet hatte Poggi nicht. Der Kerl nennt sich Leonardo und behauptet, im Besitz der Gioconda zu sein – der echten, natürlich. Gestern war der Kerl schon einmal im Antiquariat, aber da war Poggi noch in Bologna. Er ist eigens wegen dieser Geschichte zurückgereist – kann man sich das vorstellen? Nein, eigentlich kann man das nicht.

Er geht an einem Stand vorbei, der geröstete Maronen und Plätzchen verkauft. In zwei Tagen ist Weihnachten. Ein schönes Geschenk wäre das, die Mona Lisa. Aber wahrscheinlich ist es nicht.

»Wie ist der Kerl auf Sie gekommen?«, hat er Geri gefragt.

»Ich habe keine Ahnung, Direktor. Vielleicht durch die Anzeigen. Vor Beginn der Feiertage gebe ich immer Annoncen in der nationalen und internationalen Presse auf. ›Antiquariat Geri sucht Kunstschätze aller Art. Barzahlung, diskrete Abwicklung‹, so in der Art.«

Poggi stellt sich vor, wie dieser Leonardo zu Hause in seinem Lehnstuhl sitzt, Geris Anzeige liest und sich sagt: »Mensch, die alte Gioconda – die brauche ich doch eigentlich nicht mehr.«

Unwahrscheinlich ist das, sehr unwahrscheinlich. Nein, es ist geradezu grotesk.

Während er durch die winterliche Stadt läuft, wird die Gioconda auf einmal von einem anderen Gedanken verdrängt. Poggi wird klar, dass ein Schlagen der schwarzen Dame die F-Linie frei machen und gleichzeitig den blockierten Springer aktivieren würde – danach Matt in zwei Zügen.

Er lächelt zufrieden. Selbst wenn sein kleiner Spaziergang nicht mit der Entschlüsselung des Gioconda-Rätsels endet, hat er zumindest sein Schachrätsel geknackt. Und das ist ja auch schon etwas.

Schach ist ihm lieber als Glücksspiele. Giovanni Poggi wettet nie, weder auf Pferde noch auf Karten. Aber wenn er wetten müsste, setzte er darauf, dass dieser Leonardo eine Kopie dabeihat. Durchaus eine von der besseren Art, aber eine Kopie wird es trotzdem sein.

Seit dem Diebstahl wissen selbst Farmer in Omaha, wie die Mona Lisa aussieht. Poggi findet, dass ihre enorme Bekanntheit die Dame ein bisschen entwertet. Sie ist inzwischen so eine Art Renaissance-Yeti. Überall will man sie gesehen haben. Gerade erst hat Poggi in der »New York Times« gelesen, der amerikanische Geheimdienst wähne das Bild in einer Brooklyner Wohnung. Und er erinnert sich an einen Engländer, der im Sommer in der britischen Botschaft von Paris eine Mona Lisa ablieferte. Große Aufregung, aber natürlich: eine Kopie.

Poggi biegt um die Ecke. Die Freude über den Schachtriumph ist bereits verpufft, seine Laune wieder mäßig. Er ärgert sich über die Zeitverschwendung. Vor sich erblickt er das Antiquariat. Er tritt ein.

Die Glocke geht. Ein fülliger Man kommt ihm entgegen. Alfredo Geri sieht aus wie ein Putto-Engel, den man in einen Dreiteiler gesteckt hat. Der Antiquar schüttelt Poggis Hand. Geri schnauft, als wäre er weit gelaufen. Dabei ist es Poggi, der außer Atem sein müsste.

»Kommen Sie, Direktor. Er wartet hinten.«

Geri dreht das Türschild auf »Geschlossen«, sperrt zu. Sie betreten das an den Verkaufsraum angrenzende Büro. Dort sitzt ein Mann auf einem Stuhl. Als er Poggi sieht, erhebt er sich.

Leonardo ist klein, nicht einmal eins sechzig. Ein Zwerg, denkt Poggi, und ein schmieriger dazu. Die Haare des Mannes sind ausgiebig pomadiert, und auch beim Schnurrbart wäre weniger Wichse mehr gewesen. Er trägt einen billigen, abgewetzten Anzug. Bevor Geri die Honneurs machen kann, stürzt der kleine Mann bereits auf Poggi zu.

»Direktor! Welch außergewöhnliche Freude, Sie kennenzulernen. Nun bin ich endlich am Ziel. Nun kann ich tun, was ich schon lange tun wollte.«

Poggi lächelt freundlich, meint es aber nicht so.

»Und das wäre?«, fragt er.
»Ein gutes und heiliges Werk. Einen großen Dienst für den italienischen Staat.«
Poggi fällt keine Entgegnung ein. Das Einzige, was ihn interessiert, ist die verfluchte Kopie. Er wird sich die Gioconda kurz anschauen, die Fälschung in Bausch und Bogen verdammen und sich danach im Büro wieder die Sache mit der anderen Dame vornehmen. Hilfe suchend wendet er sich an Geri.
Der sieht seinen Blick, sagt: »Signore Leonardo hat mir erklärt, die Gioconda befinde sich in seinem Hotelzimmer, wenige Minuten von hier.«
Poggi erwägt, den Mann zu fragen, wo er das Bild denn herhat, entscheidet sich jedoch dagegen. Er befürchtet, dass die Antwort ebenso weitschweifig wie unwahrhaftig ausfallen wird.
»Darf ich fragen«, sagt er stattdessen, »ob das Bild unversehrt ist?«
»Völlig unversehrt, Exzellenz. Ich habe natürlich höchste Sorgfalt walten lassen. Wenn sie wieder in den Uffizien hängt, wird sie völlig ohne Makel sein.«
Poggi verzichtet darauf, Leonardo zu erklären, dass die Gioconda noch nie in den Uffizien gehangen hat. Stattdessen sagt er: »Sehr gut. Sollen wir, meine Herren?«
Geri und Leonardo sind einverstanden. Sie verlassen den Laden. Der kleine Mann erklärt, er wohne in der »Albergo Tripoli-Italia« in der Via Panzani. Poggi kennt das Hotel. Es handelt sich um eine heruntergekommene Absteige für Handlungsreisende und sonstige arme Schlucker.
»Sagen Sie, mein Freund«, hört Poggi die helle Stimme Geris, »Sie erwarten doch sicher, für diesen Dienst am Vaterland bezahlt zu werden?«
»Nun, bezahlt nein. Aber eine Aufwandsentschädigung erwarte ich schon. Schließlich gebe ich Italien sein größtes Meisterwerk zurück.«
»Hattet Ihr ... Ich will nicht zu direkt sein, Herr Leonardo, aber diese Dinge müssen besprochen werden, und sie sind mein

Metier, wenn Ihr versteht – hattet Ihr eine konkrete Summe im Kopf?«

»Ich dachte an fünfhunderttausend Lire.«

Poggi sieht, wie Geri verständnisvoll nickt.

»Eine stattliche Summe, aber keineswegs eine vermessene. Ja, ich denke, Herr Leonardo, wir werden da übereinkommen.«

Poggi beißt sich auf die Zunge. Angesichts der kunsthistorischen Bedeutung des Werks wäre das ein Schnäppchenpreis. Trotzdem sind sie keine Hehler. Wer glaubt dieser Kerl eigentlich, wer er ist?

Es ist bereits dunkel, als sie das nicht gerade festlich beleuchtete Hotel erreichen. Sie steigen eine steile Treppe ins zweite Obergeschoss empor. Der dicke Geri keucht noch mehr als zuvor. Was man für die Kunst nicht alles erduldet.

»Da sind wir«, erklärt Leonardo, »bitte treten Sie ein, Signori.«

Das Zimmer ist derart winzig, dass sie aneinander vorbeirangieren müssen wie Lokomotiven auf dem Abstellgleis, um überhaupt die Tür zuzubekommen.

Ein Bett, ein Stuhl, viel mehr hat das Loch nicht zu bieten. An einer kahlen Wand hängt eine Reproduktion von Botticellis »Geburt der Venus«. Man kann nur hoffen, dass die Gioconda überzeugender ist.

Der kleine Mann geht auf die Knie, zieht unter dem Bett einen hölzernen Koffer hervor. Als er ihn aufs Bett legt und öffnet, fühlt Poggi Enttäuschung in sich aufsteigen. Getragene Socken quellen hervor, Kämme, Bürsten und allerlei anderer Tand.

»Wo ist sie?«, fragt Geri.

Leonardo wirft den beiden einen triumphierenden Blick zu. Er wirft seinen Hausrat aufs Bett. Nun sieht Poggi, dass sich darunter ein Geheimfach zu befinden scheint. Darin liegt etwas, das in roten Samt eingeschlagen ist. Mit der Geste eines zweitklassigen Zauberkünstlers zieht Leonardo den Stoff beiseite.

»Mein Gott«, ruft Geri, »ist sie es wirklich?«

»Aber natürlich, Dottore«, erwidert Leonardo, »die einzig wahre Gioconda.«

Poggi sagt nichts. Aber er ist beeindruckt. Auf den ersten, zweiten und dritten Blick ist dies ein echter da Vinci. Alles scheint zu stimmen – die Farben, das *sfumato*, die *craquelure* und, am wichtigsten, der Riss am oberen Rand.

Letzterer versetzt Poggi in helle Aufregung. In fast allen Fotografien und Reproduktion wurde dieser Makel herausretuschiert. Außerdem wird er normalerweise vom Rahmen verborgen. Nur Fachleute wissen davon.

»Wäret Ihr so freundlich, sie einmal zu wenden?«, sagt er.

Leonardo dreht das Bild um.

Während Fotos der Gioconda seit dem August 1911 allgegenwärtig sind, ist die Rückseite so etwas wie ein Staatsgeheimnis. Sie wurde nie öffentlich gezeigt. Aber Poggi hat in seinem Büro ein Buch mit den Erkennungsmerkmalen und Katalognummern aller wichtigen Werke des Louvre. Er hat es konsultiert, bevor er herkam.

Seine Finger fahren über den roten Stempel der Musées Royales. Daneben steht die korrekte Katalognummer: dreihundertsechzehn.

Alles stimmt. Es ist absolut unglaublich. Dieser seltsame Kauz hat ihnen die echte Gioconda gebracht. Poggi ist sich so sicher, wie man sich überhaupt nur sein kann.

»Das ist sie, nicht wahr?«, sagt Geri.

»Nun, das lässt sich erst nach weiterer Prüfung sagen«, erwidert Poggi.

Leonardo glotzt ihn ungläubig an.

»Aber Herr Direktor! Zweifeln Sie etwa an meinem Wort? Dies ist das Bild, ich selbst habe es im Louvre vom Haken genommen. Ich schwöre es beim Leben meiner Mutter!«

Poggi macht eine beschwichtigende Geste.

»Ich glaube schon, dass es das echte sein könnte. Aber wenn ich Signore Ricci anrufe, den Generaldirektor für Kunst und Kultur der Regierung, dann wird er mich fragen: ›Welche unwiderlegbaren Beweise haben Sie, Poggi?‹ Und wenn ich diese Beweise nicht präsentieren kann, wird die Regierung das Geld nicht anweisen.«

Wie erwartet flackert bei dem Wort »Geld« die Gier in Leonardos Augen auf.

»Es ist also nur eine Formalität, mein Freund, aber eine notwendige. Ich muss das Bild mit zurück in die Uffizien nehmen, um weitere Untersuchungen anzustellen. Das wird nur ein paar Stunden dauern. Morgen früh können wir uns dann wieder treffen, um die restlichen Details zu klären. Und natürlich ...«, Poggi wirft Geri einen ernsten Blick zu, »... werden wir beide uns in jeder erdenklichen Weise bei der Regierung für Sie verwenden. Denn Sie haben Italien fürwahr einen großen Dienst erwiesen.«

Poggi hat Widerstand erwartet, doch Leonardo antwortet: »Einverstanden, Exzellenz. Ich vertraue Ihnen.«

Sie wickeln das Bild wieder in den Samt. Leonardo schüttelt ihnen enthusiastisch die Hände. Dann verlassen sie zu dritt das Zimmer – Geri, Poggi und die Gioconda. Leonardo bleibt zurück.

Als sie auf den Ausgang zugehen, kommt der Rezeptionist hinter dem Empfangstresen hervorgeeilt.

»Moment, meine Herren. Was haben Sie da unter der Decke?«

Poggi bleibt stehen, hebt die Augenbrauen.

»Ich bitte um Verzeihung?«

»Leider lassen die Leute immer wieder Gegenstände aus den Zimmern mitgehen«, der Rezeptionist schaut argwöhnisch auf Poggis Last, »Gemälde zum Beispiel.«

»In dem Zimmer, in dem wir waren, hing eine grässliche Kopie der Venus, wegen der Botticelli in seinem Grab rotiert – ja, nachgerade heiß läuft. Das hier hingegen ...«, Poggi hebt den Samt an, »... ist eine Kopie der Mona Lisa. Und die ist nicht von hier, oder?«

Betreten stammelt der Rezeptionist eine Entschuldigung. Sobald sie draußen auf der Straße sind, sagt Geri: »Und?«

Poggi schaut in das Putto-Gesicht des Antiquars, der mit furchtsamer Miene seinen Schiedsspruch erwartet. Er nickt kaum merklich. Geri beginnt, über das ganze Gesicht zu strahlen.
»Ich wusste es!«, sagt er. »Und jetzt?«
»Jetzt«, erwidert Poggi, »rufen wir die Polizei, damit sie den Scheißkerl verhaftet.«

60

Jelena sitzt im Ballsaal des Grandhotels »Esplanade« und blättert in ihrem russisch-deutschen Wörterbuch. Inzwischen versteht sie das meiste. Aber in Erich Mühsams anarchistischer Zeitschrift »Kain«, die sie gerade liest, stolpert Jelena mitunter über den einen oder anderen exotischen Begriff. Diesmal ist es das Wort Humbug, das sie nachschlagen muss.

»Мистификация«, murmelt sie.

Jelena will sich gerade wieder ihrer Lektüre zuwenden, als sie einen Herrn bemerkt, der auf ihren Tisch zukommt. Er ist schlank und hochgewachsen, trägt einen feschen Anzug mit Chevronmuster. In seinem Knopfloch steckt eine rote Nelke. Vermutlich möchte er sie zum Tanzen auffordern.

Im »Esplanade« findet wie an jedem Samstagnachmittag ein *thé dansant* statt. Jelena kommt öfters her. Nicht weil sie besonders viel für Foxtrott oder Polka übrighätte, sondern weil sie auf diese Weise auskundschaften kann, welche der Damen besonders reich verziert daherkommen – und welche Galane mit Geld um sich werfen.

Der Herr mit der Nelke nimmt Blickkontakt auf. Jelena lächelt ihm zu, schüttelt aber den Kopf. Sie deutet auf die »Illustrierte Zeitung« in ihren Händen. Der Herr kommt dennoch zu ihr. Er ist Ende zwanzig. Jelenas geübter Blick konstatiert, dass sein Anzug zwar passabel geschnitten, aber aus eher preiswertem Tuch ist. Der Herr ist wohl ein kleiner Blender.

Er verneigt sich, lächelt.

»Und ich kann das Fräulein wirklich nicht umstimmen? Gleich wird ein Turkey Trot gespielt.«

»Ein andermal gerne. Aber ich habe mir gestern den Knöchel vertreten.«

Der Herr verneigt sich erneut, wünscht ihr einen guten Tag, verschwindet.

Jelena wendet sich wieder ihrer Lektüre zu. In der Illustrierten steckt die neueste Ausgabe des »Kain«. Diese anarchistisch-sozialistische Schrift zu lesen, ist zwar keineswegs verboten, aber es gilt, den Schein zu wahren. Hohlköpfige reiche Dinger lesen so etwas nicht. Und außer dem »Kain« deutet alles an Jelena auf Geld hin: das Kleid von House of Worth, die Bernsteinkette, die Ringe an ihren Fingern.

Wenn sie das »Esplanade« später verlässt, wird Jelena den ganzen Kram ablegen. Stattdessen wird sie in eines der schlichten, poirethaften Kleider schlüpfen, die sie bevorzugt, und sich schnellstens abschminken.

Jelena liest den Artikel »Der Humbug der Wahlen« zu Ende. Weil ihr der »Kain« etwas mühsam wird, greift sie nach einer Zeitung, die auf einem Beistelltisch liegt. Sie blättert etwas lustlos, bis sie auf einmal in das Antlitz der Mona Lisa blickt.

Obwohl das Bild nicht sehr groß und außerdem schwarz-weiß ist, versetzt es ihrem Herzen einen Stich. Nie mehr wird sie dieses Bild anschauen können, ohne an Ida zu denken, ohne an Isadora zu denken, an ihr altes Leben.

Man sollte eigentlich meinen, dass man in Berlin, anders als in Paris, davor gefeit sei, der Dame über den Weg zu laufen. Aber auch hier hat Jelena sie schon manchmal gesichtet – in einer Zeitschrift, mal in einem Schaufenster. Im Wedding gibt es eine Arbeiterkneipe, in der eine Joconde mit Pickelhaube und Schnurrbart hängt. Zumindest grinst sie einem nicht andauernd von Postkartenständern und Litfaßsäulen entgegen wie in Paris.

MONA LISA IN FLORENZ AUFGETAUCHT

Jelena überfliegt den Artikel. Jemand hat versucht, das Bild an den Direktor eines italienischen Museums zu verkaufen. Der Mann wurde festgenommen. Experten haben das Gemälde überprüft. Es ist echt.

Der Mann, der die Joconde verkaufen wollte, ist anscheinend ein in Paris lebender italienischer Hilfsarbeiter. Sein Name sagt

Jelena nichts. Sie lässt die Zeitung sinken, starrt in Richtung der Paare, die sich zu den letzten Takten eines Rags hin und her bewegen. Wie ist dieser Italiener an das Bild gekommen? Hat er es von Isadora?

Gerne würde Jelena wissen, wie es der Tänzerin geht. Vor einigen Wochen las sie zufällig eine kleine Notiz über einen Auftritt Isadoras in München. Sonst hat sie nichts von ihr gehört. Isadora einen Brief zu schreiben, erscheint ihr noch immer zu riskant. Sie hat Angst, dass jemand ihren Aufenthaltsort erfährt und nach ihr sucht.

Sie liest den Rest des Artikels. Dieser Kerl, Peruggia, hat nach eigenen Angaben aus Patriotismus gehandelt, nicht aus Habgier. Er behauptet zudem, die Joconde höchstselbst aus dem Louvre entwendet und zwei Jahre zu Hause aufbewahrt zu haben. Demnächst soll das Bild an Frankreich zurückgegeben werden. Zuvor wird es in Florenz und Rom ausgestellt.

Eines scheint klar: Dieser Peruggia lügt. Das Bild muss ja über Isadora oder jemand anders zu ihm gelangt sein. Folglich kann er nicht der ursprüngliche Dieb sein. Und dass er nicht aus Geldgier gehandelt hat, klingt ebenfalls lächerlich.

Jelena steht auf, geht in Richtung Empfangshalle. Sie ist in Gedanken, aber die Frau, an der sie im Gang vorbeikommt, fällt ihr dennoch auf. Sie trägt nämlich einen ganzen Juwelierladen spazieren. Unter dem Vorwand, etwas in ihrer Handtasche zu suchen, bleibt Jelena stehen. Die Frau unterhält sich mit einem jungen Herrn – nicht mit irgendeinem, sondern mit jenem, dem Jelena zuvor einen Korb gegeben hat. Offenbar hatte der Gigolo bei ihr mehr Glück.

Jelena geht weiter. In der Lobby setzt sie sich in einen Sessel. Die reich behängte Frau muss an ihr vorbei, wenn sie aufs Zimmer oder zum Ausgang will.

Nach vielleicht zehn Minuten taucht sie auf. Jelena mustert ihr potenzielles Opfer. Unter anderen Umständen wäre sie an der Frau selbst interessiert. Sie ist genau Jelenas Kragenweite. Schlank, kurze rotbraune Haare, eine entzückende Stupsnase.

Aber aufgrund ihrer Klunker passt sie besser in Jelenas anderes Beuteschema.

Die Rothaarige hat ihren Tanzpartner nicht mehr im Schlepptau. Ohne Begleitung schwebt sie durch die Empfangshalle, geht zum Fahrstuhl. Jelena erhebt sich, nimmt die Treppe. Solange man sie sehen kann, geht sie langsam. Zwischen den Stockwerken nimmt sie die Stufen, so schnell sie kann.

Als die Rothaarige auf der dritten Etage aussteigt, steht Jelena bereits auf der obersten Stufe des Aufgangs. Sie folgt der Frau in einigem Abstand. Als diese in einem Zimmer verschwindet, geht Jelena vorbei. In einiger Entfernung bleibt sie stehen, zieht ein Notizbuch hervor. Sie notiert sich die Zimmernummer. Danach eilt sie zur Treppe, steigt wieder hinab.

Auf dem Weg nach unten kommt ihr jemand entgegen. Es ist der Mann mit der Nelke. Er lächelt.

»Wie ich sehe, geht es Ihrem Fuß bereits besser«, sagt er auf Französisch.

Sie vernimmt ein Geräusch hinter sich. Als Jelena sich umdreht, steht hinter ihr auf der Treppe ein weiterer Herr. Alles an ihm riecht nach Bulle. Sie wendet sich wieder dem Mann mit der Nelke zu.

»Hélène Arouet?«, sagt dieser.

Jelena nickt. Es ist der Name, der in ihren falschen Papieren steht, der Name, auf den Victor Kibaltschitsch sie getauft hat. Ihr französisierter Vorname, dazu der Familienname Voltaires – sie musste schmunzeln, als sie das Dokument zum ersten Mal sah.

»Kommen Sie bitte mit.«

»Worum geht es denn?«

»Oh, ich denke, das wissen Sie. Wir interessieren uns für Ihre Besuche in diversen Berliner Hotels. Wenn Sie uns nun bitte folgen würden? Es wäre schön, wenn wir Aufsehen vermeiden könnten, meinen Sie nicht?«

In ihrer Handtasche befindet sich eine Browning. Jelena überlegt einen Moment. Dann nickt sie still und folgt den Beamten.

61

Zusammen stehen sie vor dem Bild, das ihnen so viel Ärger bereitet hat. Guillaume wollte bereits früher kommen, aber Pablo zögerte. In seiner Erinnerung war die Sache noch zu frisch. Außerdem hatte er keine Lust auf den Trubel.

Ein Museum sollte ein Ort der Kontemplation sein, vielleicht auch einer der Begegnung. Der Louvre jedoch gleicht seit der Rückkehr seines berühmtesten Gemäldes einem Rummelplatz. Als die italienische Regierung die Mona Lisa im Januar zurückgab, ließ das Museum eigens Karten mit dem Konterfei der Florentinerin drucken: »Aufs Neue empfängt die Joconde Sie an allen Tagen außer montags.«

Hunderttausende sind seitdem gekommen, um »das Bild« anzugaffen. Man muss nicht einmal mehr ihren Namen nennen. »Ich habe im Louvre das Bild angeschaut« – und jeder weiß Bescheid.

Nun schauen sie sich das Bild an. Guillaume legt einen Arm um Pablos Schultern. »Und?«, fragt er.

»Und was?«, fragt Pablo.

»Und würdest du erkennen, ob es deins ist oder seins?«

»Sogar ihre Rückseiten sind identisch.«

»Das ist keine Antwort«, sagt Guillaume.

»Wichtig ist nur die Legende, die durch das Bild geschaffen wird, nicht das Bild selbst.«

»Ist das ein Zitat, Pablo?«

»Ja.«

»Von wem?«

»Es ist von Picasso, glaube ich. Und es gibt kein Bild, auf das der Satz mehr zutrifft als auf diese kleine Mademoiselle.«

Pablo tritt näher an das Bild heran. »Plagegeist«, murmelt er. Dann wendet er sich ab, deutet Richtung Ausgang.

»Lass uns in die ›Closerie‹ gehen.«

»Einverstanden.«

Als sie etwas später Richtung Seine laufen, sagt Guillaume: »Ich habe in ›La Stampa‹ gelesen, Peruggias Prozess sei für den Sommer angesetzt.«

»Denkst du, er bleibt bei seiner Geschichte?«, fragt Pablo.

»Ich bin mir sicher, dass er das tut. Er hat bekommen, was er sich immer gewünscht hat: Anerkennung. In Italien gilt unser Pagliaccio als großer Held. Die Leute schicken ihm Blumen und Geld ins Gefängnis. D'Annunzio hat sogar eine Eloge auf ihn verfasst, kannst du dir das vorstellen?«

Guillaume bleibt stehen, nimmt eine Rednerpose ein.

»Er, der von Ruhm und Ehre träumte,

Er, der Rächer der Diebstähle Napoleons,

Er, der die Mona Lisa in Paris versteckt hielt und die französische Polizei narrte,

Er brachte sie zurück nach Florenz.

Versteht ihr? Zurück nach Florenz, wo sie geboren wurde.

Zurück zum Palazzo Vecchio, zu den Glocken des Campanile von Giotto, zum Anblick der Zypressen von San Miniato.

Nur ein Dichter, ein großer Dichter, konnte einen solchen Traum träumen.«

Pablo verzieht den Mund. Er findet die Prosa nicht sonderlich gelungen. Besonders stört ihn das nationalistische Pathos. Wenn Länder meinen, ein Künstler oder ein Kunstwerk gehöre nur ihnen, ist das stets eine unverschämte Anmaßung.

»Hoffen wir, dass du recht behältst und er weiter behauptet, alles ganz allein geplant zu haben.«

Guillaume klopft ihm auf die Schulter. »Das wird er. Mach dir keine Sorgen, Pablo. Das wird ein großartiges Jahr.«

62

Juhel lehnt sich zurück, setzt seine Lektüre fort.

> Vorsitzender: Warum haben Sie den Diebstahl begangen?
> Angeklagter: Alle italienischen Gemälde, die sich im Louvre befinden, sind gestohlen.
> Vorsitzender: Wie sind Sie zu dieser Meinung gekommen?
> Angeklagter: Durch Bücher und Fotografien.
> Vorsitzender: Warum haben Sie Ihrer Familie geschrieben, Sie hätten nun endlich Ihr Glück gemacht?
> Angeklagter: Romantische Worte, Euer Ehren.
> Vorsitzender: Sie haben aber doch versucht, das Bild zu verkaufen.
> Angeklagter: Das ist ein Missverständnis. Ich ging zu Antiquitätenhändlern, um mich beraten zu lassen, wie man das Bild an Italien zurückgeben könnte. Hätte ich das Gemälde verkaufen wollen, hätte ich mir nicht so viel Mühe gemacht.

Kopfschüttelnd legt Juhel das Gerichtsprotokoll beiseite. Er hat es sich eigens aus Florenz kommen lassen, in der Hoffnung, darin noch etwas Erhellendes zu finden. Aber das Bild, welches die Gerichtsakten zeichnen, deckt sich mit seinen Erkenntnissen. Dieser Vincenzo Peruggia war ein kleiner Anstreicher, ein Taugenichts, ein Niemand. Er besaß eine gewisse Gerissenheit, besonders intelligent war er nicht.

Anscheinend leidet er an Saturnismus, einer durch seine Arbeit verursachten fortwährenden Bleivergiftung, die unter anderem schlecht fürs Gehirn ist. Die Krankheit macht vergesslich und kann sogar Wahnvorstellungen auslösen. Laut dem Gutachter, der Peruggia im Gefängnis untersucht hat, ist der Mann nur vermindert schuldfähig, da »geistig minderbemittelt«.

Am Ende hat das Gericht in Florenz dem Dieb der Mona Lisa

gerade einmal zwölf Monate aufgebrummt. Selbst wenn die Berufung seiner Anwälte scheitern sollte, kommt Peruggia quasi mit einem blauen Auge davon. Da ihm seine sechsmonatige Untersuchungshaft angerechnet wird, könnte er Ende des Jahres wieder auf freiem Fuß sein.

In Frankreich wäre er nicht so billig davongekommen.

Juhel schlägt die Akte zu, schaut auf die Uhr. In einer halben Stunde hat er ein Treffen mit Célestin Hennion. Er sollte sich langsam auf den Weg machen.

Noch vor wenigen Monaten hätte er zu Hennions Büro nur zwei Minuten gebraucht. Nun ist alles anders. Louis Lépine, der allmächtige Chef der Präfektur, ist in Rente gegangen. Und ausgerechnet seinen Rivalen Hennion hat man zum neuen Chef der Pariser Polizei gemacht.

Damit ist Juhels Auftrag, die Sache mit der Joconde im Auge zu behalten, eigentlich doppelt hinfällig. Denn erstens hängt das vermaledeite Bild wieder an seinem Platz und zweitens hat sein Ex-Chef nun sicherlich andere Probleme. Dennoch hat Juhel Hennion um ein Gespräch gebeten. Es gibt Dinge, die man besser zu Ende bringt. Ansonsten treiben sie einen in den Wahnsinn.

Zwanzig Minuten später steigt er am Quai des Orfèvres 36 aus dem Wagen. Als er kurz darauf das Büro des Präfekten betritt, findet er Hennion über Stapeln von Akten brütend.

»Ah, Lenoir. Sie hätte ich fast vergessen. Setzen Sie sich, Inspektor.«

Juhel nimmt Platz. Hennion lässt sich in seinen Sessel sinken und verschränkt die Arme.

»Na, jagen Sie immer noch einer gewissen Dame nach? Ich hätte da sachdienliche Hinweise.«

Juhel lächelt pflichtgemäß, obwohl er den Scherz ganz und gar nicht komisch findet.

»In gewisser Weise. Mir sind einige Dinge zugetragen worden, die die Sache, nun, sagen wir, möglicherweise in einem anderen Licht erscheinen lassen.«

»Inwiefern?«

»Einige unserer Leute haben nahe Marne-la-Vallée eine Mona Lisa gefunden, Anfang Februar – Zufallsfund bei einer Razzia. Da die echte zu diesem Zeitpunkt schon wieder aufgetaucht war, schenkten sie der Sache nicht allzu viel Beachtung.«

Juhel entnimmt seiner Aktentasche mehrere Fotos und schiebt sie dem Präfekten hin. Sie zeigen eine stark beschädigte Joconde. Die obere Hälfte des Bildes ist gänzlich verkohlt, das berühmte Lächeln nur noch Asche.

»Dennoch zeigten sie es sicherheitshalber dem Direktor des örtlichen Museums. Der war von der Qualität des Bildes, oder dem, was davon übrig war, offenbar beeindruckt. Er gab zu Protokoll, dass die Rückseite seiner Meinung nach exakt der des Originals entspreche. Schauen Sie bitte. Das ist ein Foto der Rückseite. Sehen Sie die Katalognummer? Sie ist korrekt.«

»Hm, und? Gerade die Rückseite scheint mir leicht zu fälschen. Ist nicht viel drauf.«

»Theoretisch ja, praktisch nein. Kaum jemand hat diese Rückseite je gesehen. Vor allem die Katalognummern sind ein gut gehütetes Geheimnis.«

Juhel holt eine Zeichnung hervor. Sie zeigt einen jüngeren, südländisch wirkenden Mann. Er hat dunkle, gescheitelte Haare und einen stechenden Blick.

»Vielleicht erinnern Sie sich an die Geschichte mit der Schwarzen Messe im Hotel, Herr Präfekt?«

»Habe davon gehört. Kuriose Geschichte.«

»Kurios, aber vor allem enttäuschend. Wir waren davon ausgegangen, dass sich die Anarchistin Jelena Rabinowitsch dort versteckt hält, ein mutmaßliches Mitglied der Bonnot-Bande.

Fehlanzeige – aber kurz bevor die Polizei das Hotel stürmte, waren nacheinander zwei Männer an der Rezeption. Ihre Beschreibungen ähneln denen zweier alter Bekannter aus der Statuettenaffäre. Bei dem einen handelt es sich mit großer Wahrscheinlichkeit um Géry-Piéret, den diebischen Belgier, der damals diese Briefe geschrieben hat. Der andere besitzt eine gewisse Ähnlichkeit mit einem Maler namens Pablo Picasso.«

»Ich erinnere mich an ihn. Der hatte die Statuetten jahrelang zu Hause im Schrank stehen, richtig?«

»Richtig.«

»Ich ahne allmählich, worauf Sie hinauswollen. Aber ist das nicht sehr weit hergeholt?«

Juhel hebt die Hand, bittet um etwas Geduld. Aber er kann sehen, dass dem Präfekten diese allmählich ausgeht. Ihm bleibt nicht mehr viel Zeit, seine Argumente darzulegen.

»Nur noch eins, Präfekt. Der schreckliche Raubmord in Thiais, Ihr erinnert Euch?«

»Natürlich. Ebenfalls das Werk der Bonnot-Bande.«

»Wusstet Ihr, dass die Firma, bei der Vincenzo Peruggia arbeitete, etwa zur gleichen Zeit dort umfängliche Arbeiten ausgeführt hat? Sie erneuerten alle Wandverkleidungen, allerdings vergeblich. Nicht nur, weil der Besitzer sich nicht mehr an ihnen erfreuen konnte. Sondern auch, weil die Anarchisten die Verkleidungen aufbrachen, in der Annahme, dahinter seien Wertgegenstände versteckt.

Herr Präfekt, ich habe alle diese Punkte nochmals genau überprüft.«

»Und?«

»Es könnte so gewesen sein, wie Peruggia behauptet. Da er an der Verglasung der Mona Lisa beteiligt war, wusste er, wie leicht man sie entwenden konnte. Also stiehlt er sie. Dann legt er sie bei sich daheim zwei Jahre unters Bett und fährt eines Tages nach Florenz, um sie zurückzugeben. Es könnte aber auch sein, dass es ganz anders war. Der erste Teil stimmt wohl. Er passt zur Persönlichkeit des Täters und zu den Umständen – Gelegenheit macht Diebe und so weiter. Aber der Rest? Ich halte es für wahrscheinlich, dass Peruggia das Bild zwischenzeitlich woanders versteckte. Die Polizei war bei ihm, er wurde also nervös.«

»Sie meinen, die Mona Lisa war in Thiais, ist Peruggia abhandengekommen und in den Händen der Anarchisten gelandet? Aber wieso hängt sie dann jetzt wieder im Louvre?«

»Weil sie von den Anarchisten, genauer gesagt von Rabinowitsch, weitergegeben wurde. Die Russin händigte das Bild der einzigen Person aus, der sie vertraute – Isadora Duncan. Von dort ist es dann irgendwie zu Géry und Picasso gelangt.«
»Eine schöne Geschichte. Aber das ›irgendwie‹ stört mich.«
»Ich will ganz offen sein, Herr Präfekt. Das alles ist nicht hieb- und stichfest. Aber es gibt etliche Indizien, die darauf hindeuten, dass Peruggias Geschichte nicht ganz stimmen kann. Und dass die Joconde, die nun im Louvre hängt, möglicherweise nicht die echte ist, sondern eine extrem raffinierte Fälschung.«
Hennion entnimmt einer hölzernen Kiste auf seinem Schreibtisch eine Zigarre, entzündet sie. »Möchten Sie auch eine, Lenoir?«
»Sehr freundlich, Herr Präfekt, aber nein danke.«
»Da entgeht Ihnen was. Aber zurück zu dem verdammten Bild. Jetzt erzähle ich Ihnen mal eine Geschichte. Wussten Sie, dass Peruggia aktenkundig war?«
»Ich habe davon gehört. Raufhändel, versuchte Körperverletzung.«
»Richtig. Unser kürzlich verstorbener Freund Alphonse Bertillon hatte den Mann tatsächlich die ganze Zeit über in seiner Kartei. Inklusive aller Merkmale, Fotos und Fingerabdrücke. Erinnern Sie sich an den Daumenabdruck auf der gläsernen Vitrine, die der Dieb im Louvre zurückließ?«
Juhel nickt.
»Die Präfektur hat bei der Befragung seinerzeit Peruggias Fingerabdrücke genommen. Und er war ja in Bertillons Kartei. Wir hätten den Kerl ganz am Anfang schnappen können, schnappen müssen, so stümperhaft wie er vorging.«
»Und was ist schiefgelaufen?«
»Der Kollege, der das Verhör durchführte, nahm zwar Peruggias Abdrücke, aber nur die der rechten Hand. Warum? Weil bei der Bertillonage standardmäßig nur die rechten Finger erfasst wurden. Der alte Bertillon hielt, wie Sie sicher wissen, nicht viel von Fingerabdrücken – neumodisches Zeug, der klassischen

Bertillonage unterlegen, und so weiter. Na, wie auch immer. Der Abdruck auf der Glasscheibe stammte von Peruggias linkem Daumen. Folglich gab es keine Übereinstimmung. Um es kurz zu machen: Mein Vorgänger hat in dieser Sache kolossale Scheiße gebaut. Ich könnte Ihnen noch ein halbes Dutzend weitere peinliche Ermittlungsfehler nennen. Einige davon würden Sie kaum glauben. Und das sollen wir alles noch mal hochkochen? Nun, wo die Öffentlichkeit es größtenteils vergessen hat?«

Juhel deutet auf die Zigarrenkiste. »Ich käme jetzt doch gerne auf Ihr Angebot zurück.«

Der Präfekt bietet ihm eine an, gibt Juhel sogar Feuer.

»Nehmen Sie es nicht tragisch, Lenoir. Ich bewundere Ihre Hartnäckigkeit. Sie sind nicht der schnellste, aber zweifelsohne der gründlichste Ermittler, der mir je untergekommen ist. Aber diese Sache ist gegessen.« Versonnen streicht er mit den Fingern über die lederne Schreibunterlage. »Ich weiß schon, was Sie denken: Kaum hat der alte Hennion die Seiten gewechselt, kaschiert er die Fehler seines Vorgängers. Wo man steht, hängt davon ab, wo man sitzt, und so weiter. Vielleicht ist da sogar was dran. Ich trage jetzt nun mal die Verantwortung für diesen seltsamen Laden. Aber es ist höchstens die halbe Wahrheit.«

»Inwiefern, Präfekt?«

»Sie dürfen die politische Komponente des Ganzen nicht unterschätzen. Bevor die Mona Lisa wieder auftauchte, war das Verhältnis zwischen Frankreich und Italien auf dem Tiefpunkt. Wir in der Triple Entente, sie im Dreibund mit den Deutschen. Aber nun herrscht Tauwetter, und daran ist das Lächeln der Joconde nicht ganz unschuldig. Die Italiener hätten das Bild ja auch erst mal behalten können. Stattdessen haben sie nicht einmal Bedingungen für die Rückgabe gestellt.

Jetzt die Aufklärung des Joconde-Falls durch die italienische Justiz zu hinterfragen, würde zweifelsohne zu Verstimmungen führen.«

Juhel zieht an seiner Zigarre. Sie ist gut, aber für seinen Geschmack zu stark.

»Ich bin nicht mehr Ihr Vorgesetzter, Lenoir. Aber ich vermute, mein Nachfolger würde die Sache ähnlich sehen. Es ist vorbei. Kommen Sie damit klar?«

»Ich komme damit klar, Herr Präfekt. Ich hielt es nur für meine Pflicht, noch einmal alles auf den Tisch zu legen.«

»Das ehrt Sie. Nun gut, dann sind wir uns ja einig. Kann ich sonst noch etwas für Sie tun?«

Juhel verneint, dankt dem Präfekten für seine Zeit. Kurz darauf steht er draußen auf der Straße und lässt die halb gerauchte Zigarre im Gulli verschwinden. Er läuft zum Pont Neuf, geht bis zur Mitte. Am anderen Ufer erhebt sich der Louvre. Juhel wird bewusst, dass er sich das Bild noch gar nicht angeschaut hat. Er hat lediglich gehört, dass es nicht mehr im Salon Carré hängt. Wie es sich für eine solch weltberühmte Persönlichkeit gehört, hat die Mona Lisa nun einen eigenen Saal.

Er holt ein Potin-Täfelchen hervor. Juhel schiebt sich die Schokolade in den Mund und betrachtet das beiliegende Bild. Ein müde wirkender Mann in Galauniform schaut ihm entgegen. Er ist pausbäckig, hat fürchterliche Segelohren und einen kunstvoll gezwirbelten Schnauzer. »Franz Ferdinand«, steht darunter, »Erzherzog von Österreich«.

Juhel wirft den Erzherzog über die Brüstung. Dann macht er sich auf in Richtung Louvre.

63

Es ist ein sonniger Sommermorgen, an dem Vincenzo in die Freiheit entlassen wird. Einen Moment verharrt er auf dem Vorplatz der Strafanstalt, schaut sich um. Irgendwie hatte er gehofft, von einer Menschenmenge empfangen zu werden oder zumindest von einigen Reportern. Aber niemand wartet auf ihn.

Vielleicht war damit zu rechnen. Die Welt ist schnelllebig. Das Interesse an ihm, dem Retter der Gioconda, ist in den vergangenen Monaten mehr und mehr zurückgegangen. Vincenzo konnte es an der Post sehen, die ihm der Wärter brachte. Hatte er anfangs Geschenkkörbe voller Wein und Leckereien erhalten, kam zum Schluss kaum noch etwas, außer einigen mäßig freundlichen Briefen.

Dennoch ist er nicht unzufrieden. Letztlich ist die Sache ganz gut für ihn gelaufen. Seine Verteidiger haben bei der Berufung noch einiges herausgeholt, sodass er bereits kurz nach Urteilsverkündung das Gefängnis verlassen darf. Und seinen Platz in der Geschichte vermag ihm ohnehin keiner zu nehmen.

Vincenzo schlendert Richtung Stadtzentrum. Außer seiner Kleidung und einem Hundert-Lire-Schein hat er nichts bei sich. An der Piazza degli Antinori hält er, um sich ein Eis zu kaufen.

Es gibt viele Fragen. Soll er in Florenz ein neues Leben beginnen? Oder vielleicht besser nach Amerika gehen? Im Gefängnis hat Vincenzo sich ausgemalt, wie er in New York und Chicago Vorträge hält, sich später vielleicht in Kalifornien niederlässt und dort ein Buch über sein Leben schreibt.

Doch momentan sind ihm derlei gewichtige Fragen gleichgültig. Es ist Sommer. Er ist in Italien. Er genießt das beste Eis der Welt. Wen interessiert da schon, was morgen sein mag?

Ziellos schlendert Vincenzo weiter. Er benötigt eine Unterkunft. Auf einmal wird ihm klar, wo er sich befindet. Ohne darüber nachzudenken, ist er zur Via Panzani gelaufen, in der sich die »Albergo Tripoli-Italia« befindet.

Wie angewurzelt bleibt er stehen. Seit seinem letzten Besuch hat man das Hotel frisch geweißelt. An einer der Wände prangt das Bildnis einer ihm nur allzu bekannten Dame. Und über dem Eingang steht in großen goldenen Lettern: »Hotel la Gioconda«.

Vincenzo überlegt, ob er wohl träumt. Dann breitet sich ein Lächeln auf seinem Gesicht aus. Mit erhobenem Haupt schreitet er zur Tür, tritt ein. An der Rezeption drückt er in rascher Folge dreimal die Klingel. Ein Hotelangestellter eilt herbei.

»Der Herr wünschen?«

»Ich hätte gerne«, sagt Vincenzo, »Ihr schönstes Zimmer.«

NACHWORT

> »Sie dürfen nicht immer glauben, was ich sage.
> Fragen verführen zum Lügen, vor allem,
> wenn es keine Antworten gibt.«
>
> PABLO PICASSO

Alles in diesem Buch ist tatsächlich genau so passiert, abgesehen von den Dingen, die ich mir ausgedacht habe. Viele der in »Die Erfindung des Lächelns« beschriebenen Ereignisse sind real. Pablo Picasso wurde tatsächlich des Diebstahls der Joconde verdächtigt. Von Vincenzo Peruggia wurden allen Ernstes die falschen Fingerabdrücke genommen. Aleister Crowley biss mitunter Leuten in die Hand (er hatte sich zu diesem Zwecke extra die Zähne angefeilt). Im Kino lief tatsächlich bereits wenige Tage nach dem Raub eine Joconde-Komödie. Und die Bonnot-Bande führte die Polizei wirklich monatelang an der Nase herum. Die zitierten Zeitungsausschnitte und Verhörprotokolle sind in der Regel Originalquellen entnommen.

Andere Ereignisse sind frei erfunden oder zumindest großzügig interpretiert worden. Welche? Das müssen Sie schon selbst herausfinden.

Wobei dies nicht ganz einfach ist. Zwar war »Paris (der Ort), wo sich das zwanzigste Jahrhundert befand«, wie die Kunstsammlerin Gertrude Stein einmal gesagt hat. Entsprechend existiert eine Fülle von Quellen über die Hauptstadt der Welt in der späten Belle Époque, auch und gerade über die turbulenten Jahre 1911 bis 1914.

Gleichzeitig ist der Raub der Joconde zu lange her, als dass sich alle noch offenen Fragen klären ließen. Etliche Sachbuchautoren haben über die Jahrzehnte versucht, die »wahre Geschichte« hinter dem Raub aufzudecken und die Frage zu beantworten, ob Vincenzo Peruggia wirklich allein handelte oder ob er Komplizen hatte.

Ähnlich den Ripperologen, die Indizien aus dem Fall von Jack the Ripper ad infinitum untersuchen, haben diese Jocondologen verschiedene Theorien zum Raub der Mona Lisa geliefert, aber keine belastbare Lösung. Was geschah mit dem Bild von seinem Verschwinden bis zum Wiederauftauchen mehr als zwei Jahre später? Lag es wirklich die ganze Zeit unter Peruggias muffeligem Bett? Mag man das glauben? Nein, mag man natürlich nicht.

Wenigstens Sie wissen nun ja, wie sich die Sache wirklich zugetragen hat.

Mein besonderer Dank gilt wie immer meinem Lektor Martin Breitfeld und meiner Agentin Dr. Rebekka Göpfert. Darüber hinaus bedanke ich mich bei der Außenlektorin Antje Steinhäuser für die vielen hilfreichen Anmerkungen. Mein Dank gilt außerdem dem Designer und Schneidermeister Detlev Diehm, der mich bezüglich der Mode der Epoche und der damals verwendeten Stoffe und Schnitte beraten hat. Ferner danke ich Swetlana Mann für ihre Tipps bezüglich der russischen Sprache.

Alle verbleibenden Fehler sind meine eigenen.

In diesem Roman kommen an einigen wenigen Stellen Wörter vor,
die heute nicht mehr gebräuchlich sind, weil sie abwertend und fremdbezeichnend sind.
Sie werden hier wiedergegeben, weil sie Zitate und /
oder gängige Ausdrucksweise der Zeit um 1911/1912 waren.

3. Auflage 2025

© 2023, 2025, Verlag Kiepenheuer & Witsch GmbH & Co. KG,
Bahnhofsvorplatz 1, 50667 Köln
Alle Rechte vorbehalten
Die Nutzung unserer Werke für Text- und Data-Mining
im Sinne von § 44b UrhG behalten wir uns explizit vor.
Covergestaltung Barbara Thoben, Köln
Covermotiv © Christie's Images / Bridgeman Images
Gesetzt aus der Adobe Jenson Pro
Satz Buch-Werkstatt GmbH, Bad Aibling
Druck und Bindung GGP Media GmbH, Pößneck
ISBN 978-3-462-00705-3

Kontaktadresse nach EU-Produktsicherheitsverordnung:
produktsicherheit@kiwi-verlag.de

Wir schreiben das Jahr 1683. Europa befindet sich im Griff einer neuen Droge. Ihr Name ist Kahve. Sie ist immens begehrt – und teuer, denn die Osmanen haben das Monopol darauf. Und sie wachen streng darüber. Aber ein junger Engländer hat einen waghalsigen Plan: Er will den Türken die Kaffeebohnen abluchsen ...

Leseproben und mehr unter www.kiwi-verlag.de

»Tom Hillenbrand regt genussvoll den Appetit der Krimileser an.« *Die Welt*

Leseproben und mehr unter www.kiwi-verlag.de

Sein Geld hat der spleenige Start-up-Unternehmer Gregory Hollister größtenteils in der Kryptowährung Bitcoin angelegt. Als er bei einem Unfall ums Leben kommt, beginnt die Suche nach seinem Privatvermögen. Das hat der paranoide Kalifornier gut versteckt. Wo befindet sich der digitale Schatz, den die Medien bereits »Montecrypto« nennen? Ist er der Schlüssel zu einem Finanzskandal, der die Weltwirtschaft in den Abgrund reißen könnte? Eine spektakuläre Suche beginnt, die zu einem Rennen gegen die Zeit wird.

Leseproben und mehr unter www.kiwi-verlag.de

Drohnen, die alles aufzeichnen. Ein allwissender Fahndungscomputer, der Verbrechen bemerkt, bevor sie begangen werden – im Europa der Zukunft haben Kriminelle kaum eine Chance. Doch dann geschieht ein Mord, der alles infrage stellt.

»›Drohnenland‹ wurde nachweislich vor den Enthüllungen von Edward Snowden verfasst. Und das heißt, dass Tom Hillenbrand etwas viel Besseres ist als bloß ein Hellseher: nämlich jemand, der die Zukunft versteht, bevor sie passiert. Und dann auch noch einen bedrückend spannenden Kriminalroman darüber schreiben kann.« *Sascha Lobo*

Leseproben und mehr unter www.kiwi-verlag.de

Haben wir unsere Zukunft noch in der Hand, während künstliche Intelligenz und digitale Superintelligenzen auf dem Vormarsch sind? Bestsellerautor und Science-Fiction-Preisträger Tom Hillenbrand führt uns bis an die Grenzen des Denkbaren – und darüber hinaus.

Leseproben und mehr unter www.kiwi-verlag.de